光明社科文库

书生莫负洛阳年

田北湖 集

骆远荣 ◎ 编

光明日报出版社

图书在版编目（CIP）数据

书生莫负洛阳年：田北湖集 / 骆远荣编 . -- 北京：
光明日报出版社，2024. 9. -- ISBN 978 - 7 - 5194 - 8275 - 6

Ⅰ. I216. 2

中国国家版本馆 CIP 数据核字第 2024WY6545 号

书生莫负洛阳年：田北湖集

SHUSHENG MOFU LUOYANGNIAN：TIANBEIHU JI

编　　者：骆远荣	
责任编辑：王　娟	责任校对：许　怡　李佳莹
封面设计：中联华文	责任印制：曹　净

出版发行：光明日报出版社

地　　址：北京市西城区永安路 106 号，100050

电　　话：010-63169890（咨询），010-63131930（邮购）

传　　真：010-63131930

网　　址：http：// book. gmw. cn

E － mail：gmrbcbs@ gmw. cn

法律顾问：北京市兰台律师事务所龚柳方律师

印　　刷：三河市华东印刷有限公司

装　　订：三河市华东印刷有限公司

本书如有破损、缺页、装订错误，请与本社联系调换，电话：010-63131930

开　　本：170mm×240mm	
字　　数：449 千字	印　　张：25
版　　次：2025 年 1 月第 1 版	印　　次：2025 年 1 月第 1 次印刷
书　　号：ISBN 978 - 7 - 5194 - 8275 - 6	

定　　价：99. 00 元

目 录
CONTENTS

卷一　诗词

送易五台湾之行①

海水东飞激忿泉②，白衣挥泪往筹边③。
鲸鲵漏网追何及④，虎豹当关奏不前⑤。
诸将逍遥河上日⑥，书生辜负洛阳年⑦。
江探夜静闻君舞⑧，便著先鞭亦枉然⑨。

---

① 作于1895年7月，易顺鼎第二次赴台之际，作者时年18岁。易五：指易顺鼎（1858—1920），湖南汉寿人，因仿效陶潜《五柳先生传》而得名。寒庐七子之一，与樊增祥并称"樊易"。时与陈三立、文廷式、杨锐等诗酒流连，吟作诗钟。曾入张之洞幕，主两湖书院经史讲席；是作者落难湘鄂时期的贵人。在中日甲午战争问题上，易顺鼎是主战派，1894年7月，撰《拟陈治倭要义疏》，指斥李鸿章处置中日平壤之战之误，请严旨责罚。8月，他墨绖从戎，辞家东行，往投两江总督刘坤一。翌年3月，闻《马关条约》签订，遂自唐山大营驰往京师，作疏多篇。时刘坤一接台湾巡抚唐景崧电信，云台湾已自立为民主国，推唐景崧为总统。之后，易顺鼎两次渡过台湾海峡，以筹划台湾军事防务。

② 海水东飞：借指中日甲午战争爆发。忿泉：怒泉。

③ 白衣：白色丧服。同"缟素""素衣"。易顺鼎素衣上阵，极表抗倭的决心。筹边：指筹划台湾军防事务。

④ 鲸鲵：比喻凶险不义之人。这里代指黄海之役临阵脱逃之济远舰管带方伯谦、平壤之役中弃城而走之清军直隶提督叶志超，及旅顺之役弃船坞而逃之道员龚照玙之流。

⑤ 虎豹当关：喻权臣当道。奏不前：中日甲午战争爆发后，易顺鼎由刘坤一奏调至京，参与军幕，伏阙上奏，因权臣当道，书不上闻，故言。同"留中"，参P157注④。

⑥ 诸将句：意在谴责驻台澎湖之役清军总镇周振邦、副将朱上泮所部兵临城下，竟作壁上观。易顺鼎《盾墨拾遗》有"（乙未）二月二十八日早，贼分兵舰为三列来攻大城北炮台，振邦、上泮所部各营皆观望不前"之相关记载，是为明证。逍遥河上，典出《左传·闵公二年》："（冬）十有二月，狄入卫。郑弃其师"，"郑人恶高克，使帅师次于河上，久而弗召。师溃而归，高克奔陈。郑人为之赋《清人》。"《诗·郑风·清人》云："清人在消，驷介麃麃。二矛重乔，河上乎逍遥。"

⑦ 洛阳书生：指贾谊（前200—前168），河南洛阳人。西汉著名政论家、文学家。世称"贾长沙""贾太傅"。[唐]骆宾王《帝京篇》："谁惜长沙傅，独负洛阳才。"

⑧ 江探句：比喻收复失地、报效国家的激昂意气。典出"闻鸡起舞""中流击楫"。《晋书·祖逖传》载："中夜闻荒鸡鸣，蹴琨觉曰：'此非恶声也。'因起舞。""仍将本流徙部曲百余家渡江，中流击楫而誓曰：'祖逖不能清中原而复济者，有如大江！'辞色壮烈，众皆慨叹。"

⑨ 便：即便。著先鞭：比喻先人一步，处于领先地位。《晋书·刘琨传》："吾枕戈待旦，志枭逆虏，常恐祖生先吾著鞭。"枉然：白费劲，徒劳。

剑池壁上和实甫江阴见寄之韵①

吴市从今隐②，包山未许探③。
平林何历历④，暮霭自昙昙⑤。
浑浊犹居五⑥，浮屠不宿三⑦。
游孙如可斩⑧，蓬颗此生甘⑨。

----

① 1895 年 7 月作于苏州。当时作者随德国铁路工程师希尔德勃兰德，在苏南勘测苏州至
　　南京铁路一线。剑池壁：在江苏苏州虎丘公园内。实甫：易顺鼎字。见寄，意谓"寄给
　　我"。
② 吴市：周敬王六年（前 514），吴王阖闾筑城，遵《周礼》"市外王城之北"之制，设
　　吴市于宫城北门外，是为苏州有市之始。相传伍子胥曾鼓腹吹箫，乞食于此。［晋］王
　　康琚《反招隐诗》："小隐隐陵薮，大隐隐朝市。"
③ 包山：江苏太湖第一大岛，岛因四面环水而得名。范蠡曾居此。
④ 平林：平原上的林木。何：多么。历历：清楚明白，分明可数。
⑤ 暮霭：黄昏时的云雾。昙昙：乌云密布貌。
⑥ 浑浊：喻尘世、尘途。犹居：还处于。五：指佛教六道之第五道"饿鬼道"。
⑦ 浮屠：佛陀的别称。宿三：佛教有出家人不三宿桑下，以免妄生依恋尘世之说。《后汉
　　书·襄楷传》李贤注："言浮屠之人寄桑下者，不经三宿便即移去，示无爱恋之心也。"
　　［晋］干宝《搜神记》："经三宿三日后，女即自言曰：'君是生人，我鬼也。共君宿契，
　　此会可三宵，不可久居，当有祸矣。'"
⑧ 游孙：借指清室贵胄。《楚辞·招隐士》："王孙游兮不归，春草生兮萋萋。"
⑨ 蓬颗：长蓬草的土块。这里借指坟头。《汉书·贾山传》颜师古注："颗，谓土块。蓬
　　颗，言块上生蓬者耳。举此以冢上山林，故言蓬颗蔽冢也。"［清］谭嗣同《〈城南思
　　旧铭〉并叙》："蓬颗累累，坑谷皆满，至不可容，则叠瘗于上。"蓬颗此生甘：犹死而
　　无憾。

戊戌三月高邮舟中①

（一）

齐州恣元览②，沧海正横流③。
意概嵇中散④，襟怀马少游⑤。

---

① 作于1898年4月至5月间，作者从江苏高邮沿大运河北上赴京朝考之时。北上前，1898年闰三月初七（4月27日），作者在湖北与陈庆年话别。当日，陈庆年《横山乡人日记》记载："田自耘来话别，与谈时局。言现在以下乡开化为宜，论悯其愚，不忍不教；欲资其力，不得不教。且官场之因循，世家之骄奢，市侩之游滑，名士之贵重，无可与成事者，不用乡人，而谁用乎？欲用之，必教之。无事至乡，择乡民之秀者，与之约曰每日田事毕来听讲，视为常程，日渐月摩，听者愈多，则服从者自众。复与之约曰汝有争论来，必为平之；不待劝解而辄控官者，有罚。平心气而调和之，励节行而讽谕之，演论说以瀹发之。如是则一年成聚，二年成都，气象可观矣！然后思所以用之之法。譬如，与以指南针、尺，授以测向记簿之法，令出村三十里试之。归视其簿记，授以钱数百文，而彼跃然矣！若用名家，正迂缓而费多，岂如用乡人之省事乎？"
② 齐州：指中国，同"中州"。元览：远望，远眺。
③ 沧海横流：海水泛滥，四处奔流。比喻时局动荡，社会不稳。［晋］范宁《春秋穀梁传》疏："百姓散乱，似水之横流，今以为沧海是水之大者，喻害万物之大，犹言在上残虐之深也。"
④ 意概：指胸怀、气概。嵇中散：指嵇康，"竹林七贤"之一。曾官魏中散大夫，因称"嵇中散"。《晋书》有传。
⑤ 襟怀：指胸襟、心怀。马少游：指东汉名将伏波将军马援的从弟。《后汉书·马援传》载有马少游规劝马援之事。［宋］苏轼《次韵黄鲁直寄题郭明父府推颖州西斋》（二首）其一："雪堂亦有思归曲，为谢平生马少游。"

徒然惊蛱蝶①，无奈托狖猴②。

忽忽人间世③，闲云入暮浮④。

（二）

板阁数樽后⑤，萧然起酒悲⑥。

霸才无主日⑦，浩劫转轮时⑧。

雉雊犹求偶⑨，鱼游若有知⑩。

刘伶非达者⑪，荷钟一何痴⑫。

---

① 徒然：无因。蛱蝶：蝴蝶。作者自喻。同 P37 注⑫。

② 狖猴：这里影射湖广总督张之洞。张之洞长相与狖猴相像，故以狖猴称之。1892 年十月廿七日，南菁书院学子田其田，以江阴知县刘有光乘舆过孔庙未下轿，"非圣无法"，带头拦舆质询，以石投之。吴稚晖、钮永健率同学二十余，拥往县署质问，知县即商请南菁书院山长出面镇压。十一月二十一日，院长白其事于学使者杨颐。田北湖退学转往湖北，投謁张之洞，任教两湖书院，旋改师从德国铁路工程师锡巴（希尔德勃兰德），后改任湖北舆图局教习。1894 年，由易顺鼎推荐，任南昌江西舆图局总理。1900 年七月，唐才常以与湖广总督张之洞有师生之谊，径往谒张，说张独立以胁西太后，归政复辟，张乃执之，与傅慈祥、林述唐等十一人死焉。是为长江革命党人之第一次流血。是时士人在武备、自强、农务三学堂，两湖、经心、江汉三书院者，亦皆懵然罔知。忽然如石破天惊，湖广总督张之洞有布告，始知有革命之说。久之张之洞又有《戒上海救国会及出洋留学生文》一书，于是其中真情渐露，是为庚子七月之事。（朱和中. 欧洲同盟会纪实［M］//中国人民政治协商会议全国委员会文史资料研究委员会、辛亥革命回忆录：第六集. 北京：中华书局，1963.）

③ 人间世：人世间。

④ 闲云：悠然飘浮的云。比喻人生漂泊无定。暮浮：暮色中飘浮的雾霭。

⑤ 板阁：用木板搭建而成的客栈。这里形容客栈的简陋。数樽：犹数杯。

⑥ 萧然：空寂。酒悲：酒醉后悲伤哭泣。

⑦ 霸才：雄才。指陈琳（？—217），字孔璋，江苏淮安人，"建安七子"之一。作者常以琳自况。［唐］温庭筠《过陈琳墓》："词客有灵应识我，霸才无主独怜君。"

⑧ 浩劫：大灾。转轮：转世。

⑨ 雉：野鸡，有冠，长尾，身有文采，善斗。雉雊：野鸡求偶时的鸣叫声。《诗·小雅·小弁》："雉之朝雊，尚求其雌。"《后汉书·袁张韩周列传》认为野鸡求偶在农历十二月。李贤认为在十三月，即"今正月也"。清代学者阎若璩《尚书古文疏证》同理证之，雉雊在春。

⑩ 鱼游："鱼游沸釜"省文。［唐］李商隐《行次昭应县道上送户部李郎中充昭义攻讨》："鱼游沸鼎知无日，鸟覆危巢岂待风。"若：似乎。有知：有所知觉。

⑪ 刘伶：字伯伦，安徽淮北人，生卒未详，"竹林七贤"之一。《晋书》有传。达者：达人。刘伶并非真正意义上的新儒家学派，故称其"非达者"。［清］宋琬《王玉铭先生以蓟酒见饷作六绝句谢之》之六："长笑刘伶非达者，形骸土木不须埋。"

⑫ 钟：酒器。荷钟，引申为贪酒。刘伶嗜酒如命，蔑视礼法、放纵不羁。一何：何其，多么。

（三）

兔角龟毛事①，鸠盘龙女缘②。

灵根迷净土③，福报极诸天④。

法喜无人相⑤，阿难现我前⑥。

男儿心已朽⑦，哀乐付逃禅⑧。

（四）

五重居浑浊⑨，三岁度恒河⑩。

白骨纵横未⑪，青丝拘绞多⑫。

---

① 兔角龟毛：兔子的角，乌龟的毛。兔不长角，龟不长毛，比喻不存在的事情。《楞严经》卷一："世间虚空，水陆飞行，诸所物象，名为一切。汝不著者，为在为无，无则同于龟毛兔角，云何不著。"《大智度论》卷十二："又如兔角龟毛，亦但有名而无实，无则同于龟毛兔角"因明称之为"无体"。［晋］干宝《搜神记·龟毛兔角》："商纣之时，大龟生毛兔生角，兵甲将兴之象也。"

② 鸠盘："鸠盘茶"省文。佛教传说四天王所率八种鬼神之一，瓮形鬼或厌魅鬼，食人精气。常喻丑妇或妇人丑陋之状。亦作"吉盘茶"。《幼学琼林》卷二："是故生菩萨、九子母、鸠盘茶，谓妇态之变可畏。"龙女：佛教二十诸天中之第十九天婆竭罗龙王之女，八岁时悟佛，成就正果。见《法华经》。

③ 灵根：性灵、智慧。净土：圣者所居住之国土，无五浊之垢染，故云净土。

④ 福报：福利果报。诸天：指佛教诸神。

⑤ 法喜：佛教用语。指听闻佛陀教法，因起信而心生喜悦。亦作"法悦"。《金刚经》第十四品："无人相，无我相，无众生相，无寿者相。"

⑥ 阿难：释迦牟尼十大弟子中最年轻的一位。王舍城人，属刹帝利种姓。其父斛饭王乃释迦牟尼之叔。阿难生于释迦牟尼得道的当晚，其父斛饭王为其取名阿难陀，简称"阿难"，意为"喜庆""欢喜"。自幼多闻博达，智慧聪颖。释迦牟尼返乡后，阿难随侍，学佛修道，直至其涅槃，前后陪伴二十五年。

⑦ 心朽：身心疲惫，梦断歌绝。［唐］李贺《赠陈商》："长安有男儿，二十心已朽。"

⑧ 哀乐：悲哀与快乐。逃禅：遁世而参禅。易顺鼎《郑刑部相余不能贵寿相劝学佛赋此示之》："多生绮业思忏除，相劝逃禅意尤厚。"

⑨ 五重：指释名、辨体、明宗、论用、判教相。

⑩ 恒河：佛教中的圣河。典出《楞严经》卷二。波斯匿王说他生下三岁，过河时就知道所过之河就是恒河。佛对他说："你今日已有白发、脸生皱纹，肯定比童年时多，但恒河有老幼变化吗？"王说没有。佛言："皱是因为变化，有变化就有死灭，不变的，本是因为无生无灭。"

⑪ 白骨：泛指死人。纵横：犹言多。［汉］蔡文姬《悲愤诗》："白骨不知谁，纵横莫覆盖。"未：否。

⑫ 青丝：黑发。代指作者本人。拘绞：纠缠、缠绕。引申为对社会的关注。

世缘归应器①，尘累托修罗②。
春杵惊沉梦③，微闻钟鼓过④。

答衮甫⑤

江南江北两狂生⑥，我作小师君骑兵⑦。
大海烟魔空堕落⑧，一丘尸冢误经行⑨。
金庭呵壁知无益⑩，玉局弹棋定不平⑪。

---

① 世缘：俗缘。指人世间事。应器：佛教用语。比丘量腹而食的乞食器。即"钵"。
② 尘累：烦恼、恶业的重重束缚。修罗："阿修罗"省文。为六道、十界之一。阿修罗初为善神，后转恶神之名。其果报胜似天而非天，虽有福德，然性骄慢，执着之念强，虽被种种教化，其心不为所动，虽听闻佛法，亦不能证悟。
③ 春杵：原为劳动工具，劳动时举起、顿地以为节拍，同时唱歌谣，以减轻劳累。其形式和作用与现代打夯歌相类。
④ 钟鼓：两种古代礼乐器名。钟和鼓。［清］昭梿《啸亭杂录·銮仪卫》："午门钟鼓，凡上祀郊庙受朝贺，则鸣钟鼓以为则。"
⑤ 作于1898年冬。戊戌变法失败后，作者似因汪荣宝故，得以脱身京城，写诗向汪荣宝报平安。1900年十月十四日（12月25日），作者由户部尚书鹿传霖向清廷奏保，进为国家经济富强之策。其间，作者当与汪荣宝再次会晤于京师，并由汪荣宝恭送出城。衮甫：汪荣宝（1878—1933）字，一字太玄，江苏吴县人。作者南菁书院同学。1898年以七品小京官入兵部任职。1900年，汪荣宝有《送田自芸南归》诗二首。其一云："岁尽卢沟雪似棉，归人裘敝粟生肩。忧天心事余三宿，惊世文章悔十年。努力清时须守默，平居故国且思玄。台城无限将舒柳，正向春风待客船。"其二云："寥廓高翔不可罗，池隍跼蹐欲如何。素衣渐觉京尘重，锦瑟空怜楚雨多。白首论交心似月，青灯惜别泪为河。何时同醉钟山下，濯足江流一放歌。"（《思玄堂诗集》）
⑥ 江南狂生：似指吴稚晖。江北狂生：代指作者本人。据《锡报》，负笈南菁书院时，吴稚晖、田北湖最相得，有二奇士之目。
⑦ 小师：代指作者本人。少年负笈江阴时，作者时常给人以好为人师的印象，如弈棋等。骑兵：这里借指汪荣宝。
⑧ 大海：代指孙悟空大闹龙宫。烟魔：代指孙悟空被太上老君关进八卦炉，烟熏火燎后反而练就一双火眼金睛。大海句，隐语戊戌变法失败后，一切归于空寂。
⑨ 一丘：指田一区。尸冢：尸首和坟墓。比喻处于极其恶劣的境地。典出"尸冢之间"。《后汉书·祢衡传》："坐者为冢，卧者为尸，尸冢之间，能不悲乎！"
⑩ 金庭：代指朝廷。呵壁：比喻文人骚客失意时的牢骚愤懑。［汉］王逸《楚辞·天问序》："屈原放逐……因书其壁，呵而问之，以渫愤懑，舒泻愁思。"［唐］李贺《公无出门》："分明犹惧公不信，公看呵壁书向天。"
⑪ 玉局：棋盘之美称。这里喻指时局。近人樊增祥《次戢傅韵二首》之二："绿荷作柱群知弱，玉局弹棋那得平。"

昨夜梦游龙伯国①，流云荡处月初明②。

庚子六月题香海道人小影③

（一）

霓冠霞帔妙门开④，淮北湘东一棹回。
谢女清谈逢客至⑤，吴姝小谪为谁来⑥。
新台有泚悲河上⑦，中路无书发大雷⑧。
莫向梭龙拾遗恨⑨，只需灵感不须媒。
缟衣素袂渡江天，寡鹄孤龙各黯然⑩。

---

① 龙伯国：古代传说中的大人国。渤海之东有岱舆、员峤、方壶、蓬莱、瀛洲五山，为神仙居处。因五山之根无所连箸，漂泊不定。天帝怕它流失，命海神禺强使十五只巨鳌轮番用头顶戴，五山始峙。后来，被龙伯国之人钓走六只，于是岱舆、员峤二山，失去凭依，流到北极，沉于大海。典出《列子·汤问》。

② 流云句：隐语脱身京城，脱身危险的境地。

③ 作于1900年6月。香海道人，似指果成（1821—1897），俗姓黄，法名转功，字果成，又字香海。云南楚雄县人。六岁出家华严寺（楚雄县紫峨山），研习佛法。青壮年时期，仅凭袈裟一领、画笔一支，云游四海，浪迹名山古刹。曾长期驻留峨眉、武当、普陀诸山。

④ 妙门：入妙之门，即法门。

⑤ 谢女：指东晋才女谢道韫，河南太康人。生卒未详。名相谢安侄女，王凝之室。清谈：清雅的谈论。

⑥ 吴姝：吴地美人。一喻指梅花。小谪：神仙谪降尘世谓之"小谪"。

⑦ 新台：春秋时期卫宣公为纳姜氏所筑，故址在山东鄄城县。有泚：鲜明的样子。《诗·邶风·新台》："新台有泚，河水弥弥。"悲河上：为清村逍遥河上而悲。

⑧ 中路：途中。无书：没有书信往来。"雁足无书"省文。古代传说雁足可代信。发：放。大雷：犹晴天霹雳。1900年5月，八国联军开进北京，进驻东交民巷。7月，两宫西走，形势大变，中外俱惊。

⑨ 梭龙：即索伦，指科尔沁以北至黑龙江两岸。亦泛称东北。八国联军进兵北京之时，沙皇俄国乘机派遣二十万兵力，分两路入侵中国，占据东北。

⑩ 缟衣两句：指1895年送易顺鼎素衣渡过万里江天，前往台湾筹划边务之事。寡鹄孤龙：失偶的男女。这里比喻香海道人和作者本人。孤龙，亦作"孤鸿"。据此可断，作者与香海道人永别即在其时。

从此别离将进酒①，奈何兄嫂上留田②。

不堪春送桃潭水③，犹记秋归栗里年④。

已分今生成永诀，相逢疑是梦中缘。

啼眉慵髻入朱门⑤，悬月空房锁怨魂。

不泄侍儿爱相国⑥，尚怜文士卓王孙⑦。

南山有鸟谗堪畏⑧，四海求凰调欲翻⑨。

留取心期和眼意⑩，一生一劫忏烦冤⑪。

（二）

姑恶声声不可听⑫，婴儿撒嗔说伶仃⑬。

---

① 将进酒：指李白代表作《将进酒》。诗写蔑视权贵和世俗，且深含怀才不遇之情。
② 上留田：乐府诗名。崔豹《古今注》："人有父母死，不字其孤弟者，邻人为其弟作悲歌，以讽其兄，故曰《上留田行》。"［宋］郭茂倩《乐府题解》云："《孤子生行》，一曰《孤子行》。古辞言孤儿为兄嫂所苦，难与久居也。"这里借以自嘲，当时作者父母双亡，弟于田过继给外人，悲苦无依，身世飘零。
③ 桃潭水：比喻深厚的友情。李白《赠汪伦》："桃花潭水深千尺，不及汪伦送我情。"
④ 栗里：陶潜辞官居住地。在江西九江西南，与柴桑山相近。一说在柴桑区北马回岭。
⑤ 啼眉：愁眉，宛如哭泣状，亦称"八字眉"。朱门：旧指豪富人家。
⑥ 不泄：怠慢。侍儿：侍妾。相国：指袁盎（？—前148），汉初楚国人。《史记》有传。袁盎早年出仕吴王刘濞丞相，有侍从私通其侄女，袁盎知道后却守口如瓶，没有泄密，待之如故。
⑦ 文士：指司马相如。卓王孙：卓文君之父，西汉临邛县首富。汉武帝擢司马相如为中郎将，持节前往巴蜀。卓王孙前倨后恭，大叹女儿慧眼识英雄。飞黄腾达时，前呼后拥；落魄时，一文不名。
⑧ 南山：亦称牛山，属齐地。其山高峻雄伟，这里喻指实力强大的齐国。齐襄公跟亲妹妹齐文姜乱伦，简直如同禽兽。谗：听信谗言。借指齐襄公听信谗言而准备传位于他的鲁隐公。《诗·齐风·南山》："南山崔崔，雄狐绥绥。"《毛诗序》："刺襄公也。鸟兽之行，淫乎其妹。"孔颖达疏："《大司马职》曰：'外内乱，鸟兽行，则灭之。'《南山》刺襄公鸟兽之行，淫于其妹，不言乱者，言鸟兽之行，则乱可知。"方玉润《诗经原始》："此诗直刺文姜，事显甚……鲁桓、文姜、齐襄三人者，皆千古无耻之人也。"
⑨ 四海句：典出［汉］司马相如《凤求凰》其一："凤飞翱翔兮，四海求凰。无奈佳人兮，不在东墙。"《乌鹊歌》其二："乌鹊双飞，不乐凤凰。妾是庶人，不乐宋王。"翻：翻转。
⑩ 心期：两心相望。眼意：以眼传情。
⑪ 忏：忏悔。烦冤：烦躁愤懑。
⑫ 姑恶："姑恶，姑恶，姑不恶，妾命薄"的简说。姑恶：水鸟名，相传由婆婆虐待致死的儿媳变成。苏轼有《五禽言·咏姑恶》诗。
⑬ 婴儿：像婴儿一样。嗔：嗔怪。伶仃：孤苦无依。

眉弯峰黛催人老①，臂点宫砂告佛灵②。
鹊驾何年重渡汉③，龙香无处许投泾④。
微尘绮业从今尽⑤，手绣西天圆觉经⑥。
生小长干现色身⑦，来从巫峡旧根尘⑧。
观音锁骨离初劫⑨，古佛长眉证凤因⑩。
玉藕石莲空有托，露华风絮漫相亲⑪。
沩宗妙法君须记⑫，莫再迟迴堕转轮⑬。

---

① 眉弯：弯眉。峰黛：黑发。峰：比喻发束如峰。
② 宫砂：亦称"守宫砂""守宫"。守宫：旧说将饲以朱砂的壁虎捣烂，点于女子肢体以防不贞，谓之"守宫"。《汉书·东方朔传》颜师古注："言可以防闲淫逸，故谓之守宫，今俗呼为辟宫，辟亦捍御之义耳。"王国维《蝶恋花》："臂上宫砂那不灭？古来积毁能销骨。"
③ 鹊驾：犹鹊桥。重：再。汉：天河。
④ 龙香：即龙香剂，古代士大夫对墨品的代表性称呼。引申为非凡的才华。无处：无用。《吕氏春秋·圜道》高诱注："有为则不能化，乃无处为也。"泾：泾水，表示清水。[宋]苏辙《咀楚文》："何当投泾流，浑浊盖鄙丑。"
⑤ 微尘：佛教用语。色体极小者称极尘，七倍极尘谓之"微尘"。比喻微不足道的人生。绮业：犹伟业、不朽的功业。微尘绮业：比喻远大抱负。
⑥ 圆觉：直译为圆满的灵觉，是真如、佛性、一真法界、如来藏一切法界之别称。圆觉经：大乘佛教经典之一，全称《大方广圆觉修多罗了义经》，亦称《圆觉修多罗了义经》。其经义主要强调众生本具圆觉清净的佛性（如来藏），本来成佛，只因爱欲、妄念才流转生死，只要破除一切迷误、爱欲，恢复清净本性，即可开悟。旨在彻底解决人生苦恼痛苦，指引人们如何修行成佛。
⑦ 生小：犹自小、打小。长干：古建康巷名，今江苏南京长干里，越范蠡筑城于此。作者家附近。[清]陈维崧《醉太平·江口醉后作》："钟山后湖，长干夜乌。"色身：佛教用语。即有形的血肉之身。因集四大（地、水、火、风）五尘（色、声、香、味、触）等色法而成，故称之色身。
⑧ 巫峡：长江峡谷名，因巫山而得名。根尘：佛教语。眼、耳、鼻、舌、身、意，为六根；色、香、声、味、触、法，为六尘。色之所依而能取境者谓之根，根之所取者谓之尘。合称根尘。
⑨ 初劫：指粗妄执。赖宝阿阇梨说："真言行者，从因至果位，所超度烦恼妄心有三重，是名三劫。三劫者，一初劫，名粗妄执；二第二劫，名细妄执；三第三劫，名极细妄执。初劫者，人执品惑也；第二劫者，法执品惑也；第三劫者，无明品惑也。"
⑩ 古佛长眉：对高僧的尊称。凤因：前世因缘。
⑪ 露华：露水的光华。风絮：随风飘落的絮花，多指柳絮。漫相亲：徒然相亲。
⑫ 沩宗：佛教支系之一。因以湖南宁乡沩山为据点传播而得名。妙法：义理深奥的佛法。
⑬ 迟迴：迟疑，犹豫。同"迟回"。堕：毁坏。同"隳"。转轮：即转法轮。法轮是佛法的喻称，意谓佛法如转轮，圣王的"轮宝"转动，无坚不摧，能摧破众生烦恼无明，摧灭一切邪见。

紫塞酬书形影孤①，青城入蜀路崎岖②。

榻悬馆舍终相待③，剑挂坟门定弗渝④。

见说不如城北美⑤，闲评只有子南夫⑥。

秋娘风度依稀里⑦，梦断真真底事无⑧。

辛丑夏病自题小景⑨

（一）

独抱幽忧疾⑩，嗟子壮盛年⑪。

朽心经卷里，呕血酒垆边⑫。

---

① 紫塞：北方边塞。秦长城土色为紫，故谓之紫塞。

② 青城：指四川青城县，该县素以"道家圣地"著称。崎岖：山路不平，很难通过。比喻人生艰难险阻。

③ 榻悬馆舍：形容宾主交情深厚，情谊融洽。多作"旧榻悬尘"，亦作"悬榻待士"。典出《后汉书·陈蕃传》。东汉徐稚，字孺子，豫章人。家贫常亲自耕种，恭俭义让，所居之地，人们服其德，官府屡次征辟，也不应聘。当时，陈蕃为豫章太守，礼聘徐稚为公曹，徐稚也钦慕陈蕃之名，前往拜谒。陈蕃在郡不接待宾客，唯独徐稚来才特设一床榻，徐稚离去才悬起。终：到死。

④ 剑挂坟门：比喻恪守信义而生死不渝的品格。亦作"剑挂冢树""季札挂剑"。典出《史记·吴太伯世家》。定：约定。弗渝：不违背。

⑤ 见说：犹听说。城北徐公：原指战国时期齐国姓徐的美男子。后泛指美男子的代称。《战国策·齐策一》："城北徐公，齐国之美丽者也。"章士钊《鹧鸪天·与松年谈旧事，追怀徐又铮》："芒砀曾疑王气新，当年城北美无伦。"

⑥ 子南夫：丈夫。典出"同室操戈"。《左传·昭公元年》："子晳信美矣，抑子南夫也。"杜预注："言丈夫也。"

⑦ 秋娘：唐代金陵女子。姓杜，名秋娘。原为浙西观察使李锜之姬，善唱《金缕曲》。后李锜谋反被诛，秋娘入宫有宠于宪宗，穆宗立，为皇子傅姆。皇子废，放归故里，穷老而终。后多泛指年老色衰的妇女。风度：指美好的举止、姿态或气度。

⑧ 底事：何等物。

⑨ 作于1901年夏。

⑩ 幽忧：过度忧伤，忧劳。疾：病。

⑪ 嗟：文言叹词。子：你。指作者自己。壮盛年：指青壮年。

⑫ 呕血：吐血。酒垆：古时安放酒瓮的土台。借指酒店。

他日求封禅①，无人问太玄②。

闲居看白昼③，莫任坐床穿④。

（二）

中路呼天哭⑤，哀哉无母儿⑥。

甘为松柏树⑦，但废蓼莪诗⑧。

东海终高蹈，西山亦乐饥⑨。

行行尸与冢⑩，未死有余悲⑪。

（三）

万重悲与悔⑫，土木此形骸⑬。

逐日天将暮⑭，拿云事已乖⑮。

此生属蓬颗⑯，几两著芒鞋⑰。

---

① 他日：来日。

② 问：过问。太玄：指《太玄赋》。汉代扬雄著，简称《太玄》或《玄经》。扬雄将源于老子之道的玄作为最高概念，并以玄为中心思想，构筑宇宙生成图示、探索万物发展规律，是汉朝道家思想的继承和发展。

③ 闲居：避世独居。白昼：白天。诗人不肯屈就，又不愿奔走于富贵之门，故闲居长坐。[唐] 李贺《赠陈商》："李生师太华，大坐看白昼。"

④ 坐床：出家人休息的卧具。

⑤ 中路：中年。呼天：向天呐喊，形容极端痛苦。

⑥ 无母儿：诗人母亲死于去年（1899），故言。《史记·屈原贾生列传》："人穷则反本，故劳苦倦极，未尝不呼天也；疾痛惨怛，未尝不呼父母也。"

⑦ 松柏树：犹松柏志。

⑧ 蓼莪诗：指《诗·小雅》之《蓼莪》诗，周人哀悼父母而悲叹不能终养之诗。蓼：植物高大貌。莪：草名，俗称"抱娘草"。

⑨ 西山：殷末伯夷、叔齐采薇之所。西山乐饥：代指宁愿饿死西山而不事周的隐士伯夷。典出《史记·伯夷列传》。

⑩ 行行：每行。尸与冢：尸体和坟墓。典出"尸冢之间"，见 P8 注⑨。

⑪ 余悲：悲伤无已；无尽悲痛。

⑫ 万重：极言思想感情之复杂。悲与悔：悲痛与悔恨。

⑬ 土木形骸：身体如土木。形骸：躯体。[南朝宋] 刘义庆《世说新语·容止》："刘伶身长六尺，貌甚丑悴，而悠悠忽忽，土木形骸。"

⑭ 逐日：一天天地。

⑮ 拿云：上揽云霄之意。比喻志向高远。乖：断绝。

⑯ 蓬颗：喻卑微。

⑰ 几两：言自己身份轻。芒鞋：泛指草鞋。[宋] 苏轼《定风波》："竹杖芒鞋轻胜马，谁怕？一蓑烟雨任平生。"

三士时相问①，灵山倘可怀②。

(四)

早被儒冠误③，久生殊苦辛④。

世方杀狂士⑤，天遣作文人⑥。

白璧宁无毁⑦，黄金岂救贫⑧。

似闻开阖扇⑨，猰犬尚狺狺⑩。

---

① 三士：指春秋齐之公孙接、田开疆、古冶子。三人勇而无礼，晏子认为将危害国家，准备除掉他们，请景公赐三人二桃，论功而食。三人相争不下，皆不食桃，自刭死。事见《晏子春秋·谏下二四》。［三国蜀］诸葛亮《梁甫吟》："一朝被谗言，二桃杀三士。"相问：不时发问。

② 灵山：佛教圣地。倘：大概，兴许。

③ 儒冠：借指读书人的虚名。典出"儒冠误身"。［唐］杜甫《奉赠韦左丞丈二十二韵》："纨绔不饿死，儒冠多误身。"

④ 久生：久久地活着。殊：特别。苦辛：犹辛苦。

⑤ 世：世道。方：正。狂士：指志向高远，勇于进取之士。

⑥ 天遣：上天责罚。遣：通"谴"。

⑦ 白璧：白玉。代指自己高洁的品格。

⑧ 黄金：指黄金台。原指公元前3世纪，燕昭王为礼贤下士所置土台，台上放置黄金，以聘请天下名士。

⑨ 阖扇：指皇城大门。

⑩ 猰犬：疯狗。狺狺：犬吠声。宋玉《九辩》："猛犬狺狺而迎吠兮，关梁闭而不通。"王逸注："谗佞欢呼而在侧也。"《文选》五臣云："狺狺开口貌，迎吠拒贤人，使不得进也。"

初入北湖①

北山山北水所潴②，南入秦淮归尾闾③。
黑龙双双下云表④，云飞水流剩空湖⑤。
潢污周遭四十里⑥，五洲三岸神仙居⑦。
清凉世界莲花生，奔星⑧拥盖露如珠。

---

① 北湖：玄武湖之别称。位于南京城北。元嘉二十三年（416），命建康令张永再筑北堤，以"位在北方，故曰玄；身有鳞甲，故曰武"，遂称之为玄武湖。后多以后湖、元武湖称之。1909 年被辟为元武湖公园。［宋］郑文宝《南唐近事》："金陵城北有湖，周回十数里。幕府、鸡笼二山环其西，钟阜、蒋山诸峰耸其左。名园胜境，掩映如画。六朝旧迹多在其间，每岁菱藕罛网之利不下数十千，《建康实录》所谓玄武湖是也。"作者归居玄武湖在 1901 年秋冬之际。

② 北山：指钟山。古称金陵山，一名蒋山、紫金山、神烈山。南京群山之首，素有"钟山龙蟠，虎踞石城"之谓。潴：水积聚。

③ 秦淮：指秦淮河，南京地区主要河道，有内秦淮、外秦淮之别。古称龙藏浦，汉代起称淮水。其源两处：东源出自句容宝华山，南源出自溧水东庐山。二源汇于江宁方山埭，自东水关流入南京城，从东向西，横贯市区南部至西水关流出，汇入长江。全长 110 千米，流域面积 2600 平方千米。尾闾：水流的下游。尾：在百川之下谓之尾。［晋］嵇康《养生论》："泄之以尾闾。"

④ 黑龙：一、指南京玄武湖和乌龙潭均曾见黑龙。玄武湖元嘉中黑龙见，因名元武湖。乌龙潭出黑龙，见《重修金陵龙蟠里颜鲁公祠庙暨乌龙潭放生池碑记》，碑云："龙蟠里有古乌龙潭，志称刘宋时乌龙起潭入天表，故名。"二、代指作者本人及弟于田。1905 年于田有《将归北湖北东京旅舍》诗刊于《国粹学报》第 1 卷第 4 期，诗云："粪里蜣螂釜鲤鱼，中原侨寄此微躯。偶因避暑投东海，无奈惊秋忆北湖。空对楚囚学歌舞，似闻秦帝禁诗书。朅来莫问神仙事，权向烟波作钓徒。"三、隐语八国联军攻入京师，两宫西走。

⑤ 本来玄武湖亭台楼阁，布局精妙，惜屡遭兵劫，且久已未见疏浚之功，遂有荒芜零落之感。

⑥ 潢：大水坑。污：小水坑。《国语·周语下》韦昭注："大曰潢，小曰污。"

⑦ 五洲：指玄武湖内五个绿洲。1927 年夏，国民政府定都南京，翌年改全湖为首都公园，更名为五洲公园。三岸：指玄武湖东、南、西三岸。

⑧ 奔星：流星。《汉书·司马相如传》颜师古注："奔星，流星也。"

桥红堤绿染香国①，天然一幅蓉城图②。

朔风吹寒江表气③，高厓崩裂大泽枯。

芦苇萧萧芙蕖死④，陂塘万顷皆荒芜⑤。

道旁寂寞一抔土⑥，坐看朱明对孙吴⑦。

汉家天子满青史，土宇版章今已无⑧。

只余湖民九十户，四姓戍卒旧囚徒⑨。

子子孙孙守乡井⑩，间将遗事说留都⑪。

羔羊斗酒自娱乐⑫，荷樵垂钓足税租⑬。

渔歌莲曲唱还和⑭，终岁弗闻吏追呼⑮。

世上阅历几魏晋⑯，牛耳岂受人言污⑰。

当日桃源不知处，微尘福地此区区⑱。

---

① 染：点缀。香国：花国。

② 蓉：芙蓉，荷之别称。蓉城："芙蓉城"省文。古代传说中的仙境。周念行《新都胜迹考》："洲中多植物……惟驾舟游湖者，则以荷花盛开时最多，幽香十里，扁舟轻飔，偶入荷花深处，恍若身入图画。追夫落霞当空，晚笛数响，星火点点，出没于沧波翠渚间，尤足涤荡尘襟，兴泉石烟霞之思也。"

③ 朔风：寒风。江表：长江以南地区。从中原看南京地在长江之外，故言。

④ 芦苇：即蒹葭。芙蕖：荷花。《尔雅·释草》郭璞注："芙蕖：别名芙蓉，江东呼荷。"

⑤ 陂塘：池塘。陂，野池也。塘，犹堰也。陂必有塘，故曰陂塘。顷：百亩为一顷。万顷：百万亩。形容湖面广阔。

⑥ 一抔土：代指郭璞墓。抔：《国粹学报》原文为"坏"，有误，迳改。

⑦ 朱明：指朱元璋墓（明孝陵）。孙吴：指孙吴大帝墓（蒋陵）。二陵均在钟山之阳。

⑧ 土宇：疆土，国土。版章：版图，疆域。

⑨ 戍卒：被征发至边塞戍边的兵士。四姓：指三国吴郡顾、陆、朱、张四大姓。

⑩ 乡井：家乡。犹乡里。

⑪ 间：得空时。遗事：指明代余留的事迹。留都：指今江苏南京。明洪武元年（1368）八月，朱元璋建都曰南京。十一年（1378）曰京师。永乐元年（1403），朱棣建北京于顺天府仍曰南京。历洪武、建文、永乐三帝。十八年（1420）八月，诏自明年改京师为南京，北京为京师。翌年迁都北京，以南京为留都，仍保留皇宫，设五府、六部、都察院诸机构。

⑫ 羔羊：指小羊。斗酒：大碗喝酒。

⑬ 荷樵：挑着打来的柴。足税租：足以上缴国库。

⑭ 渔歌：打鱼人唱的歌，渔歌互答。

⑮ 终岁：一年到头。弗闻：听不到。追呼之吏：指催缴钱粮的官吏。［清］朱煌《乡征有感》："何年脱却追呼吏，洗净尘嚣返故园。"

⑯ 阅历：亲眼所见、所闻、所经。几魏晋：犹言世乱几与魏晋无异。

⑰ 牛耳："执牛耳"省文。典出《左传·哀公十七年》。今多以"执牛耳"作居于首领地位之典，泛指在某个领域居于领导地位的人。这里为作者自喻。污：玷污。

⑱ 微尘：指人间。福地：指玄武湖。区区：小。言微不足道。

武陵渔父泛舟去①，举目何尝风景殊②。

我从髫龄恣游赏③，便欲没齿为农夫④。

每寻胜境辄忘返，廿年魂梦与之俱。

由来羁旅在江海⑤，六道浑浊徒欷歔⑥。

濯足清流重休息⑦，不辞曳尾甘泥涂⑧。

偶乞官家一曲水⑨，佳处更结三隐庐⑩。

权作湖山新管领，幸免笞辱⑪为人奴。

漉巾但取公田利⑫，结网亦充大官厨⑬。

从此渔樵分半席⑭，百城坐拥万不如⑮。

---

① 武陵渔父：晋时人。以捕鱼为生，在世外桃源中。典出［晋］陶潜《桃花源记》："晋太元中，武陵人捕鱼为业"，"问今何世，乃不知有汉，无论魏晋"。

② 何尝：何曾。殊：不同。

③ 髫龄：幼年。恣：尽情。游赏：游玩观赏。

④ 没齿：终身。

⑤ 由来：自离家以来。羁旅：客居异乡。江海：长江流域和海河流域，作者足迹所经。

⑥ 六道：世间众生因造作善不善诸业而有业报受身，此业报受身有六个去处，称为六道。佛根据业报身所受福报大小划分为天道、阿修罗道、人间道（善道）、畜生道、饿鬼道、地狱道（恶道）。浑浊：看不透彻。

⑦ 清流：清澈的水流。《孟子·离娄上》："沧浪之水清兮，可以濯我缨。沧浪之水浊兮，可以濯我足。"重：致力于。休息：休养生息。

⑧ 不辞句：典出"曳尾涂中"。比喻在污浊的环境中苟且偷生。曳尾：雅逸生活。泥涂：比喻灾难、困苦的境地。《庄子·秋水》："宁生而曳尾于涂中。"

⑨ 乞：低价租赁。一曲水：指玄武湖。

⑩ 三隐庐：指作者与孙绍筠、郑受之隐居玄武湖所筑草庐。疑其故址在玄武湖之翠洲南部，留东同学会旧址一带。姚鹓雏《唐多令·玄武湖同易君左》诗注："田北湖偕二友居湖中时，署门联曰：'是为三隐，奄有五洲。'"1906年夏，陈方恪有《水龙吟·北湖田氏水阁咏白荷》词，词云："紫骝嘶遍芳洲，旧家帘幕深深地。玉奴今夜，眠香正稳，瑶簪初试。骤雨方过，轻云暗染，顿添清致。怅扁然一舸，题红讯杏，相思意，谁堪寄。　犹忆琅玕独倚，对西风，若有离思。翠腕欹凉，冰颐搁泪，素娥扶起。鱼淰波荒，梦魂不到，寒衣空委。怕明朝，碎尽芳心，分付断桥流水。"

⑪ 笞辱：拷打而使受辱。

⑫ 漉巾：滤酒的布巾。比喻忙忙碌碌。但：仅。公田：公家的田。

⑬ 结网：代指织网捕获的水产品。官厨：官家所设厨房。［清］曾国藩《书赠仲弟六则》："官厨少一双之箸，民间宽一分之力。"

⑭ 从此句：形容作者与父老乡亲情深意厚。分半席：［宋］韩元吉《桐阴旧话》："（忠宪）公与李康靖公同行应举，有一毡同寝卧，至别，割毡为二分之。"

⑮ 百城：一百座城，比喻藏书丰富。《魏书·李谧传》："丈夫拥书万卷，何假南面百城。"

春秋及时犹报赛①，迎神送神穆且愉②。
野老村童数朝暮，鸥盟鹭约君勿渝③。
安石宅临景纯墓④，未许勒移相揶榆⑤。
壶中天地隔人境⑥，莫问牛马与枭卢⑦。

玄武湖棹歌⑧

乞取官湖自主张⑨，不须奴仆为人忙⑩。
刺舟便访成连去⑪，天与鲰生好下场⑫。
九十七家打鱼户，二百八只采莲船⑬。

---

① 报赛：古时农事完毕后举行谢神的祭祀。多在春秋两季举行。亦称"赛社""赛神""赛会"。

② 穆：肃穆，表敬意。愉：和悦，快意。屈原《九歌·东皇太一》："吉日兮辰良，穆将愉兮上皇。"

③ 鸥盟鹭约：指隐居生活。亦作"鸥鹭盟""鸥鹭忘机"。《列子·黄帝篇》："海上之人有好沤鸟者，每旦之海上，从沤鸟游，沤鸟之至者百住而不止。其父曰：'吾闻沤鸟皆从汝游，汝取来，吾玩之。'明日之海上，沤鸟舞而不下也。"渝：背弃，违背。

④ 安石：指王安石。安石宅，位于南京市玄武区清溪路附近的半山亭，今海军军事学院内，紧贴城墙。因宅在南京中山门（朝阳门）至钟山半道上，又名"半山庐"。临：挨着，靠近。景纯：郭璞字。

⑤ 未许：不许。勒移：把移文刻在石上。[南朝齐] 孔稚珪《北山移文》："钟山之英，草堂之灵，驰烟驿路，勒移山庭。"揶榆：嘲笑。同"揶揄"。

⑥ 壶中天地：指道家生活。见《后汉书·方术列传》。人境：人所居止的地方。

⑦ 牛马："牛马风尘"省文。比喻人生不得志。枭卢：赌具名。比喻人生得失成败。《广雅》："箸，簙也，今名骰子。博以五木为簙，有枭、卢、雉、犊、塞五者，为胜负之采。"幺为枭，卢次之，皆贵采。[唐] 李贺《示弟》："何须问牛马，抛掷任枭卢。"

⑧ 作于1902年3月陈作霖来访、泛舟玄武湖之时。陈作霖《可园备忘录》有"三月，与孙绍筠、田自芸泛后湖，历三洲，登墩子山"的记载。孙绍筠和以《后湖春泛际田自耘其田》，诗云："学打渔人桨，波纹欲上襟。风微生浪软，山翠隔烟深。静与鸥情远，闲将渔乐寻。开田变新法，介甫亦何心。"

⑨ 自主张：自主经营。

⑩ 奴仆：当奴仆。

⑪ 刺舟：撑船，划船。成连：春秋时著名琴师。相传俞伯牙尝学琴于成连，三年未能精通。至于精神寂寞，成连说："吾师方子春，今在东海中，能移人情。"乃与伯牙俱往海上，闻海水澎湃，群鸟悲号，琴艺大进。

⑫ 鲰生：小生。作者自谦之词。下场：收场。

⑬ 九十七家、二百八只：指玄武湖渔户、采莲船只之数。采：原文为"採"。

与君同饮建业水①，外人莫道太元年②。

桑泊生桑大有因③，莫将卖海怨鲛人④。

红莲萧瑟雕菰熟⑤，我与荆公作替身⑥。

莲舟泥饮渔家乐⑦，渔鼓闲敲莲花落⑧。

一鳞一叶博复博⑨，湖主湖民谑复谑⑩。

太祖陵连大帝陵⑪，守陵有寺寺无僧。

我来散步空山里⑫，闲看兔儿正放鹰⑬。

非侠非僧作散人⑭，陶山渔泽当舂薪⑮。

---

① 建业：今江苏南京。建安十七年（212）秋，孙权迁都秣陵，改建业。东晋、南朝称建康。《孙吴皓初童谣》："宁饮建业水，不食武昌鱼。宁还建业死，不就武昌居。"

② 道：谈论。太元年：泛指乱世。

③ 桑泊：秦以前玄武湖古称，秦汉时较为荒凉。《建康志》引徐爰《释问》："湖本桑泊，晋元帝创为北湖，以肄舟师。"第二个桑字：丧。甲骨文形，中间"桑"字，表声，四周为四"口"，表哭丧。篆文上部变为一"哭"字，下部加一"亡"字，表"哭亡为丧"。桑、丧谐音。谚云："前不栽桑，后不栽柳。"因：原因。

④ 卖海：隐语鸦片战争以来，中国割让大量领土，主权尽失。鲛人：神话传说中居于海底的怪人。

⑤ 萧瑟：冷清凄凉貌。雕菰：先秦时期"六谷"之一。其米须霜雕时采之，故谓之凋菰。雕、凋是通假字。亦称芡实，六合地区称鸡头米。[北魏]贾思勰《齐民要术·飧饭》和李时珍《本草纲目·谷部》均见载。

⑥ 荆公：指北宋名臣王安石，世称"王荆公"。

⑦ 莲舟：采莲之舟。泥饮：犹痛饮。

⑧ 渔鼓：又称道筒、竹琴。莲花落：亦称莲花闹、莲花乐，形成于清中叶。旧为行乞时所演唱的一种曲艺形式，演唱者一二人，仅用主板击拍；也有一人领唱数人帮腔者。

⑨ 一鳞句：摹写湖民水产养殖、稼穑打柴，从事农业生产时的艰辛情状。

⑩ 谑：取笑作乐。

⑪ 太祖陵、大帝陵：同 P16 注⑦。

⑫ 空山：指山幽人少的钟山。

⑬ 兔：《国粹学报》原文为"□"。迳补。见兔放鹰：喻见有利可图，才舍得出本钱。[明]梅鼎祚《玉合记》第三十七出："你道是巧张罗惯打围，俺可也见兔儿才放鹰飞。"

⑭ 非侠非僧：指春秋末期政治家、谋士、实业家范蠡。范蠡曾献策扶助越王勾践复国，兴越灭吴，后急流勇退，不做侠士，不做僧人，而选经商并散财济民。散人：闲散自在（看似无用实则有道）之人。

⑮ 陶山：山名。在山东肥城市西北三十里。因范蠡曾居此，故又名"鸱夷山"。山前湖泊称"鸱夷湖"。渔泽：可供垂钓的水泽。当舂薪：充当舂米、砍柴的农夫。舂：舂米。薪：砍柴。

武陵父老安知汉，鲁国男儿不帝秦①。

雄楚楼夜坐②

残柝不堪数③，一声一断肠。
凄风度破壁④，淡月照空房。
醒枕浑无寐⑤，孤檠若有光⑥。
何当成好梦⑦，客与此还乡。

狱中闻籍没⑧

我屋公墩未许争⑨，北风吹出踏歌声⑩。

---

① 鲁国男儿：指鲁仲连（约前305—前245），又名鲁连、鲁仲子。战国时齐人。事见《赵国策·赵策三》。诗中作者以"鲁国男儿"自喻，隐语效法古代义不帝秦的齐人鲁仲连，宁愿投海而死，绝不苟且偷生。

② 当作于1902年至1903年间。雄楚楼：武昌旧巡抚衙门后山，依武昌城，建于明万历年间。

③ 残柝：残更，指五更，黎明之际。柝：古代打更所用的梆子，用竹子或挖空的木头制成。

④ 凄风：寒风。度：过。破壁：破损颓坏的墙壁。

⑤ 醒枕：不是枕醒，分明是人醒。浑无寐：毫无睡意。

⑥ 孤檠：孤灯。檠：指灯台。若：隐隐约约。

⑦ 何当：何日，何时。

⑧ 作于1904年2月南京狱中。籍没：登记并没收家产入官。

⑨ 公墩：指谢公墩。在南京半山园后，相传因东晋名相谢安曾登临而得名。但因王安石名与谢安字相同，后世一直有谢公墩为谢安登临处还是王安石故居之争。[元]张铉《至正金陵新志》载："（半山寺）后，有谢公墩。"[明]吴应箕《金陵待征录》云："墩在永济寺左，轩在铁塔寺。'我屋公墩'，只望就中言之，安石不曾争地界，金陵亦不必有两谢公墩。"卢海鸣《金陵物语》谢公墩条下："谢公尝与王右军共登此丘……宋王安石亦隐居于此。赋诗云：'我名公字偶相同，我屋公墩在眼中。公去我来墩属我，不应墩姓尚随公。'安石之宅址曰半山寺，在墩前，墩上有半山亭。半山，其名应是红土山，山在朝阳门与钟山之半途，故亦名半山。"

⑩ 北风：寒风。《诗经·国风》有《北风》诗。踏歌声：这里化用[唐]李白《赠汪伦》"李白乘舟将欲行，忽闻岸上踏歌声"，述作者被诱捕事。

黑龙①入海湖无主，朱雀临淮夜渡兵②。余僦居乌衣巷③。

太尉摸金操胜算④，匹夫怀璧误清名⑤。

遥知败兴山阴道⑥，逻骑归来报五更⑦。

---

① 黑龙：作者自号。1913 年 6 月狄君武发表诗作《过北湖怀田师》："此地烟波几万重，绿杨深处碧云浓。不知秦汉千家子，记否春秋四姓农。壶中大好容身窟，故步何曾拟自封。"诗注"入海黑龙无觅处，师自号曰黑龙，有'黑龙入海湖无主'句"即此。

② 朱雀句：诗述清兵夜渡秦淮抓捕作者事。朱雀：古桥梁名。在南京城南，临秦淮河，即五代吴南津桥。又名"朱雀航"，与南京城北玄武湖相对。[南朝宋] 刘道荟《晋起居注》："白舟为航，都水使者王逊立之，谢安于桥上起重楼，上置两铜雀，对朱雀门，又以'朱雀观'名之。"[唐] 许嵩《建康实录》卷五："王敦作乱，温峤烧绝之，权以浮航往来。"

③ 僦居：租屋而居。乌衣巷：街巷名。在南京城南，离朱雀桥不远，有王谢故居。[清] 金鳌《秣陵集》云"今剪子巷至武定桥，是其遗址"。

④ 太尉摸金：指盗掘坟墓之人。典出"摸金校尉"。《三国志·魏·武帝纪第一》裴松之注："（曹瞒）又署发丘中郎将、摸金校尉，所过隳突，无骸不露。"操胜算："稳操胜算"省文。

⑤ 匹夫：老夫。怀璧：《左传·桓公十年》"匹夫无罪，怀璧其罪"。杜预注："人利其璧，以璧为罪。"因喻多财招祸或怀才遭忌。误：玷污。清名：美好的声誉。

⑥ 败兴："败兴而归"省文。山阴，指江苏南京钟山之北。这里反用"王徽之乘兴访友"之典，以讽清廷对自己诱捕逼供失败。《世说新语·任诞第二十三》："王子猷居山阴，夜大雪，眠觉，开室，命酌酒。四望皎然，因起彷徨，咏左思《招隐诗》，忽忆戴安道。时戴在剡，即便夜乘小船就之。经宿方至，造门不前而返。人问其故，王曰：'吾本乘兴而行，兴尽而返，何必见戴！'"作者被捕于 1904 年 1 月至 2 月间，押入江宁大狱；时值"苏报案"要犯邹容、章炳麟在上海受审期间。五日后，华兴会于湖南长沙成立，黄兴任会长，宋教仁、刘揆一、秦毓鎏任副会长。《警钟日报》1904 年 2 月 26 日发表题为《田其田被拘》的地方新闻，介绍田北湖被捕经过：田其田号自芸，江苏六合拔贡生。其人素任放，如淳于髡之无所宗主。魏制军忽十二月某日接江西一武官来禀指田为革命党，谓江西新语（哭告江西人也）是田所为，盖误田为江西人；又谓田有八万金存于庚源钱庄，即日起事云云。魏以示保甲局员徐赓陛、营务处夏时济，皆请密拿正法。徐恐田逃遁，乃托刘世珩致书招往徐处，田欣然往，即拘至江宁县狱。当田被诱至徐所，徐亲讯之曰：汝与文芸阁相交否？又问与康梁有来往否？田皆对以不识。即派兵数百围其家，遍行搜检，无所获。又查阅庚源各账簿，亦无田姓存项。魏督乃电江西巡抚，调武官某来对质，而夏抚复电武官中并无此人。魏知轻听误拘，乃释之。魏制军：指两江总督魏光焘（1837—1916），湖南隆回人。1902 年 12 月，调补两江总督至 1904 年 9 月。徐赓陛：见 P41 注④。夏时济（1852—1923），字彝珣，湖南衡阳人，光绪进士。夏明翰祖父，曾官户部主事、江南候补道员、江西淮盐督销总局总办、两江营务处总理。1904 年 2 月 26 日，蔡元培主编的《警钟日报》刊登一则新闻："江南营务处夏时济观察现奉魏制军札委，察勘吴淞炮台，于昨日至沪。前日本埠谣传，谓此次夏观察到沪，为查拿革命党者，讹言也。"耐人寻味。

⑦ 逻骑：巡逻的骑兵。五更：拂晓之际，"鸡鸣五更"之时。一称"五鼓""五夜"。

里中留别①

铔锁银铛②出狱初，北湖大长失官湖③。
南飞乌鹊宁无树④，西去青牛强著书⑤。
海水苍苍怀弟妹⑥，谷风习习任妻孥⑦。
枌榆夹道知长别⑧，狂走何须问越胡⑨。

赠仪征刘光汉即题《匪风集》⑩

（一）

淮海英灵自有真⑪，萧萧玄发汉宗人⑫。

---

① 作于1904年作者出狱后离开南京，亡之海上之际。

② 铔：同"铁"。银铛：锁系囚人的铁索。《后汉书·崔寔传》："董卓以是收烈付郿狱，锢之，银铛铁锁。"李贤注引《说文》曰："银铛，锁也。"亦引申为笨重。

③ 大长：首领；犹湖长。失官湖：丢掉租赁玄武湖的资格。

④ 南飞乌鹊：多以感慨人生栖止无定，缺少依附之所。"乌鹊南飞"倒置。曹操《短歌行》："月明星稀，乌鹊南飞。"宁无树：实则才性孤傲，择树难荣。

⑤ 西去句：指老子骑青牛西游事。隐语出狱后立志著书立说以唤醒民众。《史记·老子韩非列传》："子将隐矣，强为我著书。"

⑥ 苍苍：茫无边际。怀：牵挂。夏仁虎《玄武湖志·田北湖传》："北湖故有狂名，然于弟妹尽友爱，宗族之无归者，倚以瞻焉。内行敦笃，世盖鲜知之者。"

⑦ 谷风：东风。《诗经》有《邶风·谷风》诗。习习：微风吹拂。任：听凭。妻孥：妻子和子女的统称。

⑧ 枌榆：代指家乡父老。相传刘邦起义之初，向家乡丰县枌榆社，牲宰致祭，祈求土地之神，赐他更多土地。定鼎天下后，为报枌榆社崇德，下令修缮枌榆社，四时祭祀。典出《汉书·郊祀志》。夹道：列于道路两旁。长别：永别。

⑨ 狂走：四处漂泊。越胡：这里泛指南北。越：指越地，南方少数民族居住地。胡：指胡地，北方少数民族居住地。

⑩ 刘光汉（1884—1919）：原名师培，字申叔，江苏仪征人。著有《攘书》《中国民族志》等。匪：通"斐"，意指文采。《诗·卫风·淇奥》："有匪君子，如切如磋，如琢如磨。"1904年刘师培《匪风集》于上海出版。

⑪ 英灵：指才能出众之人。

⑫ 萧萧：花白稀疏貌。玄发：黑发，指少年。[唐]杜牧《洛中送冀处士东游》："却于童顶上，萧萧玄发抽。"汉：汉族。宗人：指同族之人。

每看群燕嬉倾厦①，还许流莺作比邻。

荆棘宫门②终古恨，桃花洞口旧时春。

天风吹出《思归引》③，便现龙伦说法身。

（二）

乔陵松柏几枒杈④，独挽乌号逐日斜⑤。

满道舆台皆帝子⑥，一壶天地付谁家。

种瓜骊上机初发，卖海鲛人计已差。

牛马枭卢君莫问⑦，相期负石与怀沙⑧。

（三）

九幽世界蹦天魔⑨，一曲潮音⑩伊吕波。

宝杵有轮开净土，愿船⑪无楫鼓恒河。

为惭先觉光明在，长使能□涕泪多。

不度众生不成佛⑫，要从地狱试经过。

（四）

与汝神交十五年，弥天四海两忘言。

文章落拓胡琴价，风雨凄凉《宝剑篇》⑬。

---

① 倾厦：比喻即将来临的崩溃局势。

② 荆棘：形容国土沦陷后残破的景象，表现对时世有不祥预兆。"铜驼荆棘"省文。《晋书·索靖传》："靖有先识远量，知天下将乱，指洛阳宫门铜驼，叹曰：'会见汝在荆棘中耳！'"

③ 《思归引》：琴曲名，亦名《离物操》。相传春秋时邵王聘卫侯之女，未至而王死，太子留之不听，被拘于深宫，思归不得，操琴而歌，曲终自缢。

④ 乔陵：金代康宗完颜阿骨打长兄完颜乌雅束陵墓，原址在金上京（今黑龙江省阿县白城子）附近，后迁至大房山（今北京房山区）。乔陵句：意谓女真族经金、元、明、清各朝近七百年的分合流变，渐至日薄西山的境地。

⑤ 乌号：良弓。

⑥ 满道：满路都是。隐语清王朝统治的世道。舆台：泛指奴仆及地位低下的人。《文选·东京赋》张铣注："舆台，贱职也。"

⑦ 牛马、枭卢：同 P18 注⑦。

⑧ 负石：抱石沉水。以示必死之决心。怀沙：典出［晋］葛洪《抱朴子·名实》："此古人之所以怀沙负石，赴流鱼葬，而不堪与之同世也已矣。"述其怀砂砾以自沉之由。后以怀沙为因忠愤而投水死义之典。

⑨ 九幽：极深暗的世界。泛指地下。九幽世界，指地狱。蹦：纠缠。天魔：泛指魔鬼。

⑩ 潮音：众生诵经之声。

⑪ 愿船：佛教语。谓菩萨的誓愿，欲尽渡众生于彼岸，故以船喻。

⑫ 地藏菩萨的大愿是：解救地狱一切受苦的人，地狱不空誓不成佛。

⑬ 《宝剑篇》：指唐代诗人李峤所作七言诗。

朕舌未将三不烂①，好头须向九边传②。

明朝唤醒春人梦，楚覆秦亡何处边。

铁丸

（一）

幽燕狱中气③，镔铁白于鎏④。

锻炼英雄胆⑤，居然绕指柔⑥。

（二）

流丸双双转⑦，中有天籁鸣。

土花片片蚀⑧，不闻掷地声。

（三）

武陵年少儿，弄丸⑨以为命。

掌上进金星，照胆何须镜⑩。

---

① 朕舌未将三不烂：形容一个人的口才好，能言善辩。用"三寸不烂之舌"之典，典出《史记·平原君虞卿列传》。

② 九边：指明朝同蒙古残余势力防御作战的九个边防重镇：辽东镇、蓟州镇、宣府镇、大同镇、偏头镇、榆林镇、宁夏镇、固原镇、甘肃镇。西起嘉峪关，东至鸭绿江，绵延万里。

③ 幽燕：河北北部及辽宁一带的古称，战国时属燕国，故名。幽燕狱中气：指文天祥在宋末抗元兵败被俘，被囚禁于燕京狱中时，集杜甫诗句而作《集杜甫诗集》二百首中所抒发的对国破家亡的悲愤和哀痛。

④ 镔铁：精炼的铁。［唐］元稹《奉和浙西大夫李德裕述梦四十韵……次本韵》："金刚锥透玉，镔铁剑吹毛。"鎏：成色好的金子。

⑤ 锻炼：锤炼。

⑥ 居然：竟然。绕指柔：柔韧得可以绕指头。［晋］刘琨《重赠卢谌》："何意百炼钢，化为绕指柔。"

⑦ 流丸：滚动的弹丸。《荀子·大略》："流丸止于瓯臾，流言止于智者。"

⑧ 土花：苔藓。

⑨ 弄丸：亦称跳丸。指技艺表演。《庄子·徐无鬼》："市南熊宜僚弄丸，而两家之难解。"相传熊宜僚擅长弄丸为戏，可敌五百人。《庄子·徐无鬼》注："昔者楚庄王偃兵宋都，有勇士熊宜僚，工于丸，士众称之，以当五百人，乘以剑而不动，捶九丸于手，一军停战而观。"

⑩ 照胆何须镜：典出《西京杂记》："高祖初入咸阳宫，周行库府，金玉珍宝，不可称言。……有方镜，广四尺，高五尺九寸，表里有明，人直来照之，影则倒见，以手扪心而来，则见肠胃五脏，历然无硋。人有疾病在内，则掩心而照之，则知病之所在。又女子有邪心，则胆张心动。秦始皇常以照宫人，胆张心动者则杀之。"形容理事公正，明察奸恶。

（四）

大月白如昼，探丸取鹪鹩①。
披发垢其面②，市南熊宜僚③。

晤庄生

二十年前别，虹桥忆醉眠④。
逢君煅灶下⑤，迟我酒垆边⑥。
对面惊须发⑦，无心问海田⑧。
不堪同舍客⑨，宿草已芊芊⑩。

过北湖三隐庐故址

（一）

三隐山连三隐庐⑪，龙衣飞去秣陵湖⑫。

---

① 鹪鹩：一名巧妇，俗呼黄脰雀。《庄子·逍遥游》："鹪鹩巢于深林，不过一枝。"
② 披发垢面：头发散乱地披着，满脸污秽。
③ 熊宜僚：春秋楚国人，隐居市南，不屈于时。楚惠王时，白公胜作乱，胁迫其参与，不从。事见《左传·哀公十六年》。《南华真经义海纂微》："圣人爱人无己，不问己之穷达，尝以兼济天下为心，与彼陆沉独善者，不可同日而语。夫子知其为圣人，仆役而未升堂奥，是亦逃名求志者，必市南熊宜僚也。"
④ 虹桥：在南唐皇宫正门外护龙河上，后称内桥。桥南为御街大道，直达中华门。
⑤ 煅灶：铁匠铺里的煅铁炉。
⑥ 酒垆：借指酒店。
⑦ 对面：面对面。须发：胡须和头发。
⑧ 海田："沧海桑田"省文。比喻世事变化很大。典出［晋］葛洪《神仙传·麻姑》。
⑨ 同舍：住同一学舍。
⑩ 宿草：隔年草。由于曾子曾用它特指朋友坟墓上的隔年草，后因作伤悼亡友的典故。这里借以表现对旧交相继亡故的哀挽之情。芊芊：草木茂盛。［唐］王维《青龙寺昙壁上人兄院集》："眇眇孤烟起，芊芊远树齐。"
⑪ 三隐山：指蓬莱、瀛洲、方丈三座仙山。
⑫ 龙衣：蛇蜕。秣陵湖：玄武湖旧称。

新栽观里桃千树①，曾记门前柳五株②。

今日来宾比鸿雁③，几年做客恶鲈鱼④。

何当斫取舍南竹⑤，还我烟波旧钓徒⑥。

（二）

依旧湖光十里平，樱桃初结藕芽生。

谁祠先啬春秋社⑦，争唱重阳⑧风雨城。

桑下浮屠付陈迹⑨，桐乡⑩父老尽多情。

只今猿鹤归何处⑪，辜负沙间鸥鹭盟⑫。

---

① 新栽观里桃千树：化用〔唐〕刘禹锡《戏赠看花诸君子》"玄都观里桃千树，花落水空流。凭君莫问：清泾浊渭，去马来牛"。

② 柳五株：象征五柳先生，即陶渊明。曾记门前柳五株：这里代指归隐之所。

③ 来宾：指作者本人。鸿雁：大雁。

④ 恶：惭愧。

⑤ 何当：犹何日，何时。斫：砍。

⑥ 烟波钓徒：指避世隐居的江湖。典出《新唐书·张志和传》。

⑦ 先啬：先农。《礼记·郊特牲》郑玄注："先啬，若神农者。"

⑧ 重阳：代指唐代诗人王维诗作《九月九日忆山东兄弟》。诗云："独在异乡为异客，每逢佳节倍思亲。遥知兄弟登高处，遍插茱萸少一人。"

⑨ 桑下浮屠：同 P4 注⑦。陈迹：旧迹。

⑩ 桐乡：汉末大司农朱邑曾为桐乡吏，有惠政，死后葬于桐乡，乡民为之立祠，祭祀不绝。因以称美地方官德政的典故。典出《汉书·循吏传·朱邑》。

⑪ 猿鹤：猿与鹤。借指隐逸之士。

⑫ 负：《政艺通报》原文为"员"，有误，迳改。鸥鹭盟：同 P18 注③。

悲秋阁①

生死交情明圣湖②，墓门还入《辋川图》③。
渡江收骨千秋事，留与昙迁补《宋书》④。

秋坟⑤

宋朝三字狱⑥，吴国十字碑⑦。

---

① 悲秋阁：楼阁名。故址在浙江杭州西湖小万柳堂别墅内，由作者南菁书院同学廉泉、吴芝瑛夫妇为志哀秋瑾所筑。是篇当作于 1908 年年初。诗极力称扬吴芝瑛的仁义之举。秋瑾（1879—1907）：浙江绍兴人。光复会会员、同盟会会员。1904 年赴日留学。1906 年参与创办中国公学。1907 年回绍兴主持大通学堂，联络金华、兰溪等地地下党，组织"光复军"，与徐锡麟分头准备皖浙两省起义。7 月 6 日，徐锡麟刺杀恩铭，起义失败。7 月 15 日秋瑾就义于绍兴轩亭口。7 个月后，吴芝瑛和徐寄尘女士相约，冒雨渡过钱塘江，赶至绍兴，捡骨营葬。徐寄尘撰写墓表，吴芝瑛手书勒石，二人在墓前哀读祭文。

② 生死交情：吴芝瑛和秋瑾曾义结金兰。明圣湖：一名金牛湖，今浙江杭州西湖。刘道真《钱塘记》："明圣湖在县南。父老相传，湖中有金牛，古尝有见其映宝云泉，照耀流精，神化莫测，遂以明圣为名。"

③ 墓门：字面义墓道之门。此用"剑挂坟门"之典（同 P12 注④），并对《诗·陈风·墓门》诗。《墓门》诗云："墓门有棘，斧以斯之。夫也不良，国人知之。知而不已，谁昔然矣。"《毛诗序》："《墓门》，刺陈陀也。陈陀无良师傅，以至于不义（指杀太子免而代立为君事），恶加于民焉。"还：归。《辋川图》：唐代诗人王维晚年隐居辋川时所作，现存为唐人摹本。画中别墅群山环抱，庭院中亭台楼阁，树木掩映；庭院外云水流肆。其意境淡泊超尘。

④ 昙迁（384—482）：俗姓支，本月氏人，寓居建康（今江苏南京）。笃号佛儒，善谈老庄。工于书法，又善梵呗。初住祇园寺，后移住乌衣巷。与范晔相善，及范晔被诛，为之营葬。

⑤ 秋坟：指秋瑾坟。

⑥ 三字：指"莫须有"三个字。狱：指文字狱。宋朝句，意谓秋瑾死于冤屈。

⑦ 吴国十字碑：指季札墓碑，碑铭为"呜呼有吴延陵君子之墓"十个古篆。字大径尺，体势奇伟，相传为孔子所书。碑藏于江苏江阴博物馆。《史记·吴太伯世家》："延陵季子冢在毗陵县暨阳乡。"吴国句，称扬秋瑾有季札般的君子风范。

世上存公道①，何应赞一辞。

五鬼搬运②

黄金可得河不塞③，枉把青词朝天阙④。
冥司铸财只一炉⑤，五鬼搬运汗如血。

移家⑥

滨北滨南十四迁⑦，钟馗求宅自年年⑧。
可堪春断桥头杵⑨，输尽人家税屋钱⑩。

---

① 吴芝瑛安葬秋瑾，清廷震怒，欲捉拿吴芝瑛与徐寄尘。吴芝瑛致函两江总督端方："是非纵有公论，处理在朝廷，芝瑛不敢逃罪。"（张正顺. 魅力浮力山［M］. 合肥：合肥工业大学出版社，2012.）

② 五鬼搬运：古代传说中的法术名。亦称"五鬼术"。多见于中国古代小说，说五个小鬼可以不启人门户，不破人箱笼而取人财物。五鬼：指瘟神，又称五瘟，分别是春瘟张元伯、夏瘟刘元达、秋瘟赵公明、冬瘟钟士贵和总管中瘟史文业。

③ 黄金句：典出《汉书·郊祀志上》："黄金可成，而河决可塞，不死之药可得，仙人可致也。"［宋］苏轼《寄吴德仁兼简陈季常》："黄金可成河可塞，只有霜鬓无由玄。"

④ 枉：徒然。青词：代指"戊戌变法"期间作者所上奏折。朝天阙：朝见皇上。

⑤ 冥司：指阴间。佛教谓为地狱道、饿鬼道和畜生道的总称。

⑥ 作于1907年，当时作者徙居江苏上海白克路昌寿里。移家：迁移住地。

⑦ 北、南：指长江以北和长江以南。十四：十四次。迁：徙居。

⑧ 钟馗：中国民间传说中能打鬼驱邪的神，被视为赐福镇宅圣君。

⑨ 桥：指皋桥，梁鸿赁春之所。春断桥头杵：借用极言劳动之辛苦。

⑩ 人家：指自己。税屋：租借房屋。

题后湖①

（一）

桑泊生桑大有因，争墩来做塞湖人。

鲛人卖海今无恙，不计渔舟再泛春。

（二）

桃潭唱彻踏歌声，醉尉而今问夜行②。

八百鱼儿犹下泪③，何堪化鹤数归程。

寒山诗钟选章④

（一）

处士伏龙扶汉室⑤，古人星象犯天垣⑥。

---

①　作于1907年。后湖：南京玄武湖的别称。据王曼犀《金陵后湖志·近代诗抄杂选》，原诗书于南京玄武湖梁州湖神庙壁上。署《北湖旧主重来之作》。周实《无尽庵遗集·诗话》玄武湖诗序云："湖上有庙一，供湖神即曾涤生画像。余曾见庙壁上有诗两章，题为《北湖旧主重来之作》。词颇悲愤，因慨然和韵，亦所以哀其志也。"

②　醉尉：指势利小人。

③　八百：指八百斤。玄武湖之利一向以捕鱼、荷叶为大宗。光绪二十七年（1901）计得渔二百万斤。荷叶前后统计年值千余金。湖田七百余顷，亦产芦苇，后改种稻禾。种稻禾必筑坝放水，水放则鱼去。向之年得三百万斤者，近且无三千斤。至三十二年（1906），只有八百余斤矣。（王曼犀《金陵后湖志》引《天慵阁笔记》卷四）下泪：落泪。

④　第1章至13章录自《寒山社诗钟选》甲集，第14章和第15章录自丙集。

⑤　伏龙：即潜龙。

⑥　天垣：彗星、客星之类。《晋书·天文志》云："天枪、天根、天荆、真若、天榱、天楼、天垣，皆岁星所生也。"《隋书·天文志》："……天垣星生左角宿中。"

（二）

一卷星经传石氏①，贰心伏剑愧原繁②。

（三）

滩经无义迟巫女③，台上通天梦汉皇④。

（四）

葛侯遗恨终绵竹⑤，屈子冤魂断秭归⑥。

（五）

蜀山到处鼯栖竹⑦，辽海何年鹤化归⑧。

（六）

箬笠渔翁吹楚竹⑨，锦衣战士破吴归⑩。

（七）

裹毡晋将趋绵竹⑪，烧铠吴师逼秭归⑫。

---

① 星经：全称《甘石星经》，世界上最早天文学著作。战国楚人甘德、魏人石申所著。甘德著作名《天文星占》，石申著作名《天文》，均为8卷。

② 贰心：异心。伏剑：以剑自刎。《左传·襄公三年》："魏绛至，授仆人书，将伏剑。"原繁：春秋时郑臣，郑厉公的伯父，事郑庄公。郑厉公回国即位后，为表示臣无贰心，上吊而死。典出《左传·庄公十四年》。

③ 巫女：巫山神女。

④ 台：指三台。三峡著名景观之一。

⑤ 葛侯：指诸葛亮之子诸葛瞻（227—263），字思远，山东沂南人。永安六年（263），魏将邓艾伐蜀，率军防御绵竹，不听黄崇速占险要的建议，坐失兵机，出城与邓艾决战，兵败被杀，绵竹失守。后主刘禅出降，蜀汉灭亡。

⑥ 屈子：指屈原。秭归：汉置县，隶今湖北宜昌。相传为屈原故里。

⑦ 鼯：即鼯鼠。其形似松鼠，前后肢之间长有飞膜。住在树洞中，昼伏夜出。

⑧ 辽海：泛指辽河流域以东至海地区。辽海句，化用汉人丁令威学道成，化鹤归辽东之典。［元］范梈《王氏能远楼》："游莫羡天池鹏，归莫问辽东鹤。"

⑨ 箬笠：用箬竹叶或篾编成的遮阳挡雨之具。亦称竹笠、箬帽。《东鲁王氏农书·农器图谱》："笠，戴具也。古以台皮为笠。今之为笠，编竹为壳，裹以箨笠，或大或小，皆顶隆而口圆，可避雨遮日，以为蓑之配也。"楚竹：指以楚地之竹制作而成的管乐器。

⑩ 锦衣：春秋战国时期，越国战士所着之衣。

⑪ 毡：兽毛片状物，同"毡"。裹毡：可作御寒之用。这里代指流民。西晋末，关中大饥，流民数万逃荒入蜀，益州刺史罗尚欲驱之关中。流民李特则于绵竹设两大营，收辑人心，大败晋军。

⑫ 烧铠句：汉主初连兵入夷陵界，沿途置驿，以达于白帝城。及兵败，诸军溃散，唯驿人自担所弃铠铠，烧之于隘以断后，仅得脱也。据《水经注》，烧铠断道处地名石门，在秭归县西。

（八）

天童宝塔开东土①，地望北门数北朝②。

（九）

犬书朝去悲昌谷③，前席宵虚负洛阳④。

（十）

迷离雌兔原奇女⑤，不秀童乌亦慧儿⑥。

（十一）

足生重茧悲狂走⑦，身死江鱼许《大招》⑧。

（十二）

海门江舌悬吴会⑨，垓下重瞳感楚歌⑩。

（十三）

黄螭降地征秦霸，白马郊天纪汉仪⑪。

---

① 天童：寺观名，在浙江宁波东太白山麓。全国重点寺院之一。据《宁波佛教志》，西晋太康三年（282），并州离石（今山西离石区）人刘萨诃（僧名慧达）东游至鄮县（今宁波鄞州区）乌石岙，得佛舍利宝塔，乃修立龛堂供之，直至老死。
② 北门：《诗经》有《邶风·北门》诗，一首官职低微官员的倾诉之诗。《毛诗序》："《北门》，刺仕不得志也。言卫之忠臣不得其志尔。"
③ 犬书：相传晋陆机游宦洛阳，久无家中音信，乃戏以灵犬黄耳书信，竟得回信。后因称家书为"犬书"。典出《晋书·陆机传》。昌谷：在河南宜阳，唐代著名诗人李贺故居所在。
④ 前席：欲更接近而移坐向前。洛阳：指贾谊。
⑤ 迷离：兔眼半闭。奇女：指花木兰。
⑥ 不秀：比喻人资质好，但尚未成年便不幸夭折。"苗而不秀"省文。童乌：早慧而殇儿，汉代扬雄之子。九岁助父著《太玄》。[汉]扬雄《法言·问神》："育而不苗者，吾家之童乌乎！九龄而与我玄文。"
⑦ 重茧：即胼胝。俗称"老茧"。
⑧ 身死江鱼：指屈原投江事。《大招》：屈原为招怀王魂所作楚辞名篇，分两部分。第一部分为"四方之招"。最后重在陈述诗人的美政理想，以此激励亡魂归来，并希望他效法禹、汤、周文王。
⑨ 海门：江海门户。江舌：指崇明岛。岛位于长江入海口，南与上海、太仓相望，北同海门、启东一水之隔。其状如龙口之舌，亦称"江舌"。悬：吊在龙口之中。吴会：吴地都会。
⑩ 垓下：古地名。在今安徽灵璧县东南。重瞳：眼球有两个瞳孔。这里代指项羽。楚歌：我国古代楚地的土风歌谣。《史记·项羽本纪》："夜闻四面皆楚歌，项王乃大惊曰：'汉皆已得楚乎？是何楚人之多也！'"
⑪ 郊天：指祭天。汉仪：泛指中国礼仪制度。

（十四）

荆人左足悲初刖①，萧后回心感独居②。

（十五）

带水自横貍敢渡③，家山终破凤成字④。

沁园春·赠酒店主人⑤

春梦醒时，散发扁舟⑥。秦淮酒家，笑羊头羊胃⑦，别饶意态⑧，曾以武功授游击，酒酣辄谈少年杀贼事。桃根桃叶⑨，空误年华。板阁悲多，旗亭唱罢⑩，何处垂杨问暮鸦⑪？家居好、蓑海尘束紧，一派胡笳。

由他，笑骂交加，对短烛、开樽泛紫霞⑫。任清风入槛⑬，玉壶沉醉，落花

① 荆人刖足：典出刘向《卞和献璞》。荆人：楚人。刖：古代酷刑名。把脚砍掉，作动词用。《周礼·司刑》注："断足也。周改髌作刖。"

② 萧后（1040—1075）：字观音，清宁元年（1055）十二月立为皇后，尊号懿德，被谗而死，死前作有《回心院词》十首。回心：指回心院，唐高宗王皇后及萧良娣被囚之所。[辽] 王鼎《焚椒录》："萧后，字观音，工书，能歌诗，善弹筝及琵琶，天祐帝封为懿德皇后。帝游猎无度，后作诗劝谏，为帝所疏远。后作《回心院词》，寓望幸之意。宫女单登，本为叛人重元家婢，亦善筝及琵琶，与伶官赵惟一争能，怨后不重己，遂与耶律己辛密谋害后。令他人作《十香词》，内容淫猥，伪称宋国皇后所作，请萧后书写。遂以此为证，诬萧后与赵惟一私通。萧后卒被害死。"

③ 带水：指长江。貍渡：指瓜步古渡。故址在南京六合东南瓜步山下。元嘉间，北魏太武帝车驾瓜步，隔江望秣陵，威震建康。佛貍：拓跋焘小字。貍：同"狸"。

④ 家山：家乡。

⑤ 作于1902年至1903年间。林葆恒辑入《词综补遗》。

⑥ 散发扁舟：语出 [唐] 李白《将进酒》"人生在世不称意，明朝散发弄扁舟"。

⑦ 羊头羊胃：一喻其贱，一喻其多，一讽刺厨子做官。多指泛滥的官吏、官职，或不学无术无能之辈。《后汉书·刘玄传》："烂羊胃，骑都尉。烂羊头，关内侯。"

⑧ 别饶：别有。意态：神情姿态。

⑨ 桃根桃叶：东晋美女，桃叶为姐，桃根为妹，皆为书法家王献之妾。后泛指美女。

⑩ 旗亭：酒楼。悬旗为酒招，故以"旗亭"称之。

⑪ 垂杨暮鸦：形容山河破碎的衰败景象。[唐] 李商隐《隋宫》："于今腐草无萤火，终古垂杨有暮鸦。"

⑫ 紫霞：紫色云霞。道家谓神仙乘紫霞而行。

⑬ 清风：代指文字狱。上海商务印书馆《中国革命记事本末》章一："彼自入关以来，荼毒生灵，惨绝人道。……降至乾隆，号称极盛。苛刻暴戾，变本加厉。文字之狱，士气凋伤。吾民因容忍之，未尝与之较。"

满地，羯鼓频挝①。苍狗翻衣②，青蝇集矢③，闻道骊山又种瓜④。君知否？有头颅无价，仅许来赊。

沁园春·记事⑤

乞得官湖，并来而耕⑥，奄有五洲。余与二生结茅湖上，号三隐庐。湖有五洲，

---

① 羯鼓：我国古代打击乐器名。南北朝时通过羯人传入中原，盛行于唐。鼓如漆桶，两头俱击。以出羯中，故号羯鼓，亦谓之两杖鼓。《新唐书·礼乐志》："羯鼓，八音之领袖，诸乐不可方也。"挝：打鼓。

② 苍狗翻衣：比喻世事难料、变化无常。苍狗：白云。[唐] 杜甫《可叹诗》："天上浮云似白衣，斯须改变如苍狗。"

③ 青蝇：本义苍蝇，比喻谗人。《诗·小雅·青蝇》郑玄笺："蝇之为虫，污白使黑，污黑使白，喻佞人变乱善恶也。"矢：箭。《左传·襄公二年》："楚君以郑故，亲集矢于其目。"后以"集矢"借称众人指摘一人或一事。

④ 骊山种瓜：指秦始皇焚书坑儒事。《汉书·儒林传》颜师古注引卫宏《诏定古文官书序》云："秦既焚书，患苦天下不从所改更法，而诸生前后到者拜为郎，前后七百人延。密令冬种瓜于骊山阬谷中温处。瓜实成，诏博士诸生说之，人人不同，乃命就视之。为伏机，诸生贤儒皆至焉。方相难不决，因发机，从上填之以土，皆压，终乃无声。"

⑤ 出狱后，是篇曾以《沁园春·记汪嘉棠奔湖事》为题发表，载 1904 年 11 月 7 日《警钟日报》。文字略有参差。汪嘉棠（1855—1935）：字叔荂。安徽歙县人。官礼部主事、会典馆校对、补总理衙门章京、江苏候补道、财政部咨议。在南京时，与缪荃孙、张謇交往甚密。

⑥ 并：三人合在一起称"并"。三人，分别指作者、郑受之和孙绍筠，见 P34 注②。耕：泛指专门从事某项工作或事业。这里指在玄武湖办理实业。

故书联庐门云：是为三隐，奄有五洲①。正桃花渔父，何论魏晋；芙蓉城主②，自订春秋③。鱼也忘机④，牛兮努力⑤，伴侣还寻鹭与鸥。星辰夜，报泽中男子⑥，五月披裘⑦。

　　庄头夜猎连驺⑧，蓦山吏仓皇发甲收⑨。记东平⑩柳下⑪，嵇康谩客⑫；南

---

① 奄：全部占有。是为三隐，奄有五洲：作者在玄武湖所筑"三隐庐"楹联的内容。同P17 注⑩。

② 芙蓉：荷之别称。相传石延年、丁度、王迥死后，同为芙蓉城主，北宋十分盛行。诗中作者与郑受之、孙绍筠并称"芙蓉城主"。郑受之：江苏南京人。生卒未详。曾住秦淮河西之北三坊巷。其人嗜酒且豪。入民国官北京政府民政部。葬于杭州西湖自购之地。著有《红叶山房集》。张通之《秦淮感逝》有传。孙绍筠：字启椿。江苏南京人。生卒未详。清举人。民国词曲大家卢前的叔外祖。1890 年受知于陈作霖。1895 年与田北湖一同参加江宁乡试。1900 年与田北湖一并由户部尚书鹿传霖向清廷奏保，进为国家经济富强之策。1907 年加入江苏教育总会。1909 年当选江苏省咨议局议员。入民国，曾任江苏省政府官产处处长，南京和平成会文牍干事，义农会南京分会负责人，并划地赞助孙中山下葬南京中山陵。世居南京全福巷，后在王府园购置废圃，茸为"廉园"，即 1928 年易君左卜居时称"孙园"者。园与八府塘通，今已不存。

③ 自：自主。订：规划；书写。春秋：人生。

④ 忘机：忘却名利机巧之事。引申为心无芥蒂，与异类相亲。比喻淡泊隐居，不以世事为怀。同"鸥鹭忘机"。参 P18 注③。

⑤ 牛兮努力：春秋卫人宁戚《饭牛歌》"牛兮努力食细草，大臣在尔侧，吾当与尔适楚"。

⑥ 泽中男子：指隐士严光。严光：字子陵，浙江余姚人。生卒未详。严光少有高名，与光武（刘秀）同游学。光武即位，乃变名姓，隐而不见。帝思其贤，乃令以物色访之。后齐国上言："有一男子，披羊裘钓泽中。"刘秀疑其就是严光，乃遣使前往聘之。三个来回而后至洛阳。《后汉书·逸民》有传。浙江桐庐有严子陵钓台。

⑦ 五月披裘：多喻居贫而隐逸清高。亦作"披裘负薪"。[晋]皇甫谧《高士传》："五月披裘而负薪，岂取金者哉！"

⑧ 庄头：村头。驺：本义主驾车马之小吏。连驺：犹言小吏前呼后拥。

⑨ 蓦：突然。山吏：偏僻山区的小吏。仓皇：慌张。发甲：派遣甲士。收：拘捕。

⑩ 东平：代指吕安（？—262），字仲悌，三国魏东平人。少有文名，有济世之念，但其才华未得施展。平生与嵇康交游甚笃，后二人均见杀于司马昭。

⑪ 柳下：指春秋大夫柳下惠，姬姓，展氏，字季禽。春秋鲁国人。生卒未详。曾三次被罢，有人劝其他去，却不以为意。食采柳下，谥"惠"，故以"柳下惠"称。《晋书·嵇康传》载："昔惭柳下，今愧孙登。"

⑫ 嵇康（223—262）：字叔夜，安徽宿县人。"竹林七贤"之一。《晋书》有传。谩：轻慢。所谩之客指钟会。

山其落①，杨恽成囚②。牒上匿名③，筵前对簿④。舍取公田事便⑤，休休高隐⑥，让世人杀却⑦，博个封侯。

金缕曲·赠林僎⑧

　　江北淮南有林僎者，粗涉文史，慷慨任放⑨。少经乱离⑩，老无妻子⑪。萧然有出世之概，行卑而义高⑫。以自晦也⑬，投身为人家佣，无知之者。余归里门⑭，得之于城隅⑮。短裤拥篲⑯，上下庭除⑰，相见甚欢，与语竟夕⑱。天荒地老，识逆旅之异人⑲；山高水流，感孤舟之过客。乞浆有约⑳，卖饼同游㉑。为制斯曲，使歌其志。

---

① 南山：同 P10 注⑧。萁：豆茎。[汉] 杨恽《报孙会宗书》：“其诗曰：‘田彼南山，芜秽不治。种一顷豆，落而为萁。人生行乐耳，须富贵何时？’”《汉书·五行下》颜师古注：“因妇人以致兵寇也。”

② 杨恽（？—前54）：字子幼。陕西华阴人。司马迁外孙。杨恽为人轻财好义，廉洁无私，但桀骜不驯，狂放直言，故多结怨于朝廷。因《报孙会宗书》令“宣帝见而恶之”而以大逆不道之罪腰斩之。

③ 牒：古时书于木片的文书，作为公文始于汉。明代，诸司之间相移文书用牒，牒由上下公文演变为平行公文。

④ 筵前句：比喻司法腐败，视审判为儿戏。筵前：宴席上。对簿：受审。

⑤ 舍取：选择。公田：指办理玄武湖实业事。

⑥ 休休：犹言不要。表劝阻。《诗·唐风·蟋蟀》：“好乐无荒，良士休休。”高隐：隐居。

⑦ 世人：世间之人。杀却：杀掉。

⑧ 作于 1902 年至 1903 年间。

⑨ 任放：坦率、脱俗。

⑩ 乱离：国乱家离。乱，指洪杨之役（1850—1864）。

⑪ 妻子：老婆和孩子。

⑫ 行卑而义高：处境低微，对事物的见解却高人一筹。

⑬ 自晦：自隐才能，不使声明彰著。

⑭ 里门：乡里。

⑮ 城隅：城角。多指城根偏僻空旷处。

⑯ 裤：清人所穿满裆裤。《说文·裤部》段玉裁注：“今之套裤，古之绔也；今之满裆裤，古之裈裤也。”篲：笤帚。

⑰ 上下庭除：四处打扫干净。庭除：本义庭前阶下，这里作动词用。

⑱ 竟夕：通宵。

⑲ 逆旅：比喻匆遽短促的人生。异人：超凡脱俗之人。褒义。

⑳ 乞浆：“乞浆得酒”省文。浆：茶水。[魏] 袁准《正书》：“太岁在西，乞浆得酒。”讨杯茶喝，却得到了酒。比喻得到超过所要求得到的，表示喜出望外。

㉑ 卖饼：出卖饼食。旧时以为贱业。赵岐逃难四方，卖饼北海市中。后遂以“卖饼”指因避难而隐姓埋名。

汝识亡人否①？镇相逢、荒城野店，挑灯话旧。此日归来华表鹤②，已到转轮劫后③。还剩得、头颅如斗。黯淡风云枌榆社④，漫销魂、泥饮花间酒⑤。忘年约，孤山叟⑥。

侠游十载空求友。问六朝、菜佣酒保⑦，于今何有？不道迷阳真却曲⑧，只合诙谐信口⑨。尚兀自⑩，衣鹑马狗⑪。莫向芦中呼穷士⑫，怕龙津桥⑬在六合南门外，滁水⑭所经。下潜龙吼⑮。高歌起，汝击缶⑯。

_____

① 亡人：流亡之人。

② 归来华表鹤：古代传说，仙人丁令威，化鹤返回故里，落在城门华表柱上，遭少年弹射，鹤乃飞旋空中鸣作人言："去家千年今始归。城郭如故人民非，何不学仙冢累累。"然后高飞而去。典出〔晋〕陶潜《搜神后记》卷一。后多以抒发对人世沧桑的感慨。

③ 转轮劫：道教以天地从生到灭，一成一败，一生一死，一个周期为一劫。劫有大劫，有小劫，大小劫之间有转轮劫。小劫为一万零八百年，转轮劫为十二万零九千六百年，劫劫相延积到万数乃成为大劫。这里指死里逃生。

④ 黯淡：同"暗淡"。

⑤ 泥饮：痛饮。

⑥ 孤山叟：指北宋诗人林逋。林逋（967—1028），字君复，浙江杭州人。终身不为官，也不娶妻，隐居西湖孤山，专以种梅养鹤为乐，世称"梅妻鹤子"。这里代指林僀。

⑦ 菜佣酒保：代指社会底层的人。菜佣：卖蔬菜者。酒保：俗称"店小二"。〔清〕吴敬梓《儒林外史》第二十九回："真乃菜佣酒保都有六朝烟水气，一点也不差。"

⑧ 道：谈说。迷阳：荆棘。〔清〕王先谦《庄子集解》注："迷阳，谓棘刺也。"却曲：屈曲，指道路曲折难行。却：拐着弯走。

⑨ 诙谐：谈吐幽默风趣。信口：随口。

⑩ 尚：习尚。兀自：径自。

⑪ 衣鹑：亦作"鹑衣"，即破衣。鹑鹑飞扑，羽毛凌乱，故称破衣为"鹑衣"。马狗：马瘦如狗。

⑫ 穷士：指伍子胥。胥为渔翁藏于芦苇丛中，渡河获救。喻沿途风险。《吴越春秋·王僚使公子光传》："芦中人，芦中人，岂非穷士乎？"

⑬ 龙津：桥梁名。始建于唐，横跨滁河。旧址与六合城南门相直。〔清〕刘庆运《龙津桥》："地险物亦灵，青龙时隐见。"

⑭ 滁水：即滁河，古称涂水。长江下游重要支流，源于安徽梁园，绕六合城南一道而东南下，经瓜埠入江。吴赤乌十三年（250）作涂塘以淹北道、晋咸宁五年（279）仙出涂中，皆指此地。

⑮ 潜龙：比喻贤才失时不遇。《后汉书·马融传》李贤注："潜龙，喻贤人隐也。"

⑯ 缶：瓦或青铜所制的酒器。这里代指饭盆。击缶：敲击饭盆，以为节拍。

暗香·送殷三夫妇归平阳用乐笑翁送杜景斋归永嘉韵①

浦寒黄歇②，正声声腊鼓③，胡笳和彻④。海燕双归，便挂横阳一帆月⑤。树已婆娑如此⑥，怕江山付与啼鴂⑦。想中流击楫高歌⑧，宝剑莫藏匣。

乍见怎成别⑨，记往日神交⑩，相思慰切，清谭近接⑪。世上休惊魏蝴蝶⑫。要把拿云心志，向雪庭从头重说⑬。更待君杨柳岸，角巾试折⑭。

---

① 当作于1902年腊月。殷三，指殷汝耕（1885—1947）：字亦农，浙江平阳人。殷汝熊、殷汝骊之弟，行三。早年留学日本鹿儿岛第七高等学校。后加入中国同盟会，随黄兴参加辛亥革命，为同盟会早期健将。

② 黄：借指落叶。歇：凋零。

③ 腊鼓：旧时每年腊月祭傩驱疫时敲奏，故名。《吕氏春秋·季冬》高诱注："今人腊岁前一日，击鼓驱疫，谓之逐除是也。"

④ 胡笳：我国北方少数民族的管乐器名。我国古代，北方少数民族喜好卷苇叶为笳，吹以作乐，后以竹为管。和彻：和谐，清明。

⑤ 横阳：浙江平阳之古称。

⑥ 婆娑：生机旺盛。《文选·神女赋》："婆娑，放逸也。"树已婆娑如此：犹言新生的革命力量发展壮大到现在这个地步。

⑦ 付与：交给。啼鴂：鸟名，鶗鴂，即杜鹃。此鸟三月即鸣，至夏不止，其声悲。常喻春逝。

⑧ 中流击楫：常借喻收拾河山，驱逐敌寇的决心。中流：水流中央。

⑨ 乍见：初次见面。

⑩ 神交：彼此慕名而未曾谋面的交谊。

⑪ 清谭：清谈。

⑫ 魏蝴蝶：用"何郎傅粉"之典，并对欧阳修《望江南·江南蝶》词。何郎，指何晏（？—249），字平叔，河南南阳人。三国时期曹魏大臣、玄学家。有才名，喜好老庄之学。宴父早逝，司空曹操纳其母为妾，因而被收养，为操所宠。曹爽秉政时，累官至侍中、吏部尚书，典选举，封列侯。高平陵之役后，与曹爽俱见杀于瞒。典出《三国志·魏志·曹爽传》。[南朝宋]刘义庆《世说新语·容止》云："何平叔美资仪，面至白，魏明帝疑其傅粉。"蝶：同"蝶"。[宋]欧阳修《望江南·江南蝶》词云："江南蝶，斜日一双双。身似何郎全傅粉，心如韩寿爱偷香。天赋与轻狂 微雨后，薄翅腻烟光。才伴游蜂来小院，又随飞絮过东墙。长是为花忙。"

⑬ 雪庭：落满雪的庭院。比喻身处逆境而矢志不移的品格。

⑭ 角巾折：古代隐士冠饰。一种有棱角的头巾。亦称"折角巾"。相传东汉名士郭林宗外出遇雨，头巾被淋湿，角巾的一角陷下，时人见之，纷纷效仿，而形成风气。典出《后汉书·郭太列传》。

满江红·阻风康山告鄱阳神用白石渡巢湖韵①

　　遥望齐州②。待手挽沧海逆澜。也僵走、浮梁道上③，估舶康山。左蚕神君④、应识我，头颅尚著十年冠⑤。把新词一阕掷龙堂⑥，敲兽环⑦。

　　灵旗舞⑧，何处看，片帆、稳渡昌南⑨。要石尤回驭⑩，天姥开关⑪。莫笑平原词赋客⑫，每从尸冢遇曹瞒⑬。好借将千里马当风⑭，弹指间⑮。

---

① 作于1902年至1903年间。康山：一名康郎山，在江西省余干县城西北。因屹立鄱阳湖东南湖中，能抗风涛，故又名抗浪山。

② 齐州：指中国。同P5注②。

③ 浮梁：连舟。《后汉书·班彪列传》李贤注："谓连舟为浮梁也。"

④ 蚕神君：指黄帝妃嫘祖，始为蚕桑、教民养蚕之神，故称。《路史·后经五》："皇帝元妃西陵氏曰嫘祖，以其始蚕，故又祀先蚕。"

⑤ 冠：古代儒生所着之帽。

⑥ 新词：新歌。指具有革命思想的歌。龙堂：柱有蟠龙或雕龙的殿堂。

⑦ 兽环：门上的兽形铜环。代指门。

⑧ 灵旗：古代征战时插在军队前面的旗帜。《汉书·礼乐志》颜师古注："画招摇于旗以征伐，故称灵旗。"1933年，一署名衡叔者在《力行（南昌）》第2卷第8期上发表题为《病中忆北湖遇雨作》的诗作。诗云："灵旗飘雨愁归骑，官烛分烟梦亦瞋。浪作春阴诅社鬼，相怜飞絮泣湖神。鹃啼化血樱如火，蚕老成眠茧似银。今夕小窗闲病卧，隔帘黄月半钩新。"

⑨ 昌南：江西南昌古称。

⑩ 石尤："石尤风"省文。这里指湖上飓风。回驭：掉转船头返回。

⑪ 天姥：指天姥山。为浙江省名山。［唐］李白《梦游天姥吟留别》："天姥连天向天横，势拔五岳掩赤城。天台四万八千丈，对此欲倒东南倾。"

⑫ 平原：这里指里下河平原。平原词赋客：指三国时文学家陈琳。

⑬ 曹操小字阿瞒，因称曹瞒。

⑭ 当风：迎风。

⑮ 弹指：字面义捻指弹声。一作唤醒众生。《法华经·如来神力品》："一时謦欬，俱共弹指。"智𫗱文句："弹指者，随喜也。"吉藏义疏："弹指者，表觉悟众生。令修行者得觉悟故。"

满江红·江宁狱中用宋人韵①

　　大校重牢②，隔墙外、残更欲歇。怎狱吏攮兵不寐③，寒威懔烈④。却笑虚名真误我⑤，兔儿年逼牛儿月⑥。怪囚徒、问讯太殷勤⑦，真凄切⑧。

　　清白体⑨，胸如雪，须臾命，灯将灭。任浊流投我，硁硁何缺⑩？种豆南山曾酿酒⑪，弹琴东市终挥血⑫。料明朝、归去鬼犹雄⑬，跻金阙⑭。

---

① 作于1903年腊月江宁县狱中。1907年2月下旬《国文报》第22期予以转载。

② 校：本义指古代刑具之一，用木头连接而成。常用作枷械的统称。重牢：沉重而坚固。《新唐书·李绅传》："大校重牢，五木被体。"

③ 攮兵：谓全副武装。"攮甲持兵"省文。攮：穿上。兵：兵器。《左传·成公二年》："攮甲执兵，固即死也。"

④ 寒威：狱吏所着盔甲及所持兵器放出的逼人寒气。懔烈：严肃忠烈，令人敬畏。

⑤ 虚名：指读书人的名誉。

⑥ 兔儿：指兔年，光绪二十九年（1903），作者被捕之年。牛儿：指牛年，光绪二十七年（1901），作者初入玄武湖之年。兔儿句，隐语狱吏威逼交代入主玄武湖以来从事革命活动之事实。作者被捕正值章太炎、邹容在上海受审期间，清廷派特务在湘鄂、江浙一带大肆搜捕革命党人。据《警钟日报》报道："自去年查拿革命之举，一般欲升官发财者，日日捏造谣言，希勖上官之听，而乘机陷人取利。江南营务处某，屡上书请查拿革命党，并张大其词，谓宜派兵于轮船上下，察其无辫及窄袖而穿外国呢衣服者，即行拿获。保甲局某员尤附和之。十二月二十七日（1904年2月12日），遂造言有革命党三百余人，密布旱西门、清凉山一带。于是保甲局营务处即多派营勇，带同差役，往清凉山，四处查查，一无所得，兴尽而归。遇聚赌者五六人，即捉拿去以泄愤。"

⑦ 问讯：质问和刑讯。

⑧ 凄切：凄凉悲切。

⑨ 清白体：无罪之身。

⑩ 硁硁：孤傲貌。《说文·石部》："硁，磐石也。"近人喻血轮《蕙芳日记》："隆隆者易绝，硁硁者易缺，理必然也。"王炳照《初度日示内人二首》之一："咄咄书空怪，硁硁入世难。"

⑪ 种豆南山：陶潜出彭泽令时，曾种秫酿酒，并作《咏荆轲》诗，赞美正义和忠贞。［晋］陶潜《归园田居》："种豆南山下，草盛豆苗稀。"

⑫ 弹琴东市：犹言面对死亡，临危不惧。魏末，嵇康因写作《与山巨源绝交书》令司马师"闻而恶之"而被斩于东市，"（康）将刑东市，太学生三千人请以为师，弗许。康顾视日影，索琴弹之"即此。典出《晋书·嵇康传》。

⑬ 犹鬼雄：表所向无惧的人生姿态。［宋］李清照《夏日绝句》："生当作人杰，死亦为鬼雄。"

⑭ 跻：踏进。金阙：这里指清帝所居。

满江红·出狱用原韵①

好梦无痕，轻雷过②、云收雨歇。忒惭愧、头颅斗大③，轰轰烈烈。谁见参旗反^{叶平}下地④，凭空贯索明于月⑤。便画牢刻吏⑥，味醰醰⑦，何亲切⑧。

乘兴往，天欲雪；杀人迹，君须灭。笑招来麾去，舌存未缺⑨。伪《孔传》

---

① 作于1904年2月出狱之时。1907年2月下旬《国文报》第22期予以转载。

② 轻雷：响声不大的雷。代指牢狱之灾。一个"轻"字，作者的革命乐观主义精神跃然纸上。

③ 斗大：大如斗。

④ 参旗：星宿名。又名"天旗""天弓"，属毕宿，共九星。为开路先锋，冲锋之神。反：通"翻"。若有缺陷，参旗不树，节制不行，必有阵亡之应。

⑤ 贯索：星宿名。在七公星以东，共九星，属天市垣，因其连贯如索而得名。亦称"连索""连营"。《晋书·天文志上》："贯索九星在其（七公星）前，贱人之牢也。一曰连索，一曰连营，一曰天牢，主法律，禁暴强也。牢口一星为门，欲其开也。九星皆开，天下狱烦；七星开，小赦；五星开，大赦。"因以"贯索"代指牢狱。

⑥ 便：纵使。画牢刻吏："画地为牢""刻木为吏"省并。画地为牢：比喻狱吏只允许在指定范围内活动。刻木为吏：形容狱吏的凶暴可畏。《汉书·路温舒传》："画地为狱，议不入；刻木为吏，期不对。"

⑦ 味：滋味。醰醰：醇浓；淳厚。［北周］王褒《洞箫赋》："哀悁悁之可怀兮，良醰醰而有味。"《字林》："醰、甜同，长味也。"

⑧ 何：何其；何等。亲切：真切。

⑨ 麾：通"挥"。舌存未缺：谓能说善辩的口才。典出"张仪舌"。《史记·张仪列传》："张仪谓其妻曰：'视吾舌尚在不？'其妻笑曰：'舌在也。'仪曰：'足矣。'"柳亚子《满江红·祝〈民呼日报〉用岳鄂王韵》："《黄书》谊，肯埋灭？看慷慨悲歌，舌存未缺。"

标枚赜字①，误传余作江宁新语。卖周书染苌弘血②。问壶中、可有地容身，东南阙③。

金缕曲·记事④

午睡惊簷⑤鹊。报秋娘、相思太苦，粉期钿约⑥。古井无波谁似我⑦，甘与枯禅寂寞⑧。锦字绸缪三千里⑨，袅晴丝陡向天边落⑩。猿和马，如蚕缚⑪。

---

① 枚赜：一作梅赜，字仲真，湖北武昌人。生卒未详。元帝初，官豫章内史。献伪《古文尚书》及伪《尚书孔氏传》，东晋君臣信以为真，立于学官。宋朱熹、元赵孟頫、吴澄等均加怀疑或批驳。直到清代阎若璩作《古文尚书疏证》、惠栋作《古文尚书考》，才完全证明其所献之书是伪书。伪《孔传》标枚赜字：意谓狱吏提供伪证，欲判作者有罪。

② 卖：出卖。周书：指晋国"四卿"离间陷害苌弘的假信。苌弘血：典出"苌弘化碧"。比喻有冤狱，犹六月飞雪。苌弘（？—前492），古蜀地资州人。西周时忠臣，蒙冤抱恨而死。《庄子·外物》［唐］成玄英疏："苌弘遭谮，被放归蜀，自恨忠而遭谮，遂刳肠而死。蜀人感之，以匮盛血，三年而化为碧玉。"

③ 东南：东南方向，泛指我国东南沿海地区。阙：空缺。庚子之役，英、美领事示意华官，自保东南，不使战事波及长江流域。于是刘坤一与上海外国领事，签订东南自保条约。

④ 作于1904年2月作者出狱之时。诗稿曾以《金缕曲·徐赓陛私宅间话》为题发表，载1904年11月7日《警钟日报》。文字略有参差。徐赓陛，字次舟。浙江乌程人。生卒未详。附贡生。官历广东陆丰、南海知县、直隶州知州、江苏道员。曾入幕张曜、李鸿章、张之洞。据《艺风老人·癸卯日记》，光绪二十九年三月二十二日（1903年4月19日），缪荃孙曾拜访徐赓陛，"拜徐次舟、江叔蒂、丁礼民、陈雨生……"

⑤ 簷：同"檐"。

⑥ 钿约：指与妻子的盟誓。"钗盟钿约"省文。［宋］周邦彦《瑞龙吟》："惟有旧家秋娘，声价如故。"

⑦ 古井无波：如井枯竭，不起波澜。喻心情寂然沉静。［唐］白居易《赠元稹》："无波古井水，有节秋竹竿。"

⑧ 枯禅：佛家语。谓放下一切枯坐参禅。八指头陀《寒夜对梅》："唯余一树梅花月，犹照枯禅午夜清。"

⑨ 锦字：妻子寄给丈夫书信的美称。晋女子苏惠，因思念远在边关的丈夫窦滔，织锦时，将思念之情织入以寄赠。题诗200余首，计800余字，纵横反复，皆为文章，名曰《璇玑图》。遣苍头赍至襄阳，滔览锦字，感其妙绝，因送阳台之关中，而具车从迎苏氏，归于汉南，恩好愈重。典出《晋书·窦滔妻苏氏传》。绸缪：犹缠绵。

⑩ 袅晴丝：昆虫吐出的丝在晴空中飘荡。代指情思。

⑪ 猿和马句：指人的心思欲望，像被蚕丝捆缚牢紧。典出"心猿意马"。

兰房话旧鱼更跃①。道年来、倦游江海②，风波殊恶③。才饮琼浆生百感④，便下真珠青廓⑤。只恨杀、鰍生福薄⑥。隐语仅教笼翡翠⑦，怎禁将丁六连番索⑧。莫孤负⑨，遗金错⑩。

---

① 兰房：犹香闺。旧时妇女所居之室。
② 年来：近年以来。倦游：厌倦了行旅生涯。江海：指长江流域和海河流域。
③ 风波：比喻世间的纷乱、纷争。殊恶：特别凶险。
④ 琼浆：美酒。生百感：百感交集。
⑤ 真珠：露水。青廓：青天。［唐］李贺《洛妹真珠》："真珠小娘下青廓，洛苑香风飞绰绰。"
⑥ 恨杀：同"恨煞"。鰍生：同 P18 注⑫。福薄：福分少，容易引发灾祸。
⑦ 笼翡翠："龙匪荟萃"的隐语。"龙匪"隐喻清朝统治者。笼：站笼，最残酷的刑具之一，明代称"立枷"，始于明太监刘瑾，辛亥革命后废。
⑧ 六连番索："六番连索"倒置。索：明代刑罚之一。《明史·刑法志》："次图七：曰笞，曰杖，曰讯杖，曰枷，曰杻，曰索，曰镣。……索，铁为之，以系轻罪者，其长一丈。"六连番索：喻指重刑。
⑨ 孤负：同"辜负"。
⑩ 遗：留。金错：一种刀身嵌有黄金纹饰的宝刀。"金错刀"省文。这里代指宋陆游七言诗《金错刀行》，诗写大丈夫身怀报国大志的形象。诗云："黄金错刀白玉装，夜穿窗扉出光芒。丈夫五十功未立，提刀独立顾八荒。京华结交尽奇士，意气相期共生死。千年史册耻无名，一片丹心报天子。尔来从军天汉滨，南山晓雪玉嶙峋。呜呼！楚虽三户能亡秦，岂有堂堂中国空无人。"

卷二　文稿

一、论辩类

论文章源流

　　世间之故，非文弗宣①；生人之道②，非文弗著③。是以纷赜之交④，往来之序⑤，旨存于中⑥，行期其远，穷极口舌之形容⑦，不逮纸墨之委屈⑧；况移时则境失，历辙则迹亡，不有所托，曷以为资？自叙彝伦⑨，胥纳轨物⑩，覃研精思⑪，发扬光彩⑫。名实既准⑬，顺理而成章；情意相通⑭，糅条而铺绪⑮。

---

① 世间：指人世间。故：事，事情。文：指文章。宣：公开说出，散布。

② 生人：众人。道：中国道家最高概念，即万理最后的统一根据。黑格尔译作理性。韩非子之解老最为精审。《韩非子·解老》云："道者，万物之所然也，万理之所稽也。理者，成物之文也。道者，万物之所成也。故曰：道，理之者也。"［刘家和. 试说《老子》之"道"及其中含蕴的历史观［J］. 南京大学学报（哲学·人文科学·社会科学），2014，51（4）：87-98，159.］

③ 著：彰明。

④ 是以：因此。纷赜：纷繁。纷赜之交：指文字与纷繁复杂的"故"和"道"的结合。

⑤ 往来：书写。往：以往。序：序次。

⑥ 旨：意味。

⑦ 口舌：代指口头语言。形容：描摹，描述。［唐］司空图《二十四诗品·形容》："形容：绝伫灵素，少回清真；如觅水影，如写阳春。风云变态，花草精神；海之波澜，山之嶙峋。俱似大道，妙契同尘；离形得似，庶几斯人。"

⑧ 不逮：不及。纸墨：纸和墨，代指书面文章。委屈：辛劳。指汉字的书写。行期句：意谓时间越久，口头文章的功用越不及书面的大。

⑨ 彝伦：伦常。

⑩ 胥纳轨物：全部纳入遵法度、惜器物的正道。轨物：规范；准则等。《左传·隐公五年》："君将纳民轨物者也。"杜预注："言器用众物不入法度，则为不轨不物。"

⑪ 覃研：深入切磋。精思：精心思考。

⑫ 发扬：焕发。

⑬ 名实：名和实。我国古代哲学范畴。名指名词、概念。实，指概念所指实际存在的事物。准：准定。《汉书·律历志上》："准者，所以揆平取正也。"

⑭ 情意：本意，即意之所本。通：通晓，领悟。

⑮ 糅条：按照一定的条理。铺绪：犹铺叙。铺陈叙述。

仰观俯察①，明义开宗②，厘秩典要③，垂布型范④，摹绘虫鸟之微⑤，罗列竹帛之上⑥，不过六体之采摭⑦，单词之傅会⑧，接片附寸⑨，悬识腠理⑩，一指同归⑪，肆响如应⑫。故虽五方别声⑬，曾无异读⑭；百王易制，未尝废流⑮。上而经国，下以涉身⑯，通诸其邮⑰，言之有物⑱。盖草昧大辟⑲，竹书⑳方备，

---

① 仰观俯察：指多方或仔细观察。《易·系辞下》："仰则观象于天，俯则观法于地，观鸟兽之文，与地之宜，近取诸身，远取诸物，于是始作八卦，以通神明之德，以类万物之情。"

② 明义开宗：阐明主旨，明确义理。同"开宗明义"。比喻文章开篇即直截了当揭示主题。《孝经·开宗明义》邢昺疏："开，张也；宗，本也；明，显也；义，理也。言此章开张一经之宗本，显明五孝之义理，故曰开宗明义章也。"

③ 厘秩典要：犹引经据典。厘秩：整理编次。典要：典常要会。

④ 垂布：确立。型范：文章法式。

⑤ 摹绘：摹状，摹写。虫鸟：泛指文字。微：精妙。

⑥ 罗列：分布，排列。竹帛：竹简和白绢，古代用以代纸书写。

⑦ 六体：指刻在竹帛上的六种字体，即古文、奇字、篆书、隶书、缪篆、虫书。《汉书·艺文志》："六体者，古文、奇字、篆书、隶书、缪篆、虫书，皆所以通知古今文字，摹印章，书幡信也。"采摭：选取。孔安国《尚书序》："于是遂研精覃思，博考经籍，采摭群言，以立训传。"

⑧ 单词：词语。傅会：指综合全篇的条理，使文章首尾连贯，决定写什么和不写什么，把各部分都融合起来，组织成一个整体，做到内容虽复杂，但层次还是很清楚。傅：指文辞方面的安排，同"附"。会：指内容方面的处理。

⑨ 接片附寸：枝节相连。[南朝梁] 刘勰《文心雕龙·附会第四十三》："尺接寸附。"

⑩ 悬识：深切认识。腠理：写文章的规则。刘勰《文心雕龙·附会第四十三》："夫能悬识腠理，然后节文自会，如胶之粘木，石之合玉矣。"[清] 戴震《孟子字义疏证》："理者，察之而几微必区以别之名也。是故谓之分理。在物之质曰肌理，曰腠理，曰文理。得其分则有条而不紊，谓之条理。"

⑪ 一指：齐是非得失。《庄子·齐物论》："天地一指也，万物一马也。"同归：一致。

⑫ 肆响：各种声响。肆响如应：犹浑然天成。

⑬ 五方：指东、西、南、北、中五个方位。泛指各方。别声：方言。

⑭ 曾无：并无。异读：不同的读法。

⑮ 废：终止。流：流传。

⑯ 上而经国：上自治理国家。下以涉身：下到个人处世。

⑰ 邮：通"由"。

⑱ 言之有物：说话或写文章有实际内容，不空洞。

⑲ 草昧大辟：草创于混沌蒙昧之中。草昧：蒙昧。

⑳ 竹书：古代无纸，在竹简上记事书写。后人称编缀成册的竹简为竹书。

纳言委巷①，受职史官②。刍说鄙谈③，以简朴为美；联句积章④，以串贯为度⑤。搜集谣谚⑥，则《尔雅》之滥觞⑦；包兼夏冬⑧，则属词之密钥⑨。修明既久，著录⑩益宏，汇其体裁⑪，标以题目⑫。新篇竞尚⑬，古意渐离⑭；然不外乎记事、记言二端而已。顾质胜则野⑮，华甚则淫⑯。表里之间⑰，风格递

① 纳言：古代职官名，主出纳王命。《书·舜典》孔传："纳言，喉舌之官，听下言纳于上，受上言宣于下，必以信。"秦汉废而不置。隋改"侍中"为"纳言"，为"门下省"的长官。委巷：借指民间。《礼记·檀弓下》郑玄注："委巷，犹街里委曲所为也。"

② 受职：被授予官职。史官：专门记录和编纂历史的官职，统称"史官"。

③ 刍说：刍论。浅陋的见解、论说。鄙谈：粗俗之谈。［明］杨慎《丹铅续录·活泼泼地》："至宋时，僧徒陋劣，乃作语录，始有喝捧咄咦之粗态，屎厥狗子之鄙谈。"

④ 章：指安排情理于一定的地方，即段落。［南朝梁］刘勰《文心雕龙·章句》："夫人之立言，因字而生句，积句而成章，积章而成篇。"郑文贞《段落的组织》："积句成段，积段成篇。"李景隆《作文法概要》认为，段落构成"文章的基础"，章法也就成了"构段的基本方法"。

⑤ 串贯：连贯。指文章意脉的贯通。文章的段落并非孤立，段意与段意之间须意脉连贯相通，不能切断。张志公认为："篇由段构成，段是构成篇的基本单位""段与段之间""句与句或句组与句组之间"，"意思要连贯"。

⑥ 谣谚：歌谣和谚语。

⑦ 滥觞：起源。

⑧ 包兼夏冬："言春以包夏，举秋以兼冬"省文。意谓写春天包含了夏天，写秋天包含了冬天，即言简意赅之意。［唐］刘知几《史通·内篇·六家》："儒者之说春秋也，以事系日，以日系月；言春以包夏，举秋以兼冬；年有四时，故错举以为所记之名也。"

⑨ 属词：连缀字句为文章。指写作。密钥：关键。

⑩ 著录：犹著作。

⑪ 体裁：又称"样式"。

⑫ 标以题目：为文章标名。亦作"著录标目"。

⑬ 新篇：喻指历史上的新阶段。竞：争竞。

⑭ 古意：古人的思想意趣或风范。渐离：渐渐背离。

⑮ 质胜：过于讲究质地。野：缺乏文采。《论语·雍也》："质胜则文野，文胜质则史（虚浮不实），文质彬彬（相杂适中），然后君子。"

⑯ 华：指辞藻华丽。淫：淫靡，淫泆。辞藻华丽则无风骨，故言"华甚则淫"。近人罗惇曧《文学源流》："质甚则野，华甚则淫，取贵适宜，过则为病。里巷之谣谚，质之过也。齐梁之靡响，华之过也。"

⑰ 表：外表，指文辞。里：里面，指文章内容。［南朝梁］刘勰《文心雕龙·宗经》："《尚书》则览文如诡，而寻理即畅；《春秋》则观辞立晓，而访义方隐。此圣文之殊致，表里之异体者也。"

嬗，莫或混合①，观其构造耳②。洎夫繁芜失实③，流宕忘返④，行之于世，则一概相蒙⑤；传之于后⑥，则无征弗信⑦。遂使俳优召诋⑧，风雅竟歇⑨。雕虫小技⑩，壮夫⑪不为；巨鱼千钧⑫，一筌期得⑬。骈枝贻累⑭，尘垢终污⑮，只受失言之愆⑯，致毁载道之器⑰。由是通无远识⑱，罕能追效前人⑲。陈义日卑⑳，

---

① 混合：混淆。

② 构造：指文章结构。

③ 洎：到，及。繁芜：文字多而杂乱。失实：与事实不符。

④ 流宕：诗文流畅恣意。忘返：收不回。文过其质，则会助长淫泆之风。《中华传统文化观止丛书·唐五代观止》之杜牧《阿房宫赋》题解："不像《子虚》《上林》等赋，虽有讽谕之意，但由于藻绘过多，流宕忘返，反而助长了淫泆之风。"

⑤ 相蒙：相互欺骗，相互蒙蔽。

⑥ 传之于后：流传于后世。

⑦ 无征：未经证实。弗信：不信。

⑧ 俳优：古代专以戏谑为职业的艺人。《韩非子·难三》："俳优侏儒，固人主之所与燕也。"召：招致。诋：诋毁。

⑨ 风雅：《诗经》分《风》《雅》《颂》三部分。《风》是周代各地歌谣；《雅》为周人的正声雅乐，分《大雅》和《小雅》。后因以作为高贵典雅的指代。竟：完全。歇：竭；止。

⑩ 雕虫小技：微末的技能，多指文字技巧。

⑪ 壮夫：豪杰。

⑫ 巨鱼：大鱼。钧：古代质量单位，三十斤为一钧。

⑬ 筌：《庄子·外物》："得鱼而忘筌。"《广韵·仙韵》："筌，取鱼竹器。"为竹器，有逆向倒刺。引申义理顺。刘知几《史通·叙事》："盖饵巨鱼者，垂其千钧，而得之在于一筌；捕高鸟者，张其万罝，而获之由于一目。夫叙事者，或虚益散辞，广加闲说必取其所要，不过一言一句耳。"巨鱼句：叙事要抓住主要环节，不在于面面俱到。

⑭ 骈枝：手多生的歧指，亦称"六指"。"骈拇赘瘤"省文。比喻文章中与主题无关的东西，应当删去。贻累：招致祸害。

⑮ 尘垢：比喻微末卑劣的事物。终污：最终招致污损。

⑯ 失言：出言失当。愆：过错。

⑰ 致：致使。载道之器：指文章。［宋］周敦颐《通书·文辞》："文所以载道也。"［清］邵长衡《钞古文载序》："文者，载道之器。"

⑱ 由是：由此。通无远识：完全没有远见卓识。［唐］刘知几《史通·言语》："而后来作者，通无远识，记其当世口语，罕能从实而书，方复追效昔人，示其稽古。"

⑲ 追效：追随仿效。前人：古人。

⑳ 陈义：陈说议论，说道理。日卑：一日不如一日。卑，低下，低劣。

48

述志自晦①，鞶帨尤绣②，准的无观③。袭流俗为谈助④，迷津逮之修途⑤，况复屈守呫闻⑥，谬承家法⑦！遘兹痼疾⑧，憎其异己⑨，而后虚憍所蔽⑩，振拭不暇⑪矣。乃者旁通殊化⑫，不嫌同文⑬，后生小子⑭，习非胜是⑮，其趋愈歧⑯，罔知⑰所屈，中土之菁英⑱，儒林之经纬⑲，荡然劫烬⑳，遏此元音㉑，无裨治理㉒，滋败学术㉓，斯尤君子所深戚也㉔。嗟乎！《师说》㉕之传讹，《论衡》㉖之不当，旷千年而莫寤㉗，岂今日之过哉！近末归本㉘，我则怀古焉㉙。

———————

① 述志：记述。自晦：遮蔽而使表达不清晰。
② 鞶帨：比喻辞藻。尤：格外。绣：华丽。
③ 准的：标准。无观：看不到。
④ 袭：因袭。流俗：泛指世俗。谈助：谈资。多含贬义。
⑤ 迷：迷失。津逮：比喻引导后学。修途：长途。
⑥ 呫闻：犹孤陋寡闻。呫，喻称微小。《国语·楚语上》韦昭注："呫，言少也。"
⑦ 家法：汉初儒家传授经学，都由口授，数传之后，句读义训互有歧异，乃分为各家。师所传授，弟子一字不能改变，界限甚严，称为家法。
⑧ 遘：造成。
⑨ 异己：志趣、见解与己不同，以至敌对。《后汉书·党锢列传》："平《公羊》《穀梁》同异，同己者朋党之，异己者攻伐之。"
⑩ 后：指后学。虚憍：华而不实，骄傲自大。憍，骄傲，骄矜。同"骄"。蔽，蒙蔽。
⑪ 振拭：犹整治。不暇：来不及。
⑫ 乃者：从前。旁通：遍通，广泛通晓。殊化：特别的造化。
⑬ 嫌：怨恨。同文：使用同一种文字。《汉书·艺文志》："古制，书必同文，不知则阙，问诸故老。至于衰世，是非无正，人用其私。"
⑭ 后生小子：泛指少年晚辈。
⑮ 习非胜是：惯于错误，反而认为其正确。［汉］扬雄《法言·学行》："习乎习，以习非之胜是，况习是之胜非乎？"
⑯ 歧：不一致。［清］曾国藩《与诸弟书》："读性理书时，则杂以诗文各集，以歧其趋。"
⑰ 罔知：不知。
⑱ 中土：泛指中国。菁英：泛指精华。
⑲ 儒林：指儒家经学。经纬：本义织物竖线和横线。比喻条理秩序。
⑳ 荡然劫烬：犹荡然无存。荡然，完全被毁。劫烬，劫难后的余灰。
㉑ 遏：阻禁。元：本初。音：语言。
㉒ 无裨：无益于。治理：修整。
㉓ 滋败：愈益败坏。学术：学风。
㉔ 深戚：深表忧虑。
㉕ 《师说》：唐朝韩愈赠给弟子李蟠的论文。
㉖ 《论衡》：汉王充作，是我国历史上"攻之者众，而好之者不绝"的一部奇书。
㉗ 旷：耽误；荒废。寤：觉悟。同"悟"。
㉘ 末：指淫丽的文风。本：指"五经"的文风。
㉙ 怀古：比喻失望。

事物周旋①，必有称谓②。何者为形，何者为质，何者为义，何者为理，鉴其状态③，权其分剂④，而名立焉⑤。天地上下，穷变易化⑥，触类引申⑦，含旨深远⑧。归宿同赴⑨，康庄不迷⑩，虽易闻见⑪，讵爽识别⑫？生人之道⑬，尽情于斯⑭。盖自有知，即以相殉，莫能逾阈⑮，遑云削迹哉⑯？故夫文者，聚灵府之能力⑰，综万端之异名⑱，藉以表见精神者也⑲。最古⑳之民，冥然罔觉㉑，偏隅为固㉒，八风不通㉓。智慧渐进㉔，彼此殊效㉕，各受水土之气，自习鸟兽

① 事物：万物。事物是名（名称）和实（实体）的对立统一体。周旋：与……打交道。
② 称谓：名称。
③ 鉴：审察。状态：指每一个字的形、质、义、理所呈现出的形态。
④ 权：权衡。分剂：分际。即每一个字所呈现出的形态之间的差别。
⑤ 名：抽象的名称。立：确立。
⑥ 穷变易化：指分辞析义，穷尽每一个名称内在的一切可能的变化。
⑦ 类：事类。引申：引申而产生的新义，主要分隐喻和换喻两种。《易·系辞上》："引而伸之，触类而长之，天下之能事毕矣。"
⑧ 含旨：所含意味。深远：深长。
⑨ 归宿：犹归旨、宗旨。
⑩ 康庄：道途平坦。本指临淄城东西走向的两条大道。《尔雅·释宫》："五达谓之康，六达谓之庄。"不迷：不会迷失。
⑪ 闻见：听到和看到。
⑫ 讵：岂；难道。爽：违背、差错。识别：辨认和区别。
⑬ 生人：众人。同 P45 注②。
⑭ 尽情：全部状况。于斯：在此。
⑮ 逾阈：引申义跨越界限。本作"踰阈"。《左传·襄公二十七年》杜预注："阈，门限。"
⑯ 削迹：消踪匿迹。
⑰ 聚：聚合。灵府之能力：指心力。灵府，指心。《庄子·德符充》成玄英疏："灵府者，精神之宅也，所谓心也。"
⑱ 综：统摄。万端：万物。异名：不同的名称。
⑲ 表见：显扬。见，同"现"。精神，万物的精微所在。
⑳ 最古：远古。
㉑ 冥然：愚昧无知貌。罔觉：无知。罔，通"惘"。
㉒ 偏隅：指认识极其有限。固：固守。
㉓ 风：姜太公认为，但凡人都有五常综合的性格，但地域不同，人在刚柔缓急、音声方面也存在差别，这与水土之气是分不开的，这就叫风。《汉书·地理志》："凡民函五常之性，而其刚柔缓急，音声不同，系水土之风气。"
㉔ 渐进：逐渐增长。以下，作者指出了一个重要的问题，即汉字的构形是有理性的，没有理性是产生不出汉字的。
㉕ 彼此：各自。殊效：大自然特别的恩赏。

之音①。格磔钩辀②，独鸣天籁③，圣哲④特出，知畛域之必有合⑤也，于所以交易⑥习俗、化裁情性⑦者，开物正名⑧，而成百务；谓语言无强同之音⑨，制作无整齐之术⑩，乃即目前⑪之现象，写简端之余影⑫，点画偏旁⑬，随意指名⑭，而字体具焉⑮。符号杂陈，记纂特备⑯，托始讽诵⑰，转相授受。识其通音⑱，辨其用法，取而联络，辄成章句⑲。记载所及，已缺无虞，是心之声⑳，应手而传㉑，而文成焉。然则语言者，文字之音响；文字者，语言之形迹㉒乎！

———————————

① 自：各自。习：反复模仿、学习。鸟兽之音：鸟兽的鸣叫声。《三国志·管辂传》："鸟兽之音曰鸣。"

② 格磔钩辀：指叠韵。［宋］胡仔《苕溪渔隐丛话前集》："诘曲、崎岖，乃双声也；钩辀、格磔，乃叠韵也。"

③ 天籁：自然生发的声音。形容声音悦耳动听，达到最高境界。

④ 圣哲：圣人和哲人。

⑤ 畛域：两物之间的界限。合：联络；联合。

⑥ 交易：往来。

⑦ 化裁：谓随事物变化而相裁节。后多指教化裁节。《易·系辞上》："是故形而上者谓之道，形而下者谓之器，化而裁之谓之变。"情性：情趣。

⑧ 开物：通晓万物的道理。《周书·武帝纪上》："履端开物，实资元后；代终成务，谅惟宰栋。"正名：辨正名义，使名实相符。《论语·子路》："子曰：'必先正名也。'"

⑨ 音：文字的读音（文字是可读的）。《十三经注疏·毛诗正义·诗谱序》："情发于声，声成文谓之音。"孔颖达疏："《乐记》云：'声相应，故生变。变成方（文字；文章），谓之音。'"

⑩ 制作：指新创一种文字。整齐：使齐一。术：方法。

⑪ 即：就着。目前：眼前。

⑫ 写：描摹。简端：代指书籍。余影：遗留的影响。

⑬ 点画：点划。偏旁：泛指汉字合体字的上下左右任意一部分。

⑭ 随意：根据所指。指名：指定名称。

⑮ 字体：字的形体。具：备。

⑯ 记纂：记录编辑。特备：详备。

⑰ 托始：开端，创始。讽诵：朗读，诵读。《周礼·大司乐》郑玄注："倍文曰讽，以声节之曰诵。"

⑱ 通音：指字包含的信息。

⑲ 章句：文章的段落和句子。

⑳ 心之声：指心中最想表达的东西。

㉑ 应手：顺手。传：一个接着一个排列。［南朝梁］刘勰《文心雕龙·练字》："心既托声于言，言亦寄形于字。讽诵则绩在宫商，临文则能归字形矣。"文字群体总是呈线性排列，有着严密的组织纪律，故言"传"。（李万福，杨海明.图说文字起源［M］.重庆：重庆出版社，2002.）

㉒ 形迹：外壳。文字并非一般意义上的意义符号，而是记录语言的符号，从本质上讲，文字符号的所指，并不是语言的语音所指示的客观对象，而是语音本身。文字仅仅是语音的外壳。

盖文从字顺①，即于大同②。凡诸语言之不同者，皆由文字为契合，耳闻犹传其疑，指画乃遵其轨③。语言文字者，一本之系，触机而发，其则不远，其效至神，惟初太始，但异其名④，何尝有所分也？

象者天所生也，数者物所呈也⑤。字者人所制也，列象数而成字形，乃斯文之起原⑥。人既役物⑦矣；其最早之工作⑧，只属⑨禽兽之羽毛皮骨，茹饮所余，取资材用，是为骨器时代。西人谓太古石器，不知其先用骨，考古甚疏。故折骨以为卫⑩，骨断锋利，磨砺为镞，弓矢之制，由骨镞而石镞而金镞，后世不用石镞，犹有骨镞，古意存焉。《尔雅》："金镞剪羽谓之侯，骨镞不剪羽谓之志。"可见骨镞之制，愈古愈粗。镞本作族，不从金。《说文》解镞为有古时石族。画骨以记数⑪，今之骨牌是也。余谓骨牌为野蛮时代算数之物。彼时骨用甚广，欲知数目，但染血于骨端，又别为二色记号。其算法有加减，有正负。自后人借为博具，考古学家不屑诠释，忘其祖矣。或惑于宋人河图洛书之伪说，谓其原本于此，毋乃穿凿。余别有篇。及知识大进，解用竹木⑫，则有制梃之

---

① 文从字顺：指文章表义清楚，通顺。

② 即于：到达。大同：指理想状态。

③ 指画：书写。遵：依照。轨：指法则。

④ 但：仅。异：分。名：名称。

⑤ 象：指形象。数：万物可量化的属性、关系等。万物的形状或样子是自然而然形成的，万物的属性及相互关系则是物质的外在表现。说"道"则必说"象"和"数"。在"象"中万物的质与量是统一的，而"数"则重在关注量，所以是"象"经过抽象的发展。［刘家和．试说《老子》之"道"及其中含蕴的历史观［J］．南京大学学报（哲学·人文·社会科学），2014，51（14）：87-98，159．］

⑥ 文：指文字。起原：产生的根源。原，通"源"。

⑦ 役物：役使外物为我所用。

⑧ 最早：最初。工作：生产活动。

⑨ 属：连接，连缀。

⑩ 卫：保护，防卫。本文作者认为骨器之用有二：一作防卫之物，一作计数之物。刘师培《工艺学史序》"析骨为器"下注："吾友田北湖云：'弓矢之制，由骨簇而石簇。'又引《尔雅》骨簇不翦羽之志以为证。"

⑪ 画骨以记数：刘师培亦持其说。刘师培《工艺学史序》"画骨记数"下注："北湖又谓即今之骨牌。别有说甚详。"考古资料显示，殷墟宫殿区以北和以西的北辛村，洹河以北的大司空村，发现有商代制造骨器的作坊。大多是骨料、半成品和部分成器。所制造器物有凿、锥、镞、束发的笄，笄特别多。由此证明，骨器也大量用于生活。

⑫ 解用：剖用。竹木：竹器和木器。

兵①、结绳之事焉。书契者②，画骨结绳之变也③。由锥凿一点，雕刻一画，引长其纵横④，勾勒而曲直之⑤，摹拟动植诸物，以肖厥象⑥。削竹书漆⑦，定训与声⑧，命之曰字，即凡物之图⑨而已。其他指事⑩，按索可得，相因相生，互为佐证；则又万事之记也。于一一音，有一一说⑪，不待注释，可以达用⑫；则

---

① 梃：指用竹子做成的竹梃笔，状似竹签，一端墨尖。书法界认为它是硬笔书法的源头。梃：《国粹学报》原文作"挺"，有误，迳改。兵：兵械，这里引申为工具。

② 书契：指刻在木简或竹简上记事的文字。作为我国现已发现的古代文字中最早、体系较为完整的文字甲骨文，亦称"殷契"。《易·系辞下》："上古结绳而治，后世圣人易之以书契，百官以治，万民以察，盖取诸《夬》。"《尚氏学》："盖古用简，须用刀刻字，故曰'书契'。"

③ 画骨：指在兽骨上刻画，形成的文字即后世所谓甲骨文者。结绳：在绳子上打结。上古之人用结绳的办法记事。最初，先人只是用绳记物之数量，后表物之性质与关系等。部落酋长等亦用结绳之法记录部落之事，故言"结绳记事"。《易·系辞下》郑玄注："事大，大结其绳；事小，小结其绳。"［汉］孔安国《尚书序》："伏羲氏……始画八卦造书契以代结绳之政，由是文籍生焉。"

④ 引长：拉长。纵横：纵和横。点、画指笔画，纵横指笔顺。

⑤ 勾勒：指创造象形文字时的刻画方法。曲直：使弯曲或使平直。指笔画。

⑥ 肖：酷似。厥：其。象：形象。

⑦ 削竹书漆：削为书，点漆其上。指在竹简上书写的方法。［清］严复《论八股存亡之关系》："古人削竹为书，漆书其上，今之一卷，古为专车。"

⑧ 定：规定。训：指字义。声：字音。

⑨ 象形而造成的图绘，是造成象形字的基础，这就是中国人读书读字的同时，往往也爱读图的原因之一。

⑩ 指事：即指事字，亦称"象事字""处事字"，是文字的抽象构成，即以象征性的符号指代文字含义的造字方法，也是我国古代造字方法"六书"中最难分辨的一种。唐汉《发现汉字》认为：指事字是象形造字法的逻辑延伸。在上古先民的造字意识中，由象形造字到指事造字，原本是一种自然而然的顺延：绘形繁难，犹有未尽之意，乃以指事表达。在文字研究者眼中，象形字与指事字的不同，乃是建立在逻辑基础上的界分；二者的内涵和外延有着"质"的差别。这种差别，不仅存在于象形造字法与指事造字法的顺延梯级之中，即先有象形而后有指事，所以指事字都以象形字或象形图绘为其基础；同时，也呈现在指事造字法与象形造字法二者截然不同的"构成"上，即所有的指事字，无一例外都包含有"字素"成分。也就是说，指事字由象形图绘（包括象形字）和"字素"两部分构成。

⑪ 于一一音，有一一说：每一个指事字都有一个不同于象形字的字音，每一个指事字都有一个特定的说法，无须注释，即可达变应用。依照指事字造字法的基础构形，即主体构形的来源，指事字造字法分三类，即"依托象形字创设指事字""依托象形图绘创设新字""依托新指事字创设新指事字"。如"木"字本身是象形字，在"木"字下面加一横，就是"本"字，表示向下生长的根。"木"字上添加"撇"是"禾"字，表示向上生长的树梢。同样是"木"字，在其基础上创设出来的新字，每一个都有自己的字音、字义，不用注释，即可轻易弄懂它们之间的内在联系。

⑫ 达用：达变应用。

又有形之声①也。古者有实义而无助语②，裁取数字③，则联母可诵④，上下⑤相顾，则接续尤密。择精述详，故无费词剩义⑥，虽曰质直⑦，其曲能达⑧。今以为高格古调⑨，莫与嗣响矣⑩，夫古人⑪文字之妙，能传当日之语言⑫耳。洎乎人习空疏⑬，语尚琱琢⑭，掇拾难字⑮，杂入古典⑯，强颜饰意⑰，至浅极薄，

----

① 有形之声：我国先民创造文字时，尽量使语言的意义在文字的形体上再现出来，所谓象形、指事、会意，就是直接与语言意义挂钩的。而语言是有声的，文字是可读的，于是先民在表意基础上，又使形体与语言中的声音挂起钩来，这就是形声字产生的原因。《说文》小篆，已有80%以上的形声字，后来的楷体更多，以至于有人干脆把汉字叫作"形声体系的文字"。它就像人有两只手，一只手伸向语音，另一只手伸向形、音、义的高度统一，实在妙不可言。[孙剑艺．论祖国书同文的基础 [J]．语文建设通讯，1994（44）．]

② 古者：以往。实义：指实义词或称实词。实义词往往有自己的词意。助语：助词，亦作"助辞"。助词独立性差、无实义，大都为文言虚词。

③ 裁取：选取。数字：一个字或多个字。

④ 母：指声母和韵母。诵：读。我国先民十分重视识字正音的教育，且注重不断改进汉字注音方法。主要有譬况法、读若法、直音法、纽四声法、反切法。联母成诵，指反切注音法。在汉语拼音前，我国先民在用反切法为汉字注音时，常选取两个字来给一个字注音。依照旧来直行书写的款式，习惯上把注音的上一个字称作"反切上字"，下一个字称为"反切下字"，被注音的字称为"被反切字"。比如"欢：呼官切"。"呼"是反切上字，"官"是反切下字，"欢"是被反切字。"呼"跟"欢"声母相同，"官"跟"欢"韵母相同，根据"上字定声，下字定韵"原则，读"欢"音时，取反切上字"呼"的声母和反切下字"官"的韵母，把声母韵母拼合，就能读出被反切字"欢"的读音来。（殷焕先．反切释要 [M]．济南：山东人民出版社，1979．）

⑤ 上下：上文和下文。

⑥ 费词：多余的字。剩义：多余的字义。费词剩义，比喻文辞冗长，语义冗杂。

⑦ 质直：言辞质朴平实。

⑧ 曲：婉转；迂曲。与"直"相对。达：通，到。

⑨ 高格古调：高古的格调。

⑩ 嗣响：继承前人之业，如回声之相应。《宋书·谢灵运传》："若夫平子艳发，文以情变，绝唱高踪，久无嗣响。"

⑪ 古人：前人，指周秦时期。

⑫ 当日：当时。语言是文字的音响，文字是语言的回声，故言"传"。

⑬ 洎乎：等到，待及。习：习惯。空疏：空洞浅薄。同"空疏"。

⑭ 琱琢：过分修饰。琱，同"雕"。

⑮ 难字：令人费解的字。

⑯ 杂入：掺入。古典：流传下来并被认为正宗或典范的。

⑰ 强颜：勉强。饰意：修饰做作。

徒瞽人目①，而去古愈远，背古愈甚。古今文之不相及②，岂有他哉？况天丧斯文，字书残缺③，通行定数④，曾不逾万；仅仅往来⑤于纸上，一字一义，不足于用，从而假借⑥之，使兼数训⑦。渐至运掉⑧不灵，欲传语尾余音之神⑨，则别择实字，虚设相助⑩，古无虚字⑪，行文亦不用语助，今通行之虚字，如虽、焉、为、犹之类，禽兽字也；若夫、盖、即之类，草本字也；之、而、也、胡之类，身体字也；其、者、斯、所之类，器用字也；皆有实义。盈篇累牍⑫，而不知其谫陋⑬，此其大蔽欤。古人造字，尚未卒业，为部首者，五百四十⑭；依

---

① 徒：空自。瞽：乱。人目：人眼。[宋]郑樵《通志·序》："字书眼学，韵书耳学，眼学以母为主，耳学以子为主；母主形，子主声，二字俱失所主。"

② 古今文：古文和今文。古文指变隶前周秦时期的文字。今文指变隶后汉代对通行的文字隶书的别称。不相及：比喻毫不相干。[明]杨慎《丹铅杂录》："古文自变隶，其法已错乱，后转为楷字，愈讹，殆不可考。"

③ 字书：指字典、词典之类的工具书。文言文中一个字常常代表一个词，故字典与词典都称作"字书"。字书，按编排体系可分为字形、字义、字音三大类。按字形编排者，如《说文解字》（我国第一部字典）、《字汇》《康熙字典》；按字义编排者，如《尔雅》（我国第一部词典）；按字音编排者，如《切韵》《广韵》。比较著名的专门字书还有《经传释词》《助字辨略》《词诠》《古书虚字集释》《文言虚字》《经典释文》《经籍纂诂》等。残缺：不完整。

④ 通行：普遍使用的。定数：既定数量。

⑤ 往来：书写。

⑥ 假借：记词符号的借用。所谓"假借造字法"，乃是利用一种已有的文字（本字）来创设新字的方法，即借用原本已有文字的形、音、义，以类旁或声义旁的置换来创设新字的方法（少数假借字运用本字笔画的增删）。这种运用假借造字法创设的文字便叫作假借字。（唐汉．发现汉字 [M]．西安：陕西师范大学出版社，2007）在我国古代，一个字就是一个词，且一字一义，表意精练。但从"用"的角度看，如果一字一义，汉字数量必将十分庞大，使用起来极不方便；每一个字很孤立，也必将失去事物之间的联系。假借是得音之法，音通义通，是现实之中事物联系的一种反映，为它们之间的沟通开辟了新的渠道。[汉]许慎《说文解字序》："假借者，本无其字，依声托事，令长是也。"说得也是再明白不过了。

⑦ 使兼数训：通过假借，实现一字多义。

⑧ 运掉：运用回旋。

⑨ 语尾余音之神：指话尾意犹未尽的部分。神：意绪或意味。

⑩ 别择实字，虚设相助：另选实词，并设虚词为用。

⑪ 虚字：即虚词。虚词本为实词，实词虚用乃为虚词。刘师培也赞同其说。刘师培《文说·和声篇》云："欲传语尾之余音，则择实词为虚用。"

⑫ 盈篇累牍：形容文辞冗长。田北湖《与某生论韩文书》云："盈篇累牍，迄乎终篇。"

⑬ 谫陋：浅陋。

⑭ 部首：字典、词典根据汉字形体偏旁所分的门类。东汉许慎按偏旁部首编排的字典《说文解字》，共录部首 540 个，收字 9300 个。

其昔例，互乘参错①，一一比配②，益以颠倒反侧③，穷体制之变④，宜得十万字⑤，庶合滋生之义⑥；人事日杂⑦，生物日繁⑧，尤非九千三百所能断定⑨者也。鄙儒觍然笔削⑩，暴君付之灰烬⑪，俗师小吏⑫，相持干禄⑬，自汉以降，芟夷⑭益多；而古文不知其数⑮，学人莫罄⑯其用。更狃于先王法言⑰，天子考文⑱，弗敢随时造作⑲，私与增补。每见异文⑳，不曰《说文》所无，字书不收；即曰后人新字㉑，今世别体㉒，剿说雷同㉓，甘即㉔狭隘。以有限之文字，驭无穷之语言，由是举世之语言，不获投诸文字㉕以程其功。强分真率者为俗

———————————

① 互乘：互相凭借。参错：参差交错。

② 一一比配：一字、一义地相配，并使之相称。

③ 益以：加上。颠倒：上下、前后或次序的倒置。反侧：翻来覆去。

④ 体制：造字的组织原则和方法。

⑤ 宜：应当。收录超过万字的字书有《康熙字典》，收47000多条，一说49000多条；《集韵》则收53525个。

⑥ 庶：也许才。合：符合。

⑦ 人事：人世间的事。日杂：日益芜杂。

⑧ 生物：新生事物。日繁：日益繁多。

⑨ 九千三百：东汉许慎《说文解字》所收字数。断定：断然认定。

⑩ 鄙儒：迂腐不达世务的儒生。觍然：不知羞耻的样子。笔削：古时无纸，书写于竹简、木简、木札上，遇有讹误，以刀削去并用笔修改。后因喻修改文字。

⑪ 暴君付之灰烬：指秦始皇焚书坑儒事。

⑫ 俗师：指浅薄凡庸的老师、术士等。小吏：小官，小差役。

⑬ 相持：争持。干禄：指干禄之书。

⑭ 芟夷：删除。

⑮ 古文：古代文字。数：数目。

⑯ 罄：尽。

⑰ 狃：本义习性、习惯。《玉篇·犬部》："狃，习也。"引申义因袭、拘泥。先王：前代君王。法言：作为准则而对事物是非曲直给以评判的话。

⑱ 考文：考订古代典籍或金石上的文字。

⑲ 随时：随着时代变迁。造作：创造。

⑳ 异文：不同的文字。

㉑ 新字：新造的字。

㉒ 今世：当代。别体：汉字的异体。

㉓ 剿说：抄袭他人见解、主张为己说。雷同：指随声附和，与别人一致。《礼记·曲礼上》陈澔注："揽取他人之说以为己说，谓之剿说。闻人之言而附和之，谓之雷同。"

㉔ 甘即：这样就归于。

㉕ 不获投诸文字：指语言不能完全放进文字并被反映出来。

语①，其字不录于典册，附会者为文言②，其字务反乎口舌③。文字语言，背道以驰，遂一分而不可复合。

昔以文字当语言，今以文字代语言。取材云竭④，造端攸分⑤；惟务枝离⑥，貌求仿佛。古今何独异致⑦？文字乃其分途也。昔者纪实，纯用直笔⑧；今则旁流⑨，托之写意乎？缪戾⑩相守，已忘其真⑪，本意所存，畴能称述⑫？文字肇兴之日，歌咏⑬先导其流，坟典已无篇牍⑭，里巷⑮犹闻谣谚，此章句之元始⑯也。采之辎轩⑰，纳之盟府⑱，而《典》《谟》《训》《诰》⑲作焉。于其

---

① 真率：纯真坦率。俗语：民间流传的通俗语句，包括俚语，谚语和常用成语等。

② 文言：指以我国先秦时期的口头语言为基础的一种书面语言。当初，"文言"与口头语言相一致，其后口语仍不断变化，而文言文却定型了。

③ 其字：指文言文。反：方向相背。颠倒的。与"正"相对。《吕氏春秋·察今》："非务相反也。"口舌：口头语言。文言文经过美化或省略定型后，与口语之间的差距越来越大，成为完全不同于口头语言的另一种语言。

④ 取材：指可挖掘的语言素材。云：称。竭：用尽。

⑤ 造端：发端；开头。攸分：分别。

⑥ 枝离：支离。

⑦ 异致：不同情状，不同意趣。

⑧ 直笔：历史编纂术语。直接、真实地叙述历史本来面貌。与"曲笔"相对。典出"董狐直书"。《左传·宣公二年》："孔子曰：'董狐，古之良史也，书法（遣词造句）不隐（不隐晦）。'"

⑨ 旁流：旁门左道。

⑩ 缪戾：错乱违背。章炳麟《复仇是非论》："此又颠倒缪戾之论也。"

⑪ 真：本原。

⑫ 畴：谁。《尔雅·释诂》："畴，谁也。"称述：称扬述说。

⑬ 歌咏：歌曲。有关中国先民歌咏的较早表现形式，就其可考证的文献而论，当数《吕氏春秋·音初》关于"候人分猗"涂山氏之女候禹于涂山之阳的情歌。闻一多认为："这种声音是音乐的萌芽，也是孕而未化的语言。声音可以拉得很长，在声调上也有相当的变化，所以是音乐的最早萌芽。那不是一个词句，甚至不是一个字，代表一种复杂的含义，所以是孕而未化的语言。"

⑭ 坟典："三坟""五典"的并称。三坟，指伏羲、神农、黄帝之书。五典，指少昊、颛顼、高辛、唐尧、虞舜之书。《左传·昭公十二年》："是能读三坟、五典、八索、九丘。"篇牍：书籍；典籍。

⑮ 里巷：街头巷尾。喻民间。

⑯ 元始：起始。

⑰ 辎轩：古代使臣的代称。[汉] 扬雄《答刘歆书》："尝闻先代辎轩之使，奏籍之书皆藏于周秦之室。"

⑱ 盟府：古代掌管保存盟约文书之所。《左传·僖公五年》孔颖达疏："以勋受封必有盟要，其辞当藏于司盟之府也。"

⑲ 《典》《谟》《训》《诰》：《尚书》中《尧典》《大禹谟》《伊训》《汤诰》诸篇的并称。后泛指经典之文。

人为文，于其国为史①，记事、记言，分为二体②，君民交赞之掌故③，而非一姓一家之史臣所可私守。载话载言，彬然可观，不加锻炼④，组俪于自然⑤；不事借助，盘旋于硬语⑥。其魄力深厚⑦，其条理周密⑧，爰寻异采⑨，若铸神工。鄙夫无学，辄病其佶屈聱牙⑩，不知古诚无文⑪，但云集字⑫；比类赋词⑬，顺流⑭而作，非如后之刻意润色，空结奇字也⑮。解诂不明⑯，数典弗暇⑰，太古之籍⑱，一隙难窥⑲。知宝不名⑳，望洋而叹㉑，良足菲薄㉒，盖有由来。夫古

---

① 于其人为文，于其国为史：《典》《谟》《训》《诰》之类，对作者本人而言是文学作品，对它们所在国家而言，则为史书。作者认为当时的文就是史，文史尚未分途，故言。

② 体：史书的体裁。二体，指编年体和纪传体。唐代历史学家刘知几在《史通》中对史籍的源流及其体裁归纳为"六家二体"，并将之作为自己史学理论的主要组成部分。

③ 交赞：一齐称誉。掌故：本义古职官名。汉置，掌过去各代礼乐制度，以供本朝行用礼乐时参考。唐设"内侍掌故"和"州郡掌故"，分掌宫廷及地方流传的故事，以至逸闻、考证等。以后历代文人笔记，凡搜集上流社会人士之逸事、朝野遗闻、民间传说等，亦统称为"掌故"。现在文体中，掌故往往带有考古或典故叙述性质，含一定的知识性和趣味性成分。君民共所交赞的掌故，比之经典，经久不衰。

④ 锻炼：比喻锤炼文辞。

⑤ 组俪：组织对偶、对仗的文辞。自然：天然，未经雕琢或润色的。

⑥ 盘旋：来回往返。硬语：有力的言辞，未经雕琢，且不用典。［唐］韩愈《荐士》："横空盘硬语，妥帖力排奡。"

⑦ 魄力：气魄和力量。深厚：雄浑博大。

⑧ 条理：脉络；层次。

⑨ 爰：句首语气词，无实义。异采：不寻常的文采。

⑩ 佶屈聱牙：形容文字晦涩艰深，难懂难读。

⑪ 文：文章。

⑫ 集字：同"积字"。

⑬ 比类：按类排比。赋词：铺陈字词。

⑭ 顺流：随意，随性。

⑮ 奇字：出人意料的字词。

⑯ 解诂：以当代语言对古代语言进行解释或阐明。一作"解故"。

⑰ 数典：列举典故。弗暇：来不及。

⑱ 太古之籍：远古的典籍。

⑲ 一隙难窥：挑不出它的一点儿毛病。

⑳ 知宝不名：知道它好，又说不出它好在什么地方。

㉑ 望洋而叹：比喻看见他人伟大而慨叹自己渺小或处理一件事而慨叹力量不足。同"望洋兴叹"。亦省作"望洋"。

㉒ 菲薄：鄙陋。指德才方面。

之作者，择言以对待①，援义以比例②，虽在约举③，罔不昭灼④。是以奇偶必称⑤，单复必齐⑥，俯承其仰，断者自续。两两间合⑦，节节递转⑧，顿挫抑扬⑨，尤省虚字⑩。未有单词只义⑪可以为句者，亦未有一语孤立可以为章者。文生于联珠之字⑫，成于骈𡺀之体⑬，舍兹排偶，是谓不文。岂其属思⑭之精，实由用字之当，盖因形定声，造字之巧也。六条一指⑮，往往自相依附，一成而不易⑯，示人以能知。整齐单复，拘绞繁简，凡所纂纪⑰，一若谱录⑱。能知骈字之用，庶得行文之方矣⑲，故夫骈字者，权舆为文，第未成篇章耳。历变既多，兹旨已晦⑳，枝派㉑芜杂，言之无物，遂复强分门户，析名骈散㉒。文之与

---

① 择言：选择适当的话。

② 比例：比拟。

③ 约举："约举代字"省文。笼统而不指定某事某物。

④ 罔不：无不。昭灼：光彩照人。

⑤ 奇偶：奇数和偶数。单数为奇，复数为偶，指一句话中的字数。称：对称，对仗。

⑥ 单复：单数和双数。齐：一致。

⑦ 两两：指句子和句子之间。间合：指分隔与组合。

⑧ 节节：指段落和段落之间。递转：表段落上的起承转合，层层递进。

⑨ 顿挫抑扬：表汉字在句读、段落音韵节奏上的高低起伏，十分优美。

⑩ 虚字：虚词。

⑪ 单词只义：孤立的字和义。

⑫ 联珠之字：指对偶的语句。

⑬ 骈𡺀之体：指骈文。也称骈体文、骈俪文、骈偶文。

⑭ 属思：构思。[唐] 韩愈《和崔舍人咏月》："属思摛霞锦，追欢馨缥瓶。"

⑮ 六条：亦称"六书"。指汉代学者把汉字的构成和使用方法归纳成的六种类型，也是我国最早关于汉字的系统理论。许慎定"六书"为象形、指事、会意、形声、转注、假借。其中，象形、指事、会意、形声为造字之法，即汉字结构的条例，为经；转注、假借则是后来衍生出来的用字之法，为纬。郑玄注引郑众称"六书"是"象形、会意、转注、处事（指事）、假借、谐声（形声）"六种。班固在《汉书·艺文志》中则将其定为"象形、象事、象意、象声、转注、假借"六种。一指：所指一致，即文字所代表的名与实、义一致。同"指一"。

⑯ 一成：一经成就。不易：不变。

⑰ 纂纪：纂集记载。

⑱ 谱录：中国古代图书分类中的一个类目。

⑲ 行文：组织文字，表达意思。方：方法，窍门。

⑳ 晦：暗。比喻几乎被人遗忘。

㉑ 枝派：分支、流派。

㉒ 析名：析出并命名。骈散：骈文和散文。周秦至汉初，骈散不分，西汉衍乎东汉，骈散角出，司马迁和司马相如，一为散体之宗，一为骈文之祖。此后，或此兴彼衰，或骈散并出，"妄生分别，无乃强词"。

字，不能一贯之过①也。

　　自以武功专制其国②，务移易举世之心思③，使之俯伏④，驯致无敢携贰⑤。先入之主，导之于微，方识人事⑥，即诱其衷⑦，以定其趋向⑧。乃为支离之辞，辅其淫威之毒，点窜训故⑨，愚惑黔首⑩。狗曲⑪之儒，争求容悦⑫，师生授受，谬种⑬流传，而古意荡然，一晦不可复明⑭，一误不可复正⑮，虽有通人，莫敢置喙⑯。如谓屈服为臣，臣者，君字之对文也。在左为臣，在右为君。如后司之例，后司即君臣之异文，义亦相同。君群其民，以命令天子，故后字君字皆从口；臣承君命，为之辅佐，以司国事，有承受分任之象，而无屈服之义。以礼抑从为女，女者男字之反文也，从母省。男女字虽今文不相似，而篆文母字，实与男字左右并列，如从字比字之类。女未成母者也。男女对举，何所抑从？妇省为归，旧说妇从帚，有执箕帚之象。又谓归从妇省文，据此，是先有妇字，后有归字矣。不知造字次序，乃先有归字，而后有妇字。女子谓嫁为归，故嫁则为妇。未有未嫁之女可以称妇者，是妇字实因归字成文，妇从归省，归不从妇省也。今先后颠倒。推十合一为士，士者干字之倒文也，如叵可子乂之例。倒干为士者，能执干戈以保乡土之人。干亦训捍，士有捍卫之象，士即兵也。古称士农工商为四民，各有职业，非若后世以儒为士。自征伐以来，

----

　①　一贯之过：犹一概而论。过：谈论。
　②　自以：指秦朝以来。武功：军事。
　③　移易：改变。举世：普天之下。心思：想法。
　④　俯伏：臣服。
　⑤　驯致：逐渐达到。携贰：存有二心。
　⑥　人事：人和事。
　⑦　衷：内心。
　⑧　趋向：意愿；好恶。
　⑨　训故：用当代话语对古书中的字句进行解释。时光流转，地域差异，造成了语言交流上的隔阂，理解起来较为困难，因而产生了解释，随之产生了训诂。亦称"训故""故训""古训""解故""解诂"。
　⑩　愚惑黔首：蒙蔽百姓。黔首：战国、秦时对百姓的称呼。《礼记·祭义》："明命鬼神，以为黔首。"郑玄注："黔首谓民也。"孔颖达疏："黔谓黑也。凡人以黑巾覆头，故谓之黔首。"
　⑪　狗曲：指蔑视古文者。
　⑫　容悦：曲意逢迎，以取悦于上。《孟子·尽心上》朱熹集注："阿殉以为容，逢迎以为悦。"
　⑬　谬种：荒唐、错误的言论。
　⑭　一：一旦。下同。晦：暗，比喻被人遗忘。复：再。明：回到现实中来。
　⑮　正：纠正，匡正。
　⑯　置喙：插嘴。

右文为治，务弱其民，而尚武之风，渐灭殆尽，遂以士字属文彦①之专称，谬推为四民之首；而兵农工商之说，诧为奇闻，凡充兵数者，国人且轻而贱之。夫诵诗读书惰游②之徒，既无恒业，又无恒产，但托章句为师表，考试求仕宦，蠹政猷法，何足为民？执今之说，而士字之义，不可解诘，乃以推十合一云云四字了之。余百索字理，而不得其故，及恍然于倒干之文，至精至当，颇惬吾心，虽有字圣，不易斯言矣。近人力求附会，假借九等十日诸曲说，以证推十合一之谬，未尝好学深思而事穿凿，岂造字者之本义哉？士字以兵士之士为最古之本义，次有士师之士，次有儒士之士，是为兼训，亦假借云尔。凡此之类，不可枚举。竞尚新说，旨与昔违，词林之典，积不相通，及至造语运思③，先民之轨，何以合辙④？非夫文分古今之义，乃字异⑤古今之义也，出入之际，径庭判矣⑥。指名⑦所归，形迹精神⑧，可从辨焉。

夫文字相属⑨，未可离畔⑩。文非字不表其意绪⑪，字非文不尽其周旋⑫，是以舍文无字，舍字无文。明乎训诂⑬之理，斯称文章之情已。人事多变，纲⑭纪不张，芟削字数，改易故训。而后文之为派⑮，愈歧愈坏；字之为用，愈绌愈狭；愈复杂，愈单简，取之无类⑯，制之无方⑰。其位置⑱也，不能相当；其形容⑲也，不能精审。故语言则今不通古，文字则今不逮古，推⑳其所以不相合，毋亦语言文字分之途欤？由一而二，由二而四，昔惟语言与文字异，今且文与

---

① 文彦：有文采德行的人。
② 惰游：同 P200 注①。
③ 造语：遣词造句。运思：构思。
④ 合辙：一致，合拍。
⑤ 异：分。下同。
⑥ 径庭：指出入、差距甚远。判：分明。
⑦ 指名：对"文"的界定。
⑧ 形迹：指文章的演变。精神：实质所在。
⑨ 文字：文章和文字。相属：相关联。
⑩ 未可离畔：不可分割。
⑪ 意绪：思绪、心绪。
⑫ 周旋：美好。
⑬ 明：懂得。训诂：解释。
⑭ 纲：《国粹学报》原文为"刚"，有误，迳改。
⑮ 后文：后代文章。派：分支。
⑯ 无类：犹不肖。
⑰ 无方：没有方法。
⑱ 位置：布置，安排。
⑲ 形容：描摹，描述。
⑳ 推：推究。

字异焉①。隆污递降②，习尚相侵，文字失真③，即于鄙俚芜秽④。但撷拾别解⑤，比附古典⑥，凑集而成章，亦卑弱，亦粗率，每况而愈下。尤貌为袭取⑦，以模拟奥衍乎⑧！语言无以合文字之通而驭其穷，文字不能求语言之是⑨而应其变，虽摘句寻章，自诩⑩尔雅，靡然伪体⑪，益刺目而不可掩。文与字离畔之效⑫，固如是其昭且著矣。学术师承，本实先拨⑬，欲从而究诘焉⑭，迎之不见其首，从之不见其尻⑮，古训⑯有获，先民是程⑰，岂无补救之道哉？我思在昔⑱，未闻于字外求文者也。

夫正名备物者⑲，造字之原也⑳；循理诠义者㉑，用字之准也㉒。覃研精思，

①　文：文章。字：文字。
②　隆污：比喻盛衰兴替。《礼记·檀弓上》郑玄注："污，犹杀也。有隆有杀，进退如礼。"递降：逐次降低。
③　真：指本意。
④　即于：近乎。鄙俚：粗野，庸俗。芜秽：污浊；污秽。
⑤　但：仅。撷拾：有选择地拾取（多指袭用现成的事例或字句）。别解：别义解释。歪曲本义，强词夺理。
⑥　比附：拿不能相比的东西来勉强相比。古典：经典。
⑦　袭取：沿袭取用。
⑧　模拟：模仿揣度。奥衍：文章内容博大精深。
⑨　是：种类；属性。
⑩　诩：《国粹学报》原文为"栩"，有误，遂改。
⑪　伪体：风格不纯正的文章。
⑫　效：弊端。
⑬　本实：本来的真实含义。拨：治；弄清楚。
⑭　究诘：追究原委。
⑮　尻：所在。《说文》段注："尻，处也。"
⑯　古训：古人的教诲。《书·说命下》："学于古训，乃有获。事不师古，以克永世，匪说攸闻。"
⑰　先民：古代贤人。程：典范；法度。《诗·小雅·小旻》："哀哉为犹，匪先民是程，匪大犹是经。"《毛传》"犹，道。"
⑱　在昔：从前，往昔。
⑲　正名：辨正名称、名分，使之名实相符。备物：置办器物。
⑳　原：起源。
㉑　理："成物之文"谓之理。《韩非子·解老》："理者，成物之文也。长短大小、方圆坚脆、轻重白黑之谓理。"诠义：解释、研究内在意义。
㉒　准：准则。

包举无遗，以流布于兹世①，随在变化，触感成绪②，神乎奇乎③，造其极矣！识字之初，苦于形体之辨别④，声韵⑤之异同，惟恃记问⑥，求致⑦其力，非穷年月⑧，不殚其功。及一旦豁然贯通，不拘成格⑨，累牍盈篇，俯拾即是，所谓信手拈来，皆成妙谛⑩者。始若甚拙⑪，继乃大巧⑫，环转自如⑬，不可思议。于是上古文章，冠绝千古，今日中土之精英，尤为他国所不逮⑭。盖其运用之方，独擅佳妙之胜⑮，虽文体陵夷⑯，去古益远，而纵横一世⑰，尚复无与抗衡！吾祖宗神圣之所缔造者，光明赫奕⑱，文在于兹。吾乃慨然于行文之巧，实由于识字之拙，而识字之拙，则造字者尽心述业以成其能而已。烦琐委屈⑲，以为此嚚嚚焉⑳，观诸人文㉑，微且深矣㉒。

---

① 兹世：当世。
② 触感：因接触而引起反应。绪：意绪。
③ 神乎：《国粹学报》原文为"神子"，有误，迳改。
④ 形体：指文字的形状。辨别：辨识区分。
⑤ 声韵：文字音韵学上的声、韵、调等。
⑥ 记问：凭记忆力掌握知识。
⑦ 致：尽。
⑧ 非：除了。穷：花费多到极点。年月：比喻下功夫。
⑨ 成格：常规、成例。
⑩ 妙谛：精妙的真谛。
⑪ 始：一开始。若：看似。拙：笨。
⑫ 巧：灵活。《庄子·胠箧》："毁绝钩绳而弃规矩，攦工倕之指，而天下始人有其巧矣，故曰'大巧若拙'。"（工倕：尧时的巧匠。）
⑬ 环转：回环运转。自如：运转自如，不受阻碍。
⑭ 不逮：不及。
⑮ 独擅：独揽。佳妙：美妙。胜：胜地、胜景。
⑯ 文体：文章的风格或结构、体裁。陵夷：由盛到衰。［唐］白居易《立碑》诗："勋德既下衰，文章亦陵夷。"
⑰ 纵横一世：纵横天下。
⑱ 光明：光芒。赫奕：闪耀。《文选》卷一——何晏《景福殿赋》："故其华表则镐镐铄铄。赫奕章灼，若日月之丽天也。"李善注："镐镐铄铄，赫奕章灼，皆谓光显昭明也。"
⑲ 烦琐：繁杂琐碎。委屈：曲折。
⑳ 嚚嚚：安详自得貌。
㉑ 人文：指人类文化中优秀的部分。
㉒ 微：精妙。深：深远、玄妙。

今地球万国①，异文②并列，审音解字联句纂文③之难易，截然歧途④，不可混合⑤。西方诸文，切音成字⑥，较速于吾国；及一一诠解，则离物形名理⑦而孤立。执字谱以比集二字⑧，弗相配偶⑨，弗相移易⑩，弗相参错⑪，欲毕其业，且数倍于吾之学期⑫。非若中文之逐字可解⑬，逐字相加⑭，一脉⑮之承，交互成物⑯，而字句语意，又得⑰任意颠倒，细密曲折⑱，条理有致，广包兼括，取材无穷。镕五金于一炉，调五味于一簋⑲，化合化分，自为出入⑳，本无一定之程式㉑，与一定之位置也㉒。盖文因字成，字因文立，中国合之，他国分之，孰偏孰全，孰优孰绌，不待智者，可以决矣。况他国之所谓字，拼母得音㉓，即音成句，有专指而无兼义，求音诚捷矣，而解义殊繁。故其所谓文，则又别有体裁㉔，自成格律，次第之先后，尤不可以错乱。于是取道纡远，割裂成幅，彼自以为曲尽其妙，不知肤浅鄙陋，曾不值吾人之一笑也。中文先拙而后

---

① 地球：全球。万国：各国。

② 异文：不同国家或民族的文字。

③ 审音：辨别语音、语调。解字：分析字形，解释字义。联句：连接句子。纂文：撰写文章。

④ 截然歧途：途径完全不同。歧途：谓不同的途径。亦作"歧塗"。

⑤ 混合：混淆。

⑥ 切：拼切。切音成字：即切字。中国汉字切字成字，但西方文字用字母以切音称成字。

⑦ 离：两作。物形：物质的形貌。[唐] 张怀瓘《文字论》："察其物形，得其文理，故谓之曰文。"名理：指赋予"名"的名称概念义涵，并与参照物相对应。名，指对实物作出指称概括性称谓，其作用是举实和拟实。理，则指对名称概念开展理性思考。

⑧ 比集：集结。二字：两个字。

⑨ 弗相：不相。配偶：匹配、比偶。

⑩ 移易：转移、调换。

⑪ 参错：交互融合。

⑫ 吾：我国。学期：学习时间段。

⑬ 中文：中国文字。解：拆；分。

⑭ 加：增加。逐字可解、逐字相加：指汉字结构在点画、偏旁上可增减变化的特征。

⑮ 脉，同"脉"。

⑯ 交互成物：指每个字单独有一个意思，连接起来又出现新的意思。

⑰ 得：可。

⑱ 细密曲折：指章法。

⑲ 簋：古时盛食之具，圆形，有耳。《诗·秦风·权舆》："於，我乎！每食四簋。"

⑳ 自为：自然而然。出入：融会贯通。

㉑ 程式：规定的格式。

㉒ 位置：布置，安排。

㉓ 拼：拼切。拼母得音：以声母、韵母拼得字音。

㉔ 体裁：指文章的结构和文风辞藻。

巧，西文先易而后难，优劣之判，奚啻天渊①，岂非造字者之精神智虑，大逊于吾国哉？四千年来，郁郁班班②，蔑以加矣③；此所以究心译学者④，能入西国之堂奥，而在外人，鲜识吾⑤之门径也夫。

国与国之阶级⑥，有文明之程度焉⑦，视其文字之精粗美恶，以定优劣耳。故无文字不能立国，野蛮是己，未有人民进化，疏于文字者也。中国文字之作⑧，较诸他国，最早，最高。今文化之盛，久而弗衰，虽人事万变，世局日新，莫得改易⑨，乌能废弃哉？去古既远，治体⑩不振，生当其时，手足罔措，辄欲争效异国⑪，不以师人为耻，偶见章句之大殊⑫，喜其文法之一定，忘其鄙且拙，而谓新且异焉⑬。舍金鼎而宝瓦缶，舍文锦而窃裋褐，吾恐神明圣哲之所留遗，渐坠于地，水荡火烬，沦胥以亡⑭。使煌煌之典要⑮，彬彬之辞令，无可观采，则我中国将为不文之国⑯，夫何说以辞耶？文明不居，贸然降格，毋乃后进少年⑰，不学无术者，未尝诵习先民之载籍，一旦援笔操简，言之无物，属思冥索⑱，莫知所云，非徒甘受其蔽⑲，又从而遁入焉⑳。左右文野㉑之间，以饰

---

① 啻：何止，岂止。天渊：高天深渊相距极远。比喻差别极大，有天渊之隔。

② 郁郁：指文采显著。班班：犹彬彬。文质兼具貌。

③ 蔑以加矣：达到无以复加的地步。蔑：无，未。

④ 究心：用心、费心。译学：翻译之学。

⑤ 吾：我国。

⑥ 阶级：等级。

⑦ 程度：指文明发展的高度。

⑧ 作：发明。

⑨ 莫得：六合方言，意即没有。改易：改变。

⑩ 治体：指规范的文体。

⑪ 争效：竞相效仿。异国：外国。

⑫ 殊：不同。

⑬ 新：新颖。异：奇异。

⑭ 沦胥：相率。亡：失去。《诗·大雅·荡之什》："肆皇天弗尚，如彼泉流，无沦胥以亡。"

⑮ 典要：重要的典籍。犹"要典"。

⑯ 不文之国：不值一提的国家。

⑰ 毋乃：犹无奈。后进：学识浅薄之人。

⑱ 属思：构思。指写文章。冥索：绞尽脑汁。犹苦思冥想。

⑲ 非徒：不但，不仅仅。蔽：蒙蔽。

⑳ 遁入：躲避。

㉑ 左右：分辩或论断其高下。文野：文明和野蛮。近人梁启超《十种德性相反相成义·自由与制裁》："是故文明人最自由，野蛮人亦最自由，自由等也，而文野之别，全在其有制裁力与否。"

其丑，根据之失，不恤蔑祖①，忍令四千年之奇光异彩，瞬息澌灭乎②！谁与陈述经典，修明法程③，抉文府之秘④，启艺林⑤之钥，广我学途⑥？挽此末流，则游心⑦于兹者，庶几窥其美富，正所趋向也。

洪荒之际，浑浑噩噩，未有识知⑧，更无书记之具⑨。故从前之迹，不得其传，神明间出⑩，民智牖进。迨于三五⑪，典则明备⑫，其壤土不广⑬，生聚未蕃⑭，易与为理⑮，翕然齐壹⑯。盖结绳既易，人人皆通六书，其时一物初创，举世惊其神奇。喜其便利，风靡向化⑰，争传习之不暇，而斯道大昌。此则文教⑱所由来欤！顾文教以往⑲，何以前民⑳？枢机之微㉑，发端于声教㉒。圣人察民之情，将导以成俗㉓，知教之不可不设也，思以和平弭斗争㉔，制为礼乐㉕

---

① 不恤：不惜。蔑祖：灭祖。
② 澌灭：消亡、消失。
③ 法程：法则；程式。
④ 抉：揭。文府：文章的府库。借指收藏图书的地方。《文选·王僧达》吕延济注："文府，谓文章为府库之富。"
⑤ 艺林：旧指收藏汇集典籍图书的地方。
⑥ 学途：学习的途径。
⑦ 游心：留心，潜心。
⑧ 识知：知识。《庄子·缮性》陈鼓应注："俞樾说：'识、知二字连文。《诗》曰："不识不知。"是识、知同义，故连言之曰"识知"也。'"
⑨ 书记之具：书写、记录的工具。
⑩ 神明：有着非凡智慧和道德的人。间出：不断地涌现。
⑪ 迨：等到。三五：指三皇五帝。
⑫ 典则：典章法则。明备：明确完备。
⑬ 壤土：犹疆土。广：广阔，辽阔。
⑭ 生聚：人口繁殖，聚积财货。蕃：兴旺。
⑮ 为理：治理。
⑯ 翕然：形容行为、言论一致。齐壹：齐一。
⑰ 风靡：形容事物在一个时期很流行，像风吹草伏一样。向化：归附。
⑱ 文教：文化和教育。
⑲ 以往：以前。
⑳ 前民：引导人民。《易·系辞上》高亨注："前，先导也。"
㉑ 枢机：比喻言语。[唐]刘知几《史通·浮词》："夫人枢机之发，喦嘼不穷，必有余音足句为其始末。"微：精妙。
㉒ 声教：声威教化。《书·禹贡》："东渐于海，西被于流沙，朔南暨声教，讫于四海。"
㉓ 成俗：形成良好的风俗。
㉔ 和平：指乐声的平和、和顺的特征及功用。弭：平息。斗争：犹争斗。
㉕ 礼乐：指礼乐制度。作为中国古代社会重要的文化制度，礼乐有着举足轻重的作用。

焉；而礼乐之次第，莫先乎乐①。夫鸟兽杂处，角力以养生②，彝伦未叙，强弱往来③，日孜孜于饮食男女④竞夺而无穷期。然而休暇聚处⑤，相对⑥欢然，抒写天真⑦，辄有徒歌之乐⑧，土鼓蒉桴⑨，此唱彼和，不涉猜疑，与物俱化⑩。圣人知声音之道，足以感人也，拊石截竹⑪，八音克谐⑫。定其律吕⑬，授以节奏，调摄志气⑭，宣畅情性⑮。使闻其声者，油然愉快⑯，游神宇下，含履中和⑰。于是饮食男女之事，渐就范围⑱，各尽其分，各安其义，谁或逾阈⑲，以

① 乐：指的是一种艺术性的政治教育，往往配合重大的祭祀活动。其教化功能是巨大的。儒家一贯重视乐教，认为乐主和，乐教可以弭斗争、同民心，民心和同，则不会乖离。
② 角力：引申义竞争、竞夺。养生：求生存。
③ 强弱：强者和弱者。往来：打交道。犹来往。
④ 日：终日。孜孜：不停歇貌。饮食男女：泛指人的本性。《礼记·礼运》云："饮食男女，人之大欲存焉。"
⑤ 休暇：闲暇。聚处：聚集相处。
⑥ 相对：面对面。
⑦ 抒写：抒发陶写。天真：不受礼俗拘束的品性。
⑧ 辄：动不动。徒歌：即无伴奏歌唱。《晋书·乐志》："凡此诸曲，始皆徒歌，既而被之管弦。"
⑨ 土鼓：鼓式之一。因其为泥土烧制而成而得名，流行于新石器时代。《周礼·春官》郑玄注引杜子春云："土鼓以瓦为匡，以革为两面，可击也。"蒉桴：祭祀所用的土块捏成的鼓槌，一说束蒉草而成的击鼓棒。
⑩ 与物俱化：从内而外，人的精神与外在的客观世界完全融合在一起。
⑪ 拊石：敲打石磬。截竹：代指吹奏古箫类乐器。[南朝梁] 任昉《述异记》："越俗祭风神，奏防风古乐。截竹长三尺，吹之如嗥，三人被发而舞。"
⑫ 八音：指金（钟）、石（磬）、丝（琴、瑟）、竹（笛、箫）、匏（笙、竽）、土（埙）、革（鼓）、木（柷敔）八类乐器，为先秦劳动人民所创造，后世雅乐的专用乐器。克：能。谐：和。《书·舜典》："诗言志，歌永言，声依永，律和声，八音克谐，无相夺伦，神人以和。"多种声音协合一处，是一种美的声音，是儒家"和"为美思想之滥觞。"八音克谐"，方能避免"声一无听"。
⑬ 律吕：音律的统称。我国古代以管之长短来确定音的不同高度。从低音管算起，成奇数的六个称"律"，成偶数的六个称"吕"，总称"六律""六吕"，因此，音律统称"律吕"。
⑭ 调摄：调节统摄。志气：心志气力。
⑮ 宣畅：抒发。情性：情意。
⑯ 油然：自然而然。愉快：快乐，适意。
⑰ 含履中和："含和履中"倒置。和：和谐。儒家以和为美。履中：指践履不偏不倚的中道。[汉] 焦赣《易林蛊之兑》："含和履中，国无灾祸。"
⑱ 渐就范围：渐渐受到限制。
⑲ 逾阈：同 P50 注⑮。

逞其私欲？既呈治平之几①，遂操弛张②之术，乃有鬼神之祠祷③，揖让之礼仪④，拘制其容止⑤，合于吟咏舞蹈，而不相夺伦⑥。盖无礼⑦不足以为教，而非乐作不能成礼，此声教所以为万化之基也。洎乎文教既设，广被于人人⑧，一本声教之遗意，举其旧典⑨，为尽人所记忆最熟，而餍饫于心胸者⑩，首传其声，俾易书录⑪，则谣谚著矣⑫。文教之成立，实发挥于精神⑬，岂非声教之所致⑭哉？

　　立乎世界之上，人类所以组织者，会事物之理而通其情耳。以简驭繁之道，有自然焉⑮，有人事焉⑯。区宇宙合⑰，何端何倪⑱，凡遇于吾人之耳目，皆纳诸文字⑲之间。文字相生，始于人事⑳，而终于自然㉑；虽由人意㉒为形容，而真理充积㉓，流露于无形，如镜摄影，不爽毫芒，于人力㉔何有哉？字者物之质

---

① 治平：政治清明、社会安定。几：苗头。
② 弛张：一松一紧。比喻处事的松紧、进退、宽严等。
③ 祠祷：祭祀。
④ 揖让：我国古代宾主相见的礼节。揖让之礼，按尊卑分三种，称为"三揖"：一为土揖，专用于没有婚姻关系的异姓，行礼时推手微向下；二为时揖，专用于有婚姻关系的异姓，行礼时推手平而置于前；三为天揖，专用于同姓宾客，行礼时推手微向上。
⑤ 拘制：管束。容止：仪容举止。
⑥ 不相夺伦：不混乱。
⑦ 礼："毋不敬"谓之礼。《礼记·曲礼》开篇所谓"毋不敬，俨若思，安定辞，安民哉"，即此。
⑧ 广被：遍及。人人：每一个人。
⑨ 旧典：早已有之的典章制度。
⑩ 餍饫：满足。心胸：内心。
⑪ 易：简易，简省。书录：书写记录。
⑫ 著：丰富。
⑬ 精神：指精气神。
⑭ 致：求。
⑮ 自然：非人力所干预的。
⑯ 人事：人之所为。
⑰ 区宇、宙合：都是天下的意思。
⑱ 端倪：头绪、眉目。端和倪，都是开始、边际的意思。
⑲ 文字：文章和文字。
⑳ 人事：人情事理。
㉑ 自然：指客观存在的独立系统。
㉒ 人意：人的愿望、情绪。
㉓ 充积：盈满。
㉔ 人力：人为的力量。

体也①，文者人之心思②也。分言之，则质为自然③，而文为人事④；及融合之，则字不离乎人事⑤，而文实成乎自然矣⑥。造字以备书记⑦，即预为行文之地⑧，固无文之专名，亦无文之定率⑨；振笔直下⑩，而体⑪不与焉。上古之文，莫知所始，坟典丘索⑫，具目无书⑬。杂引图谶⑭，断简残篇，仅仅见于道家者流，非祝史⑮之辞，即卜筮之繇⑯，荒诞不经。大抵术数之学⑰，述自口说，笔削尤多；古意佚文⑱，得其仿佛⑲而已。况儒家所斥，即此疑似之迹，几几绝乎！今可考可据，曰谣，曰谚，然而谣谚者，犹在未有文字之前；习于委巷下里⑳，传于妇人孺子。人心之声，鸣其天籁，随机感触，独得真趣㉑，人人舞蹈之，时时咏叹之。肇有书契，无文可习，首记其字，以为学书之具㉒；未尝稍有改订，不

---

① 字：文字。质体：指替代物质的形体。

② 文：文章。心思：人心所思。

③ 自然：指客观存在的。

④ 人事：人为。

⑤ 人事：指人和事。

⑥ 自然：不经人力干预而自由发展的。

⑦ 书记：书写，记载。

⑧ 行文：组织文字，表达意思。

⑨ 定率：犹定式。

⑩ 振笔：挥笔。直下：书写。古代行文为直行书写，从上往下写，故言"直下"。

⑪ 体：文体。

⑫ 坟典丘索：同 P57 注⑭。

⑬ 具目无书：被列入书目，而未见典籍。

⑭ 图谶：即"谶书"。是巫师或方士编造的一种隐语或预言，多涉及帝王受命之类。《后汉书·光武帝纪》李贤注："图，河图也；谶，符命之书。谶，验也。言为王者受命之征验也。"

⑮ 祝史：春秋时期，祝之别称，职行告宗庙，守奉社稷等事。

⑯ 卜筮：以占卜为业之人。卜，指用烧灼的龟背占卜。筮，指用蓍草占卜。繇：歌谣。古通"谣"。

⑰ 术：指国中之道，与道相关。术与数目相关，与哲学相关。总之，术以数字为手段，阐明"道"的法则的基本哲学思想。"象数"原本包含在"术数"中，宋代至清以后才有一定分界，一般以"象数"为探究宇宙生成秩序的自然哲学，而以"术数"为占测人事祸福的方法。

⑱ 佚文：丧失的文辞或散存于古籍中的文章。

⑲ 仿佛：梗概。

⑳ 委巷下里：犹民间。下里：乡里，村野。

㉑ 真趣：天趣，自然之趣。

㉒ 学书：读书。具：用具，指书契。

过当时之语言耳。自今观之，按律叶韵①，文义沉博②，已与《典》《谟》《训》《诰》，并采③争光，为渊懿朴茂④极高极古之文。初无分⑤乎记事与言，别立裁制⑥也，纯乎自然⑦，弗假藻饰，故其句读，绝无牵强，以质为文⑧，蔚然华实⑨。比字成句，积句成章；自有文字以代语言之传者，此其起源也。历人历世，派异枝分，曷能背此，以求宗主⑩？夫惟元音⑪，型范大雅⑫，故生乎其后，无由继声⑬。纵欲⑭摹形绘状，从事步趋⑮，复拘拘于字句之间⑯，声调⑰之末，习非所诵，乌得当其万一⑱哉！夫上古文字，谓之书契。书契云者，书⑲之为字；即与其事其言纤悉符合⑳，不相出入，是之谓契。精神所贯注㉑，融会

①　律：音律。叶韵：一般指诗词、曲等韵文句尾、联尾用字在声韵上必须和谐统一。亦称"协韵""押韵"。
②　沉博：指意旨深远、内容渊博。
③　并：犹比肩。采：光彩。同"彩"。
④　渊懿：渊深美好。朴茂：朴实厚道。
⑤　无分：未分。
⑥　别立：另立。裁制：体裁，样式。
⑦　自然：自然而然。
⑧　质：质朴。文：指文章内容。
⑨　蔚然华实："华实蔚然"的倒装。蔚然：形容文采华美。华实：指文章的外在和内在。
⑩　宗主：本源。
⑪　元音：最初的乐音。
⑫　型范：典范；法式。大雅：高尚雅正。
⑬　无由：无从。继声：承接前人之作。
⑭　纵欲：即便想。
⑮　从事：致力于。步趋：追随，效仿。
⑯　拘拘：拘束，有所顾忌的样子。字句：字词和句子，修辞发挥作用的最小单位。
⑰　声调：语音最重要的基本特征之一。在汉语里，音高的升降能够区别意义，这种能够区别意义的音高升降称作"声调"，亦称"字调"（可分为单字调和连读调）。声调可以区别词义和词性，在汉语音节中，即便声母和韵母相同，但由于声调不同，语意也会有很大的差异。声调属文章的范畴。声调在时间、空间以及语种类上存在差异，声调的高低起伏、抑扬起伏，赋予语言独特的音乐美和节奏感，对其感染力的理解和受感染的程度也存在差异。
⑱　乌得：怎么能够。当：抵得上。万一：万分之一。
⑲　书：书写。
⑳　纤悉：细微而详尽。符合：相符；相合。指文字（名）与其所表达的对象"其言其事（实）"相一致。
㉑　精神：实质，要旨。事物的精微所在。贯注：贯穿，贯通。

其形迹①，奇情逸响②，表于简端；借字③之用，写其已成之文，未有执意选词④，始为文章者也。

古者人人识字，即人人能文。彼所谓文，充其记忆之力，尽其抒写之能而已矣。今以为古文⑤，当时固不自以为文也。古者之文，陈说古词语句⑥，出于已然⑦，乃因文以记字。今所谓文，构思结撰⑧，出于未然，乃因字以成文。故古无文之名，非无文也，文字不分言也⑨，凡识字者皆能为文。故古有记载，而无著作⑩，非若后世为儒生之专业，运其灵思也⑪。自礼乐有官，各用其本朝⑫之乐，采诸辀轩，奏诸矇瞍⑬。太史⑭书之，藏吏守之，而里巷之呕吟⑮，不列于国典；野人⑯所称道，不录于世说⑰。往日私家之故书⑱，悉付删订，即各因⑲俗语，偶制⑳新音，无复备㉑之记载。是以操简濡墨㉒，事无所施，久而忘之，流致不学之蔽；欲书其字，措词无方，甚觉繁难，不似从前之简易，可以

---

① 融会：融合汇通。形迹：踪迹。
② 奇情：非常的情操。逸响：超凡脱俗的格调。
③ 借字：借助于文字。
④ 未有：没有。执意：刻意。选词：选择词语。
⑤ 古文：指上古的文字。
⑥ 古词语句：指古人当时所使用的词语句子。
⑦ 已然：现成的。与“未然”相对。
⑧ 结撰：结构撰述。《楚辞·招魂》洪兴祖补注：“撰，述也，定也，持也。”朱熹集注：“谓结述其深至之情思。”
⑨ 文字：文章和文字。不分言：不分开述说。意谓文就是字，字就是文。
⑩ 著作：古称“述”“作”。《论语·述而》“述而不作，信而好古”朱熹注：“述，传旧而已；作，则创始也。”
⑪ 灵思：神奇的思绪，巧妙的构思。
⑫ 本朝：各自所处的朝代。
⑬ 矇瞍：瞎子。《九章·怀沙》洪兴祖补注：“有眸子而无见曰矇，无眸子曰瞍。”
⑭ 太史：职官名。西周春秋时之官，掌起草文书、策命诸侯卿大夫、记载史事，兼管典籍、历法、祭祀等。秦汉以后设太史令，职能缩狭，地位降低。
⑮ 呕吟：歌吟。
⑯ 野人：泛指村野之人。
⑰ 世说：记载言行事物的册籍。
⑱ 故书：旧书，古书。
⑲ 各：各自。因：根据。
⑳ 偶：结伴。制：创作。
㉑ 复备：重复备用。
㉒ 操简：操持竹简或木简。濡墨：蘸墨书写。

率尔成章矣。且民生日众①，人事日淆②，兵农工商之职业，汲汲穷年③，更无暇于文艺④。虽就傅⑤受教，亦及长⑥而废读，但能⑦识字，不毕其业。所知之数不多，可通之义尤狭，况执笔书记构思为文乎？夫文书之掌，专诸其人，民间诵习，遂颓其风；古意改观⑧，于斯为断。史官之文，乃与所谓谣谚者异其体焉。三代相属⑨，师儒讲授，用能出言有章，苟非专门⑩，谓为鄙野。而后文章之道，褒然学术⑪，史降为经⑫，导百家之先流，其记事记言，犹得史家之余

---

① 民生：人民的生计。日众：日益繁重。
② 人事：指人与人之间的相互关系。日淆：日益混乱、错杂。
③ 穷年：毕生；终其天年。
④ 文艺：指文学创作。
⑤ 就傅：跟从老师。《礼记·由则》郑玄注："外傅，教学之师也。"
⑥ 及长：等到长大后。
⑦ 但能：仅能。
⑧ 改观：旧的面貌被改变。
⑨ 三代：夏、商、周三个朝代的合称。相属：相连、相继。
⑩ 专门：指国家专门的掌管文字图籍机构推行的学说。
⑪ 褒然：赞扬夸奖。学术：学说；主张。
⑫ 降：析。先秦时期，经史不分，如后来被奉为经典的《尚书》《春秋》本身都是史书。刘家和《史学和经学》引王守仁《传习录》指出："王守仁说：'以事言曰史，以道言曰经；事即道，道即事。《春秋》亦经，五经亦史。《易》是庖牺之史，《书》是尧舜以下史，《礼》《乐》即三代史，五经亦即史。'"又引章学诚《文史通义·内篇一易教上》指出："章学诚说：'六经皆史也。古人不著书，古人未尝离事而言理，六经皆先王之政典也。'"并据此提出自己的主张："这里所说的'史'，如果释为历史著作，那么除了《春秋》（再勉强一点还可加上《尚书》）以外实在是说不通的；可是如果释为历史资料，那就毫无疑问了。对于这一点，前辈学者如金毓黻先生早已论辩清楚。"刘家和《史学和经学》一文指出："中国史学和经学的关系是在历史上形成的，经学对于当前史学研究的意义也是具有历史文化遗产性质的。到春秋时期，反映各种文化知识的文献已经有了一定的积累；不过在这些文化知识之间还没有严格的学科区分，当然也没有经史之分。从春秋后期起，儒家典籍逐渐形成，史学也随着《春秋》《左传》的出现而出现，不过当时仍然无所谓经史之分。……经学是在汉代正式产生的，史学也随着《史记》《汉书》等巨著的出现而开始崭露头角，正是在汉代开始了经史分离的过程。自魏晋至宋代，在经学上是各说'不相统摄，及其弊也杂'的时期，而史学却有了长足的发展。……宋代的经学和史学都有新的发展。……有清一代，经学和史学都很发达。……五四运动以后，经学在反传统的浪潮冲击下已经走向衰落，中国史学终于摆脱了经学的思想和义例的束缚。这是中国史学发展中的一大变革。"（刘家和.史苑学步：史学与理论探研［M］.北京：北京大学出版社，2019.）

绪。述而不作，胚胎于古谣俗谚；扬挖①余韵，而终于国风变雅②。其他诸经，有所论赞，往往援引名言，断章取义，辄假一二古诗，以为佐证。故其教人曰不学《诗》，无以言③。言者文也，谓不学《诗》，即不能学文矣。诗人之旨，发其微于群经④。《春秋》既作，上古最初之轨，其迹至此而尽熄，不再见于后世矣⑤；此尤古今文之大关键也。后之文士，称经为古文，至于上古之章句，视为奇观，孤诣高文⑥，则已茫乎不可解。盖其所习者表示已说，令人一览而即可会其意，其构造实异乎⑦远古，故莫由相入⑧，又未能人人识字，人人通文；而文章之道，益为人事⑨之美谈欤！

上古无文之称，中古⑩史官，其名乃著，先后相承，而经出焉。百家诸子，起而变经，异曲争鸣，细流四溢。铅椠之士⑪，独尊其师说，以赴歧趋⑫，综其体制，约为四类：纪述之文也，笺注之文也，议论之文也，比赋之文也。万世

---

① 扬挖：扬抑。

② 国风、变雅：指《诗大序》将《风》《小雅》《大雅》各分为正、变。"正风""正雅"代表治世之音，"变风""变雅"则为乱世之音。《诗大序》："至于王朝衰，礼义废，政教失，国异政，家殊俗，而变风，变雅作矣。"即此。郑玄《诗谱》将十五国风中的《周南》《召南》列为"正风"，其余十三国列为"变风"。并将《小雅》中《鹿鸣》至《菁菁者莪》十六篇，《大雅》中《文王》至《卷阿》十八篇列为"正雅"，其余的列为"变雅"。

③ 言：交谈。不学《诗》，无以言：指孔子教育儿子孔鲤的话。《论语·季氏》："尝独立，鲤趋而过庭，曰：'学《诗》乎？'对曰：'未也。''不学《诗》，无以言。'鲤退而学《诗》。"《诗》：指《诗经》，其中记载了许多关于人文、民俗、庆典、宗教、自然等事物，学习之后，能受到诸多教诲。无以言：无法与人交谈。孔子认为学习《诗经》与《礼记》，方能与人交往并懂得立身处世之道。因为通读《诗经》，就可以"事理通达，而心平气和，故能言"。（朱熹.论语集注［M］.北京：商务印书馆，2015.）

④ 群经：总言经籍。多指儒家经典。

⑤ 《春秋》：鲁国史书，记载鲁隐公元年到鲁哀公十四年（前722—前481）间史事。

⑥ 孤诣：独到的成就或境地。高文：艰深矜重、雍容典雅的文章。

⑦ 构造：指文章结构。异乎：不同于。

⑧ 莫由：无从。相入：互相为用；彼此投合。《国语·周语下》韦昭注："不相人，不相为用也。"

⑨ 人事：指人间世。

⑩ 中古：指中古年代。时间划定，其说不一。《易》以文王为中古，《礼记》以神农为中古，这里指前者。

⑪ 铅椠：指文章。铅：铅粉笔。椠：古代记事用的木板片。

⑫ 歧趋：不同的趋向。同"歧趣"。

万变，终不出此范围矣。汉兴试士①，呫哔之徒②，相率应制，以博禄位③。于是公室考校④，郡邑选举⑤而外，无专习者；间有官书职司，私家著作，其所学问，皆由举业研究而来。吾乃断之曰："太古之文出于民间，中古之文出于史官，春秋之文出于经学，自汉以后之文出于考试而已。"历代考试，制艺⑥不同，一源相通，曾无异致⑦，然其为体与古文古经之距绝⑧，不可以道里计⑨也。今辨其体，必溯所穷，吾将求之古史古经焉。

记载之著，发始于谣谚，但有章句，而无体裁。所谓谣者，比物以起兴⑩，叶音⑪以足语；今为韵文，若记言之类也。所谓谚者，触义引类，依事直书⑫，今为序述⑬，若记事之类也。所见与闻，皆为笔述者⑭，往昔之实事⑮，传诵之名言，未有师生之授受，故无家法。又各就其一乡一邑之风俗性情⑯，以陈民志⑰，方音不通，而流传不远。及文教大进，政体日崇，凡兹之类，非官司⑱所采纳，不得列于国史，篇籍于焉⑲散失。其犹或存者，不过穷僻之壤，鄙野之

---

① 试士：为授予官职而考试士子。

② 呫哔：泛指诵读。呫哔之徒，指读书人。

③ 禄位：泛指俸禄官位。

④ 公室：朝廷。考校：考试，考查。

⑤ 郡邑：府县。选举：自下而上选拔人才。

⑥ 制艺：指古代考试时所作文章，其文体在科举考试中有明确规定。明清两代，一指"八股文"。

⑦ 曾无：并没有。异致：两样。

⑧ 距绝：距离极远。

⑨ 不可以道里计：比喻差距极大。道里：指普通长度。《淮南子·说山训》："死生相去，不可为道里。"

⑩ 比物：比类。起兴：是以一事物领起，引出所要记叙或吟咏的事物的修辞手法，亦称"兴"。朱熹说："兴者，先言他物以引其所咏之词也。"一般用在文章开头，可分触物起情和托物兴词两种。在诗文中一般起到"起情"或确定韵脚的作用，也可以渲染气氛、描写景物。

⑪ 叶音：音韵学术语。先秦韵文，南北朝人诵读时感到不押韵，临时改读变其中一个或几个字的读音，使韵脚和谐。这种方法，晋徐邈称"取韵"，北周沈重称"协句"。

⑫ 依事直书：忠于事实，依照真实情况直接记录。与"曲笔"相对。

⑬ 序、述：古代四种文体中的两种，偏重记叙。另两种为论、议，偏重议论。

⑭ 笔述：文字记录；著述。

⑮ 实事：实际发生过的事。

⑯ 性情：习性和思想情感。

⑰ 志：真情实感。《书·尧典》孔颖达疏："诗述民志，乐歌民诗，故时政善恶见于音也。"

⑱ 官司：官府。

⑲ 篇籍：书籍；典籍。于焉：从此。

夫，断简残编，口讲指画，流风余韵，留遗于民间。收拾旧观①，东鳞西爪云耳！况儒家既盛，不屑相习，更以为言不雅驯②，大异近体，直如今之所谓小说所谓白话也者。弁髦③视之，曾不值通人之一笑也，谁复轻重④之哉？二千五百年前，最初最古之文字，不可多觏⑤，惟秦火未焚之书，偶引片言，于是奇珍异宝⑥，尚震光耀⑦焉。

羲炎⑧以降，教民制作⑨，万物为役，能致其用，人事之交，纲纪毕具；于是天下地上之故⑩，凡受吾人所组织者，其经其常⑪，莫不悉显其迹，备我后观。始点漆于韦编⑫，继操刀于简版⑬。绘旗书常⑭，则布帛⑮为彰；刻石铸金，则鼎彝为寿⑯。所思渐巧，所施渐广，大而一代之掌故⑰，小而一技之营造，皆得穷理尽情，表见于著录，以收文字之功。卷帙繁杂，传写艰难，盖专其业者，乃劾其职。因人⑱宝藏之，世世继续，承袭而罔替⑲。底乎三代⑳，并名曰史。

---

① 收拾：整理。旧观：过去之貌。

② 雅驯：典雅纯正有韵味。

③ 弁髦：比喻弃置不用之物。

④ 轻重：褒贬，权衡。

⑤ 觏：遇见。

⑥ 于是句：由于焚书坑儒，此后焚书坑儒中得以幸存的周秦时代典籍便成为传世之宝。

⑦ 光耀：光彩荣耀。

⑧ 羲炎：指伏羲和炎帝。伏羲，三皇之一。炎帝，五帝之一。泛指远古时代。羲：《国粹学报》原文作"犠"。

⑨ 制作：创造。

⑩ 故：事情。

⑪ 经、常：法则，至当不变的道理。

⑫ 点漆：我国最古老的硬笔书法文体。〔元〕吾丘衍《学古编》："竹梃点漆书竹上。"〔明〕黄成《髹饰录》："漆之为用，始于竹简。"韦编：经去毛加工制成的柔皮称"韦"，用"韦"将简逐条连接称"韦编"。

⑬ 简：竹简、木简。版：刻字印刷所用底材。近代学者沙畹说："秦以前，笔以竹为之，用以书竹简、木板，初点漆为书，后易以墨也。"

⑭ 旗、常：古代九旗之属，国家尊严的标识，与象征国家威权的钟鼎近义。绘有熊虎之图者称"旗"，绘有交龙之图形者称"常"。

⑮ 布帛：丝织物总称。古时以麻、葛之织品为布，丝织品为帛。这里指书写材料。

⑯ 鼎彝：鼎和彝。〔汉〕许慎《说文解字·叙》："郡国亦往往于山川得鼎彝，其铭即前代之古文，皆自相似。"寿：长久。

⑰ 一代：一个朝代。掌故：国家制度、朝野逸闻、民间传说等。

⑱ 因人：靠人的力量。

⑲ 承袭：承继；继承。罔替：不改、废除。

⑳ 底乎：到。三代：上古三代，指夏、商、周。

夫所谓史者，一话一言，一物一事，无往非史①。于人为言，于物为事，而此史者，记事与言之凭藉。异夫三代属于王朝公廷②，一氏一人之典要③，左史右史④之所书，爰得为史也？自天下不官⑤，文书专司于卜祝⑥，取天下之私著，审辨而淘汰之，有不合于法宪⑦，足以乱政者，皆屏除之。当时之所奉守，斟酌往训，防闲贰心⑧，有损而无益，有因而无创⑨，靡然同趋⑩，千余年矣。东周儒家，更发史室⑪之秘，芟订归简⑫。后生小子，辄师承之，而他非所习，且疑无征之弗信，不敢相从；此古史所以灭其迹也。况乎世变日滋，知识日狭，人即浇薄⑬，惰于稽古之力⑭。彼巨文大典，固以荒远了之，不待言矣。若名与器⑮，吾神圣精思所构造⑯，自后观之，不云事至浅显，人人共知共能，必以为工作力役⑰，小人⑱之事，贱夫⑲之行，抑末且微，学人岂屑道之？而后经营实业之徒，专家独门⑳，自私自利，宣之惟恐失机，秘之惟恐不密，垄断不暇，遑

---

① 无往：无论到哪里。常与"非"连用，表肯定。

② 王朝公廷：朝廷。

③ 一氏：指天子姓氏。一人：指天子。典要："典常要会"省文，指经常不变的准则、标准。

④ 左史右史：职官名。西周置，左史掌记事、书国史，右史掌记言。

⑤ 不官：指不设左史右史之官。记事记言不可分割。后世记载帝王言行的称起居，隋始设起居舍人，属中书省。唐增设起居郎，属门下省。明称起居注，清称起居注官。随着史籍编纂方法的不断进步，记言记事逐步合为一体，为新的史体所取代。

⑥ 卜祝：专管占卜、祭祀的人。

⑦ 法宪：法令、规章。《后汉书·北海靖王兴传》："永平中，法宪颇峻，睦乃谢绝宾客，放心音乐。"

⑧ 防闲：防备，防范。贰心：异心。

⑨ 因：因袭。创：创造。

⑩ 靡然：闻风而动。趋：追逐。

⑪ 史室：保管史籍的地方。

⑫ 芟订：删除订正。归简：归于简洁。

⑬ 即：近乎。浇薄：书面语中指人情或风俗的刻薄、不淳厚。

⑭ 惰于：懒于。稽古之力：即考证古事，做学问的功力。

⑮ 名、器：贵重的宝器。表示等级称号和车服仪制等。

⑯ 神圣：圣贤。构造：凭想象力所创造。

⑰ 工作：效力劳作。力役：干体力活。

⑱ 小人：犹鄙人，即村野之人。

⑲ 贱夫：身份低贱之人。

⑳ 专家独门：一人、一家掌握独有的技能、秘诀。

肯书识①？年代未久，其道寂然，斯尤当世②文字见绝③于今之大蔽欤！呜呼！民智之不牖，物理之不达④，吾之家珍故物，既不可闻，益不可考。初无记载之藉⑤，终阂⑥思想之灵，吾神明子孙，其聪明材力冠绝群伦者⑦，日日退化，遗误无穷，坐致今日之局。古人不能辞其咎矣，岂非文字湮没，导之下流哉⑧？

中古以神道创教，逆治⑨之法，发诸首善⑩。秩典立政⑪，施之要荒⑫，君民相与之际⑬，使卜祝为尸寀⑭，而私家无著作之权。其所载笔⑮，纳诸盟府，以示其正。故卜有卜史，祝有祝史，卜明是非，祝修辞令，幽明绝通，假借准的，足以补助治化⑯所不逮，而齐壹世俗，经制人心。及陈其迹，或编岁时，或述本末⑰，公中之纪⑱，灿然为文，是曰国史⑲。然而民间之史，一付阙如矣。古者先有民史，而后有国史，有国史然后有君史⑳。国史者，君民比并㉑之史；君史者，一姓一代之史也。其旨既异，其文体迥殊。而国史者，承上接下之枢

---

① 书识：记录下来。

② 当世：当时。

③ 见绝：犹失传。

④ 物理：万物之理。达：通。

⑤ 藉：凭借。

⑥ 阂：闭塞不通。

⑦ 材力：才能，能力。群伦：同等或同辈的人们。泛指世界各国人民。

⑧ 下流：比喻众恶所归的地位。

⑨ 逆治：悖于治道。

⑩ 首善：首都。

⑪ 秩典：按秩序制定规章制度。立政：确立为政之道。

⑫ 要荒：王畿之外极远之所。

⑬ 君民相与之际：指周王朝存在的共和时期。

⑭ 尸：主持。《毛传》："尸，主。"寀：离开采邑到京城或外地任职的官员。《尔雅·释诂》："寀、寮，官也。"新中国成立后"寀"作为异体字并入"采"字。

⑮ 载笔：所记录的王事。《礼记·曲礼上》"史载笔，士载言"郑玄注："笔，谓书具之属。"孔颖达疏："史，谓国史，书录王事者。王若举动，史必书之；王若行往，则史载书具而从之也。不言简牍而云笔者，笔是书之主，则余载可知。"

⑯ 补助：增益匡助。治化：治理国家，教化人民。

⑰ 陈其迹、编岁时：指修史两大体裁——纪传体和编年体。弥补其缺陷，又取第三种体裁"述本末"，即纪事本末体。如宋、元、明史纪事本末等。

⑱ 公中：朝廷中。纪：记载。同"记"。

⑲ 国史：泛指一个朝代的历史。

⑳ 君史：指记述君主世系、史实的书籍。

㉑ 比并：并列。

纽，君民离合之津渡①，实史家变迁之机栝欤②！今民史亡佚③，国史亦残缺不完。《尚书》仅存唐虞之《典》《谟》④，岂非君史之滥觞哉？后世之史，皆本兹源，厘为文体，《春秋》遂为王者之事，二千年来，文学之士，不复知有民史之说矣。

上古始制文字，为民史之世，递至⑤唐虞，为国史之世，自夏以降，纯为君史之世矣。民史之世，君国⑥之事无专书。姬周临民⑦，为其不合今之史裁⑧也，悉禁锢之，秘不示人。后人学术浅薄，以其艰于诵习，文字又不可骤解⑨，遂谓荒远无稽⑩，而不少⑪考证焉。然周官外史⑫，掌三皇五帝之书，是当时尚有官本⑬也。楚左史倚相⑭，能读三坟、五典、八索、九丘，是当时学士大夫⑮尤有诵习者也。夫古者以民权行民政，有似今日共和之政体，递嬗而为君民共主，有似今日立宪之政体。自夏传子，君尊于上，民伏于下，而不与国事，有似今日专制之政体；至周而造乎其极。故惟政有三体，史亦三异，儒家又从而

①　离合：乍离乍合。津渡：中间状态。

②　变迁：描述事物的变化转移。机栝：比喻事物的关键。

③　亡佚：散失。

④　唐虞：唐尧和虞舜的并称。《典》《谟》：指《尚书》中《尧典》《舜典》和《大禹谟》《皋陶谟》等篇的并称。[唐] 刘知几《史通·序列》："窃以《书》列典、谟，《诗》含比、兴，若不先叙其意，难以曲得其情。"

⑤　递至：传至。

⑥　君国：谓居君位而御其国。

⑦　姬周：周族人为姬姓，其建立的王朝也被称为姬周王朝。临民：治理人民。

⑧　史裁：史事的裁决能力。

⑨　骤解：一下子就能弄明白。解：解诂。

⑩　荒远：遥远。无稽：无考。

⑪　少：通"稍"。

⑫　外史：古代职官名。职掌记录王者下达于京畿以外地区的命令，并掌理四方邦国之书、三皇五帝的典籍等。《周礼·春官·大宗伯》："外史，掌书外令，掌四方之志，掌三皇五帝之书。"

⑬　官本：官府刻印或收藏的书本。

⑭　左史倚相：指左丘明（约前502—前422），春秋鲁国人。其史学著作《左氏春秋传》与《春秋公羊传》《春秋穀梁传》并称"春秋三传"。《后汉书·班彪列传》李贤注："楚有左史倚相。"孔安国《尚书序》："《春秋左氏传》楚左史倚相能读三坟、五典、八索、九丘。"

⑮　学士：古代就读于国学的学生。《周礼·春官·乐师》郑玄注："学士，国子也。"大夫：古代职官名。在先秦诸侯国中，卿下、士上，世袭，有封地。

抑其流，附于尊王①，往往以私意为笔削，极古今之变，并守一先生②之说，于是史家之原③，莫或辨焉。世第恶夫嬴秦焚书④，具⑤使古籍荡然，而不知唐虞以前之书，皆自周泯灭之也。虑其害政，而削其迹，孔氏修订国典，更有黜除⑥，学者不敢歧趋异志，古史之亡，虽篇目犹不及知，况其文乎？然则咸阳一炬，不过孔氏《诗》《书》耳！彼岂任尽焚古书之咎耶？

民史之世之作，两派相承，一为农家，一为道家。农家者流⑦，专言实业，食货利用⑧，以重养生之本，而工商之经营，医卜之方术属焉；神农之教也，樊迟⑨许行⑩之徒，先后祖述⑪之。道家者流，实继农家之广途也，名理物理事理学理之微⑫，阐发无遗，兼赅旧说，以御人事之赜⑬，而兵家、杂家之类与焉。农家得其粗，道教得其精；轩辕氏之教也，道训为理⑭，非若后世所谓黄老之术矣。周室文盛，儒家笃于本朝之治，而自树一帜，遂鄙农家为卑贱，病道家之

---

① 尊王：尊崇王室。春秋时周王室衰微，齐桓公、晋文公等相继以"尊王"为名，维护正室正统，称霸一时。《史记·太史公自序》："赵夙事献，衰续厥绪。佐文尊王，卒为晋辅。"

② 先生：称先祖。

③ 原：动机。

④ 世：世人。第：尽管。恶：厌恶。嬴秦：指秦始皇嬴政。焚书坑儒之事，《史记》中《秦始皇本纪》《封禅书》《儒林列传》《太史公自序》均见提及。

⑤ 具：通"俱"。

⑥ 黜除：删除；摈弃。上海博物馆藏战国楚竹书，保留了大量孔子解《诗》说《诗》的遗篇断简，就是孔子删《诗》说《诗》的证据。（马承源．上海博物馆藏战国楚竹书[M]．上海：上海古籍出版社，2001.）

⑦ 农家：三教九流之一，先秦时期在经济生活中注重农业生产的学派。

⑧ 食货：食与货，民生的根本，国家财政经济的古称。《汉书·艺文志》："农家者流，盖出于农稷之官。播百谷，劝耕桑，以足衣食，故八政一曰食，二曰货。"利用：利民之用。

⑨ 樊迟（前551—？）：一名须，字子迟，春秋末齐国人。是孔子七十二贤弟子之一。

⑩ 许行：楚国人。生卒未详。战国时重要思想家，农家学派代表人物。

⑪ 祖述：阐述；弘扬。

⑫ 名理：一为名分之理，"人君臣民各有其职位"，即政治理论。一为名目之理，"识鉴人物"，即有关评论特殊人物的理论。事理：万物行为的自然现象。学理：科学上的原理或法则。微：精微，精妙。

⑬ 人事：人世间的事。赜：精妙；深奥。

⑭ 道：中国古代哲学的最高范畴。理：中国古代哲学范畴。韩非子以理释道，"理"便成为同"道"相当的哲学范畴。《韩非子·解志》："道者，万物之所然也，万理之所稽也。理者，成物之文也。道者，万物之所以成也。"此说最为精审。[刘家和．试说《老子》之"道"及其中含蕴的历史观[J]．南京大学学报（哲学·人文科学·社会科学），2014，51（4）：87-98，159.]

艰深，伐异党同，斯道中绝①。术士乃窃其形似之说，别开旁门②，虽间有遗书③，传诸其人，非经窜易，即托依附，求诸原文，亦单词剩义而外未闻正谊。于是民史之世之文，益为儒家所不取。

《汉志·艺文》，述三代以上之书，大抵有目而无文④。周秦诸子所援引，亦多赝本。生今之世⑤，民史之世之文，甚矣其不足征也⑥。夫《八五》《阴符》⑦ 之伪，无论⑧焉已。即《本草》《内经》⑨，或失之简略，或失之繁芜，岂无后人意为损益⑩者哉？然此区区者，犹得谓为最古之简册矣。若斯而外，吾欲翻二千余年之旧案，而进《尔雅》焉；陈义最古，行文最高，绝无虚字⑪之助词，以为贯串运转⑫，而因类发明⑬，自然相属⑭。盖自书契足用，乃集一世⑮之见闻，著之于篇，互为解释，凡属于人事⑯者，莫不备具。既举其字，更罗列其训诂；既称其物⑰，更补足其名义⑱。人人记忆，人人通晓，其语言也，其文字也。彼时方以语言文字会天下之通，固不得以方言小学目之。吾曩谓古初⑲无语言文字之分，今及见最高最古之文，舍《尔雅》无与证矣。尔雅云者，尔缀也，雅常也，其为文也，连缀平常之事实，行之民间，本道家之精思，以教民

---

① 中绝：中断灭绝。

② 旁门：非正统的门类、流派或不正经的东西。

③ 间：间或；偶然。遗书：遗留下来的文书、典籍。

④ 目：书目。指篇目名称。文：指文章内容。

⑤ 生今之世：当今之世。

⑥ 征：证验。

⑦ 《八五》：指《八五经》，一卷，黄帝撰，伪书。[南宋] 晁公武《郡斋读书志》："序云黄帝书，'八五'，八卦、五行。虽后人依托，而其辞亦驯雅，相墓书也。"《阴符》：指《阴符经》，一卷，黄帝撰，伪书。[北宋] 黄庭坚《阴符经跋》："《阴符》出于李筌，熟读其文，知非黄帝书也。盖欲其文奇古，反诡谲不经，盖糅杂兵家语。妄撰太公、范蠡、鬼谷、张良、诸葛亮训注，尤可笑也。"

⑧ 无论：更不用说了。

⑨ 《本草》：指《本草纲目》，明李时珍著。《内经》：指《黄帝内经》，我国最早的一部医学著作。此书托名为黄帝和岐伯所著。

⑩ 意：通"臆"。主观地，缺乏科学根据地。损益：减增。

⑪ 虚字：犹虚词。古代文言虚词，都用"字"记录，习惯上称为"虚字"。

⑫ 运转：指语言组织和文章结构的转合。

⑬ 类：指部类。发明：阐述。

⑭ 相属：相关。

⑮ 一世：举世。

⑯ 人事：泛指理性所观照的对象。

⑰ 称其物：用字词称呼事物。

⑱ 名义：名称和字义。

⑲ 古初：太古之时。

识字而益智。其于民史之世，自为一史，为普通知识教科书，为文法教科书，特今所传，非其全本，盖古之作者，必不止此十九篇①。儒家芟削改订，妄附《孝经》②，谬云周公孔子之遗③。吾诚茫然于兹矣，虽然，吾以古文称尔雅，鲜不疑吾为武断，为狂诞。吾岂无以自信哉？

尔雅之名，自古有之。孔子之对哀公④曰："《尔雅》以观于古，足以辩言矣。"盖上古以来，记载故事之书，通名《尔雅》，广收旧闻，搜集新理，寻绎其疑惑，辨别其是非，随时以为增损，而资考镜。所述语言名物⑤，因类属比⑥，凡涉于鄙俚荒怪，无可征信之说，悉予淘汰，弗少假借，以归雅驯⑦。务使经正道合，示为准的，一流之宗，而无所出入。于是著作章句，藉相依据，人人能通其词，虽殊方异言，可以造车合辙焉。其为体制⑧，近于类书⑨，足当文谱⑩，实乃文章最早之家法，首立学派者。然则今之所传，特其一本，仅仅残缺之余，有此十九篇，独存古意云尔。中古之学，罕识古义⑪，病其深奥，复割裂而芟截之，杂以后世之故⑫，沿其体例，遂成此书。然而古人解诂之本，属文之方⑬，尤得窥见梗概，未可遽以今文强相牵合也。孔氏此言，乃述古语，谓欲

① 今本《尔雅》篇目为 19 篇，与古本不合，历来众说纷纭。《汉书·艺文志》记为"2 卷 20 篇"。《隋书》、新旧《唐书》、《宋史》皆有著录，但均记作 3 卷而无篇数。现今通行的《尔雅》，分《释诂》《释言》《释训》，专门解释字义的 3 篇，加上《释亲》《释宫》《释器》《释乐》《释天》《释地》《释丘》《释山》《释水》《释草》《释木》《释虫》《释鱼》《释鸟》《释兽》《释畜》16 篇，合计 19 篇。今本郭璞《尔雅注疏》记另有"叙篇"。作者认为有《释礼》篇，下文"制礼以导天下，著《尔雅》一篇，以释其义，传乎后嗣"，即此。

② 《孝经》：讲述事亲孝道之书，《汉书·艺文志》将《尔雅》列入《六艺略·孝经家》中。章炳麟《国学讲义·训诂学》："《尔雅》一书，《汉志》入孝经类，今入小学类。"

③ 《尔雅》成书年代及作者，历来说法不一。一说为周公所作，此说源出张揖《上广雅表》。北宋邢昺《尔雅疏》及南宋王应麟《困学纪闻》考证《尔雅》多周公以后事，对此说予以推翻。一说为孔子门人所作，如汉代扬雄、郑玄，晋代葛洪。[南朝梁] 刘勰《文心雕龙·练字篇》亦主郑说："《尔雅》者，孔徒之所纂。"

④ 哀公：指鲁哀公。

⑤ 名物：指事物。

⑥ 因类属比：分门别类进行编排。

⑦ 雅驯：同 P75 注②。

⑧ 体制：体例。

⑨ 类书：辑录各书中的材料，按门类、字韵等编排以备查检之书。

⑩ 文谱：系统编排的文辞谱录。

⑪ 古义：古人对经籍的传统解释。

⑫ 故：解释。

⑬ 属文：作文。方：方法，技巧。

观古，必证《尔雅》，以为归途；不有《尔雅》，何以知古？其非专指今书明矣。且尔雅二字，正与哀公之小辩为对待；孔氏据理以正之，期于由古辨今，尤不得以今书实其名也。

张揖①《进广雅表》曰："昔在周公，缵述②唐虞，宗述文武③。（中略）制礼以导天下，著《尔雅》一篇，以释其义，传乎后嗣，历载五百④，《坟》《典》散落，惟《尔雅》常存。"夫谓《尔雅》为周公所作，亦沿汉说而已。至云《典》《坟》散落，惟此常存，以为《坟》《典》之遗，独具乎此；此固上古之典册，则其不属周公也。必以周公为断，毋乃自矛自盾，故狥⑤世俗乎？然而自汉及唐，陈迹湮灭，故说流传，犹能知其为最古之物。斯语诚非无功，可见真解实义，常在人心，自有凭藉，不难表见也。由前之说，吾无取焉；由后之说，而吾言益信。邢昺⑥之言曰："或曰当周公时有之，今无者或在散亡之中。"以彼所引，周公时有之者，是周公以前，即有此书，及中古而散亡。久有此说，吾非武断矣。何后人之不信古也？后人之不信古，岂非学术⑦浅薄，不通文义之过欤？

世之称《尔雅》者，曰周公所作，仲尼所增，子夏所益；或以为叔孙通⑧所补，或以为沛郡梁文所著⑨。呜呼！不求诸古，必欲引而近之，毋怪乎一疑百惑，愈不足明也。夫不知其本原，即不能通其意义，惟不能通其意义，愈疑为后人之伪托矣。况《尔雅》所解，皆最古之义，造字时已有定称，非夫五经文学⑩始创之也。后人只于五经求文字，不暇上⑪读古书，及展卷而索解不得，更

---

① 张揖：字稚让。河北清河县人。生卒未详。东汉训诂学者。曹魏明帝太和年间，官至博士。著有《广雅》《埤苍》《古今字诂》。

② 缵述：继承传述。［汉］王逸《〈离骚〉后序》："舒肆妙虑，缵述其词。"

③ 宗述：同"综述"。文武：指周文王和周武王。

④ 五百：指五百年。

⑤ 狥：曲从。

⑥ 邢昺（932—1010）：字叔明，山东曹县人。北宋经学家。官历国子监祭酒、礼部尚书等。代表作有《论语注疏》。

⑦ 学术：学识。

⑧ 叔孙通：号稷嗣君，山东枣庄人。生卒未详。秦末汉初儒生，司马迁尊为汉家儒宗。《史记》有传。

⑨ 以上引自郭璞《尔雅注疏·卷一序》。

⑩ 五经：指《易》《书》《礼》《诗》《春秋》五部儒家经典。文学：指教授贵族子弟的学科。五经为教授贵族子弟的教科书，如《诗》为文学教材，《礼》为伦理教材，《乐》为音乐教材，《春秋》为史学教材等。

⑪ 上：所读之书更古更早，故言"上"。

无端倪①。乃引五经以实之，指为说《诗》之作，举毛郑异同②，剿说③徇人。更自徇其私意，一字而聚讼④至数十家，一义而借证至数十纸，横引旁征⑤，支离莫当。洎乎宋代，谬断为学《诗》者所纂集⑥。近且谓其有引释《楚辞》《国语》《管子》《列子》《吕览》《淮南》者；每况愈下，愈谫愈陋，数典而蔑其祖，夫何取乎数此典也！《诗》三百篇，删之孔氏，采之太史。大抵民风国典，托为咏歌，而所咏所歌，莫不有本而来。仍因前古⑦之谣谚，或连用数句，或托以起兴，犹今之为文，采据故书雅记⑧而成辞，即目标题，爰或今体。故《尔雅》所释，颇合乎今文，犹是远述谣谚，何尝近陈《风》《雅》⑨哉？文学肇兴，先民有作，未有此《诗》，已先有此谣谚。尤先有此语言名物，如谓语言名物，后世始著，则《尔雅》可为最后之注释。不然，《尔雅》实在谣谚以后《诗》之前，所谓周公时已有之者。况《释地》《释河》诸篇，其名最古，理最

----

① 端倪：头绪。更无端倪，犹"一头雾水"。

② 毛：指毛亨。相传为古文诗学"毛诗学"的开创者。据称其人诗学传自子夏，尝作《毛诗故训传》，以授毛苌。世称亨为"大毛公"。郑：指东汉经学家郑玄。汉初，《诗》分三家，《鲁诗》自鲁申公，《齐诗》自齐辕固生，《韩诗》自燕太傅韩婴，而《鲁诗》《韩诗》尤为显学。《毛诗》则起于西汉晚期，达于王莽，盛于东汉，成于郑笺。其中，鲁、齐、韩三家《诗》为官学，用汉代通行文字隶书记录，称为今文学派。而用先秦文字篆书记录的《毛诗》，被称为古文学派。不过，四家的区别不仅在于记录所用的文字不同，更在于各家对《诗经》传授的内容、义疏和训诂大相径庭。郑玄曾为《诗经》作笺注，人称"郑笺"。郑玄礼压一时，于《诗》取毛，以其礼学加以润色，《毛诗》便借了郑氏系统的经学而造成根据，历魏晋六朝而至于唐代，取代今文三家《诗》而独传于世，成了唯一的诗学。毛、郑异同：指《毛传》《郑笺》的不同与相同之处。"传"指阐明经义，《毛传》强调诗歌为统治阶级服务，其诗说论述存在明显的谬误和不足。郑氏发明毛义，自命曰"笺"。"笺"有修订、补充毛传的意味，郑玄《六艺论》称："注《诗》宗毛为主。毛义若隐略，则更表明。如有不同，即下己意，使可识别。"表明其笺注的目的是：一方面对《毛传》简略隐晦的部分加以阐发，另一方面把不同于《毛传》的意见提出来，便于后人识别。

③ 剿说：抄袭他人的作品或模仿他人的言论。《礼记·曲礼上》郑玄注："剿，犹揽也，谓取人之说以为己说。"

④ 聚讼：众说纷纭，久无定论。

⑤ 横引旁征：生硬地引用经典作为论证的依据。

⑥ 《尔雅》成书年代，一说为秦汉间学者纂集而成，此说始见于宋代欧阳修《诗本义》。《四库全书总目提要》卷四十《尔雅注疏》提要："大抵小学家缀辑旧文，递相增益，周公、孔子皆依托之词。"

⑦ 前古：往古。

⑧ 故书：旧书，古书。雅记：指经书正史。

⑨ 《风》《雅》：指《诗经》中的《国风》和《小雅》。

精。后人不解，以为非周非夏①，拟比扬度②，含混其词曰殷制，犹可哂矣！若夫《释天》曰："周曰绎，商曰肜，夏曰复胙③。"《释河》曰："从《释地》以下至九河，皆禹所名也。"原文篇尾，实无此语。自汉以后，附会周人为作者，又不能指著述为何人，不嫌赘词，以塞疑窦④，而杂入兹语。是以抄刻相传，或有或无，校勘诸本，乃得异同。乌可据为口实⑤，信其不古欤⑥？

自《尔雅》之学绝，今人罕通其文义。乃任举经典⑦，辗转相解⑧，但谓字列为义，无复章句，书名僻愚⑨，义旨隐奥⑩。解经之家，尤以郭璞为据，苟所未识，则缺而不论⑪。夫《尔雅》之难解，自古然矣。今人习于今体，不见虚字语助之联络，不名曰文，其于《尔雅》，非惟难解，更谓难读，遂以为无文⑫之书。不知古人为文，纯用实义，今人为文，专借虚字；而古今文大焉判。《尔雅》者，实义直接，而不以虚字间接者，古训遗闻，洵⑬乎深且奥矣。然在古人视之，义旨直截，趣味深厚⑭，顾不合于今之耳目而已。文体递变，字之用亦多，世无好学深思之士，悉心潜研，对之昏瞀⑮，其苦实甚，不能辨其字义，遑暇考其文体哉？夫古文之法程，以《尔雅》为著，纵览残缺不完之古书，其发为文章，贯穿入理，未有高于《尔雅》深于《尔雅》微于《尔雅》妙于《尔雅》者。盖积字成句，积句成文，所以成句与文，皆集实字而罗列之次第之先

---

① 周、夏：指周代和夏朝。

② 拟比扬度：指揣测，推测。拟比，犹比拟。

③ 绎、肜、复胙：均为祭祀的名称，不同时代有不同说法，方言差异所致。［明］钱澄之《田间诗学》"商王乡"条下释云："肜即乡字。祭之明日又祭曰肜。"

④ 疑窦：使人怀疑之处。

⑤ 乌可：怎可。口实：定论。

⑥ 不古：不淳朴；浇薄。

⑦ 任举：随意援引。经：指四书五经中的经。典：指春秋战国以前的公文体制。经典合表具有权威性的著作。

⑧ 辗转：经过许多人的手；非直接地。解：注解，注释。同"训"。

⑨ 僻愚：僻陋暗昧。

⑩ 义旨：意义和宗旨。隐奥：隐晦深奥。

⑪ 不论：不进行深入探讨、考察等。

⑫ 无文：指言语、辞章没有文采。

⑬ 洵：《国粹学报》原文作"询"，有误，迳改。

⑭ 趣味：旨趣。深厚：雄浑博大。

⑮ 昏瞀：像老眼昏花之人。

后之。按其位置①，寄其心思，显其意指②，字必对举③，犹尚排偶④，绾合上下⑤，以承中间之转注⑥。文章诸体，无有出此范围者，岂非滥觞于《尔雅》哉？欲辨其文，求之于义理，从而分析其次序⑦，则得之矣。三千年来，莫识为文法之祖，编列失据，且附之于《孝经》。谬误不正，是以文章之家，不称⑧《尔雅》。《尔雅》非真无文也，吾得曰："学术浅薄，不思之蔽也。"

《尔雅》为上古之书，确无疑义矣。惟其最古，文义最高，撰述亦最杂，故时代与人名⑨，无可指实⑩。约在文字足用而后，未立史官以前，不出一人之手，尤非一时之作。集铢成篇，必备百物，总一体例，以齐方言，使通行于国中⑪，而史氏据以记事，学人藉以广智。然而发端为文，则史家嬗其统⑫，而抽其绪于儒家。逮史变为经，又以兹书为二家键钥焉⑬。《尔雅》但记语言名物，不列人世交涉之政事，史家乃穷其原委，别著为书。儒家从事于文字，辨理决论；更为一家之言，自立⑭经学，举史氏之遗轨，依《尔雅》之末流⑮，兼循途径⑯，不失规则⑰。于是分门异户，各具体格⑱。吾求文章之源，至于《尔雅》，未尝不叹观止也。古文著于谣谚，则零词剩义也⑲；及乎《尔雅》，体制乃备，则长篇巨牍也。后之为文，明乎发原于经史⑳，亦明乎经出于史，至其何以成文之故，则又茫然于史之本原。师生授受，知其当然，而不知其所以然，虽执义

---

① 位置：布局。
② 意指：意之所在。
③ 对举：相对举出。犹对偶。
④ 排偶：指文章的词语文句的排比、对偶。
⑤ 绾合：联结。上下：指上文和下文。
⑥ 转注：辗转相授。
⑦ 次序：层次和序次。
⑧ 称：赞扬；称道。
⑨ 时代：指年代。人名：指《尔雅》作者姓名。
⑩ 指实：核实。指，通"稽"。
⑪ 国中：国内。
⑫ 嬗：传承。统：统绪。
⑬ 二家：指经学家和史家。键钥：指锁。比喻事物的关键。
⑭ 自立：径自确立。
⑮ 末流：余绪；遗业。
⑯ 循：沿袭。途径：犹路径。亦作"途迳"。
⑰ 失：偏离。规则：仪范、规范。
⑱ 各具体格：形成各自的体裁格调、体制格局。
⑲ 零词剩义：零碎不成文的句子，片段不成系统的含义。亦作"肤词剩义"。
⑳ 发原：发源。经史：指经学和史学。汉代，经学从史学分离出来，与史学并存。

求词，一似①甚有来历者，入门窥户，不见其主，而《尔雅》之义微②矣。

夫《尔雅》与史之异，《尔雅》记言，言尚单简③，则以实义直接④；史兼记事，事皆复杂，欲驭其变，制其繁，则不得不用虚字以间接之。古文之渐入今体，尤在兹矣。然而古史与今史又大异焉。古史振笔直书，未有愧色，故气充词足，朴质相往来⑤，无待乎矫揉造作，为文饰⑥之具。文体虽杂，而助语转简，深得《尔雅》之旨；二代⑦《典》《谟》，可征信也。其后为史，未言先惭，非曲举⑧不能达意。商周之史，不如无书，均多用助语，委屈⑨敷衍，务为假借。必则古昔称先王，以杜口实，往往援引旧义，饾饤⑩成句，此尤文章用典所由来钦！自是而后，凡为文者，语必因人，句不自造，其构思不远⑪，而气息益臻薄弱，不复上拟古人矣。古今文之变，其势使然，史家之书，其大较⑫也。

自《尔雅》备物，综核名实⑬，既树记言之准，遂资记事之材。文言有作⑭，足给取求，妙选典则⑮，能达灵思。融会贯通，动中体要⑯；散诸简端，以代直说。抒藻绘⑰之情，传流俗之口，盖四方殊音⑱，末由纪述。藉此通

---

① 一似：很像。
② 微：隐约；不明。
③ 尚：注重。单简：犹简单。
④ 直接：径直承接。
⑤ 朴质：质朴、纯真，不加文饰。往来：往返，来回。指写文章。
⑥ 文饰：文辞上的修饰。
⑦ 二代：指唐尧、虞舜二代。
⑧ 曲举：指说话拐弯抹角。
⑨ 委屈：曲笔。
⑩ 饾饤：比喻文辞罗列、雕琢。
⑪ 不远：不深。
⑫ 大较：大概，大略。
⑬ 综核：谓聚总而考核之。一作"综覈"。名实：名与实。
⑭ 有作：开始兴起。
⑮ 典则：典故章法。
⑯ 动：常常。中：切中。体：文章。要：要害。指常常能够抓住问题关键或切中文章要害。
⑰ 藻绘：修饰。
⑱ 四方：各方；天下。殊音：不同的方言。

训①，壹其歧趋②，辟径程途③，开宗明义。于是文章之道，渐著端倪④。杂史争衡⑤，首致其用，察于天地，识于人物。小说卮言⑥，各从其志，陈迹遗风⑦，光昭日月。博物君子，更拾其绪，广见洽闻⑧，假藉表影⑨，文质⑩密合，宜其素衷⑪。顾兹载笔，惟学立言⑫，直朴简当，万事不隳⑬，非于言外求文，润色为业也。一王⑭执政，总师九有⑮，因势利导，权柄上移；吏事受命⑯，起就条理，并掌世间之故⑰，以通神人之交，而史官立焉。邃初之际，事鬼敬天，邀福禳祸，决是辨非，笃于灾异祥瑞，托征休咎⑱，以叙彝伦，而定民志⑲。其有包藏贰心者，莫不怵于神道之说，徇兹大常⑳。纳民轨物，设教立政之原㉑，何尝不构基于此哉？故太卜太祝㉒，共居宫府㉓之中，铸言必坚，发策㉔尤秘，

---

① 通训：训诂学名词。在训释某词的释语中，有与该词意义相关、语音相近的字。如《说文·户部》：“房，室在旁也。”“房”的释语中“旁”与其音近义通，为通训。王力《同源字典·同源字论》视此类训诂资料为判断同源字的依据之一。

② 壹：统一，以免分歧。

③ 辟径：开辟。程途：道路。

④ 端倪：眉目。

⑤ 杂史：泛指我国古代私家著述的史书。争衡：比试高低。

⑥ 卮言：著作。

⑦ 遗风：余音，余风。

⑧ 广见洽闻：拓展见识，使之广博。

⑨ 假藉：凭借；借助。表影：“形表影附”省文。［汉］蔡邕《郭有道碑》：“于时缨緌之徒、绅珮之士，望形表而影附。”刘良注：“表，所谓立木而有影也。”形表：仪容表率。影附：影子附于形而不可分离。

⑩ 文：文采。质：质地。

⑪ 素衷：平素的心意。

⑫ 立言：泛指写文章。

⑬ 隳：破坏。

⑭ 一王：一代王朝。

⑮ 总师：总管。九有：九州。

⑯ 吏事：官务，政事。受命：受君王之命。

⑰ 并掌：共掌。故：事；事情。

⑱ 托：依赖。征：效验；验证。休咎：吉凶；善恶。

⑲ 民志：民心，人心。

⑳ 徇：遵守。大常：太常。

㉑ 设教：实施教化。立政：确立为政之道。原：根本。

㉒ 太卜：职官名。周称大卜，掌占卜凶吉。太祝：职官名。一称大祝。《周礼》定为春官之属，掌祭祀祈祷。

㉓ 宫府：帝王宫廷和官署的合称。

㉔ 发策：拨动占卦用的蓍草。这里指占卜。

敷陈古往之训，调剂穷变之局，世说①有本，取信自征。用能亿万耳目，奉其口舌②，以为蓍蔡③，祝告幽而卜知显，惟恃修词④之诚。系邦之微⑤，守文綦重⑥，各极渊源，隶于世官⑦；农家道家，弗相越俎⑧，枝流广狭⑨，浸⑩成盛衰。太卜之文，狃于恒谈，兆曰繇曰⑪，无非按索陈编；太祝之文，实临大事，以祷以颂，独能裁制⑫新语。约而言之，则卜为记事之祖，祝为记言之流，祝习口助，遂益工文。扬意摩情⑬，传词应变，言语⑭一科，因以授记⑮。谕德观风，视其辞令，清庙⑯之守，兼乘輶轩。出从行人⑰之官，入给太史之职，翰墨所被⑱，骎骎修明⑲。祝之正派，褎然史裁⑳，列为专官，宏总国典。左言右事㉑，尤以文学擅长；而卜氏式微，汤周㉒之际，亦惟备位具官，不闻述作。泊乎春秋，其子孙仅有存者，抱残守缺，奔走龟筮㉓，往日遗文㉔，罕有及见者矣。

---

① 世说：通常指"三世说"，即认为人类社会是一个沿着"据乱世""升平世""太平世"顺次进化的历史过程。

② 口舌：言辞。

③ 蓍蔡：蓍龟。谓卜筮。

④ 修词：文辞。

⑤ 系：维系。邦：邦国。微：所在。

⑥ 守文：遵循先王法度。綦：极其。重：重要。

⑦ 世官：指世袭官职的制度。

⑧ 越俎：超越范围。

⑨ 枝流：支派。广狭：宽广和狭窄。

⑩ 浸：逐渐。

⑪ 兆曰、繇曰：占卜颂词。

⑫ 裁制：炮制。

⑬ 扬意：表达心意。摩情：抒发情感。

⑭ 言语：文辞著作。

⑮ 授记：口授和记录。

⑯ 清庙：清明的宗庙。

⑰ 行人：使者的统称。

⑱ 翰墨：指文辞。被：覆盖。同"披"。

⑲ 骎骎：盛貌。修明：发扬光大。

⑳ 褎然：出众。史裁：史事的裁断能力。

㉑ 左言右事：指左史记言，右史记事。

㉒ 汤周：商汤和周文王。

㉓ 奔走：忙于。龟筮：占卦。

㉔ 遗文：前人遗留下来的文章、文字。

　　史官之作①，肇自黄帝，备于周室。名目既多，职务咸异②。方其扩张祝史之业，左右③天子列国诸侯与其卿士，皆有寮寀④，以从于政。当日之所有事，载在盟府，传世已久，卷帙益繁，从而芟刈⑤其芜秽，厘正其駮⑥杂，举民史国史之遗文，咸就范围，权衡意旨⑦，规划体裁，以为纯一之君史。故提纲挈领，丛脞⑧有录。古代事实，断自陶唐⑨，是时四方入统，一姓受命，当宁而立⑩，世无二尊，授受之权，民弗与焉；政令法制，庶人犹不获议⑪。史臣在侧，虽曰有举必书，而君民之界，九天九渊⑫，朝廷以外，鲜及民事。后之政体，愈变愈崇，惟此实书⑬，足以师范亿载⑭，为述者之冠冕，百代之史，莫不宗之。由彼以往，务削其文，先哲所称，仿佛一二⑮。洎乎诸子，广造奇说，语殊不经，疑惑滋甚，缙绅⑯难言。司马迁曰："神农已前⑰，吾不知矣。"班固亦曰："颛顼⑱之事，未可明也。"曩之所谓《典》《坟》《丘》《索》者，莫或数此典矣。上古中古之史，其文体若何，又何从以置辨⑲哉！然而史裁原于政体，转移⑳相随，同异之际，诚可窥测。循条理干，意在笔先㉑，执是究诘，夫岂无得？盖上古中古之史，亦视其笔之曲直云尔。其在上古，直笔实录，就事记事，嫌疑之

----

① 作：设。

② 职务：头衔和事务。咸异：都不同。

③ 左右：辅弼。

④ 寮寀：参 P77 注⑭。

⑤ 芟刈：删除。

⑥ 駮，通"驳"。

⑦ 意旨：意图和宗旨。

⑧ 丛脞：细碎，杂乱。引申为渊博。

⑨ 陶唐：唐尧。帝喾之子，初封于陶，后徙于唐，因名。

⑩ 宁：指古代宫室门内屏外之地。天子在此接受诸侯的朝见。后遂以"当宁"指皇帝临朝听政。后泛指皇帝。《尔雅·释宫》孙炎注："门外屏内，人君视朝所宁（伫）立处也。"

⑪ 庶人：泛指下层平民百姓。获议：参与议论。

⑫ 九天：天的最高处，形容极高。九渊：深渊。九天九渊：形容君臣之间距离甚远。

⑬ 实书：照实记录。

⑭ 师范：垂范。亿载：亿年。

⑮ 仿佛一二：有一二分相似。

⑯ 缙绅：多作官宦或儒者的代称。

⑰ 神农：指神农氏。已前：以前。已：通"以"。

⑱ 颛顼：相传为我国上古部落联盟首领。"五帝"之一，姬姓，号高阳氏，黄帝之孙，昌意之子。翦伯赞等编《中外历史年表》，系颛顼即位于公元前 2450 年。

⑲ 置辨：辨别。

⑳ 转移：转换。

㉑ 意在笔先：写文章构思在先，下笔在后。

见，不存是非①，表于目前②，略无③隐讳，安事修饰？上古所以尚质也④，其在中古，既私天下⑤，各君其君，但纪美谈⑥，引避口实⑦。揄扬雍容⑧，乃其专职，入主出奴⑨，徇其私谊。故凡本朝应运，君皆圣明⑩；前代末造⑪，畴非昏暴⑫。语其功德，则民不能忘；数其过愆⑬，恐淋漓之未尽。誉者益誉，毁者益毁，其所美恶，实坐厚诬⑭。梗概万一，巧于文致⑮，非有曲笔，罔与灭迹。叙述特工⑯，托诸词说⑰，虽曰记事，取言为多；此中古所以尚文也。况上古之世，人惟朴略⑱，训释不通，言语难晓，寻理则事简而意深，考文词艰而义当⑲。文质殊今，未易模拟⑳，诵读三复㉑，往往面墙㉒。后之铅椠㉓，相率舍旧而从新，固因习所限制，岂非文字有以难之欤！

---

① 是非：褒贬。
② 目前：眼前。
③ 略无：毫无；全无。
④ 尚：崇尚，推崇。质：指文章内容质朴。
⑤ 私天下：天下为私，实同"家天下"。
⑥ 但：只。纪：记载。美谈：为人称道之事。
⑦ 引避：回避。口实：话柄。
⑧ 揄扬：赞扬，称引。雍容：华贵有威仪。
⑨ 入主出奴：原意是崇信了一种学说，必然排斥另一种学说，把前者奉为主人，把后者当作奴仆。这里指取舍的态度变化，取决于君主的态度。
⑩ 圣明：古代称颂帝、后的阿谀之辞。
⑪ 前代：前一朝。末造：末世。
⑫ 畴：谁。非：不是。昏暴：昏聩暴虐。
⑬ 数：数落。过愆：过失。
⑭ 坐：因为。厚诬：深加诬蔑。
⑮ 文致：文采。
⑯ 工：细致，精巧。
⑰ 词说：犹言辞。
⑱ 朴略：质朴鄙野。
⑲ 义当：含义能够得到合理的解释。
⑳ 未易：不易。模拟：仿效，模仿。
㉑ 三复：犹三遍。
㉒ 面墙：面对墙壁，一无所见。《书·周官》孔传："人而不学，其犹正墙面而立。"因以"面墙"比喻不学而学识浅薄。
㉓ 铅椠：写作。

　　周监二代①，郁郁为盛②，诸史③并设，分局尽职，文章之美，臻乎完备。藏室④所藏，无论上古中古之书，莫不荟萃。春秋列国，群秕王纲⑤，文武之绪，若存若亡。孔氏取其籍，从而删择之，别为古时近世之史；更述遗意，旁举国典，而著于经，承官史之余流，立私门之学派。综其大纲，是分二类：列传纪者，谓之《尚书》；编年月者，谓之《春秋》。《尚书》始于《帝典》⑥，终乎《周书》，多记帝王君臣之言；文亦递变，由朴而华⑦，由艰深而畅茂⑧；虽古今异说，或多伪托，而文体之阶级⑨，殊井井焉。纪识本末，标目裁篇，后之纪传，悉源乎此。《春秋》者，循年推月，归乎纪事之体，简而能详，疏而不漏，文理之组织，渐见缜密，字句之雕琢，渐及浮华。为其徒者，各缘时事⑩，衍义别传⑪，体会世说⑫，不厌琐屑；或采陈编，或托舆论，惟务文饰，以掩二百余年之秽迹。其所谓褒贬善恶者，洵乎微言⑬，恐未足以伸此曲笔也。《书》降为《传》⑭，一线独承，后先断续，枝干自离，师生相比⑮，徇俗干时⑯；故其篇中于兴废治乱之原，制作⑰得失之纪，凡其实迹故履⑱，可以启导颛蒙⑲，

---

① 周：周朝。监：借鉴。同"鉴"。二代：指夏代和商代。
② 郁郁：文采盛貌。作为统治广袤地区的中央政权，殷商有着庞大的史官群体。商亡后，周朝吸收殷商史官为己服务，而殷商史官也往往载其"图法"档案投奔周朝，为周朝所吸收。《史·儒林传》："周监于二代，郁郁乎文哉！"
③ 诸史：众史官。周朝管理档案的主要职官有五史，如内史、外史等，各有其专门职能及典藏的档案。
④ 藏室：藏书和档案处所。周藏室相当于周朝图书馆，老子曾为"周守藏室之史"。
⑤ 秕：坏。王纲：天子的纲纪。
⑥ 《帝典》：指《尚书》中的《尧典》《舜典》篇。《礼记·大学》："《帝典》曰'克明峻德'。"郑玄注："《帝典》，亦《尚书》篇名也。"姚华《论文后编·目录中》："典为二帝政书，天子之典，故曰《帝典》，后史之帝纪也。"
⑦ 朴：质朴，本真。华：华丽。
⑧ 畅茂：笔意通畅，感情充沛。
⑨ 阶级：阶段。
⑩ 缘：根据。时事：近期发生的事。
⑪ 衍义：推演意义。别传：另行立传。
⑫ 世说：世人之说。
⑬ 洵乎：诚然。微言：精深微妙的言辞。
⑭ 《书》：指《尚书》。《传》：指春秋各传，如鲁《春秋》等。
⑮ 相比：相互勾结。
⑯ 徇俗：顺随时俗。干时：求合于当时。
⑰ 制作：作品。
⑱ 实迹：真切的事实。故履：事迹。
⑲ 启导：启发诱导。颛蒙：愚昧。

振作士气①，使鉴于前而图于后者，辄有避讳②含混，出之持民可使由不可使知之义，壅遏一世之聪明③，驱之冥蒙④之域，至死不悟。王充⑤发难，微示其机⑥。二千年后，李宏甫出而直抉之⑦。李氏谓天下无真是非，上疑孔氏所知所罪；岂非《春秋》之真实究竟乎？自儒家习学，埋首读史，只知《书》《传》，中古以往⑧，旧史绝矣。

《书》与《传》既出，俨然家法，而《易》而《诗》而《礼》，并列为经。此三经者，尤以政治之史当之。《易》《诗》以记言论，附于《尚书》；《礼》惟繁缛，以记事实，附于《春秋》。穷其最微之源，一本卜祝为模范。《尚书》之文，训诰誓命，遗留在于秘府。述而不作，一家一人，自为词系，卜史之典也。《春秋》之事，工于词令，遇事成章，采摭太史行人之说，以为撰述。分析王室侯服之交际⑨，以为故实⑩，祝史之业也。《尚书》述古，《春秋》述今。述古者原文奥衍，谫薄之士，不可骤读；述今者文皆近体，后生小子，琅琅可诵。服膺儒家者，舍难而就易，驰驱之轨，则乎《春秋》；而《尚书》家法，莫或寻绎。世无好学深思之人，又复狃于习尚，奉一先生⑪，承教惟谨。韩愈诘屈聱牙之论，盖同此古今矣。孔氏以史学为经师，弟子称其行，更著私史，《论语》

---

① 士气：读书人的节操。

② 辄：总是。避讳：修辞学上辞格之一。说话时遇有触犯忌讳的事物，不直说该事该物，而用旁的话来委婉地表述。

③ 壅遏：阻塞。一世：举世；全天下。聪明：犹耳目。

④ 冥蒙：幽暗不明。

⑤ 王充（27—约97）：字仲任，浙江绍兴人。东汉学者。青年时期至京师（洛阳），就读于太学，拜班彪为师。著有《论衡》，对当时社会上十分流行的谶纬神学及种种流行的虚妄不实之言进行了系统的驳斥和批判，其言论之大胆，批判精神之强烈，在中国古代思想史上极为罕见。故现代哲学史家多将其誉为东汉思想界的"斗士"。

⑥ 机：机由。

⑦ 宏甫：李贽（1527—1602）字，福建泉州人。著有《焚书》和《藏书》《续藏书》等。《明史》有传。其人素以反传统而著称，并公开以"异端"自居。他反对对孔子偶像崇拜，认为《论语》不过是孔门弟子记忆师说、残缺不全的笔记，而孔子所言，亦不过形同医生治病，随时处方，不可奉为"万世之至论"。并宣称中国两千年来"无真是非"。但他并不反对孔子本人。他在《孟轲传·乐客论》中说"无孔子，则古今天下无真是非"。这种深刻、尖锐、大胆、透彻的批判精神，在我国历史上是空前的。抉：揭发。

⑧ 以往：以前。

⑨ 分析：区分。王室：指周王朝。侯服：九服之一。古指侯服天子所居京城之外方圆五百里之地。交际：交往。

⑩ 故实：有参考或借鉴意义的旧事。

⑪ 先生：老师。

记言,《家语》记事。《尚书》《春秋》之史业,历久弥昌。司马班范①,并起作史。自孔氏以来,史变为经,经又为史,不过今古文章离合之局,存亡之会也。数典忘祖,古训不资②,遽曰斯文在兹,岂非有所偏哉?夫周末诸子,生与孔氏同时,各从其志,自立堂构③,万流归源,曾无异致④,凡所为文,皆得曰史;其于民典⑤,尤尽心焉。世间之训⑥,赖此实录耳。儒家以其不合于己也,拒之辟之⑦,有美不扬,欲观古者,怅然残缺。古事不明,精华已竭,因无载籍,而无心思⑧。二千年来之大蔽,一失而不可再得,史家称职,殉于文章之末,百物不备,是非不真,谁与儒家一证之乎?

说盐⑨

地球外壳⑩,砂石之所混合,凡属于矿类者皆含大咸⑪,采制为盐,名义实夥,其形质⑫何若,视乎土性⑬与矿脉而已。亚洲大陆,构造⑭最早,蕴蓄最厚,故其容积之盐量,冠于全球,而中国者本洲⑮山系之主要地也,地层尤古无矿不备,是以盐之产额,又冠于全洲。山崖湖海原隰之所藏,金石草木水土之所化,世界诸国仅仅得其一种,辄矜⑯特产,据为利源。求之吾境,罔或告乏。

---

① 司马班范:指司马迁、班固、范晔。司马迁编写《史记》,班固编写《汉书》,范晔编写《后汉书》,与后来的《三国志》并称“前四史”。
② 古训:古人流传下来典籍或可以作为准绳的话。不资:匮乏。
③ 堂构:比喻门户派别。
④ 异致:不同的情状。
⑤ 民典:民间故事。
⑥ 训:可以作为法则的话。
⑦ 拒:拒绝。辟:通“避”。
⑧ 心思:思想。
⑨ 此据《国粹学报》。盐是一种重要的战略物资,对人体微量元素平衡、机能调节和新陈代谢及健康具有一定的促进作用,所以成为人类最早认识并开发利用的矿物之一。
⑩ 地球外壳:地壳。
⑪ 咸:指含盐的矿物质。大,形容储量丰富。
⑫ 形质:形态和质地。
⑬ 土性:土地的性质。
⑭ 构造:犹形成。
⑮ 本洲:指亚洲。
⑯ 矜:自恃。

天①以优美丰富之方物②，供我国家，给我黎庶，宁不独厚？二千年来，昧于地质之学③，不事掘矿之业，坐令世界第一盐产国弃货于地。豪商黠吏，因缘④为奸，稔⑤夫国用民食之不可一日缺矣，仰要其上⑥，俯抑其下⑦，惟逞垄断之行，以闭塞利源。计臣⑧从而徇之，曲引故实⑨，聚敛为悦，于是乎有所谓盐法者⑩；究其本意，自限制与禁令外，别无他术。为商作伥，重困天下，使编户之民，舍近食远，舍贱食贵，舍美食恶，家有产地⑪，不得置一牢盆⑫，屈服威权⑬，拂逆心志⑭；且举无名之赋税，消纳无形之中⑮。责⑯其负荷，所以养冗员肥私室者⑰，至完极备，何尝裨益公家哉？由唐以降，虽屡更张，而前法成宪，变本加厉，商日以骄，民日以怨，私制私贩之徒，逞其不平之气，侥幸一日之利，甘蹈骈诛之刑⑱，辗转仇雠⑲，动召寇乱⑳。蚩蚩者氓㉑，讵不悔祸㉒？彼豪商黠吏，驱而纳诸罟罭㉓陷阱之中，无已时也。今日人口之数，一年约需四

---

① 天：大自然。

② 方物：土产。

③ 地质之学：指地质科学。

④ 因缘：勾结。

⑤ 稔：熟悉。

⑥ 仰：向上。要：要挟。

⑦ 俯：向下。抑：打压。

⑧ 计臣：指掌管国家财赋的大臣。

⑨ 曲引故实：谓欺上瞒下。

⑩ 盐法：国家对食盐征税和专卖榷禁的相关制度。公元前 7 世纪，管仲相齐桓公，"兴盐铁之利"，由国家对食盐进行统一生产和销售。其《管子·海王篇》对盐政多有涉及，其盐政理论为我国盐法之始。其要点，一是确立盐税为人头税，二是确立盐专卖制度。

⑪ 产地：生产之地。

⑫ 牢盆：煮盐器具。《史记·平准书》如淳注："牢，廪食也，古者名廪为牢；盆，煮盐盆也。"

⑬ 威权：威势和权力。

⑭ 拂逆：违背。心志：心意和志向。

⑮ 消纳无形之中：谓中饱私囊。

⑯ 责：诘问。

⑰ 冗员：闲散无事的官吏。私室：有权势的人。

⑱ 蹈：赴。骈诛：一并诛戮。刑：刑罚。

⑲ 辗转：演变成。仇雠：仇人。

⑳ 动：动不动。召：招致。通"招"。寇乱：内乱与外患。

㉑ 蚩蚩：无知。氓：古代称民为"氓"。

㉒ 讵：岂；难道。悔祸：后悔造成祸害。

㉓ 罟罭：喻圈套。

千兆斤①，平均之值②，斤③五十文，国家税课钞厘，摊捐加价，凡所取于盐者，几达价额之大半，则国家岁入，当有二百兆元；乃报部与外销之款④，仅三十兆两。是官卖盐数，相差甚远。其隐匿于引商⑤，盗弄于盐官者，耗民盐费，何止倍蓰！枭贩之输将⑥，与夫近场⑦所食，微乎眇矣⑧。吾国户口无稽⑨，赋税无准⑩，盐政尤为散漫⑪，未尝有所综核⑫。诚能濬⑬来源，废成法，董督而厘正之⑭，均人之财，公诸天下，以为国家藏富薮⑮，则一转移⑯间，将得帑百余兆。此区区者，夺诸豪商黠吏之手，取犹不苛，何所扰乎？

夫盐者地面自然之物质⑰，人力所致，随在皆有，未可加以限制也。春秋列国并争，勾画权利之界。其时陆盐产地，多未发明⑱，一旦缺食，必仰给于人国⑲。齐以煮海为王⑳，独擅登陇㉑之利，故管氏居为奇货，因时而遏籴㉒焉。增益己国之术，固如此已。不图一统之朝，莫非王土，豪强昏于利遂，引古人为口实，况断章取义，舍其长而从其短乎？桑孔㉓之说出，而私制私贩之禁，遍

---

① 四千兆：四百亿。一兆：一百万。
② 值：价钱。
③ 斤：每斤。
④ 乃：竟然；却。部：指户部。外销：清制公款不必报户，由地方财政自行销用者。
⑤ 引商：指明、清二代缴纳引税后取得地区专卖权的盐商。
⑥ 枭贩：旧时指私盐贩子。输将：指缴纳赋税。
⑦ 近场：指盐场附近的盐民。
⑧ 微眇：犹微乎其微。
⑨ 户口：住户和人口。无稽：无从查考。
⑩ 无准：无定准。
⑪ 盐政：盐业行政，与国家财政收入大有关系。散漫：任意随便。
⑫ 综核：聚总并加以考核。
⑬ 濬：疏通。
⑭ 董督：统率。厘正：改正。
⑮ 薮：之所。
⑯ 转移：改变。
⑰ 地面：指地球的最外壳。自然：天然。
⑱ 发明：发现。
⑲ 仰给：仰仗别人供给。人国：指他国。
⑳ 王：王道。指最重要的产业。
㉑ 登陇：垄断、独占。
㉒ 遏籴：禁止购买。
㉓ 桑孔：汉代著名理财家桑弘羊和孔仅之并称。汉武帝时，二人均曾任大司农，推行盐铁专卖政策，禁止商户贩卖私盐。

于民间。刘晏①之计行，而国家之取求无已，狙侩益得其所②，卒至奉行不善，上下交蔽③，激民为枭，倾覆唐室。后之谈盐法者，迄无良策，又偏重于裕国恤商，闭塞无穷之地利，一任豪商黠吏之倒行逆施，终于不可究诘。苟有辨难④，则曰兹事体大，俗有盐糊涂之称，姑为是糊涂云尔。乡曲士夫⑤，不识时势，不审事理，言必称先民，杂拾数十年前或数百年前之计画，奉为至宝。又其甚者，祖祢⑥日本、印度，但断断于补偏救弊⑦，不能毅然变易之⑧。果于国家之财政，人民之习俗，地理所宜，地利所在，有当与否，未暇筹及全局也。国内产盐之地，二十二省，功令制造，乃限十区。现行则例，一省数歧，名目之琐碎，性质之复杂，引地⑨之牵强，诚为世界第一奇事。若就一方一隅，谬执私见，充其简陋，与所窒碍，毋亦二五之于一十欤⑩？

　　今诸行省，无不产盐，就中十有一区，不得自制⑪。而两淮引地⑫，运销至六省⑬，其产额与税项，几占全国之大半。虽自为政令⑭，然全国盐事，皆视淮为趋向，以故淮之盛衰，关系至巨。予生江北，去淮殊近，曩者下场梱⑮盐，侪

---

① 刘晏（715—780）：字士安，山东东明人。唐代理财家。曾任度支郎中、户部侍郎等职，并总管全国财赋。

② 狙侩：狡猾奸诈。益得其所：犹有恃无恐。

③ 交：互相。蔽：欺骗。

④ 辨难：辩驳、问难。辨：通"辩"。

⑤ 乡曲：犹言乡下，因其偏居一隅，故称。大夫：读书人。《袁氏范书·君子小人有二等》："乡曲士夫，有技术以待人，近之不可，远之则难者。"

⑥ 祖祢：以……为起源。

⑦ 但：仅仅。断断：争辩貌。补偏救弊：补救偏差漏洞，纠正错误。

⑧ 变易：改变。

⑨ 引地：旧时指定给请引行盐的盐商的专卖区。亦称"引岸"。《清史稿·食货志四》："引商有专卖域，谓之引地。"

⑩ 毋亦：不也。二五之于一十：犹一清二楚。

⑪ 十有一区：十分之一地方。即下文"一千七百厅州县境中，仅占一百五十余属"所指。自制：擅自生产。

⑫ 清朝盐区较多，以两淮产量最大，盐税居全国之冠。朱家宝《淮北盐务概略》："淮北产盐丰富，馈食遍六省，税课甲字内，为吾国最重要之盐区。"清末以后，淮北产盐地位，远超淮南。

⑬ 清代，食盐按其产地分为淮盐、长芦盐、山东盐、河东盐、浙盐、闽盐、粤盐、川盐、滇盐。其中以淮盐销路最大，包括江苏、安徽、江西、湖北、湖南、河南（部分）六省。

⑭ 自为：自己做主，自行决定。政令：政策和法令。

⑮ 梱：用箩筐运。这里作动词用。

偶湖贩①，又为一盐官，清档案②，算交代③，于是淮之故事④，及其利弊，盖尝亲入域中，素闻而习见矣。两淮如此，其它可知，因而潜心盐政，历十余年。他省之官志私书，既反复展览之，复以奔走所至，道路所得，彼此相印证，慨然于盐政盐业，已成死症，不可救药也。世之议者，聚讼官私之间，务于因陋就简，徒以官不可去，商不可废，引为大忧，而不知根本⑤之所在。夫使毅然决然征就场之税⑥，不能破⑦产地之限制，既不能求运行之方便，更不能均上下之损益⑧。比较今制，得失相当。流弊旋生，益滋烦扰，欲收画一之效，庸有济乎？盐业末路，至于今日，国家财政，恃为绝大之来源，且存莫大之希望，骄商有所夹持⑨，益虐劳工，仇良民，以丛天下之怨，而速身家之亡，驯致⑩著名之产地，日有脱档之警。地不爱宝⑪，人实隳⑫功。犹是称贷邻封⑬，苟且营运，缉私涨价而外，他皆非所计也。不知东西列强，方将凭其国力，输清洁之品⑭，易便宜之值，倾覆吾之盐业，势迫时危，已在旦夕。吾盐商之罹此惨祸，诚不足惜，权利⑮一失，何以恤其后哉！国有常供，民不淡食。必保土物，长守

---

① 侪偶：结为伙伴。贩：清代北盐三大商贩名称之一。淮北各场的北盐行销豫岸，例由三贩相递传输。三贩即票贩、湖贩、豫贩。票贩从当地有池滩的商人进盐，将盐运至江苏淮阴县北的西坝堆储。湖贩向票贩购盐，由西坝盐栈运至淮北引地安徽寿州正阳关。由于西坝运至正阳关，必经洪泽湖，故称湖贩。在正阳关向湖贩购盐运销豫岸的商人称豫贩。以上为北盐行销豫岸的定制，三贩必须遵行，不得紊乱。

② 清档案：查点原始账册。

③ 算交代：核算档案中有关移交事项的账目。1897年6月，作者拔贡。同年秋，应柯逊庵之招，入柯幕任安徽蚌埠五河盐厘之官，负责清档案、算交代事宜。嗣有事云台山，宿三官殿，趋之海上，探得鸭蛋岛。

④ 故事：例行之事。

⑤ 根本：来由。

⑥ 就场之税：指就场征税制度。1904年，张謇撰《变通九场盐法议略》和《预备资政院建议通改各省盐法草案》，系统提出"就场征税、自由贸易"为核心的盐政改革之主张。1908年，恢复就场征税制度。供销于近场地区的盐，一税之后，听任在指定区域以内自由销售。供销于较远销地的盐，就仓征税，一税之后，指运据点投验，换发销盐单照，在指导区域以内自由销售。

⑦ 不能：不允许。破：突破。

⑧ 均：平衡。损益：指得失。

⑨ 夹持：挟持。夹，通"挟"。

⑩ 驯致：逐渐招致。

⑪ 地不爱宝：大地不吝啬出产盐。爱：吝啬；宝：宝藏。

⑫ 隳：毁坏。

⑬ 邻封：本义邻近的封地，泛指邻县、邻地。

⑭ 清洁之品：指盐品。

⑮ 权利：主权和利益。

财富，势非除禁令破限制，与天下更始①，无以剂此变矣。予著《中国矿产志》，博访盐之产地，别录为篇，而古今政令详述及之。更抒私见，以决是非，以释疑惑，欲治盐者，知所择焉。凡分三章列目如下：

第一章　古代盐类发明　盐质由来　盐之类别　产地　制造法

第二章　前代盐政　本朝盐法　十省盐政　税则　引地　运道　商之事业与其状态　商业之盛衰与其失败　盐工之穷苦　枭贩之事实

第三章　官卖商卖之比较　官盐私盐之异同　就场征税之利害　计口授盐之评决　述意　结论

古代盐类之发明

世称黄帝时代，有诸侯曰夙沙氏②，煮海为盐，以资民食。史籍所记，他无闻焉，相率据此以为有盐之始。夫人类进化，由血食而火食，虽无辛甘酸苦③之别，与其调和之剂，然而燔走炙飞④，非咸不能下咽。盖食咸之性，原于生理之自然。况吾族食盐之量，较重于域外诸种，一朝淡食，则筋驰力疲，且致软足肿骸⑤之疾。盖自钻燧庖牺⑥以来，食熟食咸，深入祖宗子孙遗传之血系⑦，必不始于黄帝时代也明矣。或疑洪荒草昧，未有煮海之能力。抑知黄河上流，碱卤⑧盐泽，随地皆是，宁待举火东海，乃得一勺之水乎？特土盐⑨出于天然，水盐⑩成于人功，精粗美恶⑪，质异味殊，文明既进，容有辨焉。煎海水而得之，固上古时代最后发明⑫之食料欤。

吾族降自高原⑬，宅居河上⑭。两岸湖泽之水，自然凝结之盐块，往往沉淀

---

① 更始：除旧布新。

② 夙沙氏：煮海为盐的首创者，后世尊为"盐宗"。一作"宿沙氏"。

③ 辛甘酸苦：基本五味：辛、甘、酸、苦、咸。

④ 燔：去毛在火上烤。炙：叉肉在火上烤。走：代指兽畜类肉。飞：代指禽鸟肉。

⑤ 骸：胫和股的总称。

⑥ 钻燧：即"燧人氏"，我国传说中的人文始祖，发明人工取火，结束茹毛饮血历史，位列"三皇"之一。庖牺：即"伏羲"，我国传说中的人文始祖，位列"三皇"之一。[唐]司马贞《三皇本纪》："太皞庖牺氏，风姓，代燧人氏继天而王……养牺牲以庖厨，故曰庖牺。"

⑦ 血系：犹血脉。

⑧ 碱卤：盐碱。

⑨ 土盐：指地壳中天然的结晶体盐。

⑩ 水盐：指含氯化钠的水体经过蒸发后制得的结晶盐。

⑪ 精粗：指质地的精良粗劣。美恶：指口味的好坏。

⑫ 发明：发现。

⑬ 高原：指青藏高原和四川高原。

⑭ 宅居：定居。河上：指黄河边。

其中，可以捞取而食，无俟人力为制造；多含杂质，最多色或缁赤①，味亦咸极而苦，古以苦盐②称之，是为有盐之始。及乎拓地而东，逼近海岸，潮汐所至，卤气③浓厚，曝于烈日，燥④则为盐，随地皆得，箕帚相从，遂由捞盐，进为扫盐时代，乃食天生之海盐⑤。然而日光有浓淡⑥，热度⑦有高低，天气有阴晴，海滨广斥⑧，收成或不足用，且有淡食之虞⑨。斯时钻燧取火，已发明釜甑⑩之用，因以人力，并炼海水，其色洁白，质如霜雪，味尤甘鲜，较诸苦盐，精美无比，亦与生盐，未尝差别，是为熟盐之始，食料益进化矣。

周之时代，盐类尤多发明⑪。始于含盐诸矿，有所采掘，制造之法，亦良于昔。其名称之见经传者，曰苦盐，曰饴盐⑫，咸泽之产物也。曰卵盐，曰散盐⑬，海滨之产物也。曰形盐⑭，山崖之产物也。此五种盐，可别之为二大类：苦盐、卵盐，皆不冻治⑮，是天然品也。余皆冻治，则人工所成矣。故同一池产、海产，成盐殊有区别。质既弗齐，名故异焉。所谓苦盐者，杜子春⑯读苦为盐，谓直用不冻治。《释文》曰盐出盐池。按苦盐通义，捞自咸泽，为最初发见

---

① 缁赤：比朱色稍暗的色泽。缁：黑色。赤：红色。
② 苦盐：苦盐中含卤，味苦，故名。亦称大盐、解盐、颗盐。山西运城解池所产之盐，为最著名。《周礼·天官·盐人》贾公彦疏曰："苦当为盐。盐谓出于盐池，今之颗盐是也。"
③ 卤气：海水蒸发后形成的水蒸气。溶于水后，可煎炼成盐。
④ 燥：脱水。
⑤ 天生：天然生成。海盐：取海卤煎炼而成的盐，主要分布在辽冀、山东、两淮、闽浙、广南等地。
⑥ 日光：太阳光。浓淡：强弱。
⑦ 热度：热的强度。
⑧ 广斥：广阔的碱卤地。《书·禹贡》："厥土白坟，海滨广斥。"孔颖达疏："海畔迥阔，地皆斥卤，故云广斥。"
⑨ 虞：忧。
⑩ 发明：犹创造。釜甑：釜和甑。古代炊煮器名。《孟子·滕文公上》朱熹集注："釜，所以煮；甑，所以炊。"
⑪ 发明：阐述。
⑫ 饴盐：味纯咸而无苦味。饴盐与苦盐相对，苦盐有苦味，饴盐无苦味。《周礼·天官·盐人》郑玄注："饴盐，盐之恬者，今戎盐有焉。"
⑬ 散盐：精制盐。亦称"末盐"。李时珍《本草纲目·金石部·食盐》："散盐即末盐，出于海及井，并煮咸而成者，其盐皆散末也。"
⑭ 形盐：加工成虎形之盐。《周礼·天官·盐人》郑玄注："形盐，盐之似虎形。"
⑮ 冻治：将生盐煮成熟盐。不冻治：谓出盐直接食用。《周礼·天官·盐人》郑玄注云："杜子春读苦为盐，谓出盐直用，不冻治。"
⑯ 杜子春（约前30—约58）：河南偃师人。东汉经学家。师从刘歆，治《周礼》，著有《周礼杜氏传》。

之品。今蒙古大漠诸湖泽有之，俗称红盐、番盐、块盐，皆捞盐之异名也。所谓饴盐者，郑司农①云盐之恬者，戎盐有焉。按饴之名义，后世解经家不能证之。窃谓饴为苦之对文，与卵散同旨，为其同一池产、海产，而有天生、人工之辨，以未与形质定其异名者。湖泽所产，本有二种：秦晋诸池②，引水注田，而晒扫之，其最美者，味独和甘，精华所结，不若他池之苦，或戎盐名焉。秦晋之鄙③，古为西戎，俗称青盐、番盐、胡盐、解盐、种盐、畦盐，皆池盐之异名也。所谓卵盐者，郑君释为大盐④。按即滨海诸地晒成之盐，其颗粒较大于灶产，俗称大盐、粒盐、大子盐，皆生盐之异名也。所谓散盐者，郑君以为冻治之盐。《释文》云煮水为（之）出于东海。按即海滨诸灶所煎熬者，其形散细如末，古称末盐，亦称盐霜⑤，俗称熟盐是也。所谓形盐者，郑君云盐之似虎形者，即《左传》所谓盐虎形。按后周文帝置掌盐之政令，三曰形盐，掘地以出之，是其为物，即今燕崖之类，矿石硝土之津液，烹炼⑥成块，制为物形，黄河流域有之，俗称土盐、石盐、砖盐、块盐，亦称盐林是也。古时五种并具，食之者三：以散盐为寻常食品⑦，以卵盐备菹酱⑧腌腊之用，饴盐最为珍贵。形盐虽飨宾客，但充筵席，旅庭⑨实取其美观而已。苦盐极古于诸盐为祖祢，而又劣不中食，后人报本返始⑩，故共之于祭祀，盖亦太羹⑪玄酒⑫之遗意欤。周代以前之盐，其可知者如此。

　　凿井煎水，不知始于何时。《范志·郡国》注，已引古籍，详纪其事，则巴

---

① 郑司农：指郑众。生卒未详。东汉经学家。官至大司农，故以"郑司农"称之。
② 秦晋：春秋战国时期的秦和晋。陕西韩城与山西河津之间，有一条大峡谷。峡谷以东为晋国，以西为秦国。这里主要指甘肃、陕西、山西一带。
③ 鄙：边远之地。
④ 卵盐：大盐。《礼记·内则》孔颖达疏："以其盐形似鸟卵，故云大盐也。"
⑤ 盐霜：盐渍化土壤中随地下水上升到地表的盐分。呈灰白色，粉末状，积累于地表，外观似霜。
⑥ 烹炼：提炼。
⑦ 食品：食用的品种。
⑧ 菹酱：酱菜。
⑨ 旅庭：庭中陈列。《左传·庄公二十二年》孔颖达疏："旅，陈也。庭之所实，陈有百品，言物备也。"
⑩ 报本返始：回想当初知恩报本。比喻报恩寻源，不忘根本。《礼记·郊特牲》："唯社，丘乘共粢盛，所以报本返始也。"
⑪ 太羹：古代祭祀时，不加五味的肉汤。
⑫ 玄酒：古代祭祀时，用以代酒的清水。

蜀井盐之发明①，当在两汉，特僻处西徼②，产额又微，遂不列于《食货》③。后此掘矿有禁④，连及盐井。隋开皇初与民共，盐利尽驰，旧纲盐井之业，乃盛于唐⑤。是时吾国盐类，多至九种⑥：生熟海盐、胡盐、形盐、井盐，因地所宜，皆以色白为贵。其他五种，不中食，常用之于药剂：一曰赤盐，即苦盐也；次曰柔盐，疗马脊创；次曰驳盐，曰臭盐，曰马齿盐；其形质与产地所在，殊不可考。魏太武至瓜州，尝以九种饷武陵王。可知五代之际，发明最盛⑦，益以井盐，几于无物不备。吾国盐产之所有，盖亦尽于此矣。自唐以后，故无闻焉⑧。

古人所发明⑨之盐，在矿物界外，又取之于植物类焉。解州⑩盐池之巫咸山⑪，有所谓盐树者，投其枝干于火，灰尽成盐，与池产无异。此说屡见于魏晋以后之记载。而俗所称之木盐⑫，不独解州然也。《后汉书·郡国志》章怀太子注称"越隽郡⑬，西度泸水⑭宾冈徼，白摩沙夷⑮有盐坑，积薪以齐水灌而焚之成白盐，汉末夷等皆饲之"。按滇黔之间，山中土人多食蕨灰盐⑯，其烧法与此

---

① 发明：探明开采。

② 特：单单。西徼：西部边境。

③ 《食货》：指《食货志》。自《汉书》独立成篇，编入志书。

④ 掘矿有禁：汉朝建武、永平年间，屡次下诏行煮盐之禁。如《后汉书·孝和孝殇帝纪》李贤注："武帝使孔仅、东郭咸阳乘传举行天下盐铁，作官府收利，私家更不得铸铁煮盐。"

⑤ 四川盐井之盛，莫过于富世盐井，它是自贡地区第一口盐井。唐贞观二十三年（649），改富世县为富义县，盐井亦随之更名为富义井，月产井盐3660石，是唐代单产最高的盐井。

⑥ 《宋书·列传第六》载："魏主又遣送甀及九种盐并胡豉，云：'此诸盐，各有宜。白盐是魏主所食；黑者疗腹胀气满，刮取六铢，以酒服之；胡盐疗目痛。柔盐不用食，疗马脊创；赤盐、驳盐、臭盐、马齿盐四种，并不中食。胡豉亦中啖。'"

⑦ 发明：发现别人没有发现的某一种或几种物质的组合。

⑧ 故：反而。无闻：没有听说。

⑨ 发明：揭示。

⑩ 解州：五代置解邑。今山西解县。

⑪ 巫咸山：一名瑶台山。在山西夏县东五里。山麓有巫咸父子祠墓。郦道元《水经注·涑水》："盐水西北流经巫咸山北。"

⑫ 木盐：盐之产于木上者，性质功用同盐。李时珍《本草纲目·果四·盐麸子》集解引陈藏器云："吴人谓之盐麸，戎人谓之木盐。"

⑬ 越隽郡：汉武帝元鼎六年（前111）开邛国置，治邛都县（今四川省西昌县东南）。

⑭ 泸水：今雅砻江。

⑮ 摩沙夷：古代西南民族名，居于雅砻江畔西部边界。白：曹学佺认为当为"曰"字。

⑯ 蕨灰盐：盐品名。以蕨灰灌水成卤，煎卤所成之盐。滇黔土人多食用之。（林振翰.盐政辞典［M］.郑州：中州古籍出版社，1988.）

相似，俗称草盐者是也。草木灰所成之盐，属于盐之别种。虽非常用之品，穷乡僻壤，往往资以养生①；士夫以为奇事异闻，又从而鄙陋之，一若此固不得为盐者。其发明②之时代，遂不可考。谓其自魏晋以前即已有之，尤可决矣。夫世界所有之盐类，吾国未尝少缺，诸物备具，乃在二千年前，制造发明③之早，非吾文明历史之光彩欤？

自人类进化，待盐而食。天然生物，限于产地之界，不能周遍全国，资其供给之便，贸迁④以通有无，而国家干涉之。由汉及今，但有盐之政令，未详盐之事业。由汉以前，凡属于盐者皆民间所有事也。百官备职于周⑤，虞衡⑥山川林泽，饬化八材⑦，而盐不与焉。盐人所掌，仅共王宫之百事，而民不与焉。三代⑧盐典，夫亦无可数矣，抑知周无盐法？官政固未缺也，民间采盐，大都受教于有司⑨。盖发明之原⑩，非民力所能任，故其立政⑪，包括于矿科。虽曰经无明文，要可引申其遗意⑫，岂附会之说哉！古代矿政，莫著于周。识别之术既精，因得研求盐质⑬，其所发明⑭之物品，与产地，当亦极盛。地官卝人⑮之职曰："若以时取之，则物其地图而授之。"郑注曰："物地占其形色，知咸淡也。"贾疏曰："经云物，故以占其形色言之。"知咸淡者，郑以当时有人采者，

---

① 养生：维持生命。
② 发明：揭示。
③ 制造：生产。发明：使光大。
④ 贸迁：贩运买卖。
⑤ 备职：充职。周：周朝。
⑥ 虞衡：管理山川林泽之官。《周礼·天官·大宰》郑玄注："虞衡，掌山泽之官，主山泽之民者。"贾公彦疏："地官掌山泽者谓之虞，掌川林者谓之衡。"
⑦ 饬化：整治使之变化。八材：古代八种材料之总称。《周礼·天官·大宰》："五曰百工，饬化八材。"郑玄引郑众曰："珠曰切，象曰瑳，玉曰琢，石曰磨，木曰刻，金曰镂，革曰剥，羽曰析。"
⑧ 三代：夏、商、周三代并称。
⑨ 有司：主管部门的官吏。古代设官分职，各有专司，故称有司。
⑩ 发明：探明开采。原：根本。
⑪ 立政：确立为政之道。
⑫ 要：应该。引申：谓继承发展。遗意：前人或古代事物留下的意味、旨趣。
⑬ 盐质：盐政用语。即盐之质量。清沿古例，盐之优劣，以颗粒之坚松、色泽之纯杂、味感之厚薄为标准，称为盐质。一般而言，以海盐为最佳，井盐、池盐次之。海盐之中，又以滩晒之盐为佳，煎盐、板晒次之。
⑭ 发明：揭示，使知晓。
⑮ 地官：周代所设六个行政部门之一。卝人，地官下设部门之一。《周礼·地官司徒第二》："卝人：中士二人，下士四人，府二人，史二人，胥四人，徒四十人。"

尝知咸淡，即知有金玉，故以时事①言之也。按地壳所有诸矿物，无论金类或非金类②，皆与盐质杂合。说详后文。郑云知咸淡者，言辨矿之术，审其形，察其色，复尝其味，据所含盐分轻重之量③，及所与化合之盐质④，以求矿质之定准⑤，是卅人所以共材而教民者，职事固如此矣。贾氏去古已远，其时矿术久绝，茫然于郑氏之恉，而不得其说，乃牵合当时事实，以为强证，于义殊未安也。夫盐亦矿界之物，卅人既就盐味定矿产，其视盐质，实为矿物之重要品，则凡国内所得之盐质与产区，意必随时发明⑥，授诸采者，以利民用。是采盐之政令及方法，属于卅人无疑。经又但称金玉锡石者，矿类至繁，举纲足该⑦其目，盐又寻常日用所需，且与诸矿相连附⑧，故不特书。至于天官之盐人⑨，以聚蓄备用为职事⑩，而不及于盐政，故列诸天官。公私采掘之故⑪，固卅人所专司已。

附释卤⑫盐

卤者盐之古名，凡咸水之未冻治者皆谓之卤，非西方之咸地也。盐者由卤而成纯粹之食品，盐类之总称，非海产所得专也。卤为液体，盐为固体，盐字从卤，凡属于盐质咸性之名义，其字偏旁，无不从卤。卤者，滷之古文，卤点下滴，液体中含有溶质之象形，后人误于咸地之说，乃增水旁，别以滷为咸液，使与咸地相区别。《尔雅·释文》之卤龄咸苦，今本亦有水旁，非古文已。远古时代，尚未有盐，但取咸池之水，入食以和味，名之曰卤。继用晒扫之法，化卤成盐，于是有盐之名，而字仍从卤。许氏云天生曰卤，人生曰盐，所以表明盐质之先后者，谊至简当。既知盐由卤成，不得谓卤非盐类，则盐属之字，不得不尽从卤也。今举盐字，更建部首，而卤部及盐类诸字，多以咸地当之，于

---

① 时事：当时之事。
② 金类：金属类。非金类：非金属类。
③ 所含盐分轻重之量：指盐所占比重。
④ 所与化合之盐质：与矿物融合而形成的盐的化学成分。
⑤ 求：判断。定准：可以凭信的准确性。
⑥ 发明：揭示，使知晓。
⑦ 该：具备，通"赅"。
⑧ 连附：依附。
⑨ 天官：周代分设六官，以天官冢宰居首，总御百官。盐人，天官下设部门之一，掌管供应盐的事务。
⑩ 聚蓄：聚集；积蓄。备用：准备供随时使用。
⑪ 故：事务。
⑫ 卤：生盐，无须人工加工的天然盐块。经过人工熬煮的卤则称"盐"。《广韵》："卤，盐泽也。天生曰卤，人造曰盐。"

义果何安哉？汉自牢盆令下，分部典官①，诸产盐地，悉受大农②之限制。士夫于盐之掌故，无以广其见闻，几疑天下产盐之地，仅仅两大区域，西北有池，东南有海，此外都无盐类。山经地志所称西南夷境，水井火井，亦复煮而成盐者，大抵博物家言，矜奇标异③云尔。故解经诂字，不复明于其义，则曰东方谓之㡿，西方谓之卤，河内谓之㽂④。或曰盐在正东方，卤在正西方，以此诸字，为咸地所在之名称，而不知其即盐之异名也。夫《禹贡》之海滨广斥，谓其多盐也。《曲礼》之盐曰咸㽂，谓其为盐之别名也。斥㽂与卤同义，均属盐质之异名，许解斥卤为咸地，训㽂为咸味，则古人之斥卤二字，咸㽂二字，连举复用⑤，殊不辞矣⑥。许氏之误，以为卤与盐异，非海所煮，不得谓之为盐。凡卤类，及从卤之字，则皆咸地之名，或咸味之义，此卤盐分部所由来欤。太史公曰："山东食海盐，山西食盐卤。"在汉人中以卤为咸地之名词者，惟此而已。

许氏又曰："鹽，河东盐地。"此亦以鹽为盐池，而不知其为盐类之一种也。按鹽盐味苦，后世已不常食。解池本非鹽盐，汉人说经，颇以此属之。《寰宇记》曰："安邑县，有盐宗庙。"意者古人于此，祠祀最先得盐之人，而鹽又为最先发明⑦之盐类。解池之西，适有女盐池，味苦之鹽，因而附会之也。郦道元曰："泽西女盐池，味苦，土人乡俗，引水沃麻，分灌川野，谓之盐田盐鹽。"此亦不过近池一部分之事实耳，要不得谓解池即鹽盐也。汉人去古未远，说盐大疏，后之学者，服膺而不敢失⑧，故附证之。

盐质之由来

盐在矿类中，为多数⑨杂质混合而成，非有独立之性也。地层当第三期，生成盐铁二矿，地壳复有变动⑩，溶解于岩石黏土间，于是一切矿物，无不含有盐

①　分部：分派，部署。典官：办理具体事务的官员。
②　大农：即大司农，秦汉时期国家财政长官，也分管官营的煮盐和冶铁等产业。后演变为专管全国仓廪或劝课农桑之官。本名治粟内史，汉景帝更名为大农令，汉武帝改为大司农。
③　矜奇：夸耀新奇。标异：谓表明与众不同。
④　㽂：盐。
⑤　连举复用：不加思索直接加以利用。
⑥　殊：断然。不辞：文辞不顺。
⑦　发明：发现。
⑧　服膺：谨记在心。失：违背。
⑨　多数：多种。
⑩　变动：变化，更动。

分，视其地质①所在，与相附之矿界②，以构造种种盐矿；地壳所含之水脉，又时时消化③之，随地④流注，或淳⑤于井泉，或存于湖泽，若其输送归壑，终聚积于海洋。草木苔藻诸植物类，吸取咸汁⑥，灰亦成盐。而平地高山沙碛之土石，更无论矣。地球表面，未有不能采盐者。其多寡之分⑦，浓淡之味⑧，容有辨焉。

土石、石膏、钟乳、硝硅、硫碱中所提炼，凡自陆采者可谓之石盐⑨。湖海泉水，与沉淀之大块或淘洗之浓液，凡自水成者，可谓之卤盐；皆矿质也。若木若蕨若海草之灰，可谓之植物盐⑩，则盐之别种已，盐卤具有淡养、炭养之气⑪。石质则为钙炭镁钾砷硅钠硝硫燐⑫，弗绿诸养⑬，相与化合者也。化合物类，若燐若硫若硝酸珪，则为盐素⑭。珪酸盐⑮之存于矿物中，亦如炭素⑯之存于生物界耳。构成地壳之岩石，其大部分皆自珪酸盐来也，故灰长⑰、方解⑱诸

---

① 视：根据。地质：指地壳的结构。

② 矿界：矿脉的分界。

③ 消化：消融。

④ 地：指地层。

⑤ 淳：水聚积不流。井泉：水井。《礼记·月令》："天子命有司，祈祀四海、大川、名源、渊泽、井泉。"

⑥ 咸汁：含盐的汁水。

⑦ 多寡：指含盐的比重。分：指成分。

⑧ 味：指舌头尝到的感觉。

⑨ 石盐：又名矿盐或岩盐，指在山下或山洞内开采的食盐。其成分与海盐不同。化学成分主要是氯化钠，一般含有氯化钠、氯化镁；往往混有黏土。

⑩ 植物盐：指从植物有机体中进行提取，是一种天然低钠盐。

⑪ 盐卤：又称卤水、苦卤、卤碱，是将海水或盐湖水制盐后残留于盐池内的母液蒸发冷却后析出氯化镁结晶而形成的卤块。其主要成分为氯化镁 MgC_{l2}、氯化钠 $NaCl$、氯化钾 KCl、氯化钙 $CaCl_2$、硫酸镁 $MgSO_4$ 和溴化镁 $H_{12}Br_2MgO_6$ 等。养：即"氧"。淡养之气：指一氧化氮 NO、二氧化氮 NO_2 等。炭养之气：指一氧化碳 CO、二氧化碳 CO_2 等。

⑫ 燐：日本称化学元素磷 P 为"燐"。

⑬ 弗素：卤族化学元素之一。日本称氟元素为"弗素"，原子序数为9。绿氧：一氧化氯 ClO 或二氧化氯 ClO_2。绿：即"氯"，元素符号 Cl。

⑭ 盐素：指盐类。

⑮ 珪酸盐：即硅酸盐，由硅元素（日本称硅元素 Si 为珪）、氧元素与金属反应形成的化合物的总称。是构成地壳岩石的主要成分之一，其矿石约占地壳的5%。

⑯ 炭素：日本称碳元素 C 为"炭素"。

⑰ 灰长：指灰长岩，亦称辉长岩。其主要化学成分为二氧化硅 SiO_2。在花岗岩中占有重要地位，为造岩矿物之一。

⑱ 方解：指方解石，即碳酸钙 $CaCO_3$。造岩矿物之一。

石及陶杖皆有之。而硝酸盐①之存于土壤中，率以钠养盐、钾养盐②二者为主要，此盐矿所由生成也。

盐素散于天然界者，概与钠素、钾素、镁素、钙素、硫、养、弗、绿③诸质化合而成。盐化钠素④、盐化钾素⑤、盐化钙素⑥，可为种种纯粹之盐⑦，及受地层⑧水脉溶解之力，澂⑨于井泉，多含石膏硫养、钠绿诸质⑩，煎之即食盐矣⑪。其容积广大⑫，则渟为湖泽，下流无口可泄⑬，又无新鲜之来源以充补之，日热⑭所射，蒸发既盛，淡水散为雨露，因而水面益低，盐分积厚⑮，与海洋水咸之理，大小相若⑯，重量质剂⑰，往往列于同等。臭素⑱为液体，沃素⑲为固体，其色自弗素至沃素⑳，次第浓厚㉑。至于湖海微异之点，则湖水一晒成盐，不假火力；其沉淀者或为天然之盐块，不似海水之必煎或晒始得食也。是

---

① 硝酸盐：硝酸 HNO_3 与金属反应形成的盐类。常见的有硝酸钠、硝酸钾、硝酸铵、硝酸钙等。几乎全部溶于水。

② 钠养盐：指氧化钠 Na_2O。钾养盐：指氧化钾 K_2O。

③ 钠素、钾素、镁素、钙素：指钠 Na、钾 K、镁 Mg、钙 Ca 四种金属元素。硫、养、弗、绿：指硫 S、氧 O、氟 F、氯 Cl 四种非金属元素。

④ 盐化钠素：指硫化钠 Na_2S、氯化钠 NaCl、氟化钠 NaF 等。素：类。

⑤ 盐化钾素：指硫化钾 K_2S、氧化钾 K_2O、氟化钾 KF、氯化钾 KCl 等。

⑥ 盐化钙素：指硫化钙 CaS、氧化钙 CaO、氟化钙 CaF_2、氯化钙 $CaCl_2$ 等。

⑦ 纯粹之盐：指纯盐。

⑧ 地层：地质学术语。指有一定层位的一层或一组岩石或土壤，上下层位之间被明显的层面或沉积间断面分开。不同地层的岩性、所含有化石、矿物及其物理、化学成分均可能存在明显的差异。

⑨ 澂：使杂质沉淀，液体变清。同"澄"。《说文》段注："澂，清也。澂澄古今字。"

⑩ 石膏硫养：指硫化钙 CaS、氧化钙 CaO。钠绿：氯化钠 NaCl。

⑪ 煎：加热使之发生化学反应。食盐：可食用之盐，主要成分是氯化钠。

⑫ 容积：容量。广大：扩大。

⑬ 口：出口。泄：排出。

⑭ 日热：太阳光。

⑮ 盐分：每公斤质量中所含盐的总量。积厚：增大。

⑯ 大小：表程度。相若：相当。

⑰ 重量质剂：指溶解度。质：溶质，指盐。剂：溶液，指水。

⑱ 臭素：日本称溴（元素符号 Br）为"臭素"。这里指纯溴，活性介于氯和碘之间。易挥发。

⑲ 沃素：卤族化学元素之一。日本称碘元素 I 为"沃素"。单质碘呈紫黑色晶体，易升华。碘的原子序数为 53。

⑳ 色：含有人体必需的微量元素。弗素：同 P105 注⑬。

㉑ 次第浓厚：指浓度逐渐提高。

湖水所含之盐分，尤多于海水矣。且海水盐分有多寡，卤味因之厚薄①。引潮蓄卤，实赖人力养成之，大率②水深而色蓝黑者宜于制盐。水质不同，故海滨取盐之法，随地而殊，此盐卤所由异也。或谓寻常井泉湖泽，尽属淡水，独不与此同咸③。彼中固无盐质存乎？夫地壳土石，何所无盐，即无不咸之水，寻常之井泉河湖，所在之地不当④盐矿之脉，盐分已微，及乎蒸发为雨，仍复反注其中，既增淡水以排洩洗刷⑤之，旧存盐质，悉归于海，流水愈淡，海水遂愈咸矣。流通之井泉，属于⑥河源，湖泽属于交与类；皆以江河为尾闾，不能保存盐质，非若咸湖盐井之潴⑦而不流者，咸水、淡水所以判也。

　　盐之功用，岂仅食品已哉？施之于农，则为肥料；施之于工⑧，则为曹达⑨、盐酸、硫酸及制碱漂白硝皮⑩之需，其副产品，则分硫酸石灰⑪、硫酸苦土⑫、硫酸曹达⑬、盐化加里⑭、盐化苦里⑮诸类。名目固甚繁重也。吾固昧于物质，无以化验其分剂⑯，而收备物⑰之效。商人坐享盐产，假手于至愚极蠢之劳工，坐易货贿⑱。士夫侈谈⑲盐法，自古以来，未有议及盐质者。于是通国⑳之民，但知种种盐类，宜乎烹调腌腊，舍此别无取材，末由㉑恢张其事业。若苦

---

① 卤味：味感。厚薄：浓淡。

② 大率：大致；大抵。

③ 同咸：同属咸一类。孝廉、玉恒《魏徵秘史》："有盐同咸，无盐同淡。"

④ 当：正处于……地方。

⑤ 洗刷：淘洗。

⑥ 属于：归于。

⑦ 潴：（水）积聚。

⑧ 工：指工业。

⑨ 曹达：纯碱，即碳酸钠 Na_2CO_3，属盐类，一名"苏打"或"碱灰"。

⑩ 硝皮：指用树皮、矿物盐等或替代物通过浸泡将生皮制成革。亦称"鞣革"。

⑪ 硫酸石灰：即硫酸钙 $CaSO_4$。

⑫ 硫酸苦土：即硫酸镁 $MgSO_4$。

⑬ 硫酸曹达：即硫酸钠 Na_2SO_4。

⑭ 盐化加里：氯化钾 KCl。

⑮ 盐化苦里：氯化镁 $MgCl_2$。

⑯ 分剂：指化学成分。

⑰ 备物：备办天下各种器物。《易·系辞上》孔颖达疏："谓备天下之物，招致天下所用，建立成就天下之器以为天下之利。"

⑱ 坐：坐贾，与"行商"相对。易：交换。货贿：财物，财货。

⑲ 侈谈：夸大而不切实际地谈论。

⑳ 通国：全国。

㉑ 末由：无由。《论语·子罕》："虽欲从之，末由也已。"

卤余滓，劣不中食者，场户灶丁①，制为粪肥碱料，商人恶其夺盐之利也，时时逻察②之，阻其行为。官吏戚戚于引额③之缺乏，税课之短绌④，务徇豪商之私，而科改制之罚，遂与提硝炼矾诸事业，等诸莫大之流弊⑤，并悬严厉之禁，亦以为食盐而外，不得更有余货焉。夫盐材无量⑥，吾国虽未能尽其用，已成之绩，殊有可观⑦。自作盐法，古今守之不敢失。上下所利，惟赖民食之供，驯至废物之用⑧，犹复闭绝⑨之，惧开后来之源，损益轻重，未尝一权之也。今日盐业大坏，议者咸归究于物质之弗明、制造之弗良，而不知商工之际，背道而驰，所以促其生机，遇枝叶而害本实者⑩，造因至微，患固不在远矣。

盐之产地

吾国地大物博，咸味碱性之土，率浮露于外层。在昔丁口⑪繁殖，需盐已多，采掘煮晒，只赖手足之劳，即无淡食之虑。自国家有限制之禁令，不得自由制造，穷民以求沽为苦，黠者以窃发为能，其闭门私酿，阴享地利者，项背相接。于是致盐之术，无源不穷，无孔不入。水土砂石草木所蕴蓄，务使尽启其秘，迫于事势，助之发明⑫，博物君子，至此谢不敏焉⑬。天不爱道，地不爱宝。备物以供养生之具，取用固无竭尽也，惟待人类之自求供给已耳。夫使秕政胥蠲⑭，任土可贡，比诸渔畋耕凿，人人皆得食其毛⑮，恒其业，则版图以内，谁非产盐之区？司农⑯会而征之，足与夏税秋粮，并列同等之数，所以解愠

---

① 场户：被官府拨入盐场煮晒食盐之户，一称亭户。因制盐方式不同，尚有捞盐户、晒盐户、灶户之称。灶丁：煮盐工之旧称。

② 逻察：巡逻侦察。

③ 戚戚：忧惧。引额：旧时各盐区官盐运销售卖的额数，以"引"计算，因称。

④ 税课：赋税。短绌：短缺。

⑤ 流弊：因袭而成的弊端。

⑥ 无量：不可计算。

⑦ 殊有可观：达到相当高的水平。

⑧ 驯至：逐渐达到。废物：无用之物。所谓"无用之用，方为大用"是也。

⑨ 闭绝：杜绝。

⑩ 遇枝叶而害本实者：犹逐本求末。《诗·大雅·荡》："枝叶未有害，本实先拨。"

⑪ 丁口：户政名。男女人口。清制，男子十六至六十岁称丁，女子称口，合称丁口。

⑫ 发明：开采。

⑬ 谢不敏：表示婉言推辞；谓无能为力。谦辞。

⑭ 秕政：不良的行政措施。胥：全部。蠲：免除，去掉。

⑮ 食其毛：受到君主的恩惠。《左传·昭公七年》："封略之内，何非君土，食土之毛，谁非君臣。"

⑯ 司农：官名。汉置，掌钱谷之事。也称大司农，清以户部司漕粮田赋，故别称户部尚书为大司农。

而阜财者①，君民上下之交②，便益宁有底哉！

近世疆域所届，生齿③所孳，无不倍丛于往昔；出盐之地，食盐之额④，亦无不倍丛于往昔。乃盐政成法，沿袭前代之旧章，而界画⑤之狭，限制之严，视前代为尤甚焉。二十有二行省，所许煮晒者，不过十省：沿海则直隶、山东、江苏、浙江、福建、广东，内陆则山西、甘肃之池泽，四川、云南之井泉。国家指定制造场所，在一千七百厅州县境中，仅占一百五十余属⑥。顷者⑦加入奉天海岸，及湖北之应城一县。蒙古之近边诸旗，准直省地面之积，与盐场为比例，未必当于百一⑧也。吾四亿人，需转输⑨而后得食，险阻相间，梱载⑩以行，其最远者陆运逾二千里，水程逾四千里，历时半年，增费百倍，奇货之居，四方屏息以待命。菽粟布帛之常供⑪，金玉珠贝之名贵，何图微物⑫，有殊幸焉。豪商猾吏，故矫其辞说，以执天下之口，一若此区域外，天下不育⑬此珍异矣。泥沙满地之盐，苟至位置非所，铸铁案而禁锢之，终古无平反之一日。民生不时⑭，盐亦有阨，既弃于地，况蒙厚诬？山川而能语，度不知所解也。

夫二十二省，无地无盐，即无地不能制造。其间地层梁⑮屡新生，矿质少而卤味薄，纵有制造之权，犹不足济食于本境者，一千七百（厅）州县中，究亦寥寥无几。盖凡产盐区域，及可制造之地，私灶私池，虽为法所不许，然而利之所在，彼弃此争，民间破除闭塞，固已密置牢盆⑯，试验而发明⑰之，相率资

---

① 阜财解愠：民安物阜，天下大治。这是典型的民本思想。［南朝宋］裴骃《史记集解》引王肃云："'《南风》，育养民之诗也。'其辞曰：'南风之薰兮，可以解吾民之愠兮。'"

② 上下之交：指君主的统治秩序。

③ 生齿：人口。

④ 额：指需要量。

⑤ 界画：即界划，划分。

⑥ 一百五十余：指150多个州县。

⑦ 顷者：近来。

⑧ 当于：抵得上。百一：百分之一。

⑨ 转输：周转运输。

⑩ 梱载：用短木棍挑。梱：短木桩。

⑪ 菽粟：大豆和小米，泛指粮食。指生活必需品。布帛：棉纺和丝麻织品的总称。

⑫ 微物：微末之物。

⑬ 育：出产。

⑭ 不时：不善。

⑮ 地层梁：地层和地梁。

⑯ 牢盆：同 P94 注⑫。

⑰ 发明：印证。

为生计，势之所趋，不自今日始矣。顾一夫之力，暮夜之行①，赀财薄弱，智虑弗周，狙伏禁网②之侧，莫由③毕其能事。上壤下泉④，储藏方富，证以地质矿物诸学理⑤，与之探索其间，其未效珍脩贡者，尤无量也。世俗之士，抗议盐政，深信夫产地有限之说，故哓哓然⑥于吏不可废、利不可兴，以改变税法，厘正引地，为至极之良策，而不知致弊之源，实蒙大惑。若执遍地皆盐之语，谓率土普天，可以家煮而户晒焉⑦，必不信已。兹述制盐所在，准诸官私之界，略举如左：

一、官盐之制造区域

（甲）海产

（一）奉天省。凤凰厅⑧，奉天⑨锦州⑩二府，沿岸⑪十二（属）境内，谓之关东盐⑫。其区域为黄旗场，竹心台场，大板桥场，小板桥场，葫芦套场，甜水河场，天桥场，二道沟场，三道沟场，四道沟场，柴河沟场，白马沟场，刘三场，柳柴场，小盐场，料河堡场，团山堡场，铁厂屯场，铁厂屯河西场，芝麻湾场，凡二十所。（二）直隶省。永平府⑬，遵化州⑭顺天府⑮，天津府⑯，沿岸十属境内，谓之长芦盐⑰，简称芦盐。其区域为抚宁县⑱之归化场，滦州之济

---

① 暮夜之行：偷偷摸摸的行为。反用"暮夜却金"之典。

② 禁网：法网。

③ 莫由：无从。

④ 上：朝廷。壤：丰收。同"穰"。下泉：民间财富。

⑤ 地质矿物：地质学和矿物学。学理：科学上的原理或法则。

⑥ 哓哓然：嚷叫的样子。

⑦ 家：每家。户：每户。

⑧ 凤凰厅：清行政区划名。故治凤城市。民国废为县。

⑨ 奉天府：清行政区划名。故治沈阳市。民国府废。

⑩ 锦州府：清行政区划名。故治锦州市。民国府废。

⑪ 岸：指渤海海岸。

⑫ 关东盐：沿海盐区在辽宁称辽东盐，在旅大者谓之关东盐。（胡焕庸．经济地理［M］．重庆：京华印书馆，1944.）

⑬ 永平府：明清行政区划名。故治河北省卢龙县（今河北省秦皇岛市）。

⑭ 遵化州：清行政区划名。民国废为县。

⑮ 顺天府：清行政区划名。明清两代的北京地区。

⑯ 天津府：清行政区划名。故治天津市大沽镇。民国府废。

⑰ 长芦盐：中国四大海盐产区之一，天津海盐产区为中心区域。其历史悠久，自春秋时期便开始盛产。胡焕庸《经济地理》："在河北曰长芦盐。"

⑱ 抚宁县：商周时期属孤竹国。今秦皇岛抚宁区。

民场，乐亭县之右牌场，丰润①县之越支场，宝坻县②之芦台场，沧州之丰财场严镇场，盐山县③之海丰场，凡八所。从前天津县④之富国场，静海县之兴国场，今已裁并。至沧州之谭家庄，盐山县之高家庄、田家庄，海丰场之崔家庄、刘家庄，五处孤悬村庄，其盐灶附于山东之永利场。康熙五十六年拨。（三）山东省。武定府⑤，青州府⑥，莱州府⑦，登州府⑧，沂州府⑨，胶州⑩，沿岸三十属境内，谓之东盐，亦称齐盐。皖境所称。鲁盐。其区域为沾化县⑪之永利场、富国场，乐安县⑫之王家冈场，利津县⑬之永阜场，寿光县⑭之官台场，掖县⑮之西由场，福山县⑯之登宁场，日照县⑰之涛洛场，凡八所。从前石河场在胶州、信阳场在诸城县者，今裁并矣。（四）江苏省。扬子江口以北，江宁藩司⑱所辖海州，淮安府，扬州府，通州，沿岸⑲十属境内，谓之淮盐⑳。其区域以旧淮河下游，即淤黄河故道。分两部分：在淮河北者，赣榆县之临兴场，海州之板浦场，中正场，都称北盐；在淮南者，阜宁县之庙湾场，盐城县之伍佑场、新兴场，东台县之东台场、安丰场、何垛场、梁垛场、草堰场、丁溪场、刘庄场，泰州之富安场、角斜场、拼茶场，如皋县之掘港场、丰利场，通州之余东场、余西场、吕四场、金沙场、石港场，是为南盐，通共二十三所。从前如皋县之小海场，通州之西亭场，则乾隆三十三年所裁并。自扬子江口以南，则隶于浙

---

① 润：《国粹学报》原文为"阔"，有误，迳改。丰润，今属唐山。
② 宝坻县：今天津市宝坻区。
③ 盐山县：隶今河北省沧州市。
④ 天津县：清置县，1731 年升府。下辖六县一州。
⑤ 武定府：清行政区划名。今山东省惠民县。
⑥ 青州府：明清行政区划名。故治青州市益都镇。民国府废。
⑦ 莱州府：明清行政区划名。故治莱州市掖城。
⑧ 登州府：清行政区划名。故治烟台市蓬莱县。
⑨ 沂州府：清行政区划名。故治沂市兰山区。民国府废。
⑩ 胶州：今属青岛。
⑪ 沾化：今属滨州。
⑫ 乐安：今属潍坊。
⑬ 利津：今属东营。
⑭ 寿光：今属潍坊。
⑮ 掖县：今属烟台。
⑯ 福山：今属烟台。
⑰ 日照：今日照市。
⑱ 江宁藩司：即江宁布政使司，驻江宁，辖江宁、淮安、扬州、徐州四府及通州、海州二直隶厅。
⑲ 沿岸：这里指黄海沿岸。
⑳ 淮盐：清代全国最大的税收为盐课，盐课的大宗是淮盐，朝廷对其税收极为重视。

盐辖境矣。（五）浙江省。嘉兴、杭州、绍兴、宁波、台州、温州六府，兼有苏之太仓州、松江府，沿岸①三十四属境内，谓之浙盐。其区域为崇明县之崇明场，南汇县之下沙头场、下沙二三场，奉贤县之青村场，华亭县之袁浦场，娄县②之横浦场，金山县之浦东场，平湖县之芦沥场，海盐县③之鲍郎场、海沙场，海宁州之西路场、黄湾场、许村场，仁和县④之仁和场，萧山县⑤之饯清场，山阴县⑥之三江场，会稽县⑦之东江场、曹娥场，上虞县⑧之金山场，余姚县⑨之石堰场，鄞县⑩之大嵩场，镇海县⑪之清泉场、穿长场、龙头场，慈溪县⑫之鸣鹤场，象山县⑬之玉泉场，临海县⑭之杜渎场，宁海县⑮之长亭场，太平县⑯之黄岩场，永嘉县⑰之永嘉场，乐清县⑱之长林场，瑞安县⑲之双穗场，凡三十二所。（六）福建省。福宁、福州、兴化⑳、泉州、漳㉑州五府，沿岸㉒二十属境内，谓之闽盐。其区域为福清县㉓之福清场、江阴团，莆田县之莆田场、下里场、前江团，惠安县㉔之惠安场，晋江县㉕之浔美场，同安县㉖之浯洲

---

① 沿岸：这里指东海沿岸。
② 娄县：汉置县，属荆国，荆国除，属会稽郡。民国废，入华亭，旋改松江。
③ 海盐县：今隶嘉兴市。
④ 仁和：宋由钱江改。民国废，入杭县。
⑤ 萧山：今隶杭州市。
⑥ 山阴：秦置县，属会稽郡。清末废，入绍兴。
⑦ 会稽：南唐析山阴县置。清末废，入绍兴。
⑧ 上虞：秦置县，属会稽郡。今隶绍兴市。
⑨ 余姚：秦置县，属会稽郡。今隶绍兴市。
⑩ 鄞县：五代改鄞县。今隶宁波市。
⑪ 镇海：唐置县。今隶宁波市。
⑫ 慈溪：唐置县。今隶宁波市。
⑬ 象山：唐置县。今隶宁波市。
⑭ 临海：元末置县。今隶台州市。
⑮ 宁海：晋置县。今隶宁波市。
⑯ 太平：明置县。民国改温岭，今温岭市。
⑰ 永嘉：今隶温州市。
⑱ 乐清：今乐清市。
⑲ 瑞安：今隶温州市。
⑳ 兴化：宋置兴化军。今福建省莆田市。
㉑ 漳：《国粹学报》原文为"障"，有误，迳改。
㉒ 沿岸：这里指东海沿岸。
㉓ 福清：后唐置县。今隶福州市。
㉔ 惠安：今隶泉州市。
㉕ 晋江：唐置县。今隶泉州市。
㉖ 同安：后晋置县。今隶厦门市。

场、祥丰场、莲河场，海澄县之石马场，漳浦县之漳浦东场、漳浦南场，诏安县之诏安场、岩头村、福兴场，凡十六所。从前福清县之洪白团、赤杞团，晋江县之沨洲①场，宁德县②之漳湾场，霞浦县③之淳管场，罗源县④之鉴江场，则已裁并。（七）广东省。潮州府，嘉应州⑤，惠州府，广州府，肇庆府⑥，赤溪厅⑦，阳江厅⑧，高州府⑨，雷州府⑩，廉州府⑪，钦州府⑫，琼州府⑬，崖州府⑭，沿岸⑮三十七属境内，谓之粤盐。又有生盐、熟盐之分，其区域为饶平县⑯之东界场，合浦县⑰之白石东西场，茂名县⑱之博茂场，含有茂名场。归善县⑲之大洲场、淡水场、墩白场、潮阳县⑳之招收场，吴川县㉑之茂晖场，电白县㉒之电茂场，陆丰县㉓之小靖场、八厂，石桥场，惠来县㉔之隆井场，凡十二所。旧有新安县之归靖场、东莞场、海晏场，矬筒场，阳江厅之双恩场，香山县之香山场，归善县之碧甲栅、海甲栅，惠来县之惠来栅，潮阳县之河西棚，饶平县之海山隆澳场，澄海县之小江场，今已裁并。其听民煎晒者，琼崖二属不设场所也。

---

① 沨洲：今丙洲。
② 宁德：今宁德市。
③ 霞浦：今隶宁德市。
④ 罗源：宋置县。今隶福州市。
⑤ 嘉应：今梅州市。
⑥ 肇庆府：宋改兴庆府置。民国府废。今肇庆市。
⑦ 赤溪厅：清同治六年（1867）分台山置，属广东布政司。光绪三十一年（1905）裁。
⑧ 阳江厅：清同治九年（1870）改直隶州为直隶厅。光绪三十二年（1906）复改直隶州。民国废为县，今阳江市。
⑨ 高州府：明置，清因之。今高州市。
⑩ 雷州府：明置，清因之。故治广东省雷州市。民国府废。
⑪ 廉州府：明清时期广东"十府一州"之一。民国府废。
⑫ 钦州府：明置，清因之。民国府废为县。今钦州市。
⑬ 琼州府：明置，清因之。民国府废。今海口市。
⑭ 崖州府：清光绪三十一年（1905）置直隶州。民国废为崖县。今三亚市崖州区。
⑮ 沿岸：这里指南海沿岸。
⑯ 饶平：今隶潮州市。
⑰ 合浦：今隶北海市。
⑱ 茂名：今高州县。
⑲ 归善：南朝陈置，故治今广东惠阳（惠城区）东北。民国改惠阳县。
⑳ 潮阳：隋置县，属潮州府。今汕头市潮阳区。
㉑ 吴川：今隶湛江市。
㉒ 电白：隋置县。今茂名市电白区。
㉓ 陆丰：今陆丰市。
㉔ 惠来县：今隶揭阳市。

（乙）池产

（一）山西省。蒲州府①、解州②诸属境内，池畦所产，谓之河东盐，亦称解盐，亦称潞盐。限定安邑③、解州间之二大池，六小池，姚暹一渠，李绰六堰，分为东西中三场。大池当中条山北麓，东西五十余里，南北七里，北高南下。其南为护宝长堤，堤临黑河，咸水潴焉；土色深色，河底为硝板④，俗以盐根称之。其北为种盐之畦⑤，畦上有禁垣，垣外为运城，城西六十里，有六小池女池，亦曰硝池⑥。此外附属于三场者小池甚多。（二）陕西省。延安府⑦、绥德州⑧、榆林府⑨诸属境内，池灶所产，谓之土盐；出定边者曰大池盐。限定绥德州之三眼泉，榆林县之永乐仓、马湖峪，米脂县⑩之高家渠、鱼河，葭州⑪之老盐湾。其出盐最多者，定边县⑫之花马大池也，池围八十里，源出沙漠，凡近边诸水之渗入沙碛，及小泡小涞伏流成渠之水，皆注此池；是为蒙古南边咸泽之总汇。按，本省如西安府，同州府⑬，汉中府，邠州⑭、乾州⑮、鄜州⑯，凤

---

① 蒲州：唐置县，清改蒲州府。民国裁。故治山西省河东县。

② 解州：汉置解县，属河东郡。五代置解州。清升直隶州。民国废州为县。故治今山西省运城市盐湖区解州镇。

③ 安邑：秦置县，属河东郡。清属直隶解州。今隶运城市。

④ 硝板：即白钠镁矾，由芒硝、硫苦等结晶矿物组成。是在长期的晒盐过程中，由以上矿物结晶沉淀而形成。在硝板上晒盐，可起到分解、吸热保温、晶析等作用，提高效率，且能去除苦味，促进盐晶生长。

⑤ 种盐：土人种盐者，池旁耕地为畦陇，引清水入所耕畦，忌浊水渗入，即淤淀盐脉。（宋应星《天工开物》卷五）畦：田分成的小区。［唐］张守杰《史记正义》："作畦，若种韭一畦"，"深一尺许坑"，"天雨下，池中咸淡得匀"，"曝之五六日则成盐，若白矾石，大小如双陆及棋，则呼为畦盐"。"畦种法"具体工序，罗石麟《初修河东盐法志》卷二"种治"认为："先用桔槔挹水，注于畦之首段，搅之，日曝味作，挹之次段，首段另注新水，次段水咸色赤，挹移三段，俟其澄，开门塍隅，灌四段。段段开灌，其一、二、三段悉以前法挹注，俾清流盈科而进，极乎南堘而止，水深一二寸乃已。经时，水面盐花浮上，若凝脂皎雪，谓之揭花，以其必击揭而后成盐也。"

⑥ 硝池：因产硝而得名，又名女盐池。

⑦ 延安府：宋置。民国府废。今延安市。

⑧ 绥德州：宋置。今绥德县。

⑨ 榆林府：今榆林市。

⑩ 米脂：今隶榆林市。

⑪ 葭州：金大定二十四年（1184）置。故治今陕西省佳县。民国降为县。

⑫ 定边：清雍正九年（1731）置。今隶榆林市。

⑬ 同州府：清雍正十三年（1735）置。故治陕西省大荔县。民国府废。

⑭ 邠州：唐置邠州。清雍正三年（1725）升为直隶州。民国降为邠县。

⑮ 乾州：唐置。今陕西乾县。

⑯ 鄜州：今隶延安。

翔府①，兴安府②，诸属境，皆有咸泽，随地可以置锅煎捞。旧制本未限制区域。乾隆五十九年，户部议准，陕西地方，全系民运，无论土盐、蒙古盐及花马、河东池盐，悉听民人到处运卖，并无禁私之地。即间有就近买食土盐、蒙古盐之类，并有外来盐贩梱③入者，均不许禁阻④，亦不准私收税钱。惟甘肃、四川、湖广三省，与陕西之凤汉商邠等属连界之处，饬令各该地方官留心查缉，毋许越界偷卖。当时任人煎运，故先年裁去引课奏销，一并改归地丁摊征，使之随粮并输。而课官⑤运商⑥，及禁私之例，芟除净尽。吾国盐政，犹足差强人意者惟此而已，他省不能逮也。近数十年，复有派引抽税之举，阳托缉私之名，遂自煎土盐，多方抑制，未尝奉行故事焉。而陕之盐政，不堪问矣。（三）甘肃省。庆阳⑦、宁夏、巩昌⑧三府、固原州诸属境内，所产统称花马池盐，亦称捞盐，亦称漳盐。分为花马池⑨、花马大池⑩、花马小池⑪，凡三区。大池已详前说。花马池在灵州⑫，周四十三里。花马小池在灵州、灵宁厅之间，周二十七

---

① 凤翔府：唐置。辖域相当于宝鸡、岐山、扶风、郿县等地。民国府废。

② 兴安府：清乾隆四十七年（1782）置。民国府废。今安康市。

③ 梱：《国粹学报》原文为"拦"的繁体，有误，迳改。

④ 禁阻：禁止；阻拦。

⑤ 课官：催征盐课的官员。

⑥ 运商：清盐商的一种，即为取得运销食盐特许凭引在专岸运盐行销的盐商。《清会典事例·户部·盐法》："议准河东池盐，运商挈盐，由东、中、西三禁门而出。"

⑦ 庆阳府：宋置。清康熙四年（1665）分隶甘肃布政司。辖4县1州，民国府废。

⑧ 巩昌府：清行政区划名，辖7县1州1厅。故治甘肃省陇西县。

⑨ 花马池：在清代统归河东盐务辖制；且山西凤翔府属，州属之长武县均领河东之盐引，而食花马池盐，税课都解交河东盐运司。花马池的大池系天然结晶，不需要人工垦殖。池水凝结成盐后，便可捞采、运销。总体规模不大，产量有限，销往一定的地区。

⑩ 花马大池：在陕西省定边县和宁夏回族自治区盐池县之间。1648年，盐课银定额为35000引（清代每引仅可购100斤），其中运陕南汉中府境25000引。1655年，增至39400引。1794年，清廷再次核准花马大池盐课数不变，销地为陕西的延安府、榆林府、汉中府。1906年，盐课减至33130引。其销地为：陕西邠县（彬县）及其所辖之长武、三水、淳化等县；凤翔府属之凤翔、宝鸡、陇州、千阳、岐山、眉山、扶风、麟游八县；陕西兴安府属之安康、汉阴、洵阳、白河、紫阳、石泉、平利七厅、县，陕北延安府、榆林府属之延安、吴起、清涧、子洲、延长、府谷、神木、佳县、米脂、绥德、横山、靖边等县。

⑪ 花马小池：也叫小花马池，又名惠安堡池。该池及附近一些小池则需要晒制成盐。清中期以前，产量甚高，因无节制的开采，遂致枯竭。1651年，清廷颁行盐55440引，1735年增至67440引，1829年再增至72680引，1906年锐减至29500引。运销地为：宁夏府全境，甘肃陇东之庆阳、平凉、固原等府道州及陕西之关中。

⑫ 灵州：清属甘肃省宁夏府。

里。此外稍大者，为马槽池，及固原州①之打拉池；诸池相间，或数十里，或百余里。其最远者为陇西县②、漳县③，与西和县④诸池。按陕甘盐池，从前附属于河东盐政，乾隆五十六年以后，直隶于陕甘总督。而陕西之花马大池，遂为甘肃所管辖矣。（四⑤）蒙古近边诸盐池，亦称泡盐，亦称添盐。输入内地谓之蕃盐，或称口盐、青盐、蒙盐。境内咸泽最多，产盐最富，本为政令所不及，固无所谓官私也。然本轻值贱，附近⑥长城诸郡县，居民尤喜食之，遂有讥征⑦之令。且蕃酋⑧时亦献地，毗连旗面之省份，因而招商主持，与内地所产，无差别焉。其最著者，在阿拉善旗面，有吉兰泰池，咸丰以前，并于河东，自后辖于甘肃。在乌珠穆沁旗面，有阿达阿泊、博罗里济泊，则受热河都统之稽查。其逼近直隶宣化府境，及府境十州县中之任民自煎者，别为宣镇盐，则独立于长芦盐政之外。

（丙）井产

（一）四川省。成都、宁远⑨、保宁⑩、顺庆⑪、叙州⑫、重庆、夔州⑬、潼川⑭、嘉定⑮九府，资绵忠邛泸五州诸属境内，谓之川盐，亦称蜀盐，有巴盐、花盐之分。富顺县⑯之自流井，云阳县⑰之云阳场，大宁县⑱之大宁场，射洪

---

① 固原州：今固原市原州区。

② 陇西县：今隶定西市。

③ 漳县：今隶定西市。又《国粹学报》漳县前原文有"之"，有误，迳删。

④ 西和：今隶陇南市。

⑤ 四：《国粹学报》原文为"五"，有误，迳改。

⑥ 附近：临近。

⑦ 讥征：征税。

⑧ 蕃酋：我国古代对少数民族首领的称谓。蕃：通"番"。

⑨ 宁远府：清置。故治今四川西昌。民国府废。

⑩ 保宁府：元置。辖阆中等县。民国府废。

⑪ 顺庆府：宋置。故治四川南充。民国府废。

⑫ 叙州府：明置。辖宜宾等县。民国府废。

⑬ 夔州府：明置。故治奉节县。民国府废。

⑭ 潼川府：宋置。故治三台县。民国府废。

⑮ 嘉定府：宋置。故治乐山县。民国府废。

⑯ 富顺：宋置富顺安抚使司，明降为县。今隶自贡市。富顺盐井，是自贡地区第一口盐井。

⑰ 云阳：明降州为县。今隶重庆市。

⑱ 大宁：今巫溪县。

县①之青盐渡，蓬溪②县之康家渡，犍为县③之牛华溪，凡设盐场六所。井额简州五百三十三，乐山县二百五十七，荣昌县④十四，犍为县千一百二十，大足县三，荣县⑤三十三，合州⑥一，威远县⑦二，涪州⑧二，三台县⑨二百七十六，铜梁县⑩一，射洪县三千，忠州⑪三十四，盐亭县⑫百九十六，蓬溪县千三百六十一，阆中县十，遂宁县十九，南充县三十六，中江县⑬百三十五，南部县⑭四百三十六，乐至县⑮百八十六，西充县⑯六十，安岳⑰县三，蓬州⑱三，江安县⑲一，大竹县一，绵州百五十九，富顺县三百八十二，资州二百三十七，井研县⑳百十三，仁寿县㉑一，长宁县㉒一，内江县㉓六，大宁县二，资阳县五，万县四，太平县三，云阳县百三十五，彭水县㉔十四，开县㉕三，盐源县㉖二，凡八千六百八十八井。诸井有时坍废，或亦随时开浚，不能据为定数也。且出产盛衰，亦不系乎井之多寡。就中富顺为最旺，犍为次之，云阳、射洪又次之。

---

① 射洪：今隶遂宁市。
② 蓬溪：今隶遂宁市。
③ 犍为：今隶乐山市。
④ 荣昌县：今重庆市荣昌区。
⑤ 荣县：今隶自贡市。
⑥ 合州：古名垫江。故治合川。
⑦ 威远：今隶内江市。
⑧ 涪州：今重庆市涪州区。
⑨ 三台县：今隶绵阳市。
⑩ 铜梁：今重庆市铜梁区。
⑪ 忠州：今重庆忠县的旧称。
⑫ 盐亭：今隶绵阳市。
⑬ 中江：今隶德阳市。
⑭ 南部：今隶南充市。
⑮ 乐至：今隶资阳市。
⑯ 西充：今隶南充市。
⑰ 安岳：今隶资阳市。岳：《国粹学报》原文为"乐"的繁体字，有误，迳改。
⑱ 蓬州：北周置县，故治四川营山县安固乡。今蓬安县。
⑲ 江安：今隶宜宾市。
⑳ 井研：今隶乐山市。
㉑ 仁寿：今隶眉山市。
㉒ 长宁：今隶宜宾市。
㉓ 内江：今内江市。
㉔ 彭水：今彭水苗族土家族自治县。
㉕ 开县：今重庆市开州区。
㉖ 盐源：今隶凉山彝族自治州。

建昌①诸井，则最后所凿者，又多在番境，自来报告无实数也。（二）云南省。云南府②，楚雄府③，普洱府④，丽江府⑤，元江州⑥，景东厅⑦，诸属境内，皆有卤源，谓之滇盐。在楚雄之定边县称黑盐、石膏盐，姚州⑧称白盐。分为黑盐井、石膏井、白盐井，三大区域。其开采沙卤之地，所附属者，曰新井、沙卤井、安丰井、姚安二新井、云龙井、广通县之琅盐阿陋二井、只旧井、草溪井、弥沙井、按版井、恩耕井、抱母井、香盐井。其后开者，在丽江曰老姆二井，在元江州曰猛野井、磨铺井，在安宁州曰安宁井、洪源井，在普洱县曰石膏井、箐新井、磨黑井、猛茄井、慢磨井、木城井、安乐井，在景东曰景东井，凡二十七所。就中琅盐井产，卤质最淡。按，滇蜀之盐，同称井产，而卤质迥别。蜀则凿井取水，即无水之盐岩，亦复灌水淘洗，而汲其水，皆液体也。滇则凿洞采沙，是固体也。而石膏井所产，又为石质，非惟滇蜀不同。滇又有卤源卤矿之别矣。（三）湖北省。德安府⑨、宜昌府⑩境，皆有盐矿。应城⑪所产者，谓之石膏盐。自石膏洞底取石膏卤为盐，其味微苦，居民争相私煎，产额极旺，旧以私盐禁之，近年始设局抽税。其井灶之数，不可考也。宜昌境内盐泉最多，旧属苗境，苗民皆取食之。国初改土归流⑫，官不能禁。当时疆吏设词入告⑬，雍正三年，户部议覆湖北巡抚纳齐喀疏报：荆州府巴东县（是时尚隶荆州，后置宜昌国隶焉）纸倍溪地方忽涌盐泉，居民煎煮，每日得盐约二千余斤，即请照淮盐行引于楚北各州县分销，应如所请。从之。竟许制造运销。承平日久，土族亦驯然同化⑭，遂废此例，以为盐源已竭，而封禁之。川淮引盐，杂至其

---

① 建昌：四川西昌市地。

② 云南府：明置。云南省、府、县同治昆明城内。民国府废。

③ 楚雄府：明置。民国府废。今楚雄市。

④ 普洱府：雍正七年（1729）置。民国府废。

⑤ 丽江府：明置。民国府废。

⑥ 元江州：乾隆三十五年（1770）改元江直隶州。今隶玉溪市。

⑦ 景东厅：乾隆三十五年（1770）降景东府置。民国府废为县。

⑧ 姚州：唐置县。故治云南姚安。

⑨ 德安府：宋置。故治湖北安陆。民国府废。

⑩ 宜昌府：雍正十三年（1735）置。故治湖北宜春市区。民国府废。

⑪ 应城：今隶孝感市。

⑫ 改土归流：指改土司制为流官制，即改少数民族土司管理方式为汉族式的管理方式。亦称改土设流、土司改流。土指土司，即原民族首领。流指流官，即朝廷委派的官员。在清雍正年间大规模推行这种办法。

⑬ 设词：托词。入告：以事上闻。

⑭ 土族：土著少数民族。

地，楚盐之说今故无所闻焉。

右所考证，官盐区域，自奉天、陕西外，得十三省。芦盐十州县八场，东盐九州县八场，淮盐八州县二十三场，浙盐二十五州县三十二场，闽盐十二州县十六场，粤盐十五州县十三场，凡沿海七十九州县境，设场一百所，此海盐之限制也。解盐四州县十六池，分为三场，此池盐之限制也。川盐四十州县九场八千六百八十八井，滇盐九州县九场三十一井，凡四十九州县，设场十八所八千七百一十九井，此井盐之限制也；计三项盐场一百二十二所。若甘肃、湖北，未有一定①场所，及池井数目之限制，其场地著于功令者，约十州县。综共各直省中②，制造官盐地方，不足一百五十州县也。

七省海滨，固无尺地寸土③，不可得盐者也。沙石所润，风日所燥④，潮过盐生，几如霜雪之呈露于地面⑤，假借人力，以致天然⑥之物品。湖泽井泉之膏，无此汲取之便，尽人而取之，必至无有量数，国家画（划）定疆理⑦使之准以煮晒，一百五十州县，不能遍置场灶，仅仅三分之二，享受官利，自余向隅之地⑧，货将何弃⑨？势不得不私煎私晾，攘⑩而分之，于是乎有私盐焉。况海疆诸省，北齐南粤，岸线最长，两淮一区，岸线最短，设场之疏密，制额之多寡，未尝因地为均也。岸长而场少，与场广而额小者，溢出之余盐，往往倍蓰其正额，此尤官中之私矣。然则百五十州县中，殆无地无私产欤。

沿海岸线，一万二千余里。滩地有坍涨，咸水有浓淡。一池一灶，收获之丰歉，随时而盛衰焉。斯固关系于地利，非功令故事⑪所得牵制矣。海水惟黑最深，蓝次之而黄为浅。凡水愈深者含盐愈多，黄水未能逮也。吾缘边之海，较浅于全亚诸国，黄海一部分，又浅于东南二海；其内陆有长江大河，源委⑫万

---

① 一定：固定不变。

② 综共：总计。直省：各省，因直属中央，故又称直省。

③ 尺地寸土：形容极少的土地。

④ 风日所燥：指风吹日晒。

⑤ 地面：指大地的表面。

⑥ 天然：自然赋予。

⑦ 疆理：疆界；界限。《左传·成公二年》杨伯峻注："疆，划分经界。理，分其地理。"

⑧ 自余：此外。向隅之地：形容地域狭小。

⑨ 何：哪里。弃：消费。

⑩ 攘：侵夺。

⑪ 功令：旧时法律制度。故事：先例，往日的典章制度。

⑫ 源委：犹绵延。《礼记·学记》郑玄注："源，泉所出也；委，流所聚也。"

里，排泄淡水，挟泥刷沙，实以此为尾闾，海水因之浑浊，咸味因之溶解①。且江河两海口间②，适当北极、赤道二洋流寒热浮沉之会③，江河漩涡④，并渟于渊⑤，海底受⑥其冲积，愈垫愈高，愈高愈浅，于是淤黄河之东端，所谓淮南产地者，水中之盐分既薄，质必不佳，产必不旺，在七省海盐中不难为之比拟⑦。况海岸新生，形势改观⑧，从前近岸之池灶，今则去海日远，引卤日难，无惑乎成色之低，出货之绌⑨，至于江河所趋⑩，有不可挽回之势焉。虽然黄河东南之海岸上，同处变迁无常之境，盐纲盈缺之故⑪，岂淮界⑫然哉？淮⑬特造其极耳！官盐之制，于场所之部位⑭，不能稍与移徙⑮，产额之数目，不能稍与增减，未若私池私灶之便且利焉。诚以今昔之殊，而求济穷之道，其产数⑯短绌者，亦惟资其羡余⑰以补不足，此有脱档之急⑱，彼益多取为盈，于是东场西

---

① 溶解：指浓度降低。

② 江河两海口间：指黄河入海口和长江入海口之间。

③ 适当：正对着。北极赤道二洋流寒热：指北极寒流和赤道暖流。浮沉：犹激荡。由内而外谓之浮，由外而内谓之沉。会：交汇处。

④ 漩涡：指螺旋式水流。

⑤ 渟：同 P105 注⑤。渊：深水。

⑥ 受：承。

⑦ 拟：《国粹学报》原文为"议"，疑误，迳改。

⑧ 形势：地形和地势。改观：改变原来的样子，出现新的面貌。

⑨ 绌：不足。

⑩ 至于：到了……地步。江河所趋：犹一去不返。

⑪ 盐纲：运送盐的商船队。纲，意指运输团队，通常十船为一纲。盈缺：指盈亏变化。故：所在。《说文·支部》："故，使为之也。"

⑫ 淮界：唐宋以降，我国各盐场均有政府划定的"行盐地方"即盐界。明清时期，淮盐的"行盐地方"大致包括江苏省长江以北（江苏徐州除外）和南京周围地区（安徽广德州除外），河南省的南阳汝宁二府、陈州，以及安徽、江西、湖南、湖北四省的大部分地区，是为"淮界"。明清时期，淮界之内，只能行销合法进入该地区的淮南引盐，即"淮盐"，其余均为私盐。（参见方志远. 明清湘鄂赣地区的"淮界"与私盐 [J]. 中国经济史研究，2006（3）：104-113.）

⑬ 淮：指淮盐。

⑭ 部位：指在全国盐政中的地位。

⑮ 稍与：稍加。移徙：改变；变动。

⑯ 产数：生产数量。

⑰ 资：凭借。羡余：清代州县在正赋外增征附加额，这部分收入除去实际耗费和归州县官吏支配者以外，其余的解送上司，谓之羡余。

⑱ 脱档：指盐的生产、供应因故中断。

垣①，遂成官私杂糅②之局。彼制造者几忘其为官为私，故海盐产地，官私之间，最为紊乱，不必为之辨也。

内陆盐矿，在西北二部者浮露于地面③，咸泽是也；在南部者蕴蓄于地中④，卤井是也。边墙⑤以北咸泽之盐，犹是海盐性质，何也？横互东西七千余里之沙漠，上古之海底涸而为陆者也。唐虞⑥洪水以前，海水所潴，间隔亚洲之南北，遂为南亚、北亚之界海。东通太平洋，西达地中海，南亚四面，皆有海水环之，吾国适据其地。古人四海之说，余别有四海考，其说极详。固非凿空之谈。及乎洪水泛滥，倾覆山谷，地面⑦经最大之变动，其遗迹未泯，尚⑧于沙漠著焉，沙漠既为大海，是以水痕所渍，地味最咸，行潦潢汗，悉具纯粹之盐质。附近故岸⑨，亦无不沐浴其旧泽。天生之盐，随在随采，苟劳手足，不煎而食。西起新疆，东迄关东，北接外蒙古，南沿长城四省，包有绝大盐场，几分国境之半。惟是地广人稀，利源未辟，国家视为荒徼⑩，屏诸盐政之外，未尝有所经营，从而宽其禁令，驼马升斗⑪之货，浸灌入口者⑫，为数至微矣。近年黑龙江将军设局试办珠尔毕特及巴彦察罕诸泡盐，奉天、吉林二省，直隶之热河，颇收蒙古盐税。东南一隅之计，犹无端倪也。若夫长城以南，盐矿之上源，出于西藏，而盛于青海，散布于内地。蕃服⑬事实，殊不足征。十八省之有盐矿者，凡十五省，山脉矿线，界画分明，以东昆仑言之，自青海以东，近世地理家谓之东昆仑。由积石西倾⑭循秦岭中干，至于中州⑮，可分两大部分：北麓如

---

① 场：指盐场。垣：两淮盐场贮存盐的地方，因周遭筑有墙垣，故名。
② 杂糅：混杂糅合。
③ 地面：土地的表面。
④ 地中：土地的下面。
⑤ 边墙：这里指长城。
⑥ 唐虞：唐尧、虞舜的并称。传说中的上古之世。
⑦ 地面：指地球的最外壳。
⑧ 尚：久远。
⑨ 故岸：指洪水泛滥前的堤岸。
⑩ 荒徼：荒远的边域。
⑪ 驼马：骆驼和马匹。升斗：升、斗均为容量单位，比喻产量较小。
⑫ 浸灌：以水的浸灌比喻盐引的逾越界限。口：关口；口岸。
⑬ 蕃服：泛指域外或外族。蕃，通"番"。
⑭ 积石：指积石山，位于甘肃兰州西南。倾：偏侧。
⑮ 至于：抵达。中州：中原地区。

甘肃、陕西、山西诸省，及直隶之关外诸属，皆为池盐之产地，而碱盐①附焉；南麓如四川、云南、贵州、广西、湖南、湖北诸省，皆为卤井所在，而崖盐、石膏盐间焉。河南、安徽为中干②余脉，随落之平原，江苏、山东之一部分，又承其下；盐矿之脉，此为边境。所含盐质，沉淀于浮沙卤土者，皆为硝土、碱盐。盖陇蜀③交界之区，洮岷④二流域间，盐脉所团结，为主要之矿源。此部分土崖之间崖盐尤多。其支峰出两翼，北伸六盘⑤，南突云岭⑥，使长江、黄河曲数千里，其间甘肃、陕西、四川、云南、贵州五省，并扼矿线，遂为内地绝大盐场。广西之西北二部，湖南、湖北之西边，所与山连壤诸州郡，亦其界线所包，不难尽人力也。江西附南岭⑦之背，北乃限于长江，中干散支，漠然不相依附，盐矿之单薄，理有必然。全国产盐最少之地，仅此而已。因地相以证矿线，盐产多寡之量，宁待辨哉？今官盐区域，约占七十州县，而河南、安徽、湖北、湖南、贵州、广西六省，直以为盐之境，徒役民力，费民财，汲汲专挹注⑧黄海之水，河南、安徽、湖北、湖南、贵州皆有淮盐引地。以恤淡食⑨，功德似甚伟者。土著小民，窃发⑩遗秉滞穗⑪之利，则又入人于罪⑫，务塞其井，夷其灶，毁其池，闭其洞，勿使稍有萌蘖。其实江西以外，私盐之事业无已时也，特无⑬官产混杂其间，可谓为纯粹之私盐，非若海岸之私出于官耳。

---

① 碱盐：食盐的一种。[明]李时珍《本草纲目·金石五·食盐》："并州、河北所出，皆碱盐也。刮取碱土，煎炼而成。"

② 中干：指昆仑山中干山系，即黄河和长江之间的山系。包括四川、陕西、河南、湖南、安徽、山东诸省。其山脉由蜀汉而来，一支至长安，而尽于关中；一支下函谷，以至嵩岳少室，支尽泰山；另一支自潘冢汉水之北，尽于扬州。

③ 陇：甘肃之别称。蜀：四川之别称。

④ 洮岷：洮河和岷江。

⑤ 六盘：指六盘山。位于宁夏回族自治区南部和甘肃东部，南北走向。山路曲折盘旋六重始达山顶，故名。

⑥ 云岭：山岭名。位于云南省西北部，近南北走向。因山高多云而得名。为澜沧江、金沙江的分水岭。海拔4000米以上，高山部分常年积雪，故又称大雪山。

⑦ 南岭：我国南部湖南、江西、广东三省及广西壮族自治区边境山系的总称。是长江流域和珠江流域的分水岭。由越城、都庞、萌渚、骑田、大庾五个山岭组成，一称五岭。

⑧ 汲汲：忧惶不安貌。专：只在意。挹注：注入。

⑨ 恤：周济。淡：少盐或无盐谓之淡。

⑩ 窃发：窃取。

⑪ 遗秉：成把的遗穗，滞穗：撒落的谷穗。《诗·小雅·大田》："彼有遗秉，此有滞穗。"

⑫ 入人于罪：指断案不断，将罪名强加于人。

⑬ 特：竟。无：没有。

二、私盐之产地

官盐场所，无海与陆①，其地位有定②，岁出有数③，旧制相承，不得稍稍进退。而溢额之制造，以及邻近之海岸湖泊④井泉，委弃⑤于政令者，遗秉滞穗，民阴食其利焉。是官盐区域，未始⑥无私煎私扫在也，况官场⑦所在，海岸既易迁移，矿脉亦多改变，则引潮或远近，卤气或浓淡，盛衰不常？今昔殊异，犹拘拘于从前之界画⑧，莫由遽更成法⑨，此有所盈，彼有所亏，盈者无可增，亏者无可减，仅得私相授受，衰益⑩多寡，使之适如分剂⑪，姑为是弥缝之计云耳。又其甚者，丰收而付诸私贩，歉收而取诸私灶，官私之所出入⑫，益复糅杂。故芦齐淮浙闽粤潞蜀滇诸场，其间私产且过半矣，此私产者不啻官场之附属品，非纯私也。滔滔皆是，宁暇具述之哉⑬！

所谓私盐产地者，天然之生，阜民财用，其地址与物质⑭，为政令所弗许，而觖法之徒⑮，据为恒产者也。盖盐质蕴蓄，不独此数省之海湖井水，以吾大地多矿，随在皆可致之。四亿方里以内，奚啻⑯融盐造成之地壳哉？自政府视之，惟此数省之海湖井水，乃得为盐，非此数省之海湖井水，则不得谓之为盐。区域至广，界限至狭。所取所舍，政失其平，而官私相持⑰，商民相疾⑱，各个逞其势力，战争未尝少休⑲。于是寥寥有限之官场，不能敌漫涣无纪之私产，夫亦自然之驱迫矣。故内地十八行省以及长城缘边，无地无盐，即无地无私产，自

---

① 无：无论。海与陆：沿海与内陆。
② 地位：指在全国盐政中所处的位置。定：相对稳固。
③ 岁出：年产。有数：指定额。
④ 泊：《国粹学报》原文为"治"，有误，迳改。
⑤ 委弃：抛弃。
⑥ 未始：未必。用于否定词前，构成双重否定。语气较肯定句委婉。
⑦ 官场：官方经营的盐场。
⑧ 界画：规定。
⑨ 莫由：无从。遽：仓促。更：改变。成法：旧有的典章制度。
⑩ 衰：减少。益：增补。
⑪ 适如分剂：恰到好处。
⑫ 出入：犹串通。
⑬ 宁：岂。暇：得空。具：全部。通"俱"。述：陈述。
⑭ 地址：地点。物质：指生产设施。
⑮ 觖法之徒：不法之徒。
⑯ 奚啻：何止。
⑰ 相持：互不相让。
⑱ 相疾：互相仇视。
⑲ 战争：争斗。未尝：未曾。少：通"稍"。休：停止。

海疆外，吾姑言内陆之最著者。

（一）黄河流域

直隶省境。遍于顺天府、天津府、赵州、深州、顺德府、大名府、朝阳府、承德府，诸属。其中别有三类：在天津南之盐山，则矿盐也。深赵间及大名近河①之低地，淤沙卤土，随煮而成，则土盐也。此诸州郡，或因产硝而取盐，则硝盐也。北部边墙附近与草地一带产碱之区，所谓碱地产硝，硝地扫盐者，则碱盐也。

山东省境。如东昌府、曹州府、济宁府、兖州府、沂州府、青州府产硝之区，所谓锅面为硝，锅底为盐者，皆硝盐也，而曹东之间为最旺。

河南省境。如开封府、归德府、陈州府、汝宁府、河南府、怀庆府硝碱诸池，及故河②淤地，所谓飞沙碱土者，随地皆可淋煮，颇与直隶相似，较尤富焉。往者开封诸州县，间弛淋盐之禁③。通常之税法，凡民一户，月纳焰硝六十斤小盐三斤。二百年前，罢硝而月纳盐，后并罢之④。近年复许制硝，而盐禁如故。小盐者，硝盐也。

山西省境。无州郡不产盐者，大率池盐最多，碱盐次之，硝盐又次之，石膏盐为最少。边墙内外，富于碱盐。解州、平陆⑤间及汾州府，则食有硝池，与石膏之盐。

陕西省境。以榆林府、绥德州、乾州，同州府之蒲城荡，称最旺，皆池盐也。而榆绥间及延安府，则兼有碱盐。

甘肃省境。如庆阳府⑥、平凉府、巩昌府、秦州⑦、阶州⑧、凉州府⑨、甘州府⑩、肃州⑪、安西州⑫，皆多池盐。而庆秦巩阶间，则兼有硝盐。安西兼有石膏盐。巩昌则兼有岩盐。阶州之成县⑬仇池山下，氐族煮土为盐，产额尤盛。

---

① 河：指海河。

② 河：指黄河。

③ 间：偶尔。弛禁：解除禁令；放宽禁令。淋盐：亦称"脱盐"。

④ 并：一齐。罢：停止。

⑤ 平陆：今隶运城市。

⑥ 庆阳府：宋置。故治安化县（今庆阳市庆城县）。民国府废。

⑦ 秦州：今天水市辖区。

⑧ 阶州：今陇南市武都区。

⑨ 凉州府：今武威市。

⑩ 甘州府：清雍正三年（1725）置。故治张掖县。民国府废。

⑪ 肃州：今隶酒泉市。

⑫ 安西州：清乾隆年间由府改置。故治甘肃安西城。辖敦煌、玉门二县。民国改为县。

⑬ 成县：今隶陇南市。

甘州之山丹县①西，红盐池则产红盐。

（二）长江流域

江苏省境。徐州府属富于硝盐，亦有少数之石膏盐。

安徽省境。凤阳②、颍州③二府间，皆有硝盐。凤阳亦有石膏盐。安庆府属则有矿盐，俗所谓秋石也。

湖北省境。西边诸郡，颇多盐泉，官书称其隐见不常，非实录也。郧阳府④则兼有石膏盐。宜昌府⑤则兼有硝盐。

湖南省境。西南近边，桂滇蜀接界之地，皆有盐矿。而永州⑥永顺⑦二府，产硝之区，亦兼制盐。

四川省境。诸府厅州县及草地夷疆⑧，无不可以凿井取盐，卤或枯润，产或盛衰。其已废者、初浚者、非辖于官场者，皆称私盐，盐井最多，盐岩次之。而嘉定府及眉茂⑨二州，别有硝盐。茂州灰碱、龙安府山碱之产地，则别有碱盐。就中硝碱盐类，为数最少。

云南省境。盐矿之广，盐井之富，未必亚于蜀也。官场辖境有限，逾其域者皆私盐矣。就中岩盐最少，且无火井⑩。楚雄府则有石膏盐。

（三）粤江流域

贵州省境。山溪池沼间，往⑪有盐，近年外人⑫之探矿者，颇称道之；盐味之厚，不若井水。贵阳府贵筑县⑬之大水塘，开州⑭之洗泥坎，平越州⑮之盐

---

① 山丹县：今隶张掖市。
② 凤阳府：明置。故治凤阳县城。
③ 颍州府：今隶阜阳市。民国府废。
④ 郧阳府：明置。故治湖北郧县。民国府废。
⑤ 宜昌府：清雍正十三年（1357）置。故治东湖县。民国府废。
⑥ 永州府：明置。民国府废。今永州市。
⑦ 永顺府：清雍正七年（1729）置。故治永顺县。民国府废。
⑧ 夷疆：指"苗疆"的某些区域。
⑨ 茂州：唐置。故治汶山（今茂汶）。清升直隶州。民国改州为县。
⑩ 火井：能生产天然气的井。
⑪ 往：过去。
⑫ 外人：外国人，如美国人、法国人等。
⑬ 贵筑县：清康熙二十六年（1687）置。贵阳府治此。1957年废入贵阳市。
⑭ 开州：明置。民国州废。今开阳县。
⑮ 平越州：今福泉市。

坪，镇远府①之施秉县，思州府②之清溪县，皆其制造场也。而都匀③、思南④、安顺⑤三府属，土人凿井最多。大定府⑥则有大盐湖。

广西省境。西边近滇诸属，中多盐矿，而猺疆⑦尤盛。土族不煎炼，游民往往入山凿井，其接越南界者，颇亦负贩出境焉。至太平府城以北，毗连诸土司境之青连山脉⑧，绵亘百数十里间，浮土⑨皆可制硝为盐。别有淋灰而成或蕨灰所余⑩，零星散布，遍于全省；则穷巷⑪小民自制自食，不列于贩卖品也。

（四）闽江流域

福建省境。永春州⑫有矿盐。

（五）钱塘江流域

浙江省境。杭州府属，及处州府⑬属之石膏山中，有石膏盐，产数特微。

内地诸行省，私制之地，约举如此。所占地面⑭，已多于官盐区域。然而矿质富厚之山原⑮，未经民间发掘者，以矿脉计之，其幅员广袤，尤数倍焉。或曰内地十八省境，独缺江西。南岭北麓，犹有无盐之省乎？予曰否否。往日度地⑯于赣，赣所辖境，周历几遍，察其土俗，未闻有私制者。贩卖之徒，大率度岭

---

① 镇远府：明置。故治镇远县。民国府废。
② 思州府：明置。故治思县（今岑巩县）。民国府废。
③ 都匀府：明升安抚司置。民国府废，改都匀县。今为黔南州首府。
④ 思南府：明置。故治安化县（今思南县）。民国府废。
⑤ 安顺府：明置。民国府废。
⑥ 大定府：明置。民国府废，设大定县。今为大方县。
⑦ 猺疆：指"苗疆"的某些地区。猺：旧时指瑶族。
⑧ 青连山脉：在广西崇善县北十里，山色青碧，绵亘二三百里。
⑨ 浮土：地表层的松土。
⑩ 淋灰：水淋灰中，瞬息即干。蕨灰：蕨类植物烧制而成的灰。贵州不产盐，食盐长期靠外地盐输入，主要是川盐、滇盐、淮盐。但运至贵州后很贵，平民百姓买不起，被迫淡食。不少苗族人不得不以蕨灰为盐，理由是蕨灰里含有微量盐碱味，否则难以下咽。即乾隆《贵州通志·苗蛮》所谓"艰于盐，用蕨灰浸水"是也。徐珂《清稗类钞·饮食类》"苗人之饮食"条下亦云："黑苗在都匀八寨镇远清江古州……又以猪鸡羊犬骨杂飞禽连毛脏置甕中，俟其腐臭曰醶菜。食少盐，以蕨灰代之。"
⑪ 穷巷：偏僻地区。[唐]高适《行路难》："东邻少年安所知，席门穷巷出无车。"
⑫ 永春州：清雍正十二年（1734）置。民国府废。今隶泉州市。
⑬ 处州府：元末置。新中国成立后，设丽水专区。
⑭ 地面：指地面面积。
⑮ 山原：山陵与原野。
⑯ 度地：测经纬度。

而南①，取之闽粤，奔走至千余里。盖深信夫本境乏此物质也。予览志乘，及于瑞袁②之间，有疑焉。瑞州府③之新昌县，亦以五盐为号，解之者曰：五盐岭下，盐池、盐溪、盐州、盐泊、盐步，实环兹山，故合称五盐，自南唐时已然。取名于盐，非无故矣。宋置县于盐步镇，割高安、上高、太和等八县之地以附益之。苏辙又尝谪监筠州盐酒税，作《东轩记》。按南唐筠州，入宋改为高安，固与新昌毗连者，当时设官收税，足为土产出盐之确据。予游盐岭盐溪之际，饮涧酌泉，其咸味逾于④他水，而九宜洞一带，盐分尤多。继此西行数十里，过黄冈洞，重岩复嶂，老林蔽天，土人窃往伐木，累月不出，所需食盐，率汲咸泉入馔⑤，乃谓以此代盐；其味良于淮产，是瑞州西部，明明有盐矿也。《袁州府志》称：宜春县之鸡足山，在县北八十里旌行乡陈重里，山下胜因寺，寺背有石孔，日出盐以足寺用，后有利者，斫而大之遂止。予谓此实盐岩；寺僧托神奇之说，以杜绝觊觎耳。鸡足之脉，发源于仰山，盐界矿线，度⑥亦蜿蜒相承，散布瑞袁之西境，民牖其智，宜有采掘之日欤。吾谓内地十八省，无省无矿，岂謷言哉！

内地以北，沿边四千余里，草地沙碛之间，汙流行潦之水，潴为池泊湖海泺泡淖尔⑦，络绎不断者，皆咸泽也；沉淀之卤，自然结晶，而青盐、红盐尤易捞取。以视内⑧诸省，煎扫于火耗⑨，日炙⑩之余，必尽人力而后得食者，劳逸之间，天壤悬绝⑪。其地故在口外，辖于蒙古旗面，然逼近边墙，随在可以入关，但假运输之便，无待制造之烦，成本最轻，价值⑫最贱，蒙汉人之交易南北者，梱载长驱⑬，吏亦弗诘，其浸灌之散漫，在私盐中为独广。虽不产于内地，实夺内地之利，固私盐中之最无限制者也。产地之寥廓，孰与比焉？此一部分，

---

① 度：过。岭：指南岭。南：向南。
② 瑞袁：瑞州和袁州。清瑞州府治高安县，袁州府治宜春县。
③ 瑞州府：明置。民国府废。
④ 逾于：超过。
⑤ 馔：饮食。
⑥ 度：估计。表测度。
⑦ 淖尔：蒙古语，湖泊。
⑧ 内：内国。谦辞。
⑨ 火耗：清朝于正规税粮或税金之外的一种附加税。
⑩ 日炙：日晒。
⑪ 天壤悬绝：比喻相差极远。
⑫ 价值：价钱，价格。
⑬ 梱载：见 P109 注⑩。长驱：长途向前驱驰。

出碱①丰富，亦有无穷之盐，蒙汉人民不暇提炼之矣。

　　私盐之制造，大都有定址②焉。其尤奇且诡者，则无常所③矣。自来防私之术，近则监守场灶，远则巡逻道途，密布网罗，以塞弊窦，而不知诪张之幻④，非寻常人事所能亿逆⑤也。吾尝来往⑥长江及吴越海堧间⑦，恒见舳舻衔接，满载灰草，经过关津，检察数四，皆稔其为濡湿之灰质，农夫运以粪田，不复更有他异⑧。予窃疑之询诸行路者，使试其味，乃恍然焉。盖沿海区域，自就地煎扫私盐外，狡黠之徒，俟其卤气浓厚，辄汲咸水刮晶卤⑨，和以草灰，汛⑩之出境，至于⑪所贩之地，然后入水加火，略如地灶之法。凡灰一石，得盐可三四斗。通船之河港，皆其制造场也，距海而遥，无虑⑫数千百里，人力之施，未尝择地，若夫烧蒲包⑬而拾余烬者，所淋⑭殊微，不足数焉⑮。

　　夫民生所需，资乎地利。匹夫役力，以食山泽之毛。其取其舍，不令而行，亦非国家所能屈抑⑯，此固自然之势也。中原立国，农以为本。勤民之事，务使穷尽地利，乃自稼穑种收而外，不容更议其他⑰。物地受图⑱，未尝识别咸淡。金石之矿，土壤之膏，有施畚锸者⑲，比诸作奸犯科，深闭固拒，以为得计，一若无与于地利，又从而疾之焉。盐特一端已耳。滋味之和，必不可缺，竟至奇

---

　　①　碱：专指纯碱，可发面、去污。
　　②　定址：确定的地址。
　　③　常所：固定的场所。
　　④　诪张：欺诳幻惑。《书·无逸》："民无或胥诪张为幻。"孔传："诪张，诳也。君臣以道相正，故下民无有相欺诳幻惑也。"
　　⑤　人事：人和事。亿逆：逆料；测度。
　　⑥　来往：往返。
　　⑦　吴越海堧：泛指江浙沿海地区。
　　⑧　他异：其他值得怀疑的地方。《菜根谭》："人品做到极处，无有他异，只是本然。"
　　⑨　晶卤：晶间卤水。
　　⑩　汛：洒水使濡湿。
　　⑪　至于：到。
　　⑫　无虑：大约。
　　⑬　蒲包：淮南盐场以蒲草绳捆扎的盐包。
　　⑭　所淋：以汗水换来的。
　　⑮　不足数：可忽略不计。
　　⑯　屈抑：使屈服、退让。
　　⑰　其他：指我国古代重农抑商之外的政策。
　　⑱　物地：指土地、山川、河流、矿藏等。受图：载入图册。
　　⑲　畚锸：掘运泥土的工具。畚：畚箕。锸：铁锹。施畚锸：犹开采。

货居之，赤卤①盈野限制其区域，视为天锡之殊珍，非复寻常地利所恒有也。由管子②以下，评议盐法之徒，大率详于利弊，略其产地，不知利所从出，弊所从入，在在皆丛集于产地。生之有源，取之无穷。不能以人力绝天产，即不能以法禁遏民欲。出其至愚极蒙之策，讳称地利，掩蔽天下之耳目，容有③济乎？溃决堤防，破裂罗网④，凡夫产盐之地，其弗潜伏营业者，盖亦鲜⑤矣。

盐法之设，所以范围⑥货利者，非不周密也，严厉也。顾贩私者，飘忽之踪迹，犹可扼绝要津，而制私者散漫⑦之地址，莫由墐塞窟宅⑧。纵使家列监兵，户置逻卒⑨，人有手足，束缚其何加⑩焉。于是尺地寸土，无不产盐之区，即无不制私盐之事矣。自执政者视之，方谓吾民诪张为幻，以争骫法⑪之利。浸灌飞洒⑫，其害无形，盖十万千倍于贩私之弊也。疾之愈甚，防之愈艰。法纪既穷，更设词以愚黔首曰⑬：凡在官场区域以外，地面⑭之所发生，未经公家许可者，虽含咸味，实非纯盐，毒物固不中食，食之足以伤生⑮。违事实而诬天产，其谁信之哉？

吾述私盐之产地，慨然于盐法之无效。吾非许私制也，民智未牖，物质未明，究之可采可制之斥卤盐矿，凡吾版图，何所蔑有，政令不足以容之，知识不足以济之，蛇行狙伏⑯，窃发左藏⑰，仅仅得此纤尘微芒⑱，地利之弗尽，尤

---

① 赤卤，谓土地因干旱泛出盐碱。同"斥卤"。

② 管子：指管仲。

③ 容有：或许有。

④ 破裂：冲破撕裂。罗网：法网。

⑤ 鲜：少。

⑥ 范围：限制。

⑦ 散漫：分散；不集中。

⑧ 莫由：无从。墐：用泥涂塞。《诗·豳风·七月》："穹窒熏鼠，塞向墐户。"窟宅：犹窝点。

⑨ 户：每户。逻卒：巡逻的士兵。

⑩ 何加：从哪里下手。

⑪ 骫法：枉法。

⑫ 飞洒：特指明代地主勾结胥吏逃避赋税的一种方法。明代大地主为逃避赋税转嫁到农民头上，分别写在贫困户、逃亡户及无地农民名下，名曰"飞洒"。清中叶摊丁入亩后，始少见。

⑬ 设词：托词。愚：糊弄，欺骗。黔首：老百姓。

⑭ 地面：本地。

⑮ 伤生：伤害生命。

⑯ 狙伏：伏伺。

⑰ 左藏：古代国库之一，以其在左边，故称左藏。这里代指国家资源。

⑱ 纤尘微芒：比喻获利甚微。

吾所痛惜者也。欲均盐业，而溥①其地利，则地质②宜先辨焉。

亚洲东部，当唐虞洪水以前，四面缘边皆海。其时中国界外，亦无大陆毗连。故世俗恒言，每称四海，盖有事实可征矣。予别有四海说。及最后之大地震，而海底隆起，尽改旧观，流沙就燥，群岛相接，轮廓周遭，不复孤悬海上。神禹荒度③土功，至于今兹之肇域。江河下游，继续淤垫，鲁吴闽越之洲渚，并以崖岸固东鄙。古海之遗迹，殊无载籍可稽④，亚洲沙漠五区，乃其确证。沙漠者上古已涸之海，而平原则其冲积地也。昆仑山系东至渭水流域，此一部分，实含无量之盐矿，分水四注，刷盐入海，洎乎⑤海升为陆，属于中国境内者北为沙漠，东为平原，沙漠无论矣，平原下隰，历久不能养淡，地脉流出之水，若井若湖，地面⑥蒸结之气，若硝若碱，悉自卤土发生，犹是海盐之性质也。淮水北岸，尽于沙漠沿边，东西数省间，皎日朔风，地衣皴裂⑦，非苔非藓非笋非菌之牙硝牙碱，散布郊野，一白茫茫者，盐霜盐块，不可胜收。盖此区域，固山脉陷落之地，古海所沉淀，故储藏益富欤。山泽海陆之产，昆仑乃其祖山。盐矿上源，孕育于新疆、西藏。三条⑧歧于青海，其后最长之脉，惟在漠南东北行耳。中干处四川、甘肃之交，起顶为岷山，而巴山、六盘两支，蜿蜒秦晋陇蜀，盐矿最富；更东乃其余脉，楚豫以下，未尝采掘矣。若夫南干⑨带山，突出为云岭，盐矿盛于滇黔；其正干横断而南，新生东行之支峰，矿脉薄弱。而南岭诸麓，发见较难，要不得谓盐矿尽于是也。世之谈盐法者，但知盐为天生之奇物，

①　溥：广大，周遍。
②　地质：指地壳的成分和结构。
③　神禹：指大禹。荒度：大力治理。
④　殊无：再也没有。载籍：典籍。稽：查。
⑤　洎乎：等到。
⑥　地面：大地的表面。
⑦　地衣：地表。皴裂：因干燥而开裂。皴：《国粹学报》原文作"皱"，有误，迳改。
⑧　三条：我国古代堪舆家以南海、长江、黄河、鸭绿江四大水域，将中国山脉地势分为三大部分，即北条、中条和南条；皆以昆仑山为起点，亦称昆仑三条。
⑨　南干：指昆仑南干，即我国长江以南区域诸山系，包括云南、贵州、湖南、江西、广东、福建、浙江、江苏诸省。其主脉祖于岷山，岷山夹江两岸而行，左边一支，去江北形成许多分支。右边一支，分散至湖南闽广，而东尽于两浙南京。其一支渡桂岭，包湘源而北，经衰筇之地，尽于芦阜。其一支自南而东，包彭蠡之原，渡歙黄山，以尽于南京。又自天目山分一支，尽于浙江。南干系山脉尚有江西山脉，皆从五岭而来，自南而北。闽广之山，自北而南，一支则又尽浙江之原，北首以尽会稽，南尾以尽闽粤，包括岭南山系。

而不知矿山之脉制造①者一举而得自然之利，力所能及，仅此浮露地面②之矿山古海已耳，何尝喻③于盐源哉？

盐之制造法

盐无官私，约分海盐、池盐、井盐、石盐、土盐、硝盐、碱盐七类。物质产地气候所殊，制造之法因亦互异。成于日光风力火伏者，有简繁难易焉。由湿而燥，由流质而液体而固体，人工所施，可综之为煎炼、晒扫二大类：煎者熟盐，人造者也；晒者生盐，天然者也。同一产地而煎晒不同，同一煎晒而方法又不同。苟欲穷究原理，无亦谓天地之异气④云尔？于是因陋就简，不求精纯。豪商巨贾，登垄断而求利，而于致利之源，恒昧然⑤焉。其色秽浊，其味苦齝⑥，犹是驱迫行酤⑦，夫亦何所恤哉！外人挟其霜雪之质，益以甘和之资⑧，与吾争什一⑨，将使蹶而不起。彼无解于眉睫之祸，欲保兹业，尚⑩其知所反⑪也。

（一）淮南盐。食额所需，海盐为最重，而井池次之。海盐六省，又以淮产引地为独广。予淮人也，往来通扬淮海⑫间，少少习其故事⑬，故先述淮盐之制造法。淮界二十三场，以淮水两岸之分，南岸二十场，煎于灶，北岸之场晒于地。淮南产地，南起长江海口吕四场，北迄故淮水海口庙湾场⑭，与范公堤⑮为平行线。凡作亭置池，视海滨之地有卤气者，平治之，谓之笕场。是时最要之务莫如蓄草。煎盐以草为根本之计。草有红白二种，红色力薄，白色力厚，皆

---

① 制造：构造。
② 地面：指地表。
③ 喻：通晓，明白。
④ 无亦：不也。谓：称。异气：气候不同。
⑤ 昧然：昏茫无知的样子。
⑥ 齝：苦。《尔雅·释言》："卤齝，咸苦也。"《国粹学报》原文为"龄"，有误，迳改。
⑦ 驱迫：驱赶迫使。行酤：买酒。引申为谋利。
⑧ 甘和：犹丰厚。资：经营工商业的本钱和财产。
⑨ 什一：泛指经商。《史·越王勾践世家》："候时转物，逐什一之利。"
⑩ 尚：希望。
⑪ 反：通"返"。
⑫ 通扬淮海：指南通州（南通）、扬州、淮州（古名淮阴、清江浦）、海州（连云港）。
⑬ 少少：通"稍稍"。习：熟悉。故事：例行之事。
⑭ 庙湾场：今属江苏阜宁。1931年2月，与盐城新兴场合并。
⑮ 范公堤：阻挡海潮侵袭的海堤，北宋天圣二年（1024），泰州知州张纶采纳范仲淹建议而筑，故名。北起今江苏阜宁，历建湖、盐场、大丰、东台、海安、如东、南通，抵启东吕四，长近300公里。是当时苏中、苏北海岸之所在。明、清二代，堤外平陆东进60公里。其地现已垦为良田，自阜宁至东台段已筑成公路。

含咸味。约草十束，煎盐一桶，桶①容二百斤。草生于荡，范堤内外为放荒②之所，官以荡地与灶户执业③，隶于场所，使之按灶配引。通常草荡五亩至十五亩，借盐一引，沙荡三亩至十九亩，借盐一引，引约两桶④。白草不得贩卖，堤外之荡不得垦田。产有丰歉，则价有低昂，而盐之消长随之；此种草之法也。及其取卤，于天未明时，摊煎盐草灰于亭，俟一二日，灰色黝然⑤，远望若白光，则知卤气已升。豫⑥于高处凿池，入潮⑦相和谓之灰池，亦曰灰亭⑧。其低处别有一池，以芦管通灰池，使灰水澄清灌注，以石莲试水之咸否，卤之浓淡。卤成则蓄以待煎，谓之卤池。凡淋灰之期，夏令为旺月，盐花易起，春秋则递减，严冬盐花入土，非数日西风不能成也；此淋卤之法也。至开煎时，设盘镬⑨于灶舍，注卤烧草，火气⑩将足，锅中起大泡，则点⑪以皂荚汁而成盐。盘镬之制，并由盐官铸铁，分上中下及上中中下五等。上盘一角⑫，上镬一口，制盐一桶二分，最下仅三四分⑬耳。每一灶户受几盘几镬；煎一昼夜为一火伏，每一火伏得盐若干为定额。当火起时，灶丁告之灶长取旗牌，火止则灶头稽其时刻⑭，缴旗牌于灶长，此煎卤之法也。灶曰灶户，煎者曰煎丁，亦称灶丁。灶具盘铁之类少，锅镬之数多；皆不得私为增减。计盐之物，场一铜桶铁砣⑮。

按近年南盐产额奇绌，时时脱档。虽由海岸东伸，潮远卤薄，然草荒价贵，

① 桶：每桶。
② 放荒：清政府针对抛荒之地，采取的将无主荒地分给流民及官兵屯种，并由官府发给印信执照、永准为业的措施。亦称"官荒放垦"。
③ 荡地：清制，凡在江河湖海沿岸积水未曾筑堤开垦之土地。荡地开垦成熟后，亦应按则起科纳赋。但由于荡地常受水渍，产量较低，故田赋较轻。执业：指从事盐业生产活动。
④ 引：每引。两桶：每桶两百斤盐，两桶合四百斤盐。
⑤ 灰色：灰的颜色。黝然：深黑色。
⑥ 豫：预先，同"预"。
⑦ 入潮：引入潮水。
⑧ 灰亭：亭场的别称。亦称"晒场""灰场""亭场"。
⑨ 盘镬：盘子和镬子。明代至民国初期，淮南盐区用以煎盐者。盘：指盘铁，煎盐工具，状似大锅，铁制。镬：即烧盐用的敞口锅。
⑩ 火气：火热之气。
⑪ 点：液体的小滴。这里作动词用。
⑫ 一副盘铁重 5000~6000 斤，分为四块，亦称四角，每角又分五等。平时分户保管，以防私煎私熬。使用时用铁栓拼成一盘，称为团煎。
⑬ 二分：指 0.2 桶。一桶二分：指 1.2 桶，合盐 240 斤。三四分：指 0.3 桶或 0.4 桶，合盐 60—80 斤不等。
⑭ 灶头：六合方言谓"灶"为"灶头"。
⑮ 场：每个盐场。一：一个（件）。铜桶、铁砣：均为盐场生产工具。

实为祸原。灶丁方困苦无告，豪猾又争垦荡田①，两害相乘②，灶丁逃亡多矣。今草一石，值钱五百文，需两石草煎一桶盐，而垣商桶价③，仅给钱九百文。人非至昏极愚，孰甘折阅④从事者，无怪煎丁之废煎也。丁受商虐，其状至惨。吾历诸场，见灶民裸居而食草，胫肘生盐霜，皆成腊肉，问其何以不衣布食谷，则曰商人层累⑤盘剥而克扣之，日给粮钱十数文耳。盖范堤邻近之民，役力于灶下⑥者，无不同此荼毒⑦。自盐商视之，曾不若犬豕马牛矣⑧。

（二）淮北盐。制造易于淮南，其成尤速。始于海滨治⑨深沟，冬令东北风紧时，大潮卷岸入池，即以芦苇塞缺口，使潮不归海，谓之拿寒潮，此蓄卤也。其盐池掘平地尺许，铺砖围石，俟日暖引卤，晒一二日即起泡，池丁操帚入水，随扫成盐，此扫法也。近小满节，晒扫最利。谚称小满十八扫，盖十八日中，即足一纲⑩之额，过此较迟缓矣。酷暑扫者曰火盐，结晶中空。严寒扫者曰寒枪，形锐而长，成冰花纹；皆不堪用者也。太平局盐粒绝大，俗称旗杆斗，牙色为中正产，微紫则次之。临浦青口⑪白而纤细者，又次之。凡铺池皆准引额、定丈尺，不得私行广大⑫。池丁往往窃削四周，填实泥沙，平筑如砥，谓之沙基。小满引卤所经，不待入池，已结颗粒，授诸私贩，谓之毛盐⑬，岁溢正额，

---

① 豪猾："豪商猾吏"省文。荡田：亦称荡地。同上页注③。
② 相乘：犹相加。
③ 垣商：盐商的一种。明弘治元年（1488）以前称内商。清顺治十七年（1660），两淮巡盐御史李赞元奏准令各盐场设立公垣（盐仓），以便堆存仓盐，在垣内转运于运商，场商统称为垣商。桶价：每桶的价钱。
④ 折阅：折本。
⑤ 层累：逐层叠加。
⑥ 灶下：灶台之下。
⑦ 荼毒：毒害；残害。
⑧ 犬豕马牛：泛指牲畜。
⑨ 治：修筑。
⑩ 纲：为方便说明某年盐的产销情况，行内往往称某年之盐为某纲。清时将每年全国额定所产之盐分成十纲，也就是十份。一纲就是一份。
⑪ 临浦、青口：局厂名。清代《试行票盐章程》规定："于各场适中地，立局厂，以便灶户交盐，民贩纳税。"道光《淮北票盐志略》卷首："板浦场设太平、西临二局，临兴场设临浦、青口二局，中正场设华垛、蒿子头二局，择地设员，以司挈肘。其票三联，一由场大使截缴运司，一存分局，一给民贩。其税始交局商，继交场官，总后总归分司一手收，以专责成。"
⑫ 广大：扩大。
⑬ 毛盐：用海水提炼的传统粗盐。淮北之盐，一向有精盐、毛盐之分，已改捆者为精盐，未改捆者为毛盐，不论精盐毛盐皆须纳课，方准出湖。

不啻倍蓰，公家或收为余盐。南缺北盈，权固操之盐丁①矣。

（三）齐盐。山东半岛十盐场中，制法复杂，有煎有晒，有煎晒并施者。就中近海盐坨②晒扫最为便捷。煎盐之法，候潮取卤，其摊灰刮土③、淋卤试莲诸术，略同他省。登宁、石河、信阳三场，皆煎成者也。海潮最近之场，滩地掘沟一周，深可见水。其前为圆池，以纳沟水，谓之马头。别凿大方池一，旁列小池四，先以柳斗④自圆池汲入大池，一二日后成卤，然后引入小池，数日即成盐矣。或就滩地掘井，周十二丈，上畔次第列五圈，圈外环四池。汲井水入第一圈，灌之使溢，由第二圈递放至第五圈，渐咸成卤，谓之卤台；然后分引四池，亦晒数日得盐。永利、永阜、王家冈三场，皆晒成者也。若西丝、涛洛、官台、富国四场，则煎晒兼施矣。制造之时期⑤，煎在草枯以后，故宜于秋冬；晒藉日光之热，故利于春夏。俗称煎丁目为火烁⑥，其人多盲。晒丁骨为咸浸，其人多跛，憔悴枯瘠之状态，蓬跣若死囚，盖无异于淮南矣。

（四）长芦盐。渤海沿岸沧州八场，煎晒杂用⑦，同于齐鲁。秋刈荡草⑧煎盐而藏其灰，以十一月储海水。春初晴暖，摊灰于亭场，俟其盐花浸合，海水淋之为卤。试卤亦以石莲，特石盐产自广东，非北方所恒有，则取鸡卵⑨代之，沉而下⑩者味淡，浮而横侧⑪者味半淡；其煎皆耗薪火⑫。必浮而立于卤面者，

---

① 权：权力。操：把持。盐丁：从事食盐生产的农夫。亦称"畦夫""场丁"。

② 盐坨：食盐储存的场所，设于各个盐场。即露天盐堆。明初，为减少私盐流出，令各盐场均立官坨。其周遭建有墙垣，建有厅室，灶户生产之盐，尽储于坨中。并以是否在坨为判断官盐、私盐的依据，坨以内者为官盐，以外者为私盐。清因明制。1660 年，令各盐场设立公垣，由场官专司启闭，灶户所办之盐俱令堆贮垣中，如藏私室或垣外者，即以私盐论罪；商人领引赴场、与灶户交易均在垣中进行，经场官验明后放行。倘若有私贩或夹带等弊，该场官员一并重处。至晚清时期，由于政府对盐业生产的控制力度减弱，官坨制不复存在。场坨多为灶户所有，专用于储盐。

③ 刮土：晒场盛夏二至三日，晒力方足，严冬则西北风犹胜日晒，俟地起白霜，用铁铲收起，名曰刮土。此土俗谓"盐泥"，是制卤的原料。

④ 柳斗：用柳条编织的圆形容器。

⑤ 时期：时间。

⑥ 目：眼睛。烁：烤灼。

⑦ 杂用：混用。

⑧ 荡草：指荡田生长的柴草及芦苇之类的物料。1699 年，曾于江南省海州、山阳诸地设苇荡营，配置官兵采苇，每年可得苇 118 万余束。

⑨ 鸡卵：鸡蛋。

⑩ 沉：没入卤水。与"浮"相对。下：竖直。

⑪ 横：跟地面平行。与"竖""直"相对。侧：向一边歪斜。

⑫ 薪火：柴火。

乃为纯咸。注锅顷刻，投皂荚数片，便凝为盐，约十二时为一火伏①，一伏六锅，锅②约盐百斤。诘旦出坑灰③，复摊于场，渗取盐霜④，以待取卤之需。灰以年久为良，谓之老灰，含卤最厚，成盐尤多故也。大旱土燥，湿气降而不升，则盐花难结⑤。久雨沾润客水⑥，亭场沮洳⑦，则晒灰易于消蚀⑧。于是产额之盈绌⑨，视其雨旸⑩何如；此煎盐之法也。石牌、济民、归化三区域用之。沿滩掘沟候潮，旁筑晒池九级，或七级，皆因斜坡为高下。潮退取绳系柳斗，两人戽⑪沟水入首池，灌满晒足，引入次池，其首池空者复实之，旋灌旋注，循环不间⑫。自第一池至第九池，按石莲直立，知已成卤，趁晴就曝，一日得盐；此晒盐之法也。兴国、富国、海丰、严镇四⑬区域用之。其半煎半晒者，丰财、越支、芦台凡三所。

按芦产粒盐之味，逊于末盐。俗称晒不如煎。此与两淮南北，北优而南劣者，又相反矣。盖地利限之也。

（五）奉天盐。辽东半岛，西起于貔子窝，东至普兰店，随地可筑盐田，皆晒成者。其地位⑭引潮最近，取卤亦最易，愈远则愈少矣。天气晴爽，出产必旺，雨多则为歉岁，全恃天时地利为盛衰。人工简陋，不足凭也，每田一亩，平均之数，岁约收盐三百石。

（六）两浙盐。浙东西三十二场，皆煎盐也。始于海涂潮近之区，筑地掘草

---

① 时：指时辰。旧时中国把一昼夜平分为十二段，每段称一个时辰，一个时辰两个小时。火伏：盐场术语，烧火用锅煮盐，一昼夜为一"火伏"，每口锅在一个火伏中出盐若干，是有定额的。

② 锅：每锅。

③ 诘旦：清晨。坑灰：坑中的灰。

④ 盐霜：盐渍化的盐分，粉末状，外观似霜。干燥后表面上呈现出白色的细盐粒。

⑤ 盐花：学名"盐结晶"。凝结后形似花，故名"盐花"。

⑥ 客水：本地以外的来水。

⑦ 沮洳：低洼潮湿。

⑧ 消蚀：消耗，消损。

⑨ 盈绌：有余或不足。

⑩ 雨阳：雨水和出太阳的情况。

⑪ 戽：用戽斗抽水。作动词用。

⑫ 间：间歇。

⑬ 兴国、富国：漕运线上的繁华集镇，作为盐场建于元至元七年（1270）。海丰、严镇：南场仅有的两场。《河北省志·盐业志》："明、清时期，井滩主要分布在海丰、严镇两场，以严镇居多，有井二百一十六眼。"四：《国粹学报》原文为"三"，有误，迳改。

⑭ 地位：地理位置。

根,使极坦平,谓之摊场①,亦曰灰场,分上中下三段。潮汛一月两度,以上半月下半月为率②。初三及十八日以后,潮势渐杀,次第炙日光,暑期须二三日,秋冬乃四五日。场地晒足,以严寒西北风起为最燥。视其地面③生白霜,操铁铲削而收之,谓之刮土。此所刮者,三月曰桃花土,六月曰伏土,九月曰菊花土;伏土最咸,桃菊次之。收土之法,附场凿小渠,广四尺,长八尺,渠底傅涂④,上盖刮竹,布净茅,下承小池。一渠容土二十四石,渗清水一周时,水土交融,注池成卤,是为盐卤,池曰卤井。试卤之法,取六七寸长之竹管二支,并缚于细竹竿头,每管置石莲五枚,管口以竹丝隔之,使易漏水,及探管入卤井,卤浓则莲浮,浮三四枚咸味已足,五枚俱浮者尤咸,浮若不直,或横直参差侧卧水上,则嫌味薄,至沉⑤更不中煎矣。煎盐之盘,高一二尺,其形底平如盂,拼凑铁板,和灰卤胶合之,缝既塞结,不复少有罅漏。官司冶铸,铸有定额,民间无私制者。煎卤方沸,入皂荚末米糠杂搅之,俄即凝结成盐。盐色白于淮南,而味微淡。

　　按浙东宁波、绍兴间,亭户⑥治卤,储蓄待沽。板户⑦受而晒之于板,铺板为池。其丈尺片段⑧,皆籍于官,不许少有增益。板底余滓,卤晶若城,农民以为肥料,提炼仍可成盐。贩私者夹带出场,亦一大漏卮⑨也。温州沿海,尽隶福建盐场者,间有晒盐;而平阳⑩之金乡城,产额为盛。

　　(七)闽盐。诸场煎晒混合,煎成者形质较细于晒,有细盐场之称。近灶筑

---

① 摊场:于傍海近潮处,开辟坦地,削去草根,光平如镜,名曰摊场。(陈汉章.象山县志·实业考盐业 [M]. 北京:方志出版社,2004.)分两种,一种是取盐泥之摊场,一种是灰晒之场。摊场分上、中、下三节。近海为下场,以潮水时浸,不易乘晒也;其中为中场,以潮至即退,恒受日易晒土也;远于海为上场,以潮小不至,必担水灌晒,方可开晒也。另一种摊场称为"灰场",其卤水取得靠晒灰。灰场选择在"旁还附团卤地",经牛犁翻耕、敲泥拾草、削土取平等反复施工,使场地宛如镜面光净,四下坦平,方可摊灰晒之。初以泥灰,后以木炭取代泥灰,因木炭易吸附盐分。明清以来,灰晒传统一直延续到新中国成立以后。

② 率:标准。

③ 地面:指摊场的地表。

④ 傅涂:将所刮之土摊开在渠道上。

⑤ 至沉:到沉没的地步。

⑥ 亭户:唐代制盐人家之称谓。因煮盐地方称亭场,故名。宋代京东、河北、两浙、淮南、福建、广南,海盐产区中,专向政府领取本金产制正盐(额盐)归公的盐户。

⑦ 板户:沿海以煎盐为生的人家称"板户"。

⑧ 丈尺:指盐池的深浅。片段:指盐池的片区和节次。

⑨ 漏卮:利益外溢的漏洞。

⑩ 平阳:今隶温州市。

土为斛畎①，引潮积卤，接竹管注旋盘。盘质劈竹编篾②，表里遍敷③牡蛎灰，盛水可以不漏，炙火可以不爇④。《海物异名记》所谓编竹为盆，熬波出素，《南越志》所谓织篾为鼎，和以牡蛎，正指此也。由盘而倾之釜⑤，釜上四周如甑⑥，亦织篾涂灰为釜墙，以深其量⑦，使容多卤，卤沸水耗，耗与釜齐，则盐成矣；此煎法也。晒盐所在，有盐坵、盐埕、盐坎、盐塯诸异名。平地周筑土堤者曰埕，截断之则曰坎，屈折之则曰坵，皆为寻常晒卤之池。因地定制，其实亦无他殊。塯则掘土空其中，窖卤于穴，他处所谓卤窟也。大率取卤之法，始于盐塯。其下承溜池，择潮过最咸之地，铲刮白霜以实之，引水淋灌，渗汁入溜池，反复再淋，已成纯卤，然后注之埕或坎坵，一经日光，便凝结为颗粒；此晒盐之法也。

按闽故岛屿，孤悬海中，秦始列郡而治，其后升为陆地，土质最咸，气候又暖于他处。故卤浓易凝，便于煎晒，晒盐之简捷，尤冠沿海诸场。或曰淮南之东南隅，淤积较闽为晚，而卤薄产绌，煎淋烦琐，不足与闽北并。何也？中国缘边海水，闽粤最深，吴越最浅，而吴为尤浅。浅者味淡，深者味咸。沉淀之矿质有厚薄，含于泥沙者亦有多寡之殊，泥沙浮露崖岸，咸味乃日减矣。况黄海斜面，河湖纵横，随地经流入海，新水时时洗刷之，卤土且养淡，淮南土味，所以不若闽也。

（八）粤盐。生盐、熟盐之名，惟粤有之。南海沿岸，悉属沙滩，故称田曰沙田。诸场收沙晒卤，必俟潮汐。潮汐一月再⑧至，以初一、十六日为期。平时豫耙田沙，使疏散，多浚沟渠，引潮注入，积水沤沙，晒之数日，水泄复翻之，风日所燥，自然浮盐花。一旦遇天落水，则所沤所晒皆无效矣；天落水者，粤俗雨水之谓也。故连阴盈潦⑨，产不足额，以为歉岁焉。盐花既结，蓄沙于塯。塯制有土筑者，有木制者；并织竹筛为底，使通气下注⑩。仍灌新潮以渗沙，及

---

① 斛畎：宋代，福州一带煎盐，已采用用竹管输卤，具体方法是：筑土为斛畎，在宫灶旁以竹管接入盐盘，如畎浍之流。（梁克家．淳熙三山志·土俗类三·物产［M］//文渊阁四库全书：第四八四册．台北：商务印书馆，1987：484-585.）

② 盘质劈竹编篾：指竹制盐盘，亦称"篾盘"。通行于闽、广和浙东地区。

③ 敷：涂上。

④ 爇：烧着。

⑤ 釜：煎盐的锅。

⑥ 甑：古代炊具名。形似盆，底部有许多透蒸气的孔格。

⑦ 深：增加。量：容积。

⑧ 再：两次。

⑨ 连阴：连日阴雨。《文选·谢朓诗》刘良注："连阴，久雨也。"盈潦：积水。

⑩ 使：假使；假如。下注：向下流泻。

乎水漏成卤，可备煎晒之用。晒盐之法，铺石板为池，其平如砥①，其洁如濯。挹卤就日，夏秋日力②最强，一日可以得盐。春冬日力薄弱③，非三四日不凝结也。其煎盐之法，有竹锅、铁锅之分。铁锅容卤无多。一灶三锅，火力必匀，匀则成盐速矣。竹锅大小无定率④，大者周一丈余，小亦六七尺，编篾涂牡蛎灰，与闽制同；更用铁杆为骨⑤，以支柱之。锅底加白蚬壳灰，厚半寸许，使能耐火，而竹质不焦灼。煎卤至半日间，水气耗尽，或入麻仁末或入米粉，点卤成盐。

按粤盐无⑥煎与晒，其收沙晒卤之法，未尝少异。故可煎可晒，不似他省区别场址各有所宜也。惟按地配引，有销生、销熟之界，不容少违成例，而制造殊焉。

右海产七省，分列八区。惟淮南、两浙纯煎盐，淮北、奉天纯晒盐，自余四省则煎晒并参⑦矣。天气地质之所殊异⑧，准乎位置所在，以制其宜，故煎炼犹是也，晒扫犹是也。繁简迁捷，与夫工力成就之原⑨，无或从同者焉。究之取卤方法，可综之为耗潮、刮土、淋灰三大类。徒燥海水，离地面⑩之泥沙灰土，欲其自然结晶，以济淡食，恐非事实之所有也。矿质之沉积于地皮⑪者，必新潮烈日渗之吸之，然后致此纯卤。及需火力日力，则又视其含水量之多寡，易燥否耳。池灶面积占十万数方里，商家坐享其利，弗执艺事⑫，而委诸愚顽冥劣池丁灶户之手，相习为法，宁复知所辨哉？

（九）河东盐。解池周可百里，南北狭而东西长，地势则北高南下。南端为护宝长堤，堤旁积池水曰黑水，味咸不育鳞介⑬，严寒亦无冰期。泥涂色黑，稍深辄露硝板，俗所谓盐根也。种盐之畦，率在北部，周筑土墙，谓之禁垣，三场在焉。距西六十里，有六小池，产额最微。别有女池，每遇阴雨，四面倾注，

---

① 砥：磨刀石。
② 日力：日晒的强度。
③ 薄弱：单薄；不强。
④ 大小：指锅的尺寸。定率：固定标准。
⑤ 骨：支撑物体的架子。
⑥ 无：不论。
⑦ 自余：其余。并参：并用。
⑧ 天气：气候。地质：土壤的性质。殊异：极不相同。
⑨ 工力：工夫和力量。原：根本。
⑩ 离：离开。地面：指当地。
⑪ 地皮：地的表皮。
⑫ 艺事：生产之事。
⑬ 不育：不能养育。鳞介：泛指有鳞和介甲的水生动物。

客潦①之所潴也。亢旱②可以立枯，溢则淡而生鱼，涸则苦而生硝，亦谓之硝池焉。解池在宋崇宁间③，开二千四百余畦，百官入贺，是为治畦种盐所自始。由元及明，皆调派蒲解④十三州县盐丁，赴池捞采，谓之捞盐，丁曰捞丁。近世裁免盐丁，遂许商人承种。治⑤池边地面为畦，广七八丈至十余丈。三场各异其制。长处则随地址⑥之所届，两旁坚筑土堤，务使水入不渗，其外附掘小渠以泄雨水。一畦为一号，就中分画数区。每岁二月朔日⑦，畦工入垣盖茅庵⑧，治畦浚渠。俟南风至，引水浇晒，以桔槔戽水⑨，注于畦之首段，频以铁耙搅动。日曝发咸，移注次段。首段月注新水，及次段水咸色赤，递注三段，俟其澄清，开隙塍隅⑩，乃灌四段。深不得愈二寸。经时⑪盐花上浮，望之若霜雪，工执木耙遍拓之，谓之拓花。花落且沉，复为风力所荡⑫，日光所逼⑬，映水成纹，条理⑭细致，则盐成矣。拓花最宜微雨，能使颗粒整洁，色益鲜明。夏月出盐尤美，春秋多含硝质，岁旱粒细而有芒，雨多晴少其色青黑，故有青盐、白盐之分。东风南风，成功最速。偶东北或西南风，则盐花不浮。满畦如沸粥然，谓之粥发，色恶味苦，亟刮弃之，需更种矣；此种畦之浇晒法也。

按国境盐矿之产生地，以西昆仑为上源。西昆仑者，近世地质家，区划地相，谓昆仑山系，在青海陇蜀间，分为东西两部分焉。东部倾注江河，起为岷山之脉；其东支北走，驱黄河入沙漠，千里一大曲，不使直循正轨，固六盘山脉之所限也。六盘山脉，突出甘肃、山西、蒙古间，据陕西为地盘，今谓北山；当洪水前，以半岛浮露北海沿岸，亦境内之大带山也。东昆仑之盐矿，于此最富。其东西北三麓，缘边之地，承其余脉，既含炙咸，地面之湖泽又皆三麓倾

① 客：外来的。潦：雨后积水。
② 亢旱：大旱。
③ 崇宁：宋徽宗年号（1102—1106）。
④ 蒲解：蒲州和解州。
⑤ 治：开垦。
⑥ 地址：场所。
⑦ 每岁：每年。朔日：初一日。
⑧ 茅庵：茅庐；草舍。
⑨ 桔槔：一种利用杠杆原理取水的机械。始见于《墨子·备城门》。亦作"颉皋"。戽水：汲水。
⑩ 开隙：打开缺口。塍：田中的土埂。隅：角落。
⑪ 经时：经过很长时间。
⑫ 荡：吹透。
⑬ 逼：强射。
⑭ 条理：犹纹理。

斜分注之水，所刷泥沙无不挟盐质者，故此部分，随地潴为盐泽。北有鄯善山、吉兰泰、花马、马槽诸池，南有仇池，西有洪池、卤草、红盐、白盐诸湖，东有蒲城荡及河东诸池；盐源不竭，惟仇池耳。自余陂塘池沼，必待雨集而后盈。灌输新水，以与土膏相滋润，故久雨则潦溢养淡①，久晴则土坼成礓②。非③有天然穴出之泉，靡④所休息，借其挹注⑤也。且地面硝盐混合，硝质尤易生发，土接日热，燥而结霜，其味苦不中食。他省之刮土取盐花，可以淋而煎晒者，乃亦无此便利矣。六盘附近之地，湖泽皆为硝底，新水挟盐渗硝，然后能制纯盐；所以解池浇晒之顷，得雨尤良。水土调和之功，盖亦重且要焉。解池盐硝分泌盐浮而硝沉。南风回流，盐花愈升，硝滓愈降，水汽亦愈消耗。北风顺流，则盐随之去，硝为之留，质味遂恶劣矣。

池最利南风，其地势与土质，自然之势欤。解盐虽曰天成，而引水避风，全恃人力为丰歉。保护储蓄之故，托命于土工。池深岸高，地利非其所便。一渠一堰，实系利害之原，为盐商者务贪天功，惟是媚神以求佑，不是研求制造之法也。

六盘诸麓环三省间，无在非盐池也。所著名者解池、大小花马池、仇池而已。而解池负引最广，遍于陇秦蜀晋汴燕诸境。虞舜南风之歌⑥，已称其利，发见最久，运销最盛。故制造之法，特详于官私记载。仇池煮土为盐，花马诸池，有煎有晒，边墙南北亦有捞取者，自余益无征焉。

---

① 潦溢：大水横溢。养淡：造成含盐分较少。
② 坼：裂开。礓：砾石，块状或颗粒状。
③ 非：无。
④ 靡：无。
⑤ 挹注：《诗·大雅·泂酌》孔颖达疏"可挹彼大器之水，注之此小器之中"。后因喻取一方以补另一方。
⑥ 南风之歌：即《南风歌》，为上古歌谣，传为虞舜时歌唱运城盐池和人民生活的关系。《礼记·乐记》："昔者舜作五弦之琴以歌《南风》。"

黄土之成因①

吾国地层②，在傀拉纪时代③以后，不复表见层累之迹④。今之地壳⑤，自古昔岩石而外，大都黄土、淤土、褐色沙土及黄沙、柔垩所壅积也⑥。岩石肤屑与夫草木根茎⑦，经流水之冲刷腐蚀，而成洪积世之现相⑧；风力搬运所致，即较微⑨焉。

黄色土类⑩，占地殊广⑪，散布内地各行省中，吾文凡称内地者，即近日流

---

① 此据《地学杂志》，征文当选。当时，中国所谓流行"中国本部"一说，是西方列强企图从"法理"上将青藏高原、内蒙古高原、帕米尔高原和东三省从中国分割出去，从而达到肢解中国的目的。文中，作者严正告诫国人，对西方列强肢解中国的企图，必须警惕。

② 地层：地质学专业术语。指地史上某一时代形成的层状岩石。

③ 傀拉纪：在地史中古层。即侏罗纪。地史分为原始代、太古代、中古代、近古代四代。中古代分三叠纪、傀拉纪和白垩纪。傀拉纪，凡三部。下部色黑，中部色褐，上部色白。在中国者，多褐色傀拉层，即中部也。中国自傀拉纪后，渐隆为陆地。（鲁迅．中国矿产志 [M]．南京：启新书局，1906．）

④ 表见：显现。层累：逐层积累。

⑤ 地壳：地质学专业术语。指地球固体地表构造的最外圈层，平均厚度约 17 千米。青藏高原为地壳最厚之部分。

⑥ 壅积：堆积。

⑦ 根茎：指植物的根。一作"根垓"。

⑧ 洪积世：地质时代专有名称，距今约 180 万年。一称"更新世"。由英国地质学家莱伊尔（Charles Lyell, 1797—1875）于 1839 年所创用。这一时期是冰川作用活跃期，故又称"冰川期"（the Glacial Epoch），分早、中、晚三个时期。一般认为，洪积世早期，人类出现，略当于人类社会的旧石器时代。现相：事物本质以扭曲的方式呈现而出者，谓之现相。

⑨ 微：弱；次。

⑩ 土类：土壤的分类。同一土类，其剖面特征、生产特性和利用改良的方向，大体相同。如我国分类系统中的黄壤、红壤、黑土、黄浆土等。

⑪ 世界黄土分布甚广，其面积达 1.3×10^7 平方千米，约占陆地总面积 9.3%。主要分布于中纬度干旱、半干旱地区，如法国中部和北部，东欧的罗马尼亚、保加利亚、俄罗斯、乌克兰等，美国沿密西西比河流域及部分西部地区。我国黄土分布亦颇为广泛，面积约 6.4×10^5 平方千米，其中湿陷性黄土占 3/4。以黄河中游地区最为发育，多分布于甘肃、陕西、山西等省份，青海、宁夏、河南也有部分分布，其他如河北、山东、辽宁、黑龙江、内蒙古和新疆等，亦有零星分布。

行名词之中国本部①也。本部二字于义不合，其荒谬处更于主权上有绝大之关系，中华国民亟宜矫正恶俗以相防杜。别有详说②，警告学者。随在③可触吾人之目。水行其间，凡属湍激之流④，融合土质，色皆浑浊，不独黄河为然；古称河出积石入中国⑤，多受枝⑥，渠漱其沙，壤汩溷杂⑦，乱水浊且黄，故有黄河之名。彼时国境仅此巨川，遂以黄色为中国河之特征，何尝见及长江哉？后来五行之说既倡，恒谓土居中央⑧，又谓黄为土壤之正色，虽曰闭塞时代之古语，然亦足征世人所接触者惟此最多耳。今陇坂⑨以东，至于海岸，南岭⑩以北，至于坎里，阴山东行诸山，横贯长城蒙古间，关外土俗，称之为坎，以别内外之

---

① 普通人往往有一种误解，以为历史上所谓东洋，系指亚洲而言，西洋系指欧洲而言。其实河川、湖泊，本不足为地理上的界线。乌拉尔山虽长而甚低，高加索虽峻而甚短，亦不能限制人类的交通。所以历史上东西洋的界限，是亚洲中央的葱岭，而不是欧亚两洲的分界线。葱岭以东和以西的国家，在历史上俨然两大集团。而中国则是历史上东洋的主人翁。葱岭以东之地，在地势上可分为四区。（一）中国本部：包括黄河、长江、粤江三大流域。（二）蒙古新疆高原：以阿尔泰山系和昆仑山系的北干和青藏高原、中国本部和西伯利亚分界，中国包括一大沙漠。（三）青海西藏高原：是亚洲中央山岭蟠结之地，包括前后藏、青海、西康。（四）关东三省：以昆仑北干延长的内兴安岭和蒙古高原分界，在地理上，实当包括清咸丰年间割给俄国之地，而以阿尔泰延长的雅布诺威、斯塔诺威和西伯利亚分界。（吕思勉．中国通史［M］．北京：中华书局，2015.）

② 详说：参卷二文稿之《中国名义释》。

③ 随在：随处，随地。

④ 湍激之流：简称"湍流"。湍激，形容水流猛激。

⑤ 河：黄河简称。积石：指积石关。积石关坐落于甘肃省积石山麓。《淮南子·坠形训》高诱注："河源出昆仑，伏流地中方三千里，禹导而提之，故出积石。"黄河流经积石山之东。中国：指中原。

⑥ 受：承。枝：指支流。黄河东流，汇集主要支流40多条，溪川千条，流域面积38万平方千米，占流域面积一半。

⑦ 壤：泥土。汩：涌出的泉水。溷杂：混杂。

⑧ 土居中央：在传统中国哲学中，五行包括水、木、金、火、土五大元素，其中，"土"最为根本。东南西北中，土居中央，四季、四方、水火金木均不能离开土。东汉儒家受董仲舒影响，为抬高君权地位，突出"五行""土居中央"，认为黄色位居五行中央，为中和之色；而土为五行中根本元素，因而高高在上，黄色是诸色之中最为尊贵之色，由是奠定了黄色在中国传统文化中的重要地位。《淮南子·天文》："中央土也，其帝黄帝。其佐后土，执绳而治四方。"朱熹《诗集传》："黄，中央正土之正色。"

⑨ 陇坂：即陇坻、陇山。地在今甘肃东南，渭河上游，为关中平原屏障。汉置襄武县，属陇西郡。《汉书·地理志》颜师古注："陇坻谓陇板，即今之陇山也。此郡在陇山之西，故曰陇西。"北宋元祐五年（1090）置陇西县。

⑩ 南岭：同 P122 注⑦。

界。块然燦然①，自成完整之区域；而中原一部分②，尤其主要地③，也此黄土者流水溶解之。则为淤土、沙土、陶土三种，原④其成因，多属植物所遗根荄枝叶之余质，其与赤、白、青土⑤为岩石之肤屑，黑土为人迹所蹂躏者，回不相侔⑥。盖昆仑北干⑦当四千年前，火山方盛，有大地震构成古来末次之洪水，其北以海底上升，涸为沙漠；其南以草木沉腐，燥为土原傅⑧黄壤于此地壳一成而无所移⑨斯实水力之缔造，夫何与于风化哉？西人东来，诧为奇观。地质家称其在洪积层，厚达二千三百尺，含有哺乳动物及陆生介类⑩，且蔓延于西藏、蒙古、叶尔羌⑪逮乎波斯⑫。至究其原来之本质⑬，往往理想纷歧⑭，各持异解。有曰冰河所运之漂土⑮，当冰河中绝时代⑯，复为空气所运，积此层累者，斯克结尼氏⑰之说也。其曰山东附近之黄土，古必沉积水中，非风力所致者，荆格斯

---

① 块然：犹魁然。形容高大。燦然：明亮貌。

② 中原：这里指华北平原。一部分：这一部分。

③ 尤其主要地：特别是其中的主要部分，指中原。

④ 原：推究。

⑤ 赤、白：红土和白土。青土：青色泥土。

⑥ 回：通"违"。相侔：同样。

⑦ 昆仑北干：指我国黄河以北的广大区域诸山，包括青海、甘肃、山西、河北、东北等地。据《大清一统志》，昆仑山北干，出阿尔泰山（即金山，蒙古语金为阿尔泰），循瀚海，北起杭爱山（即马鞍山，蒙古语马鞍为杭爱），东走兴安大岭，抵黑龙江，北至俄罗斯，尽于冰海。[清] 魏源《葱岭三干考》释云："葱岭即昆仑，其东出之山为三大干，以北干为正。北干以天山起祖，自伊犁绕宰桑泊（斋桑泊）之北，而趋阿尔泰山；东走杭爱山，起肯特岭，为外兴安岭，包外蒙古各部，绵亘而东，直抵混同入海，其北尽于俄罗斯阿尔泰山为正干。"

⑧ 傅：附着。

⑨ 其北：指昆仑山北干以北。其北以海底上升，涸为沙漠，即作者所谓"北海之陆"。其南句，即作者所谓"南海之陆"。

⑩ 介类：贝类。

⑪ 叶尔羌：维吾尔语。清西域地名，在今新疆莎车，原为莎车城。《元史》作"押儿牵"。清作"叶尔羌"，设叶尔羌办事大臣。

⑫ 波斯：今伊朗高原西南部的古国，地处波斯湾一带。

⑬ 本质：事物存在的根据。

⑭ 理想：理论，学说。纷歧：混乱不一致。

⑮ 漂土：也称活性白土，主要成分是硅藻土。

⑯ 冰河：冰河期。中绝：中断，灭绝。

⑰ 斯克结尼氏：英文名 Skerchey。亦见译作"斯克黎揭氏"。

弥尔氏①之说也。聂诃芬氏②独申荆氏之义，归诸风力。彼谓秦岭以北，北海之陆，历煤纪时代③而定；南海之陆④，历僦拉纪时代而定。地盘自此虽无剧烈之变动，而甘肃、蒙古在近古代之第三纪末叶，尝为内海，及第四纪之洪积世⑤，欧洲极寒之冰河时代，中国内部有温湿风自南方来，辄为山壁所阻遏，雨泽既竭，其北复有烈风⑥，气候干燥，无异大漠，故土沙埃尘，均随暴风飞动，沉积其地，久而诸山日卑，气候渐变，乃始⑦有雨，润此土沙埃尘，渐就坚实⑧，于以⑨成中国有名之黄土。黄土所在，惟扬子江⑩北，不见于南方⑪，又谓假使当时无是，则中国北部之平原将末由⑫成，有之则地又因以硗确⑬而不适于种植，此有名之黄土，殆无异于地质上之杂助；此三说者固近世学者所共信。吾窃疑

---

① 荆格斯弥尔：英文名 Kingsmill。

② 聂诃芬氏独持风力说：《鲁迅全集补遗续编·中国矿产志·第四章地层之播布》见载，"（第四层）近古层，此为最终之地层，细别成二。末叶之洪积层，见人类焉。岩石以粗面流纹及黏土柔至之属为多，其层广布于中国，如北部之黄土（Loess）即洪积层也，厚约二千三百尺，函哺乳动物及陆生介类。且曼衍至蒙古叶尔羌及波斯，此黄土之成因，解者甚众。如斯克黎揭氏（Skerchey）谓此乃冰河所运之漂土，比冰河中绝时代（Interglacial Period）复为空气所运，积为累层。又荆格斯弥尔氏（Kingsmill）则谓山东附近之黄土，古必沉积于水中，非风力所致，然聂诃芬氏则归之风力焉"是也。

③ 煤纪时代：指二叠纪，古生代最后一纪。此一时期，地壳运动活跃，陆地面积扩大，海洋面积缩小，是重要的生物演化期，也是重要的成煤期。

④ 北海：指昆仑山北干以北的海。南海：指昆仑山北干以南的海。北海之陆，南海之陆：见 P143 注⑨。

⑤ 我国黄土产生于第四纪地质时期，为干旱条件下的沉积物。其外观颜色较为杂乱，呈黄色或褐黄色，颗粒组成以粉粒（直径 0.005—0.075 毫米）为主，同时含有砂粒和黏粒。我国甘肃、陕西、山西等省大部分地区黄土形成于第四纪。由风力搬运堆积而成，又未经次生扰动、不具层理的黄土，称为原生黄土；由风力以外其他力搬运堆积而成、具有层理或砾石夹层的黄土，则称为次生黄土。我国湿陷性黄土一般呈黄色或褐黄色，粉土粒含量常占土重60%以上，含有大量碳酸盐、硫酸盐和氯化物等可溶盐类，天然空隙比约为1，一般具有肉眼可见的大孔隙，竖直节理发育，能保持直立的天然边坡。（李丽民，蒋建青，林宇亮. 土力学与基础工程［M］. 北京：北京理工大学出版社，2016.）

⑥ 烈风：暴风，狂风。《书·舜典》孔颖达疏："烈风，猛疾之风。"

⑦ 乃始：犹然后。

⑧ 坚实：牢固结实。

⑨ 于以：犹是以。

⑩ 扬子江：近代长江的通称。

⑪ 南方：指长江以南。

⑫ 末由：无由。

⑬ 硗确：土地坚硬瘠薄。

之外人恒以黄土为世界所希有①，不能遂决②其成因。夫内地西北花冈石质上浮积③沙漠，其它层无可识别，意④为揣测，犹可解以风化⑤，而黄土非其比也。诸地质家，未闻国史，昧乎国情⑥，于此各执理想⑦，以为评判之资⑧。甲国人言之乙国地理固如是耳。旅人越国过都⑨，一时⑩游历所得，足迹眼光⑪，并有限制⑫。瞬息间⑬之观察，果于内国⑭历史上之事实、地面上之土质，容有精密之研究乎？吾诚不欲厚非⑮之。士夫不习国故⑯，乃待外人之发明⑰，然不可无所择已。吾闻法教士之久居中原者，潜精覃思⑱，颇能辨析⑲土壤，吾更证诸地表改变之状态，知其说之可信。盖此土壤非若岩石之有时代可考，则地质恒例⑳，尤未足与相衡欤！

　　昆仑中北两干间当洪积世，初皆遍地茂草，火山喷口方盛，地震水溢㉑浸没草原，化为腐物，填塞西部深谷东部，断层之低地，洪水既涸，草原外薄层，

----

① 希有：少有。希，同"稀"。

② 遂决：断定。遂：决断。《汉书·冯奉世传》："春秋之义亡遂事，汉家之法有矫制。"

③ 浮积：犹聚集。

④ 意：主观地，缺乏客观依据。通"臆"。

⑤ 解：解释。风化：指在风力的侵蚀下，岩石从出现裂缝，由大块变小块，小块变成砂，再由砂变成土的过程。

⑥ 国情：国家的实际情况。

⑦ 理想：如各人所希望的。

⑧ 资：根据。

⑨ 旅人：指来华的外国人。越国过都："过都越国"倒置。《汉书·王褒传》："过都越国，蹶如历块。"

⑩ 一时：短时期。

⑪ 足迹：行踪所及。眼光：见识，观察事物的能力。

⑫ 并：一齐谓之并。限制：受到来自某方面的制约；局限。

⑬ 瞬息间：形容极短促的时间。

⑭ 内国：我国；中原之国。谦辞。

⑮ 厚非：过分责难。非：非议，否定。典出"无可厚非"。

⑯ 士夫：读书人。国故：我国固有的文化。

⑰ 乃：竟。发明：揭示。

⑱ 潜精：潜心专精；专心致志。覃思：深思。

⑲ 辨析：辨别和分析。

⑳ 地质：地理科学。恒例：常规。

㉑ 水溢：指洪水泛滥。

雍蔽①淤泥、柔壄，是以禹贡九州②显露黄壤者，只一极③。西最高之雍州④，其发见时代尤古，盖即今之黄土首先触目⑤者也。嗣后他州⑥迭经雨泽，河流冲刷，外层复呈黄色焉。黄土所在，地平土沃，开创农林之利源⑦，构造中原之文化，关系于吾族者至重且大。由汉以降，率以人力防河⑧，森林伐而不植，沿岸无可保障，时时崩坼⑨其间。上游随溜⑩之沙粒，垫塞河槽，此涨彼坍⑪，河道亦多溃溢⑫，造成二千余年之水患。凡在黄河下游积累之黄土，杂糅砂粒，加于地壳之上者厚至六百迈⑬，当灿烈⑭飞扬往来聚散，不耐风雨之溶解。俗称北土纹理直裂，南土层叠横积容水之性因而相异，不知北土杂沙，渗不含水也。法国教士，自北方来者，亦谓细颗黏质，含有无数微管小孔原属蔓草根须⑮联成大块经水则立化浮沫不融泥浆，其性又极肥腴，最易生长植物，异于地上层之坚礓难破者。故河渠所至，河床漱激⑯于下，堤身直裂，于上下流淤为平地，可以

---

① 雍蔽：遮蔽，阻塞。

② 九州：中国之别称。《书·禹贡》："禹别九州。"《周礼·夏官·职方氏》："东南曰扬州，正南曰荆州，河南曰豫州，正东曰青州，河东曰兖州，正西曰雍州，东北曰幽州，河内曰冀州，正北曰并州。"

③ 一极：指我国北方。

④ 雍州：中国古九州之一，东至西河（河套地区陕西、山西之间由北往南流的黄河河段）与冀州为界，南以秦岭与梁州为界，西至黑水界西戎，北界未明，约当陕西中部、北部和甘肃大部。雍州古属羌地，是炎黄部落和周族发祥地。雍州土质为黄壤，田土等级为一等一级。辛树帜《禹贡新解》："则雍为今之陕西，多为淡栗钙土，系发育于原生黄土，或即所称黄壤。"

⑤ 触目：目光所及。

⑥ 他州：指雍州之外的八州，如《过秦论》中"序八州而朝同列"，秦居雍州，合之八州即为九州。

⑦ 利源：财和利的来源。

⑧ 率：大略、大体上。防河：防止水患。

⑨ 崩坼：倒塌断裂。

⑩ 溜：指急促的水流。

⑪ 坍：河堤从基部崩坏。

⑫ 溃溢：堤防崩溃，洪水泛滥。

⑬ 迈：英里。

⑭ 灿烈：形容沙尘暴的景象。

⑮ 根须：犹须根。

⑯ 漱激：冲刷激荡。

瞬息迁移①。两岸洞为岩穴②，可以容藏民居，犹呈奇特之现象。夫堤筑易溃，穴掘③罕崩，效力互反④，又何故哉？一则复杂之沙土⑤，一则纯粹之黄土⑥，其纯粹者沉淀结合，其复杂者散漫游移⑦，因性质作用，以寻绎其始原⑧，庶几得其真相焉。聂氏又谓黄河、黄海皆从黄土得名，是犹徇吾旧说，不知巨川下游不同状，黄海之水色固亦兼纳长江大淮者也。

中国名义释⑨

　　吾族自建政府⑩，天子诸侯分国而治⑪，多制邦域之号⑫，不加总括之名，固以普天率土⑬，罔有穷极⑭，凡属人类栖止⑮之区，苟经发见，并⑯受一尊之统，匹敌既无其人，疆土益无其界，不容有所表示⑰，以自隘其范围⑱。及乎文明大进，阶级益显⑲，不得不区别居民⑳，规画（划）方法㉑。遂准㉒天然地理

---

① 迁移：搬动转移，指发生泥石流现象。
② 岩穴：洞穴，指窑洞。陕北人民较为理想的住宅，中国民居之一种，由穴居演变而来。是我国典型的因地制宜的建筑形式，独具特色。分靠崖式、沿沟式、下沉式三种。
③ 穴掘：在固结黄土内开室。穴：象嵌空之形。《说文》："穴，土屋也。"
④ 效力：指作用力和反作用力。互反：相反。
⑤ 复杂之沙土：指混合型黄土，即上文蔓草根须混杂其中的黄土。
⑥ 纯粹之黄土：指原生黄土，其机理坚实不易倒塌，土质黏度、抗碱强度高极难渗水，直立性极佳，为窑洞提供了极为方便的条件。
⑦ 散漫：不集中。游移：指左右摇摆。
⑧ 寻绎：推求。始原：指黄土固有的规定性或特性。
⑨ 名义：立名的含义。不同时代，"中国"含义不一。
⑩ 自：从。政府：政权。
⑪ 天子诸侯分国而治：指分封制。我国商代已有之，秦统一后，为郡县制所取代。
⑫ 多：大都。制：起。邦域：国境和区域。号：指国家的名号，如"夏""商""周"等。
⑬ 固：固然。以：因为。
⑭ 罔有：没有。穷极：穷尽，尽头。
⑮ 人类：指人。栖止：寄居，停留。
⑯ 并：一起。
⑰ 表示：指凭借实力而显示自身的意义。
⑱ 自：自主。隘：控制。范围：指领土界限。
⑲ 阶级：指尊卑上下的等级。
⑳ 区别：区分。居民：指居住在某个地方的人。《战国策·楚策一》："有偏守新城，而居民苦矣。"
㉑ 方法：办法。
㉒ 准：准定。

之限、水土风俗所便，因缘①部列，施行政法②，而以内外为其大较③。分之则曰中国四海，合之则曰五方④。今人视为地位⑤之泛称，实乃最初之定名⑥也。得名之始，殊不可考；必在造作文字、方制州土以后。其时国外四境⑦，当滨海水明矣⑧。洪水既平，地表非昔⑨，西北海涸，流沙成陆，所犹环海者，仅仅东南而已。春秋战国，已知边海⑩之真相，宁待汉人⑪之疑惑弗解，附会训诂⑫哉？特古语流传，周人⑬沿此习惯，言必称四海⑭耳。中国云者，对于四海为词，谓此部⑮诸国，皆在四海之中⑯。外四海而内中国中国犹言内国，非徒指陈中心之位置已也⑰。四方之裔⑱，列于化外⑲，未具立国之资格，但就穷远⑳无界之海以概之，而不称国；是内外所异，又以国与非国为断。故中国四海，联属成文，不相对待㉑者也。后世疆宇日辟，幅员日广。古昔荒裔㉒，大都同化㉓

---

① 缘：指血缘或地缘。部列：按部进行排列。

② 政法：政令和法令。

③ 大较：大略。

④ 五方：指东南西北和中央，即我国古代中原人民和四方夷狄共同构建的政治体系，中原人民处于统治地位。《礼记·王制》孔颖达疏："五方之民者，谓中国与四夷也。"

⑤ 地位：指地理方位。

⑥ 定名：指被确定的中国的名称。

⑦ 四境：四方疆界。

⑧ 滨：靠近。海水：海洋。

⑨ 非昔："今非昔比"省文。指形势、面貌发生了巨大变化。

⑩ 边海：指我国西北靠近青海湖地方。《后汉书·西羌传》："至王莽辅政，欲耀威德，以怀远为名，乃令译讽旨诸羌，使共献西海之地，初开以为郡，筑五县，边海亭燧相望焉。"

⑪ 汉人：指汉朝人。

⑫ 训诂：解释。

⑬ 周人：指周朝人。

⑭ 四海：《礼记》提及东海、南海、西海、北海，但未明确指定海域，故称之四海。《礼记·祭义》："推而放诸东海而准，推而放诸西海而准，推而放诸南海而准，推而放诸北海而准。"

⑮ 此部：指中国本部。同 P142 注①。

⑯ 四海之中：犹四海之内。

⑰ 非徒：并非仅仅。指陈：指明和陈述。

⑱ 四方之裔：指四裔，即夷、狄、蛮、戎。《方言》："裔，夷狄之总名。"

⑲ 化外：是一个地理概念，也是一个文化概念。指政令教化所不及的地方，一般指未受华夏之风影响的民族。

⑳ 穷远：极远。

㉑ 对待：对立；对抗。

㉒ 荒裔：边远地区。同"荒服"。

㉓ 同化：同受教化。

齐治，内附于中国，无复四海之称。又值世界交通①，并立无数国土②，而吾境内，只有帝王国号③，统系④其朝代，独于不改之山河，弗锡统一之名字⑤。于是对外之际，一从⑥古语，推放范围⑦，随其统领所及，冠以旧称。中国二字贯澈⑧古今矣，外人讥为居于中央自尊自大之词，吾欲正此谬误，请举历史地理人种地理研究所得者，证以古籍，详释其义，而地方民族得名所由因亦连类及之。

　　亚东⑨大陆，至冲积世⑩尽浮露于海面，以四川高原与西藏高原相衔接⑪。今之青海及新疆戈壁，蒙古沙漠，皆古地中海、北冰洋间之纵贯⑫亚洲者，分支入太平洋之所经也；其东南如辽东半岛，山东半岛，太湖诸山，浙江东部，闽粤诸山，彼时并⑬在海中矣。吾族西自高原⑭，降居蜀境⑮。故此部分最古之遗物⑯，世有发见，史称堤地良不诬也⑰。及其离群析宅⑱，各从性之所适，东迎寒燠之气⑲，迤而趋向南北。路线既分，因是栖止所及，遂占两大区域，水土气候，限于天然之地理，又无交通之机关⑳，殊俗㉑异化，乃至不可推移㉒，由政

---

①　交通：交往，往来。

②　国土：犹国家。

③　帝王国号：指朝代名称。

④　统系：用血统维系。

⑤　锡：通“赐”。名字：名号。

⑥　一从：一律服从。

⑦　推放：外推放大。范围：指统治区域。

⑧　贯澈：贯彻。

⑨　亚东：亚洲东部。

⑩　冲积世：地质学名词。鲁迅曾将地史分为四代，第四代近古代分第三纪（古期、新期）、第四纪。第四纪分洪积世和冲积世，冲积世即现世。

⑪　四川高原：指川西北高原，青藏高原的一部分。西藏高原：指青藏高原。

⑫　纵贯：笔直通过。

⑬　并：一齐谓之并。

⑭　高原：指西藏高原和四川高原。

⑮　降居：迁居。地势西藏高，四川低，故言降。蜀境：四川境内。

⑯　遗物：文物。

⑰　堤地：“堤地之国”省文，指今西藏。刘师培《中国历史教科书》：“四川省地，自人皇出堤地之国。而蜀之为国，肇自人皇。”良：诚然，的确。诬：捏造事实，说假话。

⑱　离群：分离族群。析宅：分开居住。

⑲　寒燠：冷热。《汉书·天文志》：“故日进为暑，退为寒。若日之南北失节，暑过而长为常寒，退而短为常燠。此寒燠之表也，故曰为寒暑。”气：指气候。

⑳　交通：运输和邮驿的总称。机关：指控制社会、经济发展的命脉或关键所在。

㉑　殊俗：不同的习俗、风俗。

㉒　推移：变迁、转换。

治而别种族①，更由种族辨其地方，致有井然之界画。兹先述其派别。

（一）北派东入寒地②，栖止于黄河流域者

由高原③而东，经四川迤北入甘肃境，更东沿黄河上游，度陇坂④，循渭水历乎山岳、丘陵而止于原野⑤，故秦晋豫皖鲁直诸省境，皆其次第移殖⑥者也。今陇坂以东，山东半岛以西，霍太行山脉以南⑦，大别山脉以北，介乎昆仑中北二干间⑧，包有黄河、淮水两岸之平原，世称中原者⑨。犹有中国平原⑩，其气候温而微寒，其地味肥瘠得中⑪，便于垦植，其地势平坦易于交通⑫，其人民须自谋生活，因以养成优美之风俗，发生高尚之智虑⑬，促进其文明事业。开物成务以后，治理所致之绩，且日趋于统一，充其能力，犹得经营⑭四方，抚驭百族⑮。古称神明之胄⑯，开辟混沌者，非徒在此区宇矣。

---

① 政治：指政事的治理。别：区分。种族：指部族。

② 寒地：地势低微而温度较低的地区。这里指西伯利亚、巴尔喀什湖、黑龙江以北的外兴安岭和库页岛地区，《中俄瑷珲条约》签订后，割让于沙俄。

③ 高原：指西藏高原。

④ 度：越过。陇坂：地在今甘肃东南，渭河上游，为关中平原屏障。同 P142 注⑨。

⑤ 渭水：即渭河，黄河最大的支流。发源于甘肃省渭源县，东至陕西渭南市、潼关县入黄河。南有秦岭，北有六盘山。渭水流域范围主要在陕西，分黄土丘陵沟壑区和渭河冲积平原（关中平原）区二部。

⑥ 移殖：移居孳生。

⑦ 霍太：指霍太山，亦称太岳山。位于山西临汾。山脉：指陇山，即陇坂。

⑧ 昆仑中干：P122 注②。

⑨ 黄河、淮水两岸之平原：指黄淮海平原，即华北平原，是我国第二大平原，地跨北京、天津、河北、河南、山东、安徽、江苏等省市。

⑩ 中国平原：简称"中原"。指狭义上的中国中原。其中心地区在河南。四千年前，河南为豫州，为九州中心，故又称"中州""中原"。夏商故都郑州、商都安阳、十三朝古都洛阳和七朝古都开封均在此地。中原："中"字最早出现于殷墟甲骨文，意为徽帜（旗帜）；"原"字最早出现于西周金文，意谓"广平曰原"。"中""原"连用，最早出现于《诗·小雅·吉日》"瞻彼中原，其祈孔有"是也。《诗·小雅·小宛》："中原有菽，庶民采之。"

⑪ 地味：土地所含盐味。肥瘠：多少。得中：适宜，正好。

⑫ 交通：往来通达。

⑬ 智虑：智慧和思虑。

⑭ 经营：治理。

⑮ 抚驭：安抚控驭。百族：百姓。

⑯ 神明：智慧。胄：子孙。

（二）南派东入热地①散处于长江上游者

由高原而东至四川，更迤南而东缘五岭两麓②，而北止于洞庭，南止于岭南海滨。近世所谓高地族也，在蜀滇黔湘鄂桂粤境，凡岷江川峡③以南，西江沅资澧湘之流域，山岭林菁，为其少数人群散处之所④。其气候暖而多瘴⑤，其动植物产丰富，其地势险峻艰于往来⑥，其人民受天产⑦之给养，不待⑧耕稼畜牧之劳，故习于畋猎，尚力而好杀。酋豪之长，固守方隅，自为风俗，不知变革。盖天然地理，有以阻其进步矣。北派文化发达，势已南侵，此乃⑨志气昏惰⑩，智虑闭塞，处于劣败之地位。故洞庭以北，彭蠡⑪以东，未有移殖之迹也。

黄河流域之民，土著乎中原⑫。其始以兵⑬立国，由家族而社会，而国家，列圣⑭继王，统率师旅⑮之际，制为军礼、军乐、军教、军刑，命军吏治民事，准田猎行阵⑯之法，以画井分田⑰，使得相生相养。于是百政渐举，皆从军事统

---

① 热地：这里特指亚热带季风气候地区。

② 缘：沿。五岭：越城岭、都庞岭、萌渚岭、骑田岭、大庾岭的总称。岭在江西、湖南、两广之间。越城岭在今广西兴安县之北，为由湘入桂的交通要道，有兴安县严关和秦城遗址；都庞岭在今湖南省永州蓝山县南和广东省连州市之北，秦时湟溪关即在此岭之上，为由湘入粤之道；萌渚岭在今湖南永州江华瑶族自治县和广西贺州市八步区、钟山二县区之北，为由湘入桂之道；骑田岭在今湖南郴州市区和宜章县之间，为湘粤通道，秦阳山关即在此岭之上；大庾岭在今江西西南角的大余县南境，与广东南雄县接壤，为粤、赣交通要道。两麓：南麓和北麓。

③ 川峡：四川盆地及其周边地区的古称。四川地区，唐代设剑南西川道和剑南东川道，简称"西川"和"东川"，合称"两川"。北宋至道三年（997），四川境内设西川路和峡西路，并称川峡路。咸平四年（1001），进而设夔州、益州、梓州、利州四路，总称"川峡四路"，简称"四川"。

④ 散处：分散居住。

⑤ 瘴：瘴气。南方山林当中湿热蒸郁致人生病之气。

⑥ 往来：交通。

⑦ 天产：天然物产。

⑧ 不待：用不着。

⑨ 此：此地。乃：假借为"仍"。

⑩ 志气：心志气力。昏惰：昏昧怠惰。

⑪ 彭蠡：即彭蠡湖，鄱阳湖之古称。《南齐书·州郡志》："江州，镇寻阳，九江在州镇之北，彭蠡在其东。"

⑫ 中原：这里指狭义的中原，河南省为其中心地区。

⑬ 兵：军事。

⑭ 列圣：历代帝王。

⑮ 师旅：泛指军队。《诗·小雅·黍苗》郑玄笺："五百人为旅，五旅为师。"

⑯ 行阵：布置阵势。

⑰ 画井分田：指施行井田制。

系①，为之条理。故夫文字指事，所造一切名词，其形体②之组合，率用武器偏旁，属于个人，如印、予、我、躬、丈夫、身命之类，属于团体如家族、父子之类，属于国家如邦国、都邑之类，属于政治如政教、典章、法则、制度、职事、仪式、律令、刑罚之类，属于人事③如公平、正直、是非、强弱之类，莫非表示防卫制裁之具④；所以明武力之构成也。世人乃谓古代以农立国者误矣。尚武之族，文明臻高，顾⑤仅限此平原耳。分布域外⑥之群，锢蔽于野蛮争杀之习，淫佚歌舞之娱，有刑而无教，有乐而无礼，又皆自成一种土族⑦，未得地理之便利，弗与同化也。而南派一大部分，犹形⑧强悍顽梗⑨，遂使区宇之内，状态⑩异殊，及于方制万国⑪画列⑫九州，谓夫形束壤制⑬，不足以尽人类之大别⑭，而名词⑮作焉。

建立邦国，综分天下为九州。州者洲之省文，水中可居者也。环水之陆，肇锡九名⑯，后来洪水断绝，离为十二⑰，水平陆合，复其旧观，此唐虞夏居州制所由殊也⑱。九州之域荒远⑲兼包，其中心优美之族，占地不止豫州⑳，但以

---

① 统系：系统。
② 形体：指文字的形状。
③ 人事：人情事理。
④ 莫非：无不。制裁：管制。
⑤ 顾：反而。
⑥ 域外：指中原地区以外。
⑦ 土族：土著部族。
⑧ 形：形同。
⑨ 顽梗：愚顽而不顺从。
⑩ 状态：指族群显现出来的形态。
⑪ 万国：万邦；天下。
⑫ 画列：逐一开列。《汉书·地理志》："昔在黄帝，作舟车以济不通，旁行天下，方制万里，画野分州，得百里之国万区。是故《易》称先王建万国、亲诸侯，《书》云协和万国，此之谓也。"
⑬ 形束壤制：土地山川的形势可以控制其百姓。
⑭ 不足以尽人类之大别：视其为虫介禽兽之属，不以人类视之。
⑮ 名词：指蛮、夷、戎、狄之类。
⑯ 肇：始。锡：假借为"赐"。九名：九个州的名字。
⑰ 离：析。十二：指十二州，传说尧舜时代行政地理的总称。
⑱ 唐虞夏：指唐尧、虞舜、夏禹。州制：指我国古代行政地理。殊：不同。
⑲ 荒远：指遥远的地区。
⑳ 豫州：《禹贡》古九州之一。因处于九州之中，故别称中州。今河南省大部属之，故简称"豫"。

平原为断，分割诸州，而成区域谓之中①，或亦曰殷②曰齐③，人则曰夏。后来大禹成汤④，用为有天下之号，盖犹中之义也。彼时中原以外，皆属化外之民。民族不齐⑤，治从其俗，遂有两种行政法，以图绥辑⑥之方便，所谓王者制夷狄乐，不制夷狄礼，为其不能身履⑦行之也。以是因缘，比列五方之部居⑧，定其种人⑨之类别，在中原者，曰华曰夏，在四方者曰东夷南蛮西戎北狄⑩，所谓二民⑪共戴一君也。更由种人以名地方⑫，其在中心有范围⑬者曰中国，其在域外无界限者曰四海⑭。

　　夏者中国之人，躯干强伟之象形⑮，对于夷蛮戎狄而为词。夷具人形，蛮戎狄则皆视为虫介禽兽之属矣。华之云者，又为对苗而言。农业时代，取喻植物。中国已如禾稼之华⑯，渐就成熟。苗乃畋猎初民⑰，萌芽始苗⑱之期也。苗族占地既广，生虫亦繁，且与同源分途⑲，故别加名号焉。世谓苗族旧居黄河流域，

---

① 中：唐兰《殷墟文字记》："中者，最初为氏族社会之徽帜……盖古者有大事，聚众于旷地，先建中焉，群众望见而趋附，群众来四方，则建中之地为中央矣。"

② 殷：商朝的另一个国号。《说文》："作乐之盛称殷。"由盛引申为"大"。

③ 齐：齐州。泛指中国。齐的本义是禾苗吐穗。《说文》："齐，禾苗吐穗上平也。"

④ 大禹：夏禹。成汤：即商汤，商朝开国君主。

⑤ 不齐：指发展水平不一。

⑥ 绥辑：安抚集聚。

⑦ 身：亲自；亲身。履：到；临。

⑧ 部居：部族。

⑨ 种人：同种族的人。

⑩ 我国古代《礼记》提到东海、南海、西海、北海，但并不明确指定海域，古称之为四海。一说四海为中国各邻各族聚居地域。《尔雅》把九夷、八狄、七戎、六蛮称为四海。

⑪ 二民：指华夏族（汉族的前身）和华夏族之外的少数民族。

⑫ 名：命名。地方：指行政区。

⑬ 其在中心有范围者：称中原，亦名中州，今河南省一带。范围：周围界限。指四至。

⑭ 四海：四邻各族所居之地。《后汉书·班彪列传》李贤引《尔雅》注："九夷、八狄、七戎、六蛮，谓之四海。"

⑮ 夏：金文字形，像是一个有头、手、脚的人形，表一四肢健壮、高大威武之人。本义上古时代生活在中原地区之人，即诸夏或华夏。最早起源于黄河流域和中原一带。也泛指中国。《说文》："夏，中国之人也。"《后汉书·班彪列传》李贤注："中夏，中国也。四裔，四夷也。《左传》曰'德以柔中国，刑以威四夷'也。"

⑯ 华：花。《说文》："华，荣也。"

⑰ 初民：远古时代原始之民。

⑱ 苗：初生且尚未吐穗。

⑲ 同源：同宗。分途：分道。

见驱于华，但据黄帝伐蚩尤①、舜窜三苗②故事，更惑于蚩尤君三苗之说，以为左证③。夫汉儒不通地理，不习古史，诚非今人所当深信。彼时江河两戒④，山道阻塞，何由驱三苗之民，移居西鄙⑤哉？不过窜其君耳。蚩尤亦河北⑥之酋长，固无与于苗族，乌得⑦误读《尚书》对举之文，遽使聊属为一也？

　　春秋学者，内中国⑧而外诸夏，内诸夏而外夷狄。中国夏裔，果分三类乎？非也！中国之化⑨日广，四裔⑩之界益蹙。就中接壤之区，其以中国人治理者方始进化，犹未大同⑪，故有诸华、诸夏之称。顾四海名字，其息⑫久矣。及乎疆理所届⑬，随时⑭推放，裔亦入于中国⑮。故汉唐以来，中国之称，视帝王所统一者以为范围⑯，虽有少数之土族遗裔⑰，容其杂居，恒从古来成法判以内地外藩行政之方法虽殊，而中国领土，未尝有所区别。盖其习惯上之承袭久矣。今世以国内治法不齐⑱，欲分两区之地方，未闻政治历史上之名号，辄举长城以南旧称内地十八省者⑲，妄加本部⑳二字。然则中国原始之领土，果在是乎？既知

---

① 黄帝：与炎帝并称"炎黄"，中华民族的象征。蚩尤：我国神话传说上古时代九黎氏族部落的首领。黄帝战蚩尤的传说，出自《山海经·大荒北经》。［晋］张华《博物志》："昔唐尧以天下让于虞，三苗之民非之。帝杀有苗之民，叛浮入南海，为三苗国。"当时四族为强国。其为尧舜禹之劲敌者，则三苗也。

② 窜：放逐。《书·舜典》："窜三苗于三危。"

③ 左证：佐证。左：通"佐"。

④ 江河：长江和黄河。两戒：分成两个不相统属的部分。

⑤ 西鄙：西面边境。

⑥ 河北：黄河以北。

⑦ 乌得：怎么能。

⑧ 中国：指中原。

⑨ 化：同化。形容少数民族进入占主导地位的国家文化之后所经历的变迁过程。

⑩ 四裔：同 P148 注⑱。

⑪ 大同：高度同化。

⑫ 息：停止使用。

⑬ 疆理：划分；治理。届：临。

⑭ 随时：顺应时势。

⑮ 中国：指中国的称号，而非中原地区。

⑯ 范围：指疆域。

⑰ 遗裔：后裔、后代。

⑱ 治法：治权和法权。不齐：不统一。

⑲ 内地十八省：指清代汉人的主要居住区。包括江苏、浙江、安徽、江西、湖北、湖南、四川、福建（含台湾）、广东（含海南、香港、澳门）、广西、云南、贵州、直隶（含北京、天津，河北中、南部和河南、山东小部）、河南、山东、山西、陕西、甘肃（含宁夏）。

⑳ 中国本部：参 P142 注①。

国界之推放，则凡政府所统治者，皆本部也。夫本部者，对于不相接壤之属地而言。且其属地，又为势力所隔①，得吾则非其伦已②，外人私有所利，务以本部为说③，一若表示④主权者，其用心盖别有在焉。吾人不察，乃亦据为定名，长此不改，或非吾所忍言。吾释国名窃有感，连类而及，欲国人勿见惑于外人也⑤。

---

① 势力：指西方列强的威势。隔：边缘化。这里作动词用。
② 非伦：不合伦理道德。
③ 说：说辞。
④ 表示：宣示。
⑤ 国人：古指居住在大城中的人。与"野人"（远离城邑的人）相对。这里指国内之人，全国的人。见惑：被迷惑。外人：外国人。

二、序跋类

魂东集序①

　　哭盦大师幽居母服②，仄闻主忧③，哀思清霄之表④，精越广漠之野⑤。壹气孔神⑥，抚情效志⑦，去郢东迁⑧，进路北次⑨，存子推之余年⑩，抗申徒之

---

① 是篇为易顺鼎《魂东集》而作。为续修四库本。作者时年十八岁。中日甲午战争爆发后，易顺鼎奉命墨绖从军，由故乡抵京师，得七律诗 109 首为《魂北集》；旋过山海关，得诗 101 首为《魂东集》（作于天津）；继而奉刘岘帅檄赴台，得诗 71 首为《魂南集》；后归长沙得诗 36 首为《归魂集》。诗缘感伤时事，多悲凉激切之音，可见作者的忧国之心、爱国之志。《魂北集》有王以敏序，《魂西集》有樊樊山题辞并诗 1 首，《魂南集》前有陈锐序；《魂东集》前有王铁珊、田其田序，田序即为是文。
② 哭盦：易顺鼎晚年之号。鼎有《哭盦传》。幽居：深居。母服：服丧制度之一。古制，父在母死，服丧一年。唐改为三年。光绪十九年（1893）七月，易母去世。十月，下葬，鼎庐墓守制，誓以服满终命。
③ 仄闻：侧闻，从旁闻知。敬重之语。仄，同"侧"。主：主子。指易顺鼎。
④ 清霄：青天。《文选·扬雄》李周翰注："清霄，天也。"之表：之外。
⑤ 广漠之野：指人与自然合二为一之所。广漠：广大空旷。
⑥ 壹气孔神：得道的最佳境界。《楚辞·远游》："壹气孔神兮，于中夜存；虚以待之兮，无为之先。"壹气：元气，纯一不杂之气，老子所谓"专气"。
⑦ 抚情效志：反思自己的情志。屈原《九章·怀沙》："抚情效志兮，冤屈而自抑。"刘向注："抚，循也；效，犹核也。"
⑧ 去：离开。郢：春秋楚都，在湖北荆州（故江陵）西北。《九叹·离世》："去郢东迁，余谁慕兮？"
⑨ 进路：上路出发。北次：到北方去住宿。屈原《九章·怀沙》："进路北次兮，日昧昧其将暮。"
⑩ 子推：指介子推（？—前636）。一称介推，春秋晋国人。曾为晋文公重耳的辅臣。后世尊为介子。这里作者将易顺鼎比作介子推。《九章·悲回风》："求介子之所存兮，见伯夷之放迹。"余年：暮年，残年。

曩节①。毛锥未掷②，手缨自长③，请剑之奏留中④，执殳之驱不前⑤。发轫天津⑥，骑霓南土⑦，横海徒壮⑧，下亭终旅⑨。玉关生度⑩，愿违弃繻⑪；金庭幽通，问托呵壁⑫。精卫冤结，怨水罔填⑬；嶲周泪澌⑭，忿泉斯涌⑮。气缭转而

---

① 抗……节：高尚其节操、气节。申徒狄事见《庄子》之《外物篇》和《盗跖》。《九章·悲回风》王逸注："申徒，狄也。"洪兴祖补注："申徒狄谏而不听，负石自投于河。"曩节：一贯的气节。曩：以往；从前。

② 毛锥：毛笔代称。"毛锥子"省文。束毛为笔，形状如锥，故名。典出"投却毛锥"。[元] 徐再思《蟾宫曲·江淹寺》："何似班超，投却毛锥。"未：未来得及。掷：投。

③ 手缨自长：亲自题缨。比喻愿为国家效力。"自手长缨"倒装。典出"终军请缨"。手：手书，题写。长缨：缚敌的长绳。《汉书·终军传》："愿受长缨，必羁南越王而致之阙下。"

④ 请剑之奏：同 P3 注⑤。留中：将臣子所上奏章留置宫禁之中，不交办。《史记·三王世家》："四月癸未，奏未央宫，留中不下。"1895 年公车上书后二日，易顺鼎上《敬筹战事书》，提出"加兵饷""用地沟""攻老巢""掣贼势""联外援""绝内应"等主张。此疏与前《请罢和议褫权奸疏》呈都察院，均未上闻。

⑤ 执殳：指为朝廷效力或从军。殳：梃杖之类的兵器，以竹、木制成。《诗·卫风·伯兮》："伯也执殳，为王前驱。"《毛传》："殳，长丈二而无刃。"

⑥ 发轫：借指起程、出发。天津：指天津卫，今天津市。

⑦ 霓：彩虹的一种，亦称雌霓、雌虹。南土：南方地区。

⑧ 横海：横行海上。指易顺鼎横渡台湾海峡的气概。易顺鼎《魂南记》卷六："已而闻台湾署抚唐薇卿中丞率台民死守，……不容恝视，请以岘帅，谋以只身入虎口，幸则为弦高之犒师，不幸则为鲁连之蹈海，亦平生志也。"徒：空自。壮：悲壮。

⑨ 下亭：东汉孔嵩被征召至京师，路宿下亭，马被盗。比喻旅途漂泊。[南朝梁] 庾信《哀江南赋》："下亭漂泊，高桥羁旅。"终旅：结束旅程。

⑩ 玉关：指玉门关。亦称"鬼门关"。[唐] 杨炎《流崖州至鬼门关作》："一去一万里，千知千不还。崖州何处在？生度鬼门关。"

⑪ 愿违："事与愿违"省文。西汉终军，年十八选为博士弟子，徒步入关就学，经潼关时，抛弃返回关内的证件，以示志在通显。因喻抱负远大。繻：汉代出入关卡的凭据，用帛制成，裂而分之，出关时取以验合。[唐] 杜甫《七月一日题终明府水楼》："宓子弹琴邑宰日，终军弃繻英妙时。"

⑫ 金庭、呵壁：同 P8 注⑩。幽通：指清政府暗中向日本政府求和。甲午之役，早在日军占领辽东半岛之初，清政府便开始通过外交途径向日本求和。威海卫失陷后，更是求和心切，遣李鸿章为全权大臣，赴日议和。

⑬ 精卫：我国神话传说中的鸟名。典出《山海经·北山经》。冤结：思虑抑郁无所申告。《九章·悲回风》："悲回风之摇蕙兮，心冤结而内伤。"

⑭ 嶲周：指子规鸟。澌：引申义枯竭。

⑮ 忿泉：怒泉。同 P3 注②。

自缔①，思蹇产而弗释②；梦登天而无杭③，随飘风之所仍④。营营⑤识路，皎皎往来⑥，一夕九逝⑦，大招四方⑧。廓抱景而独倚⑨，中抒怀以属诗⑩，斫地促响⑪，切云长号⑫。因魂所游，厥篇以名。呜呼！绘汉阳之板荡⑬，惟主悲哀；怆河上之逍遥⑭，何期功业⑮。心寒鲂毁⑯，血热鼠思⑰，垩车逐逐⑱，养

---

① 气：呼吸。缭转：缭绕。缔：打结。《九章·悲回风》："心鞿羁而不开兮，气缭转而自缔。"

② 思：思绪。蹇产：郁结不畅。弗释：难以释怀。《九章·悲回风》："心绖结而不解兮，思蹇产而不释。"

③ 登天：上天。无杭：无路。杭，通"航"。

④ 随飘风句：随便狂风把自己吹到哪里去。飘风：暴风，狂风。所仍：所之，所至。《九章·悲回风》："折若木以弊光兮，随飘风之所仍。"

⑤ 营营：劳碌而不知休息。

⑥ 皎皎往来：指在皎洁的月光下，日夜兼程。

⑦ 一夕九逝：回归故里之梦多，而不得安眠。《九章·抽思》："惟郢路之辽远兮，魂一夕而九逝。"朱熹《楚辞集注》："一夕九逝，思之切也。"九逝：极言精神不集中。九：虚指，表示次数之多。"逝"，一作"折"。

⑧ 大招四方：指广招四面八方贤才。

⑨ 廓：空虚寂寞。抱景：守着影子，形容孤独。《楚辞·哀时命》："廓抱景而独倚兮，超永思乎故乡。"

⑩ 中：内心。抒怀：发泄不良情绪。属诗：作诗。

⑪ 斫地：砍地，表激愤。促响：指刀剑砍地而产生节奏和响声。

⑫ 切云：高冠名。切：犹摩天。《九章·涉江》朱熹注："切云，当时高冠之名。"长号：大哭。《项脊轩志》："瞻顾遗迹，如在昨日，令人长号不能自禁。"

⑬ 汉阳：武汉三镇之一，辛亥八月，为革命军占领。板荡：比喻政局动荡，社会动乱不宁。《诗·大雅》有《板》《荡》二诗。《毛诗序》："《板》，凡伯刺厉王也；《荡》，召穆公伤周室大坏也。厉王无道，天下荡然无纲纪文章，故作是诗也。"胡三省注："板、荡，刺周厉王之诗也。板板，反也；言厉王为攻反先王与天之道，天下之民尽疾也。荡荡，法度废坏之貌；言天下荡荡无纲纪文章也。"

⑭ 河上之逍遥：同P3注⑥。

⑮ 何：何以，凭什么。期：期望，期待。功业：取得功勋，建立功业。

⑯ 心寒鲂毁：痛心时世动乱，清王朝濒临覆灭。心寒：痛心，失望。鲂：鱼名，似鳊鱼，银灰色。相传，鲂鱼劳累，其尾由白转红。鲂鱼之劳喻君子之劳，功业徒劳，故曰心寒。《诗·周南·汝坟》："鲂鱼赪尾，王室如毁。"

⑰ 鼠思：喻隐忧。鼠：忧伤。思：语助词。《诗·小雅·雨无正》："鼠思泣血，无言不疾。"

⑱ 垩车：素车。王所乘丧车，五乘之一。车身涂白土，以麻编成车蔽，犬皮覆于车笭上，用素缯作边缘。《周礼·春官·巾车》郑玄注："素车，以白土垩车也。"遇灾变，亦乘素车。《礼记·玉藻》："年不顺成，天子素服，乘素车，食无乐。"逐逐：奔忙，匆忙。

空以流①；缟袂缡缡②，抆泪而吟③。望长沙而不返④，皋鱼待枯⑤；睇灵岳以永谣⑥，梁鸿有寄⑦。所遇屯如⑧，其气悲哉！谷神未死⑨，山鬼时来⑩，慷慨歌燕⑪，凄壮激楚⑫。杜甫七哀⑬，兰成一赋⑭，穷者达言⑮，劳者述事⑯。兴感

---

① 养空：涵养空灵虚静之性。〔汉〕贾谊《鵩鸟赋》："不以生故自宝兮，养空而浮。"
② 缟袂：白衣。缡缡：洁白的样子。《晋书·五行志上·服妖》："魏武帝裁缣帛为白帢，以易旧服。傅玄曰：'白乃军容，非国容也。'干宝以为'缟素，凶丧之象'。"
③ 抆泪：擦眼泪。典出"孤子抆泪"。《九章·悲回风》："孤子吟而抆泪兮，放子出而不还。"抆：擦拭。
④ 长沙：这里代指易顺鼎故乡。
⑤ 皋鱼：春秋时人。籍贯、生卒未详。孔子行，见皋鱼哭于道旁，辟车与之言。皋鱼曰："吾失之三矣：少而学，游诸侯，以后吾亲，失之一也；高尚吾志，间吾事君，失之二也；与友厚而小绝之，失之三矣。树欲静而风不止，子欲养而亲不待。往而不可追者，年也；去而不可见者，亲也。吾请从此辞矣。"立槁而死。《韩诗外传》卷九见载。
⑥ 睇：斜望。灵岳：灵秀的山川。永谣：放声歌唱。同"长谣"。
⑦ 梁鸿：字伯鸾。陕西咸阳人。生卒未详。东汉隐士。鸿尝过京师（洛阳），登北邙山，见宫阙华丽，民生疾苦，乃作《五噫歌》："陟彼北芒兮，噫！顾览帝京兮，噫！宫室崔嵬兮，噫！人之劬劳兮，噫！辽辽未央兮，噫！"代指忧国忧民之人。有寄：有所寄托。
⑧ 所遇：代指小人。〔唐〕韩愈《君子法运天》："小人惟所遇，寒暑不可期"。屯如：困难貌。"屯如邅如"省文。屯：聚集。如：语气词。《周易上经·屯》："六二，屯如邅如，乘马班如（班如：盘旋不进状）。"
⑨ 谷神：虚空之神，万物生发之根源。老子《道德经》第六章："谷神不死，是谓玄牝。玄牝之门，是谓天地根。绵绵若存，用之不勤。"
⑩ 山鬼：这里指山神。时来：时相往来。
⑪ 慷慨歌燕：表示朋友间惜别情谊。典出"燕市悲歌"。《史记·荆轲传》见载。慷慨：情绪激昂，充满正气。
⑫ 凄壮：凄楚而悲壮。激楚：形容音调的高亢凄清。
⑬ 七哀：表哀思之多。建安时，王粲、曹植均有《七哀诗》，而尤以王粲之诗最为著名。其诗为反映社会动荡、抒发悲伤情感的五言诗。后借以表现哀叹战乱。〔唐〕杜甫《垂白》："甘从千日醉，未许七哀诗。"
⑭ 兰成：庾信（513—581）字，河南南阳人。南朝梁臣。出使北周，被羁留不归，闻梁灭，因作《哀江南赋》以悲国亡。《周书》有传。
⑮ 穷者：指仕途困踬之人。达言：超脱豁达的言谈。
⑯ 劳者：辛劳之人。〔南朝梁〕庾信《哀江南赋并序》："穷者欲达其言，劳者须歌其事。"

帷幄①，足备轺轩②，岂徒孤愤③，聊写公忠④。曩维萱背秋萎⑤，草心春短⑥，蛇年起起⑦，乌夜呜呜⑧。中郎之庐墓⑨，白兔犹驯⑩；王母之增城⑪，青鸟不至⑫。眷眷天阍⑬，凄凄⑭人海，每亟殉身⑮，仅尔留命⑯。希彭咸以并踪⑰，协

---

① 兴感：古人对生死现象所萌发的感慨。帷幄：古代军中帐幕。

② 足备：备足。轺轩：古代使臣乘坐的一种轻车。

③ 岂：怎么能。徒：空。孤愤：法家韩非子所著的书篇名。《史记·老子韩非列传》司马贞索隐："孤愤，愤孤直不容于时也。"后因谓孤高嫉俗而产生的愤慨之情。

④ 聊写：姑且写上。[汉] 司马相如《凤求凰》之一："将琴代语兮，聊写衷肠。何日见许兮，慰我彷徨。"公忠：尽忠为公。

⑤ 曩：以往。维：语助词。萱：即萱草，忘忧草。亦作"谖"。《诗·卫风·伯兮》："焉得谖草，言树之背。"《毛传》："谖草令人忘忧。"李时珍《本草纲目》："谓忧思不能自遣，故欲树此草，玩味以忘忧也，吴人谓之疗愁。"背：指北庭或后堂。同"北"。古人喜种萱草于北庭阶下，故母亲住处多称"萱堂"，萱草因谓母亲萱草。光绪十九年（1893）秋七月初八，鼎母陈氏卒于龙阳，故言"秋萎"。

⑥ 草心：指孝心。"寸草心"省文。子女之心意不可以寸，故省。[唐] 孟郊《游子吟》："谁言寸草心，报得三春晖。"春短：春秋短，指孝敬母亲的光阴不长。

⑦ 鼎母陈氏卒于癸巳秋七月，光绪十九年，蛇年。典出"辰巳梦"。《后汉书·郑玄列传》："（建安）五年春，梦孔子告之曰：'起，起，今年岁在辰，来年岁在巳。'既寤，以谶合之，知命当终。"冯应榴注："此言不待临死而忏悔求福也。"

⑧ 乌夜：黑夜。呜呜：歌咏声。《史记·李斯列传》："夫击瓮叩缶弹筝搏髀，而歌呼呜呜快耳者，真秦之声也。"

⑨ 庐墓：古人于父母或师长去世后，服丧期间在墓旁搭盖简陋的小屋居住，守护坟墓。中郎：指蔡文姬之父蔡邕（133—192），河南开封人。汉末名士。曾官拜左中郎将，故世称"蔡中郎"。母卒，蔡邕庐墓哀思。衣不解带，动静以礼。

⑩ 易顺鼎殉母被救后，曾庐墓守制，苫块素食，朝夕哭母，并号哭庵，立誓丧期满后，随母亲于地下。《后汉书·蔡邕列传第五十下》："性笃孝。母卒，庐于冢侧，动静以礼。有菟（"兔""菟"通训）驯扰其室傍，又木生连理，远近奇之，多往观焉。"驯：驯服。

⑪ 王母：即西王母。增城：我国古代神话中的地名。《淮南子·地形训》高诱注："增，重也。"母陈氏西去，鼎作《齐河道中将渡黄河即事书怀》云："身在人间难独活，母从天上寄当归。"

⑫ 青鸟：为王母取食之鸟。后多作为"信使"的代称。《山海经·西山经》："王母至，有两青鸟如乌，侠侍王母旁。"

⑬ 眷眷：依依不舍、频频回头的样子。引申为悲恋。《九叹·离世》王逸注："眷眷，顾貌。"天阍：传说中的天门，亦指皇宫正门。

⑭ 凄凄：凄凉。

⑮ 每亟：每每急迫。殉身：陪葬。

⑯ 尔：指易顺鼎。留命：命大。指母亲死后，易顺鼎投水不死被救事。

⑰ 希：希冀，希望。彭咸：指忠谏贤臣。[汉] 王逸《楚辞章句》："彭咸，殷贤大夫，谏其君不听，自投水而死。"这里比喻易顺鼎有彭咸之贤。并踪：（与易顺鼎）同行。

刘潜而欲绝①，亲丧罔极②，时艰又丛③，瀛洲波沸④，韩京陆沉⑤。扶桑爝火⑥，燎东海之原⑦；孤竹虚墟⑧，陨西山之涕⑨。舳舻黑焰⑩，烧残柳城⑪；欃枪白芒⑫，黯凌榆塞⑬。匈奴侵边⑭，甲士出戍⑮，陈戏儿之军⑯，八公鸡犬⑰；

① 恸：极悲哀，大哭。刘潜（480—550）：字孝仪，江苏徐州人。南朝梁秘书监刘孝绰三弟。官至豫章内史。幼孤，与兄弟相励勤学，工文。欲：快要。绝：气息终止、死亡。

② 亲：指子女。丧：失去。罔极：指父母对子女的恩德。《诗·小雅·蓼莪》："欲报之德，昊天罔极。"

③ 时艰：时局的艰难困苦。丛：凑在一块。

④ 瀛洲：借指日本。波沸：喻海疆形势动荡。

⑤ 韩京：指大清藩属国朝鲜京城汉城。陆沉：比喻汉城沦陷于日本人之手。

⑥ 扶桑：指日本。爝火：小火，炬火。《庄子·逍遥游》成玄英疏："爝火，犹炬火也，亦小火也。"

⑦ 燎：延烧。《书·盘庚》："若火之燎于原，不可向迩。"东海：中国东海。扶桑爝火，燎东海之原：代指中日甲午战争。

⑧ 孤竹：原指北方建国最早的子姓墨氏侯国。散见于《国语》《韩非子》《史记》等。亦作"觚竹"。［晋］干宝《搜神记·孤竹君馆》："汉令支县有孤竹城，古孤竹君之国也。"马银琴、周广荣注："故城在河北迁安西。"这里代指华北地区。虚墟：毁灭之义。虚：通"墟"。

⑨ 陨西山之涕：典出"李密陈情"，亦称"日薄西山"。［晋］李密《陈情表》："但以刘（李密祖母）日薄西山，气息奄奄，人命浅微，朝不虑夕……臣生当陨首，死当结草。"陨：落。涕：眼泪。西山：隐喻大清王朝气数已尽，日薄西山。

⑩ 舳舻：这里引申为战舰。舳，舟尾。舻，舟头。黑焰：黑色火焰。［清］李元度《洞庭湖遇大风作歌》："舳舻衔尾百数十，……黑焰遮空晦如墨。"

⑪ 烧残：焚烧殆尽。柳城：即后汉柳中地，西域长史所治。唐置柳中县。这里代指西北地区。《明史·西域一》见载。

⑫ 欃枪：彗星的别称。《尔雅·释天》："彗星为欃枪。"白芒：彗尾白色的光芒。［唐］杜甫《七哀诗》："长欃长枪白木柄，我生托子以为命……此时与子空归来，男呻女吟四壁静。"与上文"杜甫七哀"相对。

⑬ 黯：阴沉地。凌：越过。榆塞：泛指边关、边塞。《汉书·韩安国传》颜师古注引如淳曰："塞上种榆。"

⑭ 侵：侵犯，侵略。边：边境。

⑮ 甲士：原指披甲的战士，后泛指士兵。出戍：到边地戍守。

⑯ 陈：列阵。戏儿：儿戏。

⑰ 八公鸡犬：这里讽刺阿谀攀附、盘根错节的官场。典出"鸡犬升天"。［晋］崔豹《古今注》："淮南王服食求仙，遍礼方士，遂与八公相携俱去，莫知所往。"

老勤王之兵，三户貔貅①。枢密内奸，节度外宄②，莫捣黄龙③，竞逞白马④。藩篱失固⑤，畿甸胥惊⑥，既构蒿目⑦，足令棘心⑧。烦冤忡忡⑨，驰骋眇眇⑩，身虽栖乎南国⑪，神已宅乎朔方⑫。起舞半夜⑬，激枕戈之情⑭；誓清中原⑮，

---

① 三户：指楚国昭、曲、景三大氏族。《史记·项羽本纪》："楚虽三户，亡秦必楚。"貔貅：猛兽名。这里借指勇猛的士兵。[宋]刘仙伦《念奴娇·感怀呈洪守》："九塞貔貅，三关虎豹，空作陪京固。"

② 枢密句：意在抨击清廷权柄大臣内外勾结，出卖国家利益。枢密：国家中枢官署的统称。内奸外宄："内宄外奸"倒置。宄：《说文》"奸也"，《广韵》"内盗也"。《国语·晋语六》："御宄以德，御奸以刑。"

③ 莫捣黄龙：意在抨击清廷柄权大臣面对强敌，不思抵抗。莫：不。捣黄龙：典出"痛饮黄龙"，亦称"黄龙饮"。黄龙，指黄龙府，古代府名，金朝都城，今吉林一带，为金人腹地。岳飞以燕京为黄龙。

④ 竞：争着。逞：炫耀。白马："白马非马"省文。白马非马是中国古代著名逻辑学家公孙龙提出的形而上学的哲学命题。这里借喻空谈的学问。

⑤ 藩篱：边界，屏障。失固：失守。

⑥ 畿甸：泛指京城地区。胥：全，都。惊：惊恐，惊吓。

⑦ 蒿目："蒿目时艰"省文。多喻时局令人忧虑不安。《庄子·骈拇》："今世之仁人，蒿目而忧世之患；不仁之人，决性命之情而饕贵富。"

⑧ 足：足以。令：使人。棘心：也作"如刺刺心"。《诗·邶风·凯风》："凯风自南，吹彼棘心。棘心夭夭，母氏劬劳。"朱熹集传："棘，小木，丛生多刺难长，而心又其稚弱而未成者。"足令句，犹言山河破碎，满目疮痍，令人痛心疾首。

⑨ 烦冤：烦躁愤懑。《楚辞·九章·思美人》："蹇蹇之烦冤兮，陷滞而不发。"王逸注："忠谋盘纡，气盈胸也。"[唐]杜甫《兵车行》："新鬼烦冤旧鬼哭，天阴雨湿声啾啾。"忡忡：忧愁不安貌。《楚辞·哀时命》："魂眇眇而驰骋兮，心烦冤之忡忡。"

⑩ 驰骋：纵马奔驰。眇眇：瞻望不及，望眼欲穿之貌。表示理想、现实之间落差很大，看不到任何希望。《九歌·湘夫人》："帝子降兮北渚，目眇眇兮愁予。"

⑪ 栖乎：栖于。南国：泛指南方。

⑫ 神：精神。宅：寄寓。朔方：北方也。[明]薛蕙《孤雁赋》："恋南游于朱厓，怀北栖乎玄朔。"

⑬ 起舞："闻鸡起舞"省文。表士气奋发，刻苦磨炼。典出《晋书·祖逖传》，见诗注8。

⑭ 激：激发。枕戈：睡觉时头枕兵器，以待随时杀敌。表同仇敌忾。《晋书·刘琨传》："吾枕戈待旦，志枭逆虏，常恐祖生先吾著鞭。"

⑮ 中原：泛指中国。

决舆榇之志①。申旦驾螭②，甲鼂步马③，同越石以共被④，着士雅之先鞭⑤。薄浮江淮⑥，狂走幽蓟⑦，爰奋效死之气⑧，粤有告哀之篇⑨。阮生咏怀⑩，谢公纪游⑪，祇伤王室⑫，讵悲身世⑬。都⑭为一集，始号《魂北》。多鱼之师⑮，漏于辽塞⑯；唳鹤之警⑰，逼于陪都⑱。南荣靡期⑲，东征云赋⑳，历太皓而右

① 决舆榇之志：载棺以随，表示坚定决一死战、死而后已的决心。决：决绝。舆榇：用车载运棺材，以死自誓。《左传·昭公四年》："（楚灵王）遂以诸侯灭赖，赖子面缚衔璧，士袒，舆榇从之，造于军中。"

② 申旦：天天，日复一日。宋玉《九辩》："独申旦而不寐兮，哀蟋蟀之宵征。"螭：古代传说中无角之龙。《楚辞·河伯》："乘水车兮荷盖，驾两龙兮骖螭。"

③ 甲：甲日。古以十天为干记日。鼂：通"朝"，早晨。步马：蹓马。

④ 越石：刘琨（271—318）字，河北无极人。官至司空、太尉。为段匹磾所害。共被：喻亲如兄弟。《后汉书·姜肱传》："肱感《凯风》之孝，兄弟同被而寝，不入房室，以慰母心。"

⑤ 士雅：祖逖字。

⑥ 薄：人微言轻谓之薄。浮：漂泊。江淮：长江和淮河流域。

⑦ 狂走：疾奔。幽蓟：幽州和蓟州的并称。这里代指京师（北京）。

⑧ 爰：句首语气词。奋：振奋。效死：尽力而不惜生命。气：精神。

⑨ 粤：发语词。告哀：诉说痛苦哀伤。

⑩ 阮生：指阮籍（210—263），"竹林七贤"之一。《晋书》有传。咏怀：抒发情感怀抱。阮籍有五言《咏怀》诗82首，多采比兴手法表达人生苦闷，意旨幽深。钟嵘《诗品》评："言在耳目之内，情寄八荒之表……厥旨渊放，归趣难求。"

⑪ 谢公：指谢灵运。《宋书》《南史》有传。纪游：记述游记。

⑫ 祇：只。伤：痛心，哀痛。王室：指朝廷。

⑬ 讵：不料；哪知。身世：指自己的人生境遇。

⑭ 都：聚集；汇总。

⑮ 多鱼：古地名。春秋宋邑，故址在今河南省虞城北十四公里。齐寺人貂在此泄露军事机密。《左传·僖公二年》："齐寺人貂始漏师于多鱼。"

⑯ 辽塞：泛指边塞。

⑰ 唳鹤之警：多以慨叹世道离乱、悔入仕途。典出"华亭唳鹤"。［南朝宋］刘义庆《世说新语·尤悔》："陆平原河桥败，为卢志所谗，被诛。临刑叹曰：'欲闻华亭鹤唳，可复得乎？'"

⑱ 陪都：指盛京（沈阳）。

⑲ 南荣：南方。《九怀·思忠》王逸注："与己为誓，会炎野也，南方冬温，草木常茂，故曰南荣。"靡：无。期：约会。

⑳ 东征云赋：班昭曾著《东征赋》。赋云："睹蒲城之丘墟兮，生荆棘之榛榛……卫人嘉其勇义兮，讫于今而称云。蘧氏在城之东南兮，民亦尚其丘坟。唯令德为不朽兮，身既没而名存。"

转①，过句芒以前驱②，上马杀贼之豪③，探虎得子之壮④。唐山弭节⑤，渝关税车⑥，玄览秦城⑦，慨登魏垒⑧。从戎墨经⑨，公子依刘⑩；当阵⑪白衣，小军知薛⑫。佐雄镇以参谋⑬，请前敌而不许⑭，斧柯莫假⑮，长喟龟山之阴⑯；鞏

① 太皓：即太皞，传说中古帝名。《楚辞·远游》："历太皓以右转兮，前飞廉以启路。"

② 句芒：东方之神。《太公金匮》"东海之神曰句芒"句，一作"钩"。

③ 上马杀贼：《北史·傅永传》"上马能击贼，下马作露布，唯傅修期耳"。豪：豪情。

④ 探虎得子：典出"不入虎穴焉得虎子"。《后汉书·班梁列传》："不入虎穴，不得虎子。"壮：悲壮。

⑤ 唐山：因唐太宗李世民东征高句丽驻跸而得名。古孤竹国地。弭：止。节：车行的节度。弭节：驻节，停车。

⑥ 渝关：山海关之旧称。隋唐时期东北军事重镇，以防契丹。税车：停车。1894年农历十二月二十五，易顺鼎随刘坤一大军赴山海关，任大营文案所总办。除夕，在天津岁。次年正月，随刘坤一大军，自天津赴山海关。

⑦ 玄览：远望。秦城：指秦长城。[清]黄景仁《拟饮马长城窟》："秦城苍苍汉月白，秋风饮马城边窟。"

⑧ 垒：军营的围墙或防御工事。[明]李濂《夷门赋》："窃符以行兮，直趋魏垒。鼓刀之人兮，椎杀晋鄙。我将其军兮，号令由己。秦兵退走兮，邯郸围解。"

⑨ 从戎墨经：指戴孝从军。亦作"墨缞从戎"。墨经：黑色丧服。缞，麻衣；经，麻腰带，皆为丧服，合称"墨经"。从戎：从军。易顺鼎《魂南记》卷六："余墨经从戎，志在殉母。"

⑩ 公子：指王粲（177—217），字仲宣，山东微山人。东汉末年著名文学家，"建安七子"之一。依刘：投靠刘表。公子依刘：典出"王粲依刘"。为避汉末之乱，王粲年十七岁自长安赴荆州，投靠刺史刘表，因称依附于地方长官为依刘、依刘表。

⑪ 当阵：临阵。

⑫ 小军：小股军队，规模千人。《旧唐书·吐蕃上》："大军万人，小军千人，烽戍逻卒，万里相继，以却于强敌。"薛：指薛仁贵。《旧唐书·薛仁贵传》："及大军攻安地城，高丽莫离支遣将高延寿、高惠真率兵二十五万来拒战，依山结营，太宗分命诸将四面击之。仁贵自恃骁勇，欲立奇功，乃异其服色，着白衣，握戟，腰鞬张弓，大呼先入，所向无前，贼尽披靡却走。大军乘之，贼乃大溃。"

⑬ 佐：辅佐。雄镇：指两江总督兼南洋通商大臣刘坤一。

⑭ 请前敌：请前线作战。情前敌不许：如光绪二十一年五月二十六日（1895年7月18日），鼎以赴台南意电禀两江总督刘坤一等，刘坤一复电促其回营。其时福州知府秦炳直在厦门，尤力阻之。

⑮ 斧柯：权力。假：借。

⑯ 长喟：犹长叹。龟山：在山东泰山之阳汶河北岸。因鲁政日非，孔子在齐鲁之间的龟山之阴，作《龟山操》诗，喟叹曰："予欲望鲁兮，龟山蔽之，手无斧柯，奈龟山何？"苏雪林《狮城岁暮感怀》："回首龟山三十里，斧柯莫假且长谣。"

鼓每闻①，将老龙城之戍②。上将靡战③，深宫和戎④，露布莫草⑤，髀拊丁年⑥；雪衣皆麻⑦，心酸子夜⑧。上匡时之策⑨，伏阙徒然⑩；拜出师之表⑪，投笔已矣⑫。陈志无路⑬，离忧苦神⑭，瞩沧桑以怆凄⑮，寓丝竹之陶写⑯，胡笳抒其沉菀⑰，羌笛助其啸吟⑱。从军之曲⑲，出塞之声⑳，凌步王粲㉑，抗怀陆

---

① 鼙鼓：战鼓。每闻：每每听到。

② 老龙城：匈奴著名城堡。[唐]王昌龄《出塞》"但使龙城飞将在"即此。戍：防守的军队。

③ 上：代指甲午之役以光绪帝和翁同龢为首的主战派。将：要。靡战，犹言背水一战。靡：同"縻"。

④ 深宫：代指慈禧太后为首的主和派。和戎：指慈禧太后主张与日本媾和事。

⑤ 露布：军旅文书，或讨伐檄文。亦称"露板"。草草：草率。

⑥ 拊髀：拍大腿。髀：同"股"，即大腿。《庄子·在宥》："鸿蒙髀拊，雀跃掉头。"丁年：成丁之年，汉、唐间，一般以十八或二十、二十一岁为成丁。今指成年人。

⑦ 雪衣皆麻：沉冤不能昭雪。麻：麻布缝制的吊衣。

⑧ 子夜：午夜。一作"《子夜歌》"省文。晋乐曲名，相传为晋女子子夜所作，因名。《新唐书·礼乐十二》："《子夜》，晋曲也。晋有女子名子夜，造此声，声过哀苦。"[唐]李商隐《离思》："气尽《前溪》舞，心酸《子夜》歌。"

⑨ 匡时：匡正时弊，挽救危局。

⑩ 伏阙：拜服于宫城门楼之下。多指向皇帝上书。徒然：枉然。

⑪ 出师之表：指武侯诸葛亮《出师表》。吴钟峦《岁寒松柏集·答客难》："故商亡而首阳《采薇》之歌不亡，则商亦不亡；汉亡而武侯《出师》之表不亡，则汉亦不亡；宋亡而《零丁》《正气》诸篇什不亡，则宋亦不亡。子谓空言无补，将谓《春秋》之作曾不足以存周乎？"

⑫ 投笔："投笔从戎"省文。《后汉书·班梁列传》见载。已矣：休矣，完了。

⑬ 陈志：陈述心志。无路：没有路子。

⑭ 离忧：遭忧，感到烦忧。苦神：劳神。

⑮ 瞩：注视，注目。沧桑：世事变化巨大。怆凄：凄怆、伤感。

⑯ 寓：寄托。丝竹：泛指音乐。陶写：陶冶性情，排解忧闷。

⑰ 沉菀：心思郁积而不通貌。《九章·思美人》："申旦以抒中情兮，志沉菀而莫达。"

⑱ 羌笛：我国少数民族羌人吹管乐器的泛称。唐《乐府杂录》："笛，羌乐也。"啸吟：长啸哀吟。《淮南子·览冥训》高诱注："黄帝之神，伤道之衰，故啸吟而长叹也。"

⑲ 从军之曲：军旅歌曲，指《出塞曲》。歌词反映将士边塞生活。

⑳ 出塞之声：这里指唐王昌龄《出塞》诗。诗云："秦时明月汉时关，万里长城人未还。但使龙城飞将在，不教胡马度阴山。"与上文"将老龙城之戍"相对。

㉑ 王粲（177—217）：字仲宣，山东微山人。"建安七子"之一。为蔡邕所赏识。献帝西迁，粲徙长安。以西京扰乱，乃之荆州依刘表。后魏祖辟为丞相掾，赐爵关内侯。后拜魏国侍中。建安二十二年（217），从曹操南征，病卒于北还途中。

机①。非羁旅②而无友，作歌辞以相和，播之乐府③，吹之中军④。墨志画章⑤，白行陈情⑥，远维前图⑦，近敷恒干⑧。此《魂东》之诗，所由继《魂北》而集也。假使朱云伏槛，获斩佞臣之头⑨；终军请缨，竟系降王之颈⑩。王罴当道⑪，董龙匿形⑫，申包胥之气盛⑬，能复危亡；岳武穆之功成，会看痛饮⑭。

---

① 抗怀：坚守高尚的情怀。陆机（261—303）：字士衡，江苏苏州人。西晋著名文学家、书法家。世称"陆平原"。后卷入八王之乱，遭谗遇害。

② 羁旅：旅居异乡。宋玉《九辩》："廓落兮羁旅而无友生，惆怅兮而自怜兮。"

③ 乐府：主管音乐官署名。

④ 吹：吹奏。中军：军中。

⑤ 墨志画章："章画志墨"倒装句。画：法度。墨：即绳墨，木工画直线所用墨斗墨线。章：同"彰"。志：牢记。《九章·怀沙》："章画志墨兮，前图未改。"

⑥ 白行：表白、说明自己的所作所为。陈情：陈述衷情。《九章·惜往日》："愿陈情以白行兮，得罪过之不意。情冤见之日明兮，如列宿之错置。"

⑦ 远：长远；长久。维：维系，维持。前图：前人的法度。

⑧ 近：眼前。敷：勉强维持。恒干：躯体。《楚辞·招魂》："乃下招曰：'魂兮归来，去君之恒干，何为四方些？舍君之乐处，而离彼不祥些！魂兮归来！东方不可以托些。'"王逸注："恒，常也；干，体也。"

⑨ 朱云伏槛：典出"朱云折槛"。朱云：字游，西汉鲁国人。生卒未详。汉成帝时，槐里令朱云，上书切谏，指斥朝臣尸位素餐，请斩佞臣安昌侯张禹（成帝师）以震慑其余，成帝大怒，欲诛之，朱云攀折殿槛，成帝后悔，命留已折之槛，以旌直臣。《汉书·朱云传》见载。槛：栏杆。佞臣：指安昌侯张禹。

⑩ 终军（约前133—前112）：字子云，山东济南人。十八岁被选为博士弟子，受到汉武帝赏识，封"谒者给事中"，后擢谏议大夫。著有《终军书》。降王：指南越丞相吕嘉。武帝时，终军请缨出使南越，并说服南越王。吕嘉极力反对，发兵攻杀南越王，终军亦被杀。

⑪ 王罴（？—541）：字熊罴，陕西西安人。北魏太和中，为殿中将军。曾拜荆州刺史、进抚军将军、东骑大将军、扶风郡公。当道：掌权。王罴当道：比喻猛将镇守要塞。《北史》有传。

⑫ 董荣（？—357）：小字龙，甘肃秦安人。北朝秦主苻生宠臣，祸乱朝政的小人，后为苻坚所杀。匿形：隐匿行迹，指董龙被诛。《晋书·苻生传》："（董）龙专权，王堕疾之，同朝不与语，人劝之，堕曰：'董龙是何鸡狗，而令国士与之言乎！'荣闻而惭恨，遂劝生诛之。及刑，荣谓堕曰：'君今复敢数董龙作鸡狗？'"

⑬ 申句，典出"申包胥哭秦庭"。申包胥：湖北京山人。生卒未详。楚国大夫。定公四年（前506），申包胥往秦乞师，依庭墙日夜哭泣，七日不进水浆。秦王为赋《无衣》之诗，暗示愿意出兵，申包胥乃九顿首而坐立。［南朝梁］庾信《哀江南赋》云："申包胥之顿地，碎之以首。"

⑭ 岳武穆：即岳飞，南宋中兴四将之一，追谥"武穆"。会看痛饮：原指攻克敌京，置酒高会祝贺胜利。《宋史·岳飞传》："直捣黄龙府，与诸君痛饮尔！"

长人授首①，十日潜精②，横铙奏凯③，磨盾纪行④。铭在燕然⑤，赓之象阙⑥，昌黎丰碑⑦，义山长歌⑧。舒志抽冯⑨，扬词烈采⑩矣，岂期乱厌自天⑪，欲不从民⑫。人皆安石⑬，坐镇临敌之风⑭；朝多魏绛⑮，主持和亲之议⑯。贾豫州

---

① 长人：传说中东方巨人一族。《楚辞·招魂》："长人千仞，惟魂是索些。"授首：投降或被杀。《战国策·秦策四》："臣为王虑，莫若善楚。秦、楚合而为一以临韩，韩必授首。"

② 十日：十天。潜精：隐蔽光辉。曹植《愁霖赋》："悼朝阳之隐曜兮，怨北辰之潜精。"

③ 铙：古代乐器。《周礼·地官司徒·鼓人》："铙，铜制乐器，形如铃，无舌，有柄，执而鸣之，以止击鼓。"奏凯：谓战胜而鸣奏庆功之乐。

④ 磨盾：行军作战时在盾牌上磨墨写檄文。"磨盾鼻"省文。亦作"盾头磨盾"。盾：同"楯"。纪行：记载其行事。易顺鼎著有《盾墨拾遗》记录赴台筹边经过。《三国志·诸葛亮传》："夫崇德序功，纪行命谥，所以光昭将来，刊载不朽。"

⑤ 铭在燕然：典出"燕然勒石"。燕然山：今蒙古国杭爱山。东汉窦宪大败北单于，于燕然山刻石记功，令班固作铭。唐诗多用此典，喻指戍边立功。

⑥ 赓：续。之：于。象阙：天子宫阙。

⑦ 韩愈，世称"韩昌黎""昌黎先生"。丰碑：比喻不朽的杰作，伟大的功业。

⑧ 义山：李商隐字。《旧唐书》有传。长歌：放声高歌。多指借诗文抒发胸中悲愤之情。

⑨ 舒志：发舒心志。抽冯：排遣愤懑。抽：本义拔取，引申义发泄。冯：洪兴祖《楚辞补注》："一作凭，一作懑。"《楚辞·哀时命》："愿舒志而抽冯兮，庸讵知其凶吉。"

⑩ 扬词烈采："扬烈词采"倒置。扬烈：宣扬。词采：辞藻。

⑪ 岂：哪敢。期：奢望。乱厌自天："天自厌乱"倒置。

⑫ 欲不从民："不从民欲"倒置。汪康年《汪穰卿遗著》："是故以今日之事论之，变法无序，朝令暮改，民无适从，则亡；不从民欲，强民就我，则亡；纵奸长恶，善良屈抑，则亡；赋敛无节，水旱无备，民不能生存，则亡；耗财之途不塞，窃位之官不去，徇情而废法，则亡。"

⑬ 人皆安石：如果人人都像谢安那样。安石：谢安字。

⑭ 坐镇临敌：指淝水之战时谢安临危不惧，前秦自乱。《晋书·谢安传》见载。风：风范，风采。

⑮ 朝：指朝廷。魏绛：姬姓，魏氏名绛。生卒未详。春秋时晋国卿，史称魏庄子。曾佐晋悼公，献和戎之策。

⑯ 和亲：亦称"和戎""和藩"。这里指与日本媾和。贬义。《左传·襄公四年》："因魏庄子纳虎豹之皮，以请和诸戎。"

之子①，社稷输人②；严分宜之儿③，狼狈卖国。仰息契丹④，承意颜白⑤，志士痛心⑥，天下指发⑦。极远不中⑧，董道不豫⑨，由来孝子为求忠之门⑩，长使英雄无用武之地⑪，出车徒劳⑫，及关而叹⑬：孤桐鸣凤⑭，志极无旁⑮；枯杨冤雏⑯，声何弥苦⑰。郁其忠悃⑱，托此哀歌。悲夫！傅干君亲之痛⑲，袁安

---

① 贾豫州：指曹魏开国元勋贾逵（174—228）。贾逵幼子贾充（217—282），字公闾，山西襄汾人。曾出仕曹魏，任尚书令。贾充谄谀陋质，本非相材，因弑杀魏主，拥立司马炎，而官至太尉，因而得以善终。

② 社稷输人：指治理国家的才能不如人。

③ 严分宜之儿：指明代首辅严嵩和严世蕃父子。江西分宜人。父子二人结党营私，贪赃枉法，投敌卖国。

④ 仰息：仰人鼻息，依靠。契丹：我国北方少数民族之一。唐末建国，后改"辽"。石敬瑭称帝后，"信守"承诺，割让燕云十六州给契丹，并尊辽皇帝为"父皇帝"，自称"儿皇帝"。导致辽兵、金兵长驱直入中原地区，使社会经济遭到严重破坏。

⑤ 承意：逢迎。颜白：犹厚颜无耻。反语。

⑥ 志士：有坚强意志和节操的人。

⑦ 天下：四海之内。指发：愤怒。同"发指"。

⑧ 极远：非常高远。不中：不切实际。

⑨ 董道不豫：守正道而不犹豫。董：正。

⑩ 由来：从来。孝子：指赵国名将李牧。《史记》有传。[明]郑临中《孝垅秋风》诗云："伟哉李将军，存赵勋名树。守代十余年，匈奴且栗股。无何被谗言，身死委旗鼓。厥子负骸骨，庐墓痛失怙。孝子求忠门，秋风一抔土。"

⑪ 长使：常使。

⑫ 出车：泛指出征。

⑬ 及关：到了边关。[晋]赵至《与嵇茂齐书》："昔李叟入秦，及关而叹，梁生适越，登岳长谣。"

⑭ 孤桐：特立孤生之桐。典出"凤托高梧"。[唐]王昌龄《段宥厅孤桐》："凤凰所宿处，月映孤桐寒。"

⑮ 志极无旁：心志高远而无旁助。《楚辞·惜诵》陈本礼注云："志极无旁者，怜其志极高而旁无辅也。"

⑯ 枯杨：凋枯的杨树。冤雏：烦冤的雏鸟。《九叹·怨思》王承略注："冤，烦冤也……生啄日雏。言己既放，伤念坐于空室之中，孤子茕茕，东西无所依归。又悲哀飞鸟生雏，其身烦冤而不得出，在于枯杨之树，居危殆也。言己有孤子之忧，冤雏之危也。"

⑰ 何：何其。弥苦：更加恳切。

⑱ 郁：郁闷，愁闷。忠悃：忠诚。

⑲ 傅干（175—?）：字彦材，陕西耀县人。建安十九年（214）曹操打算起程南征，傅干为参军，上书谏之。曹操览后，遂罢南征，兴设学校，延礼文士。君亲：人臣。痛：痛心。

家国之感①，惟以写忧，自然流涕。远高阳而莫程②，鸠告空要③；遇丰隆而不将④，虬骖罔导⑤。结念九鸿⑥，驰精八龙⑦；惆怅世维⑧，屏营尘表⑨。素冠壮士⑩，惨歌易水之滨⑪；碧海遗黎⑫，待命田横之岛⑬。愿舒幽愤⑭，长握神

---

① 袁安（？—92）：字邵公，河南商水人。汉和帝时，外戚专横，皇帝幼弱，每与公卿议论天下大事，袁安总是鸣咽流涕。《后汉书》有传。[南朝梁]庾信《哀江南赋》："袁安之每念王室，自然流涕。"感：感伤。与"痛"相对。

② 远：背离。高阳：楚人先祖。屈原《离骚》："帝高阳之苗裔兮，朕皇考曰伯庸。"而：表递进。莫程：犹（走向）末路。莫，同"暮"。

③ 鸠：鸟名，善鸣，比喻花言巧语的人。告：告知；转告。空：无；不。要：表选择。远高阳句：隐语光复汉民族天下的决心不可动摇。

④ 丰隆：古代传说中云神名号。将：拿。代为传信。《九章·思美人》："愿寄言于浮云兮，遇丰隆而不将。"

⑤ 虬：乃传说中有角之龙。骖：古代以四匹马拉车，两边之马谓之"骖"。屈原《楚辞·涉江》："驾青虬兮骖白螭。"罔：无，没有。导：指引，带领。

⑥ 结念：念念不忘。九鸿：同"九方""九天""九渊"等。

⑦ 驰精：显示精诚。[唐]刘禹锡《问大钧赋·序》："谨贡诚驰精，敢问大钧。"八龙：东汉时，荀淑有八子，并有才名，世称"八龙"，因以美称他人子弟或兄弟。

⑧ 惆怅：伤感。世维：世间的纲纪、法纪。一作"世惟"。《九怀·陶雍》："览杳杳兮世惟，余惆怅何兮归。"

⑨ 屏营：彷徨。尘表：尘世之外，因以谓人品超世绝俗。

⑩ 素冠：白帽子，服孝而戴。《诗·桧风》有《素冠》诗。

⑪ 易水：水名，源出河北易县，为春秋战国时期燕国南界。《史记·刺客列传》："风萧萧兮易水寒，壮士一去兮不复还！"

⑫ 碧海：传说中的海名。遗黎：亡国之民。

⑬ 田横之岛：即今山东即墨田横岛。因秦末名士田横而得名。《资治通鉴》胡三省注："《史记》正义曰：'海州东海县有岛山，去岸八十里。'……是岛以横居之而得名。"田横（？—前202）：山东高青人。秦末天下大乱，自立为齐王，奔彭越。刘邦一统，田横不肯称臣于汉，遂率五百门客入海，居岛上。刘邦派人招抚，横被迫赴洛，途中自杀。海岛五百部属闻听，亦全部自杀。

⑭ 舒：同"抒"。幽愤：郁结于心的怨愤之情。

精①，穆如清风②，壮兹回日③。他年献颂④，功当迈诸钱镠⑤；此日讽词⑥，招无待乎宋玉⑦。六合田其田谨叙。

北湖土物志叙⑧

北湖者，古之玄武湖，世所谓后湖⑨也。始为桑泊，孙吴赤乌之初，有黑龙见其地，因名玄武湖。齐梁之际，凿而广之，以校水战，是名昆明；又筑三山

---

① 神精："神精香"省文。传说汉武帝时波祗国所献之草。一根上生百茎，似竹而柔软。皮如丝，可织布。其味芳香无比。一名"荃縻"。典出《洞冥记》。

② 穆：和美。清风：轻微之风。穆如清风：温和有如清风吹拂，形容人的美德如清风。

③ 壮：豪壮，豪迈。兹：这个。回日：归来之日。易顺鼎第一次赴台回乡奉父在光绪二十一年夏六月二十五日（1895年8月15日）。

④ 他年：来年。献颂：典出"东平献颂"。多作为宗室歌颂帝德之典。《后汉书·东平宪王苍传》："（永平十五年）春行幸东平……帝以所作《光武本纪》示苍，苍因上《光武受命中兴颂》，帝甚善之。"

⑤ 迈：超过。钱镠（852—932）：浙江临安人。五代吴越建立者，百姓尊之为"海龙王"。后唐谥"武肃"。

⑥ 此日：今日。讽词：讽喻之词。同"讽辞"。

⑦ 无待乎宋玉：不依赖于宋玉楚辞名篇《招魂》。招："招魂"省文。王逸《楚辞章句》："招者，召也。以手曰招，以言曰召。魂者，以讽谏怀王，冀其觉悟而还之也。"

⑧ 此据《国粹学报》。1945年5月复以《后湖考》为题发表，载《民心》半月刊。署"田北湖先生遗稿"并序云："后湖即玄武湖，田北湖先生名之曰北湖；俗分其内为菱、新、长、老、外五洲，国府建都南京以后，市长刘纪文氏，改以亚、美、欧、非、澳称之，以象征世界五大洲，同时并辟后湖为五洲公园，与城南之中山公园并称焉。抗战军兴，国府西迁，然国人固未尝一日忘怀于首都，同时对于以产樱桃著名之后湖，亦未始或忘。际兹迁都声中，偶与前辈刘成禺先生话及后湖往事，拟试为考证，当承刘先生出示田北湖先生遗稿，读竟，觉其所作考证，颇为綦详，心窃佩之，爰征得刘先生同意，选登本刊，公诸同好，或亦为读者所欢迎也。"刘成禺（1876—1953），字禺生，广东番禺人。初入武昌两湖书院，师从书院山长梁鼎芬，后入自强学堂，习英、俄和拉丁文。1901年被唐才常案所累，离鄂走上海，后赴香港，1902年加入兴中会。同年留学日本，入成城陆军预备学校。1902年冬，与李书城等创办《湖北学生界》月刊，是湖北学生中鼓吹革命排满最早者之一。1904年春，由冯自由荐任旧金山《大同日报》主笔。1911年回国。入民国，先后任参议员、监察委员等职。著有《太平天国战史》等。

⑨ 后湖：即北湖，今南京玄武湖。东吴宝鼎二年（267），开城北渠引后湖水流入新宫，后湖之名始著。明代朱之藩手绘《平堤湖水》、清代高岑手绘《金陵四十景》有后湖图。1920年，徐虎（号瘦生，湖州人）手绘《金陵四十八景》有《北湖烟柳图》。

其中，以象蓬莱方丈，宫殿池馆，如神仙居。南通枕潮沟，直贯台城①；鸡鸣在左，覆舟在右，环抱乐游苑。入进香河②，而泄于秦淮③；六朝之君臣，画舸往来，游谯甚盛，流连吟咏，文献著焉。王安石居半山④，请塞为田，旋赐蔡京⑤，广治宅第，陵谷沧桑⑥，非由天变，阡陌沟洫，尽改旧观。顾群山之坳，行潦所汇，与水争地，终病农夫，十年九荒，民以为厉；湖山风景之陋，尤其末焉者已。明太祖建南都，大举土工，恢复故迹，畚录⑦所积，更絫⑧五洲，渚沚坻潏⑨，并假人功，置库中央，收贮天下之黄册⑩，发囚徒以配之，使守管

---

① 台城：指六朝建康城宫城，中央政府办公机构所在地，同 P299 注⑨。历来学者对其四至说法不一。近人朱偰认为：台城当南至乾河沿，北至北极阁下鸡鸣寺前，西至今中山路西，东尽成贤街。2007 年，南京博物院研究员王志高基于考古实践，提出两个观点：一是"台城的位置可以限定在今珠江路以南，城东干道（龙蟠路）以西这一特定范围内"，二是"特别是南京图书馆工地新发现的一段东西城墙北折的拐点更是今后确定台城四至范围的主要坐标点"。

② 进香河：南京潮沟，也就是珍珠河的一段。作为六朝都城的运输大动脉，当时潮沟、青溪、运渎、玄武湖各水道连通一气，秦淮河的船只，可直抵宫城。宋湮。明代，在鸡鸣山兴建庙宇，时称"十庙"，为方便人们去十庙进香，疏浚原运渎的一段河道，于武庙闸和珍珠河相连，由北而西，经国子监（今南京市府所在地）向西至西仓桥折向南流，河上有大石、红板、严家、莲花诸桥。此河为进香而疏，故名"进香河"。清末至民国，河道日益淤塞，新中国成立后改建为排水暗沟，今进香河路即其上。

③ 秦淮：同 P15 注③。

④ 半山：指半山庐。今南京半山园，中山门内北侧海军学院内。王安石第二次罢相后，曾退隐此地。元丰七年（1084），王安石请以所居宅舍为寺，赐额"报宁"。报宁禅寺，地名白塘，由城东至紫金山，共十四里，此为半道，故名半山。熙宁八年（1075），王安石奏请填玄武湖为田，湖因此消失。

⑤ 蔡京（1047—1126）：字元长，福建仙游人。北宋权臣。元符元年（1098）十一月，知江宁知府。

⑥ 陵谷沧桑：山谷变山陵，山陵变山谷。比喻世事巨变。

⑦ 畚录：畚和录，农业生产工具名。

⑧ 絫：堆积。同"累"。

⑨ 渚、沚、坻、潏：均为小洲之意。坻，《说文》段注："《释水》曰：'小渚曰坻。'"潏，《说文》段注："潏，一曰水中坻，人所为为坻。"《民心》杂志引《国粹学报》原文作"潏"，误，迳改。

⑩ 黄册：古代朝廷令天下州府登记编制的各地户口和赋役簿册，因封面为黄纸而得名。洪武十四年（1381），朱元璋令建黄册库于玄武湖中梁州，后增辟长洲、樱洲为库址，以官军守之。并筑黄册库之城濠，[清]王曼犀《后湖志》"湖中有湖套一"即此。有库房约960间，最多时内藏黄册170万本以上，为我国古代最大的户口、赋税档案库。

钥，且制灯火之禁；今之湖心亭①，其遗址也。偏北为三法司堂②，俗所谓刑部
牢也；二百余年，号称禁地，宦官出入其间，樵采③陂塘之利，但充后宫粉钱。
铁棍铜管，锁其尾闾，伏流城隍之下，阻绝人迹，自是搴舟来者，已如风引海
上④，可望而不可即矣。康乾之世⑤，屡降翠华⑥，离宫法物⑦，照灼光华⑧；
春秋佳丽之辰，与同游观之乐⑨。洎乎南越内犯⑩，窃踞金陵，抗师钟山之
阴⑪，恃崔苻⑫为间道，岁星一周⑬，爝火息灭⑭。狐鼠⑮悲依以后，荒芜不治，
水草之湄⑯，鞠为丛莽⑰，好事之官府，亦尝匠作土木，粉饰太平，然而兵燹初

---

① 湖心亭：在玄武湖梁州上。清同治间，两江总督曾国藩所建。

② 三法司堂：俗称"天牢"，包括刑部、大理寺、都察院、五军断事司等。《明洪武京城
图志》"太平堤"条下云："其下曰贯城，以刑部、都察院、五军断事官在其西，皆执
法之司。以天市垣有贯索星，故名焉。"嘉庆重刊《江宁府志》卷八："明时三法司及
各道御史台、刑部大狱，都在太平门外。"《国粹学报》原文为"三司法堂"，有误，迳
改。

③ 樵采：采薪，打柴。

④ 风引海上：从海上引风，比喻不可能实现的事。

⑤ 康乾之世：指清康熙、乾隆执政时期。

⑥ 翠华：天子仪仗以翠羽为饰的旗帜或车盖。[汉] 司马相如《上林赋》李善注："翠华，
以翠羽为葆也。"屡将翠华：指康乾之世，天子多次下江南巡察民间疾苦事。

⑦ 离宫：帝王设于都城之外的苑囿舍馆，亦称"离宫别馆"。[汉] 司马相如《上林赋》：
"离宫别馆，弥山跨谷。"法物：古代帝王仪仗所用器物总称。《后汉书·光武帝纪》李
贤注："法物谓大驾卤簿仪式也。"

⑧ 照灼：光芒四射；闪耀。[南朝宋] 鲍照《舞鹤赋》："临惊风之萧条，对流光之昭灼。"
光华：光芒，光彩。

⑨ 与同：犹同。谓与人一齐。游观：犹游逛观览。

⑩ 洎乎：等到，待及。南越：南越民族。这里代指太平军。

⑪ 抗师：武装抵抗。阴：山北。

⑫ 崔苻：水泽名。春秋时郑国沼泽地带，贫苦无依之人逃命藏身之所。《左传·昭公二十
年》杜预注："崔苻，泽名，于泽泽中劫人。"苻：《国粹学报》原文为"符"，有误，
迳改。

⑬ 岁星：历法术语。古人以岁星（木星）在十二次中位置的纪年方法。古人将周天化分
为十二次，将木星每年行经的星次记下作为纪年资料，认为木星十二年行完一周天。
《淮南子·天文训》云："太阴在四仲，则岁星行三宿；太阴在四钩，则岁星行而宿。
二八十六，三四十二，故十二岁而行二十八宿。日行十二分度之一，岁行三十度十六分
度之七，十二岁而周。"岁星一周：指太平军盘踞金陵 12 年（1853—1864）。

⑭ 爝火：炬火。息灭：熄灭。

⑮ 狐鼠：指城洞里的狐狸。"城狐舍鼠"省文，亦说"社鼠城狐"。舍鼠：土地庙里的老
鼠；亦作"社鼠"。《晋书·谢鲲传》："隗诚始祸，然城狐社鼠也。"比喻凭借权势为非
作歹的坏人。

⑯ 水草之湄：岸边水草交接处。

⑰ 鞠：引申义发展。丛莽：指大片茂盛的草。

经，物力有限，及今四十年来，元气犹未调和也。勺水撮土，乘除①于兴废之林，古人之遗，莫由②印证，吾所躬遇而目接③者，弗使稍有存焉。继今以往，境过时移，后人欲求此已陈之迹④，苍苍者山⑤，茫茫者水⑥，吾知其不能语矣。不贤识小⑦之责，吾其何以辞之哉！

金陵故秣陵⑧地，郭北钟山，蒋子文之陵墓⑨也。湖在山阴，古亦从地得名，曰金陵湖，曰秣陵湖，曰蒋陵湖，曰蒋湖；特非通称耳。后湖名字，虽属土俗之语，《南唐近事》曰："金陵城北有湖，《建康实录》所谓玄武湖是也。一日诸阁老待漏朝堂⑩，语及林泉之事⑪，坐间冯谧因举玄宗赐贺监三百里镜湖⑫，信为盛事。又曰：'予非敢望此，但赐后湖，亦畅⑬予平生也。'吏部徐铉⑭怡声而对曰：'主上尊贤礼⑮士，常若不及⑯，岂惜一后湖？所乏者知章尔。'"是南唐时代已有此称。然六朝宫殿，大率背倚台城。而湖属城北，实当宫墙之后，则所谓后者，指宫城而言。湖之得名，不自南唐为然。俗说钟山之

---

① 乘除：比喻人事的此消彼长。
② 莫由：无从。
③ 躬遇：亲身经历。目接：亲眼所见。
④ 已陈之迹：指玄武湖旧迹，历史遗迹。
⑤ 苍苍：深青色。
⑥ 茫茫：辽阔旷远之貌。
⑦ 不贤识小：与道相违背之徒。讽词。
⑧ 秣陵：南京古称。《建康实录》卷第一："秦始皇三十七年，东游还，过吴，从江乘渡，望气者云：'五百年后，金陵有天子气。'因凿钟阜，断金陵长陇以通流，至今呼为秦淮，乃改金陵邑为秣陵邑。"
⑨ 蒋子文之墓：同 P192 注③。
⑩ 阁老：唐代中书省、门下省的属官中有资历者"两省相呼为阁老"。漏：古代计时器。百官清晨入朝，准备朝拜皇帝，谓之待漏。朝堂：宫廷内主要建筑之一，朝官治事之所。
⑪ 林泉：闲居山林、泉石之间，有隐退之意。
⑫ 冯延鲁（905—972）：一名谧，字叔文，江苏扬州人。冯延巳异母弟。《宋史》有传。玄宗：指唐玄宗李隆基。贺监：指唐代诗人贺知章。贺尝任秘书监，因称。《旧唐书》有传。镜湖：一名鉴湖，在今浙江绍兴东南。贺知章晚年归隐于此。
⑬ 畅：痛快。
⑭ 徐铉（916—991）：字鼎臣，江苏扬州人。世称"徐骑省"。弟锴有文名，并称"二徐"。著有《徐公文集》。
⑮ 主上：臣子对君主的称呼。这里指南唐后主李煜。礼：《国粹学报》原文作"待"，有误，迳改。
⑯ 常若不及：意谓唐玄宗在尊贤礼士方面，常常不如南唐后主李煜。

阳，有前湖，此固山阴，故以后别之①。不知前湖之名，发见最晚，因后湖而称前湖，后湖不为前湖称也。自有后湖之称，古之玄武云者，文人词翰②而外，已不常见。盖世人相传，千五百年于兹矣。北湖之名，古无闻也③；予独以此锡④之者。予维故宫如砥⑤，其迹成尘，前既无朝⑥，湖于何后？若就地位⑦言之，城垣犹是⑧，风景不殊⑨。十里平湖，故在金陵城北。古之说山川者，有形势、故事两说，命名所宜，并从兹谊。故事不能征实⑩，毋宁取于形势之为当欤？东南名胜，美不胜收，锦绣自然，都如图画⑪，显晦盛衰之际，或幸或不幸焉。予成童出走⑫，垂二十年⑬，凡长城以南，经行之路线，延长⑭可三万里，周览中原⑮，惟不见黔滇陇蜀耳。天生好山水⑯，何地蔑有⑰？登临所至，乐将忘归。既三适越⑱，因⑲过西湖，蹑屩⑳泛舟，辄㉑不解其佳处。自非灵隐三潭㉒，差

---

① 前湖：在南京富贵山以东。今琵琶湖也。其前身为燕雀湖。燕雀湖与玄武湖为南京古代两大湖泊，以钟山为界。历史上的燕雀湖负有盛名。据吕武进《南京地名源》记载，燕雀湖东临钟山脚下，南至今明故宫午朝门一带，西抵解放路，北达后宰门、香林寺一带。为燕雀湖于明代被填后遗留下来的水迹，因形似琵琶而得名。近人胡翔祥认为：燕雀湖在钟山以南称前湖，玄武湖在钟山以北称后湖。其《金陵胜迹考》"后湖"条下云："燕雀为前湖，此故以'后'名。"

② 词翰：诗文，辞章。

③ 古：过去。无闻：没有听说。

④ 锡：假借为"赐"。

⑤ 砥：底部。故宫：指南京明故宫。洪杨之役，其地面建筑已荡然无存，故言。

⑥ 朝：对着。

⑦ 地位：指地理方位。

⑧ 犹是：仍是以前的样子。

⑨ 不殊：跟从前没有区别。

⑩ 征实：证实。

⑪ 图画：比喻江山壮丽。

⑫ 成童：这里指13岁以上。

⑬ 垂：接近。自1889年作者负笈南菁书院起，至该文发表之时（1908），前后20年。

⑭ 延长：延展开来的长度。

⑮ 中原：泛指中国。

⑯ 天生：天然。好山水：指山明水秀的自然风光。

⑰ 蔑有：没有。《左传·昭公元年》："封疆之削，何国蔑有？"

⑱ 适：到。越：这里指广东、广西、福建等地。

⑲ 因：顺便，乘便。

⑳ 屩：草鞋。《释名·释衣服》："屩，草屦也……出行着之，屩屩轻便，因以为名也。"

㉑ 辄：总是。

㉒ 自非：倘若不是。灵隐：指灵隐寺，著名江南古刹。三潭：指三潭印月，西湖水上经典之作。

强人意，其诸溷我心目①者，至今犹作恶也。夫西湖亦寻常之山水而已，山水似西湖者，遍地皆是，不过所处之地位，与其遭际，无所侥幸②，世人视之未尝重轻③焉。岂真山水之不若西湖哉？唐宋以后之西湖，名贤颇有遗迹，文人墨客，因以模范④风雅，争与铺张⑤，祠墓池馆，附会⑥于其间，几如蝇蚁之相逐，且比近城市，便于步趋⑦；以是因缘⑧，皆为寻常山水所不逮⑨。究之纸上烟云⑩，人工所烘托⑪，矫揉造作之象，金银酒肉之气，鼓里耳而炫俗目⑫，遂得容饰取悦⑬，标榜延誉⑭，天趣梏亡⑮，索然一览，不足傲我北湖也。北湖托非其所⑯，遇无其时⑰，益以堙塞之惨⑱，禁锢之厄⑲，兵燹之灾，留此残且剩者，沙汰于草木土石，志乘之所记载，文词之所扬搉⑳，都不能尽其真相。虽区区丘壑，弗具奇特㉑之姿，置诸清波门外，当亦无可轩轾㉒。物望所归㉓，未尝齐齿㉔，将

---

① 溷：打乱。心目：内心和眼睛。

② 侥幸：犹幸运。

③ 重轻：重视。

④ 模范：犹附庸。

⑤ 争与：争相。铺张：铺叙渲染。

⑥ 附会：追随。

⑦ 步趋：步行前往。

⑧ 以是：凭此。因缘：机缘。

⑨ 不逮：不及。

⑩ 纸上烟云：犹文学作品描绘的胜境。

⑪ 人工：人为。烘托：渲染。

⑫ 鼓：鼓噪。里耳：同"俚耳"，俗人之耳。引申为没有欣赏能力。《庄子·天地》："大声不入于里耳。"炫：夸耀，炫耀。俗目：眼光平庸、见识浅薄的人。

⑬ 容饰：装扮，打扮。《周书·柳虬传》："唯虬不事容饰。"取悦：讨好。

⑭ 标榜：夸耀、称扬之义。本作"摽搒"。延誉：谓播扬声誉。

⑮ 天趣：自然的情趣。梏亡：引申义因受束缚而消亡。

⑯ 托非其所：放置在不合适的地方。[唐]白居易《京兆府栽莲》："托根非其所，不如遭弃捐。"

⑰ 遇无其时：有其遇，无其时。

⑱ 堙塞：堵塞。惨：表程度严重。指王安石填湖为田事。

⑲ 厄：困厄。禁锢之厄，指明代划玄武湖为禁地事。

⑳ 文词：泛指文章。扬搉：举其概要，扼要论述。《庄子·徐无鬼第二十四》高诱注："扬搉，犹无虑大数名也。"

㉑ 奇特：不寻常。

㉒ 无可轩轾：犹无可厚非。轩轾：车前高后低称"轩"，前低后高称"轾"。后引申为高低、轻重。《诗·小雅·六月》："戎车既安，如轩如轾。"

㉓ 物望所归：众望所归。物望：众人的希望，物指人，公众。

㉔ 齐齿：并列。《礼记》："与家仆杂居齐齿，非礼也。"

寂寂焉无称以终古①，抑何不常乃尔②？生平阅历所及，为之比较彼此，至是不得其平。世无真是非，于山水奚讼焉。予欲谈山水者，知西湖之外，自有胜境，故易今名，以示无独有偶之义，而资从游之先导。诚得大雅君子，信所言之不谬，相与拂拭尘垢，庶几③钟山之英，桑泊之灵，重宣景光，际会④六朝之盛；是又予志也夫。

国初郡人⑤，尝著《后湖志》，姚姬传《江宁府志》标目于"艺文"⑥。其书不传，访诸父老，与夫四方藏书家，亦未之见。于是湖中事实，别无专书，仅散见于官私记载；其诸轶闻故典⑦，莫可蒐辑，尤后生小子⑧之大憾也。湖至今日，三四变迁，王蔡作俑，而六朝之遗址⑨，铲削净尽，遑问汉魏间甄邯⑩郭璞之冢哉！洪杨称乱⑪，而近百年前之建筑，付诸涂炭，遑问朱明之版籍⑫寺狱哉！空谷寒流，平芜广漠⑬，黯淡冷落之景象，几如洪荒草昧之世界，望古有怀，乃至无从凭吊；益以废弃之故，不能免于耰锄⑭之手，山川无幸，孰有若斯之极者？证之已往则如彼，验之未来则如此。此不甚爱惜之山水，可以消灭，可以摧毁，视其无常之命运，直与积潦石⑮等耳。俯仰顾瞻，吾惧滋甚⑯。吾既服勤三岁⑰，假为主人，不得不注水笺山，稍稍表著其声价，俾护持者易为力焉；是又予之志也夫。

---

① 无称：不为称道。终古：永远。《九歌·礼魂》朱熹集注："终古者，古之所终，谓来日之无穷也。"

② 抑何：还是。不常：犹无常。乃尔：犹如此。

③ 庶几：或许。表希望。

④ 际会：配合呼应。

⑤ 国初：指清初。郡：江宁郡，指江宁府。明清时期文人撰述喜用郡号使然。

⑥ 姬传：姚鼐（1732—1815）字。1808年知江宁府。1811年主纂成书《重刊江宁府志》56卷，其第54—56卷为艺文志。

⑦ 故典：典故；掌故。

⑧ 后生小子：泛指少年晚辈。

⑨ 遗址：遗迹。

⑩ 甄邯（？—12）：字子心，河北无极人。王莽篡政时最大的谋臣。官拜大司马、承新公。去世后葬于玄武湖侧。

⑪ 洪杨：洪秀全和杨秀清的并称。称乱：举兵作乱。

⑫ 版籍：登记户口、赋税的簿册。

⑬ 平芜：荒草丛生的平旷原野。广漠：广大空旷。

⑭ 耰锄：亦作"锄耰"。泛指农具。这里引申为破坏。

⑮ 积潦石：指乱石。

⑯ 滋甚：更严重。

⑰ 服勤：谓服持职事勤劳。《礼记·檀弓上》孔颖达疏："言服勤者，谓服持勤苦劳辱之事。"三岁：指三年。

夫风景之美，无益于人生①。薮泽之利，民赖以养，若吾北湖，岂以名胜古今，仅供玩赏已哉？其土地之肥美，物材之丰富，一亩所获，比诸黍稷稻（粱）价值倍蓰，此潢汙者无负于人，诚有自卫之道矣。世俗不察土宜②，汲汲于黍稷稻粱之谋，务反其故常③，谬谓尽地之力，虽杀风景，于事何裨，甘为堙④水之罪人。未闻从前之覆辙⑤，安得更觅梁山泊而泄之，度无以塞贡父⑥之口也。胜境罹殃，抑其末焉者乎？予乞兹湖，尝测算其形势⑦，辨别其土性⑧，会计其货财⑨，规画疏瀹之方，宏我渔樵之业。方葺讲舍，召生徒⑩，而时日不假，重为豪吏所嫉，予亦从此逝矣。后之来者，连年失策，流亡之渔户，往往告予以疾苦，慨然于先畴⑪之弗殖，而忘啬夫之喋喋⑫。吾爱其土，因爱其产物，尤愿有事于湖者，人亦如吾之爱其土与物也，因举所得，述为斯篇。《齐民要术》非湖山便览之书，古迹无征，故从略焉⑬。

说文砭许叙⑭

读书须识字，学问之津逮⑮也。文从字顺，著作之轨则⑯也。吾人⑰学文，

---

① 人生：生存。
② 土宜：土地对于生物的适宜性。
③ 务反：力求反对。故常：惯例；旧例。
④ 堙：堵塞。
⑤ 覆辙：前人失败的教训。
⑥ 贡父：北宋著名史学家刘攽的字。熙宁中，曾致书王安石，论新法不便，遭贬。
⑦ 形势：地形和地势。
⑧ 土性：指土壤的燥湿、肥瘠等性质。
⑨ 货财：货物，财物。
⑩ 方葺讲舍，召生徒：意谓一切刚刚开始。
⑪ 先畴：先人遗忘的田地。
⑫ 啬夫：农夫。喋喋：多言；唠叨。
⑬ 编者按：该段文字系作者于1908年在《国粹学报》上发表时所增者，刘成禺先生所藏遗稿所无，故《民心》杂志未录。
⑭ 砭：针砭，指出错误。许：指许慎（约58—约147）：字叔重，河南漯河人。著有《说文解字》。
⑮ 津逮：门径。
⑯ 轨则：规范法则。
⑰ 吾人：犹我。

未尝讲授①，埋头伏案，呫哔②章句，累月积年，率尔成篇，揣摩仿佛，居然可观。下笔有神，应心于手，幽深迂远③之思，出没离合④之迹，宛转曲折⑤之致，变化奇正⑥之端，虽在大家，终不能明言其所以然之故。盖自束发肄业，受命函丈⑦，既辨点画⑧，专注讽诵；师之所召，亦惟解字义，析文体⑨而已。以是相习⑩，贸贸属思⑪，神明之道，存乎其人⑫，不模不范，水到渠成，一旦豁然⑬，殆非人力⑭；审其构造⑮，莫或究竟⑯。一合而不可以分⑰，从流而不知其源⑱，生徒⑲之间，又何难哉？然而后来之功效，系乎最初之因缘⑳，凡诸词气之贯串㉑，皆由训诂之陈列㉒，循理见情㉓，赴义劾志㉔，字当其位，则文生

①　讲授：讲解传授。

②　呫哔：泛指诵读，亦作"呫毕"。

③　幽深：深而幽静，指深度。迂远：犹迂阔。指宽度。

④　离合：指在所遣词句和所要表达的意思之间。

⑤　宛转：委婉。曲折：犹宛转。

⑥　奇正：突破与创造，是奇；遵守传统法则，是正。

⑦　函丈：讲学的坐席。多作老师的尊称。《礼记·曲礼》郑玄注："谓讲问之客也。函，犹容也，讲问宜相对容丈，足以指画也。"

⑧　既辨点画：指具备一定识字基础之后。点画：汉字笔画横、捺、直、钩的统称。

⑨　文体：文章的段落、体裁。

⑩　以是：按此。相习：因袭，沿袭。

⑪　贸贸：轻率冒失，考虑不周。属思：构思。

⑫　神明之道，存乎其人：指文章美妙的门径，在于个人的领悟。《易·系辞上》："化而裁之存乎变；推而行之存乎通，神而明之，存乎其人。"孔颖达疏："言人能神此易道而显明之者，存在于其人。若其人圣，则能神而明之；若其人愚，则不能神而明之。"

⑬　豁然：开悟貌。［北齐］颜之推《颜氏家训·勉学》："积年凝滞，豁然雾解。"

⑭　殆非人力：恐怕并非人为刻意而为的结果。殆：恐怕。测度之辞。

⑮　构造：结构。

⑯　莫：不。或：疑惑。通"惑"。究竟：原委。

⑰　一：一旦。合：合成，指由部分组成文章整体。分：分开，指从文章整体中抽出或取出部分。

⑱　从：顺着。流：指文势。源：源头。

⑲　生徒：我国古代学生之泛称。

⑳　因缘：缘起，发端。

㉑　词气：语言或文辞的气势。《晋书·嵇康传》："美词气，有风仪。"贯串：贯通，连通。指从文章开头贯通至结尾。

㉒　陈列：陈述和序列。

㉓　理：指文理。见：显露，同"现"。情：情理；情感。

㉔　义：文义。指文章的义理、文章的内容。劾志：核查心志，反省。《楚辞·九章·怀沙》："抚情劾志兮，冤屈而自抑。"王逸注："劾，犹核也。"

焉。运用之机键①，质证之凭准②，张侯立鹄③，庶几得之，欲寻门户，致身堂奥，反复推求，何以易兹说也。

文章之士④，不言文法⑤，其所谓文法者，体制也，格律也，门户也。率就已成之局⑥，敷陈⑦其事，如何构造⑧，如何绾合⑨，知之非艰，而言之惟艰。夫积字成句，积句成章⑩，此其合也；断章得句，断句得字，此其分也。明乎分合之间，则来踪去迹⑪，瞭乎指掌⑫，还原返本，而辨字之用⑬，岂非文法之教授⑭哉？曩之学者，恒苦文义之繁杂⑮，字义之简略，远不相接，曲不相达。故识字盈万，读书十年，摸索暗中，咿唔⑯不辍。苟得解字之捷径⑰，通乎修词之邮⑱，以凭以翼⑲，导之归宿⑳，行文㉑之法，不尤易于寻绎乎㉒？况今古为文，辞别体判㉓，程材涉虑㉔，表里径庭㉕，抑又微矣㉖。今人之不能读古文也，释

---

① 机键：要害和关键。
② 质证：指评论文章的优劣。凭准：凭据和标准。
③ 张侯立鹄：意谓作出高于一般水平的文章。
④ 文章之士：指文士，读书人。
⑤ 文法：写文章应符合的既定的章法、法则。
⑥ 率：轻率。就：按照。局：布局，指文章的构思。
⑦ 敷陈：详尽地陈述。
⑧ 构造：指组织文章的结构。
⑨ 绾合：联结。
⑩ 句：语句。章：段落。
⑪ 来去：指写作过程。踪迹：指写作过程中的形迹。
⑫ 瞭乎指掌：了于指掌。比喻对事物非常熟悉了解。
⑬ 辨字之用：犹遣词造句的诀窍。辨：辨别，区分。《说文》："辨，判也。"
⑭ 教授：犹要求。
⑮ 苦：受困扰。文义：文章的义理。
⑯ 咿唔：读书声。象声词。
⑰ 捷径：喻速成的方法或手段。
⑱ 通：掌握。邮：机枢；关键。
⑲ 凭：依靠，恃仗。翼：辅佐，帮助。
⑳ 归宿：意向所指，意向所归。
㉑ 行文：组织文字，表达意思。
㉒ 尤：更加。寻绎：抽引推求。
㉓ 辞：文辞。别：不同。体：文体。判：区别。
㉔ 程材：衡量考较才能。[汉] 王充《论衡·量知》："夫儒生与文吏程材，而儒生侈有经传之学。"涉虑：指阅读与思考。
㉕ 径庭：有差距。
㉖ 抑：文言发语词。相当于还是。微：末；其次。

义有间焉①。夫人无异才，益无殊智，要在有以齐壹之耳②。

　　字书③之古，莫先于《雅》④，秦汉以降，遂多异说。许学⑤盛行，尊诸字圣，儒林文苑⑥，莫不宗焉；识今古文字之大恉⑦，而贯通融会之，鲜逾兹阈⑧者。修明正义⑨，陈述要典⑩，承前开后⑪，厥功甚伟，何让灵光四目⑫哉？生千八百年后，三五载籍⑬，亡佚已尽，旧物孤诣⑭，益不获闻。端赖有此⑮，俾我述志，方羽翼之不暇⑯，岂敢妄肆谫陋⑰，吹求疵累⑱哉。一字之造，必有本意⑲。诠明⑳故实，旁及㉑假借㉒，形体所指示㉓，音义所先后㉔，许君援古证

---

① 释义：解释义理；阐明意义。间：出入，不同。

② 要：助动词。表估计。有以：表示具备某种条件。齐壹：齐一。

③ 字书：以解释汉字形体为主，兼及音义的书。相当于字典、辞典。

④ 《雅》：指《尔雅》，训诂学的开山之作。我国第一部辞典。自《汉书·艺文志》《隋书》，至唐宋，地位步步升高。至南宋十三经，由群经中跃然而出，成为重要经典。一说其成书于战国末年。

⑤ 许学：亦称"许氏之学"，对汉代许慎学术的尊称。许慎学术成就本来包括经学和小学两方面，其经学著作早于亡佚，仅有小学方面著作《说文解字》流传至今，并为历代小学家重点研究对象之一。故许学也是"说文学"之别称。

⑥ 儒林：士林、读书人的圈子。文苑：文坛，文学界。

⑦ 今古文字：指今文字和古文字。大恉：基本意思，主要含义。

⑧ 阈：门槛。泛指界限或范围。

⑨ 修明：阐明。正义：正确或本来的意义、含义。

⑩ 陈述：陈说，叙述。要典：重要的典籍。

⑪ 承前开后：同"承前启后"。

⑫ 何：哪里。让：逊于。灵光四目：为"双瞳四目""目有重瞳"者，同"四目灵光"。我国古史记载有重瞳者八人：仓颉、重耳、虞舜、项羽、吕光、高洋、鱼俱罗、李煜。《春秋元命苞》："仓帝史皇氏……龙颜侈哆，四目灵光。实有睿德，生而能书。"

⑬ 三五：指三皇五帝。载籍：典籍，书籍。

⑭ 孤诣：（学问上）别人所达不到的境界。同"孤诣"。

⑮ 此：指许慎所著《说文解字》。

⑯ 羽翼：指自身的水平。不暇：达不到，跟不上。

⑰ 谫陋：逞现浅薄。[清]赵梦龄《温热经纬序》："属为弁言，爰不揣谫陋而书之。"

⑱ 疵累：指语病或文字不简洁，多读几遍，其中瑕疵便暴露出来。亦作"瑕累"。[清]赵翼《瓯北诗话·吴梅村诗》："若论其气稍衰飒，不如青丘之健举；语多疵累，不如青邱之清隽。"

⑲ 本意：意之所本。

⑳ 诠明：说明。

㉑ 旁及：连带涉及。

㉒ 假借：借用；凭借、借助。六书之一。

㉓ 形体：指字形。指示：展示。

㉔ 音义：字音和字义。先后：辅助。

今①，光此盛诣②，余惟服膺无违③。乃从其朔例④，研精覃思⑤，自为考校⑥，疑之弗决，则质诸秦汉以前之遗书⑦，不欲有所针砭，特触许君之矛盾⑧，或不合于往训者⑨，时有所得。然在许君，务徇当时人语⑩，经师家法⑪，不恤迁就，致此大蔽，古意荼亡⑫，未可独咎⑬许君矣。予所商榷，期无悖于正义⑭，著录是篇，虽弗狃于晚学⑮，而矫同⑯之议，窃窃不安，盖仍许君意也。

吾父治许书四十年矣，甚恶夫晚近⑰学派，依傍门户，故卷端朱墨⑱，多发古人所未发。教子识字，授以部首⑲，继之者为许书⑳，为《尔雅》，口讲指

---

① 援古证今：引述古事来证明今事。

② 光：仅。盛诣：深厚的造诣。

③ 服膺：由衷信奉。［宋］朱熹《四书集注》云："服，犹著也；膺，胸也。奉持而著之心胸之间，言能守也。"无违：不相违背。无，通"弗"。

④ 朔例：旧例。

⑤ 研精覃思：深入研究，深入思考。［唐］孔颖达《尚书序》："于是遂研精覃思，博考经籍，采撮群言，以立训传。"覃思：深思。

⑥ 考校：考订、校勘。

⑦ 遗书：遗著，遗作。

⑧ 触：碰。矛盾：指行文上的自我矛盾。

⑨ 往训者：指许慎对秦汉以前古文字所作的训诂。

⑩ 务：务必。徇：曲从。当时人：指与许慎同时代的人。

⑪ 家法：汉初儒家传授经学，都由口授，数传之后，句读义训互有歧异，乃分为各家。师所传授，弟子一字不能改变，界限甚严，称之家法。［清］王鸣盛《十七史商榷·汉书二十一·师法》："汉人重师法如此。又称家法，谓其一家之法，即师法也。"阮元《王西庄先生全集序》认为："夫汉人治经，首重家法，家法亦称师法，前汉多言师法，后汉多言家法。"二者均认为家法、师法内容大致相同。［清］皮锡瑞《经学历史》则认为："前汉重师法，后汉重家法。先有师法，而后能成一家之言。师法者，溯其源；家法者，衍其流也。师法、家法所以分者：如《易》有施、孟、梁丘之学，是师法。施家有张、彭之学，孟有翟、孟、白之学，梁丘有士孙、邓、衡之学，是家法。家法从师法分出。"

⑫ 古意：古人的意趣和风范。荼：精神不振，萎靡。《庄子·齐物论》："荼然疲役而不知其所归。"亡：彻底丧失。

⑬ 独咎：只怪罪。

⑭ 正义：正确的字义。

⑮ 晚学：贬义词。专指年纪老迈仍做年轻人所做之事，力有不及而故意逞能。

⑯ 矫同：听任、苟同。

⑰ 晚近：近世。

⑱ 卷端：指书卷的空白处。朱墨：批点。

⑲ 部首：给字典同一偏旁的汉字所立类目，为许慎首创。

⑳ 许书：指《说文解字》。

画①，皆其精义。余受部首，即别择若干字，称为结绳之原文②。说详后。吾父笑颔之，谓可承家业焉。八岁读内外传③，乃疑元字宜列上部，从二从几。二古文上字，居人之上者头也。本意训首，亦训始，故头之剃发者曰髡，则从元省。许君列元于一部，曰从一兀声，又曰髡声，皆失之④矣。他日余父携余过刘寿曾先生于冶山⑤，谒仓圣祠⑥。余谓世传仓史造字，窃不甚信，夫以配合⑦之难，几经斟酌，始能授民，如许多字，绝不止数人，尤非一手所可成就，仓史盖审定，而总集之耳。先生不以为谬，更举余所疑于许书者诘难之，语吾父曰："此子毁齿⑧，好学深思，穷其造诣，必能有益于文字者。"自后读书辄以潜究许说为务⑨，及十五岁⑩，奔走弗暇；今辍业二十年矣⑪。客路荒居⑫，有文法教科之作⑬，将以字书为先导，故取幼时杂稿，订正而足成之，泫然⑭于吾父之不及见也。夫古今字书，为读书者作也，于文法无与焉。近之学者，方汲汲于行文之故，而舍字无文⑮，则字义文义，交相为用⑯，因源开流，有合无离⑰，此字

---

① 口讲指画：一面讲一面用手势帮助表达意思。

② 原文：原始的文字。

③ 内外传：指《春秋》内外传。春秋内传指《春秋左氏传》即《左传》，春秋外传指《国语》。二书可谓春秋信史，均有较高史料价值，在春秋记事方面又互补功能，史称《春秋》之内外传。

④ 失之：与之背离。

⑤ 过：拜访。刘寿曾（1838—1882）：字恭甫，号芝云，江苏仪征人。刘文淇之孙，刘师培伯父。《清史稿·儒林三》有传。冶山：在南京市六合区北 50 里，在竹镇东不远处。

⑥ 仓圣：造字圣人仓颉，简称"仓圣"。因其为左史，故又称仓史。

⑦ 配合：使名实相匹配。

⑧ 毁齿：儿童乳齿脱落，更生恒齿。借指七八岁的孩童。

⑨ 务：指紧要的事。

⑩ 十五岁：指光绪十八年（1892）。是年，作者被南菁书院开除。

⑪ 自后句：意谓八岁以前潜心许学，以后因就读县学、府学而时断时续，至光绪三十一年（1905）废。

⑫ 客路：外乡的路。荒居：荒僻的住处。[隋] 杨素《赠薛播州》诗之十一："荒居接野穷，心物俱非俗。"

⑬ 教科：指教科书。作：编撰。指作者《小学修身唱歌书》的编撰、出版。

⑭ 泫然：簌簌泪下。《说文》段注："《檀弓》曰：'孔子泫然流涕。'""泫，潜也"，"潜，流涕也"，"潜，水流潜潜也"。

⑮ 舍字无文：意谓要将书法（遣词造句）与语言文字本身连接在一起。田北湖《论文字源流》云："夫文字相属，未可离畔，文非字不表其意绪；字非文不尽其周旋。是以舍字无文。"

⑯ 交相：互相。字义句：文字的含义是构成文章义理的基础，而文章义理反过来唤醒了字义的生命。

⑰ 有合无离：字词与文章契合而不背离。

书者，毋亦独学①之良师哉？盖学文不难，难于识字，许书为解字之宗祖②，今古文之枢纽③，末学支出④，何以废之？顾徇于世说⑤，犹失造字之本原⑥。余甚恐夫鄙词曲说⑦，壅遏民智，后生小子，从而惑焉，砭膏肓⑧，起痼疾⑨，是其志也。好古而不信⑩，予固无以自解者⑪，何恤于我老孔⑫？知我罪我⑬，其许君乎！

---

① 独学：自学而无师友指导切磋。

② 解字：分析字形，解释字义。

③ 今古文之枢纽：今文（隶变后的文字）与古文（隶变前的先秦文字）相联系的关键、中心环节。

④ 末学：无根之学。支：通"枝"。

⑤ 徇：顺从，屈从。世说：泛指一时之说。世，指一个时代，有时特指三十年。

⑥ 本原：指造字所本之原理。

⑦ 甚恐：很担心。鄙词：鄙俚之词。刘师培《文章源始》："春秋之时，言词恶质，故曾子斥为鄙词，荀子讥为俚语。一语一词，必加修饰。"曲说：片面之说。

⑧ 膏肓：比喻难以救药的失误或缺点。

⑨ 起：去除。痼疾：积久难治之病。《玉篇》："痼，久病也。"

⑩ 好古而不信：反用《论语·述而》的"述而不作，信而好古"。

⑪ 自解：自我辩解。

⑫ 恤：顾虑。我老孔：犹言像我老夫子这样的人。作者本人的调侃之辞。

⑬ 知我罪我：形容别人对自己的褒贬和毁誉。典出《孟子·滕文公下》："《春秋》，天子之事也。是故孔子曰：'知我者，其惟《春秋》乎！罪我者，其惟《春秋》乎！'"

三、杂记类

捕獭记①

居湖之民②，以鱼为命，终岁养生③，旦夕食力④。潜鳞恬居⑤，爱以蕃息⑥，实我网罟⑦，乃慰劳人⑧。故夫初夏入江，刺舟⑨露宿，雷雨时至⑩，是取鱼花⑪。抱瓮飞行⑫，归而乳餔⑬，剉草⑭磨豆，十日无眠⑮。露珠一滴⑯，蟹

---

① 作于1902—1903年间。獭：指水獭。哺乳动物名，能泳，脚短，趾间有蹼，体长70厘米有余，捕鱼为食，昼伏夜出。有水、旱、海之别。《说文》："獭，水狗也，食鱼。"段注："小徐作'小狗'，大徐作'如小狗'。"《孟子·离娄上》："民之归仁也，犹水之就下，兽之走圹也。故为渊驱鱼者，獭也；为丛驱爵者，鹯也；为汤、武驱民者，桀与纣也。"比喻将人民驱赶至对立面的统治势力。

② 居湖之民：湖民。

③ 终岁：一年到头。养生：蓄养生物。这里指养鱼。

④ 旦夕：日夜；每天。食力：自食其力。《礼记·礼器》陈澔集云："食力，自食其力之人。"

⑤ 潜鳞：鱼。[汉]王粲《赠蔡子笃》："潜鳞在渊，归雁载轩。"恬居：恬淡平居。指朴素的生活。

⑥ 爱：援。蕃息：滋生，繁衍。

⑦ 实：充实。网罟：捕鱼工具。

⑧ 劳人：旧指忧伤之人。这里指辛劳之人，即湖民。

⑨ 刺舟：撑船。

⑩ 雷雨：雷和雨。时至：按时而至。杨天才评《周易上经·无妄》说："雷声带给大地一片生机，带给圣人以生育万物的启示和勉励。天行健，雷有威力，大地上所有的生命都与时俱行，与时俱生。"

⑪ 鱼花：指鱼卵最初孵化出来的幼鱼，通常长6~9毫米。亦称"鱼苗""鱼栽"。[清]李调元《南越笔记·鱼花》："鱼花产于西江。……又方言，凡物之微细者，皆曰花也。亦曰鱼苗。"[元]袁士元《咏城南书舍呈倚云楼公》："闲种石田供鹤料，旋开园沼买鱼栽。"

⑫ 抱瓮："抱瓮灌圃"省文。《庄子·天地》："凿隧而入井，抱瓮而出灌，搰搰然用力甚多而见功寡。"瓮：瓦罐。飞行：迅速行进。

⑬ 乳餔：喂养。

⑭ 剉：铡切之义。后作"锉"。

⑮ 十日：本义十个太阳。《淮南子·兵略训》："武王伐纣，当战之时，十日乱于上。《吕氏春秋·求人》："昔者尧朝许由于沛泽之中，曰：'十日出而焦火不息，不亦劳乎？'"十日无眠：整整伺候十天而不休息。

⑯ 露珠一滴：形容鱼花像露珠一般，晶莹剔透。

眼双炯①，丁枕丙尾②，渐以成形。三月两月，四寸五寸，吐沫唼食③，是为鱼秧④。纵诸中流⑤，遂其天性，校人⑥守之，勿扰勿害。以待冬及，盈尺而鬻⑦，予亦少休⑧，临渊羡焉⑨。吾鱼甚驯⑩，见人不惊，依蒲在藻⑪，怡怡泳游⑫。向日曝背⑬，侵晨饮露⑭，扬鬐⑮水面，飞鸟下窥，引吭奋翮⑯，致其群醜⑰，伏莽有戎⑱，择肥以噬⑲。饥来饱去⑳，出没八方，吾鱼罹殃㉑，时无安宅㉒。

---

① 蟹眼双炯：形容鱼花之眼像蟹眼一般，炯炯有神。

② 丁枕丙尾：鱼花尾连着头，一条接着一条。［明］汤沐《五湖赋》："更多鳞族……丁枕丙尾。"

③ 唼食：吞食。唼：犹咬。［清］沈复《浮生六记》卷四："水深不测，相传有巨鳞潜伏。余投饵试之，仅见不盈尺者出而唼食焉。"

④ 鱼秧：比鱼苗稍大之小鱼。［明］黄省曾《鱼经·种》："古法俱求怀子鲤鱼，纳之池中，俾自涵育……今之俗惟购鱼秧。其秧也，渔人泛大江，乘潮而布网取之者。"

⑤ 中流：水中央。

⑥ 校人：主管池沼畜鱼的小吏。典出"校人烹鱼"。《孟子·万章上》见载。

⑦ 盈尺：满一尺。鬻：卖。

⑧ 少休：稍事休息。贤士既养，大功初成，故言"少休"。少，通"稍"。

⑨ 临渊句：典出"临渊羡鱼"。《汉书·礼乐志》："临渊羡鱼，不如归而结网。"

⑩ 驯：顺从。

⑪ 蒲：多年生草本植物，叶长而尖，多长于沙滩上。藻：泛指生长在水边的植物。《诗·小雅·鱼藻》："鱼在在藻，依于其蒲。王在在镐，有那其居。"

⑫ 怡怡：兄弟和睦的样子。泳游：犹游泳。

⑬ 向日曝背：晒太阳取暖。向日：朝着太阳。

⑭ 侵晨：凌晨，破晓之时。饮露：饮露水。

⑮ 鬐：通"鳍"。［晋］潘安《西征赋》："华鲂跃鳞，素鲔扬鬐。"

⑯ 引吭：拉长脖子。奋翮：振翅。翮：本义为羽毛中间的空心硬管。引申义羽毛。

⑰ 致：招引。群醜：邪恶之众。醜，同"丑"。

⑱ 伏莽有戎：喻杀机四伏。莽：丛生的草木。［汉］扬雄《方言》："南楚人谓草为莽。"戎：兵器。《易·同人》："九三，伏戎于莽。"后以"伏莽"指军队藏于草莽之中。

⑲ 噬：咬。择肥以噬：比喻挑有油水的进行敲诈勒索。

⑳ 饥来饱去：饿肚子来，饱肚子离开。比喻掠夺行为。［唐］韩愈《病鸱》："饱入深竹林，饥来傍阶基。"陈迩冬注："此诗刺作恶而背恩者。"刘广铭《朝鲜朝语境中的满洲族形象研究》引《高丽史》太祖十四年（931）辛卯条："是岁诏有司曰：'北蕃之人，人面兽心，饥来饱去，见利忘耻。今虽服事，向背无常，宜令所有州镇筑馆城外待之。'"

㉑ 罹殃：遭受祸害。

㉒ 安宅：安居之所。杨天才说，《战国策》有言，"无岁何以有民，苟无民，何以有君"，这是古人共识的道理。初在下，为君之民，为国之基，如床之所以安身。"剥床以足"，则国之何以安，君之何以存？"下"为上之所安，"厚下"才能"安宅"，"厚下"才能"安身"，故《孟子》提倡"民贵君轻"。

溪壑有涯①，局促靡骋②，仓皇四避，草间求活③。瞻彼东方④，东方有乌⑤，扶桑始旦⑥，赤轮瞳瞳⑦。白脰鸟喙⑧，短小精悍⑨，一鸣惊人⑩，鸦军蔽天⑪。炙香为饵⑫，细钩鲠喉⑬，空瓠大腹⑭，饱我无餍⑮。而吾鱼不能托乎东方矣！瞻彼北方，北方有天鹅⑯，绝域惊寒⑰，严阵南乡⑱。一字长蛇⑲，陵我半壁⑳，

---

① 溪壑：字面义鱼池受涯岸之限。比喻人的欲念。涯：边际。
② 局促：空间狭窄，不宽敞。靡：不能。骋：奔跑。
③ 草间求活：躲在水藻间以求活命。
④ 瞻：向上或向前看。《汪荣宝日记》"宣统三年九月十五日"篇："嗟乎，嗟乎，我瞻四方，蹙蹙靡骋。强邻环伺，岂有幸哉！"
⑤ 乌：赤乌，三足乌，即乌鸦。一作鸟乌。《国语·晋语·骊姬潜杀太子申生》："（骊姬）乃歌曰：'暇豫之吾吾，不如鸟乌。'"
⑥ 扶桑：指日本。旦：天亮。明治维新未久，日本便觊觎中国，其时间之促，野心之大，令人始料未及。
⑦ 赤轮：烈日。
⑧ 白脰：一名鬼雀。别称白颈鸦。《尔雅·释鸟第十七》［宋］邢昺疏："释曰：'脰，项（颈）也。'"鸟喙：形容嘴尖。［汉］赵晔《吴越春秋·勾践伐吴外传》："范蠡……曰：'夫越王为人，长颈鸟喙、鹰视狼步，可以共患难，而不可共处乐。'"
⑨ 短小精悍：白脰体态貌。《史记·游侠列传》："（郭）解为人短小精悍，不饮酒。"这里影射日本人。
⑩ 一鸣惊人：比喻平日无奇，突然做出惊人之举。这里指甲午之役清军战败事。《史记·淳于髡传》："王曰：'此鸟不飞则已，一飞冲天；不鸣则已，一鸣惊人。'"
⑪ 鸦军：由骁勇善战的少年组成的军队。亦作"鸦儿军"。《新五代史·唐本纪》："（李）克用少骁勇，军中号曰'李鸦儿'。"这里影射推翻日本德川幕府的少壮派。
⑫ 炙：烤。香：有香味的东西。炙香：隐语日本人在外交上的花言巧语、口蜜腹剑。
⑬ 鲠：卡在喉咙里。喉：喉咙。
⑭ 瓠：瓦器名。小口大腹。通"壶"。隐语日本胃口决不在小。
⑮ 饱：食量得到满足。《广雅》："饱，满也。"餍：满足。饱我无餍，影射日本对中国虎视眈眈，贪得无厌。与上文"溪壑有涯"相对。
⑯ 天鹅：鸿鹄之别称。亦称"黄鹄"。主要分布在北欧、亚洲北部等地。《史记·留侯世家》："（汉高祖）歌曰：'鸿鹄高飞，一举千里。羽翮已就，横绝四海。横绝四海，当可奈何！虽有矰缴，尚安所施！'"这里代指沙皇俄国。
⑰ 绝域：极远之地。
⑱ 严阵：摆好严整的阵势。《资治通鉴·后晋纪六·齐王下》胡注："严陈者，严兵整陈也。"南乡：南向。《资治通鉴·汉纪五》胡三省注："乡，读曰向。"
⑲ 一字：鸿雁之属，九月而南，常作一字或人字形。一字长蛇：指用兵的阵法。
⑳ 陵：侵犯。半壁：特指半壁江山。

蹂躏藩篱①，势吞噍类②。垂天之翼③，如箕④之口，其志孔远⑤，鹩雀安知⑥。而吾鱼不能托乎北方矣！瞻彼西方，西方有鹰⑦，毛羽丰满⑧，爪牙铦利⑨，金睛疾视⑩，钩鼻下垂⑪。劲翎横扑⑫，中流⑬剪渡，啄肠饮髓⑭，波无遗鳞⑮。而吾鱼不能托乎西方矣！瞻彼南方，南方有鹏⑯，恶声夜号⑰，妖服⑱骇景，止于

---

① 蹂躏：反复侵扰。藩篱：特指我国东北、西北边界。

② 噍类：特指活下来的人。《汉书·高帝纪》："怀王诸老将皆曰：'项羽为人剽悍祸贼，尝攻襄城，襄城无噍类。所过无不残灭。'"颜师古注引如淳："无复有活而噍食者也。"

③ 垂天：自天而垂。1897年12月起，沙俄与清政府先后签订中俄《会订条约》和《续订旅大租地条约》，强占旅顺、大连，并获得南满铁路的修筑权，把整个东北纳入自己的势力范围，并觊觎蒙古、新疆。

④ 箕：撮箕，簸箕。

⑤ 志：图谋。孔：很。远：深远。

⑥ 鹩雀：目光短浅，苟且偷安之人。《史记·陈涉世家》："燕雀安知鸿鹄之志。"

⑦ 鹰：代指英国。1897年，英国获得了中国西南边境大片领土。次年7月，获得租界威海卫之权，并获得九龙"新界"大批土地的租借权。这样，英国在长江流域及华南、西南、东北等地都划定了自己的势力范围。

⑧ 毛羽丰满：经过工业革命，英国当时已成为世界第一号强国，故言。

⑨ 爪牙：动物的尖爪和利牙。代指英国殖民者的手段。铦利：锐利，锋利。《吕氏春秋·简选》："简选精良，兵械铦利，令能将之。"

⑩ 金睛：闪金光的眼睛，形容目光敏锐。疾视：顾视迅疾貌。

⑪ 钩鼻："鹰钩鼻"省文。鼻梁上端有凸起，形似驼峰或结节状，鼻尖略下勾，是狡猾、阴险的象征。

⑫ 劲翎：指鹰硬而有力的羽毛。

⑬ 中流：水中央。这里代指长江中游。

⑭ 肠、髓：喻指中国的主权和利益。

⑮ 波无遗鳞：形容吃得干干净净，连鱼鳞都未剩。

⑯ 鹏：鸟名。又名山鸮。因夜鸣声恶，故称不祥之鸟。[汉] 贾谊《鹏鸟赋·序》："三年有鹏鸟飞入谊舍，止于坐隅。鹏似鸮，不祥鸟也。"[南朝宋] 盛弘之《荆州记》："有鸟如雌鸡，其名为鸮，楚人谓之鹏。"晋灼引《巴蜀异物志》云："有鸟小如鸡体，有文色，土俗因形名之曰鹏。不能远举，行不出域。"这里代指太平军。

⑰ 恶声：叫声邪恶。《晋书·祖逖传》："中夜闻荒鸡鸣，蹴琨觉，曰：'此非恶声也。'因起舞。"夜号：夜间呼号，听来邪恶。

⑱ 妖服：不祥之服。贬义。

庭隅①，见者反走②。龙洲蛟窟③，冥索穷搜④，丙穴嘉鱼⑤，奸及百族⑥。而吾鱼不能托乎南方矣！北山⑦之东，长洲之澳⑧，水深草密，白鹭⑨一行，峨冠拳足⑩，下乎青天⑪。鸂鶒⑫前导，鸬鹚⑬后随，衔枚幽栖⑭，以为久安⑮。而吾鱼无藏身之所，终不免于禽腹也！湖主顾而忧之，乃命缯弋⑯，具网罗⑰，短铳击火⑱，金鼓⑲四震，羽罩之则摧⑳，咮触之则断㉑。毁室取子㉒，使无完卵㉓，炙

---

① 庭隅：庭院角落。这里代指东南诸省。1853年3月，洪秀全据金陵为都，改天京。
② 反：调头。同"返"。走：跑。《庄子·达生》："几矣，鸡虽有鸣者，已无变矣，望之似木鸡矣，其德全矣，异鸡无敢应，见者反走矣。"见者反走：这里指清军不战而退。
③ 龙洲：陆地，借指国内。蛟窟：大海，借指海外。
④ 冥索穷搜：同"穷搜冥索"。
⑤ 嘉鱼：泛指肥美的鱼。全国名丙穴者多处，此处指广西梧州。丙穴嘉鱼：隐语洪杨领导的粤军，为冥索穷搜的对象。
⑥ 奸及：伤及。百族：指无辜百姓。
⑦ 北山：指钟山，即南京紫金山。又《诗·小雅》有《北山》诗。《毛诗序》："《北山》，大夫刺幽王也，役使不均，已劳于从事，而不得养其父母焉。"
⑧ 长洲：环洲，玄武湖洲名，离玄武门最近。澳：水边弯曲处。《说文·水部》："澳，隈厓也，其内曰澳，其外曰隈。"
⑨ 白鹭：隐喻腐儒。
⑩ 峨冠：高冠。亦作"羲冠"。多以"峨冠博带"代指儒生。拳足：拳和足。这里指屈膝。
⑪ 乎：于，自。反用〔唐〕杜甫《绝句》："两个黄鹂鸣翠柳，一行白鹭上青天。"
⑫ 鸂鶒：水鸟名，又名池鹭。这里隐喻求名之人。
⑬ 鸬鹚：水鸟名。善捕鱼。异名水老鸦、鱼鹰。〔明〕徐芳《悬榻编·鸬鹚捕鱼而饥》："鹚，水鸟之类凫而健啄者也，善捕鱼。……如是岁岁鹚常与鱼为仇，有贪暴名，终不得饱，而渔人坐享其利甚厚。"这里隐喻贪利之人。
⑭ 衔枚：本义横枚衔于口中，以防喧哗或叫喊。这里指腐儒之流对国家朝政不置褒贬，保持缄默。枚，形如筷子，两端有带，可系于颈。《楚辞·九辨》："愿衔枚而无言兮，尝被君之渥洽。"幽：安闲。栖：寄居。
⑮ 以为久安：意犹相安无事，有求自保之意。
⑯ 缯弋：制作尾部拴着绳索射飞鸟的短箭。作动词用。
⑰ 具：备。网罗：捕鱼、鸟之具。
⑱ 短铳：旧式短筒火枪。击火：开火，开枪。
⑲ 金鼓：军中用来宣布号令、联系沟通的锣和鼓。
⑳ 摧：摧毁；使凋落。
㉑ 咮：指上文赤乌、天鹅、鹰、鹏、鸂鶒、鸬鹚诸类的嘴。咮触之则断：意谓阻止腐儒对人民利益的侵渔。
㉒ 毁室：灭门。《诗·豳风·鸱鸮》："既取我子，无毁我室。"
㉓ 完卵：比喻幸得保全。〔汉〕陆贾《新语·辅政》："覆巢之下，焉有完卵。"

脍祭脂①，犒我渔户。伐园竹以为笱②，编江荻以为簖③，置乎上游，塞其涵洞，驱鱼入坞④，游于大漾⑤。潢汙可爱⑥，宛在中央，濠濮之间⑦，泂足乐乎。然而蜮沙含射⑧，蟊贼在阴⑨，外患既戢⑩，大盗内移。水泽之腹⑪，闭关为暴⑫，深宵狸鸣⑬，波心兔跳⑭。非吾水族⑮，附诸毛伦⑯，负嵎在薮⑰，作威求

---

① 炙：烤。脍：细切之肉。指古代美食。祭脂：古代祭祀时用以熏香的牛肠脂。《诗·大雅·生民》郑玄笺："取萧草与祭牲之脂，爇之于行神之位。"
② 园竹：山竹之别称。笱：捕鱼之具，即竹笼。《诗·国风·齐风·敝笱》："敝笱在梁，其鱼唯唯。"钱澄之《田间诗学》引郝氏："笱之制鱼，可入而不可出，敝则鱼出矣。以比帷薄不修也。"《国粹学报》原文作"笱"，有误，迳改。
③ 荻：多年生高大草本植物，形似芦苇。别名芒草、红毛公、巴茅。簖：渔具名，张网的一种。或作断、椴。用竹或艾蒿或芦苇等编成，横置水道，阻断螃蟹向海回游，从而捕捉，故名簖。[唐]陆龟蒙《蟹志》："今之采捕于江浦间，承疏流苇萧而障之，其名曰簖。"又《渔具诗·沪》题注："沪，吴人今谓之簖。"
④ 坞：指四周高中间凹的地方。
⑤ 大漾：同 P304 注⑥。
⑥ 潢：大坑曰潢。汙：小坑曰汙。同 P15 注⑥。
⑦ 濠濮之间：这里指鱼从"大漾"游到大水坑，再从大水坑游到小水坑，辗转无阻。
⑧ 蜮：古传能含沙射人、使人发病的动物。一说含气射人影而使人生病。亦称"溪毒""水射上虫"。《晋书·谯纵传》："穷凶极暴，为鬼为蜮。"或称"短狐"。《山海经》郭璞注："蜮，短狐也，似鳖，含沙射人，中之则病。"《释文》："其形如鳖，三足。一名射工，俗称水弩。"
⑨ 蟊贼：本义食禾根的害虫，又名蝼蛄。《左传正义》引李善注："食其根者，言其税取万民资财，故曰蟊也。"引申义祸国殃民的坏人。《左传·成公十三年》："帅我蟊贼，以来荡摇我边疆。"阴：暗处。
⑩ 戢：引申义停止、止息。
⑪ 水泽之腹：水泽的深处。
⑫ 闭关：使内外隔断。一为"闭关自守"省文。为暴：施暴。《孟子·尽心下》："孟子曰：'古之为关也，将以御暴；今之为关也，将以为暴。'"《珀玕诗文集·致京外各机关电》(1922)："假联省自治之名，行闭关为暴之实。"
⑬ 深宵：深夜。狸：哺乳动物，形似猫，亦称"狸猫"。狸鸣：指水獭像狸一样叫。
⑭ 波心：水中央。兔跳：像兔子一样地跳动。
⑮ 水族：指鱼类。
⑯ 毛伦：字面义羽族。
⑰ 负嵎："负隅反抗"省文。嵎：通"隅"。薮：生长很多草的水泽。

食①。攘窃②吾鱼，坐致牺牷③，吞噬无厌，奔窜矫捷④。而吾鱼陷阱⑤，日益凋丧⑥，踪迹倏忽⑦，锋刃莫撄。兹害未除，吾鱼安育？更号于湖民曰：有俘此虏者，筹钱十千⑧，夷其族者⑨，十倍其报⑩。土著村汉⑪，雅识⑫水性，行乎泥淖⑬，伺其动止⑭，爪痕足趾，来去可辨。鸡鸣山白⑮，灵福洞黑⑯，幽隧接泉⑰，老巢比栉⑱。盖其南逾隋城⑲，溯洄秦淮⑳，入兹室处㉑，非一日矣！重围既严㉒，困兽不竞㉓，塞以丸泥，薰以草藁㉔。毒烟弥散㉕，逾日发之㉖，血肉横陈，僵者五十㉗。秃尾窃毛㉘，黑蹢㉙绿眼，五洲千夫㉚，长幼㉛惊喜。审

① 作威：故作威严。
② 攘窃：抢夺。
③ 坐致：不劳而获。牺牷：泛指祭祀用的牲畜。
④ 奔窜：奔和窜。奔：横冲直撞。窜：激烈地跳跃。矫捷：矫健而敏捷。
⑤ 阱：犹囊中。
⑥ 凋丧：凋落丧亡。
⑦ 倏忽：犹飘忽不定。
⑧ 筹钱：赏钱。十千：万。
⑨ 夷：消灭；诛灭。族：犹类。
⑩ 十倍其报：重赏十倍。即赏十万钱。
⑪ 土著：本地。村汉：村夫。
⑫ 雅识：非常熟悉。
⑬ 泥淖：泥泞。
⑭ 伺：侦察。动止：动静。
⑮ 鸡鸣山白：指鸡鸣山脚下河道内，水浅曝光，故谓之"白"。
⑯ 灵福洞黑：灵福洞涵管伏藏武庙闸下，不见于光，故谓之"黑"。
⑰ 幽隧接泉：指靠近涵洞光线较暗和看见泉水的地方。
⑱ 比栉：如梳篦齿一样密集。同"栉比"。旧传"狡兔三窟"，水獭筑窟多处，经常迁居，故巢穴非常之多。
⑲ 南：向南。逾：越过。隋城：隋朝时的金陵城。
⑳ 溯洄：沿着水道往上游走。《诗·国风·蒹葭》："溯洄从之，道阻且长。"秦淮：指秦淮河。
㉑ 室处：谓家居。《诗·豳风·七月》："嗟我妇子，曰为改岁，入此室处。"
㉒ 重围：层层包围。严：严密。
㉓ 困兽：字面义水獭处于绝境。竞：趋。
㉔ 薰：烧灼、熏炙。草藁：草和藁。
㉕ 弥散：指毒雾向四周扩散，分散开。
㉖ 逾日：过一日，明日。发：打开（被堵塞的水獭老巢）。
㉗ 僵者：直挺挺的，指被熏死的水獭躯体。五十：十分之五，一半。
㉘ 秃尾：指水獭的尾巴毛疏而短。窃毛：指水獭毛色浅。
㉙ 蹢：指水獭的足。
㉚ 五洲：代指玄武湖。兼喻天下。千夫：众人。
㉛ 长幼：老少。

其形状，厥名曰獭①。入湖之鱼，遭逢荼毒②者，何止几千百万哉！虎口③之余，历历可数，天厌恶满④，殄兹巨憝⑤。腥膻狼藉⑥，鳞族所肥⑦，非吾鱼之膏血⑧乎？肉为醢⑨，煎脂为炬⑩，而封其骨为京观⑪，以祭我无辜之鱼曰：覆翼⑫群卵，载潜载伏⑬，吾民孔劳⑭，养生⑮不足，未充大庖⑯，而坐享异物⑰，为鱼复雠，鱼子鱼孙受兹福。

---

① 獭：同 P184 注①。
② 荼毒：残害。
③ 虎口：引申义危险的境地。
④ 厌：憎恶。天厌恶满：形容罪恶极大。
⑤ 殄：断绝，竭尽。巨憝：元凶。
⑥ 腥膻：犹腥臊。膻，同"膻"。《民立报·学生北伐队宣告文》："北伐犁其庭，扫其穴，使神州大陆永绝腥膻。"
⑦ 鳞族：生有鳞介的动物，为介虫之长。借喻清朝统治阶级。
⑧ 膏血：民众的劳动成果、财富。
⑨ 肉：指水獭身上割下的小块肉。醢：酱。
⑩ 脂：指水獭的油脂。炬：火把。
⑪ 封：用土筑高坟埋之。京观：战胜者收敌尸封上而成的高冢。《左传·宣公十二年》杜预注："积尸封土其上，谓之京观。"亦作"京丘"。
⑫ 覆翼：用翅膀遮盖。引申义保护。
⑬ 载潜载伏：意犹水獭除尽，水底的鱼儿无可遮挡。《诗·小雅·正月》："鱼有于沼，亦匪克乐。潜虽伏矣，亦孔之炤。"《礼记·中庸》："诗云：'潜虽伏矣，亦孔之炤。'故君子内省不疚，无恶于志。"郑玄注："言君子虽隐居，其德亦甚明矣。"
⑭ 孔：非常。劳：辛劳，艰辛。
⑮ 养生：维持生计。
⑯ 庖：厨房。《诗·小雅·车攻》朱熹集传："大庖，君庖也。"《后汉书·班彪列传》李贤注："《谷梁传》曰：'三驱之礼，一为干豆，二为宾客，三为充君之庖。'"未充大庖：不足以上交官府。
⑰ 坐享：轻易被获取。异物：怪物。

石狮子记①

上元②北郊，自蒋子文庙至栖霞山③，古冢相望④，无封无树⑤，周遭数十里间，齐梁贵人埋骨之墟也⑥。予主北湖⑦，出购鱼子⑧，来去径过⑨，辄访故迹，赑屃之所负⑩，华表⑪之所题，丰碑短碣⑫，犹有存者，残蚀倾侧⑬，散见于草际。予尝剔苔藓，刷泥沙，辨其文字而识为某某之邱陇⑭，证诸志乘⑮，与夫金石家言，颇能符合⑯。斯固不足以异⑰，何为独称石狮子哉。一日憩姚坊

---

① 此据《国粹学报》。陈乃勋《新京备乘》卷下"金石"见录，文字略有参差。石狮子：我国传统文化中的辟邪物品，以石材为原材料雕塑成狮子的形象。

② 上元：指江宁府上元县。唐以江宁县改，治今南京市，属润州，后为升州治。五代吴分置江宁县，自此下迄明清，上元、江宁二县同城而治。历金陵府、江宁府、建康府、集庆路、应天府治。1912 年并入江宁县。

③ 蒋子文庙：简称蒋王庙、蒋庙，即蒋子文墓所在。在南京城北太平门外，地铁 4 号线蒋王庙站即此地。蒋子文：忠义名士。三国时广陵人。生卒未详。汉末任秣陵尉，追盗至钟山，为贼所伤，死而为神，甚有异迹在人。吴大帝孙权都秣陵，为立庙，历代皆祀之；改钟山为蒋山。20 世纪 60 年代，庙被毁。民国朱偰《金陵古迹图考》："蒋子文之庙，始兴于吴，崇于晋，大于南齐，而衰于明……故金陵古迹，不可以不述蒋庙。"栖霞山：又名摄山。我国佛教重地之一。素有"春牛首，秋栖霞"之说。

④ 相望：接连不断，极言其多。

⑤ 封树：同 P235 注①。

⑥ 齐梁：南朝第二、第三个政权南齐和梁的并称。贵人：古指公卿大夫，地位显赫之人。墟：丘墟，坟墓。

⑦ 北湖：指南京玄武湖。

⑧ 鱼子：鱼花。参 P184 注⑪。

⑨ 来去：往返。径过：直接路过。

⑩ 赑屃：驮碑螭龟之别名。中国古代传说中的神兽之一。又名霸下、龟趺、填下等。负：背负，驮。

⑪ 华表：指设在陵墓前兼作装饰用的巨大柱子，柱身往往雕有纹饰。一称"墓表"。

⑫ 丰碑：高大的碑石。短碣：石碑上的短文。指为死者所写的墓铭、墓表等文。

⑬ 残蚀：损害严重。《说文》："蚀，败创也。"倾侧：歪斜。

⑭ 邱陇：坟墓。

⑮ 志乘：志书。

⑯ 符合：吻合。

⑰ 异：称奇。

门①，驴惊②狂跳，登高四瞩③，冀得踪迹④之。下⑤有田塍⑥，巨石突兀⑦，不能审其形状⑧。及往抚视⑨，则一石狮子头也，周身没⑩土中，由唇以上，暴露于外⑪，举手摩挲，仅接⑫其眉，躯干之庞大，想当称是⑬。予以未见全狮⑭为憾，询之土著，云某村某落，似此亦多矣。因导予行，纵横⑮十里许，先后得十九狮，大小皆相若⑯，或立或蹲，或牝或牡⑰，青石细理⑱，神采奕奕，雕琢之工⑲，近世罕有。其长几五丈焉，高⑳二丈，胫周三尺强㉑，盖墓门之镇㉒，与翁仲㉓马羊虎象之属，夹道比列者也㉔。齐梁时尚如斯，勋戚之家㉕，竞置冢上，庞大坚绝㉖，不为风雨所剥泐㉗，樵牧㉘所摧毁，阅千载而独存。金石家病其无文字款识㉙，未足资以考古，又从而遗弃㉚之焉。于是齐梁法物，长此草芥

---

① 姚坊门：明京城城郭十六门中东六门之一，今之南京市栖霞区尧化门。
② 惊：受惊吓。
③ 四瞩：四下张望。
④ 踪迹：按行踪影迹追查、追寻。
⑤ 下：低处。
⑥ 田塍：田间隆起的土埂。
⑦ 突兀：高耸，高低起伏貌。
⑧ 审：判断出。形状：形态，状貌。
⑨ 抚视：抚摸端详。
⑩ 没：埋在。
⑪ 于外：在（泥土）的外面。
⑫ 接：够得着。
⑬ 称是：与此相称或相当。
⑭ 全狮：指石狮子的全身。
⑮ 纵横：纵向和横向。南北为纵，东西为横。
⑯ 大小：指尺寸。相若：差不离；相仿。
⑰ 牝：雌性。牡：雄性。
⑱ 细理：细微的纹理。
⑲ 工：技艺精湛。
⑳ 高：《国粹学报》原文作"弱"，有误，迳改。
㉑ 胫：小腿。强：多。
㉒ 镇：压。作为镇石，起辟邪祛恶的作用。
㉓ 翁仲：专指墓前的石人。
㉔ 夹道：排列在道路两侧。比列：一个挨着一个地排列。
㉕ 勋戚：有功勋的皇亲国戚。家：家族。
㉖ 坚绝：坚固之极。
㉗ 剥泐：谓石料剥蚀断裂。
㉘ 樵牧：打柴放牧之人。
㉙ 款识：题款、款题。
㉚ 遗弃：放任不管。

矣。吾国不产猛大之兽，天竺东通①，始称狮子，神异既不数觏②，率饰之于器象③，俗工所绘刻，与今印度来者，殊不相似。此石乃酷肖之，非徒体制④雄伟，斧凿⑤精巧已也。意者齐梁时代⑥，当有真狮，贵家取其状观⑦，表诸隧道⑧，复得良工⑨，互为传抚，尚能无毫发之爽⑩，是为刻师之祖⑪，足正⑫后来之讹谬已。亟摄其影⑬，以饷博物学者⑭。

鸭蛋岛记⑮

吾国东南七省，滨临太平洋，岛屿相属⑯，零星破碎，散布于支海⑰者，皆

---

① 东通：与中国相互往来。东：指东土，即中国。
② 神异：神灵奇异。数觏：多见。
③ 器象：犹物象。
④ 体制：规格。
⑤ 斧凿：斧和凿。引申为工艺。
⑥ 时代：时期。
⑦ 状观：雄奇伟岸。
⑧ 表：安放。隧道：墓前的甬道。
⑨ 良工：泛指技艺高超的人。
⑩ 毫发：犹丝毫。爽：差。
⑪ 祖：鼻祖。
⑫ 正：纠正。
⑬ 摄：抓取，犹记录。影：影像。
⑭ 博物学者：为揭开世间一切迷惑而不懈追求的终极学者。
⑮ 本文为游记性散文，系追忆无名小岛鸭蛋岛之发现经过。鸭蛋岛之发现，在1897年夏入幕柯逢时幕之后。《徐兆玮日记》："（宣统二年十二月）十六日，闻焘叔言，顾公亮将往鸭蛋岛探地。是蛋在阜宁海外，为田北湖所探得。"《江苏革命博物馆月刊》1930年第2卷第5期转载此文。丘复《愿丰楼杂记》："吴江陈巢南任江苏革命博物馆馆长，发行月刊，搜获弘富，多极有关系及世不经见之作，信刊物中佳品也……第十七期中登有田其田遗著《鸭蛋岛记》一篇，于中华地理极有关系。"《中央日报》周刊1948年第4卷第7期转载此文，卢前序云："余在政治大学新闻系，为诸生讲地志之作。举前京师大学堂田北湖《鸭蛋岛记》为例，此真开报导文学之先河者也。惜此文当日流布未广，实则对于国家领域大有贡献，不独为地理学上之文献已耳。编者案：此文作于晚清光绪末，去今已四十余年。但不知道此鸭蛋岛已建设至何情况？繁荣达何程度？是当问诸江苏省政当局者！"
⑯ 相属：相连、相继。
⑰ 支海：海的分支。

吾之疆界边卫①也。其间距陆之远，至逾千里，恒以荒僻②之故，国家视为瓯脱③，仅仅渔夫蜑户④栖息于上，偶成村落。或避风暴，候鱼汛，以时去来而寄椗焉⑤。守土之责，官吏弗任，缙绅⑥先生，未尝问津。其形势不列于版图⑦，其名称不详于志乘，弃岛闲田，宁可数计？若夫人迹所不到，航行所不通，从古未经开辟，与最新显露者，益无论已。

淮水淤口以南⑧，扬子江口以北，于全国海边，为岛屿独少之地，地理家所共信也。吾吴承昆仑中干之陷落⑨，江淮山脉，至于蜀冈⑩，而平原，而下隰⑪，而低入海面，犹有未尽之余脉。则在江口为狼山⑫，在淮口为开山⑬、东那⑭，遥遥歧出⑮，孤峙于海。盖远古之海岸，与今江阴以下诸地，南北相直。江阴黄山以东之江，今土语犹称为海。今淮安、扬、通三州郡之东部，彼时悉沉海底，纵横各数百里，不复更起为岛屿。斯亦限于地势，使之然矣。黄河挟

① 边卫：边防护卫。
② 荒僻：荒凉而偏僻。
③ 瓯脱：边境荒地。《史记·匈奴列传》张守节正义："境上斥候之室为瓯脱。"后人沿用，以边界弃地为瓯脱，与原意稍有不同。
④ 蜑户：广东、福建沿海有蛮人，以船为家，以渔为业，名曰"蜑户"。
⑤ 以时：按时。去来：往返。寄椗：谓船舶抛锚停航。
⑥ 缙绅：地方绅士。
⑦ 形势：地形和地势。列：标注。版图：疆域图。
⑧ 淮水淤口：指江苏淮安以东一带。
⑨ 吴：这里指长江下游一带。我国境内有三条龙脉，分别为北干阴山系、中干秦岭系和南干南岭系三条。昆仑中干：指横贯我国中部的褶皱带，即所谓秦岭系。主要由昆仑山、祁连山、秦岭、北大巴山和大别山一线所构成。同 P122 注②。陷落：下陷、沉降。
⑩ 蜀：作"一"解。蜀冈即长冈地，这里指淮南六合、扬州一带。章炳麟《新方言·释言第二》："《方言》一，蜀也。《广雅》蜀，弌也。《管子·形势》抱蜀不言，谓抱一也，福州谓一为蜀，一尺、一丈、一百、一千则云蜀尺、蜀丈、蜀百、蜀千，音皆如束。苏、松、嘉兴一、十诸名皆无所改，独谓十五为蜀五，音亦如束。"
⑪ 下隰：低湿之地。［汉］司马相如《上林赋》："被山缘谷，循坂下隰，视之无端，究之无穷。"
⑫ 狼山：在今江苏省南通境，长江北岸。有长江第一门户之称。
⑬ 开山：即开山岛。盐场地区唯一的山，也是唯一孤悬海中之岛。位于江苏省响水县东北端、灌河出海口主航道南侧。岛外即开山渔场，江苏、山东渔民常年举网打鱼于此。唐开成三年（838）七月，日本高僧圆仁（慈觉）于日本志贺乘船到开山淮口入境，于海陵（今泰州）白潮镇登岸，再由淮南镇掘港、如皋到扬州，即此地。
⑭ 东那：山名。即东那山，在江苏阜宁海外。
⑮ 歧出：旁出。

万里之泥沙，层层冲积，淤垫成陆，潟卤以居民①，海岸因而东展②。及黄河北徙，急泻直行，始随北极洋流，混合南下，既而登州半岛阻之，赤道洋流乘③之，激溜西回④，渟滞吴岸。于是黄河泥沙，仍以此为归宿，所发见之新地，终无穷期。逮于近世，而云台山⑤毗连大陆，范公堤⑥、崇明沙⑦之涨滩，皆数百里。黄海日枯，东鄙⑧日辟，平原以外，不过浅沙曲渚，浮沉⑨于其间耳。安在有无名之岛，与夫无人之境哉？况铁板铜沙，宛转环复，七条⑩之周遭，地盘千里，其水影无定，浅深殊不可测。帆樯出没，大都绕而东行，未尝以傍岸为捷径。江淮繁盛地，有此梗塞之海道；虽土著老渔以海为家者，亦复视为畏途，莫肯轻于一试。欲得海边之真相，谁与证之？

予入云台⑪，周览黄海，宿三官殿⑫。暇辄登其主峰，北望齐鲁，则群岛蔽之；沂州⑬咫尺，无隙可窥。泪乎引顾南向⑭，则万里苍茫，水与天接，开山培塿⑮，东那礁石，余固未有见也。太阳当天顶之顷⑯，云净雾敛，隐约有黑

---

① 潟卤：贫瘠的盐碱地。居民：使民安居。

② 东展：向东延展。

③ 乘：交错。[汉] 贾谊《论积贮疏》："兵旱相乘，天下大屈。"

④ 激溜：急泻的瀑布般的。西回：向西掉头。

⑤ 云台山：古名郁州山，又名苍梧。在江苏省灌云县境海中，与鹰游山同为海州港之外冲，周三百里，清康熙四十年（1701）后，海涨沙淤，渐成平陆。

⑥ 范公堤：同 P131 注⑮。

⑦ 崇明沙：崇明岛之旧称。《方舆纪要》："唐武德间，吴郡城东三百里，忽涌二洲，谓之东、西二沙，见积高广，渔樵者依之，遂成田庐。"五代，吴国杨溥于西沙置崇明镇。北宋天圣三年（1025），续涨一沙，与东沙相接。南宋时，西北再涨一沙，距崇明岛五十里，遂名三沙。

⑧ 东鄙：东部僻远之地。

⑨ 浮沉：在海水中时上时下。

⑩ 七条：即郁多罗僧，僧人所著上衣，有横截七条，因称。指海岛被横截为七道，超然孤峙于海中。

⑪ 云台：指云台山。

⑫ 三官殿：江苏省连云港花果山海宁禅寺内。宋皇祐四年（1052）碑记称大仙庵。明谢淳建三元宫。万历间敕封海宁禅寺。康熙复海，殿堂重修。海宁寺前院东为三官殿，内奉田、地、水三官。

⑬ 沂州：旧府名，属山东，与海州（今连云港）接界。

⑭ 引顾南向：掉头向南远望。

⑮ 培塿：小山丘。《左传·襄公二十四年》记作"部娄"，即"小阜"。[汉] 应劭《风俗通·山泽·培》作"培塿"。开山培塿：指开山岛上的小山丘。

⑯ 天顶：古人称天空中正上方的一点。顷：偏侧。通"倾"。《说文》："顷，头不正也。"

子①，翳②吾目中。辨位审方③，当在阜宁盐城诸境。此中固无岛矣，得无海气乎？云影乎？抑一切幻象乎？顾日对远镜④，而吾视不爽，吾疑实滋，意⑤非身至其地，无说之辞。会有事范公堤，乃赁渔舟，绕道浮海⑥，穷搜冥索，卒乃得之。坡驼隆起⑦，俨然大岛，海上神山。固不在虚无缥缈间也，援近世探险之例，毋亦旧邦之新地欤？

岛在黄海，不知其为盐城界，为阜宁界。自西登陆，惟阜宁海岸最近，约距二百里弱，姑属之阜宁云尔。始予泛海，舟行不习⑧之途，且无指名之地⑨，舟人窃窃笑之。往复浅沙，数陷于淖，昼不见人，暮失所宿，舟人屡请改道，几为所屈。盲行五日，遇盐城老渔而维纚问讯⑩焉，彼谓："岛诚有之，吾于某岁海啸，漂至其处，部位所在，仿佛记忆，其他则不能详述也。"予得向导，复历两昼夜，薄雾浴日，有山前横⑪，可望而不可即，特未为风引去耳。弃舟蹑屩⑫，跋涉半晌，乃达最西之麓；群鸷惊飞，黑云蔽天，丛苇没顶，杳无蹊径。予欲贾勇再进，而老人亟止之；以为荒山老林，隔绝人境⑬，日月之所不照，毒蛇猛兽之所窟宅⑭，吾数人者，白身赤手⑮临此不测，而防卫之器械，食息⑯之供具，未尝一备，顾可贸然⑰深入尝试躯命⑱乎？予闻斯言，瞠目裹足，意气之

---

① 黑子：黑斑。
② 翳：暗。引申义嵌。动词。
③ 辨位审方：辨别方位，推定方向。
④ 日：太阳。对：正对。远镜：指肉眼。
⑤ 意：推测。通"臆"。
⑥ 浮海：指罘山，江苏连云港灌云县东部的一座小山，明初位于陆地。隆庆《海州志》载："罘山，去州治东五十里，旧志云：'秦始皇浮海而还，见巨鱼射杀于此。'"
⑦ 坡驼隆起：岛坡如驼峰状隆起。
⑧ 不习：不熟悉。
⑨ 指名：犹明确。
⑩ 维、纚：都是绳索的意思。维纚连用，表示连绵不断。问讯：打听。
⑪ 前横：横于前。
⑫ 蹑：穿上。屩：草鞋。
⑬ 人境：尘世。
⑭ 窟宅：居住。
⑮ 白身赤手：白身：光身，赤身。赤手：空手，徒手。《山海经·山经》："'有兽焉，其状如龟，而白身赤首，名曰蚳，是可以御火。'"
⑯ 食息：吃饭和睡觉。
⑰ 贸然：冒昧不察之貌。
⑱ 躯命：性命。

沮丧，盖百倍于求岛而无所获矣。予至不能蓝筚采启①，躬率先啬②，犹当缒幽凿险③，纪录大荒④。对此茫茫⑤，势将空返，因乞老人助予，周相外廓⑥，更穷两日之力，稍窥岛之四面，至于岛上何境水滨不能问也。西王母曰："将子毋死，尚复能来。"所以自慰者如是而已。

予于斯岛，未可无以名之也。方其初入吾目，青青葱葱，凝白相间，疑似玉石结成者。迫⑦而观之，则野鸭蛋壳若丘若陵⑧填塞崖谷⑨之上，同行伴侣，相视大噱⑩，群呼之曰鸭蛋海岛，予亦以此名之焉。四周山盘，当在百里以外，大宫小别⑪，断续于沙渚者，盖如是矣。最高之峰，约出海面四五十丈，灰石层层，或紫黑色，石罅垂露⑫，皆作甘泉；涧底水痕，黄锈缕缕，证诸矿学家言，宜有硫铁诸质⑬。其草则红茅青苇，乌藤白葛。其木则榆柳槐柞，楠梓桧柏，枝干拘绞⑭，不见天日，合抱十围⑮，高耸寻丈⑯；至于异卉珍药，不可方物⑰，

---

① 不能：没有能力。蓝筚采启：犹筚路蓝缕。形容创业的艰苦。

② 躬率：亲自率领。先啬：先农。

③ 犹当：也应当。缒幽凿险：形容做事的勇气和气概。

④ 大荒：荒远之区。

⑤ 茫茫：广阔无边的大海。

⑥ 周：环绕。相：省视。外廓：边廓。

⑦ 迫：靠近。

⑧ 丘：小土山。陵：大土丘。《广雅·释丘》："小陵曰丘。"［清］王念孙疏证《周礼·大司徒》注云："'土高为丘，大阜为陵'，是丘小于陵也。"

⑨ 崖谷：山崖和山谷。［唐］杜甫《秦州杂诗》之十六："东柯好崖谷，不与众峰群。"

⑩ 大噱：大笑。

⑪ 宫：宫室。别：侧室。

⑫ 垂露：书法术语。书画直笔的一种形态，其收笔处如下垂露珠，垂而不落，故名。与悬针相区别。近人沈子善《孙过庭书谱序注释》："悬针，垂露，为直之两种写法。前者如针之悬，《兰亭序》中'年'字是也。后者如露水之垂。"这里用以形容鸭蛋岛石罅的形状。

⑬ 硫铁：硫化铁。

⑭ 拘绞：相纠缭。

⑮ 合抱：两臂环抱。《老子·德经》第六十四章："合抱之木，生于毫末。"十围：约当一米，形容粗大。《文选·枚乘》张铣注："十围，言大也。"亦作"十韦"。

⑯ 寻：古代长度单位，八尺为一寻。寻丈：一丈上下。

⑰ 方物：犹识别；名状。指分辨事物的名实或名分。《国语·楚语下》韦昭注："方，别也。物，名也。"

非吾人所能称名①者，随地皆是。郁积之气，雾雺②相应，盖滋长蕴蓄③，不知其经历几千百年也。天生良材，以储民用，海隅穷边④，无与过问，势将长此废弃，为亘古不开之荒。然而殊方异族⑤，方求新地，一旦树其国徽⑥，拒之晚矣。况乎海州测水，崇明避暑⑦，南北告警，近在门庭⑧？区区小岛，虽昆仑中干之尾，实汉淮诸省之首，以浅沙阻舟楫，故航海者未得窥我边际⑨，揽其形胜。外人⑩经营山东半岛后，将南图淮，欲得根柢地⑪而无所藉手；使吾不幸中其言，非惟吴失地利，抑亦上游之忧欤！夫至危之境，谓为累卵⑫孵余不完，累犹无具⑬，吾以鸭蛋名之，岂徒然哉？

以岛之外观言，有木可材，有矿可掘，有淡水可饮，有煮盐渔鱼之利，所以资人之生者，宁不甚厚。以形势言，虽四面环海八方交通，而曲渚浅沙，守在天险，所以卫人之生者，尤便且利。若其辟而垦之，域以居民⑭，固为海上之乐土，而尤江淮间之屏障也。诚得壮夫开道，裹粮⑮前驱，度⑯其土，辨其物，

---

① 称名：说出名字。
② 雾：同"雾"。《尔雅·释天第八》："天气下，地不应曰雾。地气发，天不应曰雾。"《说文》："雾，晦也。"
③ 蕴蓄：蕴藏；积蓄。
④ 海隅穷边：犹海角天涯。
⑤ 殊方：远方，异域。异族：外民族。
⑥ 国徽：此指国旗。徽：标志。
⑦ 海州：今连云港市。测水、避暑：指英国、德国、日本等国所谓"探险"之士在我国东南沿海测量水文，收集情报之事。《清史稿》有"（光绪三十一年夏四月），德兵舰突至海州测量，饬严诘"之相关记载。
⑧ 门庭：门户。
⑨ 边际：边界。
⑩ 外人：这里指德国人。
⑪ 根：扎根，占领。《后汉书·东夷列传》："《王制》云：'东方曰夷。'夷者柢也，言仁而好生，万物柢地而出。故天性柔顺，易以道御，至有君子、不死之国焉。"
⑫ 累卵：叠加起来的蛋，比喻处境十分危险。
⑬ 无：不能。具：保有。
⑭ 域：划定范围。居民：使民居。
⑮ 裹粮："裹粮坐甲"省文。携带干粮，披甲而坐。形容全副武装，准备迎战。典出《左传·文公十二年》："裹粮坐甲，固敌是求。"
⑯ 度：丈量。

然后召集万户，殖吾惰游①，纵不能耕，或不得矿，即此斧斤之值②，无有量数③。予筹之熟矣，颇欲身先劳工④，一试其事。顾探险所需，千金莫致，秘之十年，卒不偿愿，亟表著之，以告我守土之吏，缙绅之夫，使知东吴海疆，尚有此无人之岛。庶几早为之所，移民而治，不然弥补图志⑤之缺，聊以固吾圉⑥焉。读吾记者，勿谓武陵无桃源也。

【集释】

周颐甫编《基本教科书国文教本》（初级中学用第六册），修辞提示：

一、文体。本篇为游记，系追忆探索经过。

二、组织。首节用论断法；先作议论，以为后文记叙占下身份。此等局部之篇法，在篇首者，尚有影伏法；在篇中者，有借论法、相形法；在篇末者，有借论法、回缴法。

次节，总叙航海见岛，终乃达其境事。

次节，详叙求岛经过，与未及深入之故。

次节，叙游岛四周，结束叙事部分。

次节，叙名岛以鸭蛋之故，并略记其矿物植物。

次节，就前所记，论此岛之价值。

末节，述作记缘由，以唤起国人注意作结。以论说结，而记叙为其中主，篇法整一而不平。

辞藻："毋亦旧邦之新地钦！"一语自《诗经》"周虽旧邦，其命维新"二语，脱胎而出，而痕迹不显，颇妙。

"西王母曰：将子毋死，尚能复来。"引用成辞，以资借鉴，是借用法，较直述为婉转浑含。

"毋谓武陵无桃源也"，活用典实，修辞上乘。

---

① 殖：移民。作动词用。惰游：指无业游民。惰：《国粹学报》原文作"隋"，有误，迳改。
② 斧斤：开发。本义斧头。值：价值。
③ 量数：计数。《庄子·秋水》："此其过江河之流，不可为量数。"无有量数：不可估量。意谓宣示主权的政治意义大于经济价值。
④ 身先：率先。劳工：劳作、工役。
⑤ 图志：图籍和志书。
⑥ 圉：边境。

四、传志类

田兴传①

　　明太祖起布衣，不十五年而成帝业。芒砀之英②，濠濮之灵③，应运来归④，聚合于草泽，智者决谋⑤，勇者奋力，始终左右⑥之，以经营天下。一时怀抱奇特⑦，抑塞于闇世⑧，而无所求试者⑨，皆得抒其不平之气，尽效志愿⑩，相与定大计，平大乱，而告武功之成，拜爵明堂⑪，刻券盟府⑫，十人为公⑬，

---

① 此据《国粹学报》。后辑入《虞初新志》卷一、《近代名人文选》。1961 年 11 月 10 日，《人民日报》刊登了阿英题为《传记文学的发展——辛亥革命文谈之五》的文章。文称："在辛亥革命的文艺创作中，还非常突出地运用了'人物传记'的表现形式，通过人物的介绍与评论，获得了很好的宣传效果……很多文言传记，是采用'史传'的传统形式，取材最多的，是明末清初和宋元之际的一些史实。因为这两个时期的人物和事件，是能更深切地和革命运动联系起来。发表在《国粹学报》上的……章太炎、田北湖等也都有所作。"田北湖所作之文即此。
② 芒砀：芒砀二山的并称。在安徽芒山县东南，两地相隔八里。芒砀之英：指避世的英雄豪杰。
③ 濠濮：泛指隐士寄居之所。濠：水名，在安徽凤阳县境；濮：水名，在河南。濠濮之灵：指安徽、河南精通风水善于谋略者，如徐达等。
④ 应运：顺应形势。来归：归顺，归附。
⑤ 智者：有智慧、智谋的人。决谋：决策谋划。
⑥ 左右：辅佐。
⑦ 怀抱：抱负。奇特：不同寻常，世所罕见者。
⑧ 抑塞：压抑；郁闷。闇世：昏暗无道之世。闇，通"暗"。
⑨ 无所求试者：没有用武之地的人。
⑩ 志愿：志向和愿望。
⑪ 拜爵：由朝廷封官授爵。明堂：古代帝王举行朝会、庆赏等大典、宣明政教之所。
⑫ 券：古代帝王颁赐功臣授以某些特权的铁券，分左、右二者，左颁功臣，右藏盟府。若功臣或其后代犯罪，取券合二为一，推念其功，予以赦免或减刑。盟府：掌管保管盟书的官府。《明史·刘基传》："虽一辱泥涂，传闻多谬，而载书盟府，绩效具存。"
⑬ 朱元璋封公二十人：李善长、徐达、李文忠、冯胜、邓愈、常茂、傅友德、侯王弼、耿炳文、郭英。

二十八人为侯①。诸从龙者②，遭逢其盛③，无不致身荣显④，姓字光于史册，禄邑及于子孙⑤。未有与共忧患，屏绝功名⑥，飘然远引⑦，不屈于万乘之主，如田兴者也。开国之初，记载草率，畸行高义⑧，非史官所及闻，私门谱录⑨，又复芜杂失次。予述兹传，以表祖德，而高庙之逸事遗词⑩，足以资野获⑪焉。

君讳兴，无字，山东青州府安邱县人也。齐王之孙子，守在故邑⑫，本支百世⑬，未尝他徙⑭。高祖而上⑮，都以材武入仕籍⑯，赵宋之亡，先后陷阵殉节至二三十人。元主中原，耻食其禄⑰，终元之祚⑱，历三四传⑲，一门族姓⑳，无服事北廷者㉑。曾祖祖父，皆隐㉒于农，暇则驱车远贾㉓，往来两河㉔之间。

---

① 明初二十八侯：指汤和、唐胜宗、陆仲亨、周德兴、华云龙、顾时、耿炳文、陈德、郭子兴、王志、郑遇春、费聚、吴良、吴桢、赵庸、廖永忠、俞通源、华高、杨璟、康铎、朱亮祖、傅友德、胡美、韩政、黄彬、曹良臣、梅思祖、陆聚。

② 从龙者：随从朱元璋创立帝业之人。

③ 遭逢：际遇。盛：盛事。

④ 致身：出仕。荣显：荣华显贵。

⑤ 禄邑：犹食邑。子孙：泛指后代。

⑥ 屏绝：摒弃，拒绝。功名：官职名位。

⑦ 飘然：超然。远引：远去。

⑧ 畸行：超俗、非凡的行为。高义：高尚的品德。

⑨ 私门：私人。谱录：记录。

⑩ 高庙：开国帝王，这里指朱元璋。遗词：指朱元璋遗留民间的信函、文篇、言论等。

⑪ 野获：自民间获取史料。

⑫ 故邑：故乡所在的封邑。

⑬ 本支百世：指子孙昌盛，百代不衰。《诗·大雅·文王》："文王孙子，本支百世。"《毛传》："本，本宗也；支，支子也。"郑玄："其子孙适为天子，庶为诸侯，皆百世。"

⑭ 他徙：迁往他乡。

⑮ 而上：以上。

⑯ 材武：勇武有力。入仕籍：做官。

⑰ 耻食：以领取封邑租税为耻。典出"耻食周粟"。《史记·伯夷列传》见载。禄：官吏的俸给。

⑱ 祚：世。

⑲ 传：传代。

⑳ 族姓：同姓的亲族。

㉑ 服事：臣服听命。北廷：元都燕京。时汉人称之为北廷。这里代指元朝统治者。

㉒ 隐：自闭。[金]元好问《市隐斋记》："予曰：'若知隐乎？夫隐，自闭之义也。古之人隐于农、于工、于商、于医卜、于屠钓，至于博徒、卖浆、抱关吏、酒家保，无乎不在，非特深山之中，蓬蒿之下，然后为隐。'"

㉓ 远贾：喻到远方去做买卖。

㉔ 往来：往返。两河：古时黄河自今河南武陟以下东北流，经山东至河北沧县东北入海，略呈南北流向。与上游（今山西、陕西）北南流向段东西相对，合称两河。

扶急救难，好行其德，时人以义侠称之。英宗至治元年辛酉①，君生于大石庄。

君躯干魁梧，幼而好勇②。儿时入塾，所经关羽庙，阶石累二十四级，一日数过，与群儿超距为戏③，久之一跃而登。犹以为未足④，复举周仓像⑤旁百斤之铁刀，跳舞升降⑥，泊为塾师所见，惊告家人，意将戒之⑦。祖父⑧皆曰："是儿生有神力⑨，吾族又武世家，今天下多事，吾辈期望至殷，窃喜孺子可教，不坠祖业于地，方诱掖之不暇⑩，奚忍沮其志气哉⑪？先生勿过虑也。"自是废读⑫，武艺益进。少室僧置会颜神镇⑬，征集四方教师，君往较技⑭，无有与敌，时仅十六岁耳。中途逆旅⑮，遇儒人⑯谈古人事者，怦然动焉。鬻所乘马⑰，尽购诸史鉴⑱，荷担以归⑲，朝夕展览⑳，几忘寝食。尤喜袁了凡纲鉴㉑，出入怀挟㉒，两袖若不能屈伸㉓，盖数十寒暑㉔，未尝少间也㉕。

---

① 英宗：指元英宗硕德八剌。至治：英宗年号。辛酉：指至治元年（1321）。
② 好勇：好逞勇武。
③ 超距：一种比跨步步幅的游戏。以跨越直线距离为内容。为戏：做游戏。群儿句，意谓以二十四级台阶为跨越对象，从最低一级台阶向上飞跨，最先跨上最高一级者为胜。
④ 未足：不过瘾。
⑤ 周仓：旧时关帝庙塑像，持大刀立于关羽身后。相传为关云长部将。
⑥ 跳舞：跳跃并舞动。升降：登高趋下。
⑦ 意：希望。戒：惩戒。
⑧ 祖父：祖父和父亲。
⑨ 生：生来。神力：神奇非凡之力。
⑩ 方：正。诱掖：引导扶植。不暇：来不及。
⑪ 奚：怎么。忍：忍心。沮：打消。志气：做成某事的决心和勇气。
⑫ 废读：犹弃学。
⑬ 少室僧：少林武僧。置会：安排庙会。颜神镇：在山东益都县西一百八十里，接莱芜、淄川二县界，相传因齐孝妇颜文姜居此而得名。
⑭ 较技：比武。
⑮ 中途：途中。逆旅：客舍，旅店。
⑯ 儒人：儒士。
⑰ 鬻：卖。乘：骑。
⑱ 尽购：全部用来购买。史鉴：泛指史籍。
⑲ 荷担：用肩挑。以：而。
⑳ 朝夕：天天；时时。展览：展开浏览。
㉑ 袁了凡（1533—1606）：初名表，后改了凡，江苏吴江人。明朝重要思想家。纲鉴：全称《历史资治纲鉴》，为明袁了凡所纂。依朱熹《通鉴纲目》体例所编写通史。取"纲目""通鉴"各一字，故名，亦称《袁了凡纲鉴》。
㉒ 出入：进出。怀挟：怀揣；携带。
㉓ 若：如，像。屈伸：屈曲与伸舒。
㉔ 寒暑：寒冬暑夏，代指一年。
㉕ 少：通"稍"。间：间歇。

君既弱冠①，出走四方，贸迁土物②，遍于江淮之南北，什一所入③，悉以周济道途之贫困者。或遇不平之事，必出死力④以营救；尝曰："吾一贩夫⑤，家无王侯之富，手无尺寸之柄⑥，生平志愿，百不一酬⑦，自念既披人皮⑧，即当稍尽人道，以求此心之所安。苟有危急之状，冤苦之情，入吾目中，不能为之救其难，捍其患，乃吾之所至痛，不啻负灾于身也。"至正丙戌⑨，阻雪颍州之老子集⑩，如厕见太祖，僵卧草堆⑪，已两日不得食，无过问者。掖至旅舍，为之治汤药，备衣履，知其孤露⑫，载与俱行。太祖不耐琐屑经纪⑬，使附豆船返临淮⑭，既厚其资⑮，且慰之曰："他日有缓急⑯，愿以告我！"同伴窃窃讪笑，群谓此丐形状诡异⑰，令人呕逆⑱作恶，天与穷骨⑲，乃至懒不可医，不旦暮⑳填沟壑者，吾弗信也。

自后汝颍淮泗，数与太祖遇㉑，遂结义为兄弟。君故长㉒于太祖，太祖事之

---

① 弱冠：谓之成年。《礼记·曲礼上》："（男子）二十曰弱冠。"
② 贸迁：贩运买卖。［汉］荀悦《申鉴·时事》："贸迁有无，周而通之。"土物：本土物产。
③ 什一：十分之一。
④ 出死力：使出浑身的力气。
⑤ 贩夫：小商贩。
⑥ 尺寸之柄：形容极小的权柄。
⑦ 百不一酬：一百个愿望难以实现一个。
⑧ 自念：自己掂量。既披人皮：犹既已为人。
⑨ 至正丙戌：指元至正六年（1346），朱元璋时年十八岁。
⑩ 颍州：秦置县，治汝阴（今阜阳），安徽西北部地。老子集：集镇名。
⑪ 僵卧：躺卧不起。草堆：一堆草。
⑫ 孤露：孤单无所荫庇。幼年丧父或父母双亡者之喻称。亦称"偏露"。
⑬ 琐屑：烦琐。经纪：做生意。
⑭ 豆船：古时长江转运，沙船南下以豆为大宗，故称"豆船"。临淮：指安徽凤阳东北临淮关。
⑮ 厚：多给。资：盘缠。
⑯ 缓急：发生变故或危急之事。
⑰ 群谓：一起说。丐：乞丐。形状：形象、外貌。诡异：形容朱元璋长相怪异、奇特。
⑱ 呕逆：医学名。引申义令人反胃。
⑲ 穷骨：指身体拧成畸形形貌。
⑳ 不旦暮：不出早晚。指风烛残年，行将就木。典出"旦暮身"。
㉑ 数：多次。遇：相遇。
㉒ 长：年高。

若同产①。太祖曰："吾受子②亦多矣，而穷蹙流离如故③。四海④虽大，吾无容焉⑤。"君曰："子固非常人也！吾不足为子画生计⑥，大乱将及，何施而不可！丈夫贵待时耳。"会方国珍踞台州⑦，张士诚亦以贩私啸聚于淮南⑧，江淮亡命之徒，争往依附。太祖欲纳草⑨求效，君曰："鼠辈昏于淫利⑩，但负海滨之隅⑪，其人其地，皆不足与屈伸⑫者。古来有事，无论为帝为王，为寇为虏，必根本⑬于大江以北黄河以南。"已而太祖入濠州⑭，君饮郭子兴⑮，亟游扬之⑯，太祖因以见重，卒得假籍兵柄⑰。君又阴求羽翼⑱，先后引进胡大海、常遇春诸故人⑲，北取滁和⑳，南收姑孰㉑，君所决策为多。时时语太祖曰："元以苛虐

① 事：服事，伺候。同产：同胞。
② 受子：受到你的恩德。
③ 穷蹙：窘迫，困厄。流离：流转散离。《汉书·刘向传》颜师古注："流离，谓亡其居处也。"
④ 四海：泛指天下。
⑤ 吾无容焉：竟没有容我之所啊。
⑥ 足：胜任。子：你。画生计：安排生活。
⑦ 方国珍（1319—1374）：浙江台州人。元末明初浙东农民起义领袖。世以贩盐浮海为业。元至正八年（1348）率众入海，打劫官府漕粮，后割据温州、台州、庆元三路，并降朱元璋。《明史》有传。台州：元路名，治今浙江临海。
⑧ 张士诚（1321—1367）：江苏泰州人。元末江淮间红巾军首领。至正十三年（1353）起兵，据高邮，自称"诚王"。后为朱元璋所讨，俘至金陵。啸聚：因世道不平而聚众起义。
⑨ 纳草：投靠，投顺。
⑩ 鼠辈：对他人的蔑称。昏于：贪图。淫利：暴利。
⑪ 但：仅。负：依靠。隅：角。
⑫ 屈伸：进退。
⑬ 根本：打基础。
⑭ 已而：不久。濠州：州名，治钟离（今安徽凤阳东）。
⑮ 郭子兴（？—1355）：安徽定远人。元末江淮间红巾军首领。至正十二年（1352）春，集少年数千人，袭据濠州，称元帅。后转依附朱元璋，将义女马氏归朱元璋（即马皇后）。追谥"滁阳王"。《明史》有传。
⑯ 亟：屡次。游扬：宣扬。之：朱元璋。
⑰ 假籍：犹掌握。籍，通"藉"。兵柄：兵权。
⑱ 阴：暗地里。羽翼：辅佐的人。
⑲ 胡大海：江苏泗洪人。生卒未详。明初大将，墓于南京钟山之北。常遇春（1330—1369）：字伯仁，安徽怀远人。《明史》有传。故人：旧交，老朋友。
⑳ 滁：滁州，治今安徽滁州市。起兵后，郭子兴、朱元璋据此。和：和州，治今安徽和县。
㉑ 姑孰：古城名，故址在今安徽当涂。为南京西南门户，长江下游重要渡口。

致盗贼，无赖乘间①而逞，民陷水火，虎狼复相搏噬②。有仁者出，稍稍问其疾苦，保全其生命③，使得一见天日，可以唾手得天下，寇不足平也。"每闻太祖下名城，辄厕流亡中④，潜视军纪。将士有劫掠为暴者，必驰书相报，以尽忠告。起兵以来，周旋六岁，所受委托亦至重。顾踪迹飘忽，未尝久留行间⑤。太祖知不可强，始终待以客礼。及丙申⑥克金陵后，不复至太祖所。

洪武三年⑦，六合来安间有虎患，朝夕传警⑧，历五六月。一时猎户弓手，更番迭进⑨，诸捕虎者悉为所伤。诏求壮士甚急，益增所悬赏，卒无应者⑩。君方行贾沂兖⑪，转运六合纸葛锅瓷诸货，岁必再至⑫。慨然曰："我所经行之地，乃有虎当道乎?"徒手伺山谷中，旬日而杀七虎。土人感其义，日具牛酒⑬，迭相慰劳。更治舍于六合之曲涧⑭，君故爱其幽僻，流连不欲去。县官赍金帛来⑮，固辞弗受。问姓名亦弗答，则曰："山东男子生平惯杀虎，非为应募来者，何与官府事⑯?"吏表其状奏朝廷，太祖笑曰："必吾故人田兴者。"使素识者踪迹之⑰，果君也。命宋濂题七坊⑱，立石遍识其地⑲，曰："大明洪武三年九月某日，山东田兴打虎处。"今六合西乡五十里外，瓦庙子之打虎洼，石柱当路，巍然存焉。其邻近之村落，所谓田家牌楼；又西北二十里所谓田家巷者，皆有遗迹，父老犹能言之。

---

① 无赖：游手好闲、刁滑强横之人。乘间：趁机。
② 虎狼：比喻凶残或勇猛之人。搏噬：打击陷害或侵略吞并。
③ 生命：性命。
④ 厕：置身。流亡：代指义军。
⑤ 行间：行伍之间。
⑥ 丙申：元至正十六年（1356）。
⑦ 洪武三年：公元1370年。
⑧ 传警：告警。
⑨ 更番：轮番。迭进：连续进击。
⑩ 卒：始终。
⑪ 方：正。沂：沂州，治即丘（今山东临沂东南）。兖：兖州，治滋阳（今山东兖州）。
⑫ 岁：每年。再：两次。
⑬ 牛酒：牛肉和酒。
⑭ 治舍：建房子。曲涧：在江苏六合西北竹镇镇，清为曲涧寺堡。
⑮ 赍：携带。金帛：黄金和丝绸，泛指钱物。
⑯ 何与官府事："与官府何事"倒置。
⑰ 素识者：本来就认识的。踪迹：按行踪影迹追寻、追查。
⑱ 宋濂（1310—1381）：初名寿，字景濂，浙江浦江人。官至翰林学士承旨、知制诰，明朝礼制多出其手。谥"文宪"。《明史》有传。七坊：七块牌坊。
⑲ 石：石块。识：作标志、记号。

太祖既闻君在六合，再发诏使①，坚不入朝。复遣詹同②奉手书渡江，其词曰：

　　元璋见弃于兄长，不下十年，地角天涯，未知云游之处，何尝暂时忘也。近闻打虎留江北，为之喜不可抑，两次召请而执意不我肯顾，如何开罪至于此？兄长独无故人之情？更不得以勉强相屈，文臣好弄笔墨，所拟词意不能尽人心中所欲言，特自作书，略表一二，愿兄长听之！昔者龙凤之僭③，兄长劝我自为计。又复辛苦跋涉，参谋行军。一旦金陵下，告遇春曰："大业已定，天下有主，从此浪游四方，安享太平之福，不复再来多事矣。"我故以为戏言，不意真绝迹也。皇天厌乱，使我灭南盗，驱北贼。无德无才，岂敢妄自尊大，天下遽推戴之！陈友谅有知，徒为所笑耳。三年在此位，访求山林贤人，日不暇给。兄长移家南来，离京甚近，非但避我，且又拒我。昨由去使传言，令人闻之汗下。虽然，人之相知，莫如兄弟。我二人者不同父母，甚于手足。昔之忧患，与今之安乐，所处各当其时。而平生交谊，不为时势变也。世未有兄因弟贵，惟是闭门逾垣④，以为得计者也。皇帝自是皇帝，元璋自是元璋，元璋不过偶然做皇帝，并非一做皇帝，便改头换面，不是朱元璋也。本来我有兄长，并非做皇帝，便视兄长如臣民也。愿念弟兄之情，莫问君臣之礼。至明朝事业，兄长能助则助之，否则听其自便，只叙弟兄之情，断不谈国家之事。美不美，江中水。清者自清，浊者自浊。再不过江，不是脚色⑤。

君既得书，野服诣阙⑥。太祖俟之于龙江，欢讌⑦累月，如家人然。稍稍及⑧时事，君曰："天子无戏言，所约我者而忘之乎？"太祖因乱以他语。明年卒于应天⑨，太祖临其丧，悽然曰："二十年来与我患难而不共安乐者，斯人而已！"为之置冢于鼓落坡，诏留二子于京营，并授锦衣卫指挥。二子以遗命辞，

---

① 诏使：诏书和使者。

② 詹同（？—约1375）：初名书，字同文，安徽徽州人。早年投靠陈友谅。朱元璋下武昌，召为国子博士，赐名同。官至吏部尚书兼学士承旨。与宋濂等修《日历》，为总裁官。

③ 龙凤：元末红巾军首领小明王韩林儿年号（1355—1366）。僭：替。

④ 惟是句：不过自欺欺人，自鸣得意罢了。逾：越过。垣：墙头。

⑤ 不是脚色：犹不识抬举。

⑥ 野服：古代称农夫为野人，因称其所服为野服。此指庶民之服。

⑦ 欢讌：同"欢宴"。

⑧ 及：谈到。

⑨ 应天：指应天府，今江苏省南京市。

归耕曲涧，编在民籍，是为六合田氏之始迁祖。越五百三十年，二十一世孙北湖，叙次为传，别附于家乘①。

昌谷别传并注

唐之中叶，试诗取士。一代学术②，惟以举进士为业。文苑儒林之人物，亦因声韵③而传，如昌谷者早慧苦思，独标格调④。非有奇特之行谊⑤，足以经纬人伦⑥，羽翼治道也，不过知名为累，播弄于世俗之喜怒⑦，而不能揜其光彩⑧。后人感其遭逢⑨，重其篇什⑩，又以锦囊狼藉之余，横受投溷之厄⑪，争相传录⑫，彰扬而评骘⑬之，附会于文人之事实⑭。彼所至不幸者卒赖毁誉之故，表著姓字焉⑮。牧之、义山既尽其私谊⑯，新旧唐书并为特立一传。后之好事者往往摭拾前闻⑰，补官私史乘之缺。功在昌谷，宁不甚伟！予生其后一千一

---

① 家乘：家谱。
② 一代：指一个朝代，指唐朝。学术：有系统的较专门的学问。
③ 声韵：指诗文的成就。
④ 格调：风格。对李贺诗歌的风格，清代学者贺裳以为："李贺骨劲而神秀，在中唐最高，浑有气格，奇不入诞，丽不入纤。"（贺裳. 载酒园诗话又编［M］//清诗话续编. 上海：上海古籍出版社，1983.）钱良择则以为唐诗所开创千古未见的局面止于李贺："统论唐人诗，除李、杜大家空所依傍，二公之后，如昌黎之奇辟崛强，东野之寒峭险劲，微之之轻婉曲折，乐天之坦易明白，长吉之诡异浓丽，皆前古未有也。自兹以降，作者必有师承，然后成家，不能另辟蹊径矣。愚尝谓：开创千古不见经传之面目者，至长吉而止。"（钱良择. 唐音审体［M］. 昭质堂刻本，康熙四十三年（1704）上海图书馆藏.）
⑤ 奇特：不同寻常。行谊：行为。
⑥ 经纬：榜样。人伦：人类。
⑦ 喜怒：引申义褒贬。
⑧ 揜：同"掩"。光彩：光芒。
⑨ 遭逢：泛指人生遭遇历程。
⑩ 重：推崇。篇什：《诗经》的《雅》《颂》以十篇为一什，后因称诗篇。
⑪ 横受：横遭。投溷：扔进茅厕（厕所）。据《悠闲鼓吹》记载，李贺诗曾被其表兄投入厕所之中。厄：灾难。
⑫ 传录：传抄。
⑬ 评骘：评定。
⑭ 文人：指当时在文坛上比较出名的人，韩愈、皇甫湜之流。事实：事迹。
⑮ 表著姓字：犹扬名。
⑯ 牧之：唐诗人杜牧字。义山：唐诗人李商隐字。私谊：私人交谊，私交。
⑰ 摭拾：有选择地拾取。前闻：旧闻。

百年矣，去古已远，又何述哉？顾大和①及今，称道昌谷者，几五十家，多引剧谈②，资以品论文词，非骛荒诞③，即涉鄙俚④，其于若人⑤之生平，与夫当时之掌故，果有当否，未尝考据之也；寄居洛阳而曰陇西⑥，十八岁赋《高轩过》⑦而曰七岁，补官奉礼而曰协律⑧。因缘伪谬，记载失实，正史犹且不免。至于牧之、义山，为同时并生之人⑨，习与游处，稔知其生平，属⑩在后死，宜有直书者矣，然而词旨所托，曲意以状其奇，悲痛身世之间，而琐碎者不暇具为叙列⑪。于是昌谷之真相愈不可得，上下千余年，徒以耳食⑫传疑，故神其说，后生不察，无征而亦信之。予乃博采故实，明辨是非，复刺取本集词句⑬，作《昌谷别传》。不敢厚诬⑭古人也，更栉比其字句，以示所本焉。

　　唐诸王孙李贺，字长吉。系出大郑王房⑮，食租⑯于东都⑰。有南北园

---

① 大和：唐文宗李昂第一个年号（827—835）。《国粹学报》原文作"太和"，有误，遂改。

② 剧谈：异闻琐事。

③ 非：不是。骛：追求；强求。同"务"。

④ 即：就是。鄙俚：粗俗，庸俗。

⑤ 若人：这个人。

⑥ 陇西：汉置县，隋改陇西。唐因之。

⑦ 过：拜访。高轩：高大华贵的车轩。据《新唐书·李贺传》《唐摭言》记载，李贺七岁时，诗名即轰动京城。韩愈、皇甫湜十分惊奇，亲至其家访问，李贺奉命当场作此诗。此说不可信。该诗当作于元和四年（809）李贺进京遭谗之后。

⑧ 补官：补授官职。奉礼："奉礼郎"省文。唐代职官名，即治礼郎。唐高宗李治继位，因避讳而改"奉礼郎"。协律：乐官名。"协律郎"省文。掌校正乐律事，正八品。《通典》卷二十五"太常卿"条下："协律郎，汉曰协律都尉，李延年为之。武帝以李延年善新声，故为此官。大唐因之。掌举麾节乐，调和律吕，监试乐人典课。"

⑨ 同时：同时代。并生：一同成长。

⑩ 属：恰。

⑪ 具：全部，同"俱"。叙列：叙述和列举。

⑫ 耳食：传闻。

⑬ 刺取：选择，选取。本集：《昌谷集》四卷。相对于外集而言。

⑭ 厚诬：深加诬蔑。

⑮ 关于李贺的身世，《旧唐书》本传称乃"宗室郑王之后"，《新唐书》本传称"系出郑王后"，均未言及大郑王或小郑王。王礼锡《李长吉评传》"里籍的考证"一节，肯定了田北湖氏李贺断自大郑王之说。大郑王，指郑孝王李亮，唐高祖李渊的叔父。《新唐书》有传。小郑王，指李元懿（620—673），唐高祖李渊第十三子，封为滕王，贞观年间改郑王，谥"惠"。《新唐书》有传。《高祖二十二子列传》言"时称小郑王，亦曰惠郑王后，以别郑王亮云"。

⑯ 食租：食邑。

⑰ 东都：指洛阳。

在宜阳南山中①，后人因其居地所在②，而称之曰昌谷。父晋肃，边上从事③。母夫人郑，姊嫁王氏④。有弟曰犹。

本集《金铜仙人辞汉歌·序》曰："唐诸王孙李贺。"

唐封宗室有大、小郑王二房。郑惠王元懿出自高宗，称小郑王房，以别于孝王后也。孝王亮出自太祖，子孙多留东都，且十世矣，世称贺居陇西大误。

自晋以来，矜尚门第。文人属词⑤，喜称先代之地望⑥，非必土著云然⑦。李白生西蜀寄长安，而自称陇西成纪人。集中《赠张大彻》云"陇西长吉摧颓客"，《昌谷》篇云"刺促成纪人"。李氏之言陇西，在唐尤为通例。若皇甫湜⑧乃淳安人，而集中《仁和里杂叙⑨皇甫湜》曰"安定美人截黄绶"，正与此同。杜牧作《诗编序》，李商隐作《小传》，皆未详其里籍⑩。后人遽执陇西、成纪之句，谬以陇西为断。意谓李固陇西之著姓⑪，唐皇诸孙尤当聚国族⑫焉。夫使贺居长安以西，则其《在京思家》之句曰"家山远千里，云脚天东头"，曰"发轫东门外"，曰"今将下东道，祭酒而别秦"，其《自家诣京》之句曰"又将西适秦"，何东西颠倒之屡⑬也？《忆昌谷山居》曰："犬书曾去洛，鹤病悔游秦。"其他秦、洛对举者，且数数见。凡云洛者指家而言，云秦者指京而言也。又《送弟之庐山》曰"洛郊无俎豆"，是其家在洛阳，确无疑义。世之读诗者，

---

① 宜阳：指河南省宜阳县。南山：指宜阳县南部之宜阳山。

② 作者断昌谷为李贺居住地，朱自清、王礼锡、张宗福亦持此说。

③ 边上从事：指贺父李晋肃曾在边疆地区做过管理文档的九品录事之类小官。唐大历三年（768），杜甫居湖北公安，路遇李晋肃，作《公安送李二十九弟晋肃入蜀，余下沔鄂》。李晋肃入蜀，即是赴今四川崇庆"边上从事"。又据《全唐文》之崔教《邵伯祠碑记》，唐贞元九年（793），"陕县令李晋肃，虔奉新政，恭惟昔贤"，修复邵康公废祠，并请崔教书碑。可知晋肃晚年已回河南定居，并约卒于陕县令任上。

④ 王氏，指王参元，鄜坊节度使王栖曜之子，李商隐岳父王茂元之弟，李贺姐夫，柳宗元之友。河南濮阳人。唐宪宗元和二年（807）进士，有才学。

⑤ 属词：指写作。

⑥ 先代：先世。地望：古人用来表明自己出身名门望族的一种文化习俗。亦称"郡望"。

⑦ 土著：指出生地。云然：称此。

⑧ 皇甫湜（777—835）：字持正，浙江淳安人。唐代散文家。元和进士。十多岁时便漫游各地，投梁肃，谒杜佑，又交顾况，师从韩愈。并与白居易、李翱等时相往来。著有《皇甫先生文集》。

⑨ 叙：原文为"序"，为统一起见，迳改。

⑩ 里籍：籍贯。

⑪ 固：本来就是。著姓：大姓。亦谓之"高门""右姓"。

⑫ 国族：帝王的宗族和宾客。

⑬ 屡：不止一次。

未尝一留意耳。昌谷不著于地书①,后人弗能详其所在,乃以陇西之误。连类并及,不知集中语意尽指洛阳。其标目曰《自昌谷到洛后门》,可见昌谷固在洛后门外。宋人②称其与女几山岭坂相承,山即兰香神女上升处,谷东有隋之福昌宫。按集中《昌谷》诗"烧桂祀天几"四句,即指女几山神女事;又曰"故宫椒壁圮③",即指隋之故宫。《南园诗》曰"宫北田塍晓气侵",是昌谷在宫北也。王伯厚④《困学纪闻》曰"昌谷在河南福昌县三乡东",张文潜⑤有《春游昌谷访长吉故居》诗,及《福昌怀古》一章,专指长吉宅而言。按福昌县者,唐改宜阳之名,昌谷在其北境,《开愁歌》曰"请贯宜阳一壶酒",久客思归,念念乡味,故云宜阳焉。

集中数称南山,后人以为泛词,不知即昌谷所在之地。按《隋书》云"福昌宫在洛阳南山",盖洛阳北境,北邙⑥蜿蜒其间,而宜阳又在府南,故称南山。集中《南山田中行》,尤昌谷之证也⑦。

父名晋肃,见韩愈《讳辩》及新、旧唐书。《太平广记》作瑨肃,非是。

云弟犹⑧者,集中《示弟》诗,宋本题目多一犹字,当即弟名。他刻所无也,徐渭长本从之。

南园北园,并在昌谷,集中数见之。

  贺纤瘦,通眉⑨,长指爪⑩。幼而能文,手笔敏速⑪,长短⑫之制,名

---

① 不:未。地书:地方志书。

② 宋人:指南宋吴正子,著有李贺诗歌第一个注本《笺注评点李长吉歌诗》。

③ 圮:《国粹学报》原文作"圯",有误,迳改。

④ 伯厚:王应麟(1223—1296)字,浙江宁波人。南宋著名学者。著有《玉海》《汉艺文志考证》《困学纪闻》等20多种。

⑤ 文潜:张耒(1054—1114)字,号柯山,安徽亳州人。"苏门四学子"之一。著有《柯山集》《柯山诗余》等。

⑥ 北邙:山名。在河南洛阳东。

⑦ 证贺籍为洛阳宜阳昌谷之根据有五:一、其标目曰"自昌谷到洛后门",可见昌谷固在洛后门外;二、谷东有隋之福昌宫,即指隋之故宫;三、王伯厚《困学纪闻》曰"昌谷在河南福昌县三乡东";四、张文潜有《春游昌谷访长吉故居》《福昌怀古》专指长吉宅而言;五、《隋书》云"福昌宫在洛阳南山",而宜阳在府南,故称南山。

⑧ 明弘治本《精囊集》、徐渭批本《昌谷诗注》作《示弟犹》,"犹"即或贺弟之名。

⑨ 通眉:亦称"通心眉",即眉毛几乎长到一起。

⑩ 指爪:指甲。

⑪ 手笔:执笔写作。敏速:敏捷迅速。

⑫ 长短:指诗文的篇幅。

动京华。当时工于词者，莫敢与齿①。张籍王建犹出其下②。

世称贺七岁赋《高轩过》，千古传为美谈。按《高轩过·序》"韩员外愈、皇甫侍御湜见过因而命作"，证之史传，愈以元和初权知国子博士，分司东都，三岁为真③改都官员外郎，即拜河南令还，迁职方员外郎。又元和三年④，湜以陆浑尉⑤应贤良方正能直言极谏科举，指陈时政之失，为宰相李林甫所恶，久之不调。唐制监察侍御史，多自京畿县尉选拜⑥，湜由陆浑尉调御史，当在擢第⑦之后，与愈迁员外同在元和三年。是时贺生十八岁。此篇之作，绝非七岁明矣。贺以湜之介绍，得往还⑧于愈，继受荐举，辩其避讳之误。篇末四句所谓"秋蓬生风、附鸿作龙"云云，意极显明。三人同在长安，而愈、湜皆自东都内擢⑨，故称之为东京⑩才子，非其故里可知。后人不考愈、湜事迹，又不解贺之语句，徒以为奇才如贺，宜有奇事，因早慧之说从而牵强附会之，伪谬相沿，不可究诘。至谓贺以歌诗谒愈，其首篇《雁门太守行》，乃其七岁以前之作，尽情⑪武断，尤足笑也。《册府元龟》曰："李益长于歌诗，德宗贞元⑫末，与宗人李贺齐名。"贞元末年，贺方稚齿，已列于当时作者⑬，谓其七岁能诗则可，赋《高轩过》则不可。夫早慧之士，髫龄便能文词，古人亦多矣。即以唐论，张九龄七岁属文，韩昌黎自称七岁属词，刘晏八岁献颂为太子正字⑭，杨彦伯杨

---

① 与齿：犹相提并论。
② 张籍（约766—约830）：字文昌，安徽和县人。唐代诗人。为乐府与王建齐名，并称"张王乐府"。《旧唐书》有传。王建：字仲初，河南许昌人。生卒未详。唐代诗人。著有《王司马集》。
③ 三岁为真：代理三年转正。
④ 元和：指唐宪宗年号（806—820）。元和三年：公元808年。
⑤ 陆浑：汉置县。故治今河南嵩县东北。县尉：唐代县令之佐官。
⑥ 选拜：选拔并授予官职。
⑦ 擢第：科举考试合格。亦称及第、登科。
⑧ 往还：交往，交游。
⑨ 内擢：内迁为京官。
⑩ 东京：指东都洛阳。唐天宝年间，改东都为东京。
⑪ 尽情：随心所欲。
⑫ 贞元：唐德宗李适第三个年号（785—805）。
⑬ 作者：从事文学创作的人。
⑭ 刘晏（约716—780）：字士安，山东菏泽人。唐代经济改革家、理财家。新旧唐书见载。太子正字：官职名。隋置，炀帝改正书，唐初复改太子正字。刘晏幼年天资过人，七岁时因作《东封书》，深得唐玄宗称赞，授太子正字。

炯①皆在十岁以下擢童子科。此其故实，并见正史。昌谷七岁能诗，自不足怪。特其序首篇尾云云，殊与时事不合。近人王琦②稍稍疑之，特未证明其年岁③。予故亟亟辨正，使读诗者勿以其近而忽之，致为古人所卖也。且唐制童子科，岁贡礼部④，一同明经⑤举人之例，停于开成末年⑥。贺生贞元，犹未废试。既以幼慧知名，又无仇家尼其行取⑦，荐举不及，必无是⑧已。

年未弱冠⑨丁外艰。宪宗改元⑩，方制科召试⑪，以居忧免举⑫。而元稹对策⑬第一，拜左拾遗⑭，年少工篇什⑮，与白居易同为海内⑯所宗。贺

---

① 杨彦伯：今江西清江人。生卒未详。童子及第。《太平广记》有传。杨炯（650—694）：陕西华阴人。九岁举神童。曾授校书郎、婺州盈川令。有《杨炯集》。

② 王琦（1736—1795）：字载韩，号琢崖，浙江余杭人。李贺临死前，将自己生平所著诗歌，凡233首，离为四编，交给挚友沈子明。现在所流行的正是王琦所辑注《李贺诗歌集注》，录贺诗242首，影响深远。

③ 特未：单单没有。表遗憾。年岁：指生卒年。

④ 礼部：中国古代官署。唐代科举考试由礼部主持。

⑤ 明经：唐代科举考试之一科，指通明经术。参加考试，在当时称为应明经举。科举考试制度的科目，分为常科和制科两种。常科每年举行，科目有秀才、明经、进士等五十多种。应试者以明经、进士二科为最多。明经科的主要考试内容包括经帖和墨义。先帖文，然后口试，经文大义十条，答时务策三道。所谓帖文，又称帖经，主要考经文的记忆（类似现代的填空题）。墨义则考关于经文的问答。

⑥ 开成：唐文宗李昂第二个年号（836—840）。童子科：汉代选官取士特设科目之一。唐代科举特设童子举。唐制十岁以下能通经者、宋制十五岁以下能通经作诗赋者，皆可应试，及第后予以出身并授官职。

⑦ 尼：阻止；阻挡。行取：犹录取。

⑧ 是：这回事。

⑨ 弱冠：成年。男子二十称弱冠。

⑩ 宪宗：指唐宪宗李纯（778—820）。李天石有《唐宪宗传》。

⑪ 方：正值；正当。制科：唐代科举常科之外非常设科目之一。一称大科、特科。皇帝根据需要临时下诏安排考试，制科考试一般由皇帝亲自主持。其具体科目、考试时间均不固定。应试者资格初无限制，官员、布衣均可自荐应考，其目的是选拔某一方面的特殊人才。召试：皇帝召来面试。

⑫ 居忧：居父母之丧。免举："免科举试"省文。犹免考。

⑬ 对策：古时就政事、经义等设问，由应试者对答，称为对策。是自汉代起取士考试的一种形式。

⑭ 左拾遗：职官名。唐代武则天始置。此后历代沿置，清废。

⑮ 篇什：诗文。

⑯ 海内：全国。白居易：唐代著名诗人，与元稹合称"元白"。

故鄙①之不愿结交。一日执贽造门②，以诗请谒，贺揽刺不答③，遽令仆者谓曰："明经擢第，何事来看李贺？"稹无复致情④，惭愤而退⑤。

贺死时母郑夫人犹在堂。《太平广记》曰"年未弱冠丁内艰"，当是外艰⑥之误。

宪宗即位改元和，诏举才识兼茂明于体用科、达于吏理可使从政科。时贺往来京洛，雅有延誉。韩愈亦权知国子博士分司东都，实有公荐⑦之权，犹未及贺，其以丧免⑧无疑。故父死时代⑨，必在元和以前。

　元和三年，会⑩开四科，始与淳安皇甫湜同举进士。稹任礼部郎中，倡嫌名⑪避讳之说，沮抑殊力⑫，诸争名及忌贺者，因交谤曰："父名晋肃，子不得举进士。"且议其举主韩愈，湜曰："若不明白，子与贺且⑬得

---

① 鄙：轻蔑，看不起。
② 贽：指初次进见尊者所持的礼物。造门：登门。
③ 揽刺：接过名帖。刺：名帖。不答：不搭理。
④ 致情：交流感情。致：引申义传达、表达。
⑤ 惭愤：羞愧愤恨。退：离开；辞去。
⑥ 丁外艰：古代丧制名。旧指父丧或承重祖父之丧，丧制三年。同"丁父忧"。朱自清以为，贺以元和五年（810）应进士举入京，其时当已服期丧满，贺丁外艰在元和二年（807），时年十八岁。田北湖氏以为"内艰"当是"外艰"之误，理或有然。［朱自清．李贺年谱［J］．清华学报，1935，10（4）：887-915.］
⑦ 公荐：指唐代公卿大臣向知贡举推荐人才。唐代科举，考试不糊名。试前举子可自行投文于知贡举和公卿大臣，以求青睐。试毕，由知贡举掌取舍之权，公卿大臣则从旁推荐。《续通鉴·宋太祖乾德元年》："故事，每岁知贡举官将赴贡院，台阁近臣得荐抱才艺者，号曰公荐。"
⑧ 丧：指贺丁外忧事。免：未被录取。
⑨ 时代：时间。
⑩ 会：合在一起。
⑪ 嫌名：与某人姓名字音相近的字。贺入都未久，与贺争名者，以贺父讳"晋肃"，"晋"与"进"犯嫌名，不应应进士试。韩愈、皇甫湜因鸣叫不平，而为贺奔走，并由愈作《讳辨》，质之倡嫌名者："父名'晋肃'，子不得举进士；若父名为'仁'，子不得为'人'乎？"然于事无补，贺终于未能试，不得已愤然离开试院。《旧唐书》韩愈本传"召为国子博士，迁都官员外郎"在"元和初"，并未言明具体年份。朱自清以为在"元和五年（810），二十一岁，是年韩愈为河南令。贺应河南试，作《十二月乐府》，获隽。冬，举进士入京。"［朱自清．李贺年谱［J］．清华学报，1935，10（4）：887-915.］
⑫ 沮抑：阻遏抑制。殊力：极力。
⑬ 且：将。

罪①。"愈为引经②决事③，作《讳辩》一篇，以示天下。然亦心析，卒不就举。

元和三年科目凡四，曰贤良方正能直言极谏科，曰博通坟典达于教化科，曰军谋宏达材任将帅科，曰达于吏理可使从政科。

云贺与湜同举进士者。当时风气，出身进士者，终身为文人④，而争名标榜之弊最盛⑤。其都会谓之举场⑥，互相推敬谓之先辈⑦，俱捷谓之同年⑧。集中有《官不来，题皇甫湜先辈厅》篇，中语句皆指六察官事⑨。湜已在御史台⑩矣。贺曾与之同岁被举，故称湜为先辈。

不避家讳⑪之议，发自元稹。新、旧唐书皆言之。按元和五年春，稹以御史贬江陵士曹⑫，留滞至十年⑬。其为礼部郎中，当在元和三年。贺于是年举进士，尤其确证。

唐令荐士失察之罪，与举子连坐。湜谓愈曰"子与贺且得罪"，是愈为举主⑭也。又唐制国子博士及京畿诸令皆得荐举⑮。元和三年，愈方拜河南令⑯，贺为本部⑰之才俊，谊当上举状⑱也。

---

① 得罪：获罪。

② 引经：援引经文、经义。

③ 决事：决断事情。

④ 文人：官人之外的第二强势群体，为准官人。

⑤ 争名：争夺名利。弊：弊害。

⑥ 都会：唐代称举场为都会。举场：科举考场。

⑦ 先辈：同试而先中第者，称之"先辈"。

⑧ 同年：唐代同榜进士称"同年"。

⑨ 六察官：唐置监察御史，分察六部、六事，号六察官。

⑩ 御史台：官署名。别称宪台，是我国古代最高监察机关。唐代，御史台分为台院、殿院和察院。唐末，节度使、观察使多兼御史中丞衔，其幕府有"外台"之谓。明清御史台改为都察院。

⑪ 家讳：亦称"私讳"。相对于"国讳"和"官讳"而言。

⑫ 士曹：职官名。唐代都督府、都护府及诸王府皆置士曹参军，简称士曹。

⑬ 留滞：羁留；滞留。十年：指元和十年（815）。

⑭ 举主：推荐人。

⑮ 京畿：国都及其周边地区。令：县令。荐举：推荐。

⑯ 河南令：即洛阳县令。

⑰ 本部：指洛阳地区。

⑱ 举状：旧时举主向朝廷推举人才时，为被荐举人所撰写的荐举书称"举状"。

集中《赠陈商①》曰"长安有男儿，二十心（已）朽"，自沮嫌疑之讳②，不再应进士举，恒有是语③。

又限于宗孙④不许迁擢之令，未得纳帖⑤吏部，与于选人之列⑥。郁居长安三年余，无所求效。元和七年春，以文资简试⑦，补太常寺奉礼郎⑧。墨组铜绶⑨，出直斋坛⑩。衙回⑪闭门，坐看白昼⑫。顾矜礼节⑬，耻于臣妾意态⑭。往来贵游诸子弟⑮，不及干谒之私⑯。选书无事⑰，惟治曲辞⑱。

---

① 陈商（？—855）：字述圣，安徽当涂人。元和九年（814）进士。官历礼部侍郎、秘书监。著有《敬宗实录》《陈商集》（已佚）。

② 自沮：自感灰心。嫌疑之讳，指家讳。

③ 是语：这类的话。

④ 宗孙：指唐宗室之后。

⑤ 纳：递进。帖：名帖，一称名刺，即名片。

⑥ 与于：列入。选人：候选人。

⑦ 文资：文职人员。简试：铨叙考试，意即量才授官，选拔官员。

⑧ 补：补授。太常寺：五寺之一。我国古代掌管礼乐的最高行政机关。唐设太常寺卿、少卿二人，博士四人。其中，博士四人，指主簿、协律郎、奉礼郎、太祝各一人。

⑨ 墨组：黑色的丝带。铜绶：铜制的印信。汉代官制，秩比六百石以上，皆铜印黑绶。唐制，奉礼郎官从九品，官卑，无印绶可佩，而云墨组铜绶，乃借古制而言。李贺《赠陈商·序》云："当此风雪斋坛，墨组铜绶，身奉箕帚，盖已极俯仰之苦矣。"

⑩ 直：通"值"。斋坛：帝王祭祀天地之所。李贺官奉礼郎，属太常寺这一专司礼乐的机构，无论风雪，直斋坛都是他的分内事。

⑪ 衙回：从官署回来。李贺《始为奉礼忆昌谷山居》诗云："扫断马蹄雪，衙回自闭门。"

⑫ 白昼：白日。李贺《赠陈商》诗云："李生师太华，大坐看白昼。"坐看白昼：打发时光。李贺不肯曲就，又不愿奔走于富贵之门，故闲居长坐，看白昼，打发时光。

⑬ 顾：但；却。矜：注重。

⑭ 臣妾：男女之低贱者，犹奴婢。意态：神气态度。

⑮ 贵游子弟：泛指显贵者。

⑯ 干谒：唐代科举考试期间，考生们一般都进行干谒活动，拜访当时权贵名人，献上自己的作品，请对方为自己延誉扬名。干谒本身没有什么问题，但因科举考试竞争激烈，所以在干谒过程中，难免产生龌龊之事。很多干谒者对权贵摇尾乞怜，竞相谄媚，不惜牺牲人格和尊严。[唐] 白居易《见尹公亮新诗偶赠绝句》："如何持此将干谒，不及公卿一字书。"

⑰ 选书：指应举者于考试前所上显贵的诗文。无事：不干选书之类的事。李贺《五粒小松歌·序》云："前谢秀才杜云卿，命予作《五粒小松歌》。予以选书多事，不治曲辞，经十日，聊道八句，以当命意。"

⑱ 曲辞：乐府诗的一种。因作于隋唐时期，故别之为"近代曲辞"。唐明皇时大盛，至僖、昭之世，其乐曲大部亡散。

偶摄①协律郎，云韶乐工颇传诵其章句②，合之管弦③，进奉御座。自以奉礼官卑，负担未脱，欲噪④礼乐，干预教化，致于帝王之道。故其声调清新，刻意激发⑤，每傚⑥古人为题，大都有为而作。是时德、宪二代⑦，号称小康。黄洞淮西⑧，外藩⑨弗靖。天子荒淫于上，勋戚骄纵于下。直言忌讳之臣，莫不朝奏夕谪⑩。贺非谏议之分⑪，殊怀宗国⑫之忧，托物讽时⑬，婉词而微旨⑭，出于幽深谲诡⑮，抒写其悲愤。拥鼻苦吟⑯，心骨失养⑰，

① 摄：代理。
② 云韶：宫中教习法曲的机构名。唐置。唐代宫中设教坊，分宜春院、云韶院。宜春院歌舞艺伎常在皇帝面前承欢。凡演习大型歌舞人数不够，则由云韶院补充。《旧唐书·李贺传》："其乐府词数十篇，至于云韶乐工，无不讽诵。"乐工：掌管音乐的官吏，后泛指我国古代歌舞演奏艺人。
③ 合：指配乐。管弦：管乐器和弦乐器。泛指乐器。
④ 噪：传播。
⑤ 刻意：克制意志。《后汉书·党锢传序》："刻意，刻削其意不得自恣也。"激发：激扬奋发。
⑥ 傚：模仿。古通"拟"。
⑦ 德、宪二代：指唐德宗、唐宪宗两朝。
⑧ 洞：亦作"峒"。黄洞，一名黄橙峒，位于广西扶绥县西。《通鉴·唐纪二》唐长庆二年（822），邕州刺史李元宗惧获罪，"元宗将兵百人并州印奔黄洞"，即此。淮西：指今皖北豫东淮河北岸一线。淮西之乱是解决"安史"乱后"中兴"问题的关键。大历十四年（779），李希烈为淮西节度使后，其继任藩帅吴少诚、吴少阳相继割据，与唐中央政府分庭抗礼。朝廷几次出兵征讨，均以失败而告终。元和九年（814），淮西节度使吴少阳病死，其子吴元济自领军务。元和十年春诏削元济官，平定淮西之役开始。十一年十二月，唐宪宗任命李愬为唐随邓节度使，增兵前线。次年八月，宪宗再命裴度为淮西宣慰处置使，赴前线督战。同年十月，李愬奇袭蔡州城，活捉吴元济并斩之。淮西割据三十年，复归唐朝中央统治。韩愈有《平淮西碑》。
⑨ 外藩：指地方上的高级官吏，如邕州刺史李元宗、淮西节度使吴元济等。
⑩ 奏：对皇帝陈述情况。谪：谴责，责备。
⑪ 非：没有。谏议：劝谏。分：资格。
⑫ 宗国：犹祖国。一称国家、朝廷。
⑬ 托物讽时：通过咏物来揭示或批评不公正的社会现象。
⑭ 微旨：隐而不露地指出。亦作"微指"。
⑮ 幽深：幽邃深远。谲诡：变化多端。
⑯ 拥鼻：犹掩鼻。指学谢安吟咏。《世说新语·雅量》注引宋明帝《文章志》："安能作洛下书生咏，而少有鼻疾，语音浊。后名流所效其咏弗能及，手掩鼻而吟焉。"苦吟：反复吟咏，苦心推敲。[唐]李商隐《李贺小传》："长吉细瘦，通眉，长指爪，能苦吟疾书。"因称李贺为"苦吟诗人"。
⑰ 心骨：心志，意气。李贺《送沈亚之歌》诗云："吾闻壮夫重心骨，古人三走无摧捽。"失养：不能得到调养。

血衰鬓槁①，盖亦知其寿命之促矣。

元和初宗孙不许迁擢。集中《仁和里杂叙皇甫湜》曰"欲雕小说干天官②，宗孙不调为谁怜"，言不得求官吏部也。

云居长安三③年余者。集中《勉爱行送小季之庐山》曰"维尔之昆④二十余，年来持镜颇有须。辞家三载今如此，索米王门⑤一事无"，《示弟犹》曰"别弟三年后，还家一日余"，《客游》曰"三年去乡国"⑥，又曰"旅歌屡弹铗"⑦，《开愁》篇曰"我当二十不得意"，是其举进士后，居京三年，已逾二十岁矣。

云元和七年春者。集中《送沈亚之⑧（歌·并）序》云"文人沈亚之，元和七年以书不中第⑨"，其诗曰"吴兴才人⑩怨春风，桃花⑪满陌千里红"，又曰"雄光宝矿献春卿⑫"，又曰"春卿拾才白日下，掷置黄金解龙马⑬"。按太常寺卿在隋唐间亦称春卿，亚之春初应举⑭，见黜于太常⑮，贺故云然。贺诗感慨最多，此时入选授官，故慰人失意，语不及己。其为同年⑯应试，确无可疑。集中

---

① 血：血液。衰：败坏。鬓：耳际之发。槁：枯干。［清］尤乘《寿世青编·养肝说》："肝藏血，血和则体泽，血衰则枯槁。"
② 小说：唐代传奇文。干：干谒。为谋禄位而请见当权者。《国粹学报》原文为"于"，有误，迳改。天官：指吏部长官。
③ 三：《国粹学报》原文为"之"，有误，迳改。
④ 昆：兄长。李贺自谓。
⑤ 索米王门：在官府里领取薪俸，指谋职。王门：官府。王：《国粹学报》原文为"天"，有误，迳改。
⑥ 去：离。乡国：家乡。
⑦ 铗：剑柄。弹铗：弹击剑把。喻处境窘困，有求于人。齐人冯谖，寄食孟尝君家，乃弹铗作歌曰："长铗归来乎，食无鱼！"又歌曰："长铗归来乎，出无车。"《战国策·齐策》见载。
⑧ 沈亚之（781—832）：字下贤，浙江湖州人。中唐传奇作者。元和十年（815）进士及第，曾游于韩愈门下，深受韩之影响。著有《沈亚之集》。《全唐诗》编诗1卷。
⑨ 书不中第：沈亚之参加书学考试未能通过。李贺作《送沈亚之歌》为之送别。唐代贡士之法，有秀才、明经、明书等。据《新唐书·选举志》，凡参加书学考试，先口试，通过后再墨试《说文》《字林》二十条，有十八条者通过才能及格获选。
⑩ 吴兴才人：指沈亚之。才人：有才华的人。
⑪ 桃花：唐制士子举进士，大抵秋初上路，十月下旬抵达京都长安，在吏部集中，次年正月举行进士考试，随后放榜，春末方归。唐人多拿落花比喻落第。
⑫ 雄光宝矿：比喻沈亚之的才华，如出矿之宝，发出雄光。春卿：主管考试的礼部长官。
⑬ 龙马：指宝马。
⑭ 应举：旧称参加科举考试为"应举"。
⑮ 太常："太常寺卿"省文。职掌选试博士及博士弟子。
⑯ 同年：同一年；同届。

《始为奉礼忆昌谷山居》曰"小树枣花春"①，两篇时令尤相合也。

唐制礼部简试太庙斋郎、郊社斋郎，皆取文资。奉礼亦在斋郎之列。德宗时试太常寺协律郎，沈既济曾议近世选举之失②，是太常司属皆以应试入选也。又按唐制奉礼郎、协律郎，各二员。奉礼郎初沿隋制曰理礼郎，武德初曰治礼郎③，永徽二年④以庙讳改今名。集中有《始为奉礼忆昌谷山居》诗，又《听颖师弹琴歌》曰"奉礼官卑复何益"，义山《李贺小传》曰"长吉生二十七年，位不过奉礼太常"，是贺始终任奉礼郎，故诗中无言协律郎者。义山与贺同时，其言必可信。世称贺为协律郎，亦一大误。且奉礼从九品，协律正八品，品秩已不相同。奉礼掌设版位、执仪行事。协律掌举麾节乐、调和律吕、监试乐人典课。二官司仪典乐⑤，职守各有专司，尤复无从搀越⑥。故新、旧唐书及《太平广记》并称贺所做乐府，云韶乐工无不讽诵，合之管弦以奉天子。集中《出城别张又新酬李汉》曰"吾将噪礼乐，声调摩清新。欲使十千载，帝道如飞神"，是贺亦曾与问乐政⑦。所作乐府又入法曲⑧，因而自言乐志，谓为兼摄协律。事或有之，未尝久于其位，史传所以误为卒予协律欤。

《赠陈商》曰："臣妾气态间，唯欲承箕帚。"

史称贺与权、杨往来最密。按权璩为宰相德舆⑨之子，元和初方执国政。杨敬之⑩、张彻⑪、韦仁实⑫兄弟，皆以门荫⑬列于仕宦。是贺友多贵游子弟也。

---

①　小树枣花春：枣树开花在五月，则李贺始任奉礼郎，当在此之前。

②　沈既济（约750—约797）：江苏苏州人。唐代小说家、史学家。新、旧唐书皆有传。选举：科举。

③　治礼郎：官名。唐高宗即位后改称"奉礼郎"。

④　永徽：唐高宗李治第一个年号（650—655）。永徽二年，指公元651年。

⑤　典乐：朝廷典礼上的音乐。

⑥　搀越：越职、越权。新、旧唐书李贺本传均称贺任"协律郎"，陈本礼撰《协律钩玄》亦以贺官协律郎，俱误。协律郎，正八品上，掌调和律吕；而奉礼郎不过一从九品的小京官，"掌君臣版位，以奉朝会祭祀之礼"。两官官阶、职司各不相同，不可混为一谈。

⑦　乐政：有关音乐的事宜。

⑧　法曲：一种古代乐曲。六朝称法乐，至隋改称法曲。唐玄宗于开元初设"梨园"，演习法曲，使之成为宫廷乐曲的一种重要形式。唐文宗开成三年（838），改为仙韶曲。代表曲目有《破阵子》《长生乐》《霓裳羽衣》。

⑨　权璩：字大珪。唐代文学家德舆之子。《新唐书》传。李贺有《出城寄权璩杨敬之》诗。权德舆（759~818）：字载之，甘肃天水人。唐朝宰相、文学家。《旧唐书》有传。

⑩　杨敬之：字茂孝。河南灵宝人。唐代文学家杨凌之子。《新唐书》有传。

⑪　张彻：国子博士。韩愈门下，又为韩愈侄婿。韩愈有《答张彻诗》。

⑫　韦仁实：李贺之友。李贺有《送韦仁实兄弟入关》诗。

⑬　门荫：谓凭借门第循例入官。门荫制度始于汉，而完备于唐。

墨组铜绶诸语，皆取诗意。

集中《春归昌谷》曰："终军未乘传，颜子鬓先槁。①"按军年十八为谒者使行郡国，是贺未弱冠，已改鬓毛也。《咏怀》曰"日夕著书罢，惊霜泣素丝"，又曰"镜中聊自笑，讵是南山期"，贺盖自知不寿②矣。

> 已而病革③，白母夫人曰："某幸得为夫人子。而夫人念某且深，故从小奉亲命，能诗书，为文章。所以然者，非止求一位而自饰④。方欲大门族⑤，上报夫人恩，何期一日死，不得奉晨夕之养⑥，岂非天⑦哉？然某虽死非死也，乃上帝命⑧。帝成白玉楼⑨，以某荣于辞，立召某与文士数辈⑩，共为新宫记。又作凝虚殿，使某纂乐章。某今神仙中人，愿夫人无以为念。"贺笃于天性，惧以死伤母心，姑托神怪之说，稍稍杀⑪其哀痛，复自快焉。不必实有是事矣。贺生于贞元六年庚午，卒于元和十一年丙申。至是二十有七岁。

李义山作《小传》云"长吉将死，昼见绯衣人"，《太平广记》及《宣志》谓"是死后告其母者"。二说互有同异，先后不伦。要皆以为应召天帝也⑫，不知贺性故孝，始屈于嫌名之故，殉其最重⑬之科名，以避流言。至是知其不起，托词以慰母氏。委屈苦心，临命不爽⑭。后人以贺文字⑮之奇，于其生平必欲实以奇事⑯。乃因弥留之语，附会死后之梦，歧一为二。盖王氏姊之告义山者，非有遗忘，或义山未尽其词耳。且贺赍志以死⑰，其神志荒迷⑱，自谓往应天诏，

---

① 槁：《国粹学报》原文为"稿"，有误，迳改。
② 不寿：寿命不长。
③ 已而：不久。病革：病危。
④ 位：地位。自饰：文饰或掩盖自己。
⑤ 门族：家族；宗族。犹门第。
⑥ 养：赡养。
⑦ 天：天意。
⑧ 上帝：玉帝。命：命令。
⑨ 白玉楼：李商隐《李长吉小传》："帝成白玉楼，立召君为记。"一作"白瑶宫"。
⑩ 数辈：数批。
⑪ 杀：减轻。
⑫ 要：大概。应召：受……的召唤、召见。
⑬ 最重：最看中。
⑭ 临命：婉指临死之时。不爽：郁闷。
⑮ 文字：指诗文。
⑯ 生平：一生所经历的过程。实：填。奇事：离奇之事。
⑰ 赍志以死：怀着还未来得及施展的抱负去死。同"赍志而殁"。赍：怀着。
⑱ 荒迷：犹昏迷。

藉吐文章之气。此亦人情之常，夫何足信，据以入史则陋①矣。

太和五年，牧之作《长吉诗编序》云"贺死后十五年"。是其死时元和十一年丙申也。以二十七岁推其始生②，当在贞元六年庚午。《旧唐书》及《太平广记》云"卒时二十四"非是。

　　贺十岁后，已与李益③齐名。有乐府二李之目。东都之士大夫交相引重④。

《旧唐书·李益传》云："德宗贞元末，与宗人李贺齐名，乐府称为二李。每一篇出，乐人辄以重赂⑤购得，合之管弦。"按贞元凡十九年，贺生亦十四岁，李益于贞元末与之齐名，当贺十岁之后。

韩愈见所业奇之，而疑其古人，因皇甫湜之罗致⑥，自居于同道先进⑦。贺执歌诗为贽，开门延纳⑧，时时过从⑨其家。游杨缙绅之间，贺受排斥，护持尤力。盖其生平知遇之盛⑩，无有比于愈者。当时文运陵迟⑪，愈以振起为己⑫任，务反近体⑬，去陈言，其徒虽奉师法，不能历其藩翰⑭。贺少于愈二十岁，髫龄便属词，尔雅入古，卓然独立，一洗盛唐浮薄鄙俚⑮之习，尤不喜为七言律诗，与愈异曲同裁，宜乎气类之感⑯，有真契⑰焉。贺既高标风格，恒自比于太

---

① 陋：浅薄。
② 推：逆推。始生：犹生年。
③ 李益（746—829）：字君虞，甘肃武威人。唐代诗人。其诗以边塞诗流传最广，并以七绝冠绝当世。代表作有《江南曲》、《从军北征》等。
④ 士大夫：《国粹学报》原文为"大夫士"，有误，迳改。引重：推重。
⑤ 重赂：犹重金。
⑥ 罗致：搜罗，招致。
⑦ 先进：犹前辈。
⑧ 延纳：请进，迎接。
⑨ 过从：往来。
⑩ 盛：表程度深。
⑪ 文运：文学的气运。陵迟：衰落。
⑫ 己：《国粹学报》原文为"已"，有误，迳改。
⑬ 务反：力求反对。近体：指骈体。
⑭ 历：达到或超越。藩翰：比喻韩愈的造诣、境界。
⑮ 浮薄：轻薄；华而不实。鄙俚：粗野，庸俗。
⑯ 气类之感：气质相同者互相感应，同气相求而各从其类。
⑰ 契：相投，相合。

华壁立①，弗屑侪偶流俗②，重为世人所忌，又从而摧抑③之。憔悴④悲伤，曾不偶贬其志⑤，曲从周旋。故十年京洛所交欢者，李汉⑥、张彻并于愈为婿辈，皇甫湜、权璩、杨敬之、王参元、张又新、陈商、沈亚之、沈子明⑦、崔植⑧，韦仁实兄弟，多出愈之门下，以类相聚，义爱⑨尤密。日偕诸公游，未始先立题然后作诗⑩。如他人思量牵合⑪，以及程限为意⑫，恒从小奚奴⑬，骑距驴⑭，背一古破锦囊⑮，遇有所得书投囊中。暮归太夫人⑯使婢探出⑰，见所书多，辄曰："儿呕出心乃已尔。"上灯与食，贺从婢取书⑱，研墨叠纸足成之，杂置他囊中，不亚次⑲为卷轴也。非大醉及吊丧日率⑳如此。过亦不复省㉑，任王、杨写去㉒，或授之沈子明。其在京洛道上，有著随弃㉓，既死无所传，散失几尽。

---

① 太华壁立，形容李贺才华出类拔萃，卓尔不群。太华：指西岳华山，在陕西华阴县南。壁立：峭壁陡立。

② 弗屑：不屑。形容轻视。侪偶：同辈。流俗：世间平庸之人。

③ 摧抑：伤害压制。

④ 憔悴：形容枯槁瘦弱。

⑤ 曾不：不曾。偶：一刻。贬：降。志：志气，志向。

⑥ 李汉：韩愈乘龙快婿。

⑦ 子明：沈述师（769—835）字，江苏吴县人。李贺挚友，曾官集贤校理。现存贺诗 4 卷即由他所保存。李贺去世十五年后，沈子明曾嘱其僚属杜牧为序。

⑧ 崔植（772—829）：字公修，河北安平人。补弘文生，博通经史。以荫入仕，官历岳鄂观察使、岭南节度使、检校户部尚书、华州刺史等。《全唐文》录其文 3 篇，《全唐文补遗》录 1 篇。

⑨ 义爱：指有情有义的爱。这种爱更具高度。

⑩ 未始：从未。立题：定题目。

⑪ 思量牵合：想出句子去凑合题意。

⑫ 程限为意：把体裁、韵脚等限制放在心上。

⑬ 小奚奴：小书童。

⑭ 距驴：驴。距，同"巨"。

⑮ 锦囊：藏诗稿的袋子，以锦制成，故名。

⑯ 从：跟随、跟从。太夫人：对母亲的敬称。

⑰ 探：手伸入。出：取出。

⑱ 取书：把白天所写的东西拿过来。

⑲ 亚次：依次铺排。

⑳ 率：通常。

㉑ 过：错了。省：察看。

㉒ 写去：拿去。写，通"泄"。

㉓ 有著：有所写（指写诗）。随弃：随手丢弃。

有侍郎李藩①者，缀诸篇什为集序未成，闻贺表弟于贺为笔砚之旧②，召之见托，搜访所遗。其人敬谢③，且曰："某尽得其所为，亦见其多点窜者④，请视葺本，当事改正。"藩喜并付之，弥年绝迹。更召诘之，则曰："某与贺中外⑤，自小同处，恨其傲忽⑥，亟思报焉。所得兼旧有者，一时投于溷中矣！"嗣是歌诗所存，仅仅四卷，二百三十三首，沈子明所编也。后人别于他本中收入十一首⑦。

论曰：士至不幸，而以文人称，更不幸而短长于流俗之口。身死千载，信史不具。即此零词剩句，莫或衷其是非，夫亦可悲也已！唐人沉湎⑧科目，方以文人自荣。昌谷年少特出⑨，深明理乱之原⑩，抑塞无所展布⑪，托诸无聊之骚些，又尽弃其成稿，岂期苦吟损年⑫，遂负平生之志，仅以歌诗传焉？虽然，世之誉昌谷者，知其宝矣，而莫名其器⑬。好为轻薄⑭者，不曰奇僻险怪⑮，未若李白之自在，则曰李白仙才，长吉鬼才⑯。盖昌谷作诗，妙于体物，精于运思，趣味深长，格调高古，而身世之间，别有意指，皆非后人所能诠解，乃于字句间求之，妄加评议，互相诋諆⑰，甲既自命为知己，乙谬诩为功臣，究之诬我昌

① 李藩：字叔翰。河北赵县人。生卒未详。累官给事中。拜门下侍郎、同中书门下平章事。谥贞简。
② 笔砚之旧：笔墨往来的老交情。
③ 敬谢：推脱的婉辞。
④ 点窜：修改词句。
⑤ 中外：中表亲。中，指舅父之子，为内兄弟。外，指姑母之子，为外兄弟。
⑥ 傲忽：傲慢和轻视。
⑦ 后人：指王琦。
⑧ 沉湎：沉溺，沉迷。
⑨ 特出：出类拔萃。
⑩ 深明：通晓。理乱：治理纷乱。原：根本。
⑪ 抑塞：受到排挤、打压。展布：施展。
⑫ 损年：减寿。
⑬ 莫名：不能指出。器：才干。
⑭ 轻薄：评论。
⑮ 奇僻：文字奇特冷僻。险怪：文字艰深怪异。
⑯ 王琦以为："夫太白之诗，世以为飘逸。长吉之诗，世以为奇险。是以宋人有仙才鬼才之目。"（王琦．李长吉歌诗汇解序［M］//王琦，等．李贺诗歌集注．上海：上海古籍出版社，1978．）丁仪以为："贺诗凿险锤深，务极研练，使事造语，每不经人道。光怪陆离，莫可逼视。虽左思之娇娆，齐梁之秾丽，未能过也。而复撷《离骚》之华，极《招魂》之变，于李白、李益诸人之外，独树一帜，号为'鬼才'，信非过誉。"（丁仪．诗学渊源［M］//张寅彭．民国诗语丛编：第3册．上海：上海书店出版社，2002．）
⑰ 诋諆：毁谤污蔑。

谷，罪实均于投溷也。诗至唐代，体制大变。学者便于揣摩，奉为不祧之祖①，排比声韵，俯拾即是。但②能索解于老妪，足登著作之林，远去昌谷门户③，奚啻几千万里，又安窥其堂奥乎？呜呼，风雅道丧④，郑卫移人⑤。世固未有能读昌谷之诗者也，流传及于今日，其不视为玩物几希矣。

---

① 不祧之祖：不迁入祧庙的祖先。比喻不可废除的事。祧：远祖的庙。
② 但：只要。
③ 远去：远离。门户：真谛。
④ 道丧：指儒道沦丧，文风败坏。
⑤ 郑卫：指淫荡的乐歌或文学作品。"郑卫之音"省文。移人：使人的精神世界发生改变。

五、哀祭类

先宜人①哀状

哀启者②：

先宜人体素羸弱，遭逢离乱③，备涉艰辛。洎归先大夫④，主持内政⑤，躬自操劳三十余年，黾勉无懈⑥。先后十五产⑦，仅育二子三女⑧，气血乃大亏，故年未四十，而齿发半落；病苦相仍，久之成痼疾，按候⑨辄发。先大夫旧精医理，曾为制方剂，先宜人曰："古称不药⑩为中医，吾疾已深，非草木之资⑪所得治也。"先大夫知不可，强命不孝曰："汝母外强中干，极力支拄，恐衰老踵至，一蹶不起耳。"先大夫既弃食⑫，不孝佣赁于外⑬；不孝于田方在髫龀⑭，

---

① 宜人：古代妇女因丈夫或子女得到封号，而称"宜人"。先宜人：指作者去世的母亲尹氏。尹氏，因作者而诰封宜人，晋封太恭人，清光绪二十五年十二月十九日（1900 年 1月 19 日），于南京旧王府桑树园见背。翌日扶柩出聚宝门，暂厝僧舍，择期合葬。二十六年二月十八、十九日（1900 年 3 月 18、19 日）家奠治丧。光绪三十年（1904）正月，与田朝元合葬于南京南郊袁村小龙山。
② 哀启者：书面用语。表丧家陈述。
③ 离乱：战乱。指洪杨之役（1852—1864）。
④ 归：古代称女子出嫁为归。先大夫：犹先父。
⑤ 内政：家内之事。
⑥ 黾勉：勉力。《诗·小雅·十月之交》："黾勉从事，不敢告劳。"懈：怠慢。
⑦ 先后：前后。产：生。
⑧ 二子：指作者及弟于田。三女：迄今仅知思平为尹氏所出者。
⑨ 候：时令名。古代称五天为一候，一年七十二候。
⑩ 不药：不施药。
⑪ 草木：这里指用来配伍的中药材。资：助。
⑫ 弃食：去世。先父朝元公去世时间为清光绪十八年（1892）腊月。
⑬ 佣赁：指受人雇用。佣赁于外，指投奔湖广总督张之洞，任两湖书院教习事。
⑭ 髫龀：三四岁至七八岁的幼童。"髫"指儿童犹未束发自然下垂的短发，"龀"指儿童换牙。

灰烬之余①，祸患属比②。先宜人茕茕在疚③，再造门户④，劬劳哀痛⑤，精神弥颓⑥。不孝取妇又不克任中馈传家事以节老人之劳⑦，琐琐屑屑⑧，皆先宜人主之，振作内外，朝暮忘倦，积劳成病，积病成衰。今年夏初，带症⑨复作月余，益剧腹痛，气郁呕逆⑩，畏寒，卧起⑪呻吟，不能一寐；举室苦谏，始进四逆汤⑫。肢体稍温⑬，日渐平复，未几，不思食饮，时或泄泻⑭。群医纷议，盖将束手，以为肝旺脾虚，病状繁杂，年老体弱，攻补⑮非宜，虽用建中⑯收摄之剂，难求速效。不孝靦颜⑰人子，懵不知医，祈祷请吁，方寸⑱失措。柯巽安⑲先生归来，乃往求之。先生谓："当从温经遗意⑳，治以利湿养胃、温木升肝、降逆敛精诸品。"不孝述其言，而先宜人已坚不服药矣。命不孝曰："吾乡不近医药而病未损益㉑，今服至百剂，弗得一效。病自病，药自药。徒苦口耳！精力

① 灰烬之余：犹言父亲尸骨未寒。
② 属比：接二连三。
③ 茕茕：耿耿。通"营营"。《九章·远游》："魂茕茕而至曙。"朱熹集注本作"营"，注云："营，一作茕，营营犹曰茕茕，亦耿耿之意也。"在疚：居丧的代称。《文选·潘岳》李周翰注："在疚，居丧也。"
④ 再造：重新撑起。门户：犹家庭。
⑤ 劬劳：劳苦，劳累。《诗·小雅·蓼莪》："哀哀父母，生我劬劳。"哀痛：哀伤悲痛。
⑥ 精神：精气神。弥：更加。颓：衰败。
⑦ 不孝取妇：指作者原配。克：能够。任：胜任。中馈：妻室。《唐律疏议·户婚》："妻者，传家事，承祭祀，既具六礼，取则二仪。"节：分担。老人：上了年纪的父母。
⑧ 琐琐屑屑：琐碎细小。
⑨ 带症：妇科病名。一称带下。
⑩ 呕逆：气逆而产生呕吐的感觉。
⑪ 卧起：寝卧与起身。
⑫ 进：进食。四逆汤：中医方剂名。为温里剂，具回阳救逆之效。
⑬ 肢体：四肢和身体。温：回暖。
⑭ 时或：偶尔。泄泻：腹泻。
⑮ 攻、补：中医学名称。攻，指攻逐病邪。补，指补益正气。
⑯ 建中："建中汤"省文。中医汤剂名。主治久发疟疾，脾胃虚弱，胸膈腹中饱闷痞块，两肋连心痛，实质沉重，发热，泄泻，羸瘦。
⑰ 靦：通"腆"。靦颜：厚颜。
⑱ 方寸：内心。
⑲ 巽安：柯逢时号。
⑳ 温经："温经汤"省文。指用具有温热扶阳作用的药物，主寒滞胞宫、寒凝经脉或阳虚证。遗意：前人或古代事物留下的意味、旨趣。
㉑ 病：病情。损益：减少和增加。

奄亡①，茶然槁木②，既敝③之身，鲜堪补救。吾自中秋，誓不服药，尚冀静养，要福先人④。虽有神医，毋再进也。"不孝泣应之，而不敢谏。嗣是病势亦略减三五日，间或小瘳⑤。凡诸食物入口生厌，每膳糜粥数勺，鸡子⑥一枚；夜深呼吸不属⑦，薄饮葠⑧汁而已。迨十二月，先宜人卧六阅月，消瘦骨立而神气清明⑨，语音⑩爽朗，处分家事一如平时，命不孝曰："苦恼魔障⑪无挽回者，吾其辗转床第⑫，以延莫年⑬乎？汝等何终夜环守为？"十五日，带下⑭骤止，十七日，水粒并绝⑮。先宜人曰："脂消灯灭，天寔速我人世⑯，殆不三日。"诘朝弥留⑰，再昏再苏。未及三更，遽令易簀⑱，起坐栉沐⑲；命识遗言⑳。置时辰表于枕侧，频顾天光㉑，问："寅时㉒否？"东方已明，呼不孝乳名，曰："我方欲毕汝辈昏嫁㉓，今止片晷㉔，不可久待。"已泪下不成声，堂室之间作旃檀

---

① 精力：精神体力。奄：忽然。亡：灭。
② 茶然：疲惫。槁木：身体瘦得像干枯的木头。
③ 敝：败坏濒死。
④ 要福：祈求幸福。先人：祖先。
⑤ 小瘳：瘳同"愈"，病稍痊可。
⑥ 鸡子：鸡蛋。
⑦ 不属：不连接。
⑧ 葠：加入，同"参"。《说文·艸部》："葠，丧藉也。"
⑨ 骨立：形容消瘦到只剩下骨架。神气：神志。清明：清亮。
⑩ 语音：讲话的声音。
⑪ 魔障：佛教用语，指恶魔所设的障碍。
⑫ 辗转：转移。床第：泛指床铺。
⑬ 莫年：暮年。
⑭ 带下：妇科病症名，同"带症"。同 P226 注⑨。《时圣心源》彭子益评注："带下者，阴精之不藏也。相火下衰，肾水渐寒，经血凝瘀，结于少腹，阻格阴精上济之路，肾水失藏，肝木疏泄，故精液淫泆，流而为带。带者，任脉之阴旺，带脉之不引也。"
⑮ 水粒：水和米粒。并：一起。绝：中断。
⑯ 寔：正。速：催。
⑰ 诘朝：明天一早。弥留：病重濒死。
⑱ 遽：仓促。易：换。簀：粗篾席或芦席。
⑲ 起坐：起和坐。栉沐：梳洗。
⑳ 识：记住。
㉑ 频：屡次。顾：泛指看。天光：早晨；天亮。
㉒ 寅时：早上三点到五点。
㉓ 方：本来。毕：完成。昏嫁：婚嫁。昏，通"婚"。
㉔ 片晷：犹片刻。

香者①，炊许②，竟弃③不孝等，而长逝矣。呜呼痛哉！不孝侍奉无状，罹此鞠凶④，抢地呼天⑤，百身莫赎⑥，存生⑦何安，欲殉非时⑧。呜呼痛哉！伏念先宜人幼处丰厚⑨，即以勤俭为姊妹先，事亲尽孝，外王母⑩特爱怜焉。丧乱⑪之际，溯淮入吴⑫，粤逆既平，旅居毗陵⑬。二十一岁，先大夫聘为继室，昏于京口⑭，入门将事⑮，必敬必恭，既以故土大定⑯，请与偕归。兵火之后⑰，老屋尽毁，遂桥寓⑱金陵。岁时荐飨⑲，必涕泣谓不逮事舅姑也⑳。先大夫初取徐宜人，卒于城陷之初㉑，不知其墓㉒；先宜人渡江往返，求之先陇㉓东偏，春秋祭扫得以无阙㉔。先大夫潜德绩学㉕，久困场屋㉖，孤介自守㉗，迄无所合；骎骎

---

① 堂室：厅堂和内室。旃檀：梵语檀香"旃檀那"省文。
② 炊：烧（香）。许：一会儿。
③ 弃：抛弃。《说文·华部》："弃，捐也。"
④ 罹：遭。鞠凶：大祸。
⑤ 抢地呼天：形容极度悲伤。
⑥ 百身莫赎：用一百个身子，也无法把你换回。表示沉重悼念。赎：抵。
⑦ 存生：活着。《庄子·达生》："世之人以为养形足以存生；而养形果不足以存生，则世奚足为哉！"
⑧ 殉：陪葬。非时：指清净的解脱。"非时解脱"省文。
⑨ 丰厚：家道优裕殷实。
⑩ 外王母：外祖母。《尔雅·释亲》："母之妣为外王母。"
⑪ 丧乱：政局动荡。
⑫ 吴：泛指我国东南江浙一带。
⑬ 毗陵：今江苏常州。
⑭ 京口：江苏镇江的古称。
⑮ 入门：过门，将媳妇娶进门。将事：行事。
⑯ 故土：土生土长的地方，这里指六合竹镇田家巷。清军江南提督李世忠收复六合，在咸丰十年十二月十六日（1861 年 1 月 26 日）。
⑰ 同治三年六月十六日（1864 年 7 月 19 日），清军攻进金陵城（天京），标志太平天国运动覆灭。曾国藩撰有《攻克金陵碑记》。
⑱ 桥寓：侨寓。
⑲ 岁时：主要指一年中清明、中元节、除夕等日子。荐飨：献祭。
⑳ 不逮：不及。事：侍奉。舅姑：公公婆婆。
㉑ 城陷：指六合城陷，在清咸丰八年九月十八日（1858 年 10 月 24 日）。
㉒ 墓：墓地所在。
㉓ 先陇：指祖先墓地。
㉔ 春秋祭扫：指清明节、中元节、冬至节等。阙：遗漏。
㉕ 潜德：不为人知的美德。绩学：学识渊博。
㉖ 场屋：科举考试的场所。又称科场。久困场屋，指屡试不中。
㉗ 孤介自守：耿直方正，不随流俗，自坚操守。

垂老①，将恤其后②。不孝甫能言，先宜人教之识字，先大夫客徐州楚军幕③，岁奉且千金，得家书，大喜，辞归自课，不虑生计。不孝命名之始，存深意焉④，语人曰："吾无他望，但愿此儿立学求志，能为读书种子足矣。"讲授根柢之学⑤，督责綦严⑥。先宜人操作之暇⑦，篝灯相对⑧，中夜睡熟必呼不孝背诵日所习书⑨。如是五年，无或少间⑩。不孝十岁余，资用乏绝，所藏旧本书⑪不下数千卷，至是质鬻⑫过半。朝夕或不继⑬，先宜人佐以针黹⑭，处之泰然。某岁小除⑮，境益窘迫⑯，有函⑰百金请为讼状者，先宜人曰："贫吾分也⑱，宁忍饥寒以足岁⑲，君勿计饱暖致污非义⑳。"先大夫喜曰："诚吾妇也，吾已谢之矣。"不孝稍长，命敬识之㉑。壬辰正月寓庐火㉒，先大夫适卧病㉓，先宜人亟

---

① 骎骎：形容时光飞逝。《诗·小雅·四牡》："驾彼四骆，载骤骎骎。"垂老：年将至老。
② 恤：忧虑。后：子女。
③ 客幕：指在地方军政大吏幕府中充当参谋、书记官之类的角色。楚军：指左宗棠军。
④ 作者初名田其田，寓意耕者有其田。《孟子·梁惠王章句上》："民有恒产。"希望子女长大能成家立业，衣食无忧，荒灾之年不至于挨饿。
⑤ 根柢之学：指文字、音韵、训诂，即传统的小学，本是经学的附庸，后独立为专门的学问。
⑥ 督责：督察责罚。綦：极；很。
⑦ 操作：劳作。暇：空闲。
⑧ 篝灯：灯置于笼中。相对：面对面。
⑨ 中夜：半夜。日：白天。
⑩ 无或：没有。《吕氏春秋·贵公》高诱注："或，有也。"少间：一点空隙。
⑪ 旧本书：指古籍。
⑫ 质鬻：典当质押。
⑬ 不继：指钱财费用供应中断，跟不上。
⑭ 针黹：特指针线活以外的活，如刺绣、编织等。
⑮ 小除："小除日"省文。民间素有"官三民四船家五"之说。这里指腊月二十四。
⑯ 境：境况。窘迫：指经济拮据。
⑰ 函：用盒子装。为：写。讼状：诉状。
⑱ 分：命中注定的事。
⑲ 足岁：保障日常度支。
⑳ 非义：不义。
㉑ 敬：恭敬；不怠慢。识：记住。
㉒ 壬辰：光绪十八年（1892）。寓庐：居室；寓所。火：失火。本次大火，田家损失惨重。1917年12月12日《新无锡》报载张文溥《寒匡为诗以哭北湖而哀步原韵广之》诗。其注云：一夕为火焚其庐，北湖走城隍庙，质其神以己之无辜，神无语，北湖乃皮其面，谓以敬神之不庇吾民者，此一事也。
㉓ 适：正；适逢。

率不孝毁垣亟出①，获无恙而家室荡然②，故物尽丧③。不孝行乞楚汉④，先宜人扶持疾病⑤，衣不解带、目不交睫者累月⑥。先大夫捐馆舍⑦，附身附棺⑧，诚敬尽礼⑨。不孝奔丧归，亲故助敛之资⑩，命力疾尽偿之⑪。不孝游艺四方，薄致升斗，先宜人愈益俭约⑫，为先大夫营葬⑬，为不孝授室⑭，料量裕如⑮，罕有称贷⑯。居恒饮食⑰，衣履咸取具一身⑱，食物腐败者，与家人分食之。不孝等渐长，长者所服则湔洗裁制之以加幼者⑲，故无垢敝亦无废弃⑳，爱惜物力若不逮㉑焉。自奉极薄，不改常度，偶宴集犹事丰腴。见人危急，拔簪典衣，以周恤之。待举火者㉒，且数家戚党㉓之门，未尝一至㉔。非礼佛不出户庭㉕，命不孝曰："吾无费用，惟馈贫及供佛而已。"大敛之时，奇香复烈，亲故役夫㉖，

---

① 亟：迅速。垣：墙。亟：携带。

② 无恙：（身体）没受损害。家室：房子。荡然：形容原来的东西毁坏得一干二净。

③ 故物：故家旧物。丧：失去。

④ 行乞：乞讨。楚汉：楚地汉水之滨。《驾去温泉宫后赠杨山人》王琦注："楚，战国时楚王所据之地。汉，汉水之滨。"

⑤ 扶持：照顾。疾病：指作者病中的父亲。

⑥ 衣不解带：形容照料病人十分辛苦。目不交睫：形容夜间不睡觉、不合眼。[汉] 荀悦《汉纪·文帝纪上》："陛下居代时，太后尝病，三年，陛下不交睫，不解衣。"

⑦ 捐馆舍：捐：捐弃。一作"捐馆""捐馆署"。旧时对死亡的讳辞。

⑧ 附身：指装殓。附棺：指埋葬。[唐] 李商隐《祭裴氏姊文》冯浩注"附身附棺"云："谓易棺而葬。"

⑨ 诚敬：诚恳恭敬。尽礼：竭尽礼仪。

⑩ 亲故：亲戚旧故。敛：敛葬。资：钱财。

⑪ 力疾：立即。尽：全部。偿：还。

⑫ 俭约：俭省；节约。

⑬ 营葬：办丧事。

⑭ 授室：娶妻。

⑮ 料量：安排。裕如：形容从容自若。

⑯ 称贷：开口向别人借钱。

⑰ 居恒饮食：平常饮食。

⑱ 咸：都。取具：置办。一身：独自一人。

⑲ 长者：年纪大的。服：穿。湔洗：洗濯。裁制之以加幼者：意谓旧衣裳改小，老大的给老二穿，老二的给老三穿，以此推。

⑳ 废弃：抛弃；弃置不穿。

㉑ 不逮：不及。

㉒ 举火：生火做饭。

㉓ 戚党：亲族。

㉔ 一至：到过一次。

㉕ 户庭：泛指家门。

㉖ 亲故：亲戚故旧。役夫：参与丧事从事卑贱劳动的人。

啧啧惊异之，以为信有报者。先宜人忠质①慈祥，不妄言笑，待人御下②衷之宽和，而治家教子，尤严正有法，务于远大。不孝每应试，先宜人必深夜跪祷，默求祖佑。戊戌③朝考复试之次日，驰书责不孝曰："吾夜焚香，恍惚间汝父怫然④有怒容。既惊而寤⑤，知为梦也。汝离我远，放纵复萌⑥，谅不能守程式⑦，即于摈斥⑧。汝父一生困厄，赍志殒身，著录盈箧⑨，沦于委灰⑩。天既啬之以位⑪，并其言论文采，无所传示。殷殷期望，迨汝之躬。汝狠自憍慠⑫，动必求异于人⑬，以惊世疑俗，重构⑭狂怪之讥，殊失汝父之志。膴仕禄养⑮，吾不汝迫⑯。此区区者，更何足荣辱？然暴弃之⑰，夫亦可惜。汝岂不知显扬⑱之义哉？吾劳瘁数十年⑲，求所以振衰宗⑳者，兢兢祗惧㉑，不敢荒怠㉒。汝幼读时，急切不能成诵，汝父痛责汝，吾以臂当㉓之，屡为所中；吾复一一口授，终夜不

① 忠质：忠厚质朴。

② 待人：对待别人。御下：对待晚辈。

③ 戊戌：指光绪二十四年（1898）。

④ 怫然：愤怒貌。

⑤ 既惊而寤：被梦话惊醒。惊：受惊吓。寤：《说文解字》段注"寐觉而有言曰寤"。

⑥ 放纵复萌：放任而不受约束的老毛病又犯了。

⑦ 程式：规矩。

⑧ 摈斥：弃用。［南朝梁］刘孝标《辨命论》："昔之玉质金相，英髦秀达，皆摈斥于当年，韫奇才而莫用。"

⑨ 著录：著述和钞录。箧：箱子。

⑩ 委灰：化为灰烬。

⑪ 啬：吝啬。位：地位；功名。

⑫ 憍慠：古同"骄傲"。

⑬ 求异于人：追求与他人的不同。［明］王阳明《与辰中诸生书》："不求异于人，而求同于理。"

⑭ 重构：又落得。

⑮ 膴仕：高官厚禄。禄养：以官俸养亲。

⑯ 汝迫："迫汝"倒置。

⑰ 暴弃：糟蹋。之：指入京朝考的机会。

⑱ 显扬：犹光宗耀祖。

⑲ 劳瘁：辛苦劳累。数十年：一辈子。

⑳ 振：振作。衰宗：衰败的宗族。

㉑ 兢兢：谨慎紧随貌。《史记·孝武本纪》："朕以眇眇之身承至尊，兢兢焉惧弗任。"祗惧：犹诚惶诚恐。《书·无逸》："昔在殷王中宗，严恭寅畏，天命自度，治民祗惧，不敢荒宁。"

㉒ 荒怠：荒废，懈怠。

㉓ 当：通"挡"。

寐，学业粗就①，乃忘之乎？汝弟出为人后②，蒙穉罔知③，吾已衰老，不能如课汝者以课汝弟。汝叔殉难四十余年，未知其嗣之成立④否也。汝父下世⑤而汝弟失学，汝幸博一第⑥，而汝父不及见。先人之泽不自享而后人承之，无忝所生，汝其戒焉。"不孝奉书涕零，无从追悔。报罢讯至⑦，莫慰母心，积恶盈罪，擢发胡可数也⑧！先宜人弥留时犹以矜名立节⑨，崇朴尚俭，力争上游，勿蹈奇邪⑩，以遗祖羞为训。呜呼痛哉！先宜人生五十六年，少苦播徙⑪，中苦困乏⑫，老苦疾疢⑬，未遂其性⑭，终身寡欢。不孝长成⑮，稍获菽水之奉⑯，方期从容颐养⑰，以娱衰年⑱，百病交攻⑲，至于不起⑳。呜呼痛哉！鬻子之闵㉑，鲜民之哀㉒，称述罔极㉓，不足以当万一㉔。尚乞仁人君子，锡以哀挽铭传，表

---

① 粗就：勉强完成。
② 人后：指后嗣。出为人后：指过继为他人后代。
③ 蒙穉：正受启蒙。罔知：无知。
④ 成立：成家立业。
⑤ 下世：去世。
⑥ 幸博一第：指田北湖氏 1897 年拔贡事。
⑦ 报罢：科举落第。讯：消息。
⑧ 擢发：拔下头发（计数）。胡：何。
⑨ 矜名：崇尚名声。立节：树立节操。
⑩ 奇邪：奇异不正之气。
⑪ 少：指年少。播徙：流离迁徙。
⑫ 中：指中年。困乏：贫困。
⑬ 老：指老年。疾疢：泛指疾病。
⑭ 遂：完成。性：指内心的愿望。
⑮ 长成：指长大成人。
⑯ 稍获：略得。菽：豆类的总称。菽水：豆和水。指最平凡的食品。《礼记注疏》卷十《檀弓》郑玄注："王云：熬豆而食曰啜菽。"孔颖达疏："谓使亲尽其欢乐此之谓孝。"因以"菽水之欢"指虽贫寒而尽孝心孝养父母，简称"菽水"。
⑰ 方：正。颐养：保护调养。
⑱ 娱：使快乐。衰年：指暮年。
⑲ 百病交攻：受到重病的威胁。
⑳ 不起：卧床不起。
㉑ 鬻子：卖儿卖女。闵：同"悯"。《诗·豳风·鸱鸮》："恩斯勤斯，鬻子之闵斯。"
㉒ 鲜民：无父母穷独之民。《诗·小雅·蓼莪》："鲜民之生，不如死之久矣。"
㉓ 罔极：指人子对于父母的无穷哀思。
㉔ 万一：万分之一。

诸阡陇①，书②诸谱牒，资于清德③，以发幽光④。苫凷荒迷⑤，语无伦次，伏惟矜鉴。

棘人⑥田其田 泣血谨状

田府君尹氏母合葬墓志

孤子⑦将去乡里，望墓而号，泣血瘗石⑧，敬白诸君发土⑨者曰：此田北湖父母之墓也。吾父讳朝元，字子春，有妫之后⑩，受氏于陈⑪。齐国青州，实聚门族⑫。吾远祖讳兴者，明太祖之故人也，诛元功成⑬，屡聘不就，闻畿辅患虎，强起为理，徒行手搏⑭，尽歼⑮其群，止于六合，遂隶民籍，二十传而及吾父；六合久苦兵⑯，吾合家三十口，不死兹难惟吾父耳。孑然流离，周览天下。初娶徐氏母，既早卒，乱平归来，与吾母尹氏偕居江宁⑰。生平矫时疾俗⑱，不求显达，虽至穷困，弗改其操；吾母能成吾父之志，故泰然寂处⑲，著录忘老。

---

① 阡陇：田间高地。

② 书：记载。

③ 清德：高洁的品德。

④ 幽光：指尹氏隐而不发的人性的光辉。

⑤ 苫凷：枕块。古代居父母之丧，往往用土块做枕头，表示悲痛至极。凷：块的古字。《墨子·节葬》："寝苫枕凷。"荒迷：恍惚迷乱。荒，通"恍"。

⑥ 棘人：内心极度哀凄的人。《诗·桧风·素冠》："庶见素冠兮，棘人栾栾兮。"后用作居父母丧者的自称之辞。

⑦ 孤子：旧时父亡称孤子，母亡称哀子，父母俱亡称孤哀子。

⑧ 泣血：一开口，泪尽血出。形容极度悲伤。瘗：埋。

⑨ 发土：挖土。发：六合方言对下葬挖的讳称。

⑩ 有妫：古姓氏名。姚、虞、陈、胡、田五姓先祖。

⑪ 陈为舜后，妫姓。陈完，陈厉公之子，奔齐，改姓田，其后代，遂以田为姓。谥"敬仲"。《史记·田敬仲完世家》："敬仲之如齐，以陈字为田氏。"

⑫ 聚门族：指人丁兴旺。田氏名人有：田因齐（齐威王）、田文（齐国贵族孟尝君）、田单（齐国名将）、田横（秦末义士）、田何（西汉经学家）等。

⑬ 诛：灭。元：指元朝。

⑭ 徒行手搏：空手博斗。

⑮ 歼：灭。

⑯ 苦兵：苦于战争。指洪杨之役（1852—1864）。

⑰ 偕居：共同居住。江宁：指今江苏南京市城南地方。

⑱ 矫时：匡正时弊。疾俗：憎恨世俗。

⑲ 寂处：索居，指守寡。

吾家①累世为医，有声江淮间，述作颇富。吾父少受家业，熟精其理，不欲为人治疾；惟治训诂考订之学，尤恶苟同于人。古今之故，更发明其是非，卓尔自立。有书②盈尺，壬辰③失火，悉毁其稿。吾父旋以天年终，时六十六岁也。呜呼痛哉！吾父行义，不获表见于天下后世，纸墨之迹，重罹奇灾④，一言一论，且不得示其子孙，赍志以死，岂非天有所厌哉⑤？吾父葬于江宁南郊袁村之小龙山。吾母劳苦以教子，而再造室家，深入佛海，竟不享龄⑥，以五十六岁卒；距吾父七年而已。甲辰⑦二月，乃得合祔于父墓。有男子子⑧二人：长北湖初名其田，次于田⑨；女子子⑩二人：思存⑪、思平，忝为人后，未能振门祚，猥奉父母之遗教⑫，不敢怠荒。属⑬天下多事，将走四方，死何所逃，安厝斯原⑭，无

---

① 家：家族。
② 书：指装订成帙的著作。
③ 壬辰：指清光绪十八年（1892）。
④ 重罹：惨遭。罹：遭逢。
⑤ 厌：弃。《论语·雍也》邢昺疏："厌，弃也。"后因以"天厌"谓为上天所厌弃、弃绝。
⑥ 享龄：享年。敬词。一般用在超过五十岁的死者身上。
⑦ 甲辰：指清光绪三十年（1904）。
⑧ 男子子：谓父母亲生儿子。
⑨ 次：次子。为父母守孝三年，因出嗣的，改三年为一年，称降服子。田母去世时，次子于田已育有一子曰"襄璧"，讣告落款为"孤哀子其田、降服子于田稽颡"。据此可断，田于田先于尹氏去世前已过继给他人。
⑩ 女子子：谓父母亲生女儿，与《左传》所谓女公子，如出一辙。中国古文称女，亦为子，如兄弟。后在女子前加一"女"字，以示区别。
⑪ 思存：为田北湖所收养的遗孤、义妹。补：籍贯、生卒未详。《诗·郑风·出其东门》："出其东门，有女如云。虽则如云，匪我思存。"日本东洋女艺学校毕业。曾在通州任小学教员，后弃教席，改在北京宣武门外校场五条，创设一家，名唤南京复来豆食店，自谋出路。终生未嫁。1917年十月廿五日，田北湖因白喉死于北京三条巷。由田思存函致北京大学校长蔡元培，进而函知吴稚晖和傅增湘，由教育部部令北京大学妥善处理善后。1920年，田思存携田北湖二子一女至吴稚晖寓所，求予接济，并帮尹氏母之侄，在银行界谋一职业。经考证，长子田津生，自幼聪颖，家学渊源，由田思存抚养长大。后考入辅仁大学、清华大学，后因与清华校长争执，转上海中国公学，旋考上中央大学外文系四年级生，不幸夭折。曾撰有《亚里士多德及其文学批评》《答张李二君说孔子不删诗说》等。
⑫ 遗教：遗训。
⑬ 属：恰逢。
⑭ 安厝：因改葬而暂时将灵柩停放某处。斯：这个。原：平坦之地、原野。

封无树①。呜呼痛哉！不祀之鬼②，不哭之墓，仁义君子，犹或恤之。后有发③此土者，知其姓名，哀人父母，勿锹勿锄，暴及白骨④，尚其鉴观⑤，保此抔土⑥。和泪书石，更为铭曰：

齐田之曾孙⑦，有贞斯德，董道不豫⑧，归于幽宅⑨，胡为君子，而斩其泽⑩？马鬣⑪未封壤可耕，下则为泉君勿掘⑫。死者何知？尚生者之恻恻⑬。

郭璞墓碣

墩子山者，在北湖之长洲⑭，戴石为砠⑮，孤峙荒渚⑯，水云之乡，景物幽

---

① 封树：堆土植树以固疆界。《周礼·地官·大司徒》郑玄注："树，树木沟上，所以表助阻固也。"贾公彦疏："于畿疆之上而作深沟，土在沟上谓之为封，封上树木以为阻固，故云'而封树之'。"无封无树：不封坟头，不种松柏，不立墓碑。

② 不祀之鬼：喻指孤魂野鬼。

③ 发：挖。同 P233 注⑨。

④ 暴：露出。通"曝"。白骨：尸骨。

⑤ 尚：注重。鉴观：察视。

⑥ 抔土：婉指坟墓。

⑦ 齐田：齐国青州田姓。曾孙：对玄孙以下的统称。《诗·周颂·维天之命》："骏惠我文王，曾孙笃之。"郑玄："曾，犹重也。自孙之子而下，事先祖皆称曾孙。"

⑧ 董：正。豫：犹豫。董道不豫：正其行道而不犹豫。屈原《九章·涉江》："与前世而皆然兮，吾又何怨乎今之人！余将董道而不豫兮，固将重昏而终身。"

⑨ 幽宅：指坟墓。亦称"玄宅"。

⑩ 斩：断。《孟子·离娄下》："君子之泽五世而斩，小人之泽五世而斩，予未得为孔子徒也，予私淑诸人也。"朱熹《孟子集注》："泽，犹言流风余韵也。父子相继为一世，三十年亦为一世。斩，绝也。大约君子小人之泽，五世而绝也。杨氏曰：四世而缌，服之穷也，五世袒免，杀同姓也，六世亲属竭矣。服穷则遗泽浸微，故五世而斩。"

⑪ 马鬣：马鬣封。古代墓葬封土形状。

⑫ 泉：九泉，黄泉。

⑬ 尚生者：还活着的人。恻恻：悲痛；恻隐。

⑭ 长洲：今环洲，玄武湖五个绿洲之一，距玄武门最近。其北、西、南三面环水，东抱樱洲。堤上垂柳依依。洲上有两块太湖石，相传为北宋徽宗花石纲遗物，一称"观音石"，一称"童子石"，统称"童子拜观音"；石后有郭璞衣冠冢。

⑮ 砠：戴石的土山。《尔雅·释山》："石戴土谓之崔嵬，土戴石为砠。"郭璞注："土山上有石者。"

⑯ 孤峙：孤立高耸。

绝①，世所称郭璞墓②也。蒿里谁家③，不封不树，地志传疑，安能起白骨④而问之？蔓草和烟⑤，寒流呜咽⑥，一抔黄土⑦，有人长瞑⑧，余既入湖，凄然凭吊。念鸡豚⑨之弗设，惧樵苏⑩之或来，周垣表石⑪，告⑫我渔户，为之铭曰：

风散沙断，龙死玄武，阴云沉薶⑬，山川不语⑭，形家无灵葬斯所⑮，九原⑯来者同今古。

---

① 景物：景致事物。幽绝：清幽殊绝。

② 郭璞墓：亦称"郭公墩"或"郭仙墩"。郭璞（276—324），字景纯，山西闻喜人。东晋著名学者和文学家，《晋书》有传。其人通晓阴阳历算，因以卜筮不吉试图阻止王敦谋反而被害。由于无树无封，南京玄武湖该墓墓制、墓主人身份难以确指，众说纷纭。《景定建康志》有"真武湖中有大墓，里俗相传曰郭璞墓。按《晋书》，王敦加荆州牧。敦将举兵，使璞筮。璞曰：'无成！'敦怒，收璞，斩之"，认为"时在武昌，或归葬于此，未可知也"，"世传璞墓非一，恐未可执此为是也"。近人陈乃勋亦认为南京玄武湖郭璞墩就是郭璞墓，名郭仙墩也。

③ 蒿里："蒿里山"省文。汉以前称"高里山"。相传人死后魂魄归于此地，并抒发对生命无常的感慨。《汉乐府·蒿里》："蒿里谁家地，聚敛魂魄无贤愚。"

④ 白骨：枯骨。泛指死人。

⑤ 蔓草和烟：比喻空旷偏僻，冷落荒凉。

⑥ 寒流：寒流的水流。呜咽：伤心哽咽。

⑦ 抔：《国粹学报》原文为"坏"，有误，迳改。一抔黄土：借指坟墓。

⑧ 长瞑：长眠。

⑨ 鸡豚：泛指祭祀供品。

⑩ 樵苏：打柴、刈草之人。

⑪ 周垣：四周砌上矮墙。表石：以石覆坟。

⑫ 告：告诫。

⑬ 沉薶：沉埋。

⑭ 山川：山神和河神。近人秦锡田《周浦塘棹歌》："山川不语葬师语，去脉来龙恣辩论。福地若真寻得到，葬师苗裔帝王尊。"

⑮ 形家：堪舆家，即以相度山川地形以辨凶吉，为人选择宅基、墓地为业之人。这里指郭璞。

⑯ 九原：九泉、黄泉。

哀蝙蝠文①

余居上海②，每过③夜街，高竿掣电④，徘徊⑤其下，蝙蝠成群，投明⑥而舞，磁石所引⑦，摄力不胜⑧，陨坠⑨赴地，无复奋飞⑩，行人⑪践踏，狼藉道旁⑫，余心恻然⑬，荷锸埋之⑭。嗟乎！羽翼毛足⑮，萃于一身，旷走远翔⑯，

---

① 蝙蝠：夜行动物，有翼膜，树栖，以昆虫为食，哺乳动物中唯一能飞翔者。该文以哀悼蝙蝠之死为托，醒己警人，"予其惩而毖后患"，吸取教训，不做无谓的牺牲。而刘师培则别为《招蝙蝠文》一篇，以和之。

② 上海：指江苏省上海县。当时东南自保，上海政治形势逼人，"几亦不能藏身"（宋教仁语）。

③ 每过：每每经过。

④ 高竿：指电线杆。掣：拉。高竿掣电：化用"头悬高竿"之典。《三国志·魏书六·董二袁刘传》："卓至西京，为太师，号曰尚父。乘青盖金华车，爪画两𫐉，时人号曰竿摩车"，"邺答曰：'斯须之间，头县（悬）竿端，此有勇而无谋也'"。《后汉书·董卓列传》李贤注："竿摩谓相逼近也。今俗以事干人者，谓之'相竿摩'。"

⑤ 徘徊：犹彷徨。[唐] 骆宾王《讨武檄文》："若或眷恋穷城，徘徊歧路。"

⑥ 投明：奔向光明。"弃暗投明"省文。[元] 关汉卿《单鞭夺槊》楔子："高鸟相良木而栖，贤臣择明主而佐。背暗投明，古之常理。"比喻在政治上脱离反动阵营，投向进步方面。

⑦ 磁石：犹磁力。引：牵；领。

⑧ 摄力：自持力。不胜：承受不了。

⑨ 陨坠：坠落。

⑩ 无复奋飞：比喻人奋发有为，不能奋飞。无复：不再。奋飞：振翅飞翔。《诗·邶风·柏舟》："静言思之，不能奋飞。"《毛传》："不能如鸟奋翼而飞去。"

⑪ 行人：字面义路人。古指出行之人、出征之人。《管子·轻重己》："十日之内，室无处女，路无行人。"[唐] 杜甫《兵车行》："车辚辚，马萧萧，行人弓箭各在腰。"

⑫ 狼藉：多而散乱不堪。道旁：路旁。一为"道旁苦李"省文。比喻无用之人，被人抛弃。

⑬ 恻：恻隐，同情。《新唐书·叛臣上》："帝隐忍，数下诏，未尝声其反。及死，为之恻然曰：'怀恩不反，为左右所误耳！'"

⑭ 荷：扛。锸：铁锹。"竹林七贤"之一刘伶，纵酒放达，乘鹿车，携一壶酒，使人荷锸相随，曰："死便埋我。"

⑮ 羽翼：羽毛和翅膀。一喻辅佐的人或力量。毛足：长毛之足。

⑯ 旷走：趾高气扬地走。远翔：谓飞向远方。

惟其所择，天赋奇资①，亦云厚矣，身有仙骨②，足遗俗尘③，猥不爱惜④，外铄其中⑤，依附末光⑥，炙之而热⑦，炎炎之势⑧，罔顾其后⑨，终殒躯命⑩，何异自戕？余既悯其遇⑪，更憎其愚。黄河千里，鲤触石而无归⑫；红焰一星⑬，蛾扑灯而莫救⑭。招顽以致词⑮；冀前因之或悟⑯。余怀有托⑰，文以哀之。

附：招蝙蝠文

刘师培

　　蝙蝠伏翼也，《尔雅》与夷由别言，《说文》与飞鼺异释。三物截不相蒙，而说者词每互涉。今按《方言》云"伏翼或谓之老鼠，亦谓之仙鼠"，《释名》谓"老而不死曰仙。仙，迁也"，《说文》老字从匕，匕即化字之古文，故真从匕、目，解为仙人变形登天。然则鼠化蝙蝠说诚有之，而循名核实，确非彼二物之类矣。夫鼠性阴黠，混迹尘溷；及化为蝙蝠，则餐风吸露，与蝉蜩同，岂形变而性亦化欤？《礼》言鹰化为鸠，善其变而之

---

① 奇资：罕见的智慧能力。

② 仙骨：成仙的资质。

③ 足：足以。遗：超越。俗尘：俗世，尘世。

④ 猥：自甘下流。爱惜：爱护珍惜。

⑤ 铄：辉煌。通"烁"。外铄，与"内塑"相对。［清］曾国藩云："性不虚悬，丽乎吾身而有宰；命非外铄，原乎太极以成名。"

⑥ 依附：投靠。末光：余辉。比喻余威。

⑦ 炙：火烤。炙之而热：比喻心情澎湃。

⑧ 炎炎：形容威势、气焰甚盛。《后汉书·班彪列传》李贤注："焱焱，炎炎。并戈矛车马之光也。《说文》曰：'焱，火华也。'"

⑨ 罔顾：不顾及。其后：指身后。

⑩ 躯命：生命。

⑪ 悯：同情。遇：遭遇。

⑫ 黄河句：典出"鱼龙变化"。语本《辛氏三秦记》："河津一名龙门，禹凿山开门，阔一余里，黄河自中流下，而岸不通车马。每莫春之际，有黄鲤鱼逆流而上，得过者便化为龙。"

⑬ 红焰：灯芯。一星：一点儿。

⑭ 蛾扑灯：《梁书·到溉传》："（高祖）因赐溉连珠，曰：'如飞蛾之赴火，岂焚身之可吝。'"《菜根谭》："欲不除，似蛾扑灯，焚身乃止。"莫救：得不到拯救。

⑮ 招顽以致词：典出"振顽起懦"（亦作"砭顽起懦""廉顽起懦"）。语本《孟子·万章下》："故闻伯夷之风者，顽夫廉，懦夫有立志。"喻节操或风气可令顽夫、懦夫振奋向上。［明］张煌言《徐孚远奇零草叙》："然溯往迹者多伟之，斯亦可砭顽起懦，震荡中原矣。"［清］王夫之《周易内传》卷四："砭顽起懦，可以为百世师矣。"致词：犹致语。

⑯ 冀：希望。前因：对之前事件起到影响作用的条件、环境或形势。悟：领悟、醒悟。

⑰ 有托：有所寄托。

仁，则蝙蝠又善于自化者矣。田君北湖作《哀蝙蝠文》，予读而善之，因作《招蝙蝠文》，意有所寄，不必强同也。

緊蝙蝠之赋形兮，寔托体于穴虫。去纷烦之土壤兮，乘窸窣之微风。应升阳而夏见兮，怀沉阴以蛰冬。动静极于变化兮，名飞走而并蒙。嗟殊类而从同兮，感屈伸之异致。彼鼠类之秉生兮，或鼫腾以谲诡。鼯与鼸其既淆兮，穷多能于五技。形状似而实别兮，如按图于列纪。咸溷迹于芜秽兮，岂斯虫之可拟。览造物之笃生兮，覆众有而惠施。质何受而弗变兮，性孰生而弗移？蝉蜕浊以处洁兮，表轻举于拼飞。蛾时术而螟负子兮，庄生感蜾以喻微。况兹虫之蹁跹兮，超蠕蠢之无知。体腾跃而志伏兮，乃多寿而倒垂。弃人世之多患兮，处岩穴而栖迟。何翻然其改形兮，判贪廉以远而？相鲲游而鹏运兮，劳图南以未极。河奔流而鲤赴兮，奋爪鳞于一息。纷易故以就新兮，任逍遥而自得。齐小大以挈言兮，物固各徇夫天则。空庭忽沉以暮霭兮，参差照影于月色。听嘿咋之冥呼兮，若顾群丑而凄恻。聊永歌以讯言兮，慕仙踪于伏翼。倘清溪秀壁果可游兮，吾又何辞乎遐陟。

六、书牍类

别玄武湖父老文①

湖主入湖三年矣。与五洲三岸诸父老，水土操作②，岁时休息③，泌之洋洋④，桑者闲闲⑤。分渔樵之半席⑥，作风月之平章⑦，猿鹤不笑⑧，鸥鹭忘机⑨。公田之利⑩，足以为酒；濠濮之游⑪，出而听琴。操豚相祝⑫，烹羊自劳⑬，不识不知，斯歌斯哭。蒹葭苍苍⑭，亦有霜露⑮；杨柳依依，爰及雨雪⑯。

---

① 作于1904年正月出狱（事在1904年2月16日前）之后、离开南京之时。

② 水土：水中和陆上。水土操作，泛指农业劳动。操作：劳动，劳作。

③ 岁时：一年，四季。休息：休养生息。

④ 泌：泉流轻快的样子。洋洋：盛大貌。《诗·陈风·衡门》："泌之洋洋，可以乐饥。"《尔雅》："洋，多也。"章太炎《新方言》："今淮南、吴越伟大其物则称洋。"

⑤ 桑者：采桑的女子。闲闲：悠闲自得之貌。《诗·魏风·十亩之间》："十亩之间兮，桑者闲闲兮。"

⑥ 分渔樵之半席：形容作者与父老乡亲情深意厚。同P17注⑭。

⑦ 风月：喻男女之情。平章：品评。

⑧ 猿鹤：借指隐逸之士。猿鹤：引自猿鹤虫沙。《太平御览》卷九一六引《抱朴子》："周穆王南征，一军尽化，君子为猿为鹤，小人为虫为沙。"后因喻战死的将士。这里指出狱后的作者本人。

⑨ 鸥鹭忘机：参P18注③、P34注④。

⑩ 公田：公家的田地。利：超过本钱的利益。[晋]陶潜《归去来兮辞·并序》："公田之利，足以为酒，故便求之。"

⑪ 濠濮：古代二水名，濠水在安徽，濮水在河南。传说庄子钓于濮水，拒绝楚王之聘；又传曾与会施同游于濠梁之上，二人围绕是否知鱼之乐相互辩难。因多喻高士环境。[南朝宋]刘义庆《世说新语·言语》："会心处不必在远，翳然林水，便自有濠、濮间想也。"

⑫ 豚：猪。春秋时，齐国淳于髡到赵国请救兵，曾述故事，其路边遇到一操豚蹄老人，拿一盅酒，祝贺说：祝愿五谷丰登。

⑬ 烹羊自劳：自己动手烹煮小羊，饮斗酒以自乐。同"羔羊自劳"。古代罪臣，以获罪之身，在农田十活，不胜其苦。但逢腊月，仍烹羊煮羔，吃得津津有味。[汉]杨恽《报孙会宗书》："臣之得罪，已三年矣。田家作苦，岁时伏腊，烹羊炰羔，斗酒自劳。"

⑭ 蒹葭：泛指芦苇。苍苍：茂盛深色状。

⑮ 霜露：霜和露。喻艰难困苦之条件。《诗·秦风·蒹葭》："蒹葭苍苍，白露为霜。"

⑯ 依依：柳叶茂盛并随风摇曳之貌，喻缠绵悱恻的惜别之情。《诗·小雅·采薇》："昔我往矣，杨柳依依。今我来思，雨雪霏霏。"爰及：至于。雨雪：雨和雪。代指牢狱之灾。

方谓羲皇以上①，遑问魏晋伊谁②，壶公容身③，农父没世；披裘行吟④，怀璧非罪⑤。相期白首，不入城市⑥，乐有素心⑦，与数晨夕⑧。民安太康之风⑨，里鲜追呼之吏⑩，役车其休⑪，挐舟云固。弗意寝丘之地，忽争半山之墩，蝇矢既集⑫，牛耳尤污。起风波于江湖，罹文字之罗网⑬，篝灯受诈⑭，徽墨终凶⑮。瓜熟伏其杀机⑯，萁落诬其怨望，清尊招饮⑰，逻卒在涂⑱。空庭勒移⑲，高士不返，闭门大索⑳，全家皆收㉑。沉沉黑狱㉒，皎皎青天㉓，未对西曹之簿㉔，

---

① 方谓：刚说到。羲皇，即伏羲氏，中国传说中人类之始祖。羲皇以上：指远古时代。

② 遑问：还没来得及问。魏晋：泛指乱世。伊谁：什么情况。

③ 壶公容身：典出"壶公隐身"。同 P18 注⑥。

④ 披裘：多喻居贫而隐逸清高。同 P34 注⑦。行吟：边走边吟咏。

⑤ 怀璧非罪：比喻怀才遭忌。同"怀璧其罪"。怀璧：怀藏璧玉之类宝物，人利其璧，以璧为罪。非罪：没有罪行。《左传·桓公十年》："周谚有之：匹夫无罪，怀璧其罪。"

⑥ 相期：相约。白首：白头。不入城市：旧时大隐以不入城市标举。

⑦ 素心：朴素的心性。

⑧ 数：算。［晋］陶潜《移居》："闻多素心人，乐与数晨夕。"

⑨ 太康：西晋武帝司马炎年号（280—290）。司马炎在位十年，史称太康之治。

⑩ 里：街坊。古代五家为邻，五邻为里。鲜：很少。追呼之吏：指催缴钱粮的官吏。

⑪ 役车：服役之车。《诗·唐风·蟋蟀》："蟋蟀在堂，役车其休。今我不乐，日月其慆。无已大康，职思其忧。好乐无荒，良士休休。"

⑫ 蝇矢句：同 P33 注③。

⑬ 罹：遭受。文字之罗网：指文字狱。罗网，指法网。

⑭ 篝灯：以笼蔽灯。喻指连夜。

⑮ 徽：《易·坎》刘注"三股为徽"。墨：不洁之称。徽墨：比喻多项诬蔑之罪名。终凶：最终无罪释放。《周易上经·讼》："终凶，讼不可成也。"

⑯ 瓜熟句：指焚书坑儒。同 P33 注④。

⑰ 清尊招饮：名为招饮，实为诱降之局。清尊，犹美酒。

⑱ 逻卒：巡逻之人。亦作逻子、逻人、逻士。《事物异名录·品术·巡卒》："逻人，徼巡之人也。"在涂：在途中。

⑲ 空庭：使庭院空。勒移：被捕带走。

⑳ 大索：搜索残敌。

㉑ 收：拘捕，逮捕。

㉒ 黑狱：地处幽深、关押重犯的监狱。［清］黄六鸿《福惠全书》卷十三："第四层，最深邃者，为暗监，所谓黑狱是也，强盗历年缓决及新盗拟辟者居之。"

㉓ 皎皎：清白；洁白。青天：蔚蓝的天空。［明］楚石梵琦禅师《示华严经会诸友八首》："皎皎青天飞霹雳，茫茫白昼辊尘埃。"

㉔ 未对西曹之簿：未依刑部文状加以查验案情是否符合事实。西曹：刑部之别称。簿：文状、起诉书之类。《国粹学报》原文作"薄"，有误，迳改。

旋纵北寺之囚①。犬牵上蔡②，鹤唳华亭③，归来枫林之魂④，无羔芦中之渡⑤。故乡多虎⑥，不可久留，弋人慕鸿⑦，逝将远引⑧。有客宿宿⑨，迟徐稚于谷中⑩；踏歌声声，揖汪伦于岸上。信焚身其足惧，故折尾而不辞⑪，还求出世之方，更卜幽人之宅⑫。畴昔⑬之乐，梦亦成尘，别离之情，座犹掩泣⑭。闲云相逐⑮，逝水长澌⑯，剩芙蓉于空塘，笑桃花之夹道。鸱夷请变名姓⑰，鲛人莫卖

①　旋：旋即。纵：听任。北寺："北寺狱"省文，亦称"北寺诏狱""黄门北寺"。东汉囚禁将相大臣的监狱，由黄门署执掌其事，因署在宫省北，故名。《后汉书·孝明八王列传》李贤注："北寺，狱名，属黄门署。"囚：羁押。

②　犬牵上蔡：典出"东门黄犬"。《史记·李斯列传》："二世二年七月，具斯五刑，论腰斩咸阳市。斯出狱，与其中子俱执，顾谓其中子曰：'吾欲与若复牵黄犬俱出上蔡东门逐狡兔，岂可得乎？'遂父子相哭，而夷三族。"因喻遭祸抽身悔迟。

③　鹤唳华亭：多喻人生无常。亦作"华亭鹤唳"。典出《世说新语·尤悔》："陆平原河桥败，为卢志所谗，被诛，临刑叹曰：'欲闻华亭鹤唳，可复得乎？'"

④　归来枫林之魂：作者安然出狱，仍怀炽热之心。

⑤　芦中之渡：同 P36 注⑫。

⑥　故乡：家乡。多虎：比喻处境危险。《礼记·檀弓下》："小子识之，苛政猛于虎也。"

⑦　弋人慕鸿：形容志向高远，或远祸避害。典出"鸿飞冥冥"。亦作"弋慕鸿""弋人空慕"。

⑧　逝将远引：远去。诀别之辞。《诗·魏风·硕鼠》："逝将去汝，适彼乐土。"郑玄笺："逝，往也。往矣将去女，与之诀别之辞。"

⑨　宿：指一晚上。宿宿：谓连住两夜，指停留多日。《诗·周颂·有客》："有客宿宿，有客信信。"

⑩　迟：慢。引申义挽留。徐稚：字孺子。《后汉书·独行列传》："（张劭、范式）二人并告归乡里。（范）式谓元伯曰：'后二年当还，将过拜尊亲，见孺子焉。'乃共克期日。后期方至，元伯具以白母，请设馔以候。母曰：'二年之别，千里结言，尔何相信之审邪？'对曰：'巨卿（范式字）信士，必不乖违。'母曰：'若然，当为尔酝酒。'至其日，巨卿果到，升堂拜饮，尽欢而别。"

⑪　折尾：典出"尾大不掉"。《左传·昭公十一年》："末大必折，尾大不掉，君所知也。"辞：推脱。

⑫　幽人之宅：容身之所。

⑬　畴昔：往昔。

⑭　座：在座者。掩泣：掩面而泣。同"掩涕"。

⑮　闲云：与闲云、野鹤为伴，淡泊名利，不求闻达。"闲云野鹤"省文。

⑯　逝水：逝去的光阴。澌：消亡、消失。

⑰　鸱夷：范蠡曾以鸱夷子皮为名，以经商为生。后自谓陶朱公。请变名姓：自离开玄武湖后，仿效陶朱公故事，作者改名为田北湖。

沧田①，鱼鸟有缘，烟霞重约②；此日武陵渔父，不办仙源③；他年幕府山灵④，为留佳处。

告玄武湖文⑤

芙蓉城者⑥，仙灵栖真之宇也⑦；桃花源者，幽隐避世之乡也⑧。碧落⑨高高，黄尘扰扰⑩，周览⑪风景，变幻云物⑫。访蟪蛄之春秋⑬，寄蜉蝣于朝暮⑭，

---

① 鲛人：同 P19 注④。沧田："沧海桑田"省文。比喻世事变化很大。

② 烟霞：烟云彩霞。这里代指狮子山。重约：许下诺言。

③ 作者出狱后，决心离开此地，故言"不办"。1908 年，玄武湖湖神庙墙壁上见《题后湖》："怕将尘事证前因，鱼鸟依依识故人。争向渔儿问姓氏，重来不见武陵春。"署"龙隐"。（《金陵后湖志·近代诗抄杂选》）龙隐，疑即龙潜（1885—1945），广西桂林人。广东优等师范毕业。父亲龙泽厚（"苏报案"被捕六犯之一，焦易堂岳父），早年追随康有为，参加上海强学会。龙潜自小从父在上海、广东等地颠沛流离。1914 年，任广西桂林省立图书馆馆长。后任广州国会秘书，南京政府考试院秘书，上海国民党党部秘书，浙江造币厂厂长，桂林美术专科学校校长，广西税务局副局长等职。

④ 他年：来年。幕府山：山名。位于南京城西北，临江，地势险要。晋元帝渡江，王导建幕府之所。

⑤ 作于 1901—1902 年间。

⑥ 芙蓉城：古代传说中的仙境。

⑦ 仙灵：仙人、神灵。栖真：道教谓存养真性，返其本元。宇：犹域。

⑧ 桃花源：借指脱离现实空想的美好世界。幽隐：隐居。乡：处所。

⑨ 碧落：天空。

⑩ 黄尘：俗世、尘世。扰扰：纷乱貌。

⑪ 周览：遍览。同"玄览"。

⑫ 云物：景物。

⑬ 蟪蛄：昆虫名。蝉的一种。春秋：春天和秋天。蟪蛄春天过去，不知有秋，一生极其短暂，故言。《庄子·逍遥游》："朝菌不知晦朔，蟪蛄不知春秋，此小年也。"

⑭ 蜉蝣：昆虫名。其形如天牛而小，翅薄而透明，能飞。夏月阴雨时自地中出，朝生而暮死。亦作"蜉蟥""渠略"。喻生命微小。《诗·曹风·蜉蝣》郑玄注："蜉蝣，渠略也，朝生夕死，犹有羽翼以自修饰。"

已无清静之土，遑云安乐之窝①？神山在望②，辄引归帆，海岛移情③，空闻远籁。虚无缥缈之间，惝恍迷离④之境，便涉稗环⑤，莫搴芳躅⑥。越情广漠之野⑦，极念重霄之表⑧，寓言十九⑨，玄思万千。吾生劳形⑩，惟曰无涯⑪，仆夫沉梦⑫，若离诸苦⑬。从伊人于水沚，溯到蒹葭⑭；呼有鬼于山阿，披将薜荔⑮。起天半之赤霞⑯，照波心之皓月⑰，驾车鼠穴⑱，戢翼雉罗⑲。长揖器

---

① 安乐窝：泛指安静舒适的住处。《无名公传》云："所寝之室谓之安乐窝，不求过美，惟求冬暖夏凉。"
② 神山：指传说中的三神山，曰瀛洲、蓬莱、方丈。山中有金碧辉煌的宫阙，有长生不死的仙人和让人长生不老的仙药。三神山只能远眺，难以接近，一旦靠近就会掉入海中。《史记·封禅书》见载。
③ 移情：改变人的情操。典出伯牙《水仙操·序》。[唐]吴兢《乐府古题要解》："成连善鼓琴，伯牙从而学之，三年而成，至于精神寂寞，情至专一，尚未能也。成连云：'吾师方子春在海中，能移人情。'乃偕至蓬莱山，曰：'吾将迎吾师。'刺船而去，旬日不返。伯牙但闻海水汩汲漰澌之声，山林窅冥，群鸟悲号，怆然叹曰：'先生将移我情。'乃援琴而歌之。曲终，成连刺船还。伯牙遂为天下妙手。此曲即名《水仙操》。"
④ 惝恍：恍惚，模糊不清。迷离：指模糊不明而难以分辨。
⑤ 稗：禾之卑贱者。比喻品行不佳。[汉]王符《潜夫论》："养稊稗者伤禾稼。"环：环伺。
⑥ 搴：拔取。芳躅：踪迹。喻德泽、教化。毛忠贤《中国曹洞宗通史》："良价在洞山十年，登者游者负重而来，竟履芳躅者无数。"芳与稗相对。
⑦ 广漠之野：人与自然合二为一之所。
⑧ 重霄：高空。古人认为天有九重，亦作九霄、九重霄、重玄。表：外。
⑨ 十九：十之八九，绝大多数。寓言十九：《庄子·寓言》"寓言十九，重言十七……寓言十九，藉外论之"。
⑩ 劳形：劳累身体。形：身体。刘禹锡《陋室铭》："案牍之劳形。"
⑪ 无涯：意谓人生漫长。
⑫ 沉梦：犹酣梦。
⑬ 诸苦：各种苦难。
⑭ 水沚：水中的小洲。蒹葭：指芦苇，芦荻。蒹：没有抽穗的芦苇。葭：初生的芦苇。《诗·秦风·蒹葭》分三章，首章为"蒹葭苍苍，白露为霜"，末章为"所谓伊人……溯游从之，宛在水中沚"。从伊人句：意谓人生从头再来。
⑮ 鬼：山中之神。山阿：山陵。《楚辞章句》王逸注："阿，曲隅也。"屈原《山鬼》："若有人兮山之阿，被薜荔兮带女萝。既含睇兮又宜笑，子慕予兮善窈窕。"薜荔：香草名。别名木莲、木瓜藤等。美好品德的象征。薜：《国粹学报》原文作"薜"，有误，迳改。
⑯ 起：取。天半赤霞：比喻人品高尚，不同一般。同"半天朱霞"。天半：犹半空。
⑰ 波心：水中央。皓月：犹明月。
⑱ 驾车鼠穴：乘车进老鼠洞。比喻不可能发生之事。
⑲ 戢翼：归隐。雉罗：引申义办理实业。

氛①，上通元化②，指太空为归宿③，结平生之古欢④。尚在人境⑤，岂有真宅⑥哉？余以菲质⑦，附于浊流，生长江淮之交⑧，行坐尸冥之侧⑨，聊休息于歧路⑩，盛哀乐于中年⑪。土木形骸⑫，樊笼毛羽⑬，梦登天而无杭，随飘风之所仍。冢鸿避篡⑭，倦鸟知归，乃四壁之徒立⑮，靡⑯寸田之可耕。赁舂庑下⑰，

---

① 长揖：告别。嚣氛：喧闹的尘世气氛。亦作"嚣埃"。
② 元化：造化，天地。
③ 太空：指独与天地精神相往来，自由自在的境界。归宿：指归。
④ 平生：向来；素来。古欢：与古人在精神上的欢爱。
⑤ 人境：人世间。
⑥ 真宅：道家认为人生如客，死后方得归真，所归之处称真宅。《列子·天瑞》："鬼，归也，归其真宅。"
⑦ 菲：微贱。质：天生的禀赋。
⑧ 生长：出生和成长。江淮：长江和淮河。
⑨ 行坐：行走和坐定。尸：尸体。冥：阴曹地府。
⑩ 聊：姑且。休息：讨生活。歧路：比喻错误的道路。
⑪ 盛：多。盛哀乐于中年：人到中年，仍漂泊不定，心情复杂。
⑫ 土木形骸：同 P13 注⑬。
⑬ 樊笼：比喻不自由的境地。毛羽：兽毛禽羽。《左传·隐公五年》："皮革、齿牙、骨角、毛羽，不登于器。"
⑭ 冢鸿：山名，今陕西凤翔县东。相传黄帝臣大鸿葬此。《史记·孝武本纪》："鬼臾区号大鸿。"王宁《民俗典籍文字研究》："鬼方是鬼臾区在商代之称谓，鬼臾是炎帝氏族的另一个称谓。鬼臾的后人，也就是大鸿氏的后人，有的成为华夏族的中坚力量，如帝尧，有的则被诸华目为狄。"刘师培说："厥后女媭（出于鬼方氏）之后蔓延中国……在淮北者曰归……"避：防止。篡：篡逆。
⑮ 四壁徒立：家里只有四面的墙。形容家境十分贫寒，一贫如洗。
⑯ 靡：没有。寸田：一寸田地，极言土地之少。"寸田尺土"省文。
⑰ 赁舂：受雇为人舂米。庑：堂下周围的走廊、廊屋。

何处皋桥①？牵舟岸上，曷来西塞②？徘徊青溪之渡③，寥落白门之城④，誓墓碑成⑤，买山乏钱⑥。蓬庐风雨⑦，空为汗漫之游⑧；壶中天地，别有清凉之界。盖亦亢心远举⑨，蹑踪遐想矣⑩。钟山之下，草堂之阴⑪，有湖一曲，实名玄武，赤乌之际，黑龙所经。潢汙行潦⑫，择三岸之细流⑬，宛在中央⑭，列五洲

---

① 何处皋桥：何处才是借寓之所。皋桥：在苏州阊门内，由汉皋伯通曾居此，桥因以为名，梁鸿赁舂之所。

② 曷：何。同"曷"。

③ 徘徊：流连。青溪：河流名。发源于南京钟山，西南原汇于燕雀湖，燕雀湖被填后汇于前湖，自半山寺后水闸入城。据民国朱偰《金陵古迹图考》，玄武湖水，入城后，"西流经竺桥，由太平桥西而南，经青溪里巷、五老桥、寿星桥、常府桥即南京中学之后，下为升平、四象、淮清诸桥，而入于淮"，曲折最多，故称九曲青溪。

④ 白门之城：代指金陵城。白门：指六朝京城建康城的正南门（宣阳门）。《南齐书·王俭传》："宋世外六门设竹篱。是年初，有发白虎樽者，言'白门三重门，竹篱穿不完'。上感其言乃改立都墙。"

⑤ 誓墓碑成：喻辞官归隐，典出"羲之誓墓"。《晋书·王羲之传》："羲之称病去郡，于父母墓前自誓曰：'自今之后，敢渝此心，贪冒苟进，是有无尊之心而不子也。子而不子，天地所不覆载，名教所不得容。信誓之诚，有如皦日！'"

⑥ 买山乏钱：缺少为隐居而购买山林之钱，因称退隐山林，亦作"买山隐"。支遁（314—366），字道林，河南开封人。［南朝宋］刘义庆《世说新语·排调》："支道林因人就深公买印山，深公答曰：'未闻巢、由买山而隐。'"

⑦ 蓬庐：草庐。蓬：麦草。

⑧ 汗漫之游：超脱尘世的世外之游。

⑨ 亢心：高傲之心。远举：远扬，高飞。

⑩ 蹑踪：追踪。遐想：不切实际的想法。

⑪ 草堂：指周颙隐居钟山时居室之名"草堂寺"。周颙（？—约485）：河南汝南人。阴：北。［南朝齐］孔稚珪《北山移文》："钟山之阴，草堂之灵，驰烟驿路，勒移山庭。"

⑫ 潢：大水坑。汙：小水坑。同 P15 注⑥。行潦：流水。《诗·召南·采蘋》："于以采藻，于彼行潦。"《毛传》："行潦，流潦也。"

⑬ 择：捉。三岸：指玄武湖的东、南、西三岸。细流：小水流。

⑭ 中央：当中间。

之息壤①。气吞云梦之泽②，境接琦玗之洞③，村郭自幽④，烟波无限⑤。四十里之昆明⑥，水嬉不竞⑦；二千年之桑泊⑧，宫禁如墟⑨。岛溆萦洄⑩，冈峦倚伏⑪，平芜弥望⑫，膏腴就荒⑬。菰蒲陂塘⑭，鱼凫窟穴⑮，农家聚处⑯，姓只朱陈⑰，渔父助谈，世当魏晋⑱。南都瓯脱之地⑲，楚国寝丘⑳之田，安石夷其阡

---

① 五洲：盘踞玄武湖内的五个绿洲。息壤：泛指泥土。
② 气吞：一口气吞下。形容气势很大。云梦泽：我国湖北省江汉平原上的古代湖泊群的古称。其范围甚广，横跨长江南北。后因泥沙淤积，不断分割，范围逐渐缩小，长江以北成为沼泽，长江以南成为洞庭湖。《战国策·楚策一》杜预注："楚之云梦，跨江南北。"胡三省注："安陆有云梦泽，枝江有云梦城。盖古之云梦泽甚广，而后世悉为邑居聚落，故地之以云梦得名者非一处。"秦封泥有"左云梦丞""右云梦丞"。
③ 琦玗洞：在湖北大冶县东九十里回山上，一名"飞云洞"。《名胜志》："琦玗洞在西塞山之侧，元结自号琦玗子，本此。"
④ 村郭：村落和城郭。自幽：自在沉静。
⑤ 烟波：水面烟雾苍茫的风光。
⑥ 四十里：玄武湖周长为四十里。昆明湖：玄武湖之旧称。南朝齐武帝理水军于此池中，号曰昆明池。[南朝梁]沈约《登覆舟山》："南瞻储胥馆，北眺昆明池。"即此。
⑦ 水嬉：水上游戏，如歌舞、杂技、竞渡等。竞：强盛、强劲。水嬉不竞：犹言湖上往日热闹非凡的竞技场景已然不存。
⑧ 桑泊：秦以前玄武湖的古称。同 P19 注③。
⑨ 宫禁：指明代设于玄武湖东岸的宫禁之地，如三法司堂等。墟：废址。
⑩ 岛溆：水涯。萦洄：水流盘旋曲折、往复萦回貌。
⑪ 冈峦：山峦。倚伏：相互依存，若隐若现。
⑫ 平芜：草木丛生的平旷原野。弥望：满眼。
⑬ 膏腴：肥沃。喻土地肥沃、物产丰饶。就荒：逐渐荒芜。
⑭ 菰、蒲：均为浅水植物，多长于水泽之区。菰：俗称"茭白"。
⑮ 鱼凫：一种捕鱼的水鸟名。俗名鱼老鸹。窟穴：自然生成的洞穴。亦称"窾""穴"。
⑯ 农家：田家。聚处：集中的地方。
⑰ 朱陈：朱姓和陈姓。三国吴郡顾、陆、朱、张四姓。洪杨称乱后，玄武湖人口锐减，至此仅剩两姓。
⑱ 魏晋：代指乱世。
⑲ 南都：指明都城南京。有明开国之初，建都于此五十三年，历洪武、建文、永乐三朝，人口百万，为全国最大的城市。明成祖迁都北京后，南京中央六部官署依然保留，故称南都，亦称留都。瓯脱之地：指守望之地。
⑳ 寝丘：古邑名，春秋楚地，在今河南省沈丘县东南。

陌①，景纯寂于邱陇②。泛剡溪之一叶③，明月随人，飞绣谷之万花④，春风无主⑤。縶我生之靡骋⑥，过兹区以忘返，顾沧浪而濯足⑦，指渑池以监影⑧。爰问水滨，往求宅土⑨，托幽壑之浩渺⑩，卜衡门之栖迟⑪。山精木魅⑫，喜人经过；樵竖牧儿⑬，许我戾止⑭。临渊结网，闭关诛茅⑮，直干青云⑯，坐观白昼⑰。纵巨鱼⑱而亦乐，屈尺蠖以当伸⑲，入主洲民，遂⑳为湖长。夫深山大

---

① 安石：指王安石。夷：铲平。阡陌：田间小路。南北为阡，东西为陌。宋熙宁八年（1075），王安石奏废为田，开十字湖，立四斗门以泄湖水。元末水患，复田为湖。［清］王鸣盛《十七史商榷》六十四卷："今所存者十分之二。"

② 景纯：郭璞字。邱陇：坟墓。同"邱垅"。

③ 剡溪：水名。在浙江绍兴嵊州境，以景色优美著称。一叶：代指小舟。

④ 绣谷：像手工刺绣而成的山谷。形容风景美不胜收。万花：极言花多。

⑤ 春风：春天的风。无主：没有主人。

⑥ 靡骋：抱负不能施展。

⑦ 沧浪濯足：比喻清除世尘，保持高洁。屈原《楚辞·渔父》："渔父莞尔而笑，鼓枻而去。乃歌曰：'沧浪之水清兮，可以濯我缨；沧浪之水浊兮，可以濯我足。'"

⑧ 指：对着。渑池：水名，在今河南渑池县。监：照，同"鉴"。影：水中自己的影像。

⑨ 往：去。求：寻觅。宅土：所居住之地。

⑩ 托：依托。幽壑：深谷；深渊。浩渺：广大辽阔。

⑪ 卜：问卜。衡门：横木为门，指极简陋的住所。栖迟：居留止息。《诗·陈风·衡门》："衡门之下，可以栖迟。"《毛传》："衡门，横木为门，言浅陋也。"衡：通"横"。

⑫ 山精：传说中的山间怪兽。《淮南子·汜论训》高诱注："枭阳，山精也。人形，长大，面黑色，身有毛，足反踵，见人而笑。"［南朝宋］刘敬叔《玄中记》："山精如人，一足，长三四尺，食山蟹，夜出昼藏。"木魅：旧指老树变成的妖魅。［南朝宋］鲍照《芜城赋》："木魅山鬼，野鼠城狐，风嗥雨啸，昏见晨趋。"

⑬ 樵竖：打柴的孩童。牧儿：放牧的孩童。

⑭ 戾止：到来。

⑮ 闭关：闭门谢客，断绝往来。谓不为尘事所扰。诛茅：芟除茅草。茅：亦作"茆"。

⑯ 直干青云：谓凌驾青云而直上云霄。形容人品高逸。［南朝齐］孔稚珪《北山移文》："夫以耿介拔俗之标，潇洒出尘之想，度白雪以方洁，干青云而直上。"

⑰ 坐观白昼：同 P13 注③。

⑱ 巨鱼：大鱼。

⑲ 屈尺蠖以当伸：犹言依靠民众的力量，以退求进。尺蠖：尺蠖蛾的幼虫，体柔软细长，屈伸而行。《尔雅翼》卷二十四："尺蠖，屈申，虫也。状如蚕而绝小；行则促其腰使其首尾相就乃能进步，屈中有伸，故曰屈申。"

⑳ 遂：推举。

泽①，龙蛇是潜②，暮雨朝云③，虹霓不耀④。盖鸿鹄之所志⑤，非鷃鹩之可窥⑥。是以北海啬夫⑦，高并耒之概⑧；西河钓者⑨，乐考槃之歌⑩。抱焦违天⑪，孤芳遗俗⑫，不求致远之用，宁虞老死之方⑬。况乎修途荆棘⑭，落日桑榆⑮，燕处危巢⑯，鱼游沸釜⑰！齐州历历⑱，迟王孙而无归⑲；秋水涓涓⑳，望

---

① 深山大泽：形容深邃的山野和广阔的湖泽。
② 龙蛇：比喻非常人物。《左传·襄公二十一年》："深山大泽，实生龙蛇。"是：这儿。
　潜：蛰伏。《汉书·扬雄传》："君子得时则大行，不得时则龙蛇。"
③ 暮雨朝云：比喻和人民群众打成一片。宋玉《高唐赋》："妾在巫山之阳，高丘之阻，旦为朝云，暮为行雨。朝朝暮暮，阳台之下。"
④ 虹霓：比喻人的才华藻绘。耀：显。不耀，犹韬光养晦。
⑤ 鸿鹄之志：比喻远大抱负和志向。典出《史记·陈涉世家》。
⑥ 鷃鹩：俗称"黄脰鸟"。此鸟形微处卑，因喻极易满足者或弱小者。《庄子·逍遥游》："鷃鹩巢于深林，不过一枝；偃鼠饮于河，不过满腹。"窥：了解，窥度。
⑦ 北海啬夫：指郑玄（127—200），字康成，山东高密人。玄少为乡啬夫，后屡召为官，皆辞或称病还家。《后汉书》有传。啬夫：职官名。汉置，掌诉讼与赋税征收之职。
⑧ 耒：古代一种翻土工具，可视为犁的前身。并耒之概：一同终身隐遁的气概。太原王霸少立高节，不求仕进。妻亦美志行，与之偕隐。《后汉书·列女传》见载。
⑨ 西河钓者：指战国时魏国节士段干木、田子方、卜子夏，魏文侯皆尊为师。《史记·魏世家》见载。
⑩ 考槃：指避世隐居。考槃之歌，指《诗经·卫风》中《考槃》诗。《孔丛子》："孔子曰：'吾于《考槃》，见士之遁世而不闷也。'"方玉润《诗经原始》："此美贤者隐居自乐之词。"
⑪ 焦：枯焦。通"燋"。荀子与临武君议兵，临武君认为：善用兵者如能善于"攻夺变诈"，就可以无敌于天下。荀子则认为：必须隆礼、贵义、好士、爱民、赏重、刑威，这样军队和国家才能强大无敌。荀子说："以桀诈尧，譬之若以卵击石，如以指挠沸，若赴水火，入焉燋没耳！"违天：违背规律。
⑫ 孤芳：独秀的香花。比喻高洁绝俗的品格。遗俗：为世俗所摈弃。
⑬ 宁：宁愿。虞：忧虑。老死：到老到死。方：办法。
⑭ 修途：长途。修途荆棘：喻未来道路充满艰难险阻。
⑮ 落日桑榆：落日余晖照在桑树榆树端，因喻日暮。隐语大清王朝已步入穷途末路之境。
⑯ 燕处危巢：喻居于危险境地而不知警惕。
⑰ 鱼游沸釜：鱼在滚锅里游。比喻处境十分危险，有行将灭亡之虞。
⑱ 齐州：犹中国。历历：清楚明白，分明可数。
⑲ 迟：迟留。王孙：泛指贵族子弟。《楚辞·招隐士》："王孙游兮不归，春草生兮萋萋。"王夫之通释："秦汉以上，士皆王侯之裔，故称王孙。"无归：不回。
⑳ 涓涓：细水慢流的样子。

美人而不见。未遑驻景①，谁与餐霞②? 有此卷阿③，居然福地④。扁舟散发，适蓬颗而犹甘⑤，苦蘗染衣⑥，笑淄尘之莫化⑦。林深菁密，渊渟岳峙⑧，沙鸥俱来，幽鸟相逐⑨。庐除火宅⑩，操谱水仙⑪，种玉藕于污泥⑫，化金莲之世界⑬。舍南舍北⑭，结吴农为比邻⑮; 种豆种瓜⑯，课越佣以新约⑰。蓑衣箬笠，布袜青鞋⑱，浮沉水草之湄⑲，祈报春秋之社⑳，导鸡犬而飞升㉑，任枭庐之胜

---

① 未遑: 无暇，顾不上。驻景: 犹驻颜。［唐］李商隐《碧城》冯浩笺注:"《说文》:'景，光也。'驻景，犹驻颜之意，谓得神方使容颜光泽不易老也。"

② 餐霞: 餐食日霞。霞: 日出之精者。

③ 卷阿: 泛指蜿蜒的山陵。

④ 居然: 平安，安稳。福地: 幸福安乐之所。

⑤ 蓬颗: 同 P4 注⑨。

⑥ 苦蘗染衣: 不再士人打扮，改穿乡野平民土布衣服。蘗: 指黄蘗，落叶乔木，木材坚硬，茎及枝干的木质部与内皮均呈黄色，古时用作黄色染料。树皮入药，其味甚苦，故曰苦蘗。

⑦ 淄尘: 黑尘。喻污垢。谢朓《酬王晋安》:"谁能久京洛，淄尘染素衣。"

⑧ 渊渟岳峙: 比喻人品德如渊水深沉，如高山耸立。亦作"川渟岳峙"。

⑨ 幽鸟: 栖于林木深处之鸟。犹幽禽。逐: 追赶。

⑩ 庐: 简陋的居室。除: 打扫。火宅: 喻充满众苦的尘世。

⑪ 水仙: 即《水仙操》，琴曲名。伯牙所作名篇，亦称《秋塞吟》或《搔首问天》。

⑫ 玉藕: 又名莲藕、藕等。《尔雅》:"荷，其实莲，其根藕。"污泥: 烂泥。种玉藕句，喻在浊世中不受沾染，永葆节操。

⑬ 金莲: 本义黄莲，旱荷花。金莲世界: 佛教语，同"莲花藏世界"，亦称"华藏世界"，释迦牟尼佛真身毗卢舍那佛所在净土。其特点是清静庄严、光明普照，广大平等。

⑭ 舍南舍北: 犹房前屋后。

⑮ 结: 结交。吴农: 南京先属吴，为吴地，故言吴农。比邻: 街坊; 近邻。

⑯ 种豆种瓜: 种豆和种瓜。泛指农事活动。

⑰ 课: 抽税。越佣: 越地的佣人，与"吴农"相对。春秋战国时期，今南京先属吴后属楚再属越，故言。以新约: 按新定契约办事。

⑱ 蓑衣箬笠、布袜青鞋: 均为平民百姓的装束。蓑衣指用蓑草编成的雨衣，箬笠指用箬叶编成的笠帽。近人蔡乙《步前教育厅长许崇清种菜图原韵》:"蓑衣箬笠厌繁华，冒土灌园祸不加。"［唐］杜甫《奉先刘少府新画山水障歌》:"若耶溪，云门寺，吾独胡为在泥滓，青鞋布袜从此始。"

⑲ 浮沉: 直起身、弯下腰。形容在水边劳作的场景。湄: 岸边。

⑳ 祈报: 古代社祀，春夏祈而秋冬报。春秋之社: 春社和秋社，时间在春分、秋分之际。社: 土地神，春秋各祭一次。

㉑ 导: 引导; 教导。鸡犬: 代指农民。飞升: 迅速提升，指思想觉悟或境界。典出"一人得道、鸡犬升天"。亦作"一人飞升，仙及鸡犬"。［汉］王充《论衡·道虚》见载。

负①。招隐偕予，告灵没世②，闲云指正，清泉要盟③。纵横驿路④，休勒北山之移文⑤；迎送丛祠⑥，新制《巢湖》之平调⑦。

与某生论韩文书⑧

承示高论，实获我心。猥辱明问⑨，相与质证⑩，谫陋如仆⑪，恶⑫足知文？自夫受书⑬，少解词翰⑭，好恶殊别，志在辨惑。一得之愚⑮，窃有所见，不欲强人就我，亦不欲强我同人。曩于所谓唐宋大家者，私用臧否⑯；然而流俗⑰之

---

① 枭卢：同 P18 注⑦。
② 告灵：为生灵祷告。没世：终身，永远。
③ 清泉：清冽的山泉。要盟：结盟。
④ 纵横：奔放无阻。驿路：驿道。
⑤ 休：不要。勒：刻。移文：与檄相类的文体。北山移文：指〔南朝齐〕孔稚珪所著《北山移文》。文假北山（南京钟山）神灵口吻，用移檄形式，对当时社会上把隐居当作终南捷径的周颙之流，予以揭露和讽刺。休勒句：意谓不要成为周颙之流，蛰居时道貌岸然，应诏入仕则志变神动、趋名嗜利。
⑥ 迎送：迎来、送往。丛祠：在安徽巢湖。
⑦ 《巢湖》之平调：指南宋光宗绍熙元年（1191）正月，姜夔过巢湖为祷祝湖神所作爱国主义诗词。词云："仙姥来时，正一望、千顷翠澜；旌旗共、乱云俱下，依约前山。命驾群龙金作轭，相从诸娣玉为冠。向夜深、风定悄无人，闻佩环。神奇处，君试看。奠淮右，阻江南，遣六丁雷电，别守东关。却笑英雄无好手，一篙春水走曹瞒。又怎知，人在小红楼，帘影间？"序云："《满江红》旧调用仄韵，多不协律……因泛巢湖，闻远岸箫鼓声，问之舟师，云：'居人为此湖神姥寿也。'予祝曰：'得一席风径至居巢，当以平韵《满江红》为迎神曲。'……是岁六月，复过祠下，刻之柱间。有客来自居巢云：'土人祠姥，辄能歌此词。'"
⑧ 某生：未详。韩愈（768—824）：字退之，河南河阳人。唐代古文运动的倡导者，与柳宗元并称"韩柳"，被尊为"唐宋八大家"之首。
⑨ 猥辱：犹承蒙。谦词。明问：对别人询问的敬称。
⑩ 质证：质疑论证。
⑪ 仆：谦辞。旧时男子称自己。
⑫ 恶：哪。古同"乌"。
⑬ 受书：谓接受文化教育。
⑭ 少：同"稍"。词翰：诗文、辞章。
⑮ 一得之愚：自己的一点看法。谦词。
⑯ 臧否：褒贬。
⑰ 流俗：世间平庸之人。

耳目①，且骇且怪②，何以免此诟病③也！

世人盛扬韩愈矣④。其文章道谊，莫或訾议⑤。以耳代目之说⑥，固结⑦于人心，师表神明之弗暇⑧，况从而指斥乎？我则未敢过信也。展卷往复⑨，求合群言⑩而不得，更欲委屈附会之⑪，以弥缝古人之缺。乃疵累触目⑫，有若芒刺，故疑之愈深，既薄其文，益薄其人，岂好为苛刻哉！

韩愈《三上宰相书》⑬，陈义甚高⑭，大言弗怍⑮，投⑯而失利，卑词乞怜⑰，但不耐穷困⑱，希冀宠遇⑲耳。士虽终窭⑳，稍有气节者，不忍出此，而

---

① 耳目：见闻。

② 骇怪：感到惊奇、奇怪。

③ 免：避免。诟病：指责或嘲骂。

④ 世人"抑柳扬韩论"由来已久，桐城派尤甚。姚鼐所著《古文辞类纂》第43卷收韩愈序文竟达23篇之众，可见一斑。近人陈衍认为：桐城派皆扬韩抑柳，望溪訾之最甚。然王若虚《文辩》说："子厚才识不减退之。"王安石的看法是："纷纷易尽百年身，举世无人识道真。力去陈言夸未俗，可怜无补费精神。"既推崇，又微词。苏轼《韩愈论》亦曾指出："于圣人之道，盖亦知其名矣，而未能乐其实。"朱熹更是认为韩愈"全无要学古人的意思……只是要作好文章，令人称赞而已"。（陈衍. 石遗室论文[M]. 无锡：无锡国学专修学校，1936.）章炳麟《国故论衡·论式》："李翱、韩愈，局促儒言之间，未能自逐。"

⑤ 莫或：没有。訾议：诽谤。訾：口毁为訾。

⑥ 以耳代目：拿眼睛当耳朵。比喻不亲自深入调查，光听别人说。

⑦ 固结：郁结，凝结。[明]李贽《寄答留都》："作恶在心，固结而难遽解。"

⑧ 师表神明：把韩愈当作表率，认为他神圣、高超。弗暇：还来不及。

⑨ 往复：反复。

⑩ 群言：各家著述。

⑪ 委屈：曲意迁就。附会：使协调和同。

⑫ 乃：竟。疵累：指文章繁复、不简洁之病。触目：刺眼。

⑬ 《三上宰相书》：针对《毛颖传》一类传奇式"以文为戏"的小说作品，韩愈曾作《上宰相书》文，明确表示自己"所著皆约六经之旨而成文""不悖于教化"，并坚持自己坚持创作"为戏"之文，即受责难，也不后悔，其自相矛盾，显而易见。唐代张籍、裴度指责韩愈远于理道，"累于令德""非示人以义之道"，正是以此为靶子的。

⑭ 陈义甚高：深明大义，故作深刻。

⑮ 大言弗怍：说大话不感到羞耻。同"大言不惭"。《论语·宪问》朱熹集注："大言不惭，则无必为之志，而不自度其能否矣。欲践其言，岂不难哉？"

⑯ 投：投机。

⑰ 卑词：言辞谦恭。乞怜：博得同情、怜悯。

⑱ 但：不过。耐：忍受。穷困：不得志。

⑲ 宠遇：帝王给予的恩遇。

⑳ 士：读书人。终：最终落得。窭：贫而简陋，贫寒。

谓自命①大贤甘为之乎？盖当时习尚，在愈视之，恬不为怪②。况贫能病人，饿死事大③，不惟利禄④之见，尽人难免也。愈呼吁于权宜⑤之间，亦当引耻终身⑥。属稿旋毁⑦，勿令人知，隐其迹也可⑧矣，文章自夸，留示未艾⑨，若甚满意者。天下后世，未尝责备贤者焉，夫又何美之可归⑩？

韩愈《原道》⑪，貌为正论，亦儒家之功臣欤？顾词旨不属⑫，语迫气促，支离⑬而为之，若未完篇也者。愈固弗习二氏之书⑭，尤未闻君子之道，故执词

---

① 自命：自诩。

② 恬不为怪：安然处之，不以为怪。比喻对不良倾向或异常现象视为理所当然。原作"恬不知怪"。贾谊《上书陈政事》："至于俗流失，世坏败，因恬而不知怪，虑不动于耳目，以为是适然耳。"

③ 饿死事大：饿死人是件大事。

④ 利禄：贪图爵禄。

⑤ 权宜：因事而变通方法。

⑥ 引耻：引以为耻。韩愈曾经无中生有地怀疑过他的遭贬是因为柳宗元、刘禹锡泄语于王文叔，是王文叔集团对他进行陷害的缘故，所以王文叔、柳宗元等失败后，他便作《永贞行》大肆诋毁。现在看来，韩愈在这件事上的做法实在是错误的。韩愈在这里所表现的这种错误，绝不单纯是由于个人之间的恩怨，而是和他企图依附于大地主阶级的政治态度是有着密切的联系的。例如，他连续三次所写的《上宰相书》，就曾因为"不耐穷困，希冀宠遇"而表现出"大言弗作"和"卑词乞怜"。（吴文治．柳宗元传[M]．北京：中华书局，1962.）

⑦ 属稿：著文。旋毁：随后即毁掉。

⑧ 隐：藏匿，使人不知道。迹：形迹。也可：元代任同一官职的数人，为首的在官名前加"也可"二字，表示第一。

⑨ 留示：留传示知。未艾：未尽。

⑩ 归美：称许、赞美。《宋书·武帝纪》："由是四海归美，朝野推崇。"

⑪ 《原道》：体现韩愈政治思想和文风特点代表作之一，其主要观点是复古崇儒、排斥佛老。文中，韩愈首先提出自己对"道"的理解，有破有立，引证今古，从历史发展、社会生活诸方面，层层剖析，驳斥佛老之非，论述儒学之是，归结于恢复古道、尊崇儒学的宗旨。在愈看来，上古时代因有圣王，所以世风淳厚，社会欣欣向荣。这也是一般儒者所拥有的观念。他们相信，通过各方面的建设，社会便会积极进步。但释、道二家反对这样的主张，对世界采取消极的、虚无的态度，不认可人的主观努力可以改善社会，反而主张人应该采取出世的态度，回到最原始淳朴的状态。（韩愈．国学经典丛书·唐宋八大家散文[M]．武汉：长江文艺出版社，2015.）

⑫ 词旨：言辞和意旨。不属：不相关。

⑬ 支离：犹支支吾吾。谓说话吞吞吐吐，亦谓含混不清。

⑭ 二氏之书：释、道二家的著作。

发难①，局蹙②不宁，非惟③难折④二氏之心，适藉二氏以口实，欲拒而反导之⑤。其前后援引，漫与驳诘，理不足敌，且屈且穷，矛盾自苦，迷不知归，以窘人者自窘⑥。不得已而忿激⑦之，聊以释难解嘲⑧，轻率躁妄⑨，何尝由衷？是以为文，匆遽张皇⑩，盈篇累牍，迄乎终篇，则曰："人其人，火其书，庐其居。"⑪ 其所武断，莫非遁词⑫。夫二氏诚当辟矣，从容中理，乃毕其说。苟非⑬好学深思，心知其意，使儒墨之是非曲直⑭，憭然于胸中⑮，不足以持其平而救其蔽⑯，驯致降伏⑰，受我裁决也。彼听讼者⑱，研鞠两造之情伪⑲，廉得其情⑳，而后断狱㉑，虽老吏猾胥㉒，不能解救之；而受罚者，亦甘即于法，至死而无怨。愈为此文，犹之抉盗发奸㉓，未有佐证，竟以己意为信谳㉔，鞭笞斧

---

① 发难：问难，提出质问责难。
② 局蹙：形容气量、见识以及文章意境狭窄。
③ 非惟：不单。
④ 折：令……折服。
⑤ 拒：拒绝。而：表承接。反：反过来。导：引导。
⑥ 以：而。窘人：使人困迫，为难人。自窘：使自己处于窘迫的地步。
⑦ 忿激：愤怒激动。
⑧ 释难：解答诘难。解嘲：因被人嘲笑而自作解释。
⑨ 躁妄：急躁轻率。
⑩ 匆遽：匆忙，急促。张皇：慌张。
⑪ 人其人，火其书，庐其居：古人排斥佛道之语，即把佛老教徒变为普通百姓，把佛老的书籍焚烧掉。语出韩愈《原道》，是韩愈为确立儒家的独尊地位，建立道统，对佛老所采取严厉排斥的极端态度。人其人：意谓使其变为人。前一个"人"字，为动词。火：焚烧。为动词。
⑫ 莫非：没有一处不是。遁词：犹遁辞。指理屈词穷或不愿吐露真意时，用来支吾搪塞的话。
⑬ 苟非：若非，假如不是。
⑭ 儒墨：儒墨二家。是非曲直：事情的对错、有理或无理，指对事理的评判。
⑮ 憭然：明白、明了貌。憭：《中国近代文论选》作"了"。胸中：心中。胸：《中国近代文论选》作"心"。
⑯ 持平：主持公正、公平，没有偏颇。救：纠正。蔽：犹病蔽。
⑰ 驯致：逐渐达到。降伏：制服。
⑱ 听讼：审理诉讼，审案。
⑲ 研鞠：审讯。两造：指原告和被告。情伪：真假。
⑳ 廉：访查。情：情形。
㉑ 断狱：审理，判决。
㉒ 猾胥：刁猾的小吏。
㉓ 抉盗：揭发盗贼。发奸：揭发奸邪。
㉔ 己意：自己个人的心得和体会。信谳：确切的定罪。

锧①，横加其身，是诚②有罪，文必呼冤。又何异乎蠢奴悍婢，交逞口舌③，此指彼摘④，争执不下，气塞色沮⑤，各道秽语⑥，被发跳掷⑦，反唇辱詈⑧，势将缚而噬之，更思毁其家室，折其肢体以为快。无理足喻，殊可笑也。世之尊崇愈者，方以是篇⑨为巨制大文⑩，而授受诵习焉；狂泉之饮⑪，沉惑⑫不返，尤吾所甚不解者也。夫事理不辨，学理不精，发为文章⑬，已弗能达，况根柢浅薄⑭，有文无质⑮哉？愈生盛唐，士习靡然⑯，但攻⑰应举之业，就试之体而已，外诱浮华⑱，罕睹先籍⑲，故病《尚书》而鄙《左氏》⑳。其所学问，可想见焉。世俗弗察，贸然推许㉑，至谓一言为法，百世为师，障川挽澜，起衰于八代㉒。誉美失实㉓，毋亦以耳代目之蔽欤？嗟乎！后人之于古人，人誉亦誉，人毁亦

---

① 鞭笞：古代刑罚，用鞭子抽打犯人。斧锧：古代刑具。婉指罪名，刑罚。

② 诚：果真。

③ 交逞口舌：为逞一时口舌之快而多嘴乱说，招惹是非。

④ 此指彼摘：下流话；不堪入耳的话。

⑤ 气塞色沮：气色败坏、颓丧。沮：沮丧，灰心丧气。

⑥ 秽语：不堪入耳的话。

⑦ 被发：披发。被，通"披"。跳掷：上蹿下跳。

⑧ 辱詈：犹辱骂。

⑨ 是篇：指《原道》。

⑩ 巨制大文：犹杰作。

⑪ 狂泉：原指饮后会使人发疯的泉水，比喻混乱的学说、错误的思想。

⑫ 沉惑：迷惑。

⑬ 发：阐发，阐述。文章：学术。

⑭ 根柢：基础。浅薄：肤浅。多指人的学识、修养等。

⑮ 有文无质：指文章只有华丽的辞藻而无实际内容，空有其表。

⑯ 士习：士大夫的风气。靡然：颓靡。

⑰ 但：仅。攻：致力研究。

⑱ 外诱：受到外界的诱惑。浮华：表面华丽，不务实际。

⑲ 睹：察看。《中国近代文论选》作"觏"。《国粹学报》原文作"覯"，不从。先籍：古籍。

⑳ 故：存心；故意。《左氏》：指《左氏春秋传》，简称《左传》。

㉑ 贸然：冒失轻率貌。通"冒然"。推许：推重赞许。

㉒ 起衰：苏轼《潮州韩文公庙碑》"文起八代之衰"。本谓韩愈的古文兴振自自东汉以来文运衰颓之势。后因以表示振兴衰颓的文运，建树富有生命力的新文风。八代：指东汉、魏晋、宋、齐、梁、陈、隋。

㉓ 誉美：赞美。誉美失实：赞许之词超过了实际情况，指赞语与实际不符。亦作"誉过其实"。

毁，因其一节之长，遗其全体之短①，习非胜是②，好恶不公，有起而匡谬正俗③者，辄谓伤忠厚焉。凡所称赞，曾无持平之议④，岂独论文然哉？吾甚痛夫是非之不辨也，惧其所蔽，积久而不发。故于前人之是，固不敢诬；前人之非，尤不敢讳。轻薄⑤之罪，夫何恤乎！执事⑥疑愈，深合鄙意，盖于愈文多所正订⑦，故略述私意如此。

致江苏教育总会书（论调查测绘事）⑧

时局促人，百度方作。士夫汲汲虑始⑨，期与斯民图成务⑩，于教育政治为最先之张本⑪。而倡导地方之事业，所以谋其乡里者甚远且大，然对于所施行之地方切近之故⑫，未闻注意及之。但有后事之规画⑬，而无先事之审察⑭，实际

① 遗：舍弃。一节之长、全体之短：指局部长处，整体短处。傅斯年《自知与终身之事业》："人每有一节之长，而众节无不长者，则殊未有。审己之短，忘己之长，而因自馁者非是。忘己之短，从己之长，因而躬自尊大，尤为非是。"

② 习非胜是：谓习惯于错误的东西，反误作正确的了。[汉]扬雄《法言·学行》："一哄之市，必立之平；一卷之书，必立之师。习乎习，以习非之胜，况习是之胜非乎？"

③ 匡谬正俗：纠正谬误和陋习的言论。

④ 曾无：毫无。持平：公平，公正。

⑤ 轻薄：轻视鄙薄；不尊重。

⑥ 执事：指文章题目中的某生。

⑦ 正订：纠正谬误。

⑧ 据1907年11月4日《新闻报》。亦见诸《江苏教育总会文牍》三编。据《江苏教育总会文牍》四编丙，本年10月27日，江苏教育总会通过三项议案：1. 田君北湖意见书，关于测绘事；2. 徐君念慈意见（遗书）；3. 丁君祖荫意见书，均关于私塾改良事。江苏教育总会：是辛亥革命时期推动上海光复和江苏独立的主要社团之一。在辛亥革命前的晚清格局中，是立宪运动的领导力量，在辛亥革命中赞成共和，附从革命，参与上海光复和江苏独立的革命活动。它的前身是1905年江苏士绅在上海创办的江苏学务总会（会所设在上海闸北酱园街186号）。1906年，清朝学部奏定教育会章程颁布后改称江苏教育总会，是江苏教育性的核心组织，后来，它成为"政治性的江苏中心组织"，为推翻清政府、建立新政权做出了重要贡献。1912年，改为江苏省教育会，至1927年解散。

⑨ 士夫：士大夫。虑始：谋划事情的开始。

⑩ 斯民：指老百姓。图：谋划。成务：成就事业。

⑪ 张本：为社会未来发展预先所做的安排。

⑫ 切近：贴近。故：事情。

⑬ 但有：仅有。后事：指未来之事。规画：规划。

⑭ 先事：事前。审察：仔细考察。《管子·版法解》："故能审察，则无遗善，无隐奸。"

上之布置，事理上之次第①，不知其果当否也？在预备时代②，负预备之责任，入手一著③，则为预备中之预备。其足以包含一切肆应④无穷者，莫如地方之调查。顾地学⑤尚未发达，图籍又极简陋⑥，调查之能力与其资料缺乏，敷衍于纸上，犹不可所谓预备者，何所据也？

国家之建立，人民之生活，凭藉所在之地，以为根据，而经营其事业，以有⑦地理学。由一部分中之乡土地理，积合⑧而成一国之地理，人民穷研究之力，一一实地调查之，乃有种种事业之预备。世无⑨新旧国，无中外，人生所治之事，弗论其为学术，为政治，为教育，为实业，皆于地理上有重大细密之关系，一缺地理知识，即无从措手足。且地理上之自然现象，及于人事生物⑩，各据地位⑪，限为界线。一乡一邑，歧异已多，若全国，若世界各国，未可⑫推而皆准，终与齐合⑬也。地理学术，日异月新。虽有完全图籍⑭，犹待生长于斯者，事事考察，时时调查，处处测绘，修改而增益之，以示最近之乡导，况其不备不具⑮者乎？今日万事未举，科学萌芽，首宜注重地学，予子弟以地理之知识⑯，为急切难缓之计。要在地方之人，研究地方事实，为实地之调查以开其始也。

---

① 次第：头绪。
② 预备时代：指预备立宪阶段。1905 年 8 月，清政府派五大臣出国考察宪政，次年 9 月宣布"预备仿行宪政"，并规定从改革官制入手，立宪运动迅速在全国展开。宪政研究会于 1906 年 12 月 9 日在上海颐园成立，事务所设在福州路东辰字 21 号，江苏教育总会马相伯被推为总干事。同年 12 月 30 日发行《宪政杂志》。上海预备立宪公会成立后，该研究会成员转而参加预备立宪公会。上海预备立宪公会成立于 1906 年 12 月 16 日，会长郑孝胥，副会长是江苏教育总会会长张謇。
③ 入手：着手；开始。著：同"招"。
④ 肆应：四方响应。
⑤ 地学：指地理科学。
⑥ 图籍：（地理学）文籍图书。
⑦ 以有：而有。
⑧ 积合：聚积合并。
⑨ 无：无论。下同。
⑩ 人事：人世间的事。生物：泛指自然界中一切有生命的物体。
⑪ 地位：指发展程度。
⑫ 未可：没有可以。
⑬ 齐合：整齐合一。
⑭ 完全：完整；齐备。图籍：图书。
⑮ 不备：不完备；不详实。不具：不齐备，不完备。
⑯ 予：授予。子弟：指年轻的后辈。

立宪之预备为自治，而自治之预备为地方①。地方何以预备？调查地方之地理，而研究其事实，乃定地方自治之义焉。先有地方，后有自治。非徒②研究自治，不暇问其地方③，为何如之地方也？自治具有方法，而地方各各不同。因地所施，存乎其人。必了然于地方之真相④，乃能归乎适当，尽收其效。盖实际上之布置，事理上之次第，固如是已。但于⑤东西各国之学术与法政⑥，尽占至高无上之地位，竭力输入，仿造⑦文明，此与未量地而造屋，未量体而裁衣，未辨症而制药者，何以异乎⑧？

吾国本无所谓地理学也，道里未测量，户口未编审⑨，地质未发明⑩，物产未调查。风俗大殊，政治⑪歧出。官书之所记载，从无条理体例之可言。私家著述，津津于形势、故事，其他不屑称道。会典馆最近之图表，亦复奉行故事，因陋就简，凡关于参考之资料，无一足为凭藉者。以故吾人地理之知识缺乏，达于极点。出门不辨东西⑫，按图难索部位⑬，城乡隔绝⑭，事实无闻⑮。近而生长之地，乃至一物不知，以耳代目之谈，几同神话；远而吴人见楚物，言楚事，益有少见多怪之评论⑯。而南北⑰之间，别有天地，更无论矣。尤可痛者，

---

① 地方：指各行政区。
② 非徒：不但；不仅。
③ 不暇：忙不过来。问：过问。
④ 真相：真实情况。
⑤ 但：仅。于：对于。
⑥ 学术：指治国之术。法政：法律和政令。
⑦ 仿造：仿照一定的样式制造。
⑧ 何以异乎：有什么区别呢。
⑨ 户口：住户和人口。编审：编入和稽核。
⑩ 地质：土壤的性质。发明：揭示阐明。
⑪ 政治：政事的治理。
⑫ 不辨：分不清。东西：方位名。东和西。
⑬ 部位：指局部在整张地图中的位置。
⑭ 隔绝：阻隔；隔断。
⑮ 事实：事迹。无闻：不为人知。
⑯ 少见多怪：意谓见识浅陋。评论：批评、议论。
⑰ 南北：南和北。

新编教科，以忍心害理①之编辑，成芜秽鄙俚之书图②。此辈毫无意识③，贸然著书④，得外人之余唾⑤，奉为至宝。抑知本国地理，经若干人之测勘，若干年之修改，犹不免于缺误，岂外国人所能言者！游历有限，意见不通⑥。纵至精详，已多似是而非之语⑦，况土地广大，事实复杂⑧，如中国地理之繁难者乎？西教士⑨与税司⑩之久旅吾国者，私测窃勘，容有一方一隅之知能⑪，其书若图⑫，秘不示我。教会有最精之图，税务有各关之日记及报告，皆就其所在之地，零星为之，不能凑合成帙，且甚秘密，华人⑬无从窥见。日本地理之学，不能望其肩背⑭也。彼所窥伺之东三省地方，图志且多讹谬⑮，其余亦可想见。今之编教科者，古籍不睹⑯，西文未窥⑰，甘受东人之愚⑱。谬种将传，未知所极。二百年来关于土地之交涉⑲，以地理不明，图志无征⑳之故，丧失孔多。今而不憬悟㉑，异日㉒彼执吾人自著之教科，以为借口，阶厉至未艾矣㉓。某书谓西藏于吾国，为名义上之属地。又谓帕米尔为英俄之瓯脱地，不属于吾国者。其他关于国界者，此类甚多。以本国人不知本国地理，至求教于外人，是犹子

---

① 忍心害理：心地残忍，丧尽天良。《诗·大雅·桑柔》："维彼忍心，是顾是复。"

② 芜秽：污浊；污秽。鄙俚：粗野，庸俗。书图：文字和地图。

③ 意识：识见。

④ 贸然：轻率。著书：撰写著作。

⑤ 外人：外国人。余唾：比喻外国人说过的话。

⑥ 意见：对事物的看法、想法。不通：阻隔。

⑦ 似是而非：好像是对的，实际上不对。《庄子·山木》："周将处夫材与不材料之间；材与不材之间，似之而非也。"

⑧ 事实：事情的真实情况。

⑨ 西教士：西方传教士。

⑩ 税司：总税务司。

⑪ 容有：或许有。一方一隅：形容局部的。知能：智慧能力。［汉］王充《论衡·量知》："人之学问知能成就，犹骨象玉石切磋琢磨也。"

⑫ 书：书籍。图：图册。

⑬ 华人：中国人。

⑭ 望其肩背：形容赶得上或达得到。

⑮ 图志：附有地图的地志书。且：尚且。讹谬：差错谬误。

⑯ 睹：察看。

⑰ 西文：西洋文字。窥：暗中察看。

⑱ 东人：指日本人。愚：愚弄。

⑲ 二百年来：从 1689 年 9 月丧权辱国的中俄《尼布楚条约》的签订算起。

⑳ 无征：没有证明。

㉑ 憬悟：醒悟；觉悟。

㉒ 异日：将来；日后。

㉓ 阶厉：祸害。未艾：不止。

孙不知其祖父之名字，与其传家之产业，为问①诸邻人之无赖，彼即至诚告我，耻莫大焉。彼欺我而我不疑，其愚尤可悲者。今日士夫，苟无学术政治思想则已，有此思想，必自地理学始。顾地理之学，退处草昧时代，必自调查与测绘并行始。难之者曰调查之资格，必先养成测绘之能力，必先教习器械，有费斧资②，不赀人才③，经费皆非仓卒④之间力所能及，况财政艰窘⑤如今日乎？留学毕业之为南洋大将者⑥，尝言宁属军道定点之费须银二十四万，测绘则又倍之。推诸一省一国，制图经费，何可亿万计哉！且各省测绘学堂，学期甚长，多以东人为教师，至今未见其效，尤非容易之谈矣。不知事经官办，例有虚糜⑦，而无实际。下走⑧十五年前之所经验者，先后五年，在鄂初受德人时，维礼锡乐巴⑨、巴更生辈教授。嗣派鄂局教习，兼测地面。复任赣局纂修，兼测天度。官场恶宝，不容一人之独异也，至无所效，故皖吏之招⑩，辞不复去。鄂赣二省，费帑至十余万，曾无一图⑪可观。使士绅任之，期至速而费。至省实测实量，至易集事⑫。即以苏省⑬论，有金七万，有期两年，成七十二属之详细地图，应行调查之事，实亦大备矣。吾苏小而平坦，约占三十六万方里，除长江、太湖诸水面应行实测者三十一二万方里，大属不及八千方里，小属不及三千方里，约四人共测一县，平均计之，三月可毕。以七十二人周番分办，七十二属

---

① 为问：请问。

② 斧资：即资斧，犹旅费。

③ 不赀：不算。人才：有才能的人。

④ 仓卒：急促匆忙。亦作"仓猝"。

⑤ 艰窘：艰难穷困。

⑥ 留学毕业之为南洋大将者：指沈敦和（1866—1920），字仲礼，浙江宁波人。早年留学英国剑桥大学。1904年，发起成立上海万国红十字会，任中方总董。1907年后，历任大清红十字会、中国红十字会副会长。并创办多家医院并任院长。1911年10月24日，在上海领衔成立中国红十字会。

⑦ 虚糜：白白的损耗、浪费。

⑧ 下走：自称的谦辞。

⑨ 锡乐巴（1855—1925）：德文名海因里希·希尔德勃兰德（Heinrich Hildebrand），锡乐巴是根据他的姓而取的中文名。德国比特堡人。铁路工程师。曾主持德国西部艾菲等地的支线铁路建设。1891年，德国首相俾斯麦派遣来华。1892年，效力李鸿章，参与修建大冶铁路。1894年，奉命勘测京汉铁路。1895年7月，两广总督张之洞向总理衙门提议建筑沪宁铁路，同时派锡乐巴勘测线路。后被督办铁路公司事务大臣盛宣怀聘为顾问，从而介入晚清铁路的规划工作。

⑩ 皖吏：指柯逊庵招入幕府事。

⑪ 一图：一张地图。

⑫ 至：极。集事：成功，成事。

⑬ 苏省：江苏省。

一年可毕。其第一年为学期，宜先设地学调查会，此会可永远不撤，为随时报告之地。附以地学传习所，招生百人，每属约一人或二人。授以普通地理地质物理诸学，及简易之平面测量寻常绘法，简易平面测量数语，可举不须通算学也。以养成调查之资格。其已习算学至比例或三角者，教以经纬度之测法。三月可举。至第二年，派七十二人分测各属地面，每属四人，除阴雨外，每人日测十五里至二十里，实量城镇及四周及人行大道，山盘由底线分测，两旁之鸟道交点多做三角，务得真形，随画一里方草图。其应行调查之件，一一注册填表。按地面①之大小定期限，约以三月为平均之期，以十人分测各属。天度每二人为一路，一司经纬仪，一司度时表。凡治所及镇市、山岭、海岸诸要地，皆测一点点，限二日。一年中除阴雨行路共限百廿点五路，合六百点，入图已极精密。其十八人驻会办事，凡核校、誊写、正缩诸图皆属之。县图自一里方至五里方，府图为十里方至二十里方，省图为五十里方至百里方，此办法也。测地面，仪器如夺林格邪，陆军所用之齐普雷薰尔，迟缓烦拙，不如此仪之简捷易用。及链尺、标桩，约四十两，七十二分②，共三千金。此件在事竣后，各编存一分，为临时测绘之用。测天度，器如经纬仪、度时表、寒暑、风雨③诸表，每路须五百金，五分，共三千金。百人薪水，每人月二十金，一年共二万四千金。出测时所需之夫役川资，约同此数。其余为学堂修缮、书器、图纸、印刷及一切杂费；此七万二千金之用法也。本省岁入五十余兆，此项倘拨公帑，六十分之一耳。官款即不可得，地方自筹，每属约摊千金，财力当易及此。下走尤有说者，百度未举，需款孔殷，愚民昧于权利、义务之故，地方无④贫富，风气无通塞⑤，筹款同一⑥；为难士夫，急于求效，往往为分利而不为生利，于是穷苦小民，负贩提筐者，皆在零星搜抽之中，黠者倡言⑦抵制，私结团体，假词兴学⑧，而因以为利者有之。怨不在大⑨，以至仇哄、毁学、罢学之举，时有所闻。此后应办之事，应筹之款，阻力正无量也。使办事者研究地理，娴于地方

---

① 地面：指土地面积。

② 分：同“份”。下同。

③ 寒暑表：指温度计。风雨表：测量空气压力以预知风雨的仪器。又名晴雨表、气压计。

④ 无：不论。下同。

⑤ 通塞：畅通与阻塞。

⑥ 同一：按同一个标准。

⑦ 倡言：扬言。

⑧ 假词：托词。兴学：兴办学校。

⑨ 怨：怨恨。［唐］魏徵《谏太宗十思疏》：“怨不在大，可畏惟人；载舟覆舟，所宜深慎。”

情形而谋生利之道，非惟取用不竭，且均沾其利益，而消祸作福①于无形。然则此一举，也关系所在，不仅政治学术矣。挪移②公款而为之，要亦足以偿矣。非惟此也，东海沿岸，淤积之新地，日益发现，固宜从事测绘，而涨沙荒岛之出没于海中者，人迹罕到，土著者，犹不及知。大江口北，水浅沙澄，多为航行不至之地。其中小岛无数，图志所不载也。阜宁海岸，约距二百里有最大荒岛，周可三百里，从古未闻开辟者，下走尝至其地，以孤客徒手未敢深入其地。较小于此者，无名、无人之岛颇多。强邻耳目③，视吾尤捷，不可不为先事之防备。此与吾省土地，更有重大之关系者。

吾苏事事先于他省，四方取法，惟吾是瞻。朝廷责望④所在，重于畿辅。此举一倡，他省当踵接相效⑤，不待十年，吾国之全图出现。中国地理学，可以从此发达，地方自治之机关，可以无阻无碍，愿吾苏人发起之也。本会⑥代表全省，总持机宜，宗旨六项中实负调查地方之责任，若地理学术在今日教育中为缺点，在自治上为原素⑦，尤种种事业预备中之预备也，想诸君子早已注意及之，毋待后生小子之赘述矣。下走科学未闻，法政⑧未闻，孤陋寡识⑨，闭户养疴⑩，拉杂发抒⑪，诚知无当。诸君子略其人，而察其言，幸甚幸甚！教育总会诸君赐鉴。田北湖敬上。

---

① 作福：谓做善事而获福祉。
② 挪移：把专款移作他用。
③ 耳目：替人刺探消息之人。
④ 责望：要求和期望。
⑤ 踵接：踵趾相接。谓接连不断。相效：互相效法。
⑥ 本会：指江苏教育总会。
⑦ 原素：指构成自治的基本元素。
⑧ 法政：法律和政令。
⑨ 孤陋寡识：学识浅薄，见闻狭隘。同"孤陋寡闻"。《礼记·学记》："独学而无友，则孤陋而寡闻。"
⑩ 养疴：养病。
⑪ 拉杂：没有条理。发抒：表达。

劝江宁寓沪同乡以公财入路股意见书①

（前略）更有有言，为吾七邑同乡告者：江苏以吾郡②为领袖，而旅沪者又为本籍之表率，何也？居于文明交通之地，闻见知识较里居③者有广狭之殊，于是本籍之学□恒视旅沪者为领袖。七邑人士，诚见旅沪者入股之盛，彼必踊跃，将以二百万人口计，人出一元，则二百万元不难致矣。吾旅沪同乡，达两万人，合贫富而平均之，至少之数，人人一股即得两万股，潜力所及，吾乡人当共信之。

旅沪同乡诚赞成入股拒款矣，尤有良善之法，在愿吾同乡长者察焉。适公所④之地，初时买入仅三四千元，今市面日旺，地价日高，已可获利三十倍。既另筑新屋，为迁移之计，而将旧所改造市房，将来利息本自不薄，然拒款未筹，众议未决，建筑须时，经理须费，而借贷之息尤巨。则生利之日，不知尚在何

① 1900年以后，以资产阶级、小资产阶级为主的爱国群众，为了反对帝国主义掠夺我国铁路和矿权，在全国各地展开了收回利权地方运动。山西、江苏、浙江、湖南、湖北、四川等地先后出现了商办的矿务、铁路公司。1907年，沪宁铁路筑成。4月3日，田北湖便发表通讯《川汉铁路局开办》，"鄂境川汉铁路，早经张督札委湖北藩司李少东方伯为总办。闻现因开工在即，已于日前开局办事矣"。同年11月15日和17日，先后在《申报》上刊发《江宁七邑寓沪同乡公鉴》和《江宁旅沪保路劝股会启》之文，劝募资金；并于17日下午二时，江宁旅沪同乡保路劝股会，在江宁公所开会，到者数百人。先由田北湖先生报告开会宗旨，次由马湘伯先生演说良久，闻者感动。次由宁垣代表程一夔君报告宁垣拒款劝股情形，并极言旅沪同乡热心公益，此次劝股当与宁垣联络一气，所收股份即归入江宁部分内，以期简捷而表同情。正是在此背景下，11月23日和24日，田北湖于《申报》刊发了本文。1911年1月，盛宣怀就任邮传部尚书，向清政府提出把各省"商办"铁路"收归国有""借款兴办"的具体办法，并开始与帝国主义国家协商大批借款。1911年4月，清政府以"币制改革"和"振兴东三省实业"为名，与英、美、法、德四国银行团订立了1000万英镑的借款协定。5月9日，清政府便以"上谕"形式宣布"干线均为国有""从此批准干路各案，一律取消"。并宣告："有抗争路事者，以违制论。"由于清政府贷款卖路心切，急于求成，仅过10天，即5月20日便与四国银行团订立了《粤汉川铁路借款合同》，借"国有"名义把铁路权利出卖给了帝国主义，从而激发了湘、鄂、川、粤四省的保路风潮。保路运动的高潮，对革命发展极为有利，在这样的形势下，爆发了武昌起义。
② 吾郡：指江宁郡，即江宁府。古代文人喜以郡望称其故里。
③ 里居：家乡。近人李家馨《与汪康年》："里居小住，幸挹芝辉。"
④ 公所：即辽宁公所，位于上海公共租界新闸路与成都路交叉口，东通英租界厦门路。江苏南京人薄俊卿，1880年寓居上海，与同乡葛之眉、涂紫巢、王炳荣等在上海新闸路组织江宁会馆。翌年，购得邻近代大王庙建立会所。

时。窃肃一劳永逸而又有益无损之策，莫如卖地入股，于公款毫无亏耗，于路事大有裨益。况一经发起，他处之公产已得善价，而未收利者，皆可仿照办法。从此路股愈多，莫不称赞首创者之功，则于吾乡尤有名誉也。诸君子其熟思之，今拟办法如左：

甲、拟变卖地产。（一）旧公所地皮；（二）夏家宅地；（三）南市房。此三项得价，后先建筑，提新公所及运柩归葬之费（旧公所房屋不卖，仍移至新公所，照样造成），其余购入路股。

乙、细算建造市房所得之利息最薄。（一）公所地皮照时价约值十万元；（二）建造市房一百四十幢，每幢五百金，共须资本七万金，约合十万元；（三）市房每幢按照近日租价月值十元，每年共收一万六千八百元，除去保险、装修及经理一切杂费，至少必须一成以外，得利不过一万五千元；（四）地价及造费共合成本二十万元，收利一万五千元，摊派利息为长年七厘半；（五）造物成本必须借洋十万，付出极薄之利息，至少长年一分，每年即须一万元，于租金内除去此项，仅余五千元，为实在归公之款。是公所地皮虽值十万元，仅得长年五厘利息耳。

丙、市房得利之迟缓及繁难。（一）巨款难借；（二）即使借到，动工非一年不成，首先赔垫一年银利；（三）房屋未必全行租出，则租金必有亏耗；（四）借本必须设法清偿，若分年拟还非十五年不可。是公所实在见利，当在十五年以后。此十五年中，虽有房产，反亏地皮应有之利。此四端者，显而易见者也。

丁、市房不如路股之便利。如上所云，则与其烦难迟缓而得最后之利，不如早得善价尽购路股而得眼前之利。且路股长年七厘，每年坐收七千元。既买股份两万份，更有红股八百份之多。他日分红利时，又多一重利息，胜于建造市房也：（一）不须借款；（二）立时见利；（三）余利多少虽不可知，确有必得之把握；（四）铁路无亏折倒闭之事；（五）存储股票届时凭折取息，不必专人经理，且无一切耗费。有此五者非常之便利，较之市房繁难迟缓，相去不啻天壤，妇人孺子亦能穰其权其利弊轻重，为之一一分辨也。

地皮房产，本滞利呆，入息又有限制，一年所得，数至微薄，为营业家所不取，却于慈善事业最为相宜。其至稳极妥，无有意外之变故一成不取耳。且此外别无相当可生之利优美于房产者，足以补助公中经费，如其有之责择善而从，未始不可转移其间，发达此事业也。夫慈善产业，皆由零星捐集而来，可增而不可减，可买而不可卖，固世界之公理矣。今云变卖公产岂不骇人听闻？然以呆滞之产业，易安稳之利息，且有活动之增入，而无一定之限制，则事实相当，理无窒碍。况此一举人人周知洞见，夸赞者之无所私也，是其用心足为天地鬼神所共谅。路事危急，巨款难筹。而慈善事业之公财，多半陷巨资于无利之地，或入息不如路股之丰厚者，皆可采择焉。为公产生利，为商路争存，于人类公益胥有莫大之利便。事属创行，但计成败与利弊而已。民智日开，时局丕变，勿谓公产无资例也。

吾非以变卖公产，务为惊世骇俗之说也。沪上低价之涨，与内地情形不同。而内地亦无此善价。沪上各公所会馆，在昔日照价得之，今成繁盛之市，而偌大地面一为公所所阻，必有若干铺户，若干市房不能建筑，因而街道必有一段冷落者，使迁他处则其地纯为市面，益能兴旺商业也。况公所会馆之性质为生者聚会之所，为死者寄柩而设，本无取乎繁盛之地。闸北华界方在创始，以此移往，亦可振兴。而市面易地而处，公益无穷。卖旧置新，余赀甚巨，变无用为有用，而资本生息，金□有失算之道哉？为公所会馆者，或谋公益，或行善举其平常经费，纯恃捐集，坐使值价之地，空负巨万之名，而不得丝毫之利息，非扩充善举之道也。因迁移而变卖，而得余资，而获长息。未办之公益，尤得取给于此，亦便利中之便利也。各公所会馆之创始人，与现在之经理人，本为公益而来，充裕公款，补助路本，一举而备。款善固可心安而理得矣。拒款以来，今日登报，明日登报，今日结团体，明日结团体，舌敝唇焦，人知踊跃于义，愤而附力所限，大率零星输入，备历辛苦艰难，未有一次能集十万如此之易且速者。若执上海公所会馆善堂多占价值之地而不能生利者，择善而卖，择地而迁，以其余资入路股，仍为该处永远收利之公产。虽款百万可以立致补助路局，岂浅鲜哉！

江宁公所，素无公债。又值新所已建，旧所未迁，与其筹借资本而求市房之利，不如移作路股而收同等之息。鄙人发为此议，非以变卖公所为得计也，不过就事论事，期于适当而已。他处亦欲迁移，亦建市房，当不止一江宁公所。若其情形不同，未可一例言矣。但各公所储有公款存庄生息者，倘能提入路股，其稳当妥帖，仍为公中之不动产，胜于庄典万万。谋公益者，勿以发言者为慈善之罪人。幸甚！幸甚！夏逸斋[①]、田北湖同启。

同乡诸君有赞成者，请向公所签名为发起人，有驳诸君者请致意见书于新闸江宁公所。

---

① 夏逸斋：江苏南京人。生卒未详。史量才侄。曾受江宁六县旅沪公所委托，经办江宁六县旅沪小学校。辛亥之年，任中国赤十字社第二团经济部主任。

致汪康年函①

穰卿先生大人左右：

白门判襟②，忽忽改岁③。梦觳心输④，时萦怀想⑤。比维起居万福为慰。

---

① 汪康年（1860—1911）：初名灏年，字梁卿，后改名康年，字穰卿，浙江钱塘人。光绪进士。1890 年，应张之洞聘之招，为其孙授课；旋兼任汉口自强书院编辑、两湖书院史学斋分教。1895 年，应康有为之邀，参加上海强学会分会。1896 年与梁启超、夏曾佑、章太炎等创办《时务报》，专提变法，批评时政，议论新颖，轰动一时，开我国倡导改革之先河。该报出版两年，以汪康年、梁启超二人互争主权，聚讼不休，结果以汪康年获胜，遂易名《昌言报》。戊戌变法之年，康有为恃清帝势力，明令梁启超赴沪督办官报，欲收旧《时务报》为官报。梁未行而祸作，即《昌言报》不免于封禁，汪、章诸人避地隐匿。是年冬，梁启超复发刊清议报于横滨，大唱勤王之论，是为（1899）唐才常汉口富有票案之导火索。本函原文未见落款，当在 1897 年。1897 年十一月初一（11 月 24 日），在上海《时务报》馆，与汪达钧、古城贞吉在一起；汪康年偕日本人山本宪来访。山本宪（1852—1928）：日本高知县人。汉学家。1897 年 9 月至 12 月来华游历。次年 1 月，汪康年与曾广铨访问日本，受到山本宪热情招待。

② 白门：南京之别称。六朝古都建康，其正南门为宣阳门，俗称白门，故以白门称之。判襟：书信用语。分手、分别之义。

③ 忽忽：倏忽，形容时间飞逝的样子。改岁：由旧年入新年。《诗·豳风·七月》陈奂传疏："改，更也。改岁，更一岁也。"

④ 梦觳：姚鼐（1732—1815）字。这里代指桐城学派。输：比不上。扬州学派是清代影响较大的地域派别，汪中、焦循等皆推重《文选》……阮元在骈文研究中独树一帜……汉学兴盛、骈散对立的背景下，阮元提倡骈文正统理论有意与如日中天的桐城学派相对立，用汉学家治小学的方法重新评估传统文学。他的小后辈有刘师培、田北湖、陆绍明、章绛、金一、李详、罗惇曧等。其中骈文主将刘师培、李详、田北湖皆扬州地区人，可以说这是一个以扬州为主的由江浙人士组成的骈文学研讨群。是具有地域色彩的晚清《文选》派，一方面承继凌延堪、阮元等人所提倡的骈文理论，另一方面取法扬州学派汪中、焦循等人的汉学传统，用汉学研究路径研治文学，推尊骈体，抗衡古文。（南京大学古典文献研究所. 古典文献研究：第 16 辑［M］. 南京：凤凰出版社，2013.）作者推崇骈散，抗衡古文，认为桐城学派逊于扬州学派，故言"梦觳心输，时萦怀想"。

⑤ 怀想：怀念。

闻强学会①近已驰禁，挽回风气，实赖先生山泽。鄙人未克躬效奔走，深自恧②也，常洗耳以聆伟略③焉。时事日非，不堪设想。蒿目④之余，必有新议。能以邮筒见示否？其田近来柯逊庵⑤先生之招，橐笔佣书⑥，至于五河⑦寂处淮北，甚无谓也。奉恳代寄石甫⑧先生一函，请即加封⑨寄伯严先生⑩转递，或由次申

① 强学会：1895 年，经康有为联络，光绪帝党要员、翰林院侍读学士文廷式出面，在北京成立，康有为作《强学会叙》，并发行《中外纪闻》。其实际主持人为梁启超和汪康年堂兄汪大燮。康有为则未待《中外纪闻》出版，以强学会干将身份，匆匆赶赴今南京，联络张之洞，筹备组织上海强学会。张之洞对此积极支持，并商定由康有为出面邀请正在武昌活动组建中国公会的汪康年到上海开办。汪康年抵沪前，张之洞委托其幕僚梁鼎芬等一行 8 人，陪汪先生由南京到上海筹备。抵沪后，康邀沪宁等地精英发起成立上海强学会，近 20 人；并由康署名"南皮张之洞孝达"，起草《上海强学会序》，在上海《申报》《新闻报》和广学会《万国公报》上同时发表；并拟定《上海强学会章程》（草稿）。此时汪尚未抵沪，上海《强学报》于 1896 年 1 月 12 日抢先出版，接着刊出康有为《上清帝第三书》，即光绪帝给各直省督抚将军的"廷寄"（密旨）和三篇论说，即《开设报馆议》《孔子纪年说》《会即荀子群学之义》。最后是一整套有关强学会的文件，包括《京师强学会序》《上海强学会序》《上海强学会章程》《上海强学会后序》。《上海强学会章程》之后，再刊列上海强学会发起人的名单（16 名）。创《强学报》，其第 1 号出版后 5 天，1 月 17 日，又出第 2 号。1 月 26 日《申报》发消息称"强学停报"："昨晚七点钟，南京来电到本馆云：自强学会报章，未经同人商议，遽行发刻，内有廷寄及孔子卒后一条，皆不合，现时各人星散，此报不刊，此会不办。"这就是轰动一时的"上海《强学报》事件"。彼时，御史杨崇伊上疏弹劾北京强学会消息传至江南，北呼南应，"开新之风扫地"。

② 恧：惭愧。

③ 伟略：宏伟的谋略。

④ 蒿目：犹言蒿目时艰。

⑤ 逊庵：柯逢时（1845—1912）字，号巽庵，湖北大冶人。光绪进士，点翰林，改庶吉士，授翰林院编修。1896 年代理江宁府知府，次年复任五河盐厘卡，曾面陈张之洞五河卡私弊，深得张之洞器重，以功保举道员，仍留江苏补用，两次经吏部引见慈禧。1900 年授两淮盐运使。田北湖氏母尹氏病危之际，曾向柯逢时请教医治之方。后官历江西按察使、湖南布政使、江西布政使、江西巡抚、广西巡抚、户部侍郎、"督办八省膏捐"大臣、兼总理各国事务大臣、湖北铁路协会名誉总理等职。

⑥ 橐笔：古代书史小吏，刀笔小吏。佣书：古代受人雇用以抄书为业者，魏晋、南北朝时称经生，唐代称抄书人。

⑦ 五河：指安徽蚌埠五河县，地处皖东北。

⑧ 石甫：易顺鼎字。

⑨ 加封：贴上封条。

⑩ 伯严：陈三立（1853—1937）字，号散原，江西义宁（今修水）人。陈寅恪之父。戊戌政变后被革职，永不叙用。后潜心诗文，绝口不谈时事。光绪二十六年（1900）移居南京。未几丧父，于清溪畔构屋十楹，号"散原精舍"。

观察①便寄。去腊曾由邮局径托次翁②转寄一函，是否浮沉③，亦乞一询，尤所盼祷。种费清神④，容面泥首⑤，如辱惠音⑥，慰我饥怀。幸甚幸甚！兹因敝友章伯翁访缪筱珊⑦先生之便，托呈寸笺⑧。敬请纂安，请维爱照。不尽欲言，小弟田其田顿首。

　　再《强学会章程》⑨，乞赐一裘⑩为荷。又中外舆图⑪近办法如何？股票章程亦乞赐示，又及。

------

① 次申观察：指晚清道台薛华培（？—1906），字次申，四川兴文人。薛焕之子。陈三立在南京时，常与薛华培、文廷式等交往。

② 次翁：即薛华培。

③ 浮沉：送达。

④ 种：种种。清神：对人神思的敬称。

⑤ 容：允许。面：当面。泥首：以泥涂在头面上，表示自辱服罪。［南朝宋］刘义庆《世说新语·言语》"王丞相诣阙谢"注引《中兴书》："导从兄敦举兵讨刘隗，导率子弟二十余人旦旦到公车，泥首谢罪。"

⑥ 如辱惠音：如果承蒙回信。

⑦ 章伯翁：似指章成铭（字伯新）。筱珊：缪荃孙字。

⑧ 寸笺：未见对方面有事相告的留条。犹便笺。笺：小幅的纸。泛指书信。

⑨ 据《康南海自编年谱》，1895 年强学会在南京筹议时，有康有为、张之洞、黄绍箕、梁鼎芬 4 人。后增至 9 人、16 人、19 人。据上海强学会机关报《强学报》第一号《上海强学会章程》文末，列 16 名发起人名单：黄体芳、屠仁守、康有为、梁鼎芬、黄绍箕、蒯光典、张謇、乔树枏、黄绍第、汪康年、邹代钧、黄遵宪、左孝同（左宗棠之子）、志钧、沈瑜庆、龙泽厚。与《上海强学会章程》相较，蔡尔康《上海强学会序后》按语，少龙泽厚 1 人，增岑春暄、黎庶昌、陈宝琛、陈三立 4 人。

⑩ 裘：假借为"求"。

⑪ 中外舆图：指汪康年与邹代钧、吴德潇、陈三立、王秉恩、邹志君诸君赞助译绘的中外舆图，七百余幅。邹代钧（1854—1908）：字甄伯，号沅帆，湖南新化人。1886 年从太常寺卿刘瑞芬，随使英、俄事。旅途中广购精本地图。归国后，应张之洞聘主编湖北全省地图，于武昌创办舆图学会，首创用铜版译印中外彩色地图。变法期间，在湖南协助新政，主编《湘学报》舆地门，又在南学会主讲舆地。1902 年赴北京，充编书局总纂兼务处提调，京师大学堂地理总教习。次年充《钦定书经图说》纂修兼校对官，补直隶州知州。

致江督端方电①

南京督宪端②鉴：

宁属③灾情，久蒙恩鉴。沪汉④正筹，急赈不敷甚巨。鄂绅刘歆生⑤捐银一万五千两，指赈宁郡⑥。至江北及金坛，亦经分赈银麦，乞饬宁绅照数收放。大江南北均隶大帅公幪，恳恩一视同仁，免其移拨⑦，以均实惠为叩。

寓沪江宁府属义赈觪所陈河、田北湖、薄德明、张仲谋等谨禀。

附：江督复电

宁属义赈公所陈、田、薄、张诸绅：

电悉。刘绅歆生捐款，或愿助徐海淮安，或愿助宁属，以及某处若干，自当由刘绅自行分拨。照数收用，公款虽绌，尚不致于移拨，无烦过虑。督宪。漾印。

电禀南京端午帅⑧、安庆恩新帅⑨：养电祗悉。职道等昨已电禀新帅，宪台凑垫规银二万两，拨请留沪，划抵赔款。仍当兼并顾。仰慰宪厪。曾铸⑩、施则敬⑪叩。漾。

曾少卿经收江北徐、海振捐第十七次清单：商会经募划来银七百十二两一钱五分，广东谭君礼庭洋二百元，匿名氏洋五元，凌君仰清、范君松亭、郁君瑞棠、杜君少英、陶君学文、薛君笠渔、周君云峰、匿名氏、无名氏各洋一元。

---

① 此据 1907 年 1 月 9 日《申报》。函电原文无日期。

② 南京督宪：清总督称督宪。南京督宪端：指两江总督端方（1861—1911），满洲正白旗人。1904 年 10 月至 1906 年 9 月，以江苏巡抚暂署两江总督。1905 年 12 月，和戴鸿慈率团出使西方考察宪政。谥"忠敏"。《清史稿》有传。

③ 宁属：指江宁府属县八，分别指上元、江宁、溧水、句容、溧阳、江浦、六合和高淳。

④ 沪汉：指江苏省上海县和湖北省汉阳县。

⑤ 刘歆生（1857—1941）：名祥，字人祥，湖北汉阳人。

⑥ 指赈：指定赈济。宁郡：指江宁府。

⑦ 移拨：暂借。闽语。

⑧ 端午帅：两江总督端方，字午桥，故称端午帅。

⑨ 安庆恩新帅：指恩铭（1845—1907），字新甫，于库里氏，满洲镶白旗人。1906 年，署安徽巡抚。1907 年 7 月 6 日，被革命党人光复会员徐锡麟刺杀身亡。

⑩ 曾铸（1848—1909）：字少卿，福建泉州人。在上海经营南洋米业出口、福建纸业和江西瓷器业的巨商。曾任江苏候补道、上海商务总会总理。

⑪ 施则敬（1855—1924）：字临之，号子英，江苏吴江人。中国红十字会奠基人之一。

陈氏求令先祖与先父母冥福助大棉衣裤一千一百九十七件、小二百件。共收银七百十二两一钱五分，洋二百十四元，棉衣裤一千三百九十七件正。谨特登报，以扬仁风。

致民军大元帅黄兴、江苏都督程德全、
上海都督陈其美、外交总长伍廷芳电①

民立报转黄元帅②、程、陈二都督、伍外交总长③钧鉴：

北湖癸卯④出狱，继续进行。有万福华⑤者，弃官求志，共谋杀贼，甲子十月竟以汉奸暗算窃械失机，满奴得贿越狱，初定监禁十年，复藉嫌疑加罪。其人勇决有为，锢死可惜，且此次暗杀实倡吴⑥、徐⑦之先声。乞照会西官翻案释出，并电皖都督，于庐州、芜湖间访其妻、子，优予抚慰，以资激励。

田北湖叩

（扬州发）

----

① 此据 1911 年 12 月 27 日《民立报》。

② 黄元帅，指民军大元帅黄兴。辛亥武昌起义爆发后，黄兴返国，赴武昌，任民军总司令。失利后，辞总司令职，到上海被举为大元帅，黄兴一再谦让改任副元帅，民国成立后任临时政府陆军总长。

③ 伍，指伍廷芳。辛亥武昌起义爆发后，各省纷纷响应，上海的革命党人于 1911 年 11 月 3 日发动起义成功。在沪军都督府筹建过程中，曾拟推虞洽卿为"交涉使"，但虞坚辞不就，于是转而"公推伍廷芳为交涉总长"（1911 年 11 月 5 日《申报》"本埠特别纪事"栏）。伍慨然应允，随即在 11 月中旬，又被各省都督府代表联合会推举为民国外交总长。（参见刘星楠. 辛亥各省代表会议日志 [M] //辛亥革命回忆录：第六集. 北京：中华书局，1963：241-260.）

④ 癸卯，指光绪二十九年（1903）。是年 2 月 16 日之前为癸卯年，2 月 16 日及以后为甲辰年即光绪三十年（1904）。癸卯十二月末，1904 年 2 月 15 日，华兴会在长沙经正学堂成立，黄兴任会长，宋教仁、刘揆一、秦毓鎏任副会长。据此电，田北湖出狱必在 1904 年 2 月 16 日之前，华兴会成立之时。

⑤ 万福华（1865—1919）：字绍武，安徽合肥人。中国近代民主革命者。1904 年 11 月 19 日下午，在上海英租界四马路、湖北路口金谷香酒楼枪击广西巡抚王之春未遂被捕判刑 10 年，组织策划越狱未果加判 10 年共 20 年。1912 年获释。此电当为促成万福华出狱之重要证据。

⑥ 吴，指吴樾（1878—1905），字孟侠，安徽铜城人。1905 年 9 月 24 日，在北京车站刺杀出洋考察宪政的五大臣，弹发，载泽、绍英受伤，吴樾在爆炸中牺牲。

⑦ 徐，指徐锡麟（1873—1907），字伯荪，浙江山阴（今绍兴）人，中国近代民主革命家。光绪三十三年（1907）初，与秋瑾准备于浙、皖同时起义；五月，刺杀安徽巡抚恩铭于安庆，事败被俘就义。

致汪荣宝函

衮甫足下：

不通音敬又两年矣。起居万福，怀极无比。弟留滞于此①，忽忽六岁②。去年应中国公学③之招，上午在彼讲学，下午在局④编书，皆以地理为业。曩所著者，经此实验⑤，或能便于教授。此两处薪工⑥，粗足生活⑦。长妹⑧方留天津，

---

① 留滞：停留，羁留。此：指作者居住地上海白克路昌寿里。

② 六岁：六年。

③ 1905 年 11 月 28 日，日本文部省颁布《关于令清国人入学之公私立学校规程》，遭到全体中国留学生的坚决反对。湖南籍留学生陈天华在东京大森湾蹈海自杀。消息传出，群情激愤，两千余名留学生愤然退学归国后，创设该校，并由十三省留学生代表公决，定名为"中国公学"。发起人为湖南人姚宏（洪）业，由郑孝胥资助。1906 春开学。根据田北湖学生张承樾回忆，中国公学第一批教员有：于右任、马君武、石蕴山、田北湖、邹代藩、郑权、杨万里杨千里父子、邝富灼、李登辉、刘基炎、曾杰等。中国公学，是革命的机关，学校亦设有同盟会机关。章太炎出狱后曾住在这里，陈其美、戴天仇等也借该公学竞业学会机关报《竞业旬报》做掩护，从事革命。1907 年，两江总督端方通过拨款补助办学名义，借以监视，不久即委派监督，并插手修改学校章程。同年 12 月，张邦杰、王敬芳、黄兆祥三干事发起修改学校章程，取消评议部，干事不再由评议部选举产生，而是由监督聘任，引发学校当局与学生严重对峙，引发风潮。校方采取强硬手段，将罢课学生除名或勒令退学。至次年 10 月，退学的学生多达一百六七十人，遭受处分的学生与愤而退学的学生于是决定另行自组学校，一边在爱尔近路庆祥里租下校舍，打着"中国新公学"旗号，一边聘教员，10 天后正式上课。1909 年 11 月，新老公学合并。据庄安正《新发现与中国公学有关的一组珍贵资料》所载《张謇等呈袁世凯、范源濂、周学熙文》，1912 年 9 月 10 日，当时中国公学董事为：张謇、黄兴、蔡元培、熊希龄、胡瑛、王正廷、于右任、吴敬恒、马君武、薛颂瀛、罗贻、夏敬观、黄兆祥、陈作霖、谭心休、梁维岳等。

④ 局：指文明书局。1902 年，由无锡俞复、廉泉、丁宝书三人创办，初称文明编译印书局，上海河南中路交通路（昭通路）口设有发行所和门市部（在商务印书馆西首）。并在南京东路香粉弄口另设分销处。

⑤ 实验：实际验证。

⑥ 薪工：薪金，工资。

⑦ 粗足：勉强够。生活：使活命；生计。

⑧ 长妹：指田思存。同 P234 注⑪。

幼妹①毕业归国至今都②，无位置③，亦无可通之人，亦我生大担负④也。弟消磨岁月，惟以韬晦，为恢复名誉计。今年多病，又丧爱妾，心志恶浊⑤，也复人境⑥。明春入都一行，缘偶送考识⑦，不得不趁下场⑧，期姑寻生活。闻大学常有缺地理席之说，乞公为之道地⑨，或有他校幸留意及之。如遇机缘，请赐电示。是所叩祷。屡屡求助于公，惭沮无面目公⑩。其勿拒绝乎？想亦厌之久矣。弟于地学自信颇得，他日北来，当以所偏请教。此地无雪，连日严寒。铜圆奇涨⑪，报纸竞加登载，每元一千，高此文者，不两日降至一百五十。铜板忽荒⑫，亦一怪事。租界热闹场，招租满街，白昼劫路者⑬，皆视为应有之事，他处闻之，必谓新闻。弟再所乞于公者，学堂最妙，他事亦可，当较胜于坐食⑭京城。如未怨，乞复。致次

万福并祝
泽祖

北湖顿首
初七日⑮

① 幼妹：指田思平。1909 年 11 月官费日本大成女学校师范科毕业。1911 年 10 月，在上海参与发起成立中国赤十字会第二团女子协助会，参加辛亥革命。

② 今都：指北京。

③ 位置：指职位。

④ 担负：负担。

⑤ 心志：心情。恶浊：污秽浑浊。

⑥ 人境：犹尘世；人世间。

⑦ 考识：考查识别。

⑧ 下场：科举考试时代考生进考场考试。

⑨ 道地：请人代为疏通，预留余地。

⑩ 惭沮：羞愧沮丧。面：脸面。目：见。

⑪ 铜圆：清末所铸新式钱币的通称。亦称"铜板"。奇涨：指通货膨胀严重。

⑫ 忽荒：迷惘不定。亦作"惚恍"。引申为涨跌不定。

⑬ 白昼：光天化日之下。劫路：拦路抢劫。

⑭ 坐食：不劳而食。

⑮ 田北湖氏与汪荣宝上一次通信时间，为宣统二年十二月初二（1911 年 1 月 2 日）。本函寄出时间当为民国元年十月初七至十二月初七（1912 年 11 月 15 日至 1913 年 1 月 13 日）间。当时汪荣宝为中华民国民政部左丞，为袁世凯掌文案。1913 年 1 月，田北湖任财政部盐务署修志处调查员。1914 年 3 月，任事财政部旧税所。1915 年 1 月，被赵尔巽聘为清史馆协修。1917 年 1 月，被蔡元培聘为北京大学教授。

七、札记类

校订昌谷①集余谈

　　予家曩藏宋刻《昌谷集》，儿时尝钞一通②，亦不省为谁氏本，但记册长尺许，字大如钱③而已。壬辰④失火，遗书靡存。予故喜读昌谷歌诗⑤，求书市上，则旧刻固不易购，自全唐诗丛刻外，未闻有通行本也。弱冠⑥客南昌，始获王氏本⑦。卷首言古今已七刻⑧，予发奇想，乃欲尽⑨致之以为快。意昔贤评注必有可采者矣。明年往抚州、建昌、宁都诸属县⑩，遍测经纬度；所过山乡，中落之士族，出其断简残编⑪，稛载⑫以求售，积重百斤⑬，卖千余钱。予买四五百石。是集且完且缺⑭，多至九十七册，剔除重复，居然有宋刻二本、元刻一本、明刻三本；有为王氏所未见者。益知七种之说，眼界犹狭，而予愿益奢。嗣是南北十年，随地搜访，复收五刻本、二钞本。凡前后所得，都⑮十四本。不图一集之细⑯，蔚此大观。盖由宋迄嘉庆，其诸孤本，尚在人间者，皆已入吾秘

---

① 昌谷：唐代诗人李贺，世称李昌谷。
② 钞：同"抄"。一通：一遍。
③ 字：每个字。钱：铜钱。
④ 壬辰：光绪十八年（1892）。
⑤ 故：本来就。歌诗：诗歌。
⑥ 弱冠：古时男子二十岁行加冠礼，因未成年，故称弱冠。《礼记·曲礼上》："二十曰弱冠。"
⑦ 王氏：指清代训诂学家王琦（1736—1795），字琢崖，浙江钱塘人。其所著《李太白集注》36卷，是清代最完备的李白诗文注本。对李贺诗词的注解，数王氏《李长吉歌诗汇解》（5卷）最为详备。
⑧ 七刻：先后刊刻七次。
⑨ 尽：全部。
⑩ 明年：指下一年，光绪二十四年（1898）。抚州：今江西抚州市。建昌：今江西永修县。宁都：隶江西赣州市。
⑪ 断简残编：指残缺不全的古书。同"断编残简"。
⑫ 稛载：用绳索捆束。
⑬ 百斤：每一百斤。
⑭ 且完且缺：有的完整，有的残缺。
⑮ 都：总计。
⑯ 不图：未料及，没想到。一集：一部诗集，指《昌谷集》。细：小事。

笈①，不使偶有遗佚。精诚所注，古墨效珍②，无涯之生，聚合尤物③，比于容甫之定武兰亭④，可以慰予志乎！予既朝夕展对⑤，比校⑥而互勘之。又甚恶夫章解句诠，往往失其本意，匪特⑦抗颜强辩，不知其非，更人人自命为昌谷之知己，以轻薄⑧其前人。歧途之歧，谬妄无已。其实八百年来，世人能读歌诗者，殊不易易⑨，则评注之业，孰与争此功也？予览陈迹，不敢依违⑩其间，故为之质证焉。猥琐⑪之谈，缀录⑫于左：

昌谷死十五年，沈子明检其遗著⑬，分为四卷。其时未定集名⑭，故杜牧作序，但称⑮《李长吉歌诗》。传钞既久，世人不欲斥其名字，遂以地名题集。《晁氏读书志》云："自梁子美⑯家得《昌谷集》。最初所称，盖如是已。"宋代雕版以后，辗转⑰印行，有称长吉诗集者，有称李长吉集及李长吉诗者，有称长吉诗及长吉集者，有称锦囊集及锦囊诗者，有称李协律诗及协律诗或集者，亦有直称李贺者；皆以私意为标题，纷杂至不可纪⑱。其曰昌谷集或诗者，六家而已。今四库所收，一作《昌谷集》，例从其始，义亦甚当⑲，予故取焉。

---

① 笈：书箱。

② 古墨效珍：指寻访到的《昌谷集》14 本。效珍：奉献出的珍宝。

③ 尤物：珍稀之物。

④ 容甫：汪中（1744—1794）字，江苏扬州人。清代著名哲学家、文史学家。与阮元、焦循同为"扬州学派"的杰出代表。《定武兰亭》：单刻帖，因北宋时发现于定武（今河北定县）而得名。原石拓本极不易得，藏家视同珍宝。相传原石拓本仅有两本，一为全本，元代柯久思所藏。一为残本，赵孟頫所藏。汪容甫藏本为著名的翻刻本之一。

⑤ 朝夕：早上和晚上。展：展开。对：摊开，把书平分成两半。

⑥ 比校：考订校正。

⑦ 匪特：不仅。

⑧ 轻薄：轻视鄙薄。

⑨ 殊不易易：真的不容易。

⑩ 依违：模棱两可。

⑪ 猥琐：卑贱微末。谦辞。

⑫ 缀：组织文字以成文章。录：抄写。

⑬ 沈子明：同 P222 注⑦。检：整理。遗著：指遗稿。

⑭ 集名：指《李长吉歌诗》之名。

⑮ 但称：仅称。

⑯ 梁子美（1046—1123）：字才甫，山东东平人。以荫入仕，曾官除枢密直学士，拜户部尚书，兼知开封府等。著有《耆英集》100 卷（已佚）。

⑰ 辗转：来回反复。

⑱ 至不可纪：到了难以统计的地步。纪，同"记"。

⑲ 义：道理或做法。当：恰当。

　　昌谷作诗几二十年，非①醉与吊，未尝辍业。一时之所寄托，尽情疾书②，生平固无志于传③也。故狼藉④脱稿，已不复顾⑤，独赖朋辈收拾之，存其十一⑥，其散在人间久而亡失者⑦，不尽付于溷中矣⑧。晁氏称姚铉⑨尝选载文粹⑩中。是书今不可考，然郭茂倩《乐府诗集》⑪，所录三十六题四十九首，其中《静婉曙曲》⑫《少年乐》⑬二诗，足补沈子明之缺。刘后村⑭《昌谷集题跋》曰："使贺集不遭厄⑮，必不能一一如今所传本之精善，疑贺自诠择⑯者耳。"钟伯敬⑰《李长吉诗辨》曰："长吉诗无逸者矣，其逸者皆贺所不欲存者

---

① 非：除了，除非。
② 尽情：抒发感情，不受约束。疾书：快速书写。
③ 固：本来。传：流传。
④ 狼藉：匆忙。
⑤ 已：写完。不复：不再。顾：回头看。
⑥ 其：总量。十一：十分之一。
⑦ 散：散落。亡失：失踪。
⑧ 不尽：并未完全。溷：茅厕。
⑨ 姚铉（968—1020）：字宝臣，安徽合肥人。太平兴国八年（983）进士。官至两浙转运使。《宋史》有传。
⑩ 文粹：指《唐文粹》，编成于宋真宗大中祥符四年（1011），原名《文粹》。姚铉在《唐文粹序》中言："大中祥符纪号之四祀，皇帝祀汾阴后土之月，吴兴姚铉集《文粹》成。"
⑪ 郭茂倩（1041—1099）：字德粲，山东东平人。官侍读学士。著有《乐府诗集》100卷。
⑫ 《静婉曙曲》：李贺诗名。该诗见录于郭茂倩《乐府诗集》、杨士弘《唐音遗响》和《全唐诗》。王琦录为补遗二首之一，附录于外集之后。（闵泽平. 李贺全集［M］. 武汉：崇文书局，2015.）诗云："嫩叶怜芳抱新蕊，泣露枝枝滴天泪。粉窗香咽颓晓云，锦堆花密藏春睡。恋屏孔雀摇金尾，莺舌分明呼婢子。冰洞寒龙半匣水，一只商鸾逐烟起。"
⑬ 《少年乐》：李贺诗名。诗云："芳草落花如锦地，二十长游醉乡里。红缨不重白马骄，垂柳金丝香拂水。吴娥未笑花不开，绿鬓耸堕兰云起。陆郎倚醉牵罗袂，夺得金钗金翡翠。"闵泽平认为《静婉曙曲》《少年乐》二诗并非出自李贺，而为后人拟作。其《李贺全集》引王琦《李长吉歌诗汇解》外集云："二诗（含《静婉曙曲》）见载于郭茂倩《乐府诗集》，而元人所选《唐音遗响》亦载其《少年乐》一首，皆似后人拟作，非长吉锦囊中所贮者。"
⑭ 后村：刘克庄（1187—1269）号，字潜夫，福建莆田人。南宋豪放派诗人、词人、诗论家。有《后村别调》一卷。程章灿有《刘克庄年谱》。
⑮ 遭厄：遭受厄运。
⑯ 自：亲手，亲自。诠择：选取。
⑰ 伯敬：钟惺（1574—1625）字，湖北天门人。万历进士。著有《隐秀轩集》。

也。"又谓:"李藩①必欲别传其所不欲存者,甚矣无识者之祸人诗也。然则投②贺诗与恨其投③者,其为庸人无识则同,要其得投堰中④,则长吉之幸。若长吉者,己所不欲存,虽举世之所欲传,而必毅然自去之者也⑤。"此二说者,因⑥杜序所述授诗之语,误以为昌谷尝自选定,此外逸诗乃昌谷所弃者。至以⑦李藩为无识,投溷为幸事,不解杜文之意义,又从而武断焉。抑何不知昌谷之甚也?夫昌谷生平,诚不欲以词翰⑧之末,与流俗争不朽⑨。所制篇什⑩,大都弃之如敝屣⑪,务去陈迹犹恐不速。沈子明所谓授我生平所著歌诗者,与李商隐云"王、杨⑫辈时复探取写去",又云"沈子明家所余四卷而已",同一语意⑬,非昌谷自出所著⑭,欲得⑮子明而传之也。昌谷果自选定,必不有著随弃⑯也明甚。刘、钟之诬昌谷多矣⑰。

昌谷歌诗,自其死后集合成帙,散漫不可叙次⑱,仅以四编分之。今本列目之先后,章数之多寡,错杂其间,莫或为之厘订⑲。盖传钞者有所得失,非复子明之旧也。少者二百十九篇,多者二百四十二篇。而《乐府诗集》二首,犹未采录⑳。此与沈子明二百三十三首之说,颇有出入。好事之徒,疑其真赝相间㉑,谬指某篇某句,不似昌谷,或于四卷之中,更摘十七题二十二首,列于后

① 李藩(754—811):字叔翰,河北赵县人。唐宪宗时曾拜相。谥"贞简"。王琦《李长吉歌诗汇解》首卷下注:"李藩者,乃从贺外兄搜其逸者,且恨其以夙怨,悉投堰中。"
② 投:喜爱。
③ 投:扔。
④ 堰:池塘。
⑤ 毅然:毫不犹豫地。自:亲自,自己。去:除去。
⑥ 因:沿袭。
⑦ 至:至于。以:认为。
⑧ 词翰:诗文。
⑨ 流俗:泛指世俗。不朽:永不磨灭的名声。
⑩ 制:创作。篇什:泛指诗篇。
⑪ 敝屣:破鞋。比喻没有价值的东西。
⑫ 王:指王参元。杨:指杨敬之。
⑬ 同一语意:同一句话的意思。
⑭ 非:并非。自:亲自。自出所著:指李贺本人从自己所写诗集中取出。
⑮ 欲得:希望通过。
⑯ 有著:创作诗篇。随弃:随手扔掉。
⑰ 刘:指刘克庄。钟:指钟惺。诬:抹杀。多:表程度严重。
⑱ 散漫:任意,随便。不可:难以。叙次:安排次序。
⑲ 莫或:没有人。厘订:整理订定。
⑳ 尤未:还没。采录:编入。
㉑ 真赝:真品和赝品(指伪作)。相间:间隔夹杂。

集，亦曰别集，亦曰外集，以为后人伪作。果何所据而云然哉？夫昌谷手笔，无从模拟。苟有依傍门户效其颦笑者，亦足以传，固无取乎假托①焉？此则不待辨矣。必谓字无鬼血死泣②诸类，及未经锻炼雕琢者③，嫌其平淡直率④，而藉为口实，斯亦不足与言昌谷之诗者也。

　　诸刻本中，以汴本为最早，大字白文⑤，无评无注，亦不列刊者姓名，但题治平丁未⑥而已。其次为宝庆三年⑦金溪本，诗数一百二十五首，大字不注，眉端略有批评⑧，篇首未载杜牧序，不知谁氏选本也。又次为宋末庐陵刘辰翁⑨之《李长吉诗评》，又次为吴西泉之《长吉笺注》⑩，又次为杭本《锦囊集》；皆元刻也。刘刻世称刘须溪本，颇见重于明人，尝翻三板，有京师本、蜀本、宣城本，朱书装辑⑪，注解较少，于原书字句又有同异。京师本且削去后卷⑫，诗数

---

① 固无：一定没有。取乎：出于。假托：冒名顶替。
② 鬼血死泣：诗人称李贺为"鬼才"，把他的诗歌贬为"鬼话""鬼诗"，这实在是个大歪曲。其诗歌中不断出现的"鬼""血""死""泣"等场面和字句，并非远离现实的幻影，相反，恰恰是当时经历安史之乱、黄洞淮西未靖之际的唐代黑暗、悲惨的极不合理世界的反映。
③ 锻炼：比喻锤炼文辞。雕琢：比喻修饰文辞，使之得到美化。
④ 平淡：诗词风格自然而不事雕琢。直率：真率；坦率。
⑤ 大字：字大，字的形体较大。白文：雕版印刷时，刻在母版上的阴文。因文字刻成凹状，印刷出来的是黑底白字。
⑥ 丁未：宋英宗赵曙治平四年（1067）。
⑦ 宝庆：宋理宗赵昀年号（1225—1227）。宝庆三年：公元1227年。
⑧ 眉端：书页的上方。批评：批点和评注。
⑨ 刘辰翁（1233—1297）：字会孟，别号须溪，江西吉安人。南宋著名爱国诗人。
⑩ 西泉：吴正子（约1201—1273）号，江西金溪人。因被荐举，得诏对，称旨，授国史校勘。著有《李长吉歌诗笺注》，为今所知注李贺诗的第一人。［清］王琦《李长吉歌诗汇解序》："今称李长吉歌诗，从吴西泉本及杜樊川序也。"吴注对李贺诗的典故史实、辞句渊源进行了较为全面的梳证，使宋代长期对李贺诗妄加曲解的倾向得到了纠正。《四库全书总目》卷150所收《笺注评点李长吉诗》即为吴正子笺注、刘辰翁评点本，说明这两家对后世产生的影响颇为深远："正子此注，但略疏典故所出，而不一一穿凿其说，尤胜诸家之淆乱。……辰翁论诗，以幽隽为宗……惟评贺诗，其宗派见解乃颇相近，故所得较多。"
⑪ 朱书：用朱墨所写的文字。装辑：辑录装订成册。
⑫ 削去：删掉。后卷：外集或称后集。

二百一十九首。至嘉靖中，山阴徐文长①及董懋策②，并以《昌谷诗注》合刻行世③，亦称《徐董合解》；始有圈点涂抹，旁列线批④，指斥粗率语与伪作⑤者，几十之三四⑥。鲍钦又刻是本⑦，参校诸家，补其脱落者，别置后卷，世所谓上党本也。后⑧文长三十年，会稽曾益谦甫⑨以此注失之太简，识解过高，殊与锦囊⑩不合，因作《李贺诗解》，自谓远出徐董之上，能集刘吴之大成，句栉字比⑪，援引烦芜，世所谓会稽本也。崇祯之末，莆田余希之⑫有《李协律诗注》，每首不过数句，亦有全首无注者，国初诸本，未尝称⑬之，此本传者绝少，尤不易得也。

――――――――――

① 文长：徐渭（1521—1593）字，初字文清，后改文长，浙江绍兴人。《明史》有传。黄虞稷《千顷堂书目》有徐渭注《李长吉集》4卷，又外集1卷。

② 董懋策（？—1613）：字揆仲，浙江绍兴人。清康熙《会稽志·人物志·儒林》见载。

③ 徐渭、董懋策批注有李贺诗集4卷，外诗集1卷，万历四十一年（1613）董懋策病死，坊间将其批注李贺诗与徐渭批注合刻问世。徐、董批注本以上党鲍氏本为主，亦参以京本、蜀本。书有圈点、题批、句中评注、篇末批语，间有校勘，分别注明徐、董。圈点为徐渭独加。徐、董批注，各有所长。1906年，会稽董金鉴取私家塾本刻《董氏丛书本》。

④ 旁列：在旁边写上。线批：批阅。

⑤ 指斥：指摘，斥责。伪作：冒名顶替。

⑥ 几：接近。十之三四：十分之三、十分之四。

⑦ 吴正子认为，鲍本即宣本。其《笺注点评李长吉歌诗外集》云："京师本无后卷，有后卷者鲍本也。尝闻薛常州士龙言：长吉诗蜀本、会稽姚氏本皆二百一十九篇，宣城本二百四十二篇。蜀本不知无从来，姚氏本出秘阁，而宣城本则自贺铸方回也。宣城多羡诗十九，蜀与姚少亡诗四，而姚本善之尤。以余校之，薛之言谅矣。今余用京、鲍二本训注，而二本四卷终皆二百一十九篇，与姚、蜀本同。薛谓宣城本二百四十有二首，盖多余本二十有三耳。今鲍本后卷二十有三篇，适与宣本所多之数合，是鲍本即宣本也。"

⑧ 后：晚于。

⑨ 曾益：籍贯、生卒未详。明万历年间刻字工人，参刻过《二十一史论赞辑要》（欧阳照本）。

⑩ 锦囊：指原作。

⑪ 句栉字比：逐字逐句仔细推敲。栉：引申义清除、剔除。

⑫ 余光：号耐庵，字希之，福建莆田人。生卒未详。崇祯进士。辑有《昌谷诗集》4卷、《集》1卷，卷首有李清（心水）序、余光自序、余光侄余飓序，并附诸家纪事、诗评十则。《凡例》云："后得西泉吴正子笺注，分卷与徐注合，考据甚详。今篇次俱依二本厘正。"此书有崇祯年间听雨堂刻本，国家图书馆有藏。黄虞稷《千顷堂书目》著录余光注《李贺诗集》，即此本。又有过录本，王琦《评注诸家姓氏爵里考》记载，曾购得徐董合解本，有墨笔钞余光注于上下空白间，"然每首不过数句，亦有全首不注"。所述与田北湖氏所述者相吻合。

⑬ 称：提到。

国朝刻者，最初为二姚本，一曰山期①，一曰经三②。山期秀水人，明末时客居吴下③，与复社诸名士会中，有《昌谷诗笺》。同时邱象升④、邱象随⑤、陈愫、陈开先、杨妍、吴甫六人之辩注，孙枝蔚⑥、张恂⑦、蒋文运⑧、胡廷佐、张星、谢起秀⑨、朱潮远⑩七人之评，合而刊之，总称《昌谷集句解定本》，杂采刘吴曾徐董余之说，自以为诸本未定，待铨简⑪定，世所谓定本是也。经三桐城人，有《昌谷诗注》，多以史事诠释，自谓借古人以成一家言者。其上方附蒋楚珍⑫、陈二如、钱饮光⑬、周玉凫、黄秋涵、吴炎牧、蒋潜伯诸评；此二本皆刻于顺治中，其卷帙繁多，数倍于前代诸本。及乾隆时宝笏楼刻李长吉歌诗，诗数二百四十二首。所谓《王琢崖汇解》者，比集旧说，颇能得其精华；而首

---

① 姚佺（？—1662）：字佺期，后改字山期，浙江嘉兴人。复社成员。客居吴下，与复社诸名士过从甚密。著有《李长吉昌谷集句解定本笺注》4卷、《四杰诗选》24卷、《诗源初集》17卷。

② 姚文燮（1628—1693）：字经三，号羹湖，安徽桐城人。顺治进士。有《昌谷集注》。《清史稿》有传。

③ 吴下：指吴地。

④ 邱象升（1629—1689）：字曙戒，号南斋，江苏淮安人。顺治进士，改庶吉士，授编修进侍讲，以才堪外任，调琼州府通判，移武昌府通判，起补大理寺左寺副。有《縠音》《南斋诗集》《白云草堂》《邱曙戒诗》诸集。

⑤ 邱象随（1631—1701）：邱象升弟。顺治年间拔贡生，以博学鸿词科授翰林院检讨，迁洗马，纂修《明史》。著有《淮安诗存》《西轩纪年集》《明史·河渠志》。

⑥ 孙枝蔚（1620—1687）：字豹人，号溉堂。陕西三原人。明末天下大乱，李自成入关，持刀杀贼，遭到失败，明亡逃至江苏经商。曾举博学鸿词，授内阁中书衔。《清史稿》入《文苑传》。有溉堂前集、后集、续集、文集、诗余等。事迹也见《扬州画舫录》卷十《虹桥录上》。

⑦ 张恂：字稚恭，一字壶山，陕西泾阳人。生卒未详。崇祯进士。入清，官中书舍人、江南推官。有《西松馆诗》《樵山堂集》《绣佛斋诗余》《雪鸿草诗》等。

⑧ 蒋文运：浙江上虞人。崇祯进士，次年知常熟县。

⑨ 谢起秀：江苏南京人。生卒未详。贡生。官休宁训导。

⑩ 朱潮远：字卓月。江苏扬州人。生卒未详。有《四本堂座右编》。据万曼《唐集叙录》，此本《郋园读书志》七著录，系明天启中吴兴茅氏刻本，卷首标题云李长吉昌谷集句解定本卷之一，与卷同；次行辱庵姚佺山期笺阅；三行积公邱象升曙戒；四行广阳蒋文运玄扈，同评二字跨三四两行名字下；五行西贞邱象随季贞辩注。此当为此种最初刻本。

⑪ 铨简：铨度，简择。

⑫ 蒋鸣玉（1600—1654）：字楚珍，江苏金坛人。崇祯进士。官至台州府推官。有《舌存》《圭约》。

⑬ 钱澄之（1612—1693）：原名秉镫，字饮光，安徽桐城人。明末诸生。明亡后，曾在吴江起兵抗清。清兵攻陷桂林后，一度削发为僧，晚年归隐故乡。著有《藏山阁文存》《藏山阁诗存》《钱饮光全集》《钱饮光遗书》等。

卷详于古人之校刊评集，及昌谷事实，尤为他本所无，然谬误之处，未能订正之也。是时别有《协律钩玄》①之刻，则自郐无讥②矣。

予所得二钞本，一为明初峭石人张崇光物，所引评解，皆未见于旧刻者，第虫蚀残缺③，至于不可句读。一为乐安詹氏④物，并列丛集，曰昌谷锦囊，曰温李西昆，曰皮陆松陵。云从松风阁钞来者，张浊民松风阁本，甚为国初人所称道，未行于世，及今观之，亦非笺注之精者也。

东汉白山摩崖释文⑤

京兆长安

淳于伯□

作此诵

　　右⑥磨崖十一字，分列三行。第一、第五、第六、第九、第十一诸字，勾勒完好，笔意⑦颇似《张迁碑》字。第二、第三、第四、第十诸字，皆已漫漶⑧。第八则不能辨其为何字矣。碑高五寸宽四寸，字大径寸⑨。刻在左石⑩之上方，

---

① 《协律钩玄》：四卷，陈本礼注，嘉庆十三年（1808）刻。陈本礼（1738—1818）：字嘉会，号素村，江苏扬州人。著有《飽室四种》《汉乐府三歌注》等。

② 自郐无讥：表示以下的不值一提。《左传·襄公二十九年》："自《郐》以下无讥笑焉。"

③ 虫蚀：虫咬蛀蚀。残缺：不完整，部分缺失。

④ 詹应嘉：江西乐安人。生卒未详。南宋咸淳（1265—1274）年间及第。

⑤ 原刻缩影本见《神州国光集》。东汉白山摩崖石刻，位于新疆阿克苏东450里拜城县东赛里木山以北的喀拉克达格山口。该处为孔道，沟通南北，过孔道，越天山，可达北疆伊犁河流域。1879年，该石刻为左宗棠幕僚施补华随西征军讨阿古柏过此时偶然发现。施氏《刘平国碑跋》记载了其发现并拓碑的经过："五年夏，有军人过其地，见石壁露残字，漫漶不可识，或以告余，疑为汉刻。秋八月，余请于节帅张公，命总兵王得魁、知县张廷楫具毡椎裹粮往拓之，得点画完具者九十余字。"对该摩崖释文者，先后有施补华、盛昱、潘祖荫、叶昌炽、吴昌硕、刘继增、王仁俊、田北湖、王树柟、罗振玉、王国维、储皖峰、郭沫若、黄文弼等。近人周退密有《题汉龟兹左将军刘平国摩崖拓本》诗，云："闻道尚书曾作图，百年风雅孰匡扶。即今才俊翩翩者，可似当年田北湖。"（徐鼎藩曾绘有《乌累访碑图》，田北湖、叶鞠裳均曾作释文。）（《退密存稿》）

⑥ 右：以上。

⑦ 笔意：风格、意趣。

⑧ 漫漶：模糊不可辨。

⑨ 径寸：指字长一寸。

⑩ 左石：位置在上方的石刻。

宜与后文相连属者①，或疑上下二刻②。字体不类③，意④非一时之事，一人之手笔也。然拓者扪⑤崖剔石⑥，未见别有诵词，姑以左石题额当之。

后汉已都洛阳⑦，长安人之称里籍⑧者，喜用旧都⑨名义，冠以京兆⑩，往往见于汉石⑪，盖亦当时之通例矣。淳于伯□，名字⑫无考。未可遽执⑬京兆二字，而以西汉疑其人也。

龟兹左将军刘平国以七月壬戌□□发家□

从秦人孟伯山狄虎贲赵当时□□□

□常□程阿英等六人共来作□□□□

□关八月一日始断山石作孔□□

□□百万钱人民喜长寿亿年宜

子孙永寿四年八月甲戌朔十二日

乙酉真建纪此东乌累关城□□

□□□力军所作也□□□ 亻 授

右所摩崖，高十二寸，宽九寸，分列八行。上端正中⑭若凿半圆形。第三行首二字失其右偏。第五行首一字失其左偏⑮，泐痕⑯相对，当在刻后剥落者。第八行首三字，微露左偏。第四字左偏力旁，第十二字右偏亻旁；皆完好，特不

---

① 后文：下文。连属：连接，连续。

② 二刻：上和下不同的两块碑刻。

③ 不类：不佳。

④ 意：表揣度，估摸。

⑤ 扪：以手循摸。

⑥ 剔石：清除石刻上的尘土杂物等。

⑦ 后汉：指东汉。都：定都。

⑧ 里籍：籍贯。

⑨ 旧都：指长安。西汉建都长安，东汉建都洛阳。东汉迁都后，长安为陪都，故称。

⑩ 京兆：继周王朝王畿、秦代京畿之后，对都城辖域的称谓。

⑪ 汉石：汉代石刻。

⑫ 名字：名和字。

⑬ 遽：草率。执：凭借。

⑭ 正中：正当中，正中心。

⑮ 右偏、左偏：右半边、左半边。

⑯ 泐痕：刻痕。

审①为何字耳。全碑下端，互有②长短，行尾字迹，磨灭殆尽，首尾相续③，文义不能贯串；疑其全文非仅八行已。字体大小参差，较瘦劲于前刻，而笔画漫漶尤甚④。今所释⑤出八十九字，就中当、时、程、英、百、钱、真七字，尚在疑似之间，不敢据以为断也。

碑在天山南路，赛里木城东北二百里⑥，大山岩壁间。其山隶拜城县境，支干绵亘⑦，地书总称白山⑧；于汉属龟兹国⑨。《班志·地理》⑩，所谓龟兹王治延城⑪都白山之南二百里是也。《隋西域图》⑫曰："白山一名阿羯山⑬，常有火

---

① 特：不过。不审：辨认不出。

② 互有：各有。

③ 首尾相续：下一行第一个字连接上一行最后一个字。

④ 瘦劲：瘦硬有力。前刻：即上文所提三行十一字的石刻。尤甚：尤其严重。

⑤ 释：解读；释读。

⑥ 施补华《泽雅堂文集·刘平国碑跋》云："此碑在今阿克苏所属赛里木东北二百里山上。"赛里木城：属拜县，古乌垒国地。《新疆乡土志稿·拜城县乡土志》："考拜城在唐虞之世，统为流沙，唐为阿悉言城，《会典》谓之拜其城，周一里三分。东一城，唐俱暑罗城，《会典》谓之赛里木城，周一里九分，今均圮，并一而为县，古之姑墨、乌垒两国地也。赛里木则为乌垒有耳。"《祈韵士集·西陲要略》："阿克苏……所属回庄曰拜城，曰赛里木城，最著。赛里木城在拜城东八十里，回众居之。地据雪山之麓，群山环绕，气候稍寒。"

⑦ 支干：支脉和主干。绵亘：连绵不绝。

⑧ 白山：天山古称。《后汉书》李贤注"白山即天山也"，并引《西河旧事》，"白山冬夏有雪，故曰白山，匈奴谓之天山。过之皆下马拜焉，去蒲类海百里之内"。

⑨ 龟兹国：汉代西域古国之一，唐代安西四镇之一。以库车绿洲为中心，最盛时辖域相当于今新疆轮台、库车、拜城、沙雅、阿克苏、新和六县市。西汉汉昭帝元凤四年（前77），臣服于汉朝。神爵二年（前60），于龟兹置西域都护府。东汉初，属匈奴。东汉永元三年（91），再度称臣于汉。魏晋时期，龟兹国派遣使节入朝进贡。隋属北方西突厥汗国。大业十一年（615），龟兹曾遣使入朝。唐贞观十八年（644），龟兹与焉耆联合抗击唐兵，三年后唐兵出击龟兹，翌年抓获龟兹王，并将安西都护府移驻龟兹都城，下设龟兹、于阗、焉耆、疏勒四镇，龟兹开始成为唐朝统治西部的中心。后为吐蕃所占。9世纪，龟兹进入回纥势力范围。11世纪末，脱离西州回纥，归附喀什噶尔，皈依伊斯兰教。清乾隆二十三年（1758）纳入清版图，定名库车。龟兹，《汉书》亦作"龟慈"。

⑩ 《班志》：指《汉书》，班固所著，因称。

⑪ 延城：汉龟兹国都城，在今库车城中的皮朗旧城，亦名哈拉墩遗址。

⑫ 《隋西域图》：唐代裴矩撰。

⑬ 阿羯山：突厥语"白山"，今哈马木山，天山正干的一支。

及烟，即出硇砂①之所。"以今图考之，汗腾格里②东行之脉，至温宿③、库车④之交，南麓歧⑤为白山，倾斜⑥南下，而止于小沙碛⑦，周凡数百里，盖天山之支峰也。光绪二年，张曜督师乌鲁木齐⑧，尝遗⑨数军人结队出役，探天山捷径，以速南北⑩之程。一卒失道⑪，盲行乱山中，暮闻狼嗥，窜匿岩穴。明旦⑫仰视宿处⑬，峭壁黝然⑭，距地丈许，微露斧凿痕，似有纵横字画者⑮。以为荒徼阴岭⑯，人迹所不经，脱非鬼工⑰，当亦天生之文石⑱耳。沿途标识，归告同

---

① 硇砂：矿物名。主要产于青海、甘肃、新疆等地。〔清〕椿园氏《西域记》："（库车）出硇砂之山在城北。"

② 汗腾格里：突厥语，即"天王峰"。其东邻托木尔峰，西邻吉尔吉斯斯坦境内伊塞克湖盆地，北邻伊犁河谷，南邻塔里木盆地北缘之阿克苏绿洲。海拔近七千米，天山山脉第二高峰，在新疆维吾尔自治区西侧，中国、哈萨克斯坦国边界上。

③ 温宿：古西域游牧民族部落名和国名，辖境相当于新疆维吾尔自治区乌什县一带。西汉神爵二年（前 60），设西域都护进行管辖。《汉书·西域传》载："温宿国，王治温宿城，去长安八千三百五十里。户二千二百，口八千四百，胜兵千五百人。辅国侯、左右将、左右都尉、左右骑君、译长各二人。东至都护治所二千三百八十里，西至尉头三百里，北至乌孙赤谷六百一十里。土地物类所有与鄯善诸国同。东部通姑墨二百七十里。"

④ 库车：西域地名。一作"龟兹""丘慈""屈兹""曲先""鸠兹""库叉"等。原为西域三十六国之一，汉西域都护府设此。唐为安西都护府驻地，五代至宋称龟兹回鹘，元改"亦力巴力"，1758 年定名库车，设库车办事大臣。1884 年设库车直隶抚民厅，辖今沙雅、新和县境。1902 年改库车直隶州，归属阿克苏道，辖沙雅县。1913 年改库车县。

⑤ 歧：分叉。

⑥ 倾斜：向一边偏斜。

⑦ 小沙碛：小沙洲。

⑧ 张曜（1832—1891）：字亮臣，号朗斋，直隶大兴人。1874 年 10 月，上谕率部出关。1876 年，张曜以提督名义统率嵩武军随左宗棠出征，击败阿古柏，收复新疆，并迫使沙俄归还伊犁。1880 年，帮办新疆军务，驻阿克苏。翌年移驻喀什噶尔。后调任山东巡抚。乌鲁木齐：新疆维吾尔自治区首府。东汉时，为车师六国一部分。1755 年平定准噶尔叛乱后，定名乌鲁木齐，1763 年改迪化。1954 年恢复乌鲁木齐之名。

⑨ 遗：留下。

⑩ 南北：沟通天山南北。

⑪ 卒：兵。失道：迷路。

⑫ 明旦：第二天早上、天亮。

⑬ 宿处：前一天晚上宿藏之所，指山洞。

⑭ 黝然：深黑色。

⑮ 纵横：横竖交错。字画：字迹。

⑯ 荒徼：荒僻的边域。阴岭：背阳的山岭。

⑰ 脱：倘若。鬼工：鬼斧神工。

⑱ 天生：天然生成。文石：有纹理的石头。

伍①。幕客得请于帅②，连骑裹粮③，往穷其异④，知为后汉摩崖，椎拓⑤以去。邮驿⑥万里，声气⑦隔绝。边地文物，未尝传播于东南。此残字者古今同晦⑧，遂不附于金石家之著录。邵阳魏生⑨，从新疆得一纸，扃置箧笥久矣⑩，近始示予，亟释其文⑪，更为之说⑫。予谓碑文不完，古地有征，稽诸形势故事⑬，犹足补史阙焉。

后汉桓帝凡七改元⑭。永寿三年以后，是为延熹元年⑮。永寿不得有四年欤？然延熹改元，始于六月四日，《本纪》⑯称二月戊寅，大赦天下，改元延熹。其前文曰"五月甲戌晦，日有食之"，顺序计日，故知戊寅为六月四日。则凡戊寅以前，年岁之记载，无不书永寿四年也。刻石之时，上距戊寅已逾两月，犹是永寿云者。东都⑰龟兹间远几八千里，驰命走驿，非两月所能达。藩服外臣⑱，既未奉诏⑲，即不知有延熹年号，故亦从其旧称⑳，无可议矣。

① 同伍：同一伍的人。古时军队五人为伍。
② 幕客：指知县张廷楫等。得请：请示于人并得同意。帅：指总兵王得魁和张曜等。
③ 连骑："结驷连骑"省文。形容骑从之盛。裹粮："裹粮坐甲"省文。携带干粮。
④ 往：前往。穷：探求。异：诡异的地方。
⑤ 椎拓：将纸覆于金石器物，铺毡捶击，以摹印其形状和上面的文字、图像。
⑥ 邮驿：驿传。
⑦ 声气：消息；信息。
⑧ 残字：残存、不完整的文字。晦：隐而不宣。
⑨ 魏生：指魏繇（？—1921），字复初，又字季词，湖南邵阳人。魏源孙。贡生，捐中书衔。有《魏季词先生遗集》11卷。
⑩ 扃：上闩。箧笥：随身贮物之器。大者名箱、笼，小者称箧、笥。
⑪ 亟：急切，急迫。释：释读；解读。
⑫ 说：说道。
⑬ 稽：考证。形势：地理状况。故事：旧事。
⑭ 汉桓帝七次改元：年号分别为建和、和平、元嘉、永兴、永寿、延熹、永康。
⑮ 永寿三年：公元157年。延熹元年：永寿四年（158）。
⑯ 《本纪》：指《后汉书·孝桓帝纪》。
⑰ 东都：指洛阳。
⑱ 藩服：指距京都最远的地区。九服之一。古指镇服之外方圆五百里之地。古代王畿以外的地区称服。取为王镇守之义，故称。外臣：藩属地。
⑲ 奉诏：接受皇帝的命令。犹称旨。
⑳ 旧称：旧的称号。指年号永寿。

哀平间西域自相分割为五十五国①，而龟兹与焉。凡国自译长②、城长③、君监吏、大禄④、百长⑤、千长、都尉⑥、且渠⑦、万户、将相至王侯，三百六十七人，皆佩汉印绶⑧。前志⑨称龟兹国置左右将、左右都尉、左右骑君⑩、左右力辅君⑪，各一人，而无左将军之名。后志《班超传》："超发于阗诸国二万五千人，复击莎车⑫，而龟兹王遣左将军发温宿姑宿尉头⑬合五万人救之。"是龟兹在后汉已有左将军，非复西京⑭旧制矣。终汉之世，西域诸国虽叛服⑮无常，外臣故佩汉印绶，但以戎种备官⑯，无俟拜命王室⑰，亦未有汉人仕于属国者⑱。刘平国及碑文所称之孟伯、山狄、虎贲诸人，犹是汉人姓名，不似戎族土

---

① 哀、平：指西汉哀帝和汉平帝。西域：这里指新疆天山南北、葱岭以东、玉门关阳关以西的地区。这一地区，小国林立，号称三十六国，后分五十余国，是汉朝通向葱岭以西诸国的交通孔道。

② 译长：汉代职官名。主传译、奉使。

③ 城长：职官名。汉代西域诸国均设。分东、西城长。

④ 大禄：职官名。汉代乌孙国设。位居最高长官相之下，多由王子担任。

⑤ 百长：百人之长。

⑥ 都尉：职官名。汉时西域扜弥、于阗等国置。左、右都尉各一人。

⑦ 且渠：汉代西域鄯善国（今若羌县）设。左、右且渠各一人。

⑧ 汉：汉朝。印绶：旧指印信和系绶的丝带。古人印信上系有丝带，佩戴在身。

⑨ 前志：指《汉书》，亦称《前汉书》《汉志》。因系班固所著，又称《班志》。《后汉书》亦称《续汉志》《后志》；因系范晔所著，又称《范志》。

⑩ 骑君：职官名。汉时西域扜弥、于阗等国置，左、右骑君各一人。君：《国粹学报》原文为"军"，有误，迳改。

⑪ 力辅君：职官名。汉时西域龟兹国置。

⑫ 于阗：汉时西域国名。也作于寘、于田。国都西城或称西山城（今和田市南）。辖地北连大漠，东抵且末，西至莎车，南皆昆仑。汉唐时居民以塞种为主，操印欧语系伊朗语族东支的塞语，从事农耕，兼营畜牧与手工业。以产玉、育蚕、纺织著称。为丝绸之路南道重要交通枢纽，与北廷故城、西州并称西域三大丝都。汉时南道通畅，扜弥（今策勒东北）、皮山为其所并，与鄯善（今若羌一带）俱为南道大国。莎车：古西域国名，今新疆叶尔羌。古丝绸之路南道终端，且为南道与中道支线的交会点。两条古道汇合于此后，便沿叶尔羌河折向西南，沿昆仑山，登帕米尔高原，而出国境，再取道赴印、巴、阿，乃至西亚、欧洲。

⑬ 尉头：古西域国名。约在今新疆阿合奇县哈拉奇一带。汉先后属西域都护府和西域长史。东汉建初元年至二年间（76—77），与疏勒连兵反汉，为班超所败。由三国至北魏，常役属龟兹，后为龟兹所并。

⑭ 西京：指西汉首都长安。

⑮ 叛服：背叛或顺服。

⑯ 戎种：指西北少数民族所属的种族。备官：充任官职。

⑰ 拜命：受命。王室：指汉廷。

⑱ 属国：指内属汉朝的少数民族部族或部落。

著；其为汉人无疑也。班超戡定①龟兹，至于桓帝，其国人未尝背汉，百年不复用兵。平国位列上将，时方靖边②，故姓名与事实，无所表见③；于史册，果④为何如人者，莫可考已。意非汉之徙人⑤，当亦免刑实边⑥之徒。或者中原贾客⑦，淹留异域⑧，嗣入化于羌戎⑨，因而效用外廷⑩；则孟狄、赵程宜为同类。班超所谓"塞外吏士，本非孝子顺孙，皆以罪过徙补边屯"，固其证欤⑪。

东乌累关城，前后汉志均不著名⑫。前志称神爵⑬以后，使郑吉⑭并护南北

---

① 戡定：平定。
② 靖边：平定边境。
③ 表见：记述；记载。
④ 果：到底。
⑤ 意：表揣度。徙人：犹移民。《后汉书·冯岑贾列传》："旧内郡徙人在边者，率多贫弱，为居人所仆役，不得为吏。"
⑥ 实边：充实边疆。
⑦ 贾客：商人。
⑧ 淹留：长期滞留；羁留。异域：被敌人占领的地区。
⑨ 入化：融合。羌戎：泛指我国西北部少数民族。
⑩ 效用：犹效劳，效命。外廷：外国（指西域之国）的朝廷。
⑪ 固其证欤：这就是证据啊。
⑫ 著名：用文字表述出来。
⑬ 神爵：汉宣帝第四个年号（前61—前58）。
⑭ 郑吉（？—前49）：浙江会稽人。西汉西域第一任都护，谥"缪侯"。事见《汉书·傅介子传》。《后汉书·西域传》李贤注："都护，宣帝置，始以郑吉为之，秩比二千石。都，总也，言总护南北道。"

道，号曰都护①。都护督察乌孙②、康居③诸外国，治乌垒城④，去阳关二千七百三十八里；与渠犁官田相近。土地肥饶，于西域为中，故治焉。又乌垒在《西域列传》，附于龟兹之后。有城都尉、译⑤长各一人，与都护同治。又曰"龟兹至长安七千四百八十里，东至都护治所三百五十里"，是乌垒城去龟兹最近，且为所辖。自驻汉使，遂为西域都会之地。几几有独立⑥性质矣。后志曰："建武⑦二十二年冬，莎车王贤，复攻杀龟兹王，遂兼其国。贤又自立其子则罗为龟兹王；贤以则罗年少，乃分龟兹为乌垒国，徙鞬驷⑧为乌垒王。龟兹人并杀之，遣使匈奴，更请立王。匈奴因立龟兹贵人为龟兹王。龟兹由是属匈奴。"是后汉之初，西域扰乱，乌垒城亦无都护，任其别立⑨为王国。旋受匈奴之干涉，

① 都护：总监护。汉宣帝时，在乌垒（今新疆轮台县东北）设西域都护府，统一管理大宛及其以东城郭诸国，并督察乌孙、康居等游牧行国之事。魏晋时设西域长史府。唐代都护府影响最大。

② 乌孙：古西域国名。其先游牧于敦煌和祁连山之间，与大月氏为邻。汉初，大月氏攻打乌孙，杀其王难兜靡，夺其牧地，乌孙族大部逃入匈奴，难兜靡新生之子昆莫被其大臣布就藏匿，逃至匈奴单于处。昆莫长大成人，借匈奴之力报父仇，进攻已被匈奴击败而西迁伊犁河流域的大月氏，迫使大月氏再次西迁，乌孙则进驻伊犁河流域。汉武帝时，乌孙势力强大，人口达63万，养兵18万多。张骞通西域后，汉武帝听从张骞建议，以宗室女细君公主为昆莫夫人，结成汉乌联盟。细君公主死后，西汉王朝又以楚王刘戊孙女为解忧公主嫁昆莫为妻。郑吉任都护时，将乌孙国分为大、小两个昆莫。后魏时，其国尚存，但常遭蹂躏，其民大部迁至葱岭之中。

③ 康居：古西域国名，在安息东北方、大月氏北方，与乌孙、奄蔡、大月氏、大宛为邻，约在今巴尔喀什湖和咸海之间，王都卑阗城。南部为农业区，城市较多，由五小王分治。南部康居与大月氏同是突厥系的游牧民族。自锡尔河下游，至吉尔吉斯平原，是康居疆域的中心地带。北部是游牧区。张骞第一次西使返回前，汉朝人已经知道康居国的存在。康居是最早与汉朝建立联系的西域诸国之一。

④ 乌垒：古西域国名，在今新疆轮台县东策大雅地区。地肥沃，居西域之中。汉宣帝神爵二年（前60）始为西域都护府所在地。为汉通西域北道必经之地。东汉初属莎车。建武二十二年（46），莎车王以龟兹王则罗年少，分龟兹地为乌垒国，徙鞬驷为乌垒王；后为龟兹所并。东汉设西域都护，遂属之。唐置乌垒州，属龟兹都督府。清称策特尔、策达雅尔。

⑤ 译：《国粹学报》原文为"泽"，有误，迳改。

⑥ 独立：谓国家、民族或政权不受外界统治支配。

⑦ 建武：东汉光武帝刘秀第一个年号（25—56）。建武二十二年：公元46年。是年，莎车王贤灭龟兹，分龟兹为乌垒国。

⑧ 鞬驷：原文为"驷鞬"，有误，迳改。

⑨ 别立：另立。

终并其地于龟兹。及班超居龟兹，屯干成①，立白霸②为龟兹王。虽无所谓乌垒国者，然乌垒故城，自是龟兹领土也。此刻垒字作累，与《汉书》异文。古字固相通用，云东乌累关城者，都护治所之东，自有一关一城，盖建筑于后汉时代，不得遽以故乌垒城实之。

匈奴入盗汉边③，强盛之时，力能控④制天山以南，役属⑤诸国。武帝开西域之迹，将以弱⑥匈奴也。发间使数道并出⑦，为捍北抚西之计。前世议者皆曰取三十六国以断匈奴右臂⑧，故经营所及，尤亟亟⑨于南道焉。张骞凿空⑩，而

---

① 干城：指龟兹国它干城。
② 因龟兹国内有白山（天山），故汉朝赠其王姓白。班超立白霸为龟兹王在公元91年。《后汉书·班梁列传》载："超曰：'鲲领通则龟兹可伐。今宜拜龟兹侍子白霸为其国王，以步骑数百送之，与诸国连兵，岁月之闲，龟兹可禽。'""明年（永元三年，91），龟兹、姑墨、温宿皆降，乃以超为都护，徐干为长史。拜白霸为龟兹王，遣司马姚光送之。超与光共胁龟兹废其王尤利多而立白霸，使光将尤利多还诣京师。""它干城小，（梁）慬以为不可固，乃谲说龟兹王白霸，欲入共保其城，白霸许之。吏人固谏，白霸不听。"霸：《国粹学报》原文为"霜"，有误，迳改。
③ 汉边：汉朝边境。
④ 控：《国粹学报》原文为"挖"，有误，迳改。
⑤ 役属：使隶属于己而役使之。
⑥ 弱：削弱。
⑦ 发：派遣。间使：离间的使臣。数道：主要指南、北两道。按《汉书·西域传》，自玉门、阳关出西域有两道。南道起自鄯善（今若羌县），经且末、精绝（今民丰县尼雅遗址）、于阗（今和田市）、莎车至疏勒（今喀什市）。北道起自车师，西行经渠犁县（今尉犁县）、姑墨（今阿克苏市）至疏勒。《汉书·西域传》："从鄯善傍南山、波河西行至莎车，为南道，南道西逾葱岭（今帕米尔高原）则出大月氏、安息。自车师前王廷随北山、波河西行至疏勒，为北道，北道西逾葱岭则出大宛、康居、奄蔡焉。"
⑧ 右臂：《后汉书·西域传》李贤注："西伐大宛，结乌孙，裂匈奴之右臂。南面以西为右也。"
⑨ 亟亟：急切；急迫。
⑩ 张骞凿空：指张骞开通西域道路。汉武帝建元二年（前139），张骞奉命出使大月氏，约同共击匈奴，途中为匈奴所获。元朔元年（前128）张骞从匈奴逃出，至西域。三年（前126）张骞从西域归汉，标志着汉朝通往西域的道路正式开通。自此，中原王朝与西域的经济、文化交流和往来，进入一个崭新的阶段。元鼎二年（前115），张骞出使乌孙，并遣副使至大宛、大月氏、大夏、康居诸地。不久，张骞率副使先后与所使之国派遣的使臣来汉朝，西域各国始通于汉，一时间，汉王朝与西域各国间"使者相望于道"。

诸戎宾服①。建武至于延②光，三绝复通③。阖户辟门④，固有掌握机键者⑤。自玉门阳关⑥以西，至于葱岭，北逾天山，南接秦海⑦，羌戎匈奴之际，龟兹实据中坚，莎车、疏勒⑧、温宿、姑墨⑨邻近诸国，又复受其挟持，群起以梗汉，使不得发驿道，且无他途可假⑩。故龟兹者西北万里之大凑⑪，尤往来葱岭所必

---

① 诸戎：各少数民族。宾服：归顺；归附。

② 延：《国粹学报》原文为"廷"，有误，迳改。

③ 三绝复通：指三绝三通。《后汉书·西域传》载："自建武至于延光，西域三绝三通。"张骞出使西域后，西域各国与汉朝交往和联系取得一定的发展。王莽篡权后，对西域各地和匈奴进行压迫，引起西域各国及匈奴的反对，导致东西交通第一次阻塞，是为"一绝"。永平十七年（74），汉明帝派遣奉车都尉窦固率军破匈奴于蒲类海（今巴里坤湖），遂入车师，汉廷首次设戊己校尉诸官，以陈睦为都护，耿恭、关宠为戊己校尉，分别屯驻车师后部金满城（今吉木萨尔）和车师前部柳中城，并于河西丝路"立屯田于膏腴之地，列邮亭于要害之路"，恢复东西交通，是为"一通"。翌年，明帝去世，焉耆、龟兹诸国迫于压力，先后叛汉。陈睦被杀，金满、柳中屡遭攻击，西域重新陷入混乱，东西交通再次中断，是为"二绝"。章帝继位，下令撤回戊己校尉和屯田将士，只有班超等率领少数人在南道孤军奋战。建初三年（78），班超上书汉廷，请求统一西域，被采纳。汉廷再次出兵西域。经班超长达14年的努力，西域重新回到汉廷统辖范围。永元三年（91），汉廷任命班超为西域都护，驻龟兹；徐干为长史，驻疏勒；戊己校尉驻车师前部高昌壁（今吐鲁番东南），东西交通再次畅通，是为"二通"。安帝永初元年（107），汉廷撤销西域都护，匈奴乘机南下，重新控制西域，东西交通再度中断，是为"三绝"。元初六年（119），敦煌太守曹宗向汉廷请求发兵匈奴，班超之子班勇向执政者邓太后建议恢复与西域的联系，被采纳，延光二年（123），汉廷任命班勇为西域长史，率兵屯驻柳中，经4年努力，击溃匈奴势力。至永建二年（127），汉廷再度统一西域，恢复戊己校尉和伊吾（今哈密）司马，东西交通三复，是为"三通"。

④ 阖户：关门。辟门：开门。

⑤ 机键：比喻关键、要害。

⑥ 玉门关：故址在甘肃敦煌西北小方盘城。始置于汉武帝开通西域道路、设河西四郡之时。汉时为通往西域各地的门户。阳关：故址在甘肃敦煌西南的古董滩附近。西汉置，在玉门关之南，故名。和玉门关同为当时对西域交通的门户，为丝绸之路南路必经关隘。

⑦ 秦海：古秦地。古时秦海为内陆海，故名。《后汉书·西域传》李贤注："大秦国在西海西，故曰秦海也。"

⑧ 疏勒：古西域国名。汉时与于阗、龟兹、楼兰、车师等均为西域大国。辖域相当于今新疆喀什噶尔。其治疏勒城，是丝绸之路除楼兰外的另一重镇。

⑨ 姑墨：古西域国名。在今新疆阿克苏、温宿一带。国都南城，故址在今新疆阿克苏。汉先后属西域都护和西域长史。三国属魏，附于龟兹。南北朝作"姑默"。唐称"跋禄迦"，一名"亟墨"，于其地设姑墨州，属安西都督府。

⑩ 他途：别的道路。假：凭借。

⑪ 大凑：大都会。

由之路也。班超曰："龟兹可伐，葱岭可通。"汉欲得志于西极，非启西筦①，无与为邮②。是时康居、大月氏③、安息④、罽宾⑤之属，皆在葱岭以西。越国鄙远⑥，不督录总领于都护。而往来行程⑦，仅有三道⑧。舍⑨南道外，从玉门关西出发都护井⑩，回三陇沙⑪北头，经居卢仓因沙西北⑫，过龙堆⑬，到故楼

---

① 启西筦：开启取得东西联系的路径。启：开辟。筦：同"钥"，钥匙。

② 邮：通。

③ 大月氏：一作"大月氏"。

④ 安息：西亚古国名。位于伊朗高原东北部，曾为波斯属地，后为塞硫古国的一个省。公元前3世纪中叶，来自中亚的游牧民族在阿尔萨息的领导下起义，杀死塞硫古总督，建阿尔萨息王朝。我国音译安息，西方称帕提亚。公元前1至2世纪为西亚大国，扼东西交通要冲。曾与汉朝友好往来，而与罗马发生多次战争，抗击罗马东侵，保证了横贯东西长达七千多公里的丝绸之路的畅通和东西方经济文化的交流。公元2世纪国势转衰，公元224年被萨珊王朝所取代。

⑤ 罽宾：古西域国名。在喀布尔河下游和克什米尔，国都循鲜城（今查萨达），人口众多，军队强大，是邻近中国的大国。地处南道干线罽宾乌弋山离道要冲，是从中国、中亚、西亚进入印度次大陆的必经之地。汉武帝时，该国与中国已有交往，但因交通不便，汉朝大军难以抵达。汉成帝时，罽宾再度派遣使者于汉，要求通好。

⑥ 越国：犹跨国。鄙远：边远。

⑦ 行程：路线。

⑧ 三道：三条道。《通典·191·边防七》："前往西域有二道，自元始以后有三道。"

⑨ 舍：除。

⑩ 井：《国粹学报》原文作"并"，有误，迳改。

⑪ 三陇沙：位于敦煌和罗布泊之间，库木塔格沙漠东北部，扫帚状沙带收尾处，为三条带状沙山，东西、南北各10千米，呈东西走向，故称三垅沙。又名"三陇沙""三垒沙"，简称"三沙"。

⑫ 居卢仓：汉代著名的屯田藏粮之地，为穿越罗布泊者提供供给最后的大本营。位于库木塔格沙漠边缘。孟凡人认为：其遗址在罗布泊东北部的土垠，其职能一是仓储，一是交通站，处于西汉唯一交通主干线"楼兰道"的咽喉部位，是南北二道的分歧点。"它东通敦煌，西通渠犁、龟兹和乌孙，南通伊循接西域南道，北通车师连接西域北道，并可达天山北麓地区。"因：沿着。沙：指库木塔格沙漠。

⑬ 龙堆：亦称白龙堆。西域重地，位于罗布泊东北部。东西长20千米，南北宽近百千米，故丝路通道。《汉书·地理志》："白龙堆，乏水草，沙形如卧龙。"《周书·西域传》："鄯善，古楼兰所治……北即白龙堆路，西北有流沙数百里。"三陇沙至白龙堆，位于罗布泊以东、库木塔格沙漠以北一带。

兰①，转西诣②龟兹至葱岭，为中道③。从玉门关西出发，经横坑④辟三陇沙及龙堆，出五船⑤皆到车师界，戊己校尉所理安昌⑥，转西与中道合，是为龟兹新道。当日辟除之迹，至此已广。要不出乎龟兹国境⑦耳。

玉门阳关以西，山谷所隔，沙幕⑧所壅，道路以修阻称⑨。汉自阗关起

---

① 楼兰：古西域国名。位于新疆罗布泊之南，天山南路的东端，为东西交通之要冲。公元前3世纪左右建国。元封三年（前108），汉兵西征楼兰，俘楼兰王。楼兰降汉，又迫于匈奴，于是分遣侍子，在西汉、匈奴之间中立。汉昭帝元凤四年（前77），遣傅介子到楼兰，刺杀匈奴侍子安归，立汉侍子屠耆为王，改国名鄯善，迁都今新疆若羌附近。西汉派兵驻守楼兰境内，自玉门关至楼兰，沿途设置烽燧亭障。公元4世纪突然消失。1900年，瑞典探险家斯文·赫定最早发现楼兰古国遗址。

② 诣：到。

③ 中道：即楼兰道。《三国志·魏志》引《魏略·西戎传》载："从玉门关西出，发都护井，回三陇沙北头，经居卢仓，从沙西井转西北过龙堆，到故楼兰，转西诣龟兹，至葱岭，为中道。"孟凡人认为："自汉以来内地通西域主要复用楼兰道和伊吾道。西汉时期，由于伊吾道被匈奴阻断，所以只能用楼兰道"，"楼兰道始终是西汉通西域的唯一交通干线"。孟先生所称楼兰道，是指从敦煌之西的玉门关或阳关，越三陇沙，过阿奇克谷地和白龙堆，经土垠（居卢仓）或楼兰古城，沿孔雀河岸至西域腹地之路"。并将楼兰通道的经略分为初通楼兰道、打通楼兰道、控制楼兰道、健全楼兰道四个阶段，西汉"健全了在都护领导下，由居卢仓及沿线烽燧组成的防御体制，从而确保了楼兰道的畅通"。（孟凡人. 楼兰新史 [M]. 北京：光明日报出版社，1990.）巫新华则认为："楼兰道的出现标志着东西文化交流的主干道——丝绸之路全线正式贯通。"[巫新华. 西域丝绸之路：孕育文明的古道 [J]. 中国文化遗产，2007（1）：6，22-31.]

④ 横坑：又名"后坑"。玉门关西约10千米，疏勒河古河道，古"西湖"所在地，原为敦煌旧塞。向达记："小方盘城西行三十里为西湖，俗名后坑子。"

⑤ 五船：地名。车师语译音。《汉书·西域传》："元始中，车师后王国有新道，出五船北，通玉门关。"

⑥ 戊己校尉：守疆职官名。《后汉书·显宗孝明帝纪》李贤注："元帝置戊己校尉，有丞、司马各一人，秩比六百石。戊己，中央也，镇覆四方。亦处西域，镇抚诸国。"戊己校尉置于元康四年（前62）之后，罢于建初元年（76）春。《汉书·西域传》："是岁，元康四年也。其后置戊己校尉屯田，居车师故地。"《东观汉记》："耿恭，字伯宗。永平中（58—75）始置都护戊己校尉，乃以恭为戊己校尉。"《后汉书·肃宗孝章帝纪》："建初元年春正月，酒泉太守段彭讨击车师，大破之。罢戊己校尉官。"安昌：今新疆雅尔湖南15千米柏克布拉克遗址是其地。

⑦ 龟兹国境：以库车绿洲为中心，最盛时疆域相当于今新疆轮台、库车、拜城、沙雅、阿克苏、新和六县之地。

⑧ 沙幕：沙漠。

⑨ 修阻：道路遥远而阻隔。称：著称。

塞①，三百年间，务穹日所入处②，皆得遣使受吏③。于是连城比障④，骑置列邮⑤，锐意于交通机关。屯戍刑徒之徒⑥，尽执筑途⑦之役，因山岩石，柴木草落⑧，溪谷水门⑨，稍稍平治⑩之，以建塞徼⑪。依深险之处，开通行道，以设亭燧，烽火⑫之候望，传车之驰驱⑬，无不赖其便利。故西征所有事，务于夷⑭险阻，启山林⑮，以济行旅⑯。凡有途径，足以开拓者，土功之荒度⑰，曾无休息⑱。乌垒城在龟兹东境，适当西域之中心⑲。既据要津⑳设都会，规划二三百年，度必有坦途广驿㉑，砥平而矢直㉒者，资八达四通之便。虽修缮之工，时所

---

① 闿关：设置关口、关卡。闿：开。起：建造。塞：要塞；塞垣。

② 穹日所入处：犹天边。穹日：落日。

③ 受吏：接受汉廷所封的官吏。

④ 连城比障：为防御外敌入侵捍卫边陲，汉代要塞设有烽燧，即所谓亭障之制。烽燧建筑坞障，形同小城，故曰连城。比：相连。障：起防御作用的城堡。通往罗布泊的烽燧亭障，是西塞（汉代西部长城）的发展和延续。既是军事防御线，也是交通线和供给线，更是西部政治、经济、文化交流的保障线。

⑤ 骑置：安排驿马。"置骑"倒置。列：设置。邮：古代传递文书的驿站。

⑥ 屯戍：驻防。刑徒：古称流刑为徒。

⑦ 筑途：筑路。

⑧ 因山岩石，柴木草落：《国粹学报》原文为"因山岩木，石柴草落"，有误，迳改。

⑨ 因山句：指汉代西部长城的三种修筑方法。第四种即堆土为垣。《汉书·匈奴传》："起塞以来，百有余年，非皆以土垣也。或因山岩石，木柴僵落，溪谷水门，稍稍平之，卒徒筑治，功费久远，不可胜计。"溪谷：有小溪或河流的低洼之地。水门：城墙下方通水之券门。顾炎武《昌平山水记》云："昔人斫大树倒着川中，……以巨木为栅，其外纵横布石，以限戎马，此汉郎中侯应所谓木柴僵落，溪谷水门者。"

⑩ 平：平整。治：修。

⑪ 塞徼：障塞，要塞。〔汉〕侯应《罢边备议》："建塞徼，起亭隧，筑外城，设屯戍以守之。然后边境得用少安。"

⑫ 烽火：古代边防军事通讯的重要手段。

⑬ 传车：古代驿站专用车辆。驰驱：策马疾驰；尽全力效劳。

⑭ 夷：铲平。

⑮ 启：开辟。山林：指有山和树木的地方。

⑯ 济：补益。行旅：指旅客；出行。

⑰ 土功：指治水、筑城、建造宫殿等土木工程。荒度：大力治理。朱熹《诗集传》："荒，治也。"

⑱ 曾无：不曾，同"无曾"。休息：停止。

⑲ 适当：刚好处于。中心：正中央。

⑳ 要津：比喻要害之地。

㉑ 广驿：驿馆。

㉒ 砥平：平直、平坦。矢：直。《诗·小雅·大东》："周道如砥，其直如矢。"

恒有，宁俟凿险缒幽①，劳苦士卒②，益何取乎勒碑刻铭，盛张③功业哉？此摩崖云者，残石缺文，莫由征而实之。其地其人，又弗经见于史册，顾字句之间，无害于义。就形势以考地址，准时代以绎故事④，岂必附会穿凿⑤，乃⑥可通晓也？盖都护所治，乌垒以东，筑城建关，有所谓东乌垒者，永寿延熹间，又于其地特除⑦白山新道。当事之将吏，作此以扬断山通路之美⑧，近告其成，远示所别，故人名地名与夫始终之月日、度支之数目胥详载焉⑨。曩者元始得五船新道⑩，而镇西诸使，求争捷径省道里⑪，更避白龙堆之厄⑫。土著酋长，颇以柱置⑬为苦，属与汉抗⑭。桓帝初年，承⑮班超战胜之余，龟兹之君臣，方服边使命令，克有此举。及乎纪功刊山⑯，用汉正朔⑰，以志其迹⑱。所称东乌垒关

---

① 凿险缒幽：比喻吃力不讨好。

② 劳苦：使辛苦。士卒：差役。

③ 盛：隆重。张：宣传。

④ 准：准定。时代：指汉朝某个时期。绎：推理。故事：汉代曾发生的旧事。

⑤ 岂必：何必。附会穿凿：将无关之事牵合在一起，进行解释。

⑥ 乃：才。

⑦ 除：开辟。

⑧ 作此：指摩崖石刻事。扬：称颂；传播。断山：凿断山体。美：善事。

⑨ 始终：从头至尾。月日：时日。度支：财政支出。胥：全部。

⑩ 五船新道：指车师通往玉门关的一条通道，元始年间戊己校尉徐普所开。起点是车师后王国（治今新疆奇台县），是从奇台县通往玉门关的一条道路。奇台在天山以北，通玉门关必须先越天山，所越隘口为五船北。由五船向玉门关，向东南，与白龙堆擦肩而过。徐普所欲开新道，指即从奇台出发，东南过天山，历鄯善，过库鲁克塔山，至玉门关。

⑪ 省：节省。道里：路程，里程。

⑫ 厄：阻隔。白龙堆西北有流沙数百里，故言。

⑬ 柱置：当道。

⑭ 属：联结。汉：指汉王朝。抗：对抗。戊己校尉徐普欲开，以省道里，却遭到车师后王的抵制。车师后王拒绝的理由有二：一是"以当道为柱置"，就是地处通道的咽喉、要冲，来往行人太多，就像鄯善国一样，增加人民负担；二是车师后王国与匈奴南将军接壤，双方关系特别是牧场很难截然分开，还受匈奴挟制。车师后王姑句拒绝，徐普强行，双方矛盾激化。姑句即突出高昌壁，降匈奴。王莽篡汉前，为新都侯，遣人至匈奴，要求交出姑句等二王。单于谢罪，送姑句等于西域恶都奴（约在今哈密西）界上。王莽不听劝告，陈军斩姑句等。于是西域诸国反，匈奴乘机南下，统治了部分国家，汉朝经营了一百多年的西域，迅速断送于莽手，反而将要开辟的"五船道"，不得不终止。《汉书·西域传》见载。

⑮ 承：顺接。

⑯ 刊山：摩崖石刻。

⑰ 正朔：指汉桓帝帝王新颁历法。

⑱ 志：记录。迹：事迹。

城，非复都护治所也。所凿山石，尤非往日之故道。碑中八月一日始断山石作孔云云，索其语意①，孔下当为道字。颜师古②曰："孔道者穿山险而为道，犹今言穴径③耳。"是亦足为孔道之证。□百万钱云云，述其土用之费④。人民喜长寿亿年宜子孙云云，义取祷祝，文在五六两行之间，词可直接，其中似无脱落。本石上端，京兆长安淳于伯□作此诵，即指下石⑤而言。二石固相连属⑥欤。

西域自汉武以后，渐入东土⑦之版图。沙幕天山间，凡汉使所开拓，皆有纪功之石指路之碑。当时作者之姓名，与其年月，大都无所纪注⑧，其淹没与摧毁者，何可胜计？近世荒塞穷边⑨，多设郡县治所⑩。人迹能至，道途不迷⑪。而《敦煌太守裴岑碑》⑫《沙南侯护碑》⑬，先后发见，殊为金石家所重。此摩崖者发见尤晚，词虽不完⑭，大旨略具⑮。而东乌累关城⑯之地名，尤足补范史所缺。言西北地理者加以考证之力，其于形势、故事，必有合⑰矣。予既释文，乃

---

① 语意：话语的意义和情味。

② 颜师古（581—645）：名籀，以字行，陕西西安人。唐初经学家、训诂学家、历史学家，曾为《汉书》作注。

③ 穴径：在山中凿出通道。

④ 土用之费：工程所花费用。

⑤ 下石：下面的那块石刻。

⑥ 固：本来。连属：犹结合在一起。

⑦ 东土：中国古称。

⑧ 纪注：记载，标注。

⑨ 荒塞穷边：指西北偏远地区。

⑩ 治所：郡或县作为地方政府的驻地。

⑪ 道途：道路。不迷：清晰易辨。

⑫ 《敦煌太守裴岑碑》：简称《裴岑传》。原立于新疆维吾尔自治区巴里坤县石人乡石人村。清雍正年间，岳钟琪奉命屯兵驻守巴里坤，发现此碑，移至关帝庙中。乾隆时，该碑拓片传入北京，从此碑文得以流传。碑今存新疆维吾尔自治区博物馆。

⑬ 《沙南侯护碑》：碑在哈密西百三十里之焕采沟（棺材沟）。也为摩崖汉碑，汉永和五年（140）刻。清道光十五年（1836），伊犁将军萨香林经此，始拓此碑，以贻京官，中原士大夫始知此碑。

⑭ 词：单字。完：全。

⑮ 大旨：基本意思；主要含义。略：大致。具：明白。

⑯ 东乌累关城：黄文弼《释刘平国治关城诵》："关城当即指克衣巴杂附近旧城，名黑太克尔，义谓汉人城，城距建关 30 千米，在关之南偏东，均旁博者克拉格沟水，沿岸之石垒亦在此线上，因沟旁均为石碛，不适宜建城，故建关于沟口，而建城于平野。我根据城中陶片，断为公元 2 世纪之遗物，是城与关修建时代约略相当（设关于永寿四年，即公元 158 年）。"

⑰ 合：契合；吻合。

系以说。私意所商榷，务求所安①，若武断于字迹之形似，毋宁任其缺焉。

此篇将付刊，适邓生秋枚②，方得双麓山馆墨本③，缩印上铜④，出以示予，并录王叶⑤二生所释文，及双麓山馆所审订者。互为比勘，不无异同⑥，益疑所从⑦，莫与决择⑧。以予读碑，稍稍会有心得，属其重复校释⑨，将求精确之谊⑩，以为定本焉。予谓三氏之说，自有⑪见地，顾所参考，犹未之详，似于当时地理事实，间失⑫要领，是以曲为诠解⑬，宜乎无所合⑭也。况椎拓粗劣，往往误人，墨迹疑似之间，弗具真相⑮，则毫发千里，终致不可究诘⑯。古来金石文字，言人人殊⑰，视其所遇之拓本为质证⑱，义或可取，则执以弥缝残缺。考据家增绎一字⑲，功若可居，其是非之当否，盖亦不暇辨矣。予所得本，拓工⑳极精，勾勒颇可观㉑。其笔画泐蚀㉒仅存偏旁者，未尝遽拟一字以实之㉓，

---

① 安：合理。

② 秋枚：邓实（1877—1951）字，号君实，广东顺德人。廪贡生。光绪末创办《政艺通报》，宣传民主科学思想。后与田北湖、黄节、章太炎、马叙伦、刘师培等创立国学保存会，主编《国粹学报》。

③ 墨本：碑帖的拓本。

④ 缩印：将影像印制到比原画面小的面积上。上铜：用铜版油墨印刷。

⑤ 王：指王仁俊。叶：指叶昌炽。

⑥ 不无：犹颇有些。异同：不一致。

⑦ 所从：所往、所向。

⑧ 莫与：不与。决择：采纳。

⑨ 属：嘱咐，叮嘱。通"嘱"。重复：再次。校释：校勘释读。

⑩ 谊：同"义"。

⑪ 自有：各有。

⑫ 间：偶尔。失：不得。

⑬ 是以：因此。曲为诠解：曲解。

⑭ 宜乎：当然。无所合：不相吻合、契合。

⑮ 弗具：弄不清。真相：指摩崖上字的本来形状。

⑯ 究诘：深究追问。

⑰ 言人人殊：对同一事物，各有各的见解。犹仁者见仁、智者见智。

⑱ 质证：凭据。

⑲ 一字：一个字。

⑳ 拓工：拓印的工艺。

㉑ 勾勒：指字的轮廓。可观：值得看；可以看。鲁迅《书信集·致台静农》："但所谓'可观'者，系指拓工而言，石刻清楚，而拓工草率，是为不'可观'。"

㉒ 泐：石头被雨水侵蚀出的纹理。蚀：损伤、亏缺。《说文》："蚀，败创也。"

㉓ 未尝：不曾。遽：仓促。拟：凭揣测而推断。一字：一个字。实：填实。

故所释文，较王叶为独少。就中异文①，径庭②实甚。予固谫陋③，不敢强就④于彼此，更举所疑，与博雅君子⑤商榷焉。

叶氏释出一百三字，较予多十四字，第一行第十四日字，第三行第一石字又第三卑字又第十三利字又第十五从字，第四行第一二寸、谷字又第十四五六至、八、日字，第五行第一二三以、坚、固字，第八行第一将字，是也。就中石、卑、谷字，皆右偏相似，固予所不敢断⑥。余字仅得二三笔画，予益无从是非⑦之。特于文义事实⑧，犹待解⑨耳。其与予异释者，第一行七月壬戌作七月二十九日，按碑字七月发家之间，部位⑩甚短，字虽模糊，迹仅二字，字体确似壬戌。盖本年七月晦，实为壬戌也。汉晋碑版⑪，计日⑫必举干支，有称干支而不计日数者矣，若计日数⑬而不称干支，未见有此例也。赵当时之时作卑，程阿英之英作羌，此二字，予曩存疑，今卑字尤未确，羌字当足信也。始断山石之断字⑭，一释作凿，予按碑文，疑似于断、斱二字之间，可两存之，然不得用凿字也。万钱之钱作岁，此字金戈偏旁分明，文义于此，纪述工用之费，绝非岁字。直建纪此之建作速，与碑尾授字作披，皆于字体不相类。至上方小石十一字，并为释出。凡十字与予同。而淳于伯下增隗字，求之形迹，无可依据。后汉虽有其人，要之年代已远，不敢从⑮也。

王释一百二字，较多于予者十三字。七月下之廿、六、日三字，第二行末之莫、羌二字，第三行首之车字又行末之州、亭、得三字，第四行首之谷字又行末之至、廿、日三字，第五行首之以、坚、固三字，第七行末之比字，第八行首之将字。就中六、莫、羌、车、州、亭、得六字，及至廿日之廿字，并与

---

① 异文：不同的字。

② 径庭：相差甚远。《庄子·逍遥游》："大有径庭，不近人情焉。"

③ 谫陋：浅薄。予固谫陋：作者自谦之词。

④ 强就：勉强迁就。

⑤ 博雅君子：谓学识渊博、品行端正之人。

⑥ 断：下结论。

⑦ 是非：褒贬；评论。

⑧ 文义：碑文的意思。

⑨ 解：弄明白。

⑩ 部位：犹间距。

⑪ 碑版：泛指碑碣。

⑫ 计日：计算日子。

⑬ 日数：日期。如某年某月某日。

⑭ 断字：笔画断开来的字。

⑮ 从：苟同。

叶异。此亦疑似之间，各执一义而已。至于壬戌作廿六日，时作卑，程阿英之英作羌，前文予既有说，兹不复赘。若家作众，第三行当作宿，末行授作掖，殊未见其精当也。直建纪此之此作屯，碑文固不类屯字，惟与上方题额作此诵之此字，笔画一致，确无可疑。疑王当时未得上石①拓本，致有此误。且古碑中屯字，从无此体，尤不待辨者矣。以王叶释文，互相校证②，则王逊于叶。意其所见拓本，有优劣欤。王氏标目曰刘平国作孔记，历引两汉故事，据以诠释文义，殊多未安③。其谓公孙贺以左将军出定襄，辛庆忌以左将军使匈奴，复牵合龟兹王遣左将军救莎车之文，遂称平国为汉使④，而冠以龟兹名义。夫藩臣称汉，史不胜书。汉使而用外藩国名，非惟创见⑤，且亦事理所必无⑥。况碑文明言龟兹王左将军乎？又谓伊州通道，以哈密为古之伊吾⑦，既于地理不合，其至乌累，亦非数日可达。而置屯时代⑧，先后悬远⑨。必欲填补残缺，不辞⑩武断之嫌，此尤不可从⑪也。又谓第四行首谷关上有马旁形迹，疑其即为骆谷关。按骆谷⑫在傥骆道口，为关中三谷道之一⑬，自汉中往来关内外，非秦陇⑭之大道

① 上石：上面的一块石刻。

② 校证：勘校证实。

③ 未安：不安。

④ 汉使：汉廷派遣出使西域的使节。最早的汉使是张骞。

⑤ 非惟：不但，不仅。创见：指不可能见。

⑥ 无：说不通；没有根据。

⑦ 伊吾：即唐代蒲类县。故址在新疆昌吉回族自治州奇台县东北角。《后汉书·班超传》李贤注："伊吾，匈奴中地名，在今伊州纳职县界。前书音义曰'蒲类，匈奴中海名，在敦煌北'也。"

⑧ 置屯：设置屯卫。时代：年代。

⑨ 悬远：时间上相距甚远。

⑩ 不辞：文辞不顺。

⑪ 从：取法；听从。

⑫ 骆谷：山谷名。骆谷道，即傥骆道。汉魏旧道，南通蜀汉。其北口曰骆谷，南口曰傥谷。此道自今周至县西南沿骆谷水、傥谷水至今陕西洋县。谷道全长440里，为关中与汉中之间的交通要塞。唐宋时期进一步疏通，并在十八盘岭设骆谷关，置骆谷驿，驻巡司及弓手。明正德年间，官吏及军队被裁，道废。

⑬ 三谷道：除骆谷道外，尚有褒斜道、子午道二道。褒斜道：亦名斜谷道，其南口称褒谷，在褒城县北；北口称斜谷，在郿县西南。褒斜谷全长450里，为出入关中之要道。子午道：西汉平帝元始五年，王莽开凿。北口曰子，南口曰午，南北道路贯通汉中的西乡县，故称子午道。汉摩崖《石门颂》"高祖受命，兴于汉中，道又子午"即此。此外，秦岭谷道重要的尚有陈仓道等。陈仓道以道路北端入山处为秦汉时期陈仓县而得名。一名散关道、故道，楚汉时期刘邦"明修栈道，暗度陈仓"即此。

⑭ 秦陇：秦岭和陇山的并称。

也，其距天山南路，东西七千余里，岂可牵入龟兹驿路哉？又谓狄虎贲①以官为名。不知汉人命名虎贲，在当时为通常之名称，彼此相沿袭，是以汉碑题名，屡屡见之，非必官虎贲者乃称之也。碑纪凿石通道，作孔下自有缺文，不仅言作孔已。王氏引张骞凿空之文，及颜师古注，以为作孔之证。不知白山一带，叠嶂悬崖，苟开山洞，绝非十数日能穿。且作孔下又释作至廿日。以碑载时日计之，准②王氏七月廿六日之说，先后十六日耳，乃至廿日，得毋③自相矛盾欤？又作孔云者，于文不词，于事理更弗可解，何若叶氏题开道记之为当也④。沈氏谓山、石二字，以字之分寸计之⑤，疑是一岩字。予按山、石分离，恐非一字，盖审之久矣。全碑字体，大小参差⑥，其分寸不能密合⑦。然此岩与山石，意皆可通，宜两存焉。

夫残石缺文，本无定释。而摩崖之作，文与字画相拘绞者，尤易导人于迷⑧。其时代地址人物事实，既不可以移易⑨，则质证有据⑩，又何疑焉？考古者固无取乎豫存成见⑪，徒滋无谓之辨难矣！兹石以新发见之故，故勾勒完好，文义可诵⑫，诚他刻所不及。苟加洗剔⑬之功，从事椎拓，不难得其真相，为校勘地也。出世未几⑭，遽付摧毁，施氏重刻⑮一石，未知模拟何如，则初拓益可贵矣。北湖附识。

---

① 虎贲：勇士；守护王宫、君主的专职人员，或谓三百名。
② 准：依照，依据。
③ 得毋：莫不是，该不会。同"得无"。
④ 何若：哪里比得上。当：恰当。
⑤ 分寸：尺寸。计：考察。
⑥ 参差：不一致。
⑦ 密合：完全一致。
⑧ 导人于迷：犹言引人误入歧途。
⑨ 移易：改变。
⑩ 质证：犹求证。据：凭借。
⑪ 豫：同"预"。成见：固定不变的看法。
⑫ 诵：称述。
⑬ 洗剔：修整，整治。
⑭ 未几：未久。
⑮ 重刻：重新刊刻。

八、典志类

北湖土物志

位置

金陵城北之东隅①，依山为垣②太平③神策④二门间，覆舟⑤鸡鸣⑥诸山，蜿蜒四五里，折北为平冈⑦，六里至紫竹林⑧，台城之故址是也⑨。北湖在其下⑩，

---

① 隅：角。

② 为：筑。垣：城墙。

③ 太平门：位于南京城东北、玄武湖东南角，坐南朝北，单孔券门，连接龙脖子和九华山（覆舟山）段城墙。明初，此地为玄武湖一湾水泊，湖水直抵钟山脚下。明太祖建南京城时填湖为埂，作为出城大道，与南京城外天牢、刑部、都察院、大理寺、审刑司、五军断事官公署相通，并以此为正北门。因门临玄武湖东端，为通行，在湖中筑南北向太平堤连接玄武湖两岸。因此地为大明龙脉所在，故南京各城门外均有护城河，独此一门例外。是扼守钟山通向城内最近的通道，历来为兵家必争之地。1864，清军炸开此门东龙脖子段城墙，破城，而忠王李秀成携幼天王突此门出城。1911 年，武昌事起，徐绍桢所帅江浙联军率先攻打此门入城，宣告南京光复。新中国成立初门拆除。2014 年复建。

④ 神策门：明南京京城门名，在京城北之西；明南京城门中保存最善者。新中国成立后曾作为军事禁区封闭 70 年。1655 年改名得胜门。1931 年于神策门左侧开中央门，改神策门为和平门。2002 年修复开放。

⑤ 覆舟山：在玄武湖东南角，钟山余脉向西入城的第一座山，是南朝皇家园林乐游苑所在。古代因形似倾覆之舟而得名。一名龙舟山、卢公山、元武山。今辟为小九华山公园。[南朝宋] 鲍照有《侍宴覆舟山》诗。

⑥ 鸡鸣山：在玄武湖南，东连覆舟山，在南京城解放门内。因山势圆浑，状似鸡笼而得名。一名龙山、钦天山、鸡笼山。[明] 宋懋晋《名胜十八景图》中绘有《鸡鸣山》。

⑦ 平岗：今古平岗。

⑧ 紫竹林：位于南京城北，玄武湖之西。南朝梁时，此地座有耆阇山，山有耆阇寺。明崇祯年间，寺僧颛愚禅师于原址重建，因寺外古木蓊蔚，紫竹环绕，改名“大紫竹林禅院”。1667 年，江宁知府陈开愚于寺后山巅建“揽胜阁”“共赏亭”，并作《紫竹林碑记》。咸丰年间，大半毁于火，仅存三间僧房没于蒿草丛中。光绪年间，重建大殿并增建僧房。民国筑有围墙。1929 年重修。1931 年至 1937 年，被国民党占用，改为通讯学校。

⑨ 台城：本吴秣陵、晋建业故城，晋元帝置台省于此因名。齐梁以后为都城。故址：旧有的地址。[明] 李贽《与焦弱侯书》：“旧祠故址，废莫能考。”同 P171 注①。

⑩ 其：指金陵城。下：陆高水低，故谓之下。

水截城角，因而不满东北。湖东与北，又有群麓拥蔽①之，由东南斜而西北，起富贵山②之龙脖子③，历钟山之冈子脚，幕府④支峰之老山，止于蟠龙山，以限湖水。城缺东北，湖亦缺东北焉。于是全湖四周，仅有东、南、西三岸。割地方为矩⑤，旋折若磬⑥。地盘真形⑦，成一钝角⑧，以龙脖子为东角，百子亭⑨为南角，神策门为北角⑩，皆其边线相交之地也。

境界

缘边之界，东起龙脖子经太平门而西，至百子亭，是曰城根；大闸⑪在焉。

---

① 拥蔽：壅塞遮蔽。

② 富贵山：钟山余脉，在太平门东侧，地处明故宫北侧。古名万岁山、龙尾坡。《金陵省城古迹全图》标作"龙广山"。

③ 龙脖子：在富贵山墙外山坡。此处地势险要，易守难攻。明初建都时，城墙横跨天保山和富贵山之间。洪杨称乱，太平军筑地保城于此，与钟山北高峰天保城相上下。西临中湖，南靠城根大路，北沿孤凄埂南侧，为一片凹地。当时筑有石垒三座，外围壕沟三道，置梅花桩。龙脖子城墙向东转弯与中山门相连，屏障南京城东北角。1864年湘军炸城攻入南京，即此处。

④ 幕府山：在南京中央门外。南临狮子、清凉二山。西北临江，峭壁陡岩，地势险要。靠江边多石灰岩，故又称白石山。世传王导从晋元帝渡江，建幕府之所在，因名。东晋叛乱时，苏峻作乱，征西将军陶侃讨伐并监军于山下，筑有白石垒，故名"白下城"。

⑤ 割：裁。地：指玄武湖内洲地。方：四角为90°为方，与"圆"相对。矩：这里引申为方形。割地方为矩：意谓裁玄武湖内五个洲的洲地，使各自呈方形。

⑥ 旋折：盘旋曲折。磬：一种古代打击乐器和礼器，其造型酷似宗庙、宗族大典上虔诚的鞠躬之礼，故有"磬折"之说。亦可解作"盘旋状"，同"盘"。

⑦ 地盘：指玄武湖所占的地界。真形：指事物真实的形体。

⑧ 钝角：平面几何中指大于90°又小于180°的角。

⑨ 百子亭：百子之亭。南京街巷名，位于玄武湖之南角。相传亭内曾供奉送子观音，是古时人们求子之处。今有百子亭后小区和百子亭路。民国时期，徐悲鸿、杨公达、王世杰、桂永清公馆及法国、苏联、比利时诸国公使馆驻此。

⑩ 东角、南角、北角中三个"角"字，均指两条直线相交形成的点，立体几何中称顶点。

⑪ 大闸：指武庙闸，在玄武湖南城墙根。即台城水关，一称通心沟水坝。明洪武年间建。清代将府学旧址改做武庙，大闸因改"武庙闸"。是玄武湖主要泄水入城的水道，调节珍珠河水位的重要机关。

曲折之线，长一千一百丈，其隔城为覆舟山，乐游原①小营，灵福洞②，武庙③，鸡鸣寺④，鸡鸣山，晚香庄⑤，此南岸也。南起白子亭，北至神策门，是曰草厂⑥；金陵营之牧马场在焉。直线长九百五丈，其隔城为省三庵⑦，息息亭，紫竹林，此西岸也。北起神策门，过老闸⑧，逶东而南，行历龙窝⑨、蟠龙山西麓，老山南麓，李家沟御沟，行宫故址，护国寺，刑部牢，三法堂，冈子脚⑩，至于龙脖子，斜线长一千六百二十丈，是谓外滩，亦称行宫大道⑪，即东岸也。东南二岸之间，自冈子脚至太平门，南北相距二百三十五丈，孤凄埂⑫贯之，湖与东角划为二区，此东北隅者别为白莲池，独立于界外。全湖之境，去

① 乐游原：古乐游苑所在，是六朝帝王作乐、从事政务、观看演武场所。乐游苑源于东吴乐游池，由吴宣明太子所创，又名太子湖。东晋为药圃，刘裕与义军卢循交战时，曾于此筑防御工事"药园垒"。明帝司马绍为太子时，养武士于内，筑土为台，亦称太子西池。刘裕建立刘宋王朝后，整修西池，建真武观于覆舟山，使之成为乐游苑两个主要风景区。据《宫苑记》，当时山上建有阆风亭、甘露亭、瑶台诸胜。陈亡，为隋军焚毁而绝迹。其范围包括今和平新村、土壤研究所、九华山公园和原南京军区大院、小营空军大院一部分。
② 灵福洞：指武庙闸穿过南京城墙的涵洞。涵管长140多米。旧有"灵福洞"三字钟鼎篆文金书。
③ 武庙：即明洪武初年所建之关羽庙，又称武夫子庙。1865年，改武庙。1869年，所建武庙有头门、戟门、正殿、启贤殿、官厅等，大、小房屋107间。其建筑格局、形制与朝天宫文庙相类。入民国，为国民党考试院院长戴季陶所看中，自1928年加以扩建，占地8000多平方米。新中国成立后，考试院旧址改为南京市人民政府所在地。
④ 鸡鸣寺：在覆舟山以西鸡鸣山腰。最早东吴在此建栖玄寺，南朝梁武帝建同泰寺，明初改为鸡鸣寺。山半有门，门旁有志公台，即施食台。清光绪间张之洞为纪念杨锐，于其侧建豁蒙楼。楼面山枕城，下临玄武湖，湖中凫雁，历历可数，南朝四百八十寺，此独占尽湖山之胜。民初建景阳楼，1928年山上改建为天文台。
⑤ 晚香庄：园名，故址在鸡鸣山北。据《陈去病诗文集》卷六，由南京人蔡太仆世松，于道光年间，筑于北极阁。蔡世松，字听涛，一字友石。生卒未详。嘉庆进士，选庶吉士，散馆改吏部主事，升郎中，转御史，出为安徽庐凤道，擢按察使，入补顺天府尹。曾主钟山、尊经书院讲席。
⑥ 草厂：即"草场"。《1928年最新首都城市全图》标有畜牧场、跑马场。
⑦ 城：指玄武湖西侧的城墙。省三庵：民国时为第五区第一段街巷名。位于玄武湖西侧，向北与大树根、龙庵、息息亭相连。
⑧ 老闸：在玄武湖北岸。由老闸穿湖底往南与铜钩井通，再由铜钩井穿湖而南，过太平门，向西至武庙闸。
⑨ 龙窝：在神策门外，湖头桥以东，今神策门公园以北地。
⑩ 冈子脚：1936、1946年南京地图均标作"埂子脚"。
⑪ 行宫大道：1946年南京地图标为"环湖马路"。
⑫ 孤凄埂：在玄武湖东，沿玄武湖之堤，自太平门至岗子村段。明朝时通往三法司堂必经之路。[明]吴应箕《留都见闻录》记作"孤栖埂"，[清]王曼犀《后湖志》及近人陈乃勋《新京备乘》记作"鸹栖埂"。孤凄埂上曾建牌坊，上书"贯城"二字。

其小部分，实周十八里强，面积仅得十九方里，为田一百三十顷。就中堤身洲址①，又占陆地二千四百七十亩，于是水面之真数②，约合七千八百三十亩。志称湖周四十里③，以今准之，不过得其半耳。夫水陆之变迁，事所恒有。顾此环抱之冈峦，隆起于地面者，二千年来，未尝或改，亦自丘壑分明，无从为之增减，旧说固不足信欤！况疏瀹之功，历久弗举，淤垫日高，下湿亦成涯岸，冬夏涨落之迹，广狭悬殊，吾所谓周十八里者，犹是水满之率也，霜降始槽，滩平可履，则又缩五六④矣。

地势

环湖皆山也，山脉发自钟山，分为南北二支。钟山之尖峰，高至七十三丈，所谓天保城⑤者，距湖东约里许。其北麓余势歧而西出，斜坡相望，拥抱原隰⑥，以承诸岭所分之水。北支山麓悉向西南，适当湖之东北二部，下趋无阻，故得以壑为归。若南支北东二麓，虽直⑦湖之西南，顾有城垣之限，半壁削成，势非穿石之雷⑧，无从泄其涓滴⑨。故冈绕峦回，不能受四面之倾注⑩，此潢污⑪者，实钟山北支之汇泽，而南弗与焉。且天然之地势，东北高于西南，在覆舟、鸡鸣山之过峡，若断若续之交，相夹成谷，遂为全湖之尾闾⑫，所以导水南流也。近湖之山，由钟山而蒋王庙⑬而驼坊山而老山而蟠龙山而幕府山，止于江岸，是为北支倚城之山。由钟山而龙脖子而覆舟山而鸡鸣山而七里坡而紫竹林

---

① 堤：《国粹学报》原文为"隄"，隶变后楷书写作"堤"。址：本义地基、基部。隶变后楷书写作"阯"，汉字简化后写作"址"。《说文·阜部》："阯，基也。"
② 水面：水的面积。真数：指合乎实际的数据。
③ 四十里：同 P247 注⑥。
④ 五六：十分之五、十分之六。
⑤ 天保城：在钟山中峰，紧靠城墙，金陵城最扼要处。洪杨之役，金陵一大劫。1853 年，太平军依钟山西峰而筑，以为犄角。环城所筑多为石垒，而尤重于此。钟山大城曰天保，山脊入城处曰地保。1864 年正月，曾国荃攻克紫金山天保城，调派各军，分扼太平门、神策门，城围乃合。1911 年辛亥之际，革命党人 6000 人，驱逐天保城、马群、孝陵之间。10 月 7 日，沪军先锋队赶至发起总攻。11 日，民军占据天保城颠，开炮遥击狮子山、将军署、北极阁等处，张勋北通，江督张人骏、江宁将军铁良走上海。
⑥ 原隰：广平与低湿之地。《国语·周语上》韦昭注："广平曰原，下湿曰隰。"
⑦ 直：同"值"。
⑧ 雷：急流。
⑨ 涓滴：极小量的水。
⑩ 受：接受、承接。倾注：指水从高处往低处流下。
⑪ 潢污：聚集而不流之水。
⑫ 尾闾：同 P15 注③。
⑬ 蒋王庙：同 P192 注③。

而狮子山①，止于秦淮河下游之东岸，是为南支。

源委

自湖东而北而西北，附近山水，成溪成涧者，一勺之微，十里之远，无不曲折来注也。诸源并发，以山脉界河槽，循其干线，可分为北东及东南三大源，就中东源最长，支渠亦最多，北源水势最盛。

1. 北源。发于十方庵余儿冈②两山之间，西流三百余丈至卖糕桥③，折而西南二百五十丈至东井亭④，又西经百岁坊，水势始盛，幅广可二十尺。经黄家卫折南，至神策门，幅广三十余尺。又南出老闸入湖；自源头至此，长一千丈有奇。右岸当幕府山南支百果山之西南。左当龚家山、蟠龙山之东北，会诸麓之水，俗称七里洪；由春迄秋，来源甚涌，夏雨暴涨，水流迅急，土人置牐束流，灌溉两岸之田，河面高于湖者八九尺，溢上牐版⑤，如瀑布然。

2. 东源。出钟山北麓之上五旗，即岔路口⑥之东南也，西北流二百丈至善司庙⑦，折西一百八十丈至王家村，有小水北来里许注之。又西三百六十丈至十字路，有小水自圆通观⑧西北流四里合上家湾诸水注之。折北而西南一百八十丈至藤子树⑨，有小水自观音庵北坡北流二里许至李坟东，合蒋王庙西流之水，又西北二里来会。又西南百二十丈至林庄南，有小水自单家庄南流注之，幅员广几二十尺。又西南为李家沟，又三百丈入湖；自源至此，约一千四百丈。左岸

---

① 狮子山：雄踞下关江边，古名卢龙山。[明] 朱元璋《阅江楼记》："宫城去大城西北将二十里，抵江干曰龙湾。有山蜿蜒如龙，连络如接翅飞鸿，号曰卢龙，趋江而饮水，末优于平沙。一峰突兀，凌烟霞而浸汉表，远观近视实体之状，故赐名曰狮子山。"

② 十方庵、余儿冈：在晓庄附近。1926 年年底，陶行知曾租赁余儿冈上的长生庵，创办晓庄师范第三中心小学。《1928 年南京近郊地形图》标作"十芳庵""余儿岗"。

③ 卖糕桥：中央门外 2 千米处，和燕路穿此。相传桥边元人卖糕于此，今讹作"迈皋桥"者。《明洪武京城图志》作"高桥"。

④ 东井亭：南京城北和平门外，南京六十六中附近。为南朝宋孝武帝上林苑地。20 世纪30 年代初，南京市小市区农会会址曾设此。《1902 年陆师学堂新测金陵省城全图》《1928 年南京近郊地形图》均见标注。

⑤ 牐版：闸板。

⑥ 岔路口：位于太平门外，钟山北麓。清时，为驻军营地。1936 年《南京近郊地形图拼合》标明，紫金山北岔道口，自西北往东南，由上五旗而下五旗而水洞庵，趋马群。

⑦ 善司庙：在孝陵卫西侧，洪杨之役被毁。陈作霖《凤麓小志》云："骁骑仓下地广数亩，可以屯营，即骁骑卫之校场也，俗呼营上。中有善司庙，道光末颇著灵应，因财神庙址而拓之。其地在今柳叶街、铜坊苑右侧，俗呼其地面善司庙。"近人杨心佛《金陵十记》认为"骁骑卫校场即今善司庙"。

⑧ 观：《1928 年南京近郊地形图》标作"庵"。

⑨ 藤子树：在太平门外，尧化门以西。1911 年武昌事起，沪军许崇灏据尧化门高地炮轰南京城，即此地。

诸小水皆由钟山及驼坊山北麓流出。右岸如善司庙、程家口①、单家庄诸小山，及蟠龙山东南麓，悉属土冈，其流出之水，鲜能成渠也。

3. 东南源。发于钟山天保城之东北，即自观音庵之西南脊也，西北流三百丈，经达公坟入平地，有小水自天保城西北流里许注之。折西南一百五十丈经徐坟南，有小水西北流注之。又西南经板仓北，水势始盛，幅广十七八尺，曲折而西，四百丈至黄家墟入湖；自源至此，约八百五十丈。左岸受钟山西北麓斜坡之水。右承驼坊之余势，无水可注矣。

此三源者，来自湖之东北二面，皆钟山、幕府之水所会合也。驼坊、蟠龙间隔其间，于是厮②为三渠。此外小源无数，其较长大者，北则有龙窝，东则有御沟；御沟者，湖东二源之夹道，隆起为护国寺③，南北分水，绕刑部牢而合流于行宫，源委亦三里许，注入湖之东岸者也。至孤凄埂以东，所谓白莲池者，板仓④在其北，三茅宫在其东，富贵山在其南；皆钟山东北麓之支峰也。三面倾注，汇而为池，复自孤埂下入涵洞，西北流注湖，是则东源之南源矣。俗称钟山北麓，有七十二沟，今故道已不可辨，且不如是之多。要之细流栉比，来路孔长，其容积之量，实倍于幕府诸水，故全湖之水，当以钟山为近源焉。

诸源既汇为湖，湖成三角形。东北恒浅，西南恒深。冬夏涨落之痕，出入几二三里。其中两大河槽，回绕五洲⑤，渔舟来往，以此为航路焉。自老闸以南，至于孤凄埂下，南北曲折，约十二里。其北段，在老闸、长洲间，秋冬落槽，成十八湾，洲南及东或浮大漾⑥，则径直矣。东西之道，自行宫码头而西，

---

① 口：《1928年南京近郊地形图》标作"凹"。

② 厮：分散，分开。通"斯"。

③ 护：《1928年南京近郊地形图》标作"佛"。

④ 板仓：位于南京城东北太平门外。明初，南京粮仓37座设此，仓皆以木板钉成，故名。明中山王徐达、岐阳王李文忠墓在焉。

⑤ 五洲：指南京玄武湖中五个绿洲。1928年顾容展编《实用首都指南》玄武湖条下记作"新、老、长、麟、趾五洲"，民国朱楔《汗漫集·金陵览古》说："洲旧时名称，西北曰老洲，西南为长洲。长洲前抱一洲，曰新洲；东二洲曰麟洲、趾洲。"刘纪文《五洲公园记》云"更长洲为亚洲，新洲曰欧洲，老洲曰美洲，趾洲曰非洲，麟洲曰澳洲，总名之曰五洲公园"，张妙弟《中国国家地理百科全书》"五洲公园，以梁洲为美洲，环洲为亚洲，樱洲为欧洲，翠洲为非洲，菱洲为澳洲"同。总而言之，环洲曾曰长洲、亚洲；樱洲曾曰新洲、欧洲；梁州曾曰老洲、旧洲、美洲；菱洲曾曰麟洲、太平洲、澳洲；翠洲曾曰后洲、志洲、趾洲、陆趾洲、非洲。再法国传教士方殿华父Louis Gaillard绘制的1898年《江宁府城图》标新、旧、莲蕚、龙引四洲，其中，龙引洲当指菱洲，莲蕚洲当指环洲及其东抱之樱洲的合称。又《民心》半月刊第1—2卷合刊《后湖考》序中"外"（洲）似为"志"字之误。

⑥ 漾：苏浙诸省东南沿海方言，指水泽、水湾。大漾：指大水湾。

穿虹桥历老后二洲长团二间①，浮大漾至大闸②，曲折约七里；大漾者，五洲之西，逼近台城，湖水最深处也。是为全湖之中洪，东西约广二里，南北约三里许，夏令深至丈许，冬期浅至五尺许，菱藕不育，鱼鳖所栖，五洲之民，以兹为渔场焉。湖水自此南流，南倾泻入城，宣泄之机关，由大闸而灵福洞，相距七八十丈，建筑工程最称完固。闸东有月堤，堤列六门，闸下石瓮③，置紫铜管，管径六尺，长二丈，管北④潴于天井，井长东西四面石壁高三丈许。又北经台城下石瓮，所谓灵福洞也；洞在武庙东，当鸡鸣、覆舟两山之断峡，由此堤落四尺许，将至平地，南流成渠，古之枕潮沟⑤也。又南三里，与珍珠河⑥会，南唐之运粮河也。东折二里，出太平桥，经大影壁南至竺桥⑦，与琵琶湖⑧入城之水会。又南五里许，历天津桥⑨复成桥东，会明故宫之五龙桥⑩水，又东注于秦淮河，此全湖之尾闾也⑪。

---

① 老后二洲：指梁洲和翠洲。长：指长洲。团二：指菱洲和翠洲（志洲）。陈乃勋《新京备乘》卷上"俗呼菱、志二洲为团洲"，是也。

② 大闸：指武庙闸。

③ 石瓮：旧时在穿城涵管的上方的城墙内，有瓮室一座，呈拱形，南北向，高约 4.5 米，长 9.7 米，南北被堵之底各 6.5 米，壁面城砖侧面均无南京城墙常见的铭文，城砖尺寸较大，以青砖见多。（范金民，杨国庆，万朝林．南京通史：明代卷［M］．南京：南京出版社，2012.）

④ 北：向北。

⑤ 潮沟：孙权所开。因引江潮而得名，北端由覆舟山和鸡笼山之间与玄武湖相接。其一支于覆舟山南，经城北堑东行，与青溪相通，主流则南下，与运渎相接，约相当于今进香河一线。（薛冰．南京城市史［M］．凤凰文艺出版社，2022.）

⑥ 珍珠河：同前注。

⑦ 竺桥：始建于南唐，位于杨吴城濠东北面的转角处，在明故宫护城河最西北，为圆拱单孔桥。即今太平桥南街东首与珠江路交会处，横跨秦淮河。

⑧ 琵琶湖：富贵山以东。1928 年《南京近郊地形图》标作"前湖"，今为琵琶湖公园。是燕雀湖于明代被填后留下的水迹，因水面形似琵琶而得名。

⑨ 天津桥：初名东虹桥、虹桥，今称内桥，位于中山南路与中华路交接处，横跨青溪一支流之上。据明代《金陵志》记载，该桥为五代十国后唐皇宫前的桥梁，初名东虹桥。北宋政和年间蔡嶷重修。宋室南渡定都临安，宋高宗赵构设行宫于南京，东虹桥改名天津桥。内桥之名出于朱元璋称帝于南京时，先居南唐皇宫、后迁明故宫。古代皇宫称"内"，南通大内，故曰内桥。

⑩ 五龙桥：由五座桥组成。有内、外之别，均建于明初。外五龙桥位于南京明故宫前御道街瑞金路口。在明故宫南，为明代御河上的主要桥梁，沟通御道街南北。内五龙桥在午门内。

⑪ 原文有"未完"二字。

石炭考①

古人烹爨②，取火于薪③，薪亦为炭，炭者火烧之余木而未灰者也。《说文》及诸字书，并从兹义。汉以前之然料④，薪、炭二物而外，不复有矿物矣。经籍⑤简称曰炭者，专指木炭而言。周官掌蜃⑥与赤犮氏⑦所掌之蜃炭⑧，为阓圹涂泥之需⑨，虽以炭名，实则灰类，故不列于掌炭之炭物，示与然料别⑩也。及汉之世，乃有石炭发见，然博物之士，犹不能识。昆明池中之物⑪，胡僧⑫以为劫后之灰，其后火山区域，炭质著火⑬，始知其为然料。金冶埵⑭灶，就近取用

---

① 石炭：即煤炭。中国古称石炭煤。魏晋时期称煤为石炭，唐宋因之。以"煤"称之始于明，清普遍称"煤"，但仍有称"石炭"者。

② 烹爨：烧火煮饭。爨：炊具，相当于现在的锅。

③ 薪：木柴。

④ 然料：燃料。然，通"燃"。下同。

⑤ 籍：《国粹学报》原文作"藉"，有误，迳改。

⑥ 掌蜃：职官名。周设此官，掌收敛蜃物，供应蜃物。蜃：大蛤。有丧事，掌蜃官供应棺材上下左右防潮湿用的蜃壳；祭祀时，供应画有蜃图或用蜃壳装饰的祭器；抹墙时供应蜃壳灰（白粉）。见《周礼·地官·掌蜃》。

⑦ 赤犮氏：西周所设职官名。职掌除墙屋，以蜃炭攻之，以灰洒毒之，凡隙屋除其狸虫。见《周礼·秋官·司寇》。

⑧ 蜃炭：即"阓圹之蜃"，亦称"叉灰"，即以蛤壳烧成之炭或木炭，其作用与石灰同。

⑨ 阓：堵塞。《周礼·地官·司徒第二》："以共阓圹之蜃。"圹：垄墓穴。丧仪，挖好墓穴，往往于其内四壁及穴底涂洒蜃壳灰（白粉），以防棺木潮湿。[明]李时珍《本草纲目·介二·蚌》："其肉可食，其壳可为粉，湖沔人皆印成锭市之，谓之蚌粉，亦曰蛤粉。古人谓之蜃灰，以饰墙壁，阓墓圹，如今用石灰也。"

⑩ 然料：燃料。别：区分。

⑪ 昆明池：地名。在陕西西安。西汉元狩三年（前120），汉武帝在长安近郊模拟昆明滇池而开凿水池，池周40里。《三辅黄图》"武帝初穿池得黑土"即此。长安昆明池挖出煤，乃一重要发现。李约瑟认为这一事件表明发现了近乎煤炭的泥炭、褐煤。王国维《咏史》之九："汉凿昆明始见煤，当年赀力信雄哉。"

⑫ 胡僧：指法兰。[南朝梁]慧皎《高僧传·竺法兰》："昔汉武穿昆明池底，得黑灰，问东方朔。朔云：'不知。可问西域胡人。'后法兰既至，众人追以问之，兰云：'世界将尽，劫火洞烧，此灰是也。'"王国维《咏史》之九："于今莫笑胡僧妄，本是洪荒劫后灰。"

⑬ 炭质：炭的质料。著：着。著火：燃烧起来。

⑭ 埵：风箱的出风铁管。

之，而记载于地书图经者犹是视为物异焉①，洎②南北朝而石炭之名渐著。古今人杂称之曰不灰木③，曰石墨，曰香饼④，曰煤⑤，其异名如此，比拟无定词⑥，辨物未精之证也。

　　昆仑三支⑦之中，南北诸山脉炭矿⑧最富。而黄河以北随在有之，发见亦早于他处。初未尝椎山凿穴也，岩石土砾浮露⑨于地面者⑩，可以俯拾即得。古人于其形色、性质⑪，无从识别，若疑石固不可以然，然则木矣，故初时附之木类。《抱朴子》曰："南海之中，萧丘⑫之上，纯生一种木，为火所著，但小⑬焦黑，人或以为薪者；如常薪，而不成炭。炊熟则灌⑭灭之，后复更用，如此无穷。"郦氏《水经注》引《开山图》曰："徐无山出不灰之木，生火之石。"按注云其木色似炭而无叶，有石赤如丹，以一石相磨，则火发，以然不灰之木，可以终身；此皆石炭之事实，而以不灰木名之者也。郦氏又谓濕水之西溪水，导源火山，其中皆生不烬之木。其东溪东北流出山，山有石炭，火之热间樵炭⑮也；是时已有石炭之名。郦氏于此段文义，既曰不灰木，又曰石炭，前后异词，齐举并列，一若歧为二物者，杂引新旧二说，未暇校正欤？《太平寰宇记》曰："不灰木俗多称铤子，烧之成炭而不灰，出胶州。"按郦氏引《齐地记》"东武城卢水侧有胜火木，方音曰桱子，东方朔以为不灰之木"，正与此说相合。桱子者铤子之同音字，齐鲁语如此也。据此可知不灰木之名，在宋代石炭发达之世，犹有习用古称者矣。

---

① 地书：地理志。图经：指附有图画的书籍。物异：稀奇之物。

② 洎：至。

③ 不灰木：即无灰之木。

④ 香饼：一称炭饼、煤饼。[明]杨慎《升庵外集》介绍其制作方法为："捣石炭为末，而以轻纨筛之，以梨枣汁合之为饼，燃之可以终日。"宋应星《天工开物》云："煤碎如粉，泥糊成饼，不用鼓鞴，自昼达夜。……先取煤炭和泥做成饼，每饼一层，叠石一层，铺薪其底，灼火燔之。"

⑤ 煤：石炭可按硬度分"石炭"和"煤"两种，软的称"煤"。

⑥ 定词：固定的词。

⑦ 昆仑三支：同 P130 注⑨昆仑三支。

⑧ 炭矿：指煤矿。

⑨ 浮露：显露。

⑩ 地面：地表。

⑪ 形色：形态和颜色。性质：指化学成分。

⑫ 萧丘：在今广州白云区新市镇萧岗。

⑬ 小：同"少"。

⑭ 灌：浇。

⑮ 樵炭：木炭。

郦氏又谓豪水①出新安县密山，南流历九曲而东，入于洛。洛水之侧有石墨山，山石尽黑，可以书疏②，故以石墨名山矣。又曰冰井台上有数井，井深十五丈，藏冰及石墨焉。石墨可书，又然之难尽，亦谓之石炭。按后说谓石墨即石炭，则前说固同物也。据此可知自晋以后二名并称矣。

《归田录》③曰："清泉④香饼，人以一箧遗欧公。清泉地名也，香饼石炭也，用以焚香，一饼之火可终日不寒⑤。"按石炭之用，至宋已广，北方颇资为然料，且有矿税之征，其时官书私著皆称石炭。此云香饼者，盖一方之异言也。

元本《彰德府志》曰："安阳县龙山出石炭，入穴取之无穷，炭有数品，其坚者谓之石炭，软者谓之煤，气愈臭者然之愈难尽；水可以煎矾⑥，终不若晋绛⑦者云。"按煤字不见于字书。宋元史所称石炭煤窑，皆作煤字。既称石炭，又连称煤窑，一物而分二类，由来久矣。《玉篇》⑧煤炱⑨煤也，《韵会》⑩煤炱灰集屋者。《吕氏春秋》："孔子穷于陈蔡之间，颜回对曰：'不可。向者煤室⑪入甑⑫中，弃食不祥。'"高诱注曰："煤室，烟尘之煤也。"《素问》黑如炱者死注"炱谓炱煤也"，是煤字当作煤，乃梁上烟煤之名，世人以之称石炭。盖象软炭之形，故假借其字，示别于坚块之炭。石炭之细屑者，与烟炱正相似也，煤则煤之别体字耳。

元宋以前，石炭之发明⑬，盖千五百（年）矣。曰不灰木者，为其性质相似也；曰石墨者，为其形色相似也；曰香饼者，指其形质与功用而言也；曰煤者，合形色性质而定其品类也。识别日以精，名义日以当。此随时代而进，其次第若甚明矣。至于石炭之名，不知所昉。然自魏晋及六朝间，其字恒见于传

---

① 豪水：即今安徽凤阳县东濠河，发源于阴陵县（今定远西北）。

② 书疏：奏疏；信札。这里作动词用。

③ 《归田录》：宋欧阳修撰。

④ 清泉：今湖南衡阳。

⑤ 寒：《归田录》卷二原文作"灭"字。

⑥ 矾：盐类。如明矾等。

⑦ 晋绛：晋州和绛州，治今山西临汾和新绛。

⑧ 《玉篇》：中国古代按汉字形体分部编排的字书，编者为南朝梁吴郡人顾野王。

⑨ 炱：火烟凝成的黑灰。朱骏声《说文通训定声·颐部》："炱，今苏俗谓之烟尘。"许维遹《吕氏春秋集释》卷十七"任数"条下注：煤炱，烟尘也。入犹堕也。

⑩ 《韵会》：元代黄公绍所编韵书《古今韵会》。黄公绍博洽古今，以《说文解字》为本，参以宋元以前的字书、韵书编纂而成，为字书训诂之集大成者。

⑪ 煤室：当作"煤炱"。毕沅曰："煤炱，旧本讹作煤室。"今从之。

⑫ 甑：古代蒸食用具。

⑬ 发明：阐述。

记。以此时代为断，事或然欤。是时犹有不灰木、石墨之说者，虽曰名从古义，未尝异其类也。《北史·王劭传》："劭表请变火曰：'在晋时，有人以洛阳火渡江者，世世事之，火色变青。今温酒及炙肉，用石炭，火木炭火，竹火，草火，麻荄火，气味各不相同。'"此当时石炭与诸薪火并用之证也。《豫章记》丰城县葛乡有石炭三百顷①，可以炊爨。按《后汉书·郡国志》豫章郡广城县章怀太子注引此文，作有石炭二顷，可然为薪。《释氏西域记》②曰："屈茨北二百里，有山③，人取此山石炭，冶此山铁，以充三十六国用。"陈张正见④诗曰"奇香分细雾，石炭捣轻纨"，唐李峤⑤诗曰"长安分石炭，上党结松心"，古人著录称石炭者如是，且入之诗歌，其为通用之名义，尤无疑已。《宋史·李昭遘传》曰："昭遘降知泽州，阳城冶铸铁钱，民冒山险输矿炭，苦其役，为奏罢铸钱。"是后世亦称之为矿炭也。

石炭至六朝，始供炊爨之用，而盛于宋代。矿场既设专官，又与木炭并列于夏税⑥，民间所需多矣。北方然料，薪木缺乏，而又遍产炭矿，故其采掘之业，遂较南方为盛。云南产者，仅于丰城⑦萍乡⑧见之；其他无所称焉。言北产者，散布燕晋鲁豫之间。《宋元故事》所谓煤窑办课以奉中宫者，史官盖屡书之。《老学庵笔记》曰："北方多石炭，南方多木炭，西蜀又有竹炭。"此以石

---

① ［南朝宋］雷次宗《豫章记》作二百顷。

② 《释氏西域记》：晋朝道安撰。

③ 屈茨：即龟兹。山：指突厥金山。《后汉书·窦融列传》："宪实空漠，远兵金山。听箛龙庭，镂石燕然。"杨前军《中国冶铁史（下卷）》说："建国初期，考古工作者在新疆维吾尔自治区库车县、拜城县一带可可沙发现汉魏冶铁遗址和旧城遗址，探知这一带横亘数十里，山中皆出煤铁，旧城西南堆积煤渣，城北煤渣堆积成阜。经考证，这里很可能就是《水经注》中记述的冶铁之山。"

④ 张正见（527—575）：字见颐，山东武城人。著有《明君词》等。［南朝梁］徐陵《春情》诗亦有此句。诗云："风光今旦动，雪色故年残。薄夜迎新节，当垆却晚寒。奇香分细雾，石炭捣轻纨。竹叶裁衣带，梅花奠酒盘。年芳袖里出，青色黛中安。欲知迷下蔡，先将过上兰。"

⑤ 李峤（644—713）：字巨山，河北赞皇人。有《李峤集》。其《咏墨》诗云："长安分石炭，上党结松心。绕画蝇初落，含滋绶更深。悲丝光易染，叠素彩还沉。别有张芝学，书池幸见临。"

⑥ 石炭税：《宋史》见载。《宋史·陈尧佐传》载："徙河东路，以地寒民贫，仰石炭以生，奏除其税。"

⑦ 丰城：东汉置富城县，西晋改丰城县。今属宜春市。位于江西中部。煤藏丰富，为江西省重要的煤矿基地之一。

⑧ 萍乡：汉属宜春县。三国吴置萍乡县，元升州，明复为县。地处江西省最西部。有江南煤都之称。

炭为北方之然料，与《正字通》① 所谓西北方之石炭者，其说相合。由唐及明烧炭之风气可想见焉。

近世然料，由樵薪时代，渐入于石炭时代。江淮下流及近海之地颇兼用之。南方如楚蜀湘赣，北方如河北诸省，几几纯用石炭。北方名之曰煤，南方名之曰炭，蜀中亦曰岚炭。而煤炭二字连用之，则犹通俗之名义也。独于石炭视为古名，惟日本尚仍吾之旧称耳。不灰木、石墨、香饼之名词，久已不复用矣。今所谓不灰木者，在矿物中为石棉。所谓石墨者，在矿物中为笔铅②，俗或称为画眉石；皆有特质，不与石炭混也。

顾氏③《日知录》曰："今人谓石炭为墨，引《水经注》石墨亦谓石炭以为之证。"又曰石炭石墨一物也，有精粗尔。北人凡入声字皆转为平，故呼墨为煤，而俗竟作煤字非也。按顾说，但知石墨即石炭，而不知六朝以前最古之名词，又有所谓不灰木者，必执古义以合今名，强为之解曰墨炭有精粗之别，而斥作煤之非。至谓墨煤同音，为平仄之转，其于北语犹未精也。北语读仄如平，人尽知晓。特煤墨之间，音系互异。彼读煤字用轻唇音之开口者，与南音同，若墨字则有数读，或颇近唇齿如磨字开口而重浊，或如妹字而微轻，或如埋字重浊而长，皆与煤字不甚相似；自南人听之，几不能审。而燕鲁秦晋汴豫之殊，更无论矣。顾氏以石墨为古，知其一而昧于二，遽谓煤属烟炱，不能通之石炭。然则后世发明④之物质，未著于字书者，无所容其假借焉，不将无名以终古乎？即以石墨言之，于烟煤为同类，今假古字以象物形，义与例合，非不当也，顾氏所见，毋乃狃于一偏也？

---

① 《正字通》：是一部按汉字形体分部编排的字书，明末清初张自烈撰，廖文英合辑。计12卷。
② 笔铅：石墨可做铅笔芯，故又名"笔铅"。徐珂《清稗类钞·矿物类》："笔铅，矿物类，为天然纯粹之炭质，故名；性耐燃，制火炉等尤需之；亦称黑铅，常用之铅笔，即此所制；江苏丹徒之南乡产之。"
③ 顾氏：指顾炎武。
④ 发明：作为新事物、新方法加以使用的。

温泉略志①

地面②涌出之井泉，滥汍③正侧，自然④温暖，无时序之改易⑤，且不混合于寒流⑥者，世以温泉称之。古亦谓之曰温水泉，曰温池，曰温汤，最古谓之曰汤谷，曰温水，俗曰汤池，曰汤水，曰汤泉，曰热水井，曰热水泉，曰热水塘，曰热水池，曰暖水池，简称之则曰汤，以其热如釜中汤⑦也；此皆其异名也。其喷射如沸泉者谓之沸汤。按沸泉分数种，有自地面直上，高至数尺者，有吐沫浮泡者，有声响若雷雨者。凡非暖水不曰沸汤。其在河流上源，诸泉并发，同渠合流，而冷热不融，若有界线者，谓之半温泉，亦曰半汤；此又温泉之别类⑧也。

温泉穴⑨出，恒在山谷崖石中，平原则罕见焉。同岭之麓，或方里间，自数穴至数十穴，水脉所结，随地而涌，含热易涨，注入溪涧，以为河渠之上源。

---

① 《温泉略志》：总考天下温泉。我国古籍中记载地下热水的始见于《山海经》，有地点可考者为《海内东经》"温水出崆峒，山在临汾南，入河，华阳北"。近代地学学者，考证温泉分布者，始于1908年田北湖《温泉略志》，其中除去《水经注》所记载与今地相符者，著录近世温泉140余处。（李仲均．中国地热发现开发利用史［M］//《水文地质工程地质》编辑部．水文地质工程地质：第二辑．北京：地质出版社，1987.）1919年苏莘写《论中国火山脉》，附各省温泉表，载火山成因温泉74处。1926年章鸿钊根据《方舆纪要》和各省通志，分别辑录，计得温泉500余处，1939年陈炎冰著《中国温泉考》由地质出版社增订再版，所记温泉792处。20世纪70年代，大部分省区做了地热普查工作，到20世纪70年代末期，全国温泉总数增至2000多个。然而，这个数字明显偏低。根据北京大学地质学系地热研究室、中国科学院青藏高原综合科学考察队、中国人民解放军00939部队在青藏高原和横断山区的考察，仅这一地区的温泉总数就达1600个。估计全国温泉总数应介于2500~3000个之间。1986年中国能源研究会地热专业委员会统计，全国温泉总数3398个，内含台湾94个。（廖志杰．中国的火山、温泉和地热能［M］．北京：中国国际广播出版社，2012.）

② 地面：地表。

③ 滥：从正面流出。《尔雅·释水》："滥泉正出。"汍：从旁边流出。《尔雅·释水》："汍泉穴出，穴出，仄出也。"

④ 自然：犹天然。

⑤ 时序：季节变化的次序。无时序之改易：意谓不随季节的改变而改变。

⑥ 寒流：清冷的小河或溪流。

⑦ 釜：锅。汤：开水。

⑧ 别类：谓别的种类。《国粹学报》原文为"类别"，有误，迳改。

⑨ 穴：指孔道或地穴。

《说文》谓泉为水源。温泉亦与同类，故满而不溢者独少。最低之热度，沃于层冰无不立解[1]，其次能熟鸡卵[2]焖[3]牲畜，最高者乃至投米成饭；下流[4]数里，犹有余温。附近农田沾其一溉[5]，足以助长而早获[6]，且丰穰[7]于他陇[8]。至疥癣[9]之疾，与夫风痹邪湿[10]，浴之者瘳[11]，尤健皮肤驰筋络之良药也。地不爱宝[12]，井养不穷[13]。所以利民之用者，至厚极溥[14]，故地理家言特宝贵之。

温泉之水，多含矿类诸质，既传其热[15]，又为空气所乘[16]，于是涨力愈大热度愈高[17]。由宋以前，杨升庵[18]、苏东坡之徒，每引后周王裒[19]《温汤铭》，所谓白矾上澈[20]，丹砂下沉，清华驻老，飞流莹心；与夫郦氏[21]常有硫黄气之说，以为温泉所在，必有丹砂、白矾、硫黄为之根[22]，故蒸[23]为暖流耳。后来学者云

---

① 沃：水从上往下浇。层冰：犹厚冰。立解：立刻融化。

② 熟：用水煮熟。作动词用。鸡卵：鸡蛋。一作"鸡子"。

③ 焖：古代祭祀用肉，沉于汤中使之半熟。[宋] 沈括《梦溪笔谈》："祭礼有腥、焖、熟三献。"

④ 下流：向下游流淌。

⑤ 溉：灌溉。

⑥ 获：收获。

⑦ 丰穰：丰收。

⑧ 陇：土埂。这里引申为田亩。

⑨ 疥癣：疥和癣的并称。亦特指疥疮。

⑩ 风痹：中医术语。指因风寒湿侵袭而引起的肢节疼痛或麻木的病症。《说文解字》："痹，湿病也。"《灵枢经·寿夭刚柔》："病在阳者命曰风病，在阴者命曰痹病，阴阳俱病，命曰风痹病。"邪湿：中医术语。指长期居住在潮湿环境中导致的阳气受损而引起的相应的疾病。

⑪ 瘳：同"愈"。

⑫ 地不爱宝：大地不吝啬它的宝藏。

⑬ 井养不穷：把井治理好，则水源不枯竭。

⑭ 溥：广大，周遍。

⑮ 热：指热能。

⑯ 空气：大气。乘：压制。

⑰ 涨力：指温泉外溢之力。热度：温度。

⑱ 升庵：杨慎号。杨慎（1488—1559），字用修，四川成都人。《明史》有传。

⑲ 王裒：字伟元。山东昌乐人。生卒未详。《晋书·孝友》有传。著有《温汤铭》。

⑳ 白矾：中药名。外用可解毒杀虫，燥湿止痒；内服可止血止泻，祛除风痰。上澈：使水体上部清澈。《玉篇》："澈，使水澄也。"指白矾入水后的沉淀现象。

㉑ 郦氏：指郦道元。著有《水经注》。

㉒ 根：基本成分。

㉓ 蒸：指热气上升。

更杂合盐碱、石膏、土硝①、信石②诸质。其游观澡浴者，群谓白气蒸腾，水色浑浊，嗅之作硫黄气，尝之或咸或涩，衡其重量③倍于他泉。世俗相传，一一不爽④，顾于物质⑤之辨，成分之剂⑥，不能化而验之，有所确定。及证诸地质矿学诸家，最近之学理⑦，殊有合焉？夫温泉皆含矿质，山中宜有良矿，诚得发明⑧其间，则所利用不止一勺之润⑨已。

温泉之属于矿山固矣，而地质构造之理⑩，尤相系⑪焉。泉水之温，因乎地热⑫，凡所发生之地，皆为火山之脉⑬。近世地质学者，谓地心⑭热气，蒸发于石缝，与地层水脉相触接，使其所含之水，伏流⑮取暖，涨而上升，当火山喷吐时，泉水最热，即至烽熄烟消⑯，地底存留之脉，未尝俱尽，故泉温亦终焉不改。郦道元《水经注》，"温水篇"曰："西溪水导源火山，上有火井，南北六十七步，广减尺许，源深不见底，炎势上升，常若微雷⑰发响，以草爨之则烟腾火发，其山以火从地中出，故亦名荧⑱台矣。"本注又历数温水六泉，散见于东西麓，是灅水⑲流域古有喷火之山，并涌诸泉，由来已久。今千余年后，灰烬之迹殊不可得，而近畿以西，桑干故渎之出入长城者，其间颇多温泉。地相可征，涓涓不竭。上下古今事实，尤相合也。南北温泉，各以方聚⑳。若限于有定㉑之山界，果为古昔火山之脉所经无可疑矣。

---

① 土硝：硝石。亦称"火硝"，即硝酸钾。

② 信石：别名"砒黄""信砒""人言"等。此处指天然的氧化物类矿物砷化矿石。

③ 重量：犹密度。

④ 一一：一个个。不爽：指对矿物质的认识不重视。

⑤ 物质：物体的质地，犹物理性质。

⑥ 成分之剂：犹化学成分。

⑦ 最近：最新。学理：科学知识。

⑧ 发明：开采探明。

⑨ 润：利益；好处。

⑩ 理：纹理。《荀子·儒效》："井井兮有其理也。"

⑪ 系：相关。《瑜伽师地论》卷八："难可解脱，故名为系。"

⑫ 地热：地壳的天然热能。

⑬ 火山之脉：现代科学表明，地热带主要分布在新的火山活动区或地壳薄弱地区。

⑭ 地心：指地球内部。

⑮ 伏流：潜伏流动。

⑯ 烽熄烟消：指火山喷发活动结束。

⑰ 微雷：轻雷。

⑱ 荧：《国粹学报》原文作"荣"，有误，迳改。

⑲ 灅水：古名古漯水、治水、漯湡水、桑干河。1698年，改为永定河。

⑳ 方聚："方以类聚"省文。谓同类事物相聚一处。

㉑ 有定：固定。

地壳之构造①，中国既先于世界，地质②愈古，地层愈厚，地心之火力愈微，热度亦愈缩。上古之大地震，至洪水而静止，山泽变更，尽灭火山之迹。后之喷火吐焰，时或死活③者，大抵僻在边荒④。古人又不知夫火山之理⑤，著述缺焉。百年以前，最近之事实⑥，在黑龙江岸，则有察哈盐之活火⑦；在鲁魁山⑧中，则有赤阪之焦土。文人墨客，不过述异志怪而已，于是火山之名义，今古莫征⑨。余烬荡然，山川无语，今地理家未有闻见，因恶费词⑩，谓国内之无火山可言；盖深信之矣。夫亚洲山系，根据⑪中国，太平、印度二洋中著名之火山，同此上源，宁不以中国为发生地哉？顾火流地腹⑫，其脉潜行，足资吾人之考究者，舍温泉无属也。予别有中国火山考。境内温泉以昆仑南干⑬为最盛，而北干⑭次之，中干⑮较少。其在长江南岸者，自云岭⑯东麓，回环五岭⑰间，迳黔山⑱而尽于江宁句容⑲之际。其在黄河北岸者，自祁连、贺兰而东，迳晋燕之

---

① 地壳：地球最表层的部分。构造：形成。

② 地质：指地壳的质地。

③ 死活：指大地震之后陆陆续续的火山喷发活动。

④ 边荒：边远荒凉之地。

⑤ 火山之理：指火山喷发这一地质现象的原理。

⑥ 事实：实有的事。

⑦ 察哈盐火山：又名"查哈颜火山"或"察哈彦火山"，位于黑龙江北部呼玛河之北。清代乾隆、嘉庆年间曾有火山喷发活动。活火：指火山喷发活动。

⑧ 鲁魁山：山名。在云南省新平县。段木干《中外地理大辞典》："一作鲁奎。山极深峻，广约数百里，顶有泉，周围十八亩，大旱不涸。山上多果罗族居住。"

⑨ 莫：无从。征：考证。

⑩ 恶：厌恶。费词：饶舌；多费口舌。［唐］刘知几《史通·叙事》："费词既甚，叙事才周，亦犹售铁钱者。"

⑪ 根据：盘踞。

⑫ 火：指熔浆。地腹：大地深处。

⑬ 昆仑南干：同 P130 注⑨。

⑭ 昆仑北干：同 P143 注⑦。

⑮ 中干：同 P122 注②。

⑯ 云岭：一称大雪山，澜沧江、金沙江的分水岭。

⑰ 五岭：由越城、都庞、萌渚、骑田、大庾五大山岭组成，故称"五岭"。横亘湘桂、湘粤、湘赣，向东延伸至闽南。东西长约 600 千米，南北宽约 200 千米。是我国南部最大的山脉和重要的自然地理分界。

⑱ 黔山：黄山之别称。

⑲ 江宁句容：指江宁府句容县。句容为汉置县，历属丹阳郡、升州、应天府、江宁府。清因之。1983 年划归镇江，1995 年设市，由镇江代管。

交，历五台、泰戏①而下，北尽长白大山，南尽登州半岛②。其在江北河南者③，自秦岭入渭④，偏南而沿潜霍⑤，尽于和州、江浦间；此三部分之温泉，自然集合于一方面⑥。虽以带山为依附，而枯润多寡，视乎火山盛衰之脉，区示界画焉。地壳破裂，非火山不出温泉，地层改变，亦非温泉无以表火山。火山既死，余脉尚存，温泉其显然⑦者也。予求故火山⑧而不可得，故于《矿产志》中别述温泉以为之证焉。

中国矿山至富，而南北两戒⑨，又多火山潜伏之脉，温泉散布，宜不胜数。顾其所在，寂然无闻，盖非文士⑩所题咏，与夫游客所称赏⑪，未列名胜，罕有著者。舆地家昧于地文地理⑫，既以其细而忽之⑬，益有锢蔽，民滋⑭惑焉。曩者予过汤水，观其流泉⑮，曲涧炎炎，历三五里，引之灌田者，就之刑牲⑯者，亦尝家食其利。土著父老，乃作怨嗟之声，以能疗疾，至于远近争浴，朝夕烦扰，使无宁居；且谓汤神至灵，威不可测，岁食一人⑰，尤为荒诞。于是里⑱有温泉，号称不祥。苟新发见，几欲秘且塞之。吾因叹夫新井之不可复得，而古迹所以湮没也。日本故火山岛，颇以温泉著名。彼族重自夸耀，以劳来⑲远方之

---

① 五台：指五台山，在山西五台县。泰戏：山名，在山西繁峙县。《元和志》称“武夫山”，《寰宇记》称“平山”，《通志》称“大孤山”；山之东有“小孤山”。

② 登州半岛：即胶东半岛。

③ 江北：长江之北。河南：黄河之南。其在江北河南者，指昆仑中干。

④ 渭：渭河。

⑤ 潜、霍：行政区划名。指安徽潜山、霍山二县。

⑥ 一方面：指一个方向。

⑦ 显然：公开暴露之貌。《国语·吴语》韦昭注：“显，犹公露也。”

⑧ 故火山：指死火山。

⑨ 两戒：谓分成不相统属的两个部分。

⑩ 非：不是。文士：文人。

⑪ 称赏：夸耀，赞赏。

⑫ 舆地家：阴阳家。地文：地貌。地理：指地质科学。

⑬ 细：泉，象形字。甲骨文字形，水从山崖泉穴中流出貌。忽：忽略。

⑭ 滋：更加。

⑮ 流泉：流动的泉水。

⑯ 刑牲：祭祀杀牲。《明史·李文忠传》：“所乘马跑地，泉涌出，三军皆给，乃刑牲以祭。”

⑰ 岁食一人：意谓温泉之神每年吃掉一个人。

⑱ 里：家乡。

⑲ 劳来：招之使来。

人，相率资为生业①，吾民愚陋，何足责哉？学者归来，辄啧啧于东方温泉之盛，为本国所不逮，地书缺略②，奚以爱其土物焉？吾志温泉，意亦微矣。

《尔雅·释水》，备举诸泉，而温泉独缺。自《山海经》始称汤谷及温源谷，又曰温泉出崆峒山，古之言温泉者，当以此为权舆也。汉魏而后，博物家每称其奇异，辞赋遂采其典故，于是地志山经，稍稍收入③，至《秦记》④《魏土地记》《华阳国志》，先后记载。章怀太子注《范志》⑤，于牂牁⑥之镡封⑦，益州之黑水祠，安定之阴盘⑧，赵国之易阳⑨，魏郡邺县⑩之滏水⑪，皆据旧说以表明之。及郦道元注《水经》，具列井泉之事实，至博极精；凡诸小水，滥觞于暖流者，探本穷原，几无遗漏。若夫渟积⑫地穴，非有尾闾之泄者，则从缺焉。体例如斯，不为疏⑬也。夫温泉所在，南多于北。特是千余年前，中国幅员未广，文献之可征者，北不逾长城，南不达岭峤⑭，百越⑮滇黔，屏诸荒服⑯。士夫著录舆地，不能说其山川，况南北分割之际，江河大限，闻见不通。郦氏

---

① 相率：相继。《荀子·富国》："百姓诚赖其知也，故相率而为之劳苦，以务佚之，以养其知也。"生业：犹生计，职业。

② 地书：地理史料。缺略：缺失忽略。

③ 收入：指收录。

④ 《秦记》：即《三秦记》。

⑤ 章怀太子：指李贤（653—684）。曾注《后汉书》，《旧唐书》有传。《范志》，即《后汉书》，范晔所著，因称范志。亦称《续汉志》。

⑥ 牂牁郡：武帝元鼎六年（前111）开，莽曰同亭。故址在今贵州黄平旧州镇。

⑦ 镡封：汉置县，属牂牁郡。

⑧ 阴盘：汉置县，属安定郡。故治在今陕西长武县西北。

⑨ 易阳：汉置县，属赵国。赵国：汉代封国。汉高祖四年（前203），刘邦封张耳为赵隐王，都邯郸。景帝三年（前154），改赵国为邯郸郡，五年复为赵国，仍都邯郸。属地包括易阳、邯郸等四县。东汉建安十八年（213），国除。

⑩ 邺县：秦置县，属邯郸郡。西汉改属魏郡，东汉因之。初平二年（191），献帝以袁绍为冀州牧，镇此。建安十八年（213），曹操为魏王，都此。

⑪ 滏水：上游即今河北磁县滏阳河，下游西汉时东北至今肥乡县西入漳水，北魏前改在邺城（今临漳县西南）东入漳。左思《魏都赋》"北临漳滏"即此。元明后改为今滏阳河。

⑫ 渟：水积聚不流，指渟泓。积：水积聚不流，通"潴"。

⑬ 疏：疏忽。

⑭ 岭峤：五岭的别称。参 P314 注⑰。

⑮ 百越：南方诸族的泛称。

⑯ 荒服：古代"五服"之一。称离京师二千到二千五百里边远之区。亦泛指边远地区。《书·禹贡》："五百里荒服。"孔传："要服外之五百里，言荒又简略。"

生长河朔①，仕宦边廷②，历览撰注③，宜乎④详北而略南，乃所蒐集，未尝少间⑤。然则古之言温泉者，孰有比于郦书者哉？盖深知其关于地理重且要矣。阅历至于今日，地壳时时改易，宁无高岸深谷之观⑥，若夫未息之川流，其水脉必不独塞，上源⑦所引，大地具存，犹得循故渎而求穴口⑧，以供考古之助，功在郦氏，固甚伟也，故于篇首别录之。

涅水：三水县东有温泉⑨。

滱水⑩：温泉出代郡灵丘县⑪高氏山⑫西北暄谷，其水温热若汤，能愈百疾，故世谓之温泉焉。

㶟水：（一）武周县⑬东有汤井，广轮与火井相状，势热又同，以草内⑭之，则不然，皆沾濡露结，故俗以汤井为目。（二）昌平县⑮温水，出南坟下，三源俱导，合而南流。（三）桑干城⑯西渡桑干水十里，有温汤，疗疾有验。（四）代城⑰东北热水，出绫罗泽，泽际有热水亭。（五）无乡城北温泉水，上承温泉于桥山下。《魏土地记》曰下洛城⑱东南四十里有桥山，下有温泉，泉上有祭堂，雕檐华宇，被于浦上，石池吐泉，汤汤其下，炎凉代序⑲。是水灼焉无改，能治百疾；是使赴者若流。（六）居庸县⑳神山屋东有温汤，水口其山在县西北

---

① 河朔：古代泛指黄河以北的地区。
② 仕宦：做官。边廷：犹边地。亦作"边庭"。
③ 撰注：撰述和注解。
④ 宜乎：理所当然。
⑤ 少间：稍歇。少，通"稍"。
⑥ 宁无：怎能没有。高岸深谷：比喻事物发生巨大变化。
⑦ 上源：上游。
⑧ 循故渎而求穴口：犹追根溯源。
⑨ 三水县：汉置县，属安定郡。治今宁夏同心县红城水。
⑩ 滱水：水名，今之呕夷。古亦称"沤夷水"。源出山西浑源县南翠屏山，东南流入河北为唐河。
⑪ 灵丘县：汉置县，属代郡。今山西省灵丘县。
⑫ 高氏山：山名。亦名高是山。
⑬ 武周县：汉置县，属雁门郡。莽改恒州。故治在今山西左云县东五里。
⑭ 内：放进去。假借为"纳"。
⑮ 昌平县：汉置县，属上谷郡，故城在今河北省阳原县境内。今北京市昌平区。
⑯ 桑干城：汉置县，为代郡治。北魏废。今河北省张家口市阳原县龙凤坡村东北之黄土城遗址是其地。
⑰ 代城：在山西东北部。西汉称广武，后为雁门。元废县入代州。民国改代县至今。
⑱ 下洛城：西晋改下落县置，治今河北涿鹿县。桥山温泉，在河北涿鹿县桥山。
⑲ 炎凉代序：犹寒来暑往。代序：更迭。
⑳ 居庸县：汉置县，属上谷郡。治今北京延庆稍东。

二十里；右出温汤，疗治万病。泉所发之麓，俗谓之土亭山，此水炎热倍甚，诸汤下足便烂，人身疗疾者要须别引消息①用之耳。

沽河：右北平俊靡县②温泉，水出北山溪，即温源也，养疾者不能澡其炎漂③，以其过灼故。《魏土地记》曰徐无城东有温汤，即此也。按徐无县④北塞中有徐无山。所谓北山溪者，即徐无山之北麓，此亦火山也；郦注引《开山图注》言之甚详。且距㶟水流域仅隔一岭，其为代郡火山之脉无疑，尤为火山出温泉之证。

伊水⑤：陆浑县⑥温泉，出新城狼皋山之西南皋下，西南流会于伊水。

洛水：偃师县⑦南鄩水，出北山鄩溪，其水南流，世谓之温水泉。

漆水⑧：《开山图》曰丽山西北有温池。按丽山即华阴县之骊山，《三秦记》及《汉武故事》所谓骊山汤池池是也。

渭水⑨：霸陵县北温水，发自原下，入荆溪水，乱流注于霸。

汝水⑩：周平城南温泉水，入广成泽。

沔水⑪：沔阳县故城⑫东温泉水口，水发山北平地，方数十步，泉源沸涌，冬夏汤汤，望之则白气浩然，言能瘥⑬百病云。洗浴者，常有硫黄气；赴集者，常有百数十⑭。池水通注汉水。

---

① 别：另。消息：指能起决定性作用的事物，如药物等。

② 俊靡县：汉置县，属右北平郡。治今河北兴隆县东南。北魏废。

③ 炎漂：灼热的泉流。

④ 徐无县：汉置县，属右北平郡。治今河北遵化县东。

⑤ 伊水：今伊河，洛河支流。亦称"伊川"。流经河南洛阳栾川、嵩县、汝阳、伊川、偃师等市县。

⑥ 陆浑县：汉置县，属弘农郡。治今河南嵩县西北。

⑦ 偃师县：汉置县，属河南郡。明、清属河南省河南府。武王伐纣，于此筑城息偃戎师，因名。

⑧ 漆水：古水名。《寰宇记》始以源出今铜川市北，南流经市东至耀县南注入石川河的同官川为漆水，宋以后地志皆从其说。

⑨ 渭水：即渭河。

⑩ 汝水：即汝河。

⑪ 沔水：汉江之古称。

⑫ 沔阳县：南朝梁置。西魏置建兴，隋改沔阳。故城在今湖北沔阳县南。

⑬ 瘥：治愈。

⑭ 百数十：百分之几十。

潕水①：南阳鲁阳县②小和川东温泉水，水出北山，七泉奇发，炎热特甚。阚骃③曰县有汤水，可以疗疾矣，汤侧有寒泉焉，浑流同溪，炎凉异致。又胡木山东温泉口，水出北山阜，炎势奇毒，痾疾④之徒，无能⑤澡其冲漂，救养者咸去汤十许步别池，然后可入，汤侧有石铭云皇女汤，可以疗万疾者也。故杜彦达云然如沸汤，可以熟米饭，而愈百疾；道士清身沐浴，一日三饮⑥，多少自在，即《南都赋》所谓汤谷涌其后者也。

宛县有紫山，山东有一水，东西十五里，南北二百步，湛然冲满，无所通会，冬夏常温，世亦谓之汤谷也；非鲁阳及南阳之县故也。

涢水⑦：温水出竟陵之新阳县⑧东泽中，口径二丈五尺，垠岸重沙⑨，端净可爱，靖以察之，则渊泉如镜；闻人声，则扬汤奋发，无所复见矣。其热，可以燖⑩鸡。洪浏百余步，冷若寒泉，东南流注于涢水。

若水：邛都县⑪温水，冬夏常热，其源可燖⑫鸡豚，下汤沐⑬洗，能治宿疾，昔李骧败李流于温水是也。按《华阳国志》曰邛都县南有温泉，其源可燖鸡豚，即此泉也。

延江水⑭：温水一曰暖水，出犍为⑮符县⑯，而南入邕水⑰。

---

① 潕水：今河南鲁山、叶县境内的"沙河"。西汉以后称潕水。公元23年昆阳之战，王莽兵败于此，士卒赴水溺死者甚众。

② 鲁阳县：汉置县，属南阳郡。故治今河南鲁山县。

③ 阚骃：字玄阴。敦煌人。生卒未详。北魏著名地理学家、经学家。

④ 痾疾：疾病。

⑤ 无能：不能。

⑥ 饮：《国粹学报》原文作"饭"，有误，迳改。

⑦ 涢水：汉江支流。在湖北中部。源出大洪山，北流绕经随州折向南，经安陆到武汉市西新沟入汉江，长256千米。

⑧ 新阳县：南朝宋置，属颍州竟陵郡。今湖北省京山县治。

⑨ 重沙：层层沙粒。

⑩ 燖：用开水烫去毛。六合方言音钱。

⑪ 邛都：汉置县，属越嶲郡。治今四川西昌东南5里。唐改会川。

⑫ 燖：用火烧熟。

⑬ 沐：《国粹学报》原文为"休"，有误，迳改。

⑭ 延江：贵州乌江唐以前之旧称。唐以后称"巴涪水""涪陵江"。

⑮ 犍为：指犍为郡。西汉置，治故夜郎地。一作"楗为"。

⑯ 符县：汉置县，属犍为郡。今四川合江县西6里。

⑰ 邕水：即邕江。在广西邕宁县西南60里。源出如禾山，向北流入珠江流域西江水系最大的支流郁江。

夸水①：佷山县②石室温泉之水，合大溪南北夹岸，有温泉对注③，夏暖冬热。上常有雾气，痬疾百病，浴者多愈。父老传此泉先出盐，于今水有盐气。

温水④：温水出牂牁夜郎县。

澧水⑤：零阳县⑥北温泉水，水发北山石穴中，长三十丈，冬夏沸涌，常若汤焉。温水南流，注于澧水。

郁水⑦：温水出武林郡镡成县⑧玉山。

溱水⑨：水⑩出曲江县⑪北汤泉，泉源沸涌，浩气云浮，以腥物投之，俄顷即熟。其中时有细赤鱼游之，不为灼⑫也。

耒水⑬：除泉水，出桂阳县⑭南湘陂村，村有圆水，广圆可二百步，一边暖，一边冷；冷处极青绿，浅则见石，深则见底。暖处水白且浊，玄素既殊，凉暖亦异。厥名除泉，其犹江乘之半汤泉也。

便县⑮西界有温泉水，在郴县⑯之西北，左右有田数十亩，资之以溉，常以十二月下种，明年三月谷熟；度此三熟。其余波散流，入于耒水也。

补沽河⑰：居庸县⑱西北温泉，泉在山曲之中。

---

① 夸水：即佷山清江水。古称夷水。杨守敬考证，清江源于湖北利川，流经恩施、长阳，在宜都汇入长江。
② 佷山县：汉置县，属武陵郡。治今湖北长阳县西、清江北岸。
③ 对：彼此相向。注：倾注。
④ 温水：今南盘江。
⑤ 澧水：在湖南省北部。由三北、中、南三源流至桑植县龙江口汇合而成。
⑥ 零阳县：汉置县，属武林郡。故城在今湖南省慈利县零阳镇，以在零水之北而得名。
⑦ 郁水：即豚水，一称牂牁江。今北盘江。发源于夜郎辖境，今云南宣威。
⑧ 镡成县：汉置县，属武陵郡。治今湖南靖州西南。
⑨ 溱水：今广东北江。
⑩ 《国粹学报》原文"水"前有一"云"字，迳删。
⑪ 曲江县：汉置县，属桂阳郡。治今广东省韶关市东南。
⑫ 灼：烫伤。
⑬ 耒水：又名耒阳溪。
⑭ 桂阳县：晋置县，属桂阳郡。属今湖南郴州市。
⑮ 便县：汉置县，属长沙国。治今湖南永兴县。
⑯ 郴县：秦置县，属桂阳郡。西汉为桂阳郡治，故城在湖南郴州市区。民国复置郴县。
⑰ 下文所谓补沽河、补濡河、补河水、补耒水等，皆就补充前文内容而曰"补"。
⑱ 居庸县：汉置县，属上谷郡。治今北京延庆县城。

补濡水①：令支县②故城南温泉水口，水出东北温溪，自溪西南流入于小沮水③。

冀县④北温谷水，其水道⑤平襄县南山温溪，东北流，迳平襄南城。

新丰⑥县故城北鱼池水西（南）有温泉，世以疗疾。《三秦记》曰丽山西北有温水，祭则得入，不祭则烂人肉。俗云始皇与神女唾之生疮，始皇谢之，神女为出温水，后人因以浇洗疮。张衡《温泉赋序》曰："余出丽山，观温泉，浴神井，嘉洪泽⑦之普施，乃为之赋云。此汤也，不使灼人形体矣。"按汉之新丰，当今临潼县境。此温泉自汉唐以来，为著名之古迹，帝王多临幸之，世称华清池者在焉。鱼池在洛之下游，与漆水东西相直。郦志前文云鱼池水出骊山东，及引《三秦记》西北之说，未暇正其误也。又按骊山连麓，温泉甚多，后世但知临潼故事⑧，而其他无闻矣。茂陵故城之龙泉，亦出此山。郦云今人谓之温泉非也，此说未当。

补河水：高平⑨县东有温泉，泉东有盐池，故地理志曰县有盐官。

鄤水⑩：西出娄山，至东则暖，故世谓之温泉。

圣水⑪：上谷郡西南圣水，谷夏冷冬温。

沂水：阳都县⑫南温水，水上承温泉坂，而西入于沂水者也。按《论语》浴乎沂注云：地志以为有温泉焉，即其地也⑬。

---

① 濡水：一名曲逆水，即源出河北完县西北的祈河及其下游的方顺河、石桥河，东流与博水（今金线河）、滱水（今唐水）、易水会后，仍通称濡水。

② 令支县：今河北省迁安、迁西和滦县北部区域，古称令支。秦置离枝县，属辽西郡。汉改令支。

③ 小沮水，即今河北省迁安县东北冷口沙河。《水经·濡水注》云："沮水又西南，小沮水注之，水发冷溪，世谓之冷池。又南得温泉口，小沮水又南流，与大沮水合而为卢水也。"

④ 冀县：今河北省冀州市。

⑤ 道：指水流通过的途径。

⑥ 新丰：汉置县，属京兆尹。故址在陕西临潼县东北。

⑦ 鸿泽：巨大的恩泽。

⑧ 临潼故事：指唐玄宗李隆基和杨贵妃之间的爱情故事。

⑨ 高平：秦置县曰高都，属上党郡。北魏改高平。今隶山西省晋城市。

⑩ 鄤水：古水名。在河南省荥阳县境。

⑪ 圣水：古称燕水、琉璃河，即今大石河。圣水出上谷，故燕地。秦始皇二十三年（前224），置上谷郡，治今河北张家口市宣化区。

⑫ 阳都县：秦置县，属城阳国。治今山东沂南县南40里。

⑬ 此注出自朱熹《论语集注》。注云："沂，水名，在鲁城南，地志以为有温泉焉，理或然也。"

夷水①：夷道②县北武钟③山根石穴有温泉，入丹水④。

补耒水⑤：耒阳县⑥汉水冬温，东出侯计山。

浙江：会稽郡山阴县，寒溪之北，有郑公泉⑦，冬温。

右⑧郦道元所注温泉凡四十见，其中河源三十三泉，冬温者六泉，别引旧说以辩证者二泉。以山脉析之，在黄河以北，属于昆仑北干者十一。在河南江北，属于昆仑中干者十三。在长江以南，属于昆仑南干者十有六⑨。郦氏于南中事实，或非古人所记载者，并有增益。世称其仅长于西北地理，岂确论哉？郦氏而后，地书之言温泉者，都⑩无可观。苏东坡诗记所经天下温泉七处，以骊山为最。杨升庵记所见南中温泉凡数十处，又以安宁⑪为最。但以私意为评，复不详举诸地，盖古人于温泉识见狭隘，固如是耳。《吴录》曰始兴县⑫始兴山中出温泉可以瀹⑬鸡。《幽冥录》曰灵水⑭源出汤泉生物⑮投之须臾便熟。《齐地记》曰曲城东七十里有温泉水如汤煮物无不熟也。王孚⑯《安城记》曰宜阳县南乡有温泉焉，以温泉投之熟如煮也。自来掌故之士，摭拾零词，便矜一得，何足语于郦氏也？降及近世，考据地理者未尝加意著录，乡曲小民，复懵⑰于护持之故，其湮塞迷失于荒原穷麓者，何可胜数，搜求而咨访⑱之，乃至无从说起，亦

---

① 夷水：古水名，又名佷山北溪、清江，是湖北长江支流清江及其上游小河。

② 夷道：汉置县，隶南郡。治今湖北宜都陆城。夷：《国粹学报》原文为"夸"，有误，迳改。

③ 武钟山：古称望州山。在湖北宜昌西。

④ 丹水：俗称丹河、州河、浙江、均水等。源于陕西，注入汉水。

⑤ 耒水：古水名。周称雷水，汉以后称耒水，为湘江最大、最长的支流。

⑥ 耒阳县：秦置县，隶长沙郡。在耒水之阳，故名。

⑦ 郑公泉：在浙江绍兴若耶溪旁。

⑧ 右：以上。

⑨ 十一、十三、十有六：分别指十分之一、十分之三、十分之六。

⑩ 都：表示总括。

⑪ 安宁：指安宁温泉。又名碧玉泉，位于云南昆明。杨慎称之为"天下第一汤"。

⑫ 始兴县：三国吴置县。今广东韶关市辖县。

⑬ 瀹：煮。

⑭ 灵水：位于广西武鸣区。为全国三大恒温泉水湖之一。

⑮ 生物：活物。

⑯ 王孚（？—445）：字烈之，江西吉安人。刘宋志书学家。

⑰ 懵：不明。

⑱ 咨访：咨询访问。

地理学者之大憾已。以予所知，殊无十一①之足补，而热度②质剂③，莫由识别，冀为后来之导，姑略志之如左④，庶几愈于已焉⑤。

直隶省　旧志称近畿⑥二十二泉。未详，其地今无可考。

房山县西十五里大房山西南之伏龙穴，亦名龙城峪。

遵化州⑦（一）马兰峪、（二）福泉山。

沙河县⑧西北六十里之汤山。

昌平州（一）大汤山、（二）小汤山。

承德府（一）赛音沟即头沟、（二）黑茅沟。按此二泉者，热河之上源也。

朝阳府⑨西一百二十里之热河塘，丰宁⑩县境。

宣化府⑪东六十里，喜峰口⑫外之巴尔汉、独石口外；口外近蒙古界（一）哈贝、（二）约索克，获鹿⑬、井陉⑭间之棉水。

山东省

招远县境。

蓬莱县境。

山西省

汾州州⑮北五十里汤泉，一名隐泉。其山曰谒泉山。按此泉为汾河支流之别源，隐见不常。《尔雅》所谓泉一见一否为瀸之类是也。郦道元汾水注云：泉发两寺之间，东注津渠，隐没而不恒流，故有隐泉之名。实即此泉也，特未明言其为温泉耳。

---

① 殊无：超过。十一：十分之一。

② 热度：温度。

③ 质剂：犹化学成分。

④ 左：下。

⑤ 庶几：兴许。愈：超过。

⑥ 近畿：京城（这里指北京）附近。

⑦ 遵化州：清代行政区划名。今河北省地级市遵化市。

⑧ 沙河：古县名。1987年设沙河市，今属河北省邢台市。

⑨ 朝阳府：清末行政区名。治今辽宁朝阳。

⑩ 丰宁：今河北省承德市辖县。

⑪ 宣化府：清代行政区划名，属直隶省。

⑫ 喜峰口：位于河北省承德市。

⑬ 获鹿：古县名。治河北省石家庄鹿泉区获鹿镇。

⑭ 井陉：位于河北西部边陲。今隶河北省石家庄市。

⑮ 汾州府：位于山西省境。明清时期九府十六州之一。入民国，府废。

定襄县①东北圣阜山，其山挺然孤上②，有温泉，圣阜水出焉。按郦氏所谓圣水谷，此其今名也。

介休县③棉山，棉水源。

河南省

汝州州境

偃师④县境濠溪之莲池。按此即郦氏所谓濠溪之今名也。

伊阳⑤县境。即韩愈《孔戡墓志》所谓临汝汤泉也。

陕西省

临潼县骊山华清池旧有十六汤，今仅二汤。

郿县⑥东南四十里接武功⑦县界太白山金星洞，一称嘉祥洞，有温泉曰凤凰汤。

蓝田⑧县西南大兴汤院，泉侧有玉女堂。

甘肃省

宁州⑨州治。又州南百余里热水山之热水，西宁河源，平源城北，即古之柳阁。

灵台⑩县东三十里保严山温冷二泉，平源城北一里。

江苏省

上元⑪县东北三十里湖山二泉，俗称男汤女汤，龙潭小河之上源也。

江宁县东南六十里雁门东北，又东七十云里云穴山⑫之汤山六穴。

句容西北五十里射鸟山，又汤山东南麓皆喷温水。

江浦县西南之十里香泉镇附近鸡笼山之太子泉，一名香淋泉，明高祖赐名香泉，其地与安徽之和州接界。

---

① 定襄县：西汉置定襄郡，治今内蒙古和林格尔之北。唐置定襄县。今山西忻州市辖县。

② 孤上：犹孤高。

③ 介休县：汉置休县，晋改介休。位于山西晋中地区。

④ 偃师：秦置县，属三川郡。位于河南西部。

⑤ 伊阳：今河南汝阳。

⑥ 郿县：汉置县。故城在今陕西郿县东北。

⑦ 武功：战国置县曰美阳。治今武功县西北武功镇。今隶陕西咸阳。

⑧ 蓝田：古属雍州。今陕西西安辖县。

⑨ 宁州：西魏废帝二年（553），改豳州为宁州，治今甘肃宁县。今甘肃省庆阳市宁乡。

⑩ 灵台：隋置县。位于甘肃东部，原西北黄土高原地区。

⑪ 上元：南京自唐朝起下辖的一个县，与江宁县城同城而治。入民国，废入江宁。

⑫ 云穴山：《景定建康志》卷十七《山川志一·山阜》见载。

安徽省

巢县东北二十里新安乡汤山，一称半汤山。

英山①县东北五里；又西五里。

舒城县西七十里。

寿州东北十里紫金山②之温水涧。

庐江县西北五十（里）汤坑泉③；又西十里暖塘山下暖塘泉。

黟县黄山东峰下香溪，一称香砂水，在云岭西（即云门峰）；又④三里之紫云庵⑤，其西曰汤泉，东曰汤口。《府志》云乾隆二年，江北饥，逃荒男女，麋至⑥杂浴于汤，未几大雷雨数日即失所在，后有定僧⑦居池上日祷于神，至七年池水复出。按此泉或见或否，近世学者谓为间歇泉是也。

江西省

义宁⑧州西南百四十里武乡二十四都（一）石壁、（二）白沙湾，又东南八十里安乡十二都（三）长茅泉，又西一百八十里黄龙山下（四）秦清。

宜春⑨县西南三十里修仁乡汤泉里定光院南。

瑞昌县金城乡。

建昌县西八十里。

临川⑩县西二十里（一），又西四十里（二）龙会山。

南丰⑪县西南甘露寺共三泉。

南城⑫县东八十里（一），又东北八十里（二）灵泉山。

星子⑬县西二十五里（一）灵汤，又西三十里（二）黄龙山、北（三）主簿山在庐山之胡郎庙南穴口周一丈许。

彭泽县横山湖东暖水井。

---

① 英山：原属安徽六安，1936 年划归湖北黄冈。

② 紫金山：指寿州八公山，在寿州城东北 10 里。

③ 汤池温泉，古称坑泉。清顺治《皖志·庐江部》："庐江城西北五十里有汤池温泉，与舒城西汤池相对应。"康熙《庐江县志》："水极热，如沸汤然，作硫磺气。"

④ 又：《国粹学报》原文为"也"，有误，迳改。

⑤ 庵：小草屋。

⑥ 麋至：纷纷到来。

⑦ 定僧：坐禅入定的和尚。

⑧ 义宁：清代行政区划名。隶南昌府。辖域与修水和铜鼓二县相当。

⑨ 宜春：汉置县，属豫章郡。1985 年改宜春市，2000 年改袁州区。

⑩ 临川：隋置县。1951 年改抚州市。

⑪ 南丰：三国置丰县，又以徐州有丰县，故名南丰，属临川郡。今属江西抚州。

⑫ 南城：汉置县，属豫章郡。今属江西抚州。

⑬ 星子：五代杨吴设镇，宋升镇为县，属江州。2016 年设庐山市。

德兴①县茅山麓（一）暖水村，又新村畈（二）暖泉。

石城②县五里（一）东华山，又（二）桃枝、（三）九礤、（四）白水下、（五）牙梳山天池。

龙南③县一百五十里新兴保（一）热水湖，又三十五里上蒙保（二）汤湖，又四十里（三）龟湖，又一百四十里（四）太平汤泉，又羊岭自飞泉至麓随地皆有温泉。

安远④县符山保龚氏宅初坎极热、次坎可浴⑤，又太平保。

奉新⑥县西八十里九仙山寿圣禅院二泉，一温、一沸。

武宁⑦县西北八十里九宫山，接湖北通山县界。

湖北省

通山⑧县九宫山南。

京山⑨县惠泽中有汤泉，冬月在数里外望之，白气浮蒸如烟。

湖南省

湘乡县治西，温入涟水。

湘乡安化⑩二县间两穴，一清、一浊，合湄水⑪入涟水⑫。

安化县四泉在常丰乡者二，在常安乡者二。

桃源⑬县西北一百二十里常如沸汤。

祁阳⑭县治东北和平乡。

耒阳县平阳乡二泉，春夏温，秋冬沸。一曰男池，一曰女池。

临武⑮县东五十里温汤池。

---

① 德兴：南唐改德兴，隶饶州。2000 年改设市。

② 石城：南唐改石城。宋隶赣州。

③ 龙南：南唐改龙南，宋隶赣州。

④ 安远：南朝梁置，属南康郡。宋属赣州。

⑤ 清同治《安远县志》："其水发源山上，初坎沸如汤，手不可探，次坎热可性，三坎温平宜浴体，其气氤氲，如雾蒸腾。"

⑥ 奉新：南唐改奉新。今隶江西宜春。

⑦ 武宁县：位于江西西北，为江西第四大县。

⑧ 通山：南唐、置县，隶鄂州。民国划归湖北，今隶咸宁市。

⑨ 京山：今隶湖北荆门。

⑩ 安化：今隶湖南益阳。

⑪ 湄水：古称左谷水、塕水。为汉书支流。

⑫ 涟水：湘江中游的一大支流。

⑬ 桃源：今隶湖南常德。

⑭ 祁阳：三国东吴置。今隶湖南省永州市。

⑮ 临武：战国设临邑，汉高帝改置县。今隶湖南省郴州市。

宝庆府①隆四乡二都，水极腥热，郴州北二十里平地涌出。

宜章②县南五十里（一）大井头、（二）栗源堡，又南六十里（三）汤湖，又南七十里（四）杨家冲，又西五十里（五）麻田开山寺，又西六十里（六）桃花汤，又东二十里（七）温泉池。

兴宁③县西五十里。

椿阳县北三十里白芒。

城步④县东北二十五里温泉洞。

四川省

绥靖屯东六十里党坝土司境内，河长半里；打箭炉、巴塘东小溪街、里塘温塘水。

贵州省

普安州⑤东南二十五里深溪源出木家寨入乌泥江，又附近越山土司境内汤池出。

云南省

曲靖府⑥东南二十余里石堡山一名分秦山，泉宽二丈，沸如汤，或曰即东山河源。

永宁州北曹溪寺。

安宁州⑦西十里螳川上流。

东川府⑧西南三十五里富州南鹤庆治东木溪。

永昌府⑨西北二十里虎嶂山，又勒以老夷境、浪穹县境、宜良县境、象达县境、中卫县火焰山。按此山有古时喷火之遗迹者。

江川⑩县西三里龙凤山。

中甸⑪县五十里柁本郎。按此泉在大小中甸之西境。

---

① 宝庆府：湖南邵阳市旧称。
② 宜章：宋太宗置。今隶湖南省郴州市。
③ 兴宁：汉郴县地，宋由资兴改。今降为镇。
④ 城步：宋析武冈、遂宁地置。今隶湖南省邵阳市。
⑤ 普安州：明永乐年间以安抚司置，治今贵州省盘县双凤镇（原城光镇）。
⑥ 曲靖府：明改曲靖路总管府置。入民国，裁府设县。
⑦ 安宁州：元置县。治今云南省安宁市。
⑧ 东川府：明太祖设，属云南布政使司。清世宗雍正改属云南省。民国废。
⑨ 永昌府：南诏置。治今云南省保山市。
⑩ 江川：南诏置。今隶云南省玉溪市。
⑪ 中甸：地处云南省西北部，属云南省迪庆藏族自治州。

广西省

象州东六十里青山驿南半里热水村。

博白①县南三十里将军洞，土人名之曰飞鼠岩。

广东省

韶州府②西北四十里桂山一名桂原山，共三穴。

翁源③县东灵池山。

福建省

闽县井栏门外。

政和④县东南定漏泉。

浙江省

绍兴府东南八十里。

东三省

奉天省金州⑤貔子窝海口北、安东县西汤山汤池子。

吉林省长白山之白头山⑥，又千山⑦。

黑龙江省黑龙江南岸察哈盐岭山麓。按察哈盐岭为火山之脉，嘉道以前，犹未熄灭，临江石壁，烟焰腾发，舟行其下，持篙可引，土人称为神火，流人⑧记载中言之。

西藏

拉里热水塘，土名擦楮卡。江达⑨西磊达、乌苏间。按即墨竹工卡⑩之东与靖西关境内之亚东税关相迎⑪。

---

① 博白：古称白州。今隶广西玉林市。

② 韶州府：明太祖置，治曲江县（今广东韶关）。县六。

③ 翁源：位于广东省韶关市东南部。

④ 政和：宋改关置。今隶福建省南平市。

⑤ 金州：清设金州巡检司，后升金州厅。1913 年改金县。1987 年改大连市金州区。

⑥ 白头山：即长白山。

⑦ 千山：在今辽宁省鞍山市。千山温泉历史久远，清康熙年间有"汤浊可浴"之记载。

⑧ 流人：指被流放的人。此外，[清]方式济《龙沙纪略》云："察哈盐峰在黑龙江东北隅。山形如剖壁，面西南，背东北，峭削千寻，根插江底，土色黄赤，无寸草，腰亘两带，深黑火光出带间，四时腾炽不绝，大雨则烟煤入雨气中，延罩波上。巡查者舟过其下，续长竿取火为戏。"[清]西清《黑龙江外记》亦云："查哈盐峰在黑龙江城北九百里，峰上一穴，昼见焰，夜见火，嗅如石灰，色黄白，捻之成屑，不识为何物。"

⑨ 江达：县名。位于西藏自治区北部。

⑩ 墨竹工卡：位于西藏中部、拉萨河中上游米拉山西侧。

⑪ 相迎：相对。

右①所记近世温泉一百四十余处，皆自地方志乘私家著述，搜索集合而得之。其见于《水经注》而与今地相符者，则不复赘，就中湘赣及滇，最占集数②。度岭③而南，逼近南海诸行省，独至缺少；浙江全境，仅乃一区而已。江河以北，颇逊西南，然近畿西北境，又较盛于北方诸行省，究其发见之多寡，实以火山之脉限之。总之，国内廿二行省，无一省无温泉者，在地球上亦足称矣。诸泉所含脉质，虽未化验，其作硫磺气味者，十得八九。夫硫磺者，火山之溶液结合而成者，地质家言，恒以硫磺之产地，考知火山之故迹，又以温泉为火山之余势焉。吾因知温泉硫磺，皆足证明古时之火山，亦发明地质者之要据也。夫以中国温泉之密，穷十年调查之力，只此足述。而至于西北藩属蒙古、青海、西藏及新疆间，非无温泉可称，乃竟无从质证，以扬我地理之光彩。泉源为崒④，诚得地理家探访其现象，具表明之必有倍蓰于兹篇者。

国定文字私议⑤

国家之建造与其成立，所以显明之者，土地也，人民也，文字也，沟画内

---

① 右：以上。

② 集数：指《水经注》中篇幅较长的部分。

③ 度岭：翻山越岭。

④ 崒：指流泉。〔晋〕左思《三都赋》："温泉崒涌而自浪。"

⑤ 基于俄国与日本在东北、台湾强行推广俄语和日语的背景，1908 年 10 月 17 日、31 日，一位署名"苏格兰君"的新世纪派人士先后于《新世纪》第 69 和 71 号上发表题为《废除汉文议》《废除汉文续议》的文章，鼓吹世界语。令人吃惊的是，这位先生从"保持种姓"角度出发，却推导出"废除代表旧种姓的汉字，建立代表新种姓的万国新语"的结论，而别用万国新语（世界语），引起强烈反响。鉴此，章炳麟针锋相对，率先于《国粹学报》第 41、42 期上发表《驳中国用万国新语说》一文，进行发难。与此同时，作为国粹派代表，正是在此背景下，田北湖接连在《国粹学报》第 47 期、第 49 期上刊发《国定文字私议》之文。当时，作为宣扬无政府主义和万国新语的主将，吴稚晖和稍后的钱玄同、鲁迅、傅斯年、瞿秋白均曾发表过废灭汉字的相关言论。他们断言，语言文字与爱国无关，保存中国文字，"徒留一劣感情于自己种族之间"，这些言论虽都是在"科学"和"进化"大前提下进行的，却是极不负责任的故作高论。当时，这场争论十分激烈，1917 年前后，正值"新文化运动"酝酿高涨之时，依然是钱玄同，却发出了"今日之《新世纪》之报，既为吾国 Anarchism 之远祖，且其主张新真理，针砭旧恶俗，实为一有价值之报""现在重读，乃觉得甚为和平"这样的赞叹，其论战程度之烈，可见一斑。

外，宰执始终，苟缺一端，则名实①之间离矣。失其依据，将安存焉？故三互拘绞②，乃能巩固主体③，特出于世间④。其生有序，其归有极。先民作宅⑤以来，析山川而命名字，定居处而长⑥子孙，确然⑦示人以不可推移者⑧，舍文字无证也。有土地然后有人民，有人民然后有文字，有文字然后有国。国之云者，精神所维系，权舆⑨于文字，岂仅幅员部位之界限⑩，形貌服色⑪之标识，连而属之⑫，遂足张弛范围⑬哉？因乎五方之性⑭，综摄万纪之原⑮，制作符命⑯，号召群伦⑰，于是寰宇而居，列邦⑱而治者，握其枢机⑲，自为风气，迹诸文字通行之区，而知疆域之所届，从此一系相承，与同休息⑳，设无土地堙没人民散亡之一日，精华㉑未竭，必不颠越㉒厥绪㉓也。夫使土地犹是，人民犹是，独至文

---

① 名实：名称和实际。
② 三：三方面。拘绞：纠缭。三互拘绞：指三方面紧密结合在一起，构成国家建造及其成立的基础。
③ 主体：主权。
④ 世间：世界。
⑤ 作宅：定居。
⑥ 长：养育。
⑦ 确然：坚定。《易·系辞下》："夫乾，确然示人易矣。"韩康伯注："确，刚貌也。"
⑧ 推移：更改。《礼记·王制》："中国、戎夷、五方之民，皆有性也，不可推移。"
⑨ 权舆：起始。
⑩ 幅员：指领土面积。广狭称幅，周围称员。部位：地理方位。界限：止境；限度。
⑪ 形貌：外形、容貌。《墨子·大取》："诸以形貌命者，若山丘室庙皆是也。"服色：车马、祭祀、服饰的颜色。古代由于五德思想的流行，每一王朝都有特别崇仰的某一种颜色，以符合五行相生相克的道理。如谓夏尚黑、殷尚白、周尚赤、汉尚黄诸类。秦汉以后，新王朝建立，皆将改正朔、易服色视为关系到国运的大事。
⑫ 连而属之：结合在一起。
⑬ 张弛：比喻事物的进退、起落、兴废等。范围：统治区域。
⑭ 因乎：根据。五方：中国与四夷的合称。借指我国。《礼记·王制》孔颖达疏："五方之民者，谓中国与四夷也。"性：特性。
⑮ 综摄：统辖。万纪：万世。原：根本。
⑯ 符命：指上天预示帝王受命的符兆。
⑰ 号召：召唤。《汉书·陈胜传》颜师古注："号令，召唤之。"群伦：同类。[汉]扬雄《法言·至孝》："圣人聪明渊懿，继天测灵，冠乎群伦。"
⑱ 列邦：各自建国。
⑲ 枢机：指朝廷的重要职位或机构。
⑳ 休息：休养生息。
㉑ 精华：精神元气。
㉒ 颠越：使灭亡。
㉓ 绪：遗留下来的。

字不然①；则此土地人民，谓非属于其国，可断言已。有国家者常旧服②，正法度③，莫不修明④其文字，率民趋于同化，整齐⑤利导，为培养元气之资⑥。兵卫⑦可以不设，民食可以不储，土宇版章，终亦声名洋溢，所恃以无恐者，根基深厚，固有保守之道也。

中土开基⑧，神圣⑨间作。各个竭其心思才力⑩，观察夫水土之气，性质所宜，体物尽情⑪，不匿厥指⑫，遂有传国之宝，告修比于无穷⑬。上下五千余年，疆土四辟⑭，种族⑮杂居，风俗言语之殊⑯，几若数十百国，及乎诵读书写，无不齐辙合符⑰，彼此一致。洪炉大冶镕铸于自然，张无形之国维，实收同文⑱之效，根本所系，精神所通，吾国家凭籍之具⑲，从可知矣。是以君临之朝廷，姓氏代嬗⑳，其诸制度典章，三五㉑不必沿袭，而文字弗与焉。著土之族姓，肆习至熟，利用至宏㉒，即域外移殖㉓之民，亦复变夷从夏㉔。诚欲反其故常㉕，强与更始㉖，徒滋非常之纷扰，决无图成之期，何以贯古今，齐政俗哉？

---

① 不然：不如此，不是这样。
② 常：遵守。于省吾读常为当，训为任，"以常旧服，以任旧事也"。旧服：旧制。
③ 法度：规范、规矩。《书·盘庚上》："以常旧服，正法度。"
④ 修明：整饬昭明。
⑤ 整齐：使其划一。
⑥ 元气：国家赖以生存的精神力量和物质基础。资：凭借。
⑦ 兵卫：犹国防。
⑧ 中土：古指中原。意为国之中，天地之中。后多指中国。开基：开创基业。
⑨ 神圣：圣人。
⑩ 才力：才能和力量。
⑪ 体物：摹状事物。尽情：犹尽致。指详尽彻底。
⑫ 匿：隐瞒。指：旨，意旨。通"旨"。《书·盘庚上》："王播告之修，不匿厥指。"
⑬ 告修：宣告完成的。比于：近乎。
⑭ 四辟：四方开辟、开通。《庄子·天道》陆德明注："四辟，毗赤反，谓四方开也。"
⑮ 种族：部族。
⑯ 殊：不同。
⑰ 齐辙：使发音统一。合符：使符合一定的规则。
⑱ 同文：同用一种文字。
⑲ 凭籍：同"凭藉"。具：工具。
⑳ 代嬗：递迁，演变。中国古代王朝，往往以姓氏代称，如刘宋、萧梁、李唐、朱明等。
㉑ 三五：指三坟、五典。传说中上古时代的典籍。
㉒ 至宏：极广大。
㉓ 域外：指中原以外。移殖：犹移居滋生。
㉔ 变夷从夏：指少数民族汉化。夷：泛指我国古代周边少数民族。夏：指华夏。
㉕ 反：推翻。故常：惯例，旧例。
㉖ 更始：更新。

自来睿知英杰①之帝王，肆力独断②，尽废前法成宪，务新其业，未尝号令及此者，势有所不便也。若夫字体之递次变迁，由古文③而隶草④，由隶草而今文⑤，舍其迂拙，趣于简捷。因而后来之名物⑥事实，凡古文所未备者，益得援引部居⑦，乘间增入，申⑧母子孳生之义，以广其嗣续⑨。虽古今改观，派分支衍⑩，要之因而不革，益而不损，型范矩庸⑪，殊无⑫违于朔例⑬。循乎文明事业应历之梯阶⑭，其机⑮已不可遏，顾俗书⑯新字⑰，容有⑱芜杂支离，国家颇纠率之虑⑲；其纷纭无纪⑳，迷失宗主㉑也。综集异同，诏敕校录㉒，厘正其体

---

①　自来：历来。睿知：见识卓越，富有远见。常用以称颂帝王之辞。英杰：才智超群。

②　独断：专断。

③　古文：古汉字。由篆而隶，是我国汉字演变史上的重大事件，古文字指"书同文"变隶前的先秦文字，包括大篆、籀文及六国使用的文字。今文字则指隶变以后的各体文字。

④　隶草：隶书和草书。隶书是我国古汉字和今汉字的分水岭，成熟于汉代。草书是楷书的变体，也产生于汉代。

⑤　今文：汉代对隶书的别称。秦始皇在"书同文"过程中，命李斯创小篆后，也采取了程邈整理的隶书。隶书基本由篆书演化而来，主要将篆书的笔画改为方折，克服了作为官方文字小篆的书写速度较慢的缺点（在木简上用漆写字很难画出圆转的笔画），大大提高了书写的效率。

⑥　名物：给事物命名。

⑦　部居：谓以类相聚，按类归部。

⑧　申：施，用。

⑨　广：扩大。嗣续：衍生。

⑩　派分：区别；分别。支衍：烦琐。

⑪　型、范、矩、庸：对仅次于国家制度层面的规则的分类。《尔雅·释诂上》："典、彝、法、则、刑、范、矩、庸、恒、律、戛、职、秩，常也。"

⑫　殊无：绝不。

⑬　朔例：旧例。

⑭　梯阶：犹登进之路。

⑮　机：能适应事物发展变化的。

⑯　俗书：指气韵恶俗之书。

⑰　新字：新创造出来的字。

⑱　容有：或许有。

⑲　国家：公家；朝廷。纠率：纠集统率。

⑳　纷纭无纪：杂乱无章。

㉑　宗主：本源。

㉒　诏敕：皇帝下令。校录：校正著录。

制①，决择其音释②，期合古人之本意，以导同归③之途。中土文字之久而不敝④者，皆前代⑤所保存矣。汉晋以降，小学分门⑥。士夫笃信古义，羞治今文⑦，辞章家法，言必数典，拘于一格之限，所谓后世文字者，不得附于著作之林；而儒者之齿颊⑧，野人之口吻⑨，区别雅俗，蹊径截然，未达文字之恉⑩，致阻古今之邮⑪。国家无常设之机关⑫，使专司职事，恢张古人之业，以应当世之务，保存之方法，有未完备焉；又吾国人所当研求者也。

民之进化，惟土物爱⑬。一器之美，一艺之精，非人生⑭所必需，犹曰⑮此吾国粹，相率郑重护持，群焉谋广其传，以显独异之迹，隆重⑯博大之国粹，顾有先于文字者乎？一旅⑰之部落，百里之附庸⑱，文字既作，率以保存为务，俾得表著于世界，信为有国之征⑲，视此点画勾勒⑳，至宝极贵，固与土地、人民，权衡同等，故爱国者未有不爱其文字者也。惟是㉑保存之义，抑有辨㉒焉？

---

① 体制：组织方式、结构。

② 音释：音读和释义。

③ 同归：归于同一。同"归同"。

④ 久而不敝：犹长盛不衰。

⑤ 前代：以前的朝代。

⑥ 小学：包括文字学、音韵学、训诂学三部。小学分门始于汉。《隋志·经籍志》始将"小学"明确分成"体势""音韵""训诂"三类。自兹以往，三分法沿而未改。文字之学包括形、音、义，即段玉裁所指"文字、声音、义理"。通俗地说，文字即以字形为主的文字学，声音指求字音的音韵学，义理指文字的意义即所谓训诂学。

⑦ 今文：今文字。

⑧ 齿颊：牙齿和面颊。引申义口头谈说。

⑨ 野人：泛指乡野之人。口吻：口气，腔调。

⑩ 恉：趣旨，要旨。

⑪ 古今：指古义、今义。邮：通。

⑫ 机关：指主管语言文字的机构。

⑬ 土物：土地所产的物品。《书·酒诰》孔传："惟土地所生之物，皆爱惜之，则其心善。"孙星衍疏："土物者，土所生之物。"

⑭ 人生：人的生存和生活。

⑮ 犹曰：仍称。

⑯ 隆重：尊崇。

⑰ 一旅：古时以兵士五百人为一旅。

⑱ 附庸：弱小而未能独立的地区。

⑲ 信：尊奉。征：表征，标志。

⑳ 点画勾勒：代指汉字。

㉑ 惟是：仅此。

㉒ 辨：争论。通"辩"。

佳麦良茧①，欲长守其富源，则必播之育之，殖而繁之，然后嘉种②之传，绵延至于弗绝。一旦农夫蚕妇，什袭箧笥③之中，以为典守故物④，而不知生机已锢⑤，后莫为继，经历岁时，销铄光彩⑥，腐朽且不适用，能复化为神奇乎？毋亦保存之不解所惑矣。保存文字者乃不免此，昧于形声⑦滋生之原，背道而驰，硁硁⑧自守，且芟削其枝叶，文字事物之交⑨，几有分裂之兆。近者时局大移⑩，世变⑪辏集，后生小子，不以从污为嫌⑫，舍锦绣⑬而窃裋褐⑭，舍粱肉⑮而窃糟糠⑯。髫龀⑰受书，便废章句，比事属词⑱，犹正墙面而立⑲。恣其轻薄⑳，厚诬古人㉑，恒藉口于肆应㉒已穷，艰深难晓。施诸著作㉓，则无可取之材；授诸颛蒙㉔，则无可通之俗。遂致识字人少，闭塞聪明，势非尽撤藩篱㉕，

---

① 佳麦良茧：长得很好的麦子，结得很好的蚕茧。《通鉴·唐纪》："张公不喜声伎，见之未尝笑；独见佳麦良茧则笑耳。"

② 嘉种：优良品种。

③ 什袭：将物品层层包裹起来，后形容珍重收藏。箧笥：两种竹编器具。［宋］戴侗《六书故》："今人不言箧笥，而言箱笼。浅者为箱，深者为笼。"

④ 以为：当作。故物：旧物；前人遗物。

⑤ 生机：生命力。锢：束缚。

⑥ 销铄：削弱。光彩：光芒。同"光采"。

⑦ 形声：字形和字音。

⑧ 硁硁：浅陋固执。

⑨ 交：结合。

⑩ 近者：近来。大移：大变。

⑪ 世变：世事变故。

⑫ 嫌：丢人。

⑬ 锦绣：指精美鲜艳的丝织品。

⑭ 裋褐：粗陋布衣，古代多为贫贱者所服。［汉］贾谊《过秦论》："夫寒者利裋褐而饥者甘糟糠，天下嚣嚣，新主之资也。"

⑮ 粱肉：泛指美食佳肴。粱，通"粱"。南朝萧统《昭明文选·陶渊明传》："道济馈以粱肉，麾而去之。"

⑯ 糟糠：比喻废弃无用之物。

⑰ 髫龀：幼童。髫谓儿童下垂之发，龀谓儿童换牙。

⑱ 比事属词：泛称作文纪事。

⑲ 犹正墙面而立：脸正对墙站着。表示什么也看不见，一无所知。《书·周官》孔安国传："人而不学，其犹正墙面而立。"

⑳ 轻薄：浅薄。

㉑ 厚诬古人：大说古人的坏话。

㉒ 肆应：应对之法。

㉓ 著作：写作。

㉔ 颛蒙：愚昧之人。

㉕ 藩篱：比喻门户或屏障。

别立门户，不足标此准的①，导于文明。于是攕拾域外之规②，骋其方隅之见③，相率意造④新字，曲意求简。沮苍⑤籀斯⑥，无以称此盛烈⑦！迂曲⑧之儒，汲汲于捍卫斯文，抱持残缺之声音训故⑨。所择所语，不精不详。但狃一家之师法，倒持讪笑之柄，贻诸杨墨之徒⑩。新旧叫嚣，民何从适？文运衰歇之会⑪，见异或思迁焉。吾恐狂澜未挽，适扬其波，保存而速剪灭之祸，不荡尽国粹不止。秦火之燔诗书，何尝贼及文字二千余年之孑遗⑫，至此乃无噍类⑬，孰为戎首，毒于而⑭邦，爱国不若始皇，其又何说辞之？

文明之程途⑮，视乎民智，所以齐一其知识，增益其学术者，惟藉文字之力，促而进之。虽然文字者，取影于鉴，盛水于盂，广狭⑯巨纤⑰，具⑱有罫画⑲，固与知识学术，同隶范围之中，不容离立⑳者也。人群㉑进化，本无穷

---

① 准的：标准。
② 规：成例。
③ 方隅之见：指见解与认识过于狭小偏见。［清］顾炎武《复陈蔼公书》："当世之通人伟士，自结发以来奉为师友者，盖不乏人，而未敢存门户方隅之见也。"
④ 意造：臆造。意，通"臆"。
⑤ 沮苍：沮诵和仓颉。我国传说中的造字之圣。苍：通"仓"。
⑥ 籀斯：史籀与李斯的并称。史籀：又名太史籀，西周晚期周宣王时人。曾作我国历史上第一部字书《史籀篇》，字中文字，与古文大篆小异，后人以名称书，谓之籀文。李斯，曾变籀文为小篆，世称"小篆之祖"。
⑦ 盛烈：盛大功业。
⑧ 迂曲：滞塞，不开通。
⑨ 训故：与"训诂"同义。以通俗的话解释词义称"训"，用当代的话解释古代词语（或用通行话解释方言）称为"诂"。
⑩ 杨墨：杨朱、墨翟二人的并称。因杨、墨二人的学说与儒家相对立，故亦泛指儒家以外的各个学派。
⑪ 衰歇：犹衰落。之会：之际。
⑫ 孑遗：残存；残留。
⑬ 噍类：侥幸存活者。
⑭ 而：你的。同"尔""乃""汝"。
⑮ 程途：进程。
⑯ 广狭：宽窄。
⑰ 巨纤：粗细。
⑱ 具：都。通"俱"。
⑲ 罫画：规整的笔画。罫：犹方块。
⑳ 离立：并立。
㉑ 人群：成群的人。

期，文字随之为转移①，亦无止境。人理由简而繁赜②，物质由晦而显明③，文字际两畔之会④，岂能预知来物⑤哉！前人造作之符号⑥，浸⑦至供不给求，且轨辙相寻⑧，后先⑨未必尽合，不得不改变会通⑩，趣向⑪时之所宜，期于记载足用。以运输机键⑫，及剂来世之变⑬，则又视此为已陈之迹，非一溉之功⑭，足以殚其业矣。盖文化所基，研几⑮成务。生生之序，出于自然⑯，终之与物流行⑰，有开而无阖，自非⑱顺其趋势，莫由奋起能力，发扬国光。苟寂然不动者，则凿枘方圆⑲，弗相投契，欲不弁髦⑳弃之，何可得也？故一国之文字，可以历久不敝，而无终古不变之理。古人既明其义，殊多未竟之功。其触机纷呈者，悉待后人掇拾补苴㉑之，不使少有罅隙㉒，则故物常新，无复渝其初志㉓。民用未倦，孰能损其豪㉔厘焉？世界有文字之国，从事于保存者，莫不秉此公例已。

---

① 转移：改变。
② 人理：指人的思维。繁赜：繁杂而深奥。
③ 物质：指物的特性。晦：暗。意谓物的特性被清楚揭示出来之前的蒙昧状态。显明：清楚地显露出来。与"晦"相对。
④ 文字际两畔之会：指文字处于人的意识和客观物质两相分离状态之间。两畔：两离。
⑤ 来物：未来之事。
⑥ 符号：代指文字。在各种符号系统中，语言、文字是最重要的，也是最复杂的。
⑦ 浸：逐渐。
⑧ 轨辙：引申义构字的原则、方法等。轨：本义两轮间相距之迹。辙：本义各轮所轧之迹。相寻：两相对照。
⑨ 后先：后来的和先前的。
⑩ 会通：会合疏通。
⑪ 趣向：趋赴。
⑫ 运输：抓住。机键：关键，要害。
⑬ 来世：后世。
⑭ 一溉：一次灌溉，比喻用力不多。
⑮ 研几：穷究精微之理。亦作"研机"。
⑯ 自然：自然而然。
⑰ 与物流行：意谓文化形态一旦具有了客观性，便将不以人的意志为转移。
⑱ 自非：除非。
⑲ 凿枘方圆：比喻格格不入。同"圆凿方枘"。
⑳ 弁：黑布帽。髦：童子眉际垂发。古时男子行冠礼，先加缁布冠，次加皮弁，后加爵弁。三加后，即弃缁布冠不用，并剃去垂髦，理发为髻。因以"弁髦"喻弃置无用之物。
㉑ 补苴：补缀；缝补。
㉒ 少：同"稍"。罅隙：瑕疵；缺憾。
㉓ 渝：改变。初志：初心。
㉔ 豪：通"毫"。

今之言保存者，计不出此：死守有限之旧字，强以今物就古义①，辗转假借，从而附会之。其实汉唐以后，寻常通用之字，已采录于字书，散见于近史者，无虑②四五万数。乃谓此后世字，此俗体书，非经传所未有，即《说文》③所未收，乌可形诸纸墨也。夫从前所固有者，罢斥废弃，若恐弗及，复下戒严④之令，画地为界，防其窜入焉。后此之萌蘖，更不容其发生矣。执是以绳今日之事物，胶柱而鼓瑟⑤，削趾而纳屦⑥，匪特⑦无适于用，且肇⑧两败之伤，溃堤决河，坐致不可收拾。而改革文字之说，乘机以求胜，不病其繁难，则嫌其阙漏，起而⑨毁裂冠冕，狝剃⑩本根，盗窃邻人之皮毛⑪，曾无所耻。于是非驴非马之字体⑫，直与生番⑬野人争短长，狂易⑭成群，声影互吠⑮，东西南北⑯，

① 古义：文字的古代意义。杨树达《古声韵讨论集·序》："读书必求其义，而古义寓于古音；以今音求古义，犹适燕代而南其辕也。"
② 无虑：大约。
③ 《说文》：《说文解字》的简称。汉代著名经学家许慎著。该书集西周以来文字之大成，也集古文经学家训诂之大成。全书14卷，叙目1卷，收字9353个，重字1163个，均按540个部首排列，开创部首检字的先河，以六书进行字形分析，较为系统地建立了分析汉字的理论，同时保存了大部分先秦字体及汉代的文字训诂，反映了上古汉语词汇的面貌，是我国语文学史上第一部分析字形、辨识声读、解说字义的字典。
④ 戒严：严禁。
⑤ 胶柱鼓瑟：比喻固执拘泥，不知变通。
⑥ 削趾纳屦：比喻不合理的迁就凑合，或不顾条件生搬硬套。典出"削趾适屦"。亦作"削足适屦"。
⑦ 匪特：非但，不仅。匪：通"非"。
⑧ 肇：引发。
⑨ 起而：进而。
⑩ 狝剃：如同割除野草、捕杀禽兽一样。比喻肆意破坏，无所顾忌。狝：杀。剃：除草根。
⑪ 皮毛：比喻表面、肤浅的东西。
⑫ 非驴非马：比喻不伦不类，什么都不像。字体：字的形体，指字的外在形式和特征。
⑬ 生番：多指少数民族或外族。
⑭ 狂易：精神失常。《汉书·外戚传下》颜师古注："狂易者，狂而变易常性也。"
⑮ 声影：没有根据的谣传。[汉] 王符《潜夫论·贤难》："谚曰：'一犬吠形（影），百犬吠声。'"后因以"吠形吠声"比喻不察真伪，随声附和。
⑯ 东西：晋人之语，如"狗东西"之类。南北：南北朝时，南北分治，南书谓北为"索虏"，北书指南为"岛夷"，皆含轻蔑之意，故"南北"又指华夷不分、混为一谈。

未审所殊，此创一形象，彼拟一音韵，服穿窬①之行，著干禄之书②，开门授徒，以愚黔首。吾知反经而不合道③，用夏而变于夷④，此非驴非马之字体，何利于用，决不尽人可通也。即使吾言弗中，传习遍于九州，无⑤妇人孺子，满蒙藏回苗猺之族⑥，皆将口讽指画焉。则新旧不并行，古今不相通。风气所至，士夫化之，此非驴非马之字体，亦仅殄歼⑦国粹之劲兵⑧？使蚩蚩者氓，日就卑劣⑨，而智虑之锢蔽，坚不可开，予其知识学术⑩，益无望矣。呜呼！世变未救，天丧在兹。四垓⑪神明之裔，三亿方里之地，沦诸世界无文字之国，可以翘足俟之⑫。虽改革者尸其咎⑬，要亦保存者阶之厉⑭耳！世界有文字之国，莫不以文字为祖宗之法器，国家之徽章⑮，所存所亡，比重于人民、土地⑯。故屋人之社⑰，必先除其文字，驱迫俘虏之遗黎，率从新国之俗⑱，以表著其典章，扩张其势力。造邦立纪，有固然⑲欤，苟处泰平之世，未构颠覆之厄，紊乱其文

---

① 穿窬：挖墙洞和爬墙头。指偷盗行为。《孟子·尽心下》赵岐注："穿墙逾屋，奸利之心也。"

② 干禄之书：指科举考试要求的整齐方光的字体。这种字千篇一律，毫无个性，为书家所不取。亦称"干禄书""干禄之体"。[明]汤林初《书旨》："在当时即称为干禄书，已不免佐史之讥。"

③ 反经而不合道：违背常道，且不合于义理。

④ "华夏""四夷"是古代中国人对中央主体民族和周边少数民族的称呼，二者之间的血缘和心理界限称作"夏夷大防"。所谓"用夏变夷"，就是用华夏文化去改变"夷狄"文化。文中"用夏变于夷"，意谓用万国语取代汉字，则"华夏"文化将反而被"夷狄"文化所同化。

⑤ 无：无论。

⑥ 满蒙藏回苗猺之族：指我国内人口较多的几个少数民族。

⑦ 殄歼：歼灭。

⑧ 劲兵：锐利的武器。

⑨ 卑劣：低下鄙俗。

⑩ 予：授予。学术：学问，学识。

⑪ 四垓：四万万。

⑫ 翘足俟之：犹拭目以待。

⑬ 尸：承担。咎：罪责。

⑭ 阶之厉：导致祸害之人。《诗·大雅·瞻卬》："妇有长舌，维厉之阶。"

⑮ 徽章：徽识；标志。《战国策·齐策一》诸祖耿集注引金正炜曰："鲍氏引《说文》：'徽，帜也。以绛帛着于背，章其别也。'"

⑯ 比重：相较于……为重。

⑰ 屋人之社：覆灭别人的国家。《礼记·郊特牲》孔颖达疏："丧国社者，谓周立殷社也。立以为戒……屋隔之，令不受太阳也。"后以"屋"谓国家覆亡。

⑱ 率从：顺从。新国：谓新臣服之国。指外国。

⑲ 固然：本然，固有的规律。

字，自蹈危殆之机，何以恤其后也？文明古国埃及、印度之亡，说者称其受祸所在，由于当时士夫，不爱本国之文字。吾人盖习言之，兴废不常，匹夫有责。吾中土之文明，发生于文字，承统继绪，既历四五千年，资以逢源①，正未有艾。愿吾国人准酌古今，研求保存之具②，去其所偏，辨其所惑，以疏瀹文明，庶几③埃及印度，勿俾同慨焉。

造字之始，根乎语言④。及其成用，有形以别之，有音以系之，有义以定之。其例至简，其条至繁。无论盈千累万，尽此三端之指。不必六书⑤八体⑥，一一附会其说，而后征实之也。自点画钩括，部居偏旁⑦，示人以标识⑧，傅之以音义⑨，施当其位，推放无不皆准⑩。穷其肆应之方，务于供给人事，其因机而进者⑪，未尝设限制焉。中土为独立语言，故字体亦独立，有一声音即有一语言⑫，有一事即有一义⑬，有一物即有一名⑭。既具独立之性质，必有一独立之形体音义以副之。无穷之语言名义，亦不容或缺一字⑮，字亦不逾其分际⑯。所

---

① 资以逢源：形容办事顺利。《孟子·离娄下》："资之深，则取之左右逢其原。"
② 具：办法。
③ 庶几：兴许可以，表希望的语气。
④ 根乎：根植于。
⑤ 六书：古人为解说汉字结构和使用方法而归纳出来的六种条例，即许慎《说文解字叙》所言指事、象形、谐声、会意、转注、假借六种。
⑥ 八体：指八体书，即秦始皇时所定八种书体：大篆、小篆、刻符、虫书、摹印、署书、殳书、隶书。其中以二篆为主。
⑦ 部居：同前注。偏旁：指中国汉字的偏旁部首。
⑧ 标识：记号，符号。用以标示，便于识别。如艸部、彳部。
⑨ 傅：附着。音：指字音。义：指字义。
⑩ 准：恰当。自点句：汉字被拆分的零件，称之为偏旁，偏旁分表音和表意两种。表音的称为声旁或声符，表意的称为形旁或形符。形声字以音义兼顾为原则进行造字，突破了汉字象形部分单纯表意的体制，使汉字的结构成分增加了表音、表意的因素，增加了汉字的造字能力和表达能力。同时，任何字都可利用形旁和声旁拼合的方法造成新字，故以形声的方法造字，造出的汉字是无限的。
⑪ 机：事物变化之由。进：递迁。
⑫ 声音：指语音，是语言交际工具的声音形式。语音是语言的声音，是语言符号系统的载体，负载一定的语言意义。语言是人类发音器官发出的具有区别意义功能的声音，是最直接记录思维活动的符号体系。它是语音和语义结合的符号系统，靠语音来实现它的社会功能。
⑬ 义：指语义。语音和语义的联系是人们在长期实践中约定的，这种音、义的结合关系体现了语音具有重要的社会属性。
⑭ 名：名称。
⑮ 一字：一个字。
⑯ 字：每个字。逾：逾越。分际：分野；界限。

谓文不空作，皆有依据。世间之事，莫不毕载，可以究其原矣。字之本训曰乳①，曰牝，以其能孕育也；母子循环滋生，至于无穷，故亦训孳②。古人造字，明义以开其宗，谓偏旁配合，有母子滋生之妙，多置部居，留待后人之滋益③，备其语言名义。《周礼·春官》，内史学书，名于四方④。注称古曰名，今曰字，滋益而名，故更曰字⑤。斯谊最为精确。汉之学者，别小学于六艺⑥。今古异同，判别畦畛。自后鄙夫俗士，玩其所习，蔽所希闻。不见通学⑦。未尝睹字例之条。以为沮诵仓颉⑧，天生之神圣⑨也，制造既定，一成而弗可移，后有神圣⑩，不得损益一字，变动一画，况非神圣，顾可无知妄作乎？唐之中叶，部录⑪承写之交，广收时俗之字，下诏增屪⑫，以广篆籀隶草之路。其制最巨，其

---

① 字之本：指字根，构成汉字最重要、最基本的单位。乳：初生的。

② 孳：派生；新生。

③ 滋益：滋生；增衍。

④ 《周礼·春官·宗伯》原文为："内史掌书王命，遂贰之。外史掌书外令，掌四方之志，掌三皇五帝之书，掌达书名于四方。"作者不言"外史""掌"，而用"内史""学"，意在猛烈抨击那些鼓吹万国语之徒，"内""外"不分，附庸域外，自降其等、委身舆台的丑恶嘴脸。认为只有学习、保存、改革、发展本国语言，方可不负五千年文明继承、发展之责望，立足于世界民族之林，唯此，才不会偏离正道，而误入歧途，中了某些别有用心之徒毁灭我江山社稷的圈套。

⑤ 名：名称。《周礼·春官·外史》郑玄注："古曰名，今曰字，使四方知书之文字，得能读之。"《周礼·春官·外史》"掌达书名于四方"贾公彦疏："古者之文字少，直曰名；后代文字多，则曰字。字者，滋也；滋益而名，故更称曰字。正其名字，使四方而读之也。"

⑥ 小学是研读经籍的基础，故而附于六艺类。别：分离。汉代班固将六艺分为九种，即"序六艺为九种"，除"诗""书""礼""易""乐""春秋"之外，还把"论语""孝经""小学"加入其中，称之为"九艺"。

⑦ 通学：指经学中东汉郑玄学派，即"郑学"。郑玄初学今文《易》和公羊学，后从张恭祖、马融学《尚书》《周礼》《左传》等古文经，在精研古文经学的基础上，吸收今文经学，广采众说，编注群经，自创一家之说。他破除西汉经学的家法传统，不拘经今、古文学的师承门户和学派壁垒，成为汉代经学的集大成者，这种融汇今文、古文的经学，世称"郑学"。其代表人物还有孙炎等。因当时学者苦于今、古文家法的烦琐，并服膺于郑玄的博学，故信者日众，郑学渐盛，基本结束了古文、今文之争。清代乾嘉学派倡导汉学，实以郑学为宗，并颇多发挥。（张岱年.中国哲学大辞典［M］.上海：上海辞书出版社，2014.）

⑧ 沮诵：即上古创造文字之神。沮诵造字的记述虽比较简单，但同仓颉一样，均"依类象形""与事相连"，即模仿而作，因而古人常仓颉、沮诵并提。

⑨ 神圣：神灵。

⑩ 神圣：指圣贤。

⑪ 部录：按类录入。

⑫ 屪：《国粹学报》原文为"屪"，有误，迳改。

功尤伟。墨守之儒，尤或非议之。谬种相传，迷不知返。而当前之语言名义，溢出文字之外者，何可计数！拟议①形容，益不足用。回旋于方寸之地②，形具数义，义分数声，声义所同，复兼数役。识字读书之徒，困苦其耳目，烦扰其心思，掩卷辄忘，修词不达③。以是狭文字之范围，断绝其端绪，岂造字之神圣，始意所及料哉？

　　一国之文字，所以示异④于天下者，大要所在，不外体制义例⑤二端。凡其需用之文字，皆由此发生焉。守之而不敢替，宗之⑥而不敢贰，用能发扬丕烈，争光于同列之国。夫是之谓国粹，夫是之谓保存其国粹。世无古今，地无⑦中外。人生之语言事物，随机应响⑧，变动不居，文字亦当与之俱进。其历时而现，阅境而迁者，实循文明之等级。机张之释，省括于度⑨，因而适如其分剂，以为文明之导师。故世界无不增益之文字⑩，增益云者，从其义例而推广之，非谓改革体制也。知体制之不可残失，以求合形传声之原，而备事物之名义，欲其亏坏圮塌⑪，不可得矣。汉唐及今，新附之字，虽为师儒⑫所不许，要之潜滋暗长，未尝偶息其机。无形之保存，重有赖焉。史失其官，文书⑬不掌。地大人众之国，无与监之，不率大夏⑭，则又文字之大蔽也。夫正字考文⑮，国家之所有事⑯，三重⑰以王天下，为至隆极巨之典。盖文字之增益，趋势于自然，而统一整齐，系乎政令。兹事体大，非一二儒生私家之纪注⑱，所足以毕其业者。处

---

① 拟议：比拟。

② 方寸：指心。《列子·仲尼》："吾见子之心矣，方寸之地虚矣。"

③ 修词：修辞。修词不达：指词不达"意"。

④ 异：与众不同，超凡之处。

⑤ 体制：指组织、结构。义例：造字的原则和方法。亦称"体例""条例"。

⑥ 宗：以之为宗。

⑦ 无：不分。前同。

⑧ 随机：依照情势。应响：回应响动。

⑨ 省括于度：常用以比喻为政必须合于准则。《书·太甲上》："若虞机张，往省括于度，则释。"机：弓弩上的发射机关。括：矢括，箭末扣弦处。度：瞄准器。

⑩ 无：没有。增益：引申为发展。

⑪ 亏坏圮塌：毁坏。《尔雅·诗诂第一》："亏，坏，圮，塌，毁也。"圮：毁坏。《国粹学报》原文作"圯"，有误，迳改。

⑫ 师儒：指教官和学官。一指儒者、经师。

⑬ 文书：文字图籍。

⑭ 不率：不服从；不接受。大夏：指新的创造。

⑮ 正字：校对文字。考文：考订古代典籍中或金石上的文字。

⑯ 国家：朝廷；公家。所有：拥有。

⑰ 三重：三种隆重的礼仪。指夏、商、周三王之礼。

⑱ 纪注：记述和注释。

古今断续之会，新旧起伏之交，民志①荡摇，学说庞杂，国家方亟亟于更新，以宏文化，补偏救弊之术，庸可缓乎？吾惧夫国粹之沙汰也，远述故实②，近观人事③，期于修明文字④，有所鉴焉，益不知其词赘矣。

　　世界开化，有最古者五国，凡诸文明事业，莫不始于中土，亦莫先于中土。而文字尤著焉。世界文字总分三类，无论下行⑤左行⑥右行⑦，其发生之地，肇迹于第一高原，当帕米尔、西藏间，吾邃初之故宅⑧也。产地⑨既同，楔形⑩正复相似。一源之说，非必荒诞不经，后来枝派虽繁，变更相属，推其所自出，实以吾为主系⑪。吾文字之在世界，耿光⑫昭垂，益可宝贵矣。溯夫开国河西⑬，东拓渤海，沮诵仓颉之伦，整饬形体⑭，以见指㧑⑮，名命事物，宣扬于王者朝廷。方其成务之始，便居不祧之宗⑯，诚以制精用宏，范围广大。非若四裔百族⑰，仅得一枝一节，应变则众，历时则坏，莫由⑱延其绪也。故一本之传，流行至于今世，顺续旧业，可以推阐⑲无遗，百变迭乘，不能改其度⑳也。古人之言曰："比类象形谓之文，形声相益谓之字，著于竹帛谓之书。"三谊分

---

① 民志：民心。志，代表一个人对事物的态度和看法，一旦形成，便很难改变。
② 故实：以往可借鉴的旧事、传统。
③ 人事：人为的动乱。指以万国语取代汉字之事。
④ 修明：整饬昭明。
⑤ 下行：指自上而下书写。如汉语。
⑥ 左行：指从左往右书写。如英语、法语、德语、希腊语等。
⑦ 右行：指从右往左书写。如波斯语、以色列希伯来语、阿拉伯语等。
⑧ 邃初：远古，始初。故宅：发源地。
⑨ 产地：起源地。
⑩ 楔形：指楔形文字。5500 年前，美索不达米亚平原的苏美尔人所创造的文字，为世界上最早的文字之一。其字由硬笔在泥板上压刻而成。其笔画形状一头粗，一头细，形如楔子或钉子，因称。
⑪ 主系：主干。
⑫ 耿光：光辉。
⑬ 开国：古代指建立诸侯国。河西：指黄河以西古冀州、雍州一带。
⑭ 形体：指文字的外在形态和特征。
⑮ 以见指㧑：用文字的外在形态和特征表示这个字的所指。［汉］许慎《说文解字叙》："四曰会意：会意者，比类合谊，以见指㧑。"
⑯ 不祧之宗：不迁入祧庙的祖先。比喻某一事业的创始人或永远受到尊崇的人物。祧：古代帝王的远祖的祠堂。《礼记·祭法》："远庙为祧。"
⑰ 非若：不像。四裔百族：指塞外国民族。四裔，一般指四方边远之地。
⑱ 莫由：无从。
⑲ 推阐：推衍阐发。
⑳ 度：法则，不可更改的标准。

明，足见造字之本，与其典彝法则，昭示来兹①者。古今之邮②，于此通焉。言其形式，则曰比类象形；言其功用，则曰形声相益；言其姿势③，则曰著于竹帛。三者之中，文为主体，按图索其规矩，一成④而不可移。吾族殊于常人者，据为独立之基⑤，由干生枝，乃能字有所准，书有所的⑥。既定一家之法，使之表里密合⑦，制作载道之器，皆文之量有以⑧包括之耳。后人承斯善利⑨，入于其域，学日以繁，书日以易，但就文之故程⑩，抽象于宪理。其在简端回旋，屡屡变置体势⑪，因乎时机皆宜，不嫌文字之破⑫，亦未尝离文求字，别创一格焉。自鸟兽虫介⑬，递降为古文⑭，古文经六大变⑮，而至于楷，今昔书法，已非旧观。惟此形声相益者，不少⑯失其本原，而文赖有附丽⑰之具，以固大防⑱。然则文之存否，字任其责，非著于竹帛之书，所得磨灭之矣。

东汉迄于近世，二千年间，文字之阨亦多矣。自遣使天竺⑲，传习佛法，胡僧移译经咒⑳，述其《婆罗门书》㉑，是为西域文字流行东土之始。既而江河分

---

① 来兹：泛指今后。
② 邮：路径。通"由"。
③ 姿势：文字呈现的样子。
④ 一成：一旦形成。
⑤ 基：根基，根本。
⑥ 准、的：准则；标准。
⑦ 密合：契合。
⑧ 有以：表示具备一定的条件。
⑨ 善利：好的工具。
⑩ 故程：老路。
⑪ 体势：文字的形体结构、气势风格。
⑫ 破：衰败。
⑬ 鸟兽虫介：指鸟虫篆书和甲骨文。
⑭ 古文：秦汉之前各战国所使用的文字。
⑮ 六变：至汉初，中国文字经历"五变"。《隋书·经籍志一》："自仓颉讫于汉初，书经五变：一曰古文，即仓颉所作。二曰大篆，周宣王时史籀所作。三曰小篆，秦时李斯所作。四曰隶书，程邈所作。五曰草书，汉初作。"《隋书》"五变"加之以后又出现楷书，故言六变。楷书，又称正书，或曰真书，是在省减隶书基础之上形成的，是隶书的变体，始于东汉，盛行于东晋并一直沿用至今。
⑯ 少：通"稍"。
⑰ 附丽：依附。
⑱ 大防：不可或缺、原则性的界限。
⑲ 天竺：古印度。
⑳ 移译：翻译。经咒：指佛教的经文和咒文。
㉑ 《婆罗门书》：婆罗门教重要典籍。相传东汉传入我国。《隋书·经籍志一》著录《婆罗门书》1卷。内容主要传授吠陀和祭祀仪式。

割①，匈奴鲜卑氐羌吐蕃诸种族，纷扰江淮，军容号令，皆以夷语，后染华俗②，都不能通。相率录其国语③，教习士庶，北方文字从此羼入④中原。其所编著，并列专书，见于隋之《经籍志》者，后魏有《国语物名》《国语真歌》《国语御歌》，梁有《扶南胡书》。又别有外国书，见于《唐志》者，则有外国文字十三卷。而景教祆神之秘箓⑤，天方可兰之真经⑥，亦于是时次第输入。晋唐之际，为文字最杂时代，其显晦不常，未几消泯者，益无数矣。及宋明间，辽金元入主之日，尝用蒙古、女真文字，译我经史子集，刻板⑦颁行，重以至尊之威，诏令立学⑧，驱迫诵习，诱予科名⑨，务成变夏⑩之业。中土文字，已即于危亡，度不复有今日，而民所弗便，无可强也，阴抵默抗之机，未谋而亦合。"颜之推家训曰齐朝有一士夫，尝谓吾曰：我有一儿，年已十七，颇晓书疏⑪，教其鲜卑语及弹琵琶，稍欲通解，以此伏事⑫公卿，无不宠爱，亦要事也。吾时俛⑬而不答。异哉此人之教子也！若由此业⑭，自致卿相⑮，亦不愿汝曹⑯为之。"古人于域外语言，犹将坚持其雅操，至若文书⑰，视之尤重。可知珍爱国

----

① 江河：长江和黄河。江河分割：指南北朝时期。

② 华俗：华夏风俗。

③ 国语：本国人民共同使用的语言。

④ 羼入：掺入。

⑤ 景教：即拜占庭帝国基督教的聂斯托里教派（Nestroianism），起源于叙利亚；波斯三大宗教之一。唐贞观九年（635），该教传入中国，得到唐太宗支持后，于长安建筑大秦寺。《圣经》的翻译工作从此拉开序幕。建中二年（781），立有"大秦景教流行中国碑"（现存西安碑林）。祆神：又称拜火教、火教、火祆教等。西元前六七世纪预言家琐罗亚斯德所创立，南北朝时传入我国。对犹太教、基督教影响极大。摩尼教、光明教等皆为祆教所衍出之宗教。

⑥ 天方：本义伊斯兰教发源地麦加，后泛指阿拉伯。可兰之真经：指伊斯兰教根本教典《古兰经》，一译作《可兰经》。伊斯兰教传入中国时间说法不一，学界一般认为在唐永徽二年（651）。与景教传入中国时间相前后。

⑦ 刻板：雕版（印刷）。亦作"刻版"。

⑧ 立学：兴建学校。

⑨ 科名：科举考中而得的功名。

⑩ 夏：指华夏。变夏：以夷变夏，夏变于夷。

⑪ 书疏：信札和奏疏。

⑫ 伏事：服事。伏，通"服"。

⑬ 俛：屈身；低头。同"俯"。

⑭ 业：职业。指伏事公卿之事。

⑮ 致：取得。卿相：执政大臣的地位。

⑯ 汝曹：汝辈。

⑰ 至若：至于像……之类。连词。

粹，乃吾国人相传之特性。深闭固拒①，夫何嫌②焉？先圣上哲之留贻③，卒不为西旅北人所夺④，虽曰保守之功，宁无可存之道哉？

文明五古国，自吾国外，犹有存在者乎？访其故墟，证其名义，不过历史之纪念耳，而文字无论矣。巴比伦之楔形，埃及之石刻，晦而复显者，考古家穷其渊源，资为谈助⑤，掇拾残失之点画，而模拟焉，诠释焉，使后生小子，稍知开化之初轫⑥，以验文明之进阶，非惟⑦不相传习，且亦玩具视之。夫文字之迹，与国俱也，若犹未也。其创于始者，简陋粗鄙，未适后来之用。继其业者，既趋于文明，因而洗伐毛髓无所庸其姑息焉，去古愈远，改革愈精，日异月新之制作，足以荡尽故物。世界有文字之国，大都秉此公例已。中土之所授受，百变不离其宗，既越四五千载，未尝障碍⑧文明，亦不为外患所倾覆。沮仓矩矱⑨，久而弥光⑩，宣化承流⑪，犹是文明之古度⑫，其不与世界最古之文字，随流沙汰者⑬，有独具之精神焉。非西荒旧邦，所能望其肩背⑭也。

乌拉尔山⑮以西，为东土文明灌输之地，滥觞所澜⑯，汜⑰为江河。后至之

---

① 深闭固拒：坚决不接受外来文化。

② 嫌：丢人。

③ 上哲：具有高尚品德、才智之人。留贻：丰厚的赠予。

④ 西旅：本义我国古代少数民族所建国名。后泛指少数民族。北人：古代南方人对北方少数民族的蔑称。

⑤ 谈助：谈话的资料。

⑥ 初轫：初始。

⑦ 非惟：不但。

⑧ 障碍：阻碍。

⑨ 矩矱：制定规矩和法度。

⑩ 弥光：更加光彩。

⑪ 宣化：宣扬和教化。承流：继承良好的风俗传统。

⑫ 古度：古老的国度。

⑬ 随流：随着时间流逝。沙汰：淘汰。

⑭ 肩背：比喻指前人的事迹和声望。

⑮ 乌拉尔山：欧亚两洲分界线，在俄罗斯境内。历史上俄罗斯是在乌拉尔山以西的一个地区小国，最早名称为"基辅罗斯"，或"罗斯"。灭西辽后次年即 1219 年至 1259 年的 40 年间，蒙古进行了 3 次西征。其间，1237—1238 年，成吉思汗孙子拔都率蒙古鞑靼人军队大举攻占罗斯。1243 年，拔都汗在伏尔加河流域建立了根据地，建立金帐国。1257 年，别尔哥汗最终确定金帐汗国领域，其中心在伏尔加河流域，延伸至顿河、聂伯河平原、克里米亚半岛、高加索山脉北麓直至保加利亚和色雷斯。

⑯ 滥觞：影响。所澜：所及；波及。

⑰ 汜：通"泛"。

车，超轶前乘①，羲轩②之苗裔，兢兢焉复效其步趋③。从隆从污④之势，不必狃于拘忌矣⑤，然而文字无择焉。吾尝谓世界文明，当有大同之日以为归宿，而大同之机，造端于文字。使普天率土，直脊竖生之伦⑥，语言习俗学术政治，凡人生所有事，无不相若⑦，固待公共之文字，往来媒介，绾合⑧其间。顾文明之程，苟未至乎其极，处于同等之地位，必无完全之机关⑨，导达情意⑩，答述语言⑪，斯遽操一种文字⑫，强布⑬于世界，安往而不窒碍也？故公共文字者，统合土地人民而交通⑭之，群其耳目心思，斟酌古今之制，融贯⑮彼已之界，然后有所适当。无论何族何邦，皆将视而可识⑯，察而见志⑰，断非一邦一族之私，以为便利者，所能成其业矣。今之皙种⑱，进化最晚，造邦⑲方新，仅得文明之萌蘖，画革旁行⑳，纵经千百年之修改，不能涤荡鄙野之迹，彼自以为尽美尽善者，自吾视之，犹是因陋就简，故在幼稚时期也。东西文字，各有短长。本其土俗人理，习惯使然，囿于一方一隅，既无完备之造作，则施诸域外，都非所宜。世界之未交通㉑，固应有此区限㉒。诚欲人类同化，谋世界公共之用品，尚

---

① 轶：后车超过前车，泛指超出。前乘：前面的车辆。
② 羲轩：伏羲和轩辕。
③ 兢兢焉：谨慎紧随貌。步趋：步调。
④ 隆、污：升、降。常指世道盛衰或政治兴替。
⑤ 狃于：局限于。拘忌：禁忌。
⑥ 竖生：竖子。蔑称。伦：辈。
⑦ 相若：相仿；相近。
⑧ 绾合：联结。
⑨ 完全：完备。机关：指掌管文化交流的国际机构或世界组织。
⑩ 导达：引导传达。情意：情谊。导达情意，指交际层面。
⑪ 语言：有问有答为语，无问自己言说为言。《周礼·大司乐》注："发端曰言，答述曰语。"答述语言，指交流层面（含学术交流）。
⑫ 遽：立即。操：持。一种：同一种。
⑬ 强布：强行推广。
⑭ 交通：使交往；使往来。
⑮ 融贯：融合贯通。
⑯ 视：看。识：认得。
⑰ 见：了解。志：符号所指。
⑱ 皙种：白种人，指欧美人。
⑲ 造邦：创立国家。
⑳ 画革：在皮革上书写。旁行：横向书写。《史记·大宛列传》："（安息）画革旁行，以为书记。"
㉑ 世界：指各国。交通：（交流）通达无阻。[晋] 陶潜《桃花源记》："阡陌交通，鸡犬相闻。"
㉒ 区限：区别和限制。

待梵伽①其人，更创形声焉。列国并立，竞以文字争胜，迫其就我，于是弱且衰者，益为强盛所诋毁②。中土不振，受侮及兹③，其不变于夷，此尤吾人所甚不平者也。夫中外文字，比较优劣，言其体制，则连结者不若独立④；言其义意⑤，则拼音者不若形声之滋生。况运用词句，变动位置，无中土之神妙简易⑥。人之所绌，我以为长。在今世文字中，已足雄于群丑。王者⑦考文正字，进而审音读⑧，正名义，臻于完备之境，以广流行⑨之路，发扬前光⑩，被服远迩⑪，又岂难致之绩哉？

人之不学，愆忘⑫旧章，怵于当世之务，以不若人为耻。皇皇无适，至于背

---

① 伽：指伽卢。梵、伽卢和中国仓颉是三个造字者。梵造梵文，伽卢造伽卢文。

② 诋毁：诬蔑；毁谤。

③ 及兹：到这个地步。

④ 连结者：指拼音文字。由元音和辅音字母连结而成词，其本身并没有具体意义。独立：指汉字一个个地孤立存在，无所依傍。

⑤ 义意：意义。《诗·小雅·伐木序》孔颖达疏："是此篇皆有义意。"

⑥ 运用句：语言文字无疑是维系一个民族和传衍其文化的最重要的纽带。近代西方殖民主义者贬抑中国文化，也包括贬抑中国的语言文字。他们说中国人有"缺乏严密性、易于误解和乐于自我封闭三大特性"，而这又与其落后的语言结构有关。后为袁世凯复辟帝制出力的古德诺也认为，"笨拙的中国语言束缚了中国人的思想"。一些醉心欧化者鹦鹉学舌，竟然主张取消中国语言文字，改行国际语。这种观点遭到了多数人的反对，1908 年章炳麟在《国粹学报》第 41、42 期上发表了题为《驳中国改用万国新语说》，公开反对意见。他们认为，汉语文字不仅是中国文明的结晶，而且是沟通国人情感、维系民族精神的纽带，因而是极为宝贵的国粹。当今世界，通过灭人文字以灭人国，是欧美列强"灭国之新法"，更何况俄国与日本正分别在东北、台湾推广俄语与日语，在此种情势下中国怎能自废文字作茧自缚呢！这一见解无疑是正确的。人们不仅从爱国的角度出发，强调汉语汉文为国粹，而且还指出中国文字并不像吴稚晖等人所说已丧失了生命力，它起源最古，迄今绵延数千年未尝中辍，为世罕见。其独具精神和"未尝障碍文明"是无须证明的。"东西文字，各有所长"，国人没有理由妄自菲薄。其中田北湖从语言结构上分析，以为中国文字较西方文字更有表现力。（陈卫星，邹仕云，璩龙林．中学与西学：清末民初国学思潮的历史考察［M］．北京：世界图书出版公司，2013．）

⑦ 王者：强者，指中国。

⑧ 音读：字的念法。汉字的音读，随着历史发展而不断变化。陈宗明《汉字符号学：一种特殊的文字编码》引明代陈第《毛诗古韵考》："时有古今，地有南北，字有变革，音有转移，亦势所必至。"

⑨ 流行：流布，传递。

⑩ 前光：祖先的功德。

⑪ 被服：感化。远迩：犹远近。

⑫ 愆忘：违反；不遵守。

道驰驱而外来之诋毁，殊弗暇拒①，又从而殉之，所师保②神明者，乃此简陋之外国文字。夷然自降其等③，故④坏其基，不祥⑤孰甚焉。西人之制万国新字者，无虑数十家。方谓博考旁征，明于同异之故⑥，独立⑦标准，可以综摄全球。其实凭籍之具，率⑧取材本国，既倚一偏，卒无所效。彼固有志于公用世界者，犹不弃轻⑨故物，况其自为谋乎？己国高尚优美之文字，未尝罄其用，而以艰深繁难为嫌⑩，惟是附庸域外，务即于鄙野，尽驱神明之胄，委身舆台⑪，斯亦世界之大愚矣！近二十年，所谓某氏快字，某氏新字，某氏元音，某氏简字，某氏官话字母，某氏通字者，未习中土之故实，而袭外人之皮毛，挟其必不可通之形声名义，抗颜著书⑫，不恤殄灭国文⑬，为窃名干禄之计。则东汉以后，文字之阨，无有甚于今日者矣！消长存亡之机，其间不可以寸⑭，举世嚣嚣⑮，民志摇荡⑯，非有政令挽救之，其何底焉！

---

① 弗暇：来不及。拒：拒阻。
② 师保：古时任辅弼帝王和教导王室子弟的官，有师有保，统称"师保"。
③ 夷然：不以为然。其等：犹自己的身价。
④ 故：故意；存心。
⑤ 不祥：（居心）不善。
⑥ 明：弄清楚。同异：相同和不同。故：原因。
⑦ 独立：依靠自己的力量制定。
⑧ 率：大都。
⑨ 弃轻：抛弃和轻视。
⑩ 嫌：丢人。
⑪ 委身：以身事人。舆台：古代十等人中两个低微等级。"舆"为第六等，"台"为第十等。引申义地位低下的人。
⑫ 抗颜：不看别人脸色，态度严正不屈。[唐]柳宗元《答韦中立论师道书》："独韩愈奋不顾流俗，犯笑侮，收召后学，作《师说》因抗颜而为师。"
⑬ 不恤：不顾及。殄灭：消灭。国文：本国文字。指汉语。
⑭ 以寸："以寸量"省文。张东荪《中国共和前途之最后裁判》："应之曰，虽然人民程度之差异也，其间不可以寸。"
⑮ 嚣嚣：众口谗毁的样子。
⑯ 民志：民心、人心。

九、奏议类

奏请饬京外开设舆图学堂局所裨益农务事①

窃惟古之教稼②，始于经野③。《周官》④《王制》⑤ 其说最著。故大司徒⑥以地图⑦知地域、察天时、辨名物⑧、会物生⑨、知土宜、教种法⑩，而后率属

---

① 录自《军机处录副·补遗·戊戌变法项》。署"田其田"。2015 年辑入《中华大典·地学典·测绘分典》。光绪二十四年八月初四（1898 年 9 月 19 日），田北湖氏具折上奏，参与戊戌变法。翌日由都察院原件递进代奏。茅海建《戊戌变法史事考初集》云："光绪二十四年八月初四，考取八旗官学汉教习、候选直隶州州判江苏拔贡田其田条陈请令各县测绘地图以利农业。"张耀南《戊戌百日志》云："八月初四……候选直隶州州判田其田上《为创农务请饬各省详办舆图折》。八月初五，康有为离京，走天津。初六，慈禧太后发动政变。"
② 教稼：教育人民耕田、稼穑。
③ 经野：丈量田野，"体国经野"省文。《周礼·天官》："惟王建国，辨方正位，体国经野，设官分职，以为民极。"郑玄注："体犹分也，经谓为之里数。郑司农云：'营国方九里，国中九经九纬，左祖右社，面朝后市，野则九夫为井，四井为邑之属也。'"
④ 《周官》：指《周礼》。其内容共六篇，分载天、地、春、夏、秋、冬六官，记古代理想官制。其《冬官》已亡佚，由《考工记》补足，大至政治、军事，小至衣冠、陈设，无不有义。
⑤ 《王制》：指《礼记·王制》。
⑥ 大司徒：古代职官名，《周礼》以大司徒为地官之长。汉置大司徒，后去"大"字。北周依《周礼》置六官，为地官府之长，以卿任其职。隋改民部，唐改户部尚书。宋元明清因之。
⑦ 我国测绘工作有着悠久的历史，相传夏朝《九鼎》就是一幅测绘技术的原始地图。战国时期指南针的发明，促进了测绘技术的发展。
⑧ 辨名物：古代科学概念。指辨别器物的名称和种类。
⑨ 会物生：领会事物生灭的特性及相互转化的规律。
⑩ 知土宜、教种法：根据各类土地资源及土壤特性，因地制宜选种作物。

分职①，颁十二令②，载师③遂人④，因条成理，山川能说，可为大夫推原治本，皆按图也⑤。盖教民⑥莫先于养⑦，养民莫重于农，兴利于地，而求地之利，又莫要于图⑧。上哲、圣王所以经营天下⑨，致于富厚者⑩，鲜不出此。周秦以来，畴人⑪子弟零落⑫殆尽，阡陌既夷，图籍散失⑬。后世疆域愈恢⑭愈广，遂亦茫然无可稽考。张⑮、裴⑯之徒偶师遗法⑰，一时士夫惊为异闻⑱。地志方舆约略记载，不精不详，颇难据信，谈兵诸家尚能言之。宋明传本但钩画山水⑲，

---

① 率属：率领属官。分职：区分各自职责，各司其职。
② 十二令：亦称十二节令，或十二月令，指孟春、仲春、季春、孟夏、仲夏、季夏、孟秋、仲秋、季秋、孟冬、仲冬、季冬。十二节令分为四季，即春、夏、秋、冬。农历十二个月直接与天气、农作物生长联系起来，又分二十四个节气。
③ 载师：职官名。《周礼》地官之属官。职能是"各掌其遂之政令戒禁"，即主管土地分配使用及征收赋税。《周礼·地官·载师》："载师掌任土之法，以物地事授地职，而待其政令。"
④ 遂人：职官名，《周礼》地官之属官。其职能是总管六遂及公邑、采地之政治，任力、赋税、征役之法，水利设施等。《周礼·地官》郑玄注："遂人主六遂，若司徒之于六乡也。六遂之地自远郊以达于畿，中有公邑、家邑、大都、小都也。"
⑤ 图：地图。《周礼·地官司徒·大司徒》："掌建邦之土地之图与其人民之数，以佐王安扰邦国。以天下土地之图，周知九州之地域广轮之数，辨其山林、川泽、丘陵、坟衍、原隰之名物。"
⑥ 教民：教化人民。
⑦ 养：供给生活用品。
⑧ 要：重要。于：比。
⑨ 上哲：具有超凡道德、才智之人。经营：规划营治。
⑩ 富厚：丰厚；繁荣。
⑪ 畴人：古代天文历算之学，有专人执掌，父子世代相传为业，谓之"畴人"。
⑫ 零落：比喻人事衰颓。
⑬ 图籍：地图和户口册。《荀子·荣辱》杨倞注："图谓模写土地之形，籍谓书其户口之数也。"散失：流散，遗失。
⑭ 恢：扩张。
⑮ 张：指张衡（78—139），字平子，河南南阳人。古代著名天文学家、制图学家、地理学家、文学家、数学家。《后汉书》有传。
⑯ 裴：指裴秀（224—271），字季彦，山西闻喜人。魏晋时期地图学家。魏武帝时官至司空。裴秀曾总结前人制图经验，在《禹贡地域图序》中提出"制图六体"：分率、准望、道里、高下、方邪、迂直，即地图测绘上的比例尺、方位、距离等原则。自此至明末，为我国古代制图者所遵循，在世界地图史上占有重要地位。
⑰ 遗法：前世遗留下来的典章法则。
⑱ 异闻：奇闻。
⑲ 宋明：宋代和明代。传本：流传于世的版本。但：仅。钩画：勾勒。山水：指山川。

注释①名称，未有方格②，是以③草率。于其道里④形势⑤，高下⑥向背⑦，令人临书而叹，不可索解。西人既通算术，遂精测绘，然臣见罗马古图犹无方格也。迨其学大进而南怀仁⑧进西洋图⑨，中国始稍稍广见闻矣。圣祖仁皇帝⑩勤求治

---

① 注释：标注。
② 方格：指地图上表明坐标的横线、竖线组成的方形格网，横线称"东西线"，竖线称"南北线"。
③ 是以：所以；因此。
④ 道里：泛指长度距离。
⑤ 形势：指地理事物之间相对或综合的情况，如分野等。
⑥ 高下：高低，上下。
⑦ 向背：指对应关系。
⑧ 南怀仁：指弗尔比斯特·南怀仁（1623—1688），Verbiest Ferdinand，号敦伯，比利时人。天主教耶稣会传教士。1658 年，受派到澳门来中国，初在陕西传教。1660 年到北京，参与汤若望修订历法工作。后升任北京钦天监监正，制造六种观象台仪器，主持今建国门外古观象台的观天测象工作。是清初最有影响力的来华传教士之一。《清史稿》有传。
⑨ 南怀仁所进西洋图，指《坤舆全图》，1647 年由南怀仁绘制。图由两半球组成，东半球为亚洲、欧洲和非洲，西半球为北美洲和南美洲。半球图直径为150 厘米，比例尺为1：1700 万。整个图分 8 长幅，每幅图约为180 厘米×50 厘米，东西两半球各占 3 幅，头尾文字注记各占 2 幅。图采 16 世纪晚期、17 世纪初期流行的球板平面投影画法。东西半球经线连续标度。纬线以赤道为零度，有南、北纬之分。图上有南、北回归线及南、北极圈。
⑩ 圣祖仁皇帝：指爱新觉罗·玄烨（1654—1722），清世祖第三子，满族人入关后第二代皇帝，在位 60 年。年号"康熙"。

道①，振兴绝学，命西洋人遍测郡县经纬度数②，于是内府有《大清一统舆图》，为方百里，未及详测地面。皇上绍统承绪③，重修会典④，谕令直省实⑤测量，绘呈地图。圣圣同揆⑥，若合符节⑦。惟各省督抚多因限期促迫⑧，经费支绌，仍未详加测绘，器具不精⑨，章程不善⑩，奉行故事⑪，开局塞责⑫。开创之始，馆中曾有驳诘⑬，终以空谈，相率进呈，粉饰纸上。虽湖北、广东、浙江三省称

---

① 治道：指治国方针、政策、措施等。
② 经纬度的测量，于天文历法、地图测绘工作关系密切。康熙自青年时代即对此极为重视。1682年，东巡辽东时，即命南怀仁进行测量，撰有《鞑靼旅行记》。法国传教士到中国后，康熙用四分象限仪观测太阳子午线高度、用子午环测定时分，以求当地地极高度。1696年，亲征噶尔丹途中，对独石口至喀伦进行测量。《康熙御制文集》载："自独石口至喀伦，以绳量之有八百里……喀伦地方用仪器测验北极高度，比京师高五度。"翌年回军途中，又对宁夏进行测量，"朕与此以仪器测量北极，较京师低一度二十分，东西相去一千一百五十里。今安多以法计算，言日食九分四十六秒，日食之日晴明测验之，食九分三十几秒，未见至昏暗见星。自宁夏视京师在正东而微北……"1707年，在北京附近试测并绘制成地图，康熙亲自校勘。1708年5月，由白晋（1656—1730）、雷孝思（1663—1738）、杜德美（1668—1720）三位神父负责测量长城沿线。1709年，雷孝思、杜德美和奥地利神父费隐自北京启程去东北测量。年底回京，又奉命测绘直隶，至次年7月完成。1710年，测绘队再次去东北测绘。1711年，测绘队员兵分两路：雷孝思和葡萄牙神父麦大成率队去山东；杜德美、费隐与山遥瞻修士率队出长城西行，至哈密一带，测绘喀尔喀蒙古（今蒙古国境内）。1712年，神父冯秉正、德玛诺奉命协助雷孝思测绘河南，后赴江南，在浙江和福建测量。1713年，麦大成、汤尚贤被派往江西、广东、广西三省测绘；费隐、山遥瞻被派往四川、云南。1715年，雷孝思奉命去云南接替测绘工作，完成对贵州和湖广（湖南、湖北）两省测量工作，1717年完成。1718年完成全国总图拼接工作。
③ 皇上：指光绪帝。绍统承绪：同"绍承统绪"。绍承：继承。统绪：皇室世系。
④ 会典：全称《钦定大清会典》，亦称"清朝宪法"。内容包括礼、乐、天文方面的图示，称"会典图"。最后一次于1899年完成。
⑤ 实：实地。
⑥ 同揆：指同一尺度、准则。古文献载有"四圣同揆"，即伏羲氏画卦、周文王作卦辞、周公作爻辞、孔子作《传》。《大清会典》初成于1690年，后经雍正、乾隆、嘉庆、光绪四朝重修。这里将雍、乾、嘉、光四帝并称"圣圣同揆"，有称扬先帝之美的意思。
⑦ 若合符节：比喻完全吻合。《孟子·离娄下》："得志行乎中国，若合符节。先圣后圣，其揆一也。"
⑧ 促迫：匆促，紧迫。
⑨ 器具：指测绘工具。精：精密。
⑩ 不善：存在缺点。
⑪ 奉行故事：按旧例办事，没有创新。奉行：遵照实行。故事：老办法（成例）。
⑫ 塞责：搪塞责任。
⑬ 驳诘：批驳，诘难。田北湖《与某生论韩文书》："其前后援引，漫与驳诘，力不足敌，且屈且穷，矛盾自苦，迷不知归，以窜人者自窜。"

为精密，查湖北系遍测各县天度①，其地面则仅测武昌②、汉阳③、黄州④、德安⑤、安陆⑥、荆州⑦诸府；广东仅测首府地面，余就前次已绘之沿海各县旧图，钞绘成帙⑧；浙江多录黄炳垕⑨原稿，其无稿之县，略量人行道里。至江苏乃并未开局，割裂丁日昌之图⑩，分为府县。他省则更少实测者。大率各省悉用志书及私家遗稿，又以胡林翼所刻《内府图》⑪ 为蓝本。馆臣京外距隔⑫，无从

---

① 天度：经纬度。当时，用天文测量方法直接测定北极高度和东西偏度来测定地面点的经纬度，称"测天度"。1884 年起，确定以格林尼治子午线为零起算各地的经度。

② 武昌府：元末朱元璋置。故治江夏县（今武汉市武昌区）。辖域相当于今鄂州、黄市、咸宁三市及武汉江夏、武昌、洪山、青山四区。入民国，武昌府废。

③ 汉阳府：元改汉阳军置。故治汉阳（今武汉市汉阳区）。清汉阳府辖域相当于今湖北省长江以北、武汉市黄陂区以西，孝感、汉川以南，仙桃市以东的地区。人民国府废。

④ 黄州府：明改黄州路置。清末黄州府辖黄冈、黄安、蕲水、罗田、麻城、广济、黄梅七县。入民国府废。

⑤ 德安府：宋改安远军置。故治安陆县。入民国，德安府废。

⑥ 安陆府：元升郢州置。故治长寿（今湖北钟祥）。乾隆年间辖钟祥、京山、潜江、天门四县。人民国府废。

⑦ 荆州府：元末改中兴路置。故治江陵县（荆州古城）。入民国，荆州府废。

⑧ 帙：册。

⑨ 黄炳垕（1815—1893）：字蔚廷，号蔚亭，浙江余姚人。其人好天文、历算。曾应聘于宁波辨志精舍，教授天算达十年之久，开创浙东算学学派。中法战争时，清廷命取其所著《测地志要》，颁发各路军官，以备行军布防之用。后因荐内阁中书衔，参与续修《大清会典》，并以 74 岁高龄参与《鸟里开方图》的测绘，为我国地理测绘学做出较大贡献。

⑩ 丁日昌之图：指《江苏舆图》《江苏布政司府厅州县志图》，江苏巡抚丁日昌编纂。

⑪ 《内府图》：指康、乾两部《内府舆图》。该图曾制成铜版，专供御览。同治初，由胡林翼、严树森等据《内府图》为蓝本，绘制成《大清一统舆图》，始稍流传。光绪五年（1879），上海点石斋又据《内府图》胡图等，用西法编绘缩印《皇朝直省舆图》1 册 26 幅，东至黑龙江，西至新疆、西藏，北至内外蒙古。图上绘有以北京为起点的经纬线。各图均附简说，府县以下的"司""通判"驻地也一一标出。是清代极详细的行政区域图。（张旭光. 文史工具书评介［M］. 济南：齐鲁书社，1986.）

⑫ 距隔：隔离很远。

确查，但据所呈载入《会典》而已。即如上年朱姓①呈请总理衙门绘沿海图②，已议准由南洋③拨银三千两，令其往办，恐非实在办事，要亦徒沿积习耳。臣昔年曾充湖北舆图局教习，分测各县地面。嗣入江西舆图局，专测全省县治④天度，久于其事，故深知其草率，且尽悉其中流弊⑤，此臣所以有测绘舆图之请也。皇上振兴庶务⑥，稼穑为本⑦，首开农局，请求新法。臣愚以为西人之学，无事无图⑧，兵农工商皆先图而后事。各国考究舆图，尤有专家测绘之法，日精一日，愈精愈详。近者日本台湾画图房于测量之后，割象牙片依地鬬图⑨，再绘成幅⑩，以备布置政令⑪，豪⑫发无差，其巧极矣。中国幅员二千余万方里，为亘古所未有。地大物博，莫名其实，是以道里远近，山川形势，人物之数，种植之道，沟渠之利，堤防所系，土质产类，形性⑬区别，老农土著之辈，皆昧昧然舌挢目瞠⑭，不知所言。若夫地方官吏，邻近士庶，更无从通晓。此则舆图未精未详之所致也。西人讲求国计民生，重在尽地之利，故考地理，又以地志为

---

① 朱姓：指朱正元。上海制造局广方言馆肄业学生，曾于1888年间据江海关道详情给咨，赴京应试，可谓近代中国最早接受近代数学教育之人，对地图测绘具有一定基础，因发现当时所用洋人所绘之图底本陈旧，所译之名"间有更正，多据旧图，未足传信，此外宜多增改者尚多"，乃于光绪二十三年六月十七日（1897年7月16日），禀请两江总督刘坤一进行江浙闽沿海实地测绘，"中国海疆之广，非图无以周知地势之险易，防守之缓急，惟广东绘有图说，他省尚未举办，拟携带洋图，周历海岸，先办江浙闽三省，次及奉直东三省，长江一带附焉。照洋图增改，即付石印。人不必多，而六省图说，可计日而成，奏请裁夺"。

② 沿海图：指《御览江浙闽沿海图》。朱正元以英版海图为基础，经勘测、修改后绘制而成，分两批送呈光绪御览。共36幅48张，内有江苏沿海图7幅，浙江沿海图12幅，福建沿海图17幅，附江苏、浙江、福建图说各1本。江苏、浙江两省图，1897年开始勘测、调查、修改、编绘，至1899年12月送呈御览，1902年4月全部完成，由上海聚珍书局石印。经度以北京观象台经线为零子午线。

③ 南洋：指两江总督兼南洋通商大臣刘坤一。

④ 县治：县衙所在地。

⑤ 流弊：相沿下来的弊端。

⑥ 庶务：政务。

⑦ 稼穑：泛指农业。

⑧ 无事：无论何事。无、无：双重否定表肯定而更强调。图，指地图。

⑨ 割：切；截。鬬：合在一块，凑在一处。简化字"斗"。六合方言音逗。

⑩ 幅：长方形或正方形的东西。

⑪ 政令：政策和法令。

⑫ 豪：通"毫"。

⑬ 形性：形态和性质。

⑭ 舌挢目瞠：同"目瞪口呆"。挢：翘起。

根，凡言绘地图者，无学无之。农书所云，特其一端①耳。既便于事，尤与古治
合焉。今行农政，效西法，拟请京师设舆图总局，各省设舆图学堂，教以新法
密率②，分郡置局，按县酌测要地，经纬遍测，所辖地面，逐一察考③。天气、
地势、土质、物产、牧种之法，应办事宜，兼查民生风俗，详记贴说④，绘具一
里方细图、十里方缩图，补备典馆⑤之未备，诚煌煌之巨观。按县⑥自行筹费千
金，期以一年毕事，进呈御览，分存京外各衙门局所。先由农局按籍⑦考核，以
凭筹办，随时载入农报。将来水土之利，种植之法，足资试验，地力人力，庶
几交尽⑧，实于农务大有关系。且此等学堂，嗣后仍可兼教兵学，并备铁路矿务
之用，俾有本可据，毋庸另行开办，是一举而有数利也。再近来沿江、沿海商
埠⑨附近要地，洋人皆已密行详测绘图而去。中国自有其地，不能自知，反使外
人瞭于指掌⑩，若不详办，将来何以收回利权⑪哉？新政切要之图，根本之治，
莫亟于此矣。相应请旨，通饬京外⑫，开设舆图学堂局所，首为裨益农务之助。
如蒙俞允，所有开办测绘章程，再行详细具陈。是否有当，伏乞皇上圣鉴。
谨奏。

光绪二十四年八月初四

---

① 特：仅。一端：一个方面。

② 新法密率：指西方比例尺等。密率，旧指祖冲之发现的圆周率。

③ 察考：考察，调查。

④ 贴说：附在图上的说明书。

⑤ 会典馆：清代测绘业务机构名，1886 年设于北京。内设"画图处"，专门负责地图绘
制、编制工作。全国性《大清会典图》即由该机构主持测绘编纂而成。

⑥ 县：各县。

⑦ 按籍：按照簿籍或典籍。

⑧ 交尽：交合。

⑨ 商埠：近代中国对外开放的口岸，可分为"通商口岸"（亦称"条约口岸"或"约开口
岸"）和"自开口岸"两类。［清］孙诒让《周礼政要·朝仪》："各商埠租界，华洋
之讼，华人跪而洋人立，已为失体。"

⑩ 瞭于指掌：比喻对事物非常熟悉了解。《论语·八佾》朱熹集注："指其掌，弟子记夫
子言此而自指其掌，言其明且易也。"瞭：明白，了解。

⑪ 利权：利益和主权。

⑫ 通饬：犹通令。把同一个命令发往各地。

卷三　乐稿

小学修身唱歌书①

初版编辑大意

欧西大学家②，议论小学校唱歌教授，其说不一。主张用乐谱以教授之者，

---

① 本唱歌书分总纲、对己、对家、对人、对社会、对国、对庶物 7 章，计 92 篇。整个教材突破了天地君亲师传统的话语顺序，反映了那个时代近现代意义上"人"的觉醒，通篇贯穿自由、权利、义务等观念和进化论思想。此据广西师范大学和陕西师范大学藏本，为孤本。1902 年，沈心工发起东京音乐讲习所，尝试把一些日本和欧美流行的歌曲填上符合中国实际的歌词，出版"学堂乐歌"教材，编著《小学唱歌教授法》。同年《新民丛报》发表"奋翮生"的署名文章，认为近代中国的衰落"自秦汉以至今日，皆郑声也，靡靡之音，则为学校功课之一。然即非军歌、军乐，亦莫不含有爱国尚武之意，听闻之余，自可奋发精神于不知不觉之中"。翌年，清政府颁布《重订学堂章程初级师范学堂课程规定》，将"音乐"列入必设课程。1904 年，日本学堂乐歌传入中国，它采用不同于传统音乐教育口传心授方式的新型教授法，以西方音乐常识为主要教授内容，介绍新型音乐载体——五线谱和简谱、唱歌及唱歌教学法、粗浅概要的西洋乐理、风琴和钢琴弹奏法、译配编创乐歌的著作开始刊行和推广。黄子绳《教育唱歌·序》说："三代后，义理之说日盛，乐歌之学日微，音乐之道盖几乎息矣。偶有一二嗜痂者，不斥为游荡子弟，则目为世外散人。究其所谓音乐者，亦不过供个人之玩好，于社会上无丝毫裨益也。故今日欲增进群治，必自社会改良始；欲陶融社会，必自振兴音乐始……意为吾国社会上作风气之先导。"1905 年 8 月，该《小学修身唱歌书》，由上海文明书局初版发行，并于 1907 年 12 月再版。起初，这些乐歌未列乐谱，再版时由上海龙门师范学堂音乐教员邹华民作曲，使词曲匹配。南京图书馆藏俞复《修身唱歌书》序云："是书前数版印行时，仅以幼年唱歌之用，故未列入曲调。屡承各处校友函商，谓是书文妙理真，若系以音程，勿论初、高等小学，皆当被之琴簧，以为唱歌科主要之书。余心韪其说，欲就商于通斯学者。适邹君华民以新谱是书之曲数阕见示，调以琴簧，辞与曲多适应。因请邹君依次谱定音程，复将歌词每类裁为一律。邹君之言曰，歌词与曲调，不易通假者也。近出唱歌本，多采用旧调，系以新词。往往有游戏之调，隶以严正之词者，自谓按之所谱，节拍无误岂知其音调之已乖乎。今就歌词之旨，察理审音，庄严者则庄严之，强毅者则强毅之，既求无戾乎音范，又期克肖夫辞旨。盖一曲之成，而予手拮据，予口瘏乎。邹君所言如是，其不苟焉为之可知也。全书各曲，成于丙午之冬。近年邹君任上海龙门师范学堂乐歌科教员，暇时又多所订正。邹君之治乐歌，二十有余年矣。始受之于基督教某西士，刻自研求，复时与西士之通学者，讨论而商榷之。近又博征东邦乐歌之书，而于音程之关于儿童心理者，尤加意焉。余见邹君之笃好斯学，勤求弗懈，知其所得之已深。而予卜是书之出，定邀学界公共之欢迎，不仅有答函诸君之盛意也。"

② 欧西：泛指欧洲及西方各国。学习国外理论者，有大学家、小学家之分。所谓小学家，至多只会取；而大学家除汲取外，还能每每从国外理论中看出问题。

南峨利是也。主专以听觉教授之者，拿托罗普是也。惟爱仑斯托氏，渐得其中庸，谓唱歌教授，初二年①宜专主听觉，其后乃渐用乐谱中之记号②。盖幼年唱歌，信口无腔③，亦不嫌其真率④。必以乐谱记号扰其脑觉⑤，是欲和乐其性情⑥，而先困缚其耳目⑦矣。是编为幼年唱歌之用，故不复列入乐谱记号。而所用歌词，半就通行之乐谱，间亦选用西洋歌谱新调在善音律者⑧，自能协于歌节⑨，无少违戾⑩。

修身书词头⑪，每嫌意味枯寂⑫，与小儿讲解，尤未易使之体会。是编就修

---

① 初二年：指初等小学二年级。

② 小学之唱歌教授，有谓宜用口授者，有谓宜用音谱者，自古相沿，议论不一。主张用乐谱以教授之者，南峨利是也。拿托罗普则以音谱为不适于幼童，而主专以听觉习歌曲之说。要之南峨利尚形式，而拿托罗普尚实际，惟爱仑斯托渐得其中庸，彼谓唱歌之教授，初二年宜专主听觉，其后乃渐用乐谱中之记号云，至现今日本所行之教式，略分：口授教式、略谱教式、本谱教式。甲、口授教式之目的，在使生徒耳觉灵敏，声音清和，而领会音乐之趣味；乙、略谱教式，欲于儿童听觉之外，更利用其视觉，而使之辨别音之长短高低，则宜用略谱以教授之；遵音乐社会所定之乐谱以教授者，谓之本谱教育。高等第三、第四年，方适于用。然近日高等小学中实行此教式极少，殆皆以略谱教式终焉。音乐中惟本谱之组织为完全无缺，不独研究音乐者利用之，即研究乐器使用法者，亦胥赖此。小学科目中，虽无研究乐器之一科，然教授乐谱，绝非无益之事业。将来吾国宜加进步，而自觉音乐之不可不讲，人人毁其自家之琴、筝、三弦，而以风琴、洋琴教其子女，其期当亦不远矣。且养成国民特种之妙趣，为国民教育之要素。（石原重信. 小学唱歌教授法［M］//俞玉滋，张援编. 中国近现代学校音乐教育文选：1840—1949. 上海：上海教育出版社，2000.）

③ 信口无腔：犹"野调无腔"，村野曲调，不成一定的腔调。信口：随口，不假思索。

④ 真率：天真率真。

⑤ 乐谱记号：分常用记号和其他记号。常用记号分力度记号、反复记号、省略记号；其他记号包括延音线、连音线、断音、保持音、延长、换气等。脑觉：指对音乐的兴趣。

⑥ 和乐：调节。《吕氏春秋·音初》高诱注："乐以和为成顺。"性情：人的禀性和气质。《易·乾》孔颖达疏："性者，天生之质，正而不邪；情者，性之欲也。"

⑦ 困缚：困厄、束缚。耳目：指对音乐旋律的感知。

⑧ 新调：新创制的曲调。音律：音乐旋律。

⑨ 歌节：歌词的段落。

⑩ 少：通"稍"。违戾：不合情理。

⑪ 词头：提要。这里指歌曲曲名。

⑫ 意味：情调，兴味。枯寂：枯燥烦闷，寂寞无聊。我国传统教育中，对儿童的教育十分讲究"教育性"，无论给予儿童什么样的教育，都按成人的意志、目的和任务来进行，不能顺应儿童天性，以儿童为本位，将儿童看作独立的人。

身范本之条目，演为简浅短歌，随口成诵，入耳易感①。岂惟学童长德之方②，抑亦社会公益之助。就中如对国一门，于军国民观念，尤所关注，有强种保国之思者，此足当精神之教育。

唱歌一科，原以进人于道德为主，故与修身科最为相切。是编合修身唱歌两科为一，于应用上颇多便益之处。惟作者之意，注重在修身一边，期于妇竖皆能口诵③，以易彼俚俗淫猥④之山歌村曲。故不欲拘于乐谱形式，以滥厕⑤于唱歌科著作之林。

第一　总纲
（一）尊人

一

两大极，一行星⑥，共生之物满地平⑦。走者兽，飞者禽，机体蠢不灵⑧。神圣之名人独尊⑨，古来草昧⑩化文明。无道德，无知识，谁与畜类分⑪。

---

① 入耳：悦耳，中听。易感：易于感知。1904 年，曾志忞对当时风行一时的学校唱歌歌词的特点和弊端，进行了阐述。他说："总言之，诗人之诗，上者写恋穷狂怨之志，下者博渊博奇特之名，要皆非教育的、音乐的者也。近数年有矫其弊者，稍变体格，分章句，间长短，名曰学校唱歌。去命意可谓是亦。然词意深曲，不宜小学，且修词间有未适，于教育之理论实际病焉。……欧美小学唱歌，其文浅易于读本。日本改良唱歌，大都通用俗语，童稚习之，浅而有味。今吾国之所谓学校唱歌，其文之高深，十倍于读本；甚有一字一句，即用数十行讲义，而幼稚仍不知者。以是教幼稚，其何能达唱歌之目的？"并倡议"与其文也宁俗，与其曲也宁直，与其填砌也宁自然，与其高古也宁流利"，讲究"辞欲严而义欲正，气欲旺而神欲流，语欲短而心欲长，品欲高而行欲洁"，以求符合教育对象的心理特点，适应教育对象的心理需求，实现乐歌教育的目的。而田北湖编著《小学唱歌书》时，充分考虑到这一实际情况，将艰涩语言"演为简浅短歌"，以达到小学生随口成诵、入耳易感之效果。（曾志忞．告诗人——《教育唱歌集》序［M］//梁启超．饮冰室诗话．北京：人民文学出版社，1959.）
② 长德：提升道德水平。
③ 妇竖：妇女和孩童。口诵：朗诵。
④ 易：取代。俚俗：粗俗、不高雅。淫猥：淫荡，猥亵。
⑤ 滥厕：谓混充其间。谦辞。
⑥ 两大极：指南极和北极。一行星：指地球。
⑦ 地平：地表。
⑧ 机体：有生命的个体的总称。包括动物、植物和微生物等。蠢：愚笨。灵：灵活。
⑨ 神圣：形容特别崇高、庄严而不可亵渎。人：指人类。与"神"相对。独尊：独居首位。
⑩ 古来：自古以来。草昧：天地初开时的混沌状态；蒙昧。《易·屯》王弼注："造物之始，始于冥昧，故曰草昧也。"
⑪ 畜类：禽兽之类。谁与畜类分：意谓与禽畜没有什么区别。

二

圆颅圆，方趾方①，冠履堂堂复堂堂②。主世界③，役万物④，幸福本无量⑤。高尚性格⑥如何养，天赋之权休弃放⑦。践人形⑧，立人品，首贵伦与常⑨。

（二）立身

一

塔势涌中央，高矗穹苍⑩，空前绝后无依傍⑪。宝塔宝塔，顶天立地吾何让⑫，与汝争荣光。

---

① 圆颅：头颅。方趾：方形的脚。与"圆颅"对举或连用，表示人的特征。

② 冠履：本义帽子和鞋子。头戴帽，脚穿鞋。因喻上下、尊卑。堂堂：庄严大方。

③ 主：主宰。世界：人类社会和自然界中一切事物的总和。

④ 役：役使。《荀子·修身》："君子役物，小人役于物。"万物：地球上一切存在物。

⑤ 无量：无止境；无限度。

⑥ 性格：指品格。

⑦ 天赋之权：指人权。古希腊哲学的自然法则理论造就提出自然权利，即天赋人权，认为人类生来就是平等、自由的，一切人都具有追求生存、幸福的权利，这种权利是上天所赋予，不能被剥夺。17—18 世纪，法国思想家伏尔泰、卢梭等在欧洲文艺复兴基础上，发展这一思想，发起人类历史上最为波澜壮阔的思想解放运动，推动美国《独立宣言》的诞生，引起法国大革命，使美国、欧洲步入文明发达的国家行列，并对欧洲乃至整个世界产生重要影响。弃放：放弃。

⑧ 践人形：像人一样地活着。人之性异于禽兽之性，人之形色异于禽兽形色，故唯有尽"人性"才能称"尽性"，唯有"践人形"方能称"践形"，将人、禽兽区分开来。力求做到"耳聪目明"、口知味、鼻知息，并不算是"践人之形"，唯有"如颜子之复礼以行乎视听言动者，而后为践形之实学"，抑或如曾子所言"远暴慢、近信、远鄙倍"，才算"践形"。［清］王夫之《船山全书·读四书大全说》云："人自有性，人自有形，于性尽之，不尽禽性，于形践之，不践禽形。"

⑨ 立人品，讲伦常最为重要。《秦氏家训》首先即规定"立人品"，"立人品，敬亲长，睦族党，慎交友，忌轻薄，戒谣博，守耕读，务勤俭"。《盘谷高氏新七公家训》其十二条规定之首即言明"敦伦常"，并强调"仁民爱物，固大道所必周；而饬纪敦伦，尤当务之为急"。我国古代，千年以来讲求的伦常道德，指父子有亲、夫妇有别、长幼有序、君臣有义、朋友有信五种人际关系。这五种人伦关系顺应了自然规律，古往今来，亘古不变，故曰"伦常"。

⑩ 塔势：形容人身为塔身，伟岸峻拔。穹苍：苍天。亦作"苍穹""穹仓"。

⑪ 空前绝后：比喻生命独一无二，不同凡响。依傍：模仿。

⑫ 顶天立地：形容光明正大，形象伟岸，气概豪迈。让：谦让，礼让。

二

铜像谁之模①？一样身躯，世间事业责匹夫②。七尺七尺③，岂徒食粟饱侏儒④，汝毋负⑤汝腹。

三

日月双星球⑥，来催年寿⑦，形销影灭无何有⑧。百年百年⑨，历史姓名终不朽⑩，前途汝自修。

（三）励志

一

地球团团大洲五⑪，中国文明古。黄帝子孙美无度⑫，勿忝尔之祖⑬。黄种白种各异族⑭，优劣分胜负。白夸天骄⑮，黄将为奴⑯，无耻非丈夫⑰。

二

人民国家命脉连，休戚应相念⑱。改良社会从实践，人格须完全。竞争场上

---

① 铜像：祭天所用铜铸之像。铜像谁之模：意谓祭天铜像仍取法于人的形象。

② 责匹夫：〔明〕顾炎武《日知录·正始》："保天下者，匹夫之贱，与有责焉耳矣。"意谓天下兴亡，人人肩负同样的责任。

③ 七尺：指身躯。人身长约当古七尺，故称。

④ 食粟：科举时代的廪生领取国家补助。《孟子·告子下》："交闻文王十尺，汤九尺，今交九尺四寸以长，食粟而已，如何则可？"食粟而已：本义只会吃饭罢了。表示无益于世。侏儒，与"七尺"相对。

⑤ 负：辜负。

⑥ 日月双星球：太阳和月球。借喻岁月。

⑦ 年寿：人的寿数；寿命。

⑧ 形销影灭：指生命结束。无何有：什么都不存在了，犹言归于虚无。《庄子集释·内篇·逍遥游》成玄英疏："无何有，犹无有也。"

⑨ 百年：指人的一生。

⑩ 历史：指个人的经历。姓名：姓和名。

⑪ 团团：簇聚貌。大洲五：指世界五大洲。

⑫ 美无度：美得无法言说。《诗·魏国·汾沮洳》："彼其之子，美无度。"

⑬ 忝：辱；有愧于。祖：祖先。

⑭ 黄种：代指中国人。白种：代指欧美人。异族：不同的种族。

⑮ 白：空自。夸：自我夸耀。天骄：天之骄子。

⑯ 黄：指黄种人；中国人。奴：亡国奴。

⑰ 无耻非丈夫：不知羞耻，算不得大丈夫。

⑱ 休戚："休戚与共"省文。念：惦记。

著先鞭①，吾曹幼稚年②。强弱淘汰，虽曰天演③，人尽人事神无权④。

第二　对己
（一）己

一

人群人群盈于海，积人成世界⑤。我如稊米太仓⑥中，何以置微躬⑦。莫言今日尚蒙童⑧，也占国民⑨一分子。国民资格从今始，男儿要尽分内事。

二

人身人身本难得，全凭气与血。父母鞠育劬且劳⑩，期望比天高。秀而不实⑪非良苗，身体发肤⑫须爱惜。勉争⑬上流好努力，此身原来无价值⑭。

（二）卫生

一

生命几何⑮，疾痛⑯常苦多。保身⑰为宝，万事皆能做。好汉只怕病来魔。血轮⑱一停，白骨归山阿⑲。血轮一停，白骨归山阿。

---

① 著先鞭：先人一步。同 P3 注⑨。
② 吾曹：犹我辈；我们。幼稚：年纪小；未成年。
③ 天演：严复对 evolution 一词的意译。《天演论·导言六·人择》："物各争存，宜者自立。由是而立者强，强者昌；不立者弱，弱乃灭亡。"
④ 人尽句：人类的命运掌握在人类自己手中，连神都无权干预。
⑤ 世界：指社会。
⑥ 稊：小米，比喻小。太仓：古代京城储谷的大仓库。稊米太仓，比喻极其渺小。
⑦ 微躬：卑贱的身子。何以句，意谓我何以在社会中立足。
⑧ 蒙童：开始读书识字的儿童。
⑨ 国民：全国民众。近代法国政论家约瑟夫·塞亚斯认为："所谓国民，便是生活在同一宪法下作为立法代议机构主权代表的人们的共同体。"
⑩ 鞠育：抚养，养育。《诗·小雅·蓼莪》："父兮生我，母兮鞠我。拊我畜我，长我育我。顾我复我，出入腹我。"劬劳：同 P226 注⑤。
⑪ 秀而不实：原指只开花，不结果。犹华而不实。
⑫ 身体发肤：指自己身体的全部。《孝经·开宗明义章》："身体发肤，受之父母，不敢毁伤，孝之始也。"
⑬ 勉争：勉力争取。
⑭ 身：指人的肉体。
⑮ 生命几何：喻指人生时间有限。曹操《短歌行》："对酒当歌，人生几何。譬如朝露，去日苦多。"
⑯ 疾痛：疾病痛苦。《史记·屈原贾生列传》："疾痛惨怛，未尝不呼父母也。"
⑰ 保身：保护身体。
⑱ 血轮：血球的旧称。泛指血液。
⑲ 白骨：尸骨。山阿：山陵。

二

卫生好，防病须及早，医药之功补救少。失调养，是自戕，呻吟在床悔不了。

三

何以卫生？换换新空气，换换新空气。一时呼吸①，一丈立方积②，满屋碳酸③毒杀人，杀人无痕迹④。开开窗，散散步，吐旧纳新却诸疾。风中杂⑤尘埃，鼻张口闭闭宜密。

四

何以卫生？清洁清洁。清洁能使皮肤坚⑥，肌理密，更避瘟疫疔疮疖。垢腻汗蒸满毛孔⑦，滋养微生物。微生物，微生虫，气类⑧传染无休歇。洗衣洗澡污秽绝。

五

何以卫生？饮食消化之，饮食消化之。适口充肠⑨，荣卫所滋⑩。冷热勿过度，饥⑪饱勿失时⑫。细磨磨齿调胃汁⑬，津液流通身乃肥⑭。烟酒醉性伤脑，胡为甘如饴⑮。

———————

① 一时呼吸：指呼吸系数等于1时。即呼吸时所释放的二氧化碳与氧的容积比为1。呼吸系数是指呼吸时所释放的二氧化碳与氧的容积的比值，它反映了呼吸的物的性质及氧的供应状态。

② 积：空间的体积。一丈立方积：一丈三次相乘所得之积，指当时个人所居房屋空间约为27立方米。

③ 碳酸：碳酸气，即二氧化碳。又名碳酐，约占空气万分之一。

④ 痕迹：迹象。一时句，指满屋二氧化碳，则呼吸系数等于1，呼吸的物为碳水化合物（如葡萄糖）而被完全氧化，对健康造成威胁。

⑤ 杂：夹杂；混杂。

⑥ 坚：结实而有韧性。

⑦ 垢腻：犹污垢，同"垢泥"。多指黏附于人体或物体上的不洁之物。汗蒸：人体浸出的汗渍。

⑧ 气类：指通过空气途径。

⑨ 适口：合口味。充肠：犹充饥。

⑩ 荣卫：即营卫，指营气与卫气。荣，通"营"，指血液循环。卫，指气的周流。荣气行于脉中，属阴，卫气行于脉外，属阳。荣卫二气散布全身，内外相贯，运行不已，对人体起着滋养和保卫作用。

⑪ 肌，原文为"肌"，有误，径改。

⑫ 失时：错过时机。

⑬ 细磨磨齿：指慢慢咀嚼。胃汁：胃津。

⑭ 肥：指营养增加。

⑮ 胡为：何为。甘如饴：谓吃得津津有味。

六

何以卫生？早起早眠。一身精神本有限，昼勤学，暮息肩，睡足精神健。今日迟睡，来日①大倦。神经伤害难复元，早起早眠寿绵绵。

（三）体育

一

大血轮，小血轮②，千轮万轮转一身③，昼夜周转匀④。血轮助动非自动，四肢作引擎。蒸汽虽满，机括⑤不灵，骨软筋酥脉络凝⑥，孱弱废事⑦成病人。抖擞精神养体格，勤勤勤。

二

讲堂散课⑧摇铃铛，未到晚辰光⑨。大家莫去捉迷藏，排队运动场。运动场上，浅草苍苍⑩。左天桥，右木马⑪，秋千蹴鞠列中央⑫。男儿练出好身手，铁打铜浇样⑬，比孙唐⑭，强强强。

三

柔软兵式器械⑮，件件⑯本领高。赛走赛跑赛跳⑰，日日不辞劳。轻于燕，

---

① 来日：明日；次日。
② 大血轮、小血轮：指动脉和静脉。
③ 转：指血液循环。一身：全身。
④ 匀：适中；均匀。
⑤ 机括：指身体机能。机：原义弩的发射器；括：原义矢末的扣弦处。
⑥ 脉络：中医谓人的经络。凝：止。
⑦ 孱弱：虚弱。废事：无力干事。
⑧ 讲堂：教室的旧称。散课：下课。
⑨ 晚：迟误。辰光：时光；光景。
⑩ 浅草：浅浅的青草，指初春刚长出来的草。苍苍：茂盛。
⑪ 天桥、木马：形似天桥和马的儿童游乐器械。
⑫ 蹴鞠：我国足球的古称。中央：指运动场当中间。
⑬ 铁打铜浇：形容体格非常强壮。
⑭ 孙唐：英国人。幼时体弱多病，稍长，注意养成体力，入草场传习所，练习不懈，久之，体力增进，与人角力，无不胜。尝客居美洲，不持寸铁，入动物园搏狮，闻名世界。其事迹，1920年《国文教科书》见载。
⑮ 柔软、兵式、器械：当时最先进的三种西式体操名。
⑯ 件件：样样。
⑰ 赛走、赛跑、赛跳：三种田径项目名。

捷于猱①，立脚②如山扳不倒。一举千斤如毫毛③。资格算军人，那④怕病魔扰。保我身，保我国，准备他年著战袍⑤，操操操。

（四）智育

一

我有手足，毋使痹瘘⑥。我有耳目，勿使盲聩⑦。一心灵⑧，万物备，头角峥嵘立人类⑨。世上名理⑩无穷期，小时不了了⑪，长大将何为。莫言童年无知慧⑫。

二

聪明⑬由天授，学问由人力⑭。大脑感觉，小脑记忆⑮，印入脑筋深隙⑯。足不出门，能知天下事，乃读书之有益。人类何以分贤愚，有智识⑰与无智识。

三

涓涓壶口水⑱，一曲一直通百川；累累土中石，一层一块堆高山⑲。五千年上下，九万里纵横，眼光四射胸豁然。积学⑳复积学，莫到半途畏其难。

---

① 猱：兽名。猿属。小而善缘（攀爬）、利爪。
② 立脚：站脚，立足。
③ 一举：一次举起。毫毛：汗毛。
④ 那：通"哪"。
⑤ 战袍：战士所穿长衣，泛指军衣。
⑥ 痹瘘：指肢体不能动作或丧失感觉。痹：中医指风寒湿所引起的肢体疼痛、麻木之病。瘘：颈部肿大之病。
⑦ 盲：眼瞎。聩：耳聋。
⑧ 一：一己。心：指人的情感、情绪、意志诸方面。
⑨ 头角：指气概和才华。峥嵘：高峻貌。人类：人群。
⑩ 名理：指汉末逐步兴起的考核名实、循名究理之学。
⑪ 小时：指小时候。了了：清楚；通达。
⑫ 知慧：聪明才智。《庄子·列御寇》："知慧外通，勇动多怨，仁义多责。"
⑬ 聪明：指天资。
⑭ 人力：人的后天努力。
⑮ 大脑：由两个大脑半球组成，各种感觉传入冲动最后达到大脑皮层，通过精细地分析、综合而产生相应的感觉。大脑控制人体，让人能够思考、学习。小脑：位于大脑后侧的下方，即枕叶下缘，也称小脑半球。它是运动系统的主要组成部分，与记忆、学习等心理活动关系密切，但记忆并不全靠小脑来完成。
⑯ 脑筋：大脑。深隙：大脑脑沟呈缝隙状，故言。
⑰ 智识：犹智力、识见。
⑱ 壶口水：指壶口瀑布。［明］惠世扬《壶口》："源出昆仑衍大流，玉关九转一壶收。"
⑲ 涓涓句：比喻学习的过程是从少到多，从局部到整体，一个量变到质变的过程。
⑳ 积学：累积学问。

（五）德育

一

璞不剖①，矿不镕②，虽然白玉与黄金③，顽石顽铁④终何用。天生美质待良工⑤，良工雕磨真辛苦，无价之宝世所珍。吾辈气质须变化⑥，莫作原料人⑦。

二

机上丝，丝五色。春蚕吐出来，缕缕白如雪。自经染工手⑧，近朱者赤，近墨者黑⑨。颜色一污洗不得。下流恶习最染人，先入之主慎所择⑩。道德完全弗可缺⑪。

第三　对家
（一）家

一

庭前大树绿阴阴⑫，树有多高根多深。枝连干，干连枝，分开两处都伤损。一家门，一家人，骨肉本是同根生⑬。

二

蚂蚁有窠蜂有房⑭，人若无家身不安。身从何来须返本，三尺孩童天性良。

---

① 璞：未经加工雕琢过的美玉。剖：剖取；加工雕琢。〔汉〕荀爽《与郭叔都书》："盐车之骥，自非伯乐，无以显名，采光剖璞，以独见宝，实为足下利之。"
② 矿：矿石。镕：喻陶冶。
③ 虽然白玉与黄金：比喻即便具有像白玉、黄金一样美好的禀赋。
④ 顽石：未经斧凿的石块；坚石。顽铁：坚硬的铁。
⑤ 良工：手艺高明的工匠。
⑥ 气质：心性和才能。变化：改变。
⑦ 原料人：比喻没有受过教育的人。
⑧ 染工：从事染色业的工匠。比喻教育环境。
⑨ 近朱者赤，近墨者黑：比喻客观环境对人的影响。〔晋〕傅玄《太子少傅箴》："故近朱者赤，近墨者黑；声和则响清，形正则影直。"
⑩ 先入之主：指最早学习的对象。幼童尚未形成是非善恶的判断力，对"先入之主"最早对象的选择须持慎重态度。
⑪ 缺：缺损而不完整。
⑫ 绿阴阴：浓绿而幽暗茂。亦作"绿荫荫"。
⑬ 骨肉：比喻至亲、亲人。曹植《七步诗》："本是同根生，相煎何太急。"
⑭ 窠：巢穴。房：蜂房。

爱自亲，敬自长①，孝友之政家之祥②。

（二）父母

一

动物堕地③，自己谋生活④。父母生我，怀中呱呱泣。哺乳三岁到成人⑤，恩斯勤斯非容易。欲报之德天罔极⑥。雏鸟知反哺⑦，难道人不及。

二

南山有乔，北山有梓⑧。上钩枝与下钩枝⑨，遥遥相接起。为人之后受遗体⑩，父母教育循⑪规矩。我闻果蠃负螟蛉⑫，类我类我祝其子⑬。

（三）兄弟

一

一胞同产谁最亲，先生哥哥后弟弟。一胞同产谁最亲，先生姊姊后妹妹。

---

① 自亲：自己的父母。自长：自己的兄长。《礼记·祭义》："立爱自亲始，教民睦也。立教自长始，教民顺也。"
② 祥：吉利。《古田县志·寓贤》"孝义"："孝友之政，起于家庭，相观而化，遂成风俗。"
③ 堕地：落地。指出生。
④ 生活：使活命。
⑤ 三岁：三年。成人：有人样。
⑥ 罔极：无极；无边。比喻父母恩重如山，苍穹浩渺，难以回报。《诗·小雅·蓼莪》："欲报之德，昊天罔极。"
⑦ 雏鸟知反哺：典出"慈乌反哺"。雏鸟，指不能独立生活的幼鸟。反哺，比喻子女孝敬父母，报答恩情。
⑧ 南山有乔，北山有梓：南山和北山种有乔、梓二木，比喻周公父子。乔指父，梓指子。《荆楚周氏宗谱》："伯禽居鲁，鸣玉来朝。周公政治，为国风谣。北山有梓，南山有桥。礼容虽备，俯仰无骄。"
⑨ 钩枝：枝丫交错。
⑩ 遗体：指父母给予的身体。
⑪ 循：遵守。
⑫ 果蠃：土蜂的一种，亦称"细腰蜂""寄生蜂"。果，通"蜾"。负：背。螟蛉：桑叶上的小青虫。古人以为蜾蠃养育螟蛉成为己子，因以养子代之，称"螟蛉子"。《诗·小雅·小宛》："螟蛉有子，果蠃负之。教诲尔子，式穀似之。"
⑬ 祝子：祝愿其儿子。〔汉〕扬雄《法言·学行》："螟蠕之子，殪而逢蜾蠃，祝之曰：'类我，类我。'久则肖之矣。"

形体①虽分，心情弗违异②。犹如北方比肩民③，终身性命相依倚④。

二

男兄弟，女兄弟⑤，左右手足无分别⑥。爱情与扶持⑦，和气与团结，堂上爹娘都喜悦。分衣让食何所争，劝戒从容毋相忤⑧。共学共业更相助，合力还御外人侮。

（四）宗族

一

祖宗血系⑨传子孙，三亲九族⑩乃天伦。期功缌麻而后⑪，虽曰无服之亲⑫，亲同姓⑬，非外人，本支百世不断根⑭。食旧德，承宗法⑮，家有千丁犹一身⑯。

---

① 形体：身体。

② 心情：感情。违异：分离。

③ 比肩民：一臂民。《尔雅·释地》郭璞注："此（比肩民）即半体人，各有一目、一鼻、一孔、一臂、一脚，亦犹鱼鸟之相合，更望备惊急。"

④ 终身：一辈子。性命：生命。依倚：依赖，依靠。

⑤ 女兄弟：中国古文称女，亦为子，如兄弟。

⑥ 左右手足：比喻兄弟姐妹情同手足。分别：区别。《颜氏家训·兄弟》："兄弟者，分形连气之人也，方其幼也，父母左提右，前襟后裾，食则同案，衣则传服，学则连业，游则共方，虽有悖论之人，不能不相爱也。"

⑦ 爱情：相爱的感情。扶持：帮助护持。

⑧ 劝戒：勉励，告诫。忤：违抗怠慢。

⑨ 血系：血统。

⑩ 三亲：指夫妇、父子、兄弟。九族：一指古时同姓亲族，上至高祖，下至玄孙，共九族。一指异姓亲族，即父族四、母族三、妻族二。

⑪ 期功：古代丧服名。期，指服丧一年。功，指按关系亲疏分大功和小功。大功服丧九个月，小功服丧五个月。缌麻：丧服名。"五服"中最轻的一种，仅次于"小功"。以较细熟麻布制成，做工较"小功"为细。服期三月。清代，凡男子为本宗之族曾祖父母、族祖父母、族父母、族兄弟，及外孙、外甥、婿、妻父母、表兄弟、姨兄弟等，均服缌麻。而后：以后。

⑫ 虽：即使。无服之亲：五服之外的同宗亲属。《大清律》："小功缌麻亲首告，得减罪三等。无服之亲减一等。"

⑬ 亲同姓，是《尔雅》所列称谓，指第五旁系的同姓宗兄弟，现已停用。一般用"族兄"，或者更准确地用"四世兄弟"来表示。（冯汉骥. 中国亲属称谓指南［M］. 上海：上海文艺出版社，1989.）

⑭ 本支百世：同 P202 注⑬。断根：断了子嗣；断绝子孙。

⑮ 宗法：调整家族关系的制度。

⑯ 千丁：谓人丁甚众。清初一种户籍制度。犹：形同。一身：一个人。

二

异爨分居①，各自立门户②。尊祖敬宗，遇事先和睦。亲者无失其为亲，故者无失其为故③。情义总比他族高④，莫看同宗如陌路。

第四　对人
（一）人

一

幼稚时，嬉戏父兄侧⑤，提携保抱受爱怜⑥。髫龀时⑦，读书就外传⑧，诸业请益师长前⑨。少壮时，出门交朋友，道谊⑩往来世路间。男儿本无依赖性，此身却与人周旋⑪。

二

我与人，相对待，长幼节⑫，不可坏。处己接物谦且和，便是礼多人不怪。敬人人恒敬，爱人人恒爱⑬。相鼠犹有皮⑭，人而无仪，出乎情理之外。

（二）尊师

一

人无一技长，何以图自立。烂漫天真，将安所习⑮。盲人骑瞎马⑯，夜行黑

---

① 爨：炊。异爨分居：指兄弟分家过日子。
② 门户：晋北方言表"家庭"。
③ 亲者句：亲人不要失去作亲人应尽的义务，故友不要失去作为故友应尽的责任。
④ 他族：跟自己没有血缘关系的亲族。高：深。
⑤ 侧：左右。
⑥ 提携：牵引。保抱：指抚育、抚养。爱怜：疼爱；怜爱。
⑦ 髫龀：同 P225 注⑭。
⑧ 外传：指《毛诗外传》。［清］康熙《天台县志·艺文志》杨鹤《赠天台童孝子》："读书就外传，始识《论语》字。"
⑨ 请益：请教。师长：对教师的尊称。前：跟前。
⑩ 道谊：道义。
⑪ 周旋：交际，打交道。
⑫ 长幼节：指人伦中的"长幼有序"。《论语·微子》："长幼之节，不可废也。"
⑬ 敬人句：《孟子·离娄下》："爱人者，人恒爱之；敬人者，人恒敬之"。
⑭ 相鼠犹有皮：看看老鼠尚且还有皮。旧指人须有廉耻，要讲礼仪。《诗·鄘风·相鼠》："相鼠有皮，人而无仪；人而无仪，不死何为？"
⑮ 将安所习：怎么能够固守常规，不知变通。
⑯ 盲人句：比喻不按规律办事，将一事无成，甚至充满危险。《世说新语·排调》："盲人骑瞎马，夜半临深池。"

于漆。先知先觉是先生①，循循善诱开知识。步亦步，趋亦趋②，服膺毋违《弟子职》③。

二

父母生我身，夫子教以正④，养而不教德不成。家有塾，乡有校，北面受业何彬彬⑤。一日为师终身弟⑥，子之于亲同其尊⑦。百工⑧学艺弗忘本，吾徒勿自轻⑨。

（三）敬长

一

维桑与梓，必恭敬止⑩。朝廷莫如爵，乡党莫如齿⑪。从来典型属老成⑫，闻其风⑬者兴而起。应对进退不逾矩，道旁有圯桥，孺子三进履⑭。

---

① 先知先觉：指具有预见力的人。先生：旧时对老师的敬称。

② 步亦步，趋亦趋：按照老师的教导行事。

③ 服膺：牢记在心。违：违逆。《弟子职》：我国最早的学则，出自《管子》。全文644字，分两部分。第一部分为"总则"，既言志，又言行。既有从业规则，又有日常规则。第二部分为"细则"，讲行为准则。

④ 夫子：教师。教以正：坚持以正面教育为主。《孟子·离娄上》："教者必以正；以正不行，继之以怒。继之以怒，则反夷也。"

⑤ 北面受业：旧日老师座位是坐北朝南，学生坐南朝北，以示尊敬。何：何等；何其。彬彬：文雅貌。

⑥ 弟：孝悌。通"悌"。泛指敬重长上。

⑦ 子之于亲同其尊：要像子女对父母一样地遵照老师。正所谓"一日为师终身为父"。

⑧ 百工：代指工匠。《周礼·考工记》释"工"云："知者创物，巧者述之，守之世，谓之工。"

⑨ 吾徒：犹我辈。自轻：自己看不起自己。

⑩ 维桑句：看到父母所栽地桑树、梓树，一定要毕恭毕敬。桑梓：多作故乡的代称。《诗·小雅·小弁》："维桑与梓，必恭敬止。"

⑪ 朝廷句：在朝廷上没有什么比官位更为重要的，在乡里要敬老因为没有什么比年龄更重要的。

⑫ 典型：指模范、典范。一作"典刑"。《诗·大雅·荡》："虽无老成人，尚有典刑。"老成：年高有德者。

⑬ 风：风范。

⑭ 圯桥进履：比喻虚心忍让的美德。圯桥：古桥名。故址在江苏邳县南古下邳城东南。相传留侯张良遇黄石公于桥上，授良太公兵法。孺子，指张良。孺子三进履，典出《史记·留侯世家》："良尝闲从容步游下邳圯上，有一老父……直堕其履圯下，顾谓良曰：'孺子，下取履！'良为其老，强忍，下取履。父曰：'履我！'良业为取履，因长跪履之。父以足受，笑而去。"

二

年长以倍父事之①，十年以长肩相随②。见父执③，习《少仪》④。礼为我辈设，勿将小节亏。幼不逊弟者，杖叩其胫夫何辞⑤。

(四) 交友

一

好鸟好鸟鸣枝头，飞去飞来求其俦⑥。人群涉世务⑦，总角有交游⑧。同门曰朋，同志曰友⑨。独学寡闻便孤陋⑩，勿比匪人悔于后⑪。

二

异姓兄弟满四海⑫，邂逅欢好若平生⑬。合以义，接以诚⑭。坚信守⑮，表

---

① 年长句：年龄比自己长一倍的，以事父之礼奉事之。《礼记·曲礼上》："年长以倍，则父事之。"事：奉。

② 十年以长：年齿比自己长十岁，与兄年齿相若。肩随：肩后随行。《礼记·曲礼上》："十年以长，而兄事之。"

③ 父执：父亲的同辈、同事、朋友。《礼记·曲礼上》孔颖达疏："见父之执，谓执友与父同志者也。"

④ 《少仪》：指《礼记》第十七篇。主要记载周代贵族生活中相见、宾主交接、洒扫、事君、侍食、问卜、御车等各种礼仪细节。

⑤ 幼不句：年幼之时不讲孝悌者，接受惩罚，又有什么话可说呢。弟：通"悌"。叩：轻轻敲打。胫：小腿。《论语·宪问第十四》："原壤夷俟。子曰：'幼而不孙弟，长而无述焉，老而不死，是为贼。'以杖叩其胫。"

⑥ 俦：朋辈；伴侣。陈怀澄《辛亥清明后一日》："好鸟枝头鸣，嘤嘤集俦侣。"

⑦ 人群：指社会。世务：谋身治世之事。

⑧ 总角：八九岁至十三四岁的少年。交游：交往。

⑨ 同门：同在师门受学。何晏《论语集解》邢昺疏引郑玄《周礼注》："同门曰朋，同志曰友。"

⑩ 独学：独自学习，无人切磋，则孤陋寡闻。《礼记·学记》："独学而无友，则孤陋而寡闻。"

⑪ 比：亲近。匪人：行为不端之人。悔于后：后悔。

⑫ 异姓兄弟：同"异姓骨肉"。《三国志·魏志·夏侯尚传》裴松之注引《魏收》载诏曰："虽云异姓，其犹骨肉。"四海：天下。

⑬ 邂逅：不期而遇。欢好：欢悦和好。平生：故友，旧交。

⑭ 合以义，接以诚：与朋友意气相投，以诚相待。

⑮ 信守：信用和操守。

感情。尔我无诈虞，历久尤相敬。中心为忠如心恕①，蛮貊之邦皆可行②。

第五　对社会
(一) 社会

一

地上无绝物③，为人必合群。孤身独立非世界④，欲求噍类⑤何处寻。天使会合⑥，总总林林⑦，交互⑧成动作，功力最平均⑨。我役⑩人，人役我，密切关系本非轻。相保相养在无形⑪，浑然元气⑫放光明。大团体，不可分。

二

兵农工商四民事，一艺之名专所司。有男不耕，我腹则饥。有女不织，我身无衣。市无交易货财⑬穷，里无捍卫寇戎起⑭。人世缺一失生机⑮，安得此身兼有之。牡丹虽好，绿叶扶持⑯。天地容我身，全凭人组织。

---

① 心上一个中为忠，心上两个中则为患。恕：心上一个如则为恕，即用自己的心推想别人。《易·恕》："《象》曰：'如心，恕，君子以明好恶，同物我。'"［清］刘一明《悟元汇宗》"忠恕"："中心为忠如心恕，以己合人行无阻。忠恕两般若浑忘，豁然贯通知一处。"

② 蛮貊：指南蛮和北貊，古时代指异族番邦。贬义词。《论语·卫灵公》："子张问行，子曰：'言忠信，行笃敬，虽蛮貊之邦，行矣。言不忠信，行不笃敬，虽州里，行乎哉？'"

③ 地上：指人间。绝物：绝无仅有之物。意谓世间万物是普遍联系的。

④ 非：不合于。世界：指社会。

⑤ 噍类：生活。

⑥ 天使：上天安排。会合：相逢。

⑦ 总总：众多貌。林林：聚集貌。［唐］柳宗元《贞符》："惟人之初，总总而生，林林而群。"

⑧ 交互：交流互动。

⑨ 功力：指功效。平均：公平。

⑩ 役：服事。

⑪ 相保：相守。相养：相互照顾。无形：不知不觉。

⑫ 浑然元气：形容完整不可分割。

⑬ 市：指市场。货财：货物，财物。亦作"货材"。

⑭ 里：家乡。寇戎：敌军来犯。

⑮ 一：指整体；统一。生机：生存的希望。

⑯ 牡丹虽好，绿叶扶持：比喻人尽管能耐再大，也需众人支持。

三

因人有家家有乡，类聚相归往①。一村一郭②各一方，国度范围广③。小团体结大团结，微泡细沫都膨胀。通脉息，关痛痒④，合之则双美，离之则两伤。保全权利⑤休相让，预备竞争谋自强。众志成城不可当⑥。

四

山中之兽名曰蟨，蛩蛩岠虚真亲切。行同群，居异穴，饥相怜，甘草齿，即有难临头，窃负而逃奔不迭⑦。义哉兹兽存微躯⑧，安乐忧患忘其私⑨。人生入社会，对此宜三思。从知利他是自利⑩，休言自己顾自己。

(二) 公义

一

世务⑪密于网，人情平于衡，尔我之间恒扰扰⑫，公私⑬之界极分明。利所

---

① 归往：归附。
② 村郭：村落和城镇。
③ 国度：国家。范围：指疆域。
④ 痛痒：比喻紧要之事。
⑤ 权利：权力和利益。
⑥ 当：通"挡"。
⑦ 蟨：传说中的异兽名。蛩蛩岠虚：传说中的异兽名，状似马，或似骡而小。亦作"蛩蛩巨虚""蛩蛩距虚"等。相传，北方有蟨，其前脚像鼠短而小，后脚似兔而长。走慢了会绊倒，走快了便跌倒，经常给蛩蛩岠虚拾取甘草吃。当蟨遇到灾祸，蛩蛩岠虚便会背起它逃跑。因喻用别人之长弥补自己之短。《吕氏春秋·不广》："北方有兽，名曰蟨，鼠前而兔后，趋则跲，走则颠，常为蛩蛩距虚取甘草以与之。蟨有患害也，蛩蛩距虚必负而走。"〔汉〕刘向《说苑·复恩》："孔子曰：北方有兽，其名曰蹶，前足鼠，后足兔。是兽也，甚矣其爱蛩蛩巨虚也，食得甘草，必啮以遗蛩蛩巨虚。蛩蛩巨虚见人将来，必负蹶以走。蹶非性之爱蛩蛩巨虚也，为其假足之故也，二兽者亦非性之爱蹶也，为其得甘草而遗之故也。"即：即便。有难句，意谓即便大难临头，在两难的境地，也不能忘血缘亲情，不能忘对社会的"不得已"之情。典出《孟子·尽心上》："舜视弃天下犹弃敝屣也。窃负而逃，遵海滨而处，终身䜣然，乐而忘天下。"
⑧ 微躯：微贱的身躯。
⑨ 安乐忧患：《孟子·告子下》："生于忧患，死于安乐"。
⑩ 从知：从中可知。利他是自利：利人就是利己。
⑪ 世务：尘世间的事务。
⑫ 扰扰：形容纷乱。
⑬ 公私：公和私。公私：在我国古代，公私往往混合在一起，并无真正的私人领域，因此也无真正的个人权利。

在，谁不争，无义守，令智昏①，徒然徇②私欲，好恶拂人性③。本来公道在此心，与人方便还相应。各有主权④不可侵，凡事从分定⑤。

二

生命⑥数十年，守身当如玉⑦，死者不复生，断者不可续。血肉狼藉大道旁⑧，目不忍看比予毒⑨。奈何暴戾⑩残害人，害人人报复。一朝之忿终身辱⑪。

三

日用何所资⑫，生活需财产⑬。劳力事经营，保持乃⑭安享。他人之物非徜来⑮，取毋苟且费毋浪⑯。亲弟兄，明算账。若是弗义财⑰，毫厘勿沾尝⑱。

四

欲扬己之长，必揭人之短。人人爱声名，胡不躬先反⑲。闻誉则怡然⑳，受

---

① 利令智昏：因贪利而失去理智，不辨一切。
② 徇：谋求。
③ 好恶：指个人的喜好和厌恶。拂：违背。人性：指人类天生就具备的为人处世共同的属性。
④ 主权：指法律赋予的权利。
⑤ 分：属于自己的部分。同"份"。
⑥ 生命：犹一生。
⑦ 守身如玉：保持自身洁白的节操，如同无瑕美玉一样。《孟子·离娄上》："守，孰为大？守身为大。"
⑧ 大道：大路。
⑨ 比：比作。予：我。《诗·邶风·谷风》："既生既育，比予于毒。"
⑩ 暴戾：性情残暴凶狠。
⑪ 一朝之忿：一时的气忿。《论语·颜渊》："一朝之忿，忘其身，以及其亲，非惑与（欤）？"终身：一辈子。辱：受辱。
⑫ 日用：日常应用。《易·系辞上》："百姓日用而不知，故君子之道鲜矣。"资：凭借。
⑬ 生活：生存。财产：财物。
⑭ 乃：才能够。
⑮ 徜来：本分可得。
⑯ 苟且：不正当的。费毋浪："毋浪费"倒装。
⑰ 弗：吴语方言常用字，同古意，表"不"的意思。
⑱ 沾尝：染指。指获取不正当利益。
⑲ 躬：亲自。反：指反省。
⑳ 闻誉：听见别人称赞自己。怡然：开心；安适自在貌。

376

毁则愤懑①。世上喜怒本同情②，奈何诬蔑任诽谤③。口兴戎④，戒诞妄⑤。

（三）公德

一

末俗无直躬⑥，良心犹赤子⑦。民吾胞，物吾与⑧，爱情普及何终始⑨。孔言仁⑩，孟言义⑪，万事裁决凭公理。小节不可亏，先从诚⑫做起。

二

春风和，好花能笑鸟能歌。秋水平，怒涛狂浪寂无声。人有和平气，相对皆如意⑬。傲慢乖戾无因至⑭。

三

一尺布，尚可缝。一斗粟，尚可舂⑮。人群杂居隔秦越⑯，到处会相逢。未同族姓同吾种⑰，何所不能容。包涵之量本宽宏。

------

① 受毁：听见别人批评、诋毁自己。愤懑：气愤，抑郁不平。
② 同情：人类共有的情绪。
③ 诬蔑：捏造事实，构人以罪。诽谤：以不实之词毁人。《韩非子·难言》："大王若以此不信，则小者以为毁訾诽谤，大者患祸灾害死亡及其身。"
④ 口兴戎："惟口兴戎"省文。比喻言语可引发争端。
⑤ 戒：警惕。诞妄：荒诞，虚妄。
⑥ 末俗：世俗之人。直躬：刚正不阿的行为。
⑦ 良心犹赤子：德行应当像孩童那样不丧失童真淳朴。
⑧ 民吾胞，物吾与：[宋]张载《张载集·西铭篇》："乾称父，坤称母；予兹藐焉，乃混然中处。故天地之塞，吾其体；天地之帅，吾其性。民，吾同胞；物，吾与也。"即所谓"民胞物与"思想，其核心是"仁"。历史上的"民胞物与"思想曾激励无数的仁人志士救国家于危难、拯生民于涂炭。
⑨ 爱情：人与人之间相爱的感情、情谊。
⑩ 仁：爱人。孔子思想体系的核心，在伦理学上表示人的最高道德准则，后人将之和义、礼、智、信合称为"五常"。
⑪ 义：孟子认为义是人最正确的道路，义是仁的外在表现形式，人应居仁由义。
⑫ 诚：真诚，是自然的法则，做人的法则，故言"先从诚做起"。《中庸·问政章》："诚，天之道也；诚之者，人之道也。诚者不勉而中，不思而得，从容中道，圣人也。诚之者，择善而固执者也。"
⑬ 相对：面对面。如意：符合心意。
⑭ 乖戾：人的性情、行为、言语等别扭、不合情理。无因至：无缘无故地到来。"无因至前"省文。
⑮ 舂：用舂杵捣去谷物皮壳。《史记·淮南衡山列传》："孝文十二年，民有作歌歌淮南厉王曰：'一尺布，尚可缝；一斗粟，尚可舂。兄弟二人不能相容。'"
⑯ 秦越：春秋战国时，秦、越二国，一在西北，一在东南，相隔遥远，互不来往，故喻疏远膈膜者为"秦越"。典出"秦越肥瘠"。[唐]韩愈《诤臣论》："而未尝一言及于政，视政之得失，若越人视秦人之肥瘠，忽焉不加喜戚于其心。"
⑰ 未同：不同。吾种：指黄色人种，华夏儿女。

四

人生遭际无定期①，贫富苦乐谁均之，饱汉要知饿汉饥。穷而无告②，辗转路岐③。瘫哑聋瞎，满目疮痍。何术将此残缺弥④，矜恤⑤勿迟迟。

五

凉血动物人所憎⑥，有形无气冷冰冰。男儿重血性⑦，寸心⑧热腾腾。孺子匍匐将入井⑨，见死弗救我弗能。电气⑩一触身先奋，莫说力不胜。

六

社会求幸福，义务当如何。见义不为是无勇，公家利益休退惰⑪。寒士尽才力⑫，富人致⑬财货。助力不嫌小，分财不嫌多。泰山虽大，蚂蚁能驮⑭。

七

人无害虎心，虎无伤人意。世路自险，人心难齐。我不侮人人不侮，我不欺人人不欺。至诚且能感物⑮，何为同类有猜忌。

八

人非圣贤，谁能无过。责己厚，责人薄⑯。从从容容劝且戒⑰，留下余地休

---

① 遭际：犹际遇。无定期：犹无常。

② 无告：有疾苦而无处诉说。

③ 辗转：迁徙奔波。路岐：感慨人世多曲折磨难之典。"泣路岐"省文，亦省作"泣路""泣岐"。《淮南子·说林训》："杨子见逵路而哭之，为其可以南，可以北。"

④ 残缺：伤残所致四肢或器官残损。弥：补。

⑤ 矜恤：怜悯抚恤。

⑥ 凉血动物：同"冷血动物"。憎：厌恶。

⑦ 血性：刚强好义。

⑧ 寸心：指心。古时认为心在方寸之间，故名。

⑨ 孺子：小孩。匍匐：趴。入井：坠入井中。《论语·学而》："倘乍见孺子匍匐将入井，亦必怵惕恻隐。"

⑩ 电气：电的俗称。[清]酉阳《女盗侠传》："心房震动，如触电气，耳为之颤。"

⑪ 退惰：退缩怠惰。

⑫ 才力：才华智力。

⑬ 致：给予。

⑭ 泰山虽大，蚂蚁能驮：犹"人心齐，泰山移"。

⑮ 感物：感化他物。

⑯ 责己厚，责人薄：重于严于律己，轻于责备于人。《论语·卫灵公》："躬自厚而薄责于人，则远怨矣。"孔安国《论语孔氏训解》："责己厚，责人薄，所以远怨咎。"朱熹《四书集注》："责己厚，故身益修；责人薄，故人易从，所以人不得而怨之。"

⑰ 劝：劝勉。戒：告诫。

伤和。恃才更傲物，只道不如我，骄矜之气干天怒①。由来谦受益，满招祸②。

九

毋乘人危急③，毋乐人祸灾④。阴谋诡计贪便宜，损人利己弄狡狯⑤。不须败露，汗流浃背⑥。昏夜之中有知者⑦，螳螂捕蝉黄雀来⑧。

十

见善如不及⑨，发愤以为雄⑩。惭怍生，竞争勇⑪。毋掠美⑫，毋夺功，毋以剿说混雷同⑬。中怀妒嫉是下流⑭，排挤倾轧⑮终无用。百计害伤人⑯，暗箭何能中⑰。

---

① 骄矜：骄傲自负。干：触犯。天怒：上天的震怒。
② 祸：《书·大禹谟》作"损"，"惟德动天，无远弗届，谦受益，满招损，时乃天道"是也。
③ 乘人危急：形容在人危难之时加以危害。《后汉书·盖勋传》："谋事杀良，非忠也；乘人之危，非仁也。"
④ 乐人祸灾：在人遇到灾害时感到高兴。《左传·僖公十四年》："背施无亲，幸灾不仁。"
⑤ 弄：耍弄。狡狯：狡猾奸诈。
⑥ 浃：湿透。汗流浃背：《后汉书·皇后记》："操出，顾左右，汗流浃背，自后不敢复朝请。"李贤注："浃，彻也。"
⑦ 昏夜：黑夜。知：通"智"。《清代名人轶事·气节类·卷三》："昏夜叩门，贤者不为。"
⑧ 螳螂句：典出"螳螂捕蝉，黄雀在后"。比喻一心想得到眼前利益，而不顾祸患即将降临。《吴越春秋》："螳螂捕蝉，志在有利，不知黄雀在后啄之。"
⑨ 见善如不及：见到好事，就像自己没能力赶上。《论语·季氏篇》："见善如见不及，见不善如探汤。"善：善行。
⑩ 发愤以为雄：奋斗自强，使自己有实力。邹鲁《中国同盟会》："然苟我发愤自雄，西人将见好于我不暇，遑敢图我。"
⑪ 惭怍：羞愧。知耻而后勇。《礼记·中庸》："好学近乎知，力行近乎仁，知耻近乎勇。"
⑫ 掠美：掠夺他人好处或功绩。《左传·昭公十四年》："己恶而掠美为昏。"
⑬ 剿说：窃取别人的学说。雷同：完全一样。《礼记·曲礼》："勿剿说，勿雷同。"
⑭ 中怀：内心。妒嫉：妒忌。下流：下品；劣等。
⑮ 倾轧：排挤打击。《旧唐书·李宗闵传》："比相嫌恶，因是列为朋党，皆挟邪取权，两相倾轧。"
⑯ 害伤：犹伤害。《楚辞·大招》："魂乎无西！多害伤只。"
⑰ 暗箭中人：〔宋〕刘炎《迩言》卷六"暗箭中人，其深次骨，人之怨之，亦必次骨，以其掩人所不备也"。

十一

无我无人①，无卑无亢②。轻重有何分③，半斤即八两④。我不能，休向人勉强。我不欲，休向人推让⑤。爱憎好恶本同情⑥，设身处地替人想⑦。

十二

人有颜面树有皮，我有毛羽解⑧护持。恶小犹可恕，怨小必忘之。恶讦以为直⑨，何苦吹毛更求疵⑩。辱人以求胜，仇恨重重无了期。

十三

谁不爱自由，谁肯不自由⑪。身各有权权有主，界限画如沟⑫。毋侵夺，毋干预，侵夺干预岂甘休。事故⑬既秘密，隐私勿搜求。簿书文牍虽乱叠，勿图快眼翻案头⑭。

十四

整冠在李下，纳履在瓜田。尴尬事，防未然⑮。当嫌不避人疑我，此身便涉

---

① 无我无人：无论是自己还是他人。
② 无卑无亢：同"不卑不亢"。［明］朱之瑜《答小宅生顺书十九首》："圣贤自有中正之道，不亢不卑，不骄不诌，何得如此也！"
③ 轻重：尊卑贵贱。分：区别。
④ 半斤八两：喻双方旗鼓相当。
⑤ 我不句：语出《论语·颜渊篇第十二章》"己所不欲，勿施于人"。己所不欲勿施于人，最早是周礼的准则，为孔子所推崇。
⑥ 爱憎好恶：［晋］葛洪《抱朴子·擢才》"且夫爱憎好恶，古今不钧，时移俗易，物同贾异"。同情：人类共有的情绪。
⑦ 设身句：意谓换位思考，设身处地为别人着想。《礼记·中庸》朱熹注："体谓设以身处其地而察其心也。"
⑧ 解：懂得。
⑨ 恶讦以为直：憎恶用揭发别人短处来冒充正直。《论语·阳货》："赐也亦有恶乎，恶徼以为知者，恶不孙以为勇者，恶讦以为直者。"
⑩ 吹毛求疵：故意挑剔别人的缺点、差错。《韩非子·大体》："不吹毛而求小疵，不洗垢而察之难。"
⑪ 自由：近代以来，人类开始明确的一种人的现实权利，不受政府干预，且受法律保护。［印］室利·阿罗频多《周天集》："自由个人的发展，乃完善社会的发展之第一条件。"近代中国，学人已意识到，中国人除了皇帝，大都是奴隶、奴才，所以作者明确提出"自由"，是具有进步意义的。
⑫ 界限画如沟：犹言界限分明。
⑬ 事故：往事。
⑭ 快眼：先睹为快。
⑮ 瓜田不纳履，李下不正冠：比喻避嫌疑。《艺文类聚》卷四十一引［三国魏］曹植《君子行》："君子防未然，不处嫌疑间；瓜田不纳履，李下不正冠。"

是非间。事后虽明白，人我局促无欢颜①。何如形迹慎于前②。

十五

金铸为人不能言③，尚复缄其口。话到舌尖不可留，速于驷马走④。谑浪笑傲非由中⑤，口舌干戈⑥悔于后。慎堤防，乃无咎⑦，休作云雨翻覆手⑧。

十六

市有虎，市有虎，一谣再谣惑人听⑨。虽然无稽语⑩，世俗骇且惊。吾辈出言民所望⑪，有根有据必近情⑫。幼子常示毋诳⑬，风波⑭不可从我生。

十七

千夫决议开会场⑮，多数少数，争短论长。屏息⑯静听在座旁。有志岂嫌年纪小⑰，当仁况不让⑱。询谋既同⑲从众人，勿持意见空倔强。

---

① 人我：他人和我。《庄子·天下》："愿天下之安宁以活民命，人我之养，毕足而止，以此白心。"局促：拘谨，不自然。

② 何如：不如。形迹：犹言行举止。慎于前：事前谨慎。［汉］刘向《说苑·建本》："不慎其前而悔其后，虽悔无及矣。"

③ 金铸为人句：告诫祸从口出，言多必失。［明］释函可《沈城即事》："雁飞成字频遭射，金铸为人自不言。"

④ 话到句：化用"君子一言，快马一鞭"。形容快人快语，一句话说定绝不反悔。

⑤ 由中：由衷，发自内心。中：通"衷"。《诗·邶风·终风》："谑浪笑敖，中心是悼。"

⑥ 口舌：争吵、争执。干戈：大打出手。

⑦ 无咎：没有过失。《庄子·渔父》："慎勿与之，身乃无咎。"

⑧ 云雨句：翻手为云，覆手为雨。比喻人的行为反复无常。也指玩弄手法，故意欺骗。

⑨ 市有虎句：犹言警惕谎言千遍，便成为真理。典出"三人成虎"。《战国策·魏策》："庞葱与太子质于邯郸，谓魏王曰：'今一人言市有虎，王信之乎？'王曰：'否。''二人言市有虎，王信之乎？'王曰：'寡人疑之矣。''三人言市有虎，王信之乎？'王曰：'寡人信之矣。'"

⑩ 无稽：没有根据、无从查证。

⑪ 出言句：化用《论语·为政》"人而无信，不知其可也"。

⑫ 近情：合乎人情。

⑬ 示：警示。诳：欺诈、蛊惑人心的言辞。《礼记·典礼上》："幼子常视毋诳。"

⑭ 风波：乱子、纠纷。

⑮ 千夫：指大人、成人。决议：决策、讨论。开会：集会议事。场：场合。

⑯ 屏息：犹"屏气"。

⑰ 有志句：犹"有志不在年高"。［明］许仲琳《封神演义》第二十三回："有志不在年高，无谋空长百岁。"

⑱ 仁：中国儒家思想的核心之一。"仁"侧重于内，"义"侧重于外，二者都指向"关系"。《论语·卫灵公》："子曰：'当仁，不让于师。'"

⑲ 询谋既同：典出"询谋佥同"。《书·大禹谟》："询谋佥同，鬼神其依。"询谋：商议。

十八

往来交际，信义为尊①。然诺非苟且，千金难比伦②。自经签约便为凭。一事反复，万事无信存。古人未肯负死友③，宝剑许人挂墓门④。

十九

子午鸡，司朝暮。一叫天明，再叫日午⑤。微禽尚知时⑥，未将分秒误。表计时，钟自鸣⑦，吾人何可斯须⑧去。宴集会话⑨已刻期⑩，那堪背约迟迟赴。莫因小节失常度。

二十

君子先自重，一举一动人具瞻⑪。衣冠整肃，容貌端严。大庭集广众⑫，如师如保立之监⑬。历阶⑭升堂接步武⑮，如鱼贯柳无越僭⑯。勿任跳掷⑰还痴憨。

二十一

大路奔与走，门外步与趋⑱。辨踪迹，分程途。列左列右⑲让行道，彬彬有

---

① 信义：信用和道义。

② 然诺句：典出"一诺千金"。比喻说话算数，极有信用。《史记·季布栾布列传》："得黄金百斤，不如得季布一诺。"然诺：允诺。苟且：随便。比伦：匹敌。

③ 古人：指季札。死友：指徐国国君。

④ 古人句：典出"墓门挂剑"，亦作"季札挂剑"。同 P12 注④。

⑤ 子午鸡：雄鸡。子午：午夜和正午。

⑥ 微禽：小禽。[清] 王韬《瓮牖余谈·物异四则》："鸡虽微禽，而于五德之外，竟复具一德。"

⑦ 钟、表：两种计时器。自鸣：按时自击。[明] 谢肇淛《五杂俎·天部二》："西僧利玛窦有自鸣钟，中设机关，每遇一时辄鸣。"

⑧ 斯须：片刻、短暂的时间。《礼记·祭义》："礼乐不可斯须去身。"郑玄注："斯须，犹须臾也。"

⑨ 宴、集、会话：指宴饮、集会、会话三种场合。

⑩ 刻期：规定严格的期限。

⑪ 具：同"俱"。瞻：看着。

⑫ 大庭：泛指公开场合。广众：为数很多的人群。

⑬ 师保：古代学官名。泛指老师。《周易·系辞下》："无有师保，如临父母。"监：监督。

⑭ 历阶：沿着台阶，列次而上。《礼记·檀弓下》："杜蒉入寝，历阶而升。"升堂：登上厅堂。《仪礼·乡射礼》："皆由其阶，阶下揖，升堂揖。"

⑮ 步武：步履。指人的行走。

⑯ 鱼贯柳：钓上鱼后，用柳条将鱼一条一条串起来。越僭：越次插入。[清] 俞樾《群经平议·仪礼一》："传言者，相传而言也。见于君者或非一人，必待前人言讫，后人乃接续而言，不相僭越也。"比喻要有秩序。

⑰ 跳掷：上下跳跃。

⑱ 奔走：急走，跑。步趋：行走。《尔雅·释言》："堂上谓之行，堂下谓之步，门外谓之趋，中庭谓之走。"郭璞注："此皆人行、步、趋、走之外，因以名云。"

⑲ 列左列右：靠左靠右。

礼四达衢①。前瞻后顾中间②立，碍人更当车③。迟速有定率④，举足勿越趄⑤。

二十二

大街小巷洁且清，除疫气⑥，利人行⑦。吾目吾鼻触⑧污秽，怫然亦有太息声⑨。便旋⑩不择地，涕唾溅衣襟⑪。失检点，受讥评⑫。

二十三

束发受人教，投身学校中。守学约⑬，肯服从。不听命令，野蛮以终⑭。破坏规矩是顽童，搅乱全局皆骚动。要去害群马⑮，小子鸣鼓攻⑯。

二十四

学校是公地，花园属公家。人人共保全，爱惜方不暇。损校具⑰，折园花，白粉墙壁乱抹涂。暴殄天物⑱违公理，私心愧对他⑲。

二十五

奴仆奴仆，我役我驱。愈贫愈贱，愈贱愈愚。不列人格辱为奴⑳。是亦人子

---

① 衢：通往四方的道路。《尔雅·释宫》："一达谓之道路，二达谓之歧旁，三达谓之剧旁，四达谓之衢。"

② 中间：指路中间。

③ 当：同"挡"。

④ 迟速：慢和快。定率：一定的比率。

⑤ 越趄：徘徊不前貌。

⑥ 疫气：一种具有强烈传染性的外邪。当时上海流行"虎烈拉"，"疫气"即指此。

⑦ 人行：居民的出行。

⑧ 触：看见、闻见。

⑨ 怫然：忿怒貌。太息：长叹。

⑩ 便旋：婉指小便。

⑪ 涕唾：指擤鼻涕、吐口水。衣襟：衣服上纽扣、拉链打开的地方。

⑫ 讥评：讥讽评议。

⑬ 学约：古代圣贤提出的修身、处事、接物、学序的学规和仪则，相当于现代学校规章制度。

⑭ 野蛮以终：一辈子不文明，没文化。

⑮ 害群马：害群之马。比喻危害集体的人。

⑯ 小子：老师对学生的称呼。《论语·公冶长》："子在陈，曰：'归与！归与！吾党之小子狂简，斐然成章，不知所以裁之。'"鸣鼓：击鼓，借指声讨。攻：指责，声讨。

⑰ 校具：指装饰的物品。

⑱ 暴殄天物：指任意糟蹋，不知爱惜。天物，指自然生物。《书·武成》："今商王受无道，暴殄天物，害虐烝民。"

⑲ 私心：利己之心。他：指他人。

⑳ 不列人格辱为奴：不以他人出身卑微就辱没其为奴隶。

也，身①非牛马狗与猪，勿罚其体詈其祖②。我以宽仁③作怜悯，暴虐勿加诸。

二十六

黄须碧眼来殊方④，和好无仇隙⑤。勿以异物视外人⑥，于我为宾客⑦。行旅出吾途⑧，地主⑨岂无责。情来理往各欢然，莫教国际成交涉⑩。

二十七

东西国⑪，何文明。教化美，风俗成。鼓荡士气策群力⑫，太平之战战太平。亚东旧邦⑬未退化，老成有典型⑭。先修私德后公德，准备去竞争。大家共洗野蛮名⑮。

第六　对国

（一）国

一

戴天不知天多高，履地不知地多厚⑯。安身立命乐生成⑰，此福谁之佑⑱。寄我此身大团体，比如婴儿依慈母。一失怙恃身无有⑲。试看流离无国人，不如

---

① 　身：指身份。
② 　詈：骂。祖：祖宗。《唐律·斗讼》："詈祖父母父母者绞。"
③ 　宽仁：宽厚仁慈。《书·仲虺之诰》："克宽克仁，彰信兆民。"孔传："言汤宽仁之德明信于天下。"
④ 　黄须碧眼：泛指外国人。殊方：异域；外国。
⑤ 　仇隙：指仇怨或怨恨。
⑥ 　异物：怪物。视：看待。外人：外国人。
⑦ 　宾客：泛指客人。
⑧ 　行旅：出行；旅行。出：出入。途：道路。
⑨ 　地主：土地的主人。
⑩ 　国际：指国家之间的交往。交涉：犹纠纷。
⑪ 　东国：东方之国，这里指中国。西国：西方之国，这里指欧美国家。
⑫ 　鼓荡：鼓动激荡。[唐]沈佺期《被弹》："有风自扶摇，鼓荡无伦匹。"士气：读书人的风气。策群力："群策群力"省文。[汉]扬雄《法言·重黎》："汉屈群策，群策屈群力。"
⑬ 　亚东旧邦：指中国。亚东，指亚洲东部。
⑭ 　老成有典型：深孚众望，堪为师表。
⑮ 　野蛮名：当时中国被诬蔑为"野蛮之国"。
⑯ 　戴天履地：头顶天，脚立地。原指生存于世间。
⑰ 　安身立命：生活有着落，精神有寄托。乐：快乐。生成：成长。
⑱ 　福：幸福。佑：保佑。
⑲ 　一：一旦。怙恃：凭借；依靠。无有：没有。

太平狗①。

二

太古②游牧时，水草随处③成部落。继此洪荒蛇龙居④，圣人除其毒。遥遥华胥渡河南⑤，占据中原神圣作。势力张范围⑥，外族休凌虐⑦。固皇图⑧，定民约，子子孙孙长耕凿⑨。

（二）尊王

一

一轮红日照高冈，凤凰一鸣百鸟翔⑩。羽族⑪知尊崇，人类何归往。世界有国便有君，元首⑫明明在上。天无二日，民无二王⑬。

二

主张国权⑭是吾君，发号施令总其群。理政事，亶⑮聪明。抚我更育我⑯，公德高于丘陵。坦坦平平遵道路⑰，毋贰⑱尔之心。

---

① 流离：指离散、流落。《后汉书·和殇帝纪》："黎民流离，困于道路。"无国人：失去国家的人。反用［元］施君美《幽闺记·偷儿挡路》："宁为太平狗，莫作离乱人。"
② 太古：远古。
③ 随处：到处。
④ 洪荒：大荒。特指远古时代。蛇龙居：《孟子·滕文公下》赵注"水生蛇龙，水盛，则蛇龙居民之地也"。
⑤ 遥遥：形容时间久远。华胥：华夏子孙。河南：黄河之南。
⑥ 势力：指经济、军事等方面的实力。张：扩大。范围：指领土的界限。
⑦ 外族：指华夏族以外的各族。休：休想。凌虐：侵犯。
⑧ 固：巩固。皇图：指版图。
⑨ 耕凿：多形容人民辛勤劳动，生活安定。"耕田凿井"省文。［汉］王充《论衡·感虚》："击壤者曰：'凿井而饮，耕田而食。'"
⑩ 凤凰句：《诗·大雅·卷阿》"凤凰鸣矣，与彼高冈；梧桐生矣，于彼朝阳"。
⑪ 羽族：鸟类泛称。
⑫ 元首：君主。
⑬ 天无二日，民无二王：常比喻一国不能有两个君子。《孟子·万章上》："子曰：'天无二日，民无二王。'舜既为天子矣，又帅天下诸侯以为尧三年丧，是二天子矣。"
⑭ 国权：国家主权。
⑮ 亶：诚实，实在。《书·泰誓上》蔡沉集传："亶，诚实无妄之谓。言聪明出于天性然也。"
⑯ 抚：抚养。育：教育。《诗·小雅·蓼莪》："拊我畜我，长我育我。"
⑰ 坦坦：平坦，广阔。《易·履》："履道坦坦，幽人贞吉。"王弼注："故履道坦坦，无险厄也。"高亨注："坦坦，平也。……足踏大路坦坦而平，比喻人进入平安之环境。"平平：治理有序。道路：治理国家的方法。
⑱ 贰：起异心。

（三）爱国

一

风吹黄龙旗①，旗摇风荡漾②。直争日月放辉光③，是吾全体之榜样。对此发爱情④，要有国家思想。国家国家，我生便以国为家。外人虽强莫羡他，依赖外人算牛马⑤。

二

燕子巢屋梁，自己衔泥来往。大厦⑥倾倒无完卵⑦，快快收拾危堂。对此生感情，要有国民思想。国民国民，非吾之国不称民。扶助宗国⑧是天职，反颜事仇丧人心⑨。

（四）守法

一

国法准情理⑩，獬豸有角触邪人⑪。刑不上君子，罚不及良民⑫。违背公共约，一时之错辱及身。妨害社会，受罪抵必均⑬。置身法律上，乃祝自由神。

二

入世⑭便入法网中，世上那有自由国⑮。民智愈高法愈密，一毫无逃脱。东

---

① 黄龙旗：本作"金龙旗"，通称"黄龙旗"。1900年，李鸿章奏请制作。黄色代表满族，龙象征皇帝。最初为三角形，后改长方形。

② 荡漾：指飘荡。

③ 直争日月放辉光：这里指黄龙旗。[宋] 曾巩《信矣辉光争日月》："信矣辉光争日月，依然精爽动山川。"

④ 爱情：热爱之情。

⑤ 牛马：畜牲。

⑥ 大厦：比喻国家。《文中子·事君》："大厦将颠，非一木所支也"。

⑦ 无完卵：比喻危在旦夕。[南朝宋] 刘义庆《世说新语·言语》："大人岂见覆巢之下，复有完卵乎？"

⑧ 宗国：本族之国；祖国。

⑨ 反颜：翻脸。事仇：为仇敌做事。丧：丢掉，失去。人心：灵魂。[清] 顾炎武《日知录·降臣》："此说一行，则国无守臣，人无植节，反颜事仇，行若狗彘而不之愧也。"

⑩ 准：准定。情理：案情和事理。

⑪ 獬豸：中国古代传说中异兽名。执法公正的化身。

⑫ 君子：道德高尚之人。《礼记·曲礼》："礼不下庶人，刑不上大夫。"

⑬ 受罪句：意谓"罪罚对等"。

⑭ 入世：步入社会。

⑮ 那：通"哪"。自由国：指绝对自由的国度。

西号文明①，刑轻罚苛刻。租界巡捕房②，重重束缚荆与棘。无端裁判外人前③，自己休残贼④。

（五）兵役

一

何国无战争，何人不抵敌⑤。土地财产关主权⑥，保身保家恃兵力⑦。爱惜身家，先执干戈卫社稷。人尽兵⑧，战必克。英雄出少年，上马便杀贼。

二

志士不怕死，男儿必当兵。真怕死，真怕死，打开死路立时生。当兵去，当兵去，生固可喜死亦荣。我不杀人人杀我，束手就毙总无名⑨。性命换性命，拼着争一争。

第七　对庶物
（一）庶物

一

蒙气下罩⑩，地气上行⑪。人物游泳空中气⑫，一般秉气含形⑬。脑筋分粗细⑭，人为万物灵。虽从淘汰战胜来，勿逞智力任蹂躏。跂行与喙息⑮，活泼泼地皆有情。

---

① 东西：东方和西方。文明：指文明之邦。
② 租界：这里指帝国主义列强胁迫我国划出的，作为外国侨民居留或经商的势力范围，是帝国主义国家侵略他国的堡垒。由于侵略者在其内享有"治外法权"，以至于成为"国中之国"。巡捕房：上海租界警务处的别称。
③ 无端裁判外人前：指中国人在中国土地上犯法，反而要受到外国人裁决。
④ 残贼：残害。
⑤ 抵敌：抵抗。
⑥ 主权：指人权。
⑦ 兵力：指军事力量。
⑧ 人尽兵：人人皆兵。
⑨ 无名：不值得。
⑩ 蒙气：指大气。亦作"清蒙气"。下：朝下。罩：覆盖（地球）。
⑪ 地气：地中之气。上：向上。
⑫ 人物：人和物。空中气：指空气。
⑬ 秉气：秉承天地之气。含形：包含万物之形。［晋］木华《海赋》："茫茫积流，含形内虚。"
⑭ 脑筋：脑神经。粗细：指大脑的发达程度。
⑮ 跂行喙息：含人在内的各种动物。跂行：多指虫豸。《汉书·礼乐志》颜师古注："凡有足而行者，称跂行也。"喙息：有口能呼吸者。《史记·匈奴列传》："跂行喙息蠕之类，莫不就安利而辟危殆。"

二

日用饮食，非物何养。我以生命托物力①，爱惜物力物蕃昌②。顽物③无言亦知觉，任情摧折狂童狂④。昆虫草木⑤，皆不可伤。

（二）博爱

一

慈祥与残忍，各从习惯成自然⑥。人性本来善，萌芽发达到无边。好伤物命⑦，戒在童年。爱情⑧失感觉，将来人格不完全。

二

杀牲⑨恶闻声，食肉非得已。好花常在树，但看莫折枝。天地原有好生德，何堪人类徇其私。待物如此，待人可知。小仁小义汝勿嗤。

（三）动物

一

胎湿卵化生⑩，依然血与肉。二足而羽四足毛⑪，在野为兽家为畜。矫健岂寻常，人智相驯伏⑫。供庖厨，任服役，已失能力苦不堪⑬，恻隐之心休汩没⑭。

二

毒虫能螫人，猛兽利牙爪。此害未可留，除之苦不早。人禽路隔已相安⑮，

---

① 物力：可供使用的物资。《汉书·食货志上》："生之有时，而用之亡度，则物力必屈。"
② 蕃昌：繁衍昌盛。
③ 顽物：指人类之外的动植物。
④ 狂童：轻狂顽劣的少年。《诗·郑风·褰裳》孔颖达疏："狂童，谓狂顽之童稚。"朱熹集传："狂童犹狂且，狡童也。"
⑤ 昆虫草木：代指动物和植物。
⑥ 习惯成自然：《孔子家语·七十二弟子解》："少成则若性也，习惯成自然也。"
⑦ 物命：有生命的物类。
⑧ 爱情：敬爱之情。
⑨ 牲：牲口。
⑩ 胎湿卵化生：佛教分众生为胎生、湿生、卵生、化生四类，后因泛指各种生命。《法苑珠林》卷八十九引《般若经》："一者卵生，二者胎生，三者湿生，四者化生。"
⑪ 二足、四足：二足谓禽，四足谓兽。《尔雅·释鸟》："二足而羽谓之禽，四足而毛谓之兽。"
⑫ 人智：人类的智慧。驯伏：使驯顺。
⑬ 能力：指家畜、家禽的野外生存能力。
⑭ 汩没：浮沉。
⑮ 路隔：道路隔绝，不能相通。比喻人类和禽类已形成无法沟通、相去甚远的两个世界。
　　相安：平安相待，没有利益冲突。

放他生去休相扰。我见轻薄儿①，盆鱼复笼鸟②。吾心害理只自娱③，为之常悄悄。

（四）植物

一

日中不摘葵，露中不剪韭。谷蔬果蓏④佐饔飧⑤，未肯伤生徒适口⑥。采之必及时，莫漫遽挥手⑦。故意戕其生，生意⑧何能久。

二

一年之计树谷，树木必待十年⑨。树有蘖⑩，笋有箨⑪，枝叶扶疏干未坚⑫。攀折何所用，预备利用先保全。仁不可贼⑬，货不可弃⑭，此理本相连⑮。

---

① 轻薄儿：行为骄纵狂妄的少年。
② 盆鱼：将鱼困在盆池内剥夺其自由。笼鸟：将鸟关入笼中剥夺其自由。
③ 害理：做事过分，失去人性。自娱：自寻乐趣。
④ 果蓏：瓜果的总称。《易·说卦》孔颖达疏："木实曰果，草实曰蓏。"
⑤ 饔飧：做饭。《孟子·滕文公上》："贤者与民并耕而食，饔飧而治。"赵岐注："饔飧，熟食也。"
⑥ 伤生：伤害生命。适口：合口味。
⑦ 漫：放纵；不受约束。遽：匆忙。挥手：动手。
⑧ 生意：生机。
⑨ 一年句：一年中最好的打算是种庄稼，种树则需十年。《管子·修权》："一年之计，莫如树谷；十年之计，莫如树木；终身之计，莫如树人。一树一获者，谷也。一树十获者，木也。一树百获者，人也。"
⑩ 蘖：事物始生。《广雅·释诂一》："蘖，始也。"
⑪ 箨：笋皮、笋壳。《文选·谢灵运·于南山往北山经湖中瞻眺诗》李善注引服虔《汉书》注："箨，竹皮也。"
⑫ 扶疏：枝叶繁茂纷披貌。干：树干。
⑬ 贼仁：毁弃仁爱。《孟子·梁惠王下》："贼仁者谓之贼，贼义者谓之残，残贼之人，谓之一夫，闻诛一夫纣矣，未闻弑君也。"〔汉〕扬雄《法言·渊骞》："妄誉，仁之贼也；妄毁，义之贼也。贼仁近乡原，贼义近乡讪。"
⑭ 弃：抛弃；不被利用。《礼记·礼运篇》："大道之行也，天下为公。……货恶其弃于地也，不必藏于己；力恶其不出于身也，不必为己。"
⑮ 相连：相通。